古典文獻研究輯刊

六　編

潘美月‧杜潔祥　主編

第 30 冊

《上博（一）‧孔子詩論》研究

鄭玉姍　著

國家圖書館出版品預行編目資料

《上博（一）‧孔子詩論》研究／鄭玉姍 著 —— 初版 —— 台北縣
永和市：花木蘭文化出版社，2008〔民97〕

目 2+322 面；19×26 公分
（古典文獻研究輯刊 六編；第 30 冊）

ISBN：978-986-6657-28-3（精裝）
1. 詩經　2. 研究考訂
831.18　　　　　　　　　　　　　　　　97001096

ISBN 978-986-6657-28-3

古典文獻研究輯刊
六 編　第三十冊　　　　　　ISBN：978-986-6657-28-3

《上博（一）‧孔子詩論》研究

作　　者　鄭玉姍
主　　編　潘美月　杜潔祥
企劃出版　北京大學文化資源研究中心
出　　版　花木蘭文化出版社
發 行 所　花木蘭文化出版社
發 行 人　高小娟
聯絡地址　台北縣永和市中正路五九五號七樓之三
　　　　　電話：02-2923-1455／傳眞：02-2923-1452
電子信箱　sut81518@ms59.hinet.net
初　　版　2008 年 3 月
定　　價　六編 30 冊（精裝）新台幣 46,500 元
　　　　　　　　　　　　　　　　版權所有‧請勿翻印

《上博（一）·孔子詩論》研究

鄭玉姍　著

作者簡介

鄭玉姍，國立台灣師範大學國文學系學士，國立台灣師範大學國文研究所碩士，現為國立台灣師範大學國文學系博士生。曾任中學教師，國科會人文學研究中心研究助理，現為世新大學中文系兼任講師。

單篇論文著作：〈《詩·小雅·斯干》「生男載床生女載地」風俗新探〉（《中國學術年刊》第24 期，2003.6）、〈書評：裘錫圭：《中國出土古文獻十講》〉（《哲學與文化月刊》第 394 期，卅四卷第三期，2007.3）、〈張養浩《雲莊樂府》中表現儒者入世精神之篇章〉（《孔孟月刊》第 539-540 期，2007.8）

出版專書：《上海博物館藏戰國楚竹書（一）讀本》（與季旭昇教授等合著，台北市：萬卷樓，2004.6）

提　　要

　　西元 1994 年春，上海博物館斥資買下香港古董市場一批竹簡，共一千二百餘支，三萬五千餘字。並於西元 2001 年 11 月，將其中〈孔子詩論〉、〈　Ｄ衣〉、〈性情論〉三篇之圖版及釋文考釋歸結出版《上海博物館藏戰國楚竹書（一）》。

　　其中〈孔子詩論〉完、殘簡共計二十九支，完整者僅一簡，餘簡殘損較多，統計全數約 1006 字。由於簡多殘斷，又無今本可資對照，整理者馬承源姑且名為〈孔子詩論〉。

　　〈孔子詩論〉之出土，於文字學與《詩經》經學兩大研究領域皆有十分的重要性；簡中許多前所未見的文字，也為古文字研究者提供更多有關戰國楚文字的研究資料。自《上海博物館藏戰國楚竹書（一）》出版之後，關於〈孔子詩論〉的討論文章已有數百篇，本論文期望在前人努力的基礎之上作一個綜合性的整理，呈現一個較全面而具體的面貌。留白簡、二十九支簡排序之探討為外圍問題，於本章中先行處理；　簡序確定之後，才能於內容作最有效的探討。分析簡文內容時，力求羅列各家之說，包括兩岸學者關於〈孔子詩論〉有關形音義之文章著作，以及有關《詩經》篇名之今古論著，包括《詩序》、《三家詩》、鄭《箋》、朱熹《詩集傳》、以至今人著作，力求無偏無頗，以還原〈孔子詩論〉之原貌，及其與今本《詩經》經文與《詩序》的相合程度。

目
次

第一章　緒　論

第一節　研究動機

　　根據馬承源《上海博物館藏戰國楚竹書（一）・前言》所記，西元一九九四年春，香港中文大學張光裕教授於香港古董市場發現一批竹簡，因此將此消息與一百多支竹簡摹本轉告上海博物館（以下簡稱上博館）館長馬承源，經馬館長鑑定此批簡爲戰國眞品後，由上海博物館斥資買下這批竹簡共一千二百餘支，三萬五千餘字。一九九四年冬，香港商人主動向上海博物館兜售另一批竹簡，這批竹簡與前一批的特徵與現狀完全相同，但因上海博物館資金不足，最後這批簡由朱昌言、董慕節、顧小坤、路宗霖和葉仲午五位先生以五十五萬港幣合購這一批竹簡，共四百九十七支，捐贈給上海博物館。

　　一九九四年五月間，第一批竹簡運達上海博物館時，其中有少量斷簡散落開來，多數竹簡則與泥水膠合在一起，有如醬色麵條裹於泥團之中，若顯露於帶紫外線的光源下，棕色的竹簡簡體則會迅速變成黑黃色。因此上博館先以大冰箱密封保存，防止竹簡變形變色；最後由上博館文物保護與考古科學實驗室專題研究組的科研人員，於一九九七年，運用醇醚法中的部分工藝並結合眞空冷凍乾燥研究原理，邊脫水邊加固定型，終於完成了「保水竹簡性質及眞空冷凍乾燥研究」課題，成功解決竹簡脫水保護的問題。目前於上博館新館的書法陳列館中，十支內容不同的竹簡，在陳列室的燈光照射下近三年，既無變形，也未有肉眼可視的變色。因此竹簡可以在自然或人工光線下進行排比和研究，並得到妥善的保護。〔註 1〕

〔註 1〕以上節錄自馬承源，《上海博物館藏戰國楚竹書（一）》，（上海：上海古籍，2001 年11 月），前言頁 1～4。

　　這批竹簡中最短爲 22.88 釐米，最長 57.2 釐米，每簡寬度約在 0.6 釐米，厚度爲 0.1 至 0.14 釐米，編線有二道、有三道，由於地層的壓積，一般留下的編線已嵌入竹肉，這些不同的尺寸、編聯現狀爲我們理解戰國竹書的形制，了解我國的圖書史提供了確鑿可靠的證據。各種不同尺寸之間的關係，爲研究戰國楚國度量衡制度，提供了確鑿可靠的證據。竹簡文字用墨書寫，有些符號使用朱砂。馬承源指出，根據大陸學者統計，自二十世紀下半葉以來，出土二十多批楚竹簡，總計十萬字以上，則上博館藏楚竹書則佔總數三分之一，而且都是文獻類，因此可以彌補歷史空白，糾正訛誤〔註2〕。

　　經由最先進科技脫水保存後的《上博館楚竹書》，經由李零、馬承源、王世民、張光裕、陳佩芬、濮茅左、李朝遠、周亞、馬今洪多位專家學者參與竹簡歸類與文字的初步隸定、內容整理和注釋分工等工作，目前所確定其內容包括第一冊〈孔子詩論〉、〈紂衣〉、〈性情論〉共三篇。第二冊〈民之父母〉、〈子羔〉、〈魯邦大旱〉、〈從政〉、〈昔者君老〉、〈容成氏〉共六篇。第三冊〈周易〉、〈中弓〉、〈彭祖〉、〈恆先〉共四篇。加上尚未發表的七支簡〈詩樂〉、兩篇賦的殘簡……全部一千二百餘支竹簡，計達三萬五千多字；內容涉及哲學、文學、歷史、宗教、軍事、教育、政論、音樂、文字學等。以儒家思想爲主，兼及道家、兵家、陰陽家學說；應爲楚國遷郢都前，貴族墓中的隨葬物。

　　上海博物館於西元 2001 年 11 月，將其中〈孔子詩論〉、〈紂衣〉、〈性情論〉三篇之圖版及釋文考釋歸結出版《上海博物館藏戰國楚竹書（一）》。〈孔子詩論〉完、殘簡共計二十九支，較完整的簡右側有淺斜的編線契口，每簡共三處，契口上偶爾還殘存編線殘痕。文字均衡秀美，在契口處間距稍寬。各簡字數多少各有差異，滿簡約爲五十四字至五十七字。在本篇整理出的二十九支簡中，完整者僅一簡，長 55.5 釐米；凡長度在 55 釐米以上者五簡，40 釐米以上者八簡，餘簡殘損較多，統計全數約 1006 字。簡上下皆圓端。

　　這二十九支簡很多殘斷，有的文義不連貫，因爲沒有今本可資對照，簡序的排列就相當困難，局部簡據文義可以排列成序列，但是有的簡中間有缺失或斷損過多，很難判定必然的合理序列。而且沒有發現篇題，雖然所整理的簡文內容和書法相同，但原來也未部是單獨聯貫的一本，句讀符不統一，可能分爲若干篇，由於殘缺嚴重，只能分類整理，因此整理者馬承源姑且名爲〈孔子詩論〉。

〔註 2〕 見朱淵清《馬承源先生談上博簡》，《上海博物館藏戰國楚竹書研究》，（上海大學古代文明研究中心/清華大學思想文化研究所編，上海書店出版社，2002 年 3 月），頁5。

　　〈孔子詩論〉之出土，於文字學與《詩經》經學兩大研究領域皆有十分的重要性。然亦有學者以爲可能有僞。然馬承源表示上博館已將這批竹簡做過碳十四測定，又兩次請中國上海科學院原子核研究所以超靈敏小型迴旋加速器質譜儀鑑定，皆證實其爲戰國古物〔註3〕，故竹簡本身的眞僞並無問題。那麼有無可能是今人僞造書寫於戰國之空白竹簡上呢？這點亦可由整理之初，〈孔子詩論〉中有許多前所未見的文字，如 **㱃**、**𧪬**、**𦵖**、**𡥈** 等字，這些字前所未見，由於缺乏可供比對的文獻，整理者並無作出確定的隸定，2001 年《上海博物館藏戰國楚竹書・（一）》〔註4〕出版後，引出古文字學者一連串熱烈的討論與研究，至今才得到解決。是以可知，豈有僞造者有此功力，可僞造出文物史上未出現的戰國楚文字？故可知竹簡上之文字亦不可能爲今人僞造。〈孔子詩論〉中這些以往未見的字得到解決之後，也將爲古文字研究者，提供更多有關戰國楚文字的研究資料。

　　此外今日研究《詩經》之學者，多以毛公（毛萇）所傳《詩序》爲準，《漢書・藝文志》：

　　　　又有毛公之學，自謂子夏所傳，而河間獻王好之，未得立。

〈志〉中著錄《毛詩》二十卷，《毛詩故訓傳》三十卷，即今日所見之本。〈儒林傳〉曰：

　　　　毛公，趙人也。治《詩》，爲河間獻王博士，授同國貫長卿，長卿授
　　　　解延年，延年爲阿武令，授徐敖，敖授九江陳俠，爲王莽講學大夫，由是
　　　　言《毛詩》者本之徐敖。

　　由以上記載可知《毛詩》流傳久遠，然自宋歐陽修《詩本義》以下常有批評《詩序》者。鄭樵《詩辯妄》、朱熹《詩序辨說》，更極力批評《詩序》；這一派的學者以爲《詩序》所言詩旨，往往與詩義難合。因此目前研究《詩經》者，有擁《序》派，亦有廢《序》派。〈孔子詩論〉簡文多言詩旨、詩教，爲《詩經》研究者提供了另一項研究《詩序》的重要參考材料。〈孔子詩論〉簡文之中，或由詩篇名或由詩文之斷章，而可與今本《詩經》相對應之篇章，約五十篇上下，深入分析〈孔子詩論〉與《詩序》是否相合，可以爲擁《序》、廢《序》兩派學者，提供一項新材料。由於〈孔子詩論〉爲戰國中晚期之物，乃《詩經》研究者不可不知之重要文獻。

〔註3〕見朱淵清《馬承源先生談上博簡》，《上海博物館藏戰國楚竹書研究》，（上海大學古
　　　代文明研究中心/清華大學思想文化研究所編，上海書店出版社，2002 年 3 月），頁
　　　3。

〔註4〕爲行文方便起見，以下出現時均簡稱爲《上博（一）》：2002 年 12 月初版之《上海
　　　博物館藏戰國楚竹書・（二）》則簡稱爲《上博（二）》。

第二節　研究材料

〈孔子詩論〉完、殘簡共計二十九支，在本篇整理出的二十九支簡中，完整者僅一簡，長55.5釐米；其餘簡殘損甚多，統計全數約1006字。馬承源以為：

這二十九支簡很多殘斷，有的文義不連貫，因為沒有今本可資對照，簡序的排列就相當困難，局部簡據文義可以排列成序列，但是有的簡中間有缺失或斷損過多，很難判定必然的合理序列。而且沒有發現篇題，雖然所整理的簡文內容和書法相同，但原來也未部是單獨聯貫的一本，句讀符不統一，可能分為若干篇，由於殘缺嚴重，只能分類整理，因此整理者馬承源先生將簡文內容分為四類：

第一類是簡的第一道編線之上和第三道編線之下都留白，文字書寫在第一道編線之下、第三道編線之上，每簡大約38至43字。這種上下端留白的簡相當特別，〈孔子詩論〉其他的簡文完整者上下端都寫滿，所以這一部分得以與其它部分區分開來。在這類簡辭中不見評論詩的具體內容，只是概論〈訟〉、〈大夏〉、〈少夏〉和〈邦風〉。

第二類是論各篇〈詩〉的具體內容，通常是就固定的數篇詩為一組，一論再論或多次論述。孔子所列詩篇名的序列和今本《毛詩正義》（後文概稱《毛詩》）的前後序列頗有不同，但是述及〈訟〉（〈頌〉）的內容是可以單獨區分的，不與〈大夏〉、〈少夏〉諸篇內容相交叉，所以論〈訟〉數簡單獨列出。

第三類是單簡上篇名純粹是〈邦風〉的。

第四簡是單支簡屬於〈邦風〉、〈大夏〉，〈邦風〉、〈少夏〉等並存的。

以上第一類屬於詩序言性質。第一簡殘缺較多；第二簡辭文先概論〈訟〉，再論〈大夏〉，這前後次序非常明確，論〈少夏〉的簡僅存末句，最後是概論〈邦風〉。這些情況說明詩各編的名稱，在孔子論詩之前已經存在了。其中詩各編的排列是前所未見的新的重要資料，以後整理〈詩論〉簡序亦依此排列。〈詩論〉二十九支簡就可能存在著不同於《毛詩》的〈國風〉、〈小雅〉、〈大雅〉、〈頌〉的編列次序，本文採用了序中所提供的新編列。若要恢復《毛詩》的原有編列，這四種相對獨立的部分第二類、第三類按《毛詩》編序倒換過來也是可以的，但第四類則不可能。〔註5〕

〔註5〕見馬承源主編《上海博物館藏戰國楚竹書（一）》，（上海古籍出版社出版，2001年11月），頁121～122。

本論文研究對象，即這被歸爲四大類的二十九支簡，包括疑難字形之形音義探討、簡二－簡七是否爲留白簡、簡序重新編聯之探討、〈孔子詩論〉與今本《詩經》的對應程度、〈孔子詩論〉與《詩序》是否相合、以及簡文的釋讀等方向。至今爲止，關於〈孔子詩論〉的討論文章已有數百篇，本論文期望在前人努力的基礎之上作一個綜合性的整理，呈現一個較全面而具體的面貌。

第三節　研究方法

由於馬承源排列簡序時，並未考慮到留白簡也有可能並未留白，及根據完簡字數與上下契口的距離估計來補字，因此馬先生之排序未臻完美，學者亦多嘗試重新排序。留白簡、二十九支簡排序之探討爲外圍問題，於本章中先行處理；簡序確定之後，才能於內容作最有效的探討。分析簡文內容時，力求羅列各家之說，包括兩岸學者關於〈孔子詩論〉有關形音義之文章著作，以及有關《詩經》篇名之今古論著，包括《詩序》、《三家詩》、鄭《箋》、朱熹《詩集傳》、以至今人著作，力求無偏無頗，以還原〈孔子詩論〉之原貌，及其與今本《詩經》經文與《詩序》的相合程度。

第四節　關於留白簡的問題

〈孔子詩論〉第二簡至第七簡，上下端留白，以往出土楚簡並未有此現象，整理者馬承源將這六支簡歸爲一類，以爲：

> 簡的第一道編繩之上和第三道編繩之下都留白，文字書寫於第一道編繩以下，第三道編繩以上者。每簡大約三十八至四十三字。這種上下端留白的簡相當特別，詩論其他的簡文完整者上下端都寫滿，所以這一部分得以與其他部分區分開來。在這類簡辭中，不見評論詩的具體內容，在這類簡辭中不見評論詩的具體內容，只是概論〈訟〉、〈大夏〉、〈少夏〉、〈邦風〉。……屬於詩序言性質。〔註6〕

關於這六支簡爲何留白，或原來是否有字，卻因特殊原因而造成目前所見之留白現象，學者各自提出看法：

廖名春以爲：

> 據我的分析，簡頭簡尾都留空的，共有 6 簡，它們是簡 1 至簡 7。（玉

〔註 6〕馬承源主編，《上海博物館藏戰國楚竹書（一）》，（上海：上海古籍，2001 年 11 月），頁 121～122。

姍案：當爲簡2至簡7）……現在，馬承源將簡頭簡尾都寫滿了字的簡1接以簡頭簡尾都留空的簡2至簡7，再接以簡頭簡尾都寫滿了字的簡8至簡29，整體上顯然沒有將兩種不同形制的簡區別開來。在同一篇竹書裏，各簡的書寫形制應當相同。基於此，我們就應該將上述29簡分爲兩種，一種是簡頭簡尾都留空的簡，一種是簡頭簡尾都寫滿了字的簡。這兩種簡，應該有不同的來源：簡頭簡尾都留空的6簡，它們當來自一篇孔子的語錄，其篇名爲何，我們現在還不能確知。〔註7〕

周鳳五以爲：

淺見以爲：所謂「留白」，可能先寫後削，是削除文字所造成的，不是這批竹簡的原貌，更非先秦楚國簡牘形制的常態。理由如下：首先，從《孔子詩論》大小兩種彩色圖版看來，竹簡「留白」處似乎比有字的部分要薄些〔註8〕。大家知道，歷年出土的戰國楚竹簡一般比較薄，如《包山楚簡》厚度大約零點一至零點一五釐米。《孔子詩論》簡的厚度未見紀錄，估計相差不遠。如此薄而細長的竹簡，上下兩端若再刻意削薄，是完全不合實用的，等不到「韋編三絕」，恐怕先就「柔腸寸斷」了！因此，「留白」不可能是預留空白，而應當是抄寫之後才出現的狀況。

其次，這六枚竹簡雖有不同程度的殘損，幸好第二簡基本完整，可以作爲復原的依據。第二簡的相關數據如下：「本簡長五十五點五釐米，上端弧形完整，下端弧形基本完整。上端留白八點七釐米，下端留白八釐米，現存三十八字。」若以整簡長度減去上下兩端空白，得三十八點八釐米，存三十八字，約一釐米抄一字。考慮合文與個別字的筆劃多寡，從寬估計，整簡字數當在五十五至六十之間。各簡相關數據表列如下：

簡號	現存簡長	上端長	下端長	現存字數
2	55.5 釐米（完整）	8.7 釐米（完整）	8 釐米（完整）	38
3	51 釐米	4.9 釐米	7.8 釐米	40（合文一）
4	46.1 釐米	7.3 釐米	殘缺	43
5	47.5 釐米	8.5 釐米	殘缺	38
6	49.2 釐米	殘缺	8 釐米（完整）	43（合文一）
7	42 釐米	殘缺	5.5 釐米	40（合文一）

〔註7〕廖名春〈上博《詩論》簡的形制和編連〉，簡帛研究網站，2002年1月1日首發。

〔註8〕周鳳五原注：「據目驗原簡的友人說，竹簡上下兩端薄而平整，肉眼看不出墨跡。或許紅外線攝影可以解決這個疑問。」

我們可以根據上表擬補缺字。〔註9〕

姜廣輝以爲：

　　　　古《詩序》有一類簡兩端都有留白，與其他簡對比，非常特別。其他的簡文完整者上下端都寫滿，大約五十四至五十七字，而這一類留白簡寫滿大約三十八至四十三字，這些簡文內容帶有概論的性質。這種情況很像後世書籍中將一定內容「低格寫」的作法，但古《詩序》留出如此大的天頭和地頭，幾乎近於一種「奢侈」。整理者可能鑒於這樣一些因素將有留白的簡文放在前面，並稱爲「詩序」。……

　　　　當我再仔細研究簡文時，發現滿寫簡之間文意連貫，留白簡之間文意間斷。我的腦子裏於是閃出一個答案，它既簡單又合理。留白簡的眞正意含，並不是所謂「詩序」，而是意味：「此類是殘簡！」就是說，竹書抄寫者所用的底本已經有殘簡，他大概知道竹簡殘缺的大致字數，因此在抄寫時預留了空白，一是向讀者提醒這部分是殘簡，二是希望有朝一日找到完本，將缺字補齊。如果這一分析不誤，那麼，這篇簡文在當時已經是珍本，抄寫者與簡文作者之間已經有了一定的歷史間隔。假如此竹書的抄寫年代與郭店一號墓墓葬時間接近，大約在西元前300年左右，而竹書作者在春秋、戰國之交，那時間已經有一、二百年了。而這一時期正處於一個歷史傳承的斷裂性時代，以致清代學者顧炎武指出，自周貞定王二年（西元前四六七年）至周顯王三十五年（西元前三三四年）凡一百三十三年之間「史文闕軼，考古者爲之茫昧。」「春秋時猶宴會賦詩，而七國則不聞矣。……不待始皇之並天下而文武之道盡矣。」（《日知錄》卷十三《周末風俗》）正是由於這樣的原因，竹書抄寫者未能如願補成完本，只好抱恨而終，將此殘缺的珍本帶到了地下。〔註10〕

彭浩以爲：

　　　　如果仔細觀察一下書中這幾枚的照片，可以發現留白處都明顯呈露出縱向的竹纖維，而有字跡的部分則竹纖維不十分明顯。由此可以判斷，竹簡上下端的留白部分是經人工修削後產生的，因此比有字的部份要薄許多。……《詩論》留白簡原是分三欄書寫的，後因某種緣故將上下欄刮去，

〔註9〕　周鳳五〈論上博《孔子詩論》竹簡留白問題〉，簡帛研究網站，2002年1月19日首發。

〔註10〕　姜廣輝〈古《詩序》留白簡的意含暨改換簡文排序思路〉，簡帛研究網站，2002年1月19日首發。

只留存中欄。其閱讀次序是上欄中欄下欄，各欄均由右向左。這種抄寫方法不同於《詩論》的滿寫簡，應是另一個篇、章，不應歸入《詩論》之中。〔註11〕

業師季旭昇以為：

> 《孔子詩論》簡2至簡7是所謂的留白簡，馬承源考釋以為這一部分和其他部分區分開來。我們也同意這一部份應該給予相當的注意。但是造成留白簡的原因很多，在沒有明確的證據之前，我們寧可相信簡文內部的聯繫，似乎不應太機械式的將這六或七支簡綁在一起。留白簡的內容，簡1－4是總論性的文字，簡5是討論《周頌》的文字，簡是討論《大雅》的文字，簡6經過重新編聯後顯然是宛丘組的後半。因此，所謂的留白簡，其實包含著三至四種不同的內容，沒有理由一定要編聯在一起，其次，依據我們的編聯，除了簡1之外，簡2至7都可以比照非留白簡補足缺字。據此，造成留白簡的原因，可能是某種不明的原因，把寫好的簡文削掉而未補，或者應抄而未抄〔註12〕。〔註13〕

玉姍案：關於簡2－7是否為留白簡的問題，筆者以為，就周鳳五所提出，竹簡「留白」處似乎比有字的部分要薄；彭浩由留白處竹纖維較明顯；及業師季旭昇提出「編聯簡文時，除了簡1之外，簡2至7都可以比照非留白簡補足缺字」這三點，再仔細觀察《上博（一）》原書彩色的原簡圖，確實有削過的痕跡，應可判定簡2－7應非留白簡，當時應該有字，只是因為某種不明原因而削去，因此成為目前所見的形式。

第五節　編聯與簡序

除馬承源所排定之簡序外，多位學者亦重新整理過簡序，今將各家排序製表列於下：

〔註11〕彭浩〈《詩論》留白簡與古書的抄寫格式〉，清華大學思想文化研究所/輔仁大學文學院聯合主辦，新出楚簡與儒學思想國際學術研討會，2002年3月31日～4月2日。

〔註12〕業師季旭昇原注：「周鳳五以為主張留白簡是『先寫後削』，比較合理。見〈論上博《孔子詩論》竹簡留白問題〉，載上博館藏戰國楚竹書研究，187～191頁」。

〔註13〕業師季旭昇〈孔子詩論新詮〉，（臺北：學生書局《經學研究論叢》13輯，2005年12月）。

簡號順序	馬承源	廖名春〔註14〕	李零〔註15〕	李學勤〔註16〕	李守奎〔註17〕	范毓周〔註18〕	曹峰〔註19〕	李銳〔註20〕	濮茅左〔註21〕	曹建國〔註22〕	季師〔註23〕
1	1	1	1	10	1	4	1	10	1	1	1
2	2	8	19	14	2	5	2	14	2	8	2
3	3	9	20	12	3	6	3	12	3	9	3
4	4	10	18	13	4	1	4	13	4	21	4
5	5	14	11	15	5	10	5	15	5	22	5
6	6	12	16	11	6	11	6	11	6	23	7
7	7	13	10	16	7	19	7	16	7	27	8
8	8	15	12	24	8	15	10	24	8	17	9
9	9	11	13	20	9	16	14	20	9	25	10
10	10	16	14	27	10	12	12	19	10	26	14
11	11	24	15	19	12	14	13	18	14	28	12
12	12	20	24	18	13	13	15	9	15	29	13
13	13	19	27	8	15	24	11	21	11	10	15
14	14	18	29	9	14	20	16	22	12	14	11
15	15	27	28	17	11	18	24	23	13	15	16
16	16	29	25	25	16	27	20	27	16	11	24
17	17	26	26	26	17	29	19	25	20	16	20

〔註14〕廖名春〈上博《詩論》簡的形制和編連〉，簡帛研究網站，2002 年 1 月 1 日首發。

〔註15〕李零〈上博楚簡校讀記（之一）《子羔》篇"孔子詩論"部分〉，簡帛研究網站，2002 年 1 月 4 日首發。

〔註16〕李學勤〈上海博物館藏楚竹書《詩論》分章釋文〉，簡帛研究網站，2002 年 1 月 16 日首發。

〔註17〕李守奎〈戰國楚竹書《孔子詩論·邦風》訂補〉，《古籍整理與研究學刊》，2002 年 2 月

〔註18〕范毓周〈關於《詩論》簡序和分章的新看法〉，簡帛研究網站，2002 年 2 月 17 日首發。

〔註19〕曹峰〈對孔子詩論第八簡以後簡序的再調整——從語言特色的角度入手〉，《上海博物館藏戰國楚竹書研究》，（上海大學古代文明研究中心/清華大學思想文化研究所編，上海書店出版社，2002 年 3 月），頁 199～205。

〔註20〕李銳〈孔子詩論簡序調整芻議〉，《上海博物館藏戰國楚竹書研究》（上海大學古代文明研究中心/清華大學思想文化研究所編，上海書店出版社，2002 年 3 月），頁 192～198。

〔註21〕濮茅左〈《孔子詩論》簡序補析〉，見《上海博物館藏戰國楚竹書研究》，（上海大學古代文明研究中心/清華大學思想文化研究所編，上海書店出版社，2002 年 3 月）頁 39～47。

〔註22〕曹建國〈論上博《孔子詩論》簡的編連〉，簡帛研究網站，2003 年 4 月 11 日首發。

〔註23〕業師季旭昇〈〈孔子詩論〉分章編聯補缺〉，《古文字研究》第二十五輯，（北京：中華書局，2004 年 10 月）頁 380～390。

18	18	28	17	23	18	28	18	8	24	24	18
19	19	17	8	28	19	26	8	28	19	20	19
20	20	25	9	29	20	17	9	29	17	19	27
21	21	23	23	21	21	25	21	26	18	12	17
22	22	21	21	22	22	23	22	17	21	13	23
23	23	22	22	6	23	9	23	4	22	18	25
24	24	6*	6	7	24	8	27	5	23	4	26
25	25	4	4	2	25	21	26	6	25	5	28
26	26	5	5	3	26	22	25	7	26	6	29
27	27	6*	7	4	27	7	28	2	27	7	21
28	28	7	2	5	28	2	29	3	28	2	22
29	29	2	3	1	29	23	17	1	29	3	6
30		3									

廖名春的主要排序方式，是：

> 一是將簡頭簡尾都寫滿字的所謂"滿寫簡"即簡 1、簡 8 至簡 29 歸爲一類，歸入同是"滿寫簡"的《子羔》篇，……二是將簡頭簡尾都留空的所謂"留空簡"即簡 2 至簡 7 歸爲一類，單獨成篇。〔註24〕

李零以爲：

> 值得注意的是，這裏面有六枚簡（簡 2-7），寫法比較特殊，看來是把接近簡端的兩截空出，只在三道編繩之間書寫（下稱"留白簡"）。這幾枚簡該排在什麼地方是大問題。我個人的看法是，它們並不是排在簡文的前面，更不會接在簡 1 之後，而是位於簡文最後，其中簡 6 殘去上部，從文義看，其斷折部分，即第一道編繩的上面應該還應有字，留白只在下面，和簡 2-5 和簡 7 不太一樣，應是構成前後過渡的關鍵。從它以後，才是剩下的五枚留白簡。

> 下面，我把簡文的釋文重新排了一遍，一是查編痕位置，劃線定上下缺字；二是改釋和改讀，定釋文準確性；三是拼聯和分組，考慮整體結構。但這裏應當説明的是，我把簡文分成四組，每組之內，凡可拼聯者儘量拼聯，但空字不一定完全準確，也可能會多出一兩字或少去一兩字，補字也是爲了研究文義的銜接，不一定就是原貌；我的分組，只是爲了分析簡文的結構，而不是説可以在它們之間截然劃分（簡文是連寫接抄，不可能按簡或章截然劃分）。還有，爲了排印的方便，我的釋文是直接按讀法錄寫，

〔註24〕廖名春〈上博《詩論》簡的形制和編連〉，簡帛研究網站，2002 年 1 月 1 日首發。

不再括注，情況同於漢代整理古書的辦法。凡改釋、改讀，均請參看每簡下附的案語。讀者欲知原貌，務請核對原書。爲了便於同原書對照，這裏仍保留原來的順序號。〔註25〕

范毓周以爲：

> 根據以上的簡序和分章，我們可以清楚地看到，這是一篇邏輯關係非常清晰的論述《詩經》象徵性含義的論文，其作用有如《毛詩》的《大序》。其第一章總敘《風》、《雅》（並分《小雅》、《大雅》）、《頌》的總體特徵；第二章則論述《頌》、《大雅》、《小雅》和《邦風》的基本特點，無疑是承襲第一章內容而展開的；第三章則分述《邦風》各主要篇章的含義與對其所作的簡要評論；第四章則繼續分述《邦風》其他篇章的含義與對其所作的簡要評論，其中兼及《小雅》一些篇章的內容；第五章則分述《小雅》各主要篇章的含義與對其所作的簡要評論，其中兼及《邦風》、《大雅》和《周頌》，並以《周頌》爲結；第六章則爲全篇總結，對《詩經》的言志、音樂的抒情和語言的表述作用對詩的互爲表裏做了理論概括，正是論文結束的應有之義。整篇文章文氣貫通，邏輯層次清晰明朗，是一篇高水準的詩論文章。……我們從上面的分章釋文中可以看到第一章的總敘《風》、《雅》、《頌》的總體特徵和第二章則論述《頌》、《大雅》、《小雅》和《邦風》的基本特點，正和《毛詩》一樣是按照《風》、《雅》、《頌》的排列順序的。〔註26〕

又：

> 隨著研究的深入，感到原來所排的簡序和分章仍有一些問題。其中主要是第1簡、第2、3簡、第7簡、第6簡、第14簡等按原排簡序均義有未安，需作調整。分章的順序也隨之需作更動。〔註27〕

曹峰以爲：

> 拙文主要試圖從語言使用特色的角度，對簡文做全新串聯。……第一段落嚴格圍繞《國風》展開，且詩篇全集中於今本《詩經》最前端，這是個有趣的現象。……第二段落說的也全是《國風》。第三段落則嚴格圍繞

〔註25〕李零〈上博楚簡校讀記（之一）《子羔》篇"孔子詩論"部分〉，簡帛研究網站，2002年1月4日首發。

〔註26〕范毓周〈上海博物館藏楚簡詩論的釋文簡序和分章〉，簡帛研究網站，2002年2月3日首發。

〔註27〕范毓周〈關於《詩論》簡序和分章的新看法〉，簡帛研究網站，2002年2月17日首發。

《小雅》展開……第四段《國風》、《大雅》、《頌》兼有之，第五六段是《小
雅》、《國風》相混。這種先整齊，再打亂的現象，究竟說明了什麼問題呢？
這不是小文所能解答的，留待有志之士的指教。〔註28〕

在以上說法中，李學勤並無解釋排序的理由。李守奎僅將關於《國風》的簡 11-16
作一些調整。李銳以李學勤之說爲基礎再針對一些他以爲有問題之處重新調整，但
李銳於文中亦未說明調整之依據。

濮茅左以爲：

排序方法的確定是竹書復原的先導。根據《孔子詩論》中竹簡的現狀、
簡文特點，可尋求出三個具有價值的思考點："孔子曰"的傳統主幹線
索，竹簡特殊形式的導引標記，不可拆分的篇名組合,這就是我們確定簡
位的主要方法。〔註29〕

曹建國以爲：

從總的方面，我們將《孔子詩論》分爲三篇主要是基於以下考慮：上
篇以第 1 簡總起，下面綜合評價了《風》詩、《雅》詩。……上篇的編連
理由，我們基本上同意曹峰的看法，於此不贅。……中篇第一章以禮說
詩……第二章以"德智"說詩。……第三章從內容上來說是以"禮"說
詩……第四組簡是對三、四兩組的總結。下篇第一章主旨講述"詩其猶旁
門"。就內容推斷，這兩簡當爲這組詩論的總結，引孔子話以提高論述的
權威性。第二章主旨講述"詩也，文王受命矣。"也是以引孔子話而作結。
據5、6、7 三簡推測，此章所論之詩，不出《頌》與《大雅》，與今本《詩
經》合。第三章主旨講述《風》、《小雅》、《大雅》、《頌》四類詩的風格特
徵。也是引孔子話作結，但簡殘不得其詳。或許留白簡分屬兩篇，因爲第
5 簡有一墨釘█，而墨釘█在《詩論》中具有分篇意義。但簡文殘缺太甚，
無法展開，只能存疑。〔註30〕

業師季旭昇以爲：

竹簡編聯要注意簡長、簡制、契口、字體、內容等條件，這些方面，

〔註28〕 曹峰〈對孔子詩論第八簡以後簡序的再調整——從語言特色的角度入手〉，（上海大
學古代文明研究中心/清華大學思想文化研究所編，上海書店出版社，2002 年 3 月），
頁 199～207。

〔註29〕 濮茅左〈《孔子詩論》簡序補析〉，《上海博物館藏戰國楚竹書研究》，（上海大學古代
文明研究中心/清華大學思想文化研究所編，上海書店出版社，2002 年 3 月），頁 14
～15。

〔註30〕 曹建國〈論上博《孔子詩論》簡的編連〉，簡帛研究網站，2003 年 4 月 11 日首發。

上海博物館的整理者都已經注意到了,除了第一簡與〈子羔〉篇的關係外,各界對《孔子詩論》應屬同一篇作品,大體沒什麼異議。……馬承源的《孔子詩論》釋文考釋分成詩序、訟、大夏、少夏、邦風、綜論等六類。

對於這樣的分類,很多學者都不表同意,李學勤在〈上海博物館藏楚竹書《詩論》分章釋文〉中改用國風、小雅、大雅、頌的排序。李以爲的排序中有許多精闢的看法,但是也存在著一些比較棘手的問題。除了前面風雅頌中間有些合論的部分不夠清朗外,最不好解釋的是第七章是分論《大雅》詩篇的,緊接其後的第八章至十章是通論《詩經》性質的簡2、3、4,然後又是十一章分論《周頌》詩篇的簡5,最後十二章又是通論詩樂文的簡1。爲什麼李學勤會把分論《周頌》的文字夾在通論《詩經》性質的文字的中間?道理很簡單,因爲簡5的前半是通論《周頌》的性質的文字,而後半則是分論《清廟》詩篇的文字,兩段文字寫在同一簡上,不可分割,這就造呈簡文排列的最大難題。目前所見各家大體都不能解決這樣的難題,排出讓人滿意的次序來。

我們認爲,處理《孔子詩論》的排序要優先注意的是簡文內容所呈現的內在規律,其他條件只能作爲參考。《孔子詩論》所呈現的內在規律如下:

一、頌風雅或風雅頌的排次,在簡文中都有。……由此看來,先秦論詩的順序可能是風雅頌,也可能是頌雅風。……

二、《孔子詩論》有「分組論詩」的方式,同一組的詩論有一些相同的關鍵詞。藉著這些關鍵詞,我們可以把不同的簡編聯在一起。如簡16、24、20都有「民性固然」句,因此它們應該屬於一組的詩論文字又如簡21、22、6都有「〈詩名〉吾□之」的句式,因此它們應該屬於同一組的詩論文字。

三、《孔子詩論》有「分層析論」的方式,例如「關雎篇」共有三層,第一層以「一字評論」扼要地提示某篇詩的重點,第二層以「多句評論」深入地論述該詩的重點,第三層以「短句評論」扼要地重述該詩的重點。每一個論詩組的詩評字數句法可以不同,但是分層論析的方法是一樣的。根據這一方式,我們除了可以把散亂的簡編聯在一起之外,判斷正確的簡序,還可以根據這個體例補文字。例如簡16+24+20可以編聯成「葛覃組」。……

四、《孔子詩論》有同一簡上不同論述連寫的現象,如簡1以孔子曰另起一段前有章節結束符。簡5以清廟另起一段,前有段落符號。簡16

以孔子曰另起一段；簡 21 以孔子曰另起一段，這是《孔子詩論》編聯的主要依據。……

五、《孔子詩論》簡 2 至簡 7 是所謂的留白簡，馬承源考釋以為這一部分和其他部分區分開來。我們也同意這一部份應該給予相當的注意。但是造成留白簡的原因很多，在沒有明確的證據之前，我們寧可相信簡文內部的聯繫，似乎不應太機械式的將這六或七支簡綁在一起。留白簡的內容，簡 1－4 是總論性的文字，簡 5 是討論《周頌》的文字，簡是討論《大雅》的文字，簡 6 經過重新編聯後顯然是宛丘組的後半。因此，所謂的留白簡，其實包含著三至四種不同的內容，沒有理由一定要編聯在一起，其次，依據我們的編聯，除了簡 1 之外，簡 2 至 7 都可以比照非留白簡補足缺字。據此，造成留白簡的原因，可能是某種不明的原因，把寫好的簡文消掉而未補，或者應抄而未抄〔註31〕。

除了內在規律外，我們也認為通論性的文字應該放在《孔子詩論》的最前面，就像今本毛詩在最前面的關雎序中講了一大段有關詩的性質功能之類的論述。因此我們贊成把簡 1、2、3、4、5、7 等簡放在《孔子詩論》的最前面。〔註32〕

筆者以為，以上十一位學者所提出的排序，有些沒有釐清《國風》、《雅》、《頌》的排次，以及《國風》、《小雅》、《大雅》、《頌》四大分類中，總論與分論的層次問題，因此重新排序之後，仍出現同一章節中同時混雜其他分類的情形；馬承源、廖名春、范毓周、曹峰、李守奎、李銳、濮茅左、曹建國的排序都有這一類的問題。李零的排序則是在他的第五章綜述時《風》、《雅》、《頌》時，將論《邦風》的句子，分割為頭尾二部分，中間夾雜著論《頌》、《雅》的文字，非常不協調。李學勤的排序較佳，但亦如業師季旭昇所說：

除了前面風雅頌中間有些合論的部分不夠清朗外，最不好解釋的是第七章是分論《大雅》詩篇的，緊接其後的第八章至十章是通論《詩經》性質的簡 2、3、4，然後又是十一章分論《周頌》詩篇的簡 5，最後十二章又是通論詩樂文的簡 1。〔註33〕

〔註31〕 業師季旭昇原注：「周鳳五以為主張留白簡是『先寫後削』，比較合理。見〈論上博《孔子詩論》竹簡留白問題〉，載上博館藏戰國楚竹書研究，187～191 頁」
〔註32〕 業師季旭昇〈孔子詩論新詮〉，（臺北：學生書局《經學研究論叢》13 輯，2005 年 12 月）。
〔註33〕 業師季旭昇〈孔子詩論〉分章編聯補缺〉，2004 年 1 月完稿，待刊

　　將分論《周頌》的文字夾在通論《詩經》性質的文字的中間，使李學勤所排序之最後一章，成了白璧之瑕。以上十一種說法當中，筆者以爲業師季旭昇排序時所考慮的方向最全面，所排列之簡序亦有完整的結構與層次，是以本論文之中，將採用業師季旭昇之說。

凡　例

一、本論文每章先列出釋文。釋文之下，一一提出每章中引起學者廣泛討論的議題，議題之下先列各家說法，然後是作者考釋過程與結果。

二、釋文採用窄式隸定，窄式隸定後用括號注明寬式隸定或通假字。

三、每簡簡號寫在簡文最後，用「【　】」注明。如果因分段分章的關係，把同一簡拆開不連寫，會注明【某簡上】、【某簡下】，並在【某簡上】的後面加一「～」號，如【二上～】，表示這是第二簡的上半，它的下半就再後面另外一段。這個符號旨在說明兩段不同的文字是書寫在同一簡上，這對考慮分章的次序很重要。加注「～」號，表示這和某些斷簡錯誤地被綴合，而又被糾正的情況不同。

四、原簡的標點符號分成三種，第一種是粗大的「■」，橫跨整個簡寬，它往往是分篇或分章的符號。第二種是較小的「▬」，大約只佔簡寬的四分之一，它有時是分段的符號，有時是分句的符號，有時候只是斷詞的符號。第三種是「┗」，也僅佔簡寬的四分之一，和「▬」的作用類似，有時「▬」符書寫時起筆先下頓後橫行，也會寫成跟「┗」同形，因此第二三簡兩種符號似乎很不容易區分。本論文中的做法是：只要看的到轉折的，我們都寫作「┗」。

五、簡斷文殘，根據體例、上下文義而補字時，用「〔　〕」來表示。如果不知道缺什麼字，但是肯定知道缺一個字，就用「□」來表示，缺多字則用「……」表示。因為缺字而導致下引號位置存疑者，則暫時不標下引號。

六、根據體例，判斷應缺整簡者，則在缺簡處標【缺簡】。

七、殘簡補字，主要依業師季旭昇〈《孔子詩論》新詮〉一文。

八、每支簡都應有三個契口，容三道編繩，本論文用「▼1」、「▼2」、「▼3」來表示。契口、編繩的位置，亦參考業師季旭昇〈《孔子詩論》新詮〉。

九、同一位作者之同一篇文章（內容完全相同），然作者為考慮時效性而先發表於簡

帛研究網站，其後又發表於正式學術刊物上，本論文為突顯發表時間之先後，頁下注僅引簡帛研究網站首發時間，不另著明其後出版刊物之頁碼。否則為求嚴謹，皆引正式學術刊物發表之年月日及頁碼。

十、本論文中所引今本《詩經》經文、《詩序》、《毛傳》、《鄭箋》皆本於《十三經注疏·詩經》（台北市：藝文印書館，1993 年 9 月）、引《史記》皆本於《史記會注考證》（（日）瀧川龜太郎編著，台北市：萬卷樓發行，1996），論文中不再另外加註。

十一、論文指導老師，於文中稱為業師。與筆者親炙之師長，於文中尊稱為師。同校或同門之年長，或在作者之前進入研究所就讀者，於文中尊稱為學長（姐）；同年級者於文中尊稱為同學。其他學者則一律不加任何敬稱。

十二、本論文所使用出處之簡稱對照如下：

　　◎文字編部分：

　1.《楚系》---《楚系簡帛文字編》，滕壬生，湖北：教育出版社，1996 年 9 月

　2.《戰典》---《戰國古文字典》，何琳儀，北京：中華書局，1998 年 9 月初版

　3.《郭研》---《郭店楚簡研究·第一卷文字編》，張光裕主編，台北：藝文，1999 年 1 月

　4.《戰編》---《戰國文字編》，湯餘惠主編，福建人民出版社，2001 年 12 月

　　◎出土文字材料出處：

　1. 乙---董作賓《殷墟文字乙編》

　2. 人文---貝塚茂樹、伊藤道治同撰，《京都大學人文科學研究所藏甲骨文字》

　3. 上 1---《上海博物館藏戰國楚竹書（一）》
　　　1 孔子詩論　2 紂衣　3 性情論

　4. 上 2---《上海博物館藏戰國楚竹書（二）》
　　　1 民之父母　2 子羔　3 魯邦大旱　4 從政　5 昔者君老　6 容成氏

　5. 天卜---江陵天星觀 1 號墓卜筮簡

　6. 天策---江陵天星觀 1 號墓遣策簡

　7. 包 2---荊門包山簡 2 號墓

　8. 甲---董作賓《殷墟文字甲編》

　9. 合---中國社會科學院歷史研究所編《甲骨文合集》

　10. 安明---許進雄《明義士收藏甲骨》

11. 佚---商承祚撰《殷契佚存》

12. 京津---胡宣厚《戰後京津新獲甲骨集》

13. 帛乙---長沙子彈墓楚帛書乙篇

14. 帛甲---長沙子彈墓楚帛書甲篇

15. 林---林泰輔《龜甲獸骨文字》

16. 雨 21---江陵雨台山 21 號墓

17. 信 1---信陽 1 號墓竹書

18. 信 2---信陽 1 號墓遣策

19. 前---羅振玉《殷墟書契》

20. 後---羅振玉《殷墟書契後編》

21. 香續---《香港中文大學文物館藏印續集一》

22. 殷釋---羅振玉《殷虛書契考釋》

23. 望 1---江陵望山 1 號墓

24. 望 2---江陵望山 2 號墓

25. 郭---湖北荊門郭店墓

　　1.1 老子甲　1.2 老子乙　1.3 老子丙　2 太一生水　3 緇衣

　　4 魯穆公問子思　5 窮達以時　6 五行　7 唐虞之道　8 忠信之道

　　9 成之聞之　10 尊德義　11 性自命出　12 六德　13 語叢一

　　14 語叢二　15 語叢三　16 語叢四殘殘簡

26. 隨---隨縣曾侯乙墓

27. 菁---羅振玉《殷墟書契菁華》

28. 寧滬---胡宣厚《戰後寧滬新獲甲骨集》

29. 睡---雲夢睡虎地秦簡

30. 粹---郭沫若《殷契粹編》

31. 戩---王國維《戩壽堂所藏殷虛文字》

32. 璽彙---羅福頤主編《古璽彙編》

第二章 〈孔子詩論〉研究

壹、總論之部

【第一章】總論詩樂文

【原文】

〔□□□□□□□□▼1□□〕行此者亓（其）又（有）不王虗（乎）
■⑴？孔＝（孔子）⑵曰：「睿（詩）亡（無）隱（隱）志，樂亡（無）隱
（隱）▼2情，戻（文）亡（無）隱（隱）意⑶。〔□□□□□□□□□□□
□□□□▼3□□□□□□□〕【一】

〔□□□□□□□□〕▼1寺也，文王受命矣■⑷。【二上～】

【討論⑴】

行此者亓又不王虗：行此者其有不王乎？

【各家說法】

馬承源以爲：

> 本篇與《子羔》、《魯邦大旱》兩篇之字形、簡之長度、兩端形狀，都
> 是一致的，一個可以選擇的整理方案是列爲同一卷。我們發現在《子羔》
> 篇第三簡背面有卷題爲《子羔》。其後可順序排列的尚存七支簡。應爲同
> 一書手所作。從內容來看，《子羔》篇純屬子羔問孔子三王者之乍（作）。
> 殘存的最後一簡，在孔子回答了三王之作問題後，子羔又提出了其他的問
> 題，但孔子作答的內容已殘失，而殘失數量未可估計。《魯邦大旱》是孔

子評論魯國大旱乃是當政者刑與德的問題，其後二簡還有孔子對子貢關於禦旱災的答問。詩論的第一章接抄在另一篇的文末：「……行此者其有不王虖？」此辭的語氣既非對子羔、子貢，也非對魯哀公的答問，因此，恐怕還有其他關聯內容。而詩論純粹是評論詩，三者區別很是清楚。《子羔》篇中孔子對子羔的答問，不可能包括這許多內容，因此有兩種可能性：同一篇內有三篇或三篇以上的內容；也可能用形制相同的簡，爲同一人所書，屬於不同卷別。〔註1〕

又

本簡長22釐米，上下端殘，現存23字，其中合文一。

　　丌　通作「其」

　　又　通作「有」

　　簡文多讀作「乎」

　　此辭之下有一較粗的墨節，這是文章分篇的隔離記號，或是大段落的隔離記號。詩論中還有其他與此相同的兩道隔離記號，上下所論的都是詩的內容，有可能是大段落的記號。

　　「行此者其有不王乎」，據辭文，是論述王道的，這語氣與《子羔》篇、《魯邦大旱》篇內容不相協和，當然也非詩序，由此揣測當另有內容。〔註2〕

李零以爲：

　　案：章號前是"子羔"部分的結尾，不屬這一部分。原書是把此簡編入其釋文的"詩序"部分，以下三簡編入其釋文的"綜論"部分。〔註3〕

濮茅左以爲：

　　《孔子詩論》篇第一簡中的墨節與墨鈎的意義相同，表示篇結束。"墨節"通常可表示章節符，有的時候也可表示篇結束符。從現出土文獻分析，當時的句讀標號還沒有非常明確、嚴格的使用規定。在戰國竹書中，我們可以看到，有的時候用墨「丶」作爲句讀號，有的時候句讀號被遺漏，有的時候甚至整簡無句讀號，有的時候用墨釘。戰國竹書的篇結束符一般

〔註1〕馬承源主編，《上海博物館藏戰國楚竹書（一）》，（上海：上海古籍，2001年11月），頁121。

〔註2〕馬承源主編，《上海博物館藏戰國楚竹書（一）》，（上海：上海古籍，2001年11月），頁123。

〔註3〕李零〈上博楚簡校讀記（之一）《子羔》篇"孔子詩論"部分〉，簡帛研究網站，2002年1月4日首發。

用墨鈎表示，有時也用墨節，甚至還有用墨釘標號。因此，竹書中的這種現象是值得我們注意的，特別對於判斷篇章有著重要意義，不能因為在竹簡上出現墨節的緣故，而一定認為墨節表示著章節分割。本卷以墨節為篇結束符的現象至少有兩處，一處在《魯邦大旱》最後一簡，次墨節下有16釐米的留白；另一處在《子羔》篇結束。也出現於其他篇，如《性情論》的上半篇與《郭店楚墓竹簡・性自命出》的上半篇內容基本相同，《性情論》的上半篇以墨節為結束符，《郭店楚墓竹簡・性自命出》的上半篇以小的墨鈎為結束符，並下留有空簡。又如《郭店楚墓竹簡》中的《魯穆公問子思》、《唐虞之道》等也是以墨節為篇名結束符的。〔註4〕

劉信芳以為：

> 按照馬承源的解釋〈孔子詩論〉始於「孔子曰」，「■」號以前為另一篇，是說可疑。……按照慣例，本簡「■」號上下應為同一篇內容。〔註5〕

業師季旭昇以為：

> 李學勤〈分章釋文〉的排序是簡7＋簡2＋簡3＋簡4＋簡5＋簡1，把簡文1放在〈孔子詩論〉的最後，以為「■」是章符，但是無法解釋簡1的總論文字為何會和簡234的總論文字中間會插入一段簡5分論〈清廟〉的文字。因此我們暫時接受馬承源的看法，認為「行此者其有不王乎」是前一篇的文字，與〈孔子詩論〉無關。〈孔子詩論〉有三個「■」符，可能是篇符，也可能是章符段符，本簡的「■」符，看來應該是章符。

> 依照全簡圖及簡序解析，簡首可補11字，簡尾可補23字。因此真正的〈孔子詩論〉似乎應該從「詩無隱志」開始。《毛詩》在一開始的〈關雎〉篇首序之後就寫了一大段的通論性文字，比照這種模式，加上後面會談到的其他原因，我們認為簡1後半應該放在〈孔子詩論〉的卷首。〔註6〕

【玉姍案】

由於「行此者其有不王乎」似非孔子對子羔、子貢或魯哀公之語氣，故從馬說。「行此者其有不王乎」當視為上一篇之末句。當以「孔子曰：詩無隱志，樂無隱情，文無隱意」為〈孔子詩論〉之首句。

〔註4〕濮茅左〈《孔子詩論》簡序補析〉，《上海博物館藏戰國楚竹書研究》，（上海大學古代文明研究中心/清華大學思想文化研究所編，上海書店出版社，，2002年3月），頁12～13。
〔註5〕劉信芳《孔子詩論述學》，（安徽大學出版社，2003年1月初版），頁102。
〔註6〕業師季旭昇〈孔子詩論新詮〉，（臺北：學生書局《經學研究論叢》13輯，2005年12月）。

【討論（2）】

孔＝：「孔子」合文

【各家說法】

馬承源以為：

> 孔＝「孔子」二字均寫成合文，作「」（下注省）。釋定這合文是「孔
> 子」，還可以在《子羔》、《魯邦大旱》等篇中得到證明。《子羔》篇所載的
> 內容是孔子對其弟子子羔提出的「三王者之作」諸問題的回答，此篇雖不
> 完整，但由「孔子曰」開始的答辭出現了四次：（玉姍案：圖版省）

> 釋文：一‧子羔昏（問）於孔子曰：「三王者之乍（作）也，虘（皆）
> 人子也，……」；二‧孔子曰：「善，而（尒）昏（問）之也，舊矣……」；
> 三‧子羔曰：「如𡘺（舜）才（在）今之殜（世），則可（何）若？孔子曰：……」
> 四‧孔子曰：「𡘺（舜）其可胃（謂）受命於民矣……」

> 在這裡，「孔子」這個字雖與常見的從子從乚稍微有些不同，主要是
> 從乚的寫法有異。按以上辭文內容，「」字當然也不可能看做是孔門其
> 他弟子之名，只能是孔子。關於這一點，在《魯邦大旱》篇中有了更進一
> 步的證明。句例：（玉姍案：圖版省）

> 釋文：

> 一、魯邦大旱，哀公胃（謂）孔子：「子不爲我圖（圖）之，……」

> 二、孔子畬（答）曰：「邦大旱，毋乃……」；

> 三、孔子曰：「名虖（乎）……」；

> 四、「出遇子贛（貢）曰：賜，而（尒）昏（聞）衛（巷）迡（路）
> 之言毋乃胃（謂）丘之畬（答）非與（歟）？子貢曰……」。

> 在第四枚簡辭文中，孔子自稱其名爲「丘」，《詩論》、《子羔》和《魯
> 邦大旱》三篇中孔子合文都視同一書手的筆跡和同一書寫方法，實際材料
> 已經非常清楚地說明了授詩者是孔丘。「」釋爲「孔子」合文，是無可
> 懷疑的。……

> 基於《詩論》篇本文內容所提供的證據和其他各篇「孔子」合文形體
> 互異的情況說明，《詩論》篇的「孔子」合文，只是上博簡中「孔子」合
> 文數種形體變異的一種而已。由此可以論定，授詩者只能是孔子。〔註7〕

〔註7〕 馬承源主編，《上海博物館藏戰國楚竹書（一）》，（上海：上海古籍，2001年11月），
頁123～125。

　　裘錫圭、李學勤於 2000 年 8 月 19 日北京達園新出簡帛國際學術研討會中，原本提出「簡文「孔子」合文或許應釋為「卜子」合文，（卜子就是卜商，即孔子弟子中以文學著稱的子夏）。」的說法〔註8〕。

黃錫全則以為：

　　　　　這兩個字……即「子上」，……，子上是孔子的曾孫，是著名學者子思的兒子。〔註9〕

但《上博（一）》出版後，裘、李皆接受馬說更正為「孔子」合文。〔註10〕

【玉姍案】

　　馬承源之說無誤。此外，楚系文字《上博（一）》「孔子」合文作 （上 1.1.16）、（上 1.1.21）、（上 1.1.27）；《上博（二）》「孔子」合文作 （上 2.2.2）、（上 2.3.2）。「孔」字之「乚」旁，或寫如「人」形，或寫如「卜」形；此為楚系「孔」字之特色。於「孔」字下加上合文符號「＝」，則為「孔子」合文，讀為「孔子」。

【討論（3）】

詈亡隱志，樂亡隱情，旻亡隱意：詩無隱志，樂無隱情，文無隱意

【各家說法】

　　（一）（詈）

　　馬承源以為：

　　　　　「詈」，從言從止，古文「詩」。《說文》：「詩，志也，從言寺聲。，古文詩省。」簡文「詩」多做「詈」。〔註11〕

　　（二）（隱）

　　馬承源以為：

　　　　　「隱」，從陞從心，以旻為聲符。……此字既要以「旻」為聲符，是當以聲轉字視之，按辭義應可讀為《離騷》之「離」，離、旻、鄰都為雙聲，韻部為同類旁對轉，「離志」一詞，見於《史記‧燕召公世家》：「因

〔註 8〕 裘錫圭、李學勤之說並見黃錫全〈『孔子』乎？『卜子』乎？『子上』乎？〉，簡帛研究網站，2001 年 2 月 26 日首發。

〔註 9〕 黃錫全〈『孔子』乎？『卜子』乎？『子上』乎？〉，簡帛研究網站，2001 年 2 月 26 日首發。

〔註10〕 分見裘錫圭《關於〈孔子詩論〉》，《國際簡帛研究通訊》2002 年 1 第 2 卷第 3 期及李學勤〈詩論與詩〉，《清華簡帛研究第二輯》，（中國北京清華大學思想文化研究所，2002 年 3 月）。

〔註11〕 馬承源主編，《上海博物館藏戰國楚竹書（一）》，（上海：上海古籍，2001 年 11 月），頁 125。

搆難數月，死者數萬，眾人恫恐，百姓離志。」……，志、性情、心（包括騷）等狀態的稱述，皆可謂離或不離。詩亡隱志，樂亡隱情，文亡隱言，可以讀爲「詩不離志、樂不離情、文不離言」。〔註12〕

裘錫圭以爲：

結合簡文意義和「叟」的讀音來考慮，「陻」和「㥈」似可釋讀爲「隱」。「隱」是影母文部字，韻部與「叟」相合，但聲母的距離似稍大。但在形聲字裡，卻有影母與來母明母相諧的例子。例如，以來母字「䜌」爲聲旁的，既有很多來母字，也有明母字的「蠻」，和影母字的「彎」（此例承陳劍指出）。以影母字「嬰」爲聲旁的「㜶」，既有影母的讀音，也有明母的讀音（莫迴切）。以明母字「鼻」爲聲旁的從「走」之字，除幫母的讀音外，還有影母的讀音於塞切。……此外在經典異文中，「鄰」和「隱」都有與「乘」爲異文之例：

《禮記‧郊特牲》：「丘盛共粢盛，鄭注：盛或爲鄰。」

《書‧盤庚下》：「尚皆隱哉」，漢石經「隱」作「乘」。（洪适《隸釋》卷十四‧一下，《隸釋、隸續》149頁，中華書局，1985）。

這也可能是「鄰」「隱」二字古音相近可通的反映。總之，把「陻」「㥈」釋讀爲「隱」，在語音上是講得通的。那麼，「陻」大概就是「隱蔽」之「隱」的異體（二字皆從「阜」），「㥈」從「心」，應是表示心理語言方面的「隱」的，後世將二者合爲一字，不加區分。〔註13〕

李零以爲：

吝，從古音考慮，不應讀爲離，……我們從字形看，此字實相當古書中的「憐」；從閱讀習慣看，則讀「吝」更順。「憐」、「吝」音義相近，均可訓惜，含有捨不得的意思。這裏的「吝志」，疑指下文所說「有藏願而未得達」。同樣，「吝情」、「吝言」，也是指藏而未發的「情」和「言」，意在強調《詩》的「宣泄」（catharsis）作用。〔註14〕

何琳儀以爲：

「陻」，原篆作 。其下從「心」，疑是疊加「無義偏旁」。「陻」所

〔註12〕馬承源主編，《上海博物館藏戰國楚竹書（一）》，（上海：上海古籍，2001年11月），頁125～126。

〔註13〕裘錫圭〈關於孔子詩論〉，《國際簡帛研究通訊》，第二卷第三期，2002年1月。

〔註14〕李零〈上博楚簡校讀記（之一）《子羔》篇"孔子詩論"部分〉，簡帛研究網站，2002年1月4日首發。

從「妛」，在戰國秦漢文字中習見，多讀「鄰」。然則「陜」可直接釋「隣」，即「鄰」之異文（《集韻》）。「鄰」與「陵」雙聲，典籍往往可以通假。……總之，「陜」有馳騁超越之意，在簡文中爲使動用法。其大意謂「詩歌不可使心志陵越，音樂不可使感情陵越，文章不可使言辭陵越。」凡此種種，都合乎儒家「過猶不及」的中庸之道，「遊於藝」則應體現所謂「溫柔敦厚」之愷也。〔註15〕

李學勤以爲：

「隱」這個字，根據《說文》，是從「㥯」聲。而「㥯」又從「𦤶」聲。簡文的字，把「𦤶」變成了「妛」，只是改了聲符。

「妛」字的上部，本作兩個小圈圈，可隸寫爲「吅」或「厽」，根據郭忠恕《汗簡》等書，是「鄰」的古文，這個字的古音在來母眞部。

前幾年長沙馬王堆出土的帛《周易》，「悔吝」的「吝」都寫成「妛」。「吝」字古音在來母文部，眞、文兩韻相近，因而相通。

實際上，「妛」字是在作爲作爲古文「鄰」的「吅」字上面，再加「文」爲其聲符。就聲母言「鄰」是來母，「文」是明母，這與「令」是來母，「命」是明母，道理是一致的。

「𦤶」則是影母文部字，大家知道，來母或明母文部的字，每每與喉部曉、匣、影一系同韻的字相關。比如「侖」字來母文部，「睔」字則是匣母文部。「虋」字明母文部，「璊」字則在曉母文部。同樣，「緡」、「睧」等字是明母文部，所從的昏也在曉母文部。所以「妛」字既可借爲來母文部的「吝」，也就可以和影母文部的「𦤶」相通了。《郭店簡‧性自命出》第四八簡（筆者案：應爲第五九簡－第六十簡）：

凡敉人，勿𢗠也，身必從之，言及則明舉之而毋憍。

《上博簡‧性情論》第二十九至三十簡文同，唯「敉」作「悅」，「𢗠」作𢢞〔註16〕，……《上博簡》說明讀前一字爲「說」，訓作「敎」，是很對的。「𢗠」其實也是「隱」，「憍」則讀爲「僑」。……這條簡文應該讀爲：

凡說人，勿隱也，身必從之，言及則明舉之而毋僑。

意思是：在敎人時，不可有所隱藏，而應以身作則，凡講到的都要明

〔註15〕何琳儀〈滬簡詩論選釋〉，簡帛研究網站，2002年1月17日首發。

〔註16〕李學勤注：「此字照片下部不清，疑仍係從心。」李學勤〈談《詩論》『詩無隱志』章〉，見名春編，《清華簡帛研究》第二輯，頁27，下注6，（中國北京清華大學思想文化研究所，2002年3月）

白舉出，不要欺僞。這裡「隱」和「明舉」是相對的，證明釋「隱」無誤。

討論了「隱」字的釋讀，就知道《詩論》該章當爲：

孔子曰：「詩無隱志，樂無隱情，文無隱意。」〔註17〕

除以上說法外，還有許多學者亦提出看法，由於說法眾多，爲避免贅述，將各家釋讀與釋義整理如下：

作者：文章	釋 讀	釋 義	「詩無隱志」翻譯
馬承源《上博（一）》	離		詩不離志
裘錫圭：〈關於孔子詩論〉	隱	隱藏	詩無隱志；孔子說詩，也就是要明詩之志
李學勤：〈談《詩論》「詩無隱志」章〉			詩亡隱志
廖名春：〈上海博物館藏詩論簡校釋箚記〉	泯	滅	詩無泯志；「詩言志」之否定之否定
邱師德修：〈上博簡（一）「詩無隱志」考〉			詩亡泯志；《詩經》如果散亡了，就會泯滅了人志。
饒宗頤：〈竹書《詩序》小箋〉		有所吝惜而保留	詩不吝志
廖名春：〈上海簡《詩論》篇管窺〉	吝	貪吝之志	
李零：〈上博楚簡校讀記（之一）《子羔》篇"孔子詩論"部分〉		捨不得	詩無吝志
何琳儀/〈滬簡詩論選釋〉	陵	陵越	詩歌不可使心志陵越
張桂光/〈《戰國楚竹書‧孔子詩論》文字考釋〉	憐	吝；隱留	詩亡憐志；詩當無保留的述志。
李銳/〈讀上博楚簡箚記〉	悉	不明了，與李學勤「隱」略同	詩無悉志；《詩》中沒有不明了的志向

（三）𢆶（旻）

馬承源以爲：

旻」字從口置矢字側端的寫法和「旻」字從口從文置旻，從口從文，在簡文中，「旻」與「文」不完全相同。如文王之「文」不從口，文章之「文」從口字的形體有點像戰國文字「旻」字的寫法。𢆶與𣬥，僅有細小的差別。「側端的寫法相似，……「文」在此是指文采。〔註18〕

〔註17〕 李學勤〈談《詩論》『詩無隱志』章〉，見《清華簡帛研究》第二輯，（中國北京清華大學思想文化研究所，2002年3月），頁26～27。

〔註18〕 馬承源主編，《上海博物館藏戰國楚竹書（一）》，（上海：上海古籍，2001年11月），頁126。

【玉姍案】

（一）𧥫（詩）

𧥫，「詩」的異體字。馬承源解說「𧥫」字有誤，𧥫字當爲從言之聲。「𧥫」字甲文與金文未見。《說文》「詩」字古文作𧥫形，《汗簡》「詩」字古文作𧥫形皆從言之聲，與〈孔子詩論〉中「𧥫」字形體吻合。「之」，端紐之部；「詩」，古音端紐之部；兩字同音。「𧥫」從之得聲。

（二）𤔌（隱）

「隱」字始見於〈孔子詩論〉中，戰國古幣有○○（古幣 303 刀），何琳儀以爲：

> 甲骨文作□□（類纂 2183），會兩城相鄰之意，鄰之初文。……戰國
> 文字承襲甲骨文，方筆變弧筆。與《汗簡》下 2.83 鄰作○○吻合。〔註19〕

戰國楚文字中多見「𢼄」字，如 𤔌 （望 2.41）、𤔌 （郭 11.48）、𤔌 （郭 12.3）、𤔌 （郭 10.15）、𤔌 （郭 10.34），亦有「㤳」字，如 𤔌 （郭 11.59）。

何琳儀以爲：

> 𢼄，從「厶厶」，文爲疊加聲符，鄰，來紐眞部。來、明爲複輔音，眞、
> 諄旁轉。漢帛書《老子》「鄰」作「𢼄」（乙 205 上）。鄰之異文，「厶厶」
> 之繁文。〔註20〕

郭店楚簡中 𤔌 （郭 10.15）多讀爲「吝」〔註21〕，「吝」字古音在來母文部，眞、文兩韻相近，因而相通。

裘錫圭、李學勤皆以爲 𤔌 應讀爲「隱」，雖然「隱」是影母文部字，韻部與「𢼄」相合，但聲母的距離似稍大。但裘錫圭提出：

> 形聲字裡，卻有影母與來母、明母相諧的例子。例如，以來母字「孌」
> 爲聲旁的，既有很多來母字，也有明母字的「蠻」，和影母字的「彎」（此
> 例承陳劍指出）。以影母字「嬰」爲聲旁的「孾」，既有影母的讀音，也有
> 明母的讀音（莫迴切）。〔註22〕

李學勤亦指出：

> 實際上，「𢼄」字是在作爲作爲古文「鄰」的「□□」字上面，再加「文」
> 爲其聲符。就聲母言「鄰」是來母，「文」是明母，這與「令」是來母，「命」

〔註19〕何琳儀著《戰國古文字典》，（北京：中華書局，1998 年 9 月初版），頁 1149。

〔註20〕何琳儀著《戰國古文字典》，（北京：中華書局，1998 年 9 月初版），頁 1149。

〔註21〕玉姍案：此根據張光裕主編，《郭店楚簡研究・第一卷文字編》說法。

〔註22〕裘錫圭〈關於孔子詩論〉，見《國際簡帛研究通訊》，（2002 年 1 月第二卷第三期），頁 2。

是明母，道理是一致的。

「畟」則是影母文部字，大家知道，來母或明母文部的字，每每與喉部曉、匣、影一系同韻的字相關。比如「侖」字來母文部，「睔」字則是匣母文部。「蠻」字明母文部，「彎」字則在曉母文部。同樣，「緡」、「睧」等字是明母文部，所從的昏也在曉母文部。所以「畟」字既可借爲來母文部的「吝」，也就可以和影母文部的「畟」相通了。〔註23〕

以上多例可以證明，以「畟」爲主要聲符的 🔣（隱）字，若要讀爲「隱」，是有聲音相通之依據的。

以上所整理的諸家意見中，除何琳儀將「隱」讀爲「陵」，釋爲「陵越」外，其實其他各家說法均十分類似。如饒宗頤將「隱」讀爲「吝」，釋爲「有所吝惜而保留」，實際上與「隱」義是十分接近的。張桂光、李銳雖分別就文字考釋讀爲「憐」、「忞」，但最後的釋義也都歸回到「隱」義之上。因此依裘錫圭、李學勤釋讀爲「隱」，在文字考釋及內容釋讀上是最直接的，不必如其他各家經過轉折假借，就能使音義釋讀一致。

〈孔子詩論〉簡 20：「喬帛之不可迲也，民眚固然，丌（其）🔣 志必又（有）以俞（喻）也。」這裡的「陵」字，應視爲「隱」的異文，用法跟簡 1 亦同；但談論的是由《詩經‧木瓜篇》所引伸出的幣帛餽贈之禮，「陵志」讀作「隱志」，作「（〈木瓜〉詩中）所隱含的幣帛餽贈之禮」，相當通順。廖名春將「隱」釋爲「泯」，言「『詩無隱志』即『詩言志』之否定之否定」〔註24〕，在《上博一‧孔子詩論》簡 20 中則無法通讀。「幣帛餽贈之禮」也不當與何琳儀所謂「心志陵越〔註25〕」或邱師德修所謂「泯滅了人志〔註26〕」有關。故此處從裘錫圭、李學勤之說，釋「陵」爲「隱」。

此外，並無學者特別探討「詩亡隱志」之「亡」字用法，筆者卻以爲有討論價值。「亡」字於戰國文字中多見，大多數是假借爲「有無」之「無」，如《包山簡》「亡悁」讀作「無畏」，《楚帛書》「亡尙」讀作「無常」等。〔註27〕。《郭店簡》除

〔註23〕 李學勤〈談《詩論》『詩無隱志』章〉，見廖名春編，《清華簡帛研究》第二輯，（中國北京清華大學思想文化研究所，2002 年 3 月），頁 26～27。

〔註24〕 廖名春著〈上海博物館藏《詩論》簡校釋箚記〉，見廖名春、朱淵清主編《上博館藏戰國楚竹書研究》，（上海：上海書店出版社，2002 年 3 月），頁 228。

〔註25〕 何琳儀〈滬簡詩論選釋〉，簡帛研究網站，2002 年 1 月 17 日首發。

〔註26〕 邱師德修將「詩無隱志」釋讀爲：「《詩經》如果散亡了，就會泯滅了人志」。邱德修師《上博簡‧詩論》「陵」若「隱」字考〉見《新出土文獻與古代文明研究國際學術研討會論文集》會議論文編號 18，（上海博物館主辦，2002 年 7 月 28 日～7 月 30 日），頁 20。

〔註27〕 請詳參何琳儀著《戰國古文字典》，（北京：中華書局，1998 年 9 初版），頁 725、562。

多數作「有無」之「無」以外，亦有假借爲「毋」之例，如〈語叢一〉：「亡意，亡乍」，讀作「毋意，毋作」〔註28〕。

　　但是就目前爲止，我們在楚系文字中，並未發現「亡」字作「滅亡」或「不會」之意者，因此以楚系文字「亡」之習慣用法而言，邱師、廖名春、饒宗頤的說法，似乎還需商榷。

（三）**竹**（旻）

　　「文」字於〈孔子詩論〉中共出現十二次，今整理於下表：

字　　形	所出現之原簡序及相關簡文	簡文中「文」字之意思
竹	簡1：文無隱言	文章
竹	簡3：其言文	有文采
竹	簡5：秉文之德	文王
竹	簡6：秉文之德	文王
竹	簡6：烈文	文德
竹	簡8：少文	詩篇名（今〈小雅·小旻〉）
文	簡2：文王	文王
文	簡7：命此文王	文王
文	簡7：文王隹谷已	文王
文	簡21：文王	文王
文	簡22：文王	文王
文	簡24：文武之德	文王

　　從口的「竹」形共出現六次，不從口的「文」形亦出現六次。《上博（一）·緇衣》亦出現兩次「文王」，「文」皆不從口，作**文**（上1.2.1）、**文**（上1.2.17）。由於簡5、簡6「秉旻（文）之德」中之「旻」亦指文王；因此「文」與「旻」二字在〈孔子詩論〉中使用並無明顯區隔。然今日所見文字資料中，除〈孔子詩論〉外，尚未見其他寫作從口之「旻」字。

　　但楚系《包山簡》之「文」雖多作**文**形（包2.200），亦有「文」字寫作**文**形（包2.203），於「文」旁加兩筆飾筆。此外，江陵雨台山21號墓出土之「吝」字，

〔註28〕玉姍案：此根據張光裕主編，《郭店楚簡研究·第一卷文字編》說法。

亦有作 ⟨字⟩ 形（雨 21.3），文旁亦加三筆飾筆。

陳嘉凌學姊以爲：

> 楚系簡帛「文」字作 ⟨字⟩（包 2.42），字形承甲、金文，或於右上端加
> 飾筆表紋飾作 ⟨字⟩ 形（包 2.203），與《說文》「吝」字古文之「文」形相同
> 〔註29〕，或右上飾筆處變爲「口」形作 ⟨字⟩（上 1.1.1）。〔註30〕

何琳儀《戰國文字通論（訂補）》中，將戰國文字形體演變分爲六大類，第三類
「繁化」中有「增繁無義篇旁」：

> 增繁無義篇旁，係指在文字中增加形符，然所增形符對文字的表義功
> 能不起直接作用。即便有一定的作用，也因其間關係模糊，不宜確指。因
> 此，這類篇旁很可能也是無義部件，只起裝飾作用。〔註31〕

第六類爲「各種特殊符號」中有「複筆裝飾符號」，他以爲：

> 複筆裝飾符號，即在原有文字的基礎上增加複筆，諸如 "‥"、
> "＝"、"//"、"\\"、"/\"、"公" 等……裝飾符號 "—" 與 "＝"、
> "/\" 與 "公" 之間，往往可以互換。在第三節 "增繁無義篇旁" 所涉及
> 的 "口"，原有一定裝飾性，所以也可以與裝飾符號 "＝" 互換。例如：
> 文 ⟨字⟩《包山》203 ⟨字⟩ 《上海》詩 6〔註32〕

是以可知〈孔子詩論〉寫成 ⟨字⟩（上 1.1.6）、⟨字⟩（上 1.1.1）的「文」字，應是在 ⟨字⟩
（上 1.1.2）的寫法基礎上，加上「口」形而成。而「口」形應如何琳儀所分析的，
可能是戰國文字形體演變的過程中，屬於「繁化」現象中的「增繁無義篇旁」。

（四）⟨字⟩（意）

〈孔子詩論〉第一簡最後一字因簡殘斷，因此下半殘缺。馬承源考釋此句爲「文
無離（玉姍案：當爲「隱」）言」，學者多從馬說，僅有李學勤讀爲「文無隱意」：

> 先說末了的「意」字，這個字大家多釋爲「言」，字的下部已經缺損
> 詩論簡文「言」字出現了幾次，字的頂上都沒有小橫，這個字卻有小橫。
> 我認爲字不是「言」而是「意」。字的寫法可參看《金文編》譯「意」字
> 〔註33〕。〔註34〕

〔註29〕原注：許慎《說文解字注》頁 61，台北：黎明，民 63。

〔註30〕陳嘉凌學姊《楚系簡帛字根研究》，（台北：國立台灣師範大學國文研究所碩士論文，
2002 年），頁 74。

〔註31〕何琳儀《戰國文字通論（訂補）》，（江蘇：教育出版社，2003 年 1 月），頁 215～216。

〔註32〕何琳儀《戰國文字通論（訂補）》，（江蘇：教育出版社，2003 年 1 月），頁 261～262。

〔註33〕原注：容庚《金文編》第 717 頁，中華書局，1985。

〔註34〕李學勤〈談《詩論》"詩無隱志" 章〉，《清華簡帛研究第二輯》，（中國北京清華大

業師季旭昇以爲：

> 「意」，原簡此字下殘，上半象「言」，但下半比「言」小，《上博（一）》
> 隸定作「言」，李學勤以爲〈上海博物館藏楚竹書《詩論》分章釋文〉隸
> 定作「意」，於形於意均較佳，姑從之。〔註35〕

　　筆者以爲，簡文「詩無隱志，樂無隱情，文無隱 ✎」爲排比句，除了由字形探
討外，也可由文法的次序來判斷：「詩」、「樂」、「文」都是人爲的外發動作，「志」、
「情」則是內在情感，人心裡先有了情感然後透過賦詩、奏樂、作文等方式來記錄
與舒發。因此 ✎ 當與「志」、「情」一致，是內在的情感。故讀爲「意」，比讀爲「言」
更爲適當。

【討論（4）】

〔□□□□□□□□□〕寺也，文王受命矣。

【各家說法】

馬承源以爲：

> 本簡長 55.5 釐米，上端弧形完整，下端弧形基本完整。上端留白八‧
> 七釐米，下端留白八釐米。現存三十八字。

又

> 文王受命矣，此句下有一墨釘。今本《毛詩》中記文王受命的詩是
> 《大雅‧文王》，在《小明》的首句也曾提到過。此殘文所論應是《大
> 夏》。〔註36〕

李零讀作：「時也，文王受命矣。」〔註37〕無釋。

廖名春以爲：

> 「寺」字馬承源無釋。李學勤、李零、王志平、周鳳五、俞志慧、
> 姜廣輝等讀爲「時」。時從寺得聲，「寺」讀爲「時」當然可以。問題是，
> 簡文上下說「命」，並沒有什麼涉及到「時」，這裡突然冒出一個「時」
> 字，又有什麼意義？因此是當求別解。我認爲此「寺」字當讀爲「志」。

學思想文化研究所，2002 年 3 月），頁 26。

〔註35〕業師季旭昇〈孔子詩論新詮〉，（臺北：學生書局《經學研究論叢》13 輯，2005 年
　　　　12 月）。

〔註36〕馬承源主編，《上海博物館藏戰國楚竹書（一）》，（上海：上海古籍，2001 年 11 月），
　　　　頁 127。

〔註37〕李零〈上博楚簡校讀記（之一）《子羔》篇 "孔子詩論" 部分〉，簡帛研究網站，2002
　　　　年 1 月 4 日首發。

〔註38〕

董蓮池以爲：

> 「受命」謂受上天令其代殷之大命。《尚書‧康誥》：「天乃大命文王，
> 殪戎殷，誕受厥命，越厥邦厥民。」是其證。《毛詩》載「文王受命」者
> 見《大雅‧文王》，則此即應是論文王之句。《文王》中云：「有周不顯，
> 帝命不時」，「寺也，文王受命矣」當是發此，「寺」義當同上引《文王》
> 中之「時」。毛傳訓「不時」爲「時」也。近人林義光則訓「時，持久也。……
> 『時』『持』『峙』古並同音。」說可從。則「寺」應作「持」，論當是就
> 「文王在上，於昭于天。周雖舊邦，其命維新。有周不顯，帝命不時」來
> 闡發詩蘊。謂《詩》是說周雖然是一個舊邦，國運卻是一派新氣象，其前
> 途光明顯赫，上帝之命持久恆長。〔註39〕

劉信芳以爲：

> 讀「寺」爲「時」是也。「時」猶「窮達以時」（郭店簡《窮達以時》）
> 「仁以逢時」（郭店簡《唐虞之道》）之「時」。《禮記‧禮器》：「禮，時爲
> 大，順次之，體次之，宜次之，稱次之。堯授舜，舜授禹，湯放桀，武王
> 伐紂，時也。」「時」是儒家由自然規律引入的社會理念，春生、夏長、
> 秋收、冬藏是自然與人事之時也，虞、夏、商、周至時而有更替，此社會
> 發展之時也。「時」非人力所能抗拒，殷衰而周興，文王值其時，此所謂
> 「時也，文王受命矣。」「命」，謂天命也。〔註40〕

【玉姍案】

業師季旭昇以爲：

> 簡 2 首部可以補 9 字，「……寺也，文王受命矣」到底何所指，文殘
> 不可知，但是本簡後半是總論性的文字，所以推測其前的話應該也是另一
> 斷總論性的文字。簡 1 尾部的 23 字加簡 2 首部的 9 字，共有 32 字，應該
> 足夠補「……寺也，文王受命矣」前面的缺文了。〔註41〕

〔註38〕 廖名春〈上博《詩論》簡的天命論和‘誠’論〉，清華大學思想文化研究所/輔仁大
學文學院聯合主辦，新出楚簡與儒學思想國際學術研討會，2002 年 3 年 31 日～4 月
2 日。

〔註39〕 董蓮池，《《上海博物館藏戰國楚竹書（一）‧孔子詩論》解詁（一）》，古籍整理研
究學刊，2002 年 2 月。

〔註40〕 劉信芳《孔子詩論述學》，（安徽大學出版社，2003 年 1 月初版），頁 111。

〔註41〕 業師季旭昇〈孔子詩論新詮〉，（臺北：學生書局《經學研究論叢》13 輯，2005 年
12 月）。

學者多以爲簡文「文王受命」是指《大雅‧文王之什‧文王》，今本《毛詩‧大雅‧文王之什‧文王》：

> 文王在上，於昭于天。周雖舊邦，其命維新。有周不顯，帝命不時。
> 文王陟降，在帝左右。　亹亹文王，令聞不已。陳錫哉周，侯文王孫子，文
> 王孫子，本支百世。凡周之士，不顯亦世。　世之不顯，厥猶翼翼。思皇多
> 士，生此王國。王國克生，維周之楨。濟濟多士，文王以寧。　穆穆文王，
> 於緝熙敬止。假哉天命，有商孫子。商之孫子，其麗不億。上帝既命，侯于
> 周服。　侯服于周，天命靡常。殷士膚敏，裸將于京。厥作裸將，常服黼冔。
> 王之藎臣，無念爾祖。　無念爾祖，聿脩厥德。永言配命，自求多福。殷之
> 未喪師，克配上帝。宜鑒于殷，駿命不易。　命之不易，無遏爾躬。宣昭義
> 問，有虞殷自天。上天之載，無聲無臭。儀刑文王，萬邦作孚。

《詩序》：

> 〈文王〉，文王受命作周也。

然而《詩經》經文中提到文王受命的，尚有許多，例如《大雅‧文王之什‧皇矣》：「天立厥配，受命既固。」《大雅‧文王之什‧文王有聲》：「文王受命，有此武功。」《大雅‧蕩之什‧江漢》：「文武受命，召公維翰。」是以無法確定簡文「文王受命矣」究竟爲對哪一首詩之評論。「𢗽（寺）」，多數學者以爲當讀爲「時」，由於「寺」字以上留白，且「寺」字於楚簡中雖有假借爲「時」之例〔註42〕，亦有假借爲「侍」〔註43〕、「詩」〔註44〕之例，故此僅列出各家意見，而不作結論。

【第二章】總論頌雅風

【原文】

　　訟（頌）坪（平）惪（德）也⑴。多言逡（後）⑵。丌（其）樂安而尿（遲），丌（其）訶（歌）紳而募（惕）⑶∟，丌（其）思深而遠，至矣∟！〈大頣（夏；雅）〉盛惪（德）也，多言〔□□□□□□□□⑷【二下】□□□□□。〈小夏（雅）〉□□▼₁〕也。多言難而悥（怨）退（懟）者也，衰矣少（小）矣⑸。〈邦風〉丌（其）內（納）勿（物）也▼₂，専（溥）儣（觀）

〔註42〕見楚帛書甲 4.11「是隹（唯）四寺（時）」、楚帛書甲 7.12「十日四寺（時）」。見滕壬生《楚系簡帛文字編》，（湖北：教育出版社，1996 年 9 月），頁 260。

〔註43〕見包 2.266「出内（入）寺（侍）王」。見滕壬生《楚系簡帛文字編》，（湖北：教育出版社，1996 年 9 月），頁 260。

〔註44〕見郭 3.3「寺（詩）員（云）」。見《郭店楚簡研究‧第一卷文字編》，張光裕主編，（台北：藝文，1999 年 1 月），頁 163。

人谷（俗）安（焉），大會（斂）材安（焉）(6)。丌（其）言旻（文），丌（其）聖（聲）善。孔＝（孔子）曰：「佳能夫▼3〔□□□□□□□□□〕(7)【三】（以上總論風雅頌之德）

〔□□□□□□□□□〕▼1曰：詩丌（其）猷坪（平）門(8)▅。與戔（賤）民而豫之，丌（其）甬（用）心也酒（將）可（何）女（如）？曰：〈邦▼2風〉氏（是）巳（已）(9)▅。民之又（有）愍（感）悉（患）也，卡＝（上下）之不和者，丌（其）甬（用）心也酒（將）可（何）女（如）？▼3〔曰〈小夏〉氏（是）已。□□□(10)【四】□□□□□□者何如？〕〔曰〈大夏〉〕氏（是）已(11)。又（有）城（成）工（功）者可（何）女（如），曰〈訟〉（〈頌〉）▼1氏（是）巳（已）。(12)▇【五上～】（以上總論風雅頌之用心）

【討論(1)】

訟，坪悳也：〈頌〉，平德也。

【各家說法】

馬承源以爲：

> 訟，即今本《毛詩‧頌》的編名，《說文》：「訟，爭也。從言，公聲。一曰歌訟。」徐鍇繫傳云：「今世間詩本周頌亦或做訟」。東周時可能已有稱《訟》稱《頌》不同本。」

又

> 坪悳，「坪德」一辭，古籍中未見，金文《平安君鼎》之「平」作從土從平，「坪」、「平」古通用。「坪悳」讀作「平德」。《頌》之平德，必是指文王武王之德。伐商滅紂，奄有四方，是周初的大事。在《頌‧維天之命》、《維清》和《我將》等諸篇中都竭力頌揚「文王之德」、「文王之典」。《執競》之「執競武王，無競維烈」，「自彼成康，奄有四方」等等亦是，平德則可以理解爲平成天下之德。〔註45〕

馮勝君以爲：

> 「坪德」一詞，注釋者讀爲「平德」，認爲是指周初文王、武王「平成天下之德」。今案，所謂的「《訟（頌）》坪（平）德也」是與下文的「《大夏（雅）》盛德也」相對而言的，而「盛德」一詞我們無法確定其所指，那麼所謂「坪（平）德」似乎也應該理解爲泛稱。而且將「平德」解爲「平

〔註45〕馬承源主編，《上海博物館藏戰國楚竹書（一）》，（上海：上海古籍，2001年11月），頁127。

成天下之德」，也有增字解經之嫌。在戰國楚文字中，「坪」字很常見（參看何琳儀師《戰國古文字典》831 頁；滕壬生《楚系簡帛文字編》964～965 頁），所從「平」字豎筆雖然也多彎曲向左，但均為一筆，與簡文此字顯然不同。此字應分析為從土從旁，釋為「塝」，在簡文中讀為「旁」。《說文》：「旁，溥也，從二闕（玉姍案：當為「從二，闕」），方聲。」桂馥《義證》：「溥也者，本書「溥，大也」，《釋詁》：「溥，大也」。《廣雅》：「旁，大也」，《書・說命》「旁招俊乂」傳云：「廣招俊乂」，《周書・世俘解》「旁生霸」孔注：「旁，廣大也」。」可見，「旁」字為廣大、周遍之意。「旁德」是廣大、周遍之德，與「盛德」含義相近，而又有所區別。李零以為雖然也將「旁德」釋為「平德」，但他認為「簡文是說《頌》的配樂（器樂）非常舒緩，歌聲（聲樂）非常悠遠，……「盛德」疑指比《頌》高亢，劉釗師懷疑「其歌紳而□」應讀為「其歌伸而延」，從文意上看，都是很有道理的。無論是「伸而延」還是簡文的「深而遠」，都與「旁」字廣大、周遍的含義相應。〔註46〕

李零以為：

> 「平德」，與下文「盛德」相對，似指平和舒緩。「後」，今《頌》凡四見，計《周頌・雝》一，《周頌・載見》一，《周頌・小毖》一；《商頌・殷武》一。〔註47〕

何琳儀以為：

> 「塝」，《考釋》誤釋「坪（平）」。「坪」在戰國文字中習見，與該字不同。「塝」原篆所從「旁」旁可與楚帛書「旁」字相互比較：
>
> 塝　𝔅　14　上海簡《詩論》2
> 旁　𝔅　15　楚帛書甲 5・19
>
> 《集韻》「塝，地畔也。」簡文「塝」應讀「廣」。「旁」與「黃」聲系可通。《國語・齊語》「以方行於天下。」《管子・小匡》「方」作「橫」。是其佐證。另外，《廣雅・釋詁二》「旁，廣也。」亦屬聲訓。簡文「坪德」應讀「廣德」。「廣德」，見《逸周書・太子晉解》「其孰有廣德。」《老子》四十一章「廣德若不足。」簡文意謂「廣大之德」。〔註48〕

〔註46〕馮勝君〈讀上博簡《孔子詩論》箚記〉，簡帛研究網站，2002 年 1 月 1 日首發。
〔註47〕李零〈上博楚簡校讀記（之一）《子羔》篇"孔子詩論"部分〉，簡帛研究網站，2002 年 1 月 4 日首發。
〔註48〕何琳儀〈滬簡詩論選釋〉，簡帛研究網站，2002 年 1 月 17 日首發。

楊澤生以爲：

> 《孔子詩論》2、4號簡有個從「土」的怪字，整理者釋作「坪（平）」，認爲2號簡「平德」「爲平成天下之德」，而4號簡「平門」「可能是泛指城門」。……實際上此字從「土」從「雱」，「雱」所從的「雨」和「方」有共用橫畫，「雨」旁與《孔子詩論》8號簡的「雨」字和21號簡「露」字所從的「雨」旁相同，中間豎筆兩邊的橫點連爲一體並與兩邊的豎筆相接，郭店簡中的「雨」字或「雨」旁也有和它相同的；而「方」旁與17號簡「方」字和9號簡從「方」從「心」之字的「方」旁相同。此「雱」旁雖然可與楚帛書的「旁」字相互比較，但其字形畢竟有較大差別，所以何琳儀以爲在「比較」之後也沒有作結論。至於和甲骨文、金文的「旁」字相比，其差別更大，所以主張釋「塝」者都沒有進一步談它的字形發展；秦簡「旁」字倒是有一種寫法與此字所從的「雱」相近，但它兩邊的豎畫與上部的橫畫並不相連，其差別也很明顯，所以隸定作「塝」是沒有根據的。「雱」在《說文》中雖然是「旁」的籀文，但其形體來源不同，實際上是兩個不同的字；只是由於字音相近而用作「旁」而已。既然此字從「土」從「雱」，「雱」又是「旁」的籀文，所以在2號簡中讀作「旁」是可以的，讀作「廣」也有根據。但此字或許還可以讀作「雱」或「滂」。「雱」爲雪盛貌。《詩‧邶風‧北風》：「北風其涼，雨雪其雱。」《毛傳》：「雱，盛貌。」朱熹《詩集傳》：「雱，雪盛也。」因此，「雱德」和「盛德」意義相近。古籍中「雱」和「滂」相通，故此字又可讀「滂」。「滂」本爲水廣大貌，如宋玉《高唐賦》：「滂洋洋而四施兮。」又泛指廣大，如《楚辭‧大招》：「滂心綽態，姣麗施只。」王逸注：「言美女心意廣大，寬能容眾，多姿綽態，調戲不窮。」然則「滂德」即「廣德」，也就是廣大之德。〔註49〕

范毓周以爲：

> 《長沙子彈庫帛書》中的「九州不平」的「平」字與此字形相近，作「𡊨」，即是以「坪」作「平」的假借字的。因而釋爲「平」字是合適的。……案「平」本義即爲寧靜、安舒，《說文解字‧亏部》謂：「平，語平舒也。」段玉裁《注》云：「引申爲凡安舒之稱。」《玉篇‧干部》亦曰：「平，舒也。」這應當說是「平」的古訓。因知，所謂「平德」乃「平安舒緩之德」，與下文「其樂安而遲」正相照應。從該簡的上下文看，原書《釋文考釋》

〔註49〕楊澤生〈上海博物館所藏楚簡文字說叢〉，簡帛研究網站，2002年2月3日首發。

釋「平德」爲「平成天下之德」未免牽強。〔註50〕

許全勝以爲：

> 塝，從土旁聲。「旁」字古音在並母陽部，「塝德」可讀爲「炳德」。〔註51〕

裘錫圭以爲：

> 把這個字釋爲「平」，從字形和文義兩方面看都不合適。釋讀爲「旁」「雱」或「滂」，從字形上要比釋讀爲「平」好，但從文義上看仍覺不夠妥當。我懷疑這個字是「聖」字的誤摹。〔註52〕

江林昌以爲：

> 《說文》「坪，地廣也。」引申之則有廣大義。據此，竹簡「坪德也」，可作兩種解釋，或作偏正結構「廣大的功德」，或作動賓結構「廣大（推廣）功德」。兩說似以後說較佳。廣大誰的功德呢？竹簡回答說「多言後」。按，「後」通「后」；《禮記‧郊特牲》「古者五十而後爵」，《儀禮‧士冠禮》「後」作「后」。……「后」的古義爲「君王」，《說文‧后部》：「后，繼體君也……發號者，君后也。」……綜上可知，竹簡「訟，坪德也，多言後。」意指「頌」是用來弘揚廣大君王的功德的。〔註53〕

董蓮池以爲：

> 坪，從土旁聲，應隸作「塝」，讀作「溥」。〔註54〕

馮時以爲：

> 詩論以《頌》爲平德，爲四始之最。故「平德」者，德洽也。《詩‧召南‧何彼襛矣》：「平王之孫。」《毛傳》：「平，正也。」……是此「平德」即近平和之德，實即「正德」。……「平德」是謂道德和諧洽宜，中正和柔，不偏不倚，這符合儒家的中庸標準，也是道德的最高境界。〔註55〕

〔註50〕范毓周〈《詩論》第二枚簡的釋讀問題〉，簡帛研究網站，2002 年 3 月 6 日首發。

〔註51〕許全勝〈孔子詩論零拾〉，見《上海博物館藏戰國楚竹書研究》，（上海大學古代文明研究中心/清華大學思想文化研究所編，上海書店出版社，2002 年 3 月），頁 371～372。

〔註52〕裘錫圭〈談談《上博簡》和《郭店簡》中的錯別字〉，清華大學思想文化研究所/輔仁大學文學院聯合主辦，新出楚簡與儒學思想國際學術研討會論文集，2002 年 3 月 31 日～4 月 2 日。

〔註53〕江林昌〈上博竹簡《詩論》的作者及其與今傳本〉《毛詩序》的關係），簡帛研究網站，2002 年 6 月 10 日首發。

〔註54〕董蓮池〈《上海博物館藏戰國楚竹書（一）‧孔子詩論》解詁（一）〉，古籍整理研究學刊，2002 年 2 月。

〔註55〕馮時〈論『平德』與『平門』——讀《詩論》箚記之二〉新出土文獻與古代文明研究國際學術研討會 2002 年 7 月 28 日～7 月 30 日。

廖名春以爲：

> 案：「塽」可讀爲「旁」。《說文‧上部》：「旁，溥也。」《水部》：「溥，大也。」《廣雅‧釋詁一》：「旁，大也。」《廣雅‧釋詁二》：「旁，廣也。」旁德即大德，廣德。義與下文「盛德」近。〔註56〕

業師季旭昇以爲：

> 同字又見〈容成氏〉簡18：「禹乃因山陵坪（平）隰之可封邑……。」〈孔子詩論〉此字一向有「平」、「旁」二說，於義理皆可通。但是〈子羔〉、〈容成氏〉此字依文例只能釋爲「坪（平）」，因此我們可以用這種明確的文例回推〈孔子詩論〉簡2應讀爲「頌坪（平）德也」、簡4應讀爲「詩其猶坪（平）門」。〔註57〕

【玉姍案】

簡2□字，《上海博物館藏戰國楚竹書（二）》未出之前，學者諸多討論，裘錫圭以爲是「聖」字之誤摹；馬承源、李學勤、李零、劉信芳皆讀爲「平」；張桂光、許全勝、周鳳五、廖名春、馮勝君、黃人二則釋爲「旁（塽）」。然《上海博物館藏戰國楚竹書（二）》發表之後，其中〈子羔篇〉簡1：「坪（平）萬邦」，原書考釋云：「『坪萬邦』之『坪』和《上博竹書‧孔子詩論》『坪德』之『坪』形體完全一樣，故此是『坪』字無疑。」〔註58〕筆者以爲《上博（二）‧子羔篇》簡1：「□（坪；平）萬邦」與〈孔子詩論〉簡2「□」、簡4「□」寫法近似，故兩字皆應隸定爲「坪」。〈孔子詩論〉簡2應讀爲「頌坪（平）德也」、簡4應讀爲「詩其猶坪（平）門」。

仔細分析戰國楚系「旁」、「平」二字：「旁」字之本義雖不詳，其文字演變由甲骨文□（商‧拾5.10）、□（商‧林1.17.15），金文□（旁父乙鼎）、□（者減鐘），至戰國文字□（楚‧帛書乙5）；至漢代□（馬王堆‧老子乙.231下）。而戰國楚系「坪」字作□（楚‧帛書甲）、□（包2.138）、□（包2.206）、□（郭.尊.12）。楚帛書中旁（□楚‧帛書乙5）坪（□楚‧帛書甲）二字寫法明顯不同，然細審戰國楚系「坪」字，□（楚‧帛書甲）、□（包2.206）上半中間豎筆皆作一直筆，僅收筆處略往左帶。而□（郭.尊.12）除上述之中間豎筆作一直筆，收筆處略往左帶之外，又多了一筆向下延伸的直筆，這樣的寫法與「旁」字下「方」形已經非常

〔註56〕廖名春〈上海博物館藏詩論簡校釋箚記〉，簡帛研究網站，2002年7月3日首發。

〔註57〕業師季旭昇〈讀《上博（二）》小議〉，簡帛研究網站，2003年1月12日首發。

〔註58〕馬承源主編，《上海博物館藏戰國楚竹書（二）》，（上海：上海古籍，2002年12月），頁185。

類似。〈孔子詩論〉簡 2![字]、簡 4![字] 字亦都有多出這一筆。業師季旭昇於讀書會中提出，可能「平」、「旁」二字在戰國楚系已有類混現象，故寫「平」皆加「土」旁加以區別，值得參考。又「平」之古音並母耕部，「旁」為並母陽部，兩字聲同韻近，可以通假，是以〈孔子詩論〉簡 2![字]、簡 4![字] 字雖讀為「坪」，但亦有不排除有假借為「塝」之可能。

《詩序》：「雅者，正也。言王政之所由廢興也。政有小大，故有小雅焉，有大雅焉。〈頌〉者，美盛德之形容，以其成功告於神明者也。」簡文「頌，坪（平）德也」，與「大夏（雅），盛德也」，似乎與《詩序》所論剛好相反。

平德，當為平正之德。《毛詩·商頌·那》：「既和且平。」《毛傳》：「平，正平也。」簡文「頌，平德也」意謂：〈頌〉稱頌祖先正平之德。此外，若「坪」假借為「塝（滂）」，作盛大意，則合於《毛傳》：「〈頌〉者，美盛德之形容。」故亦保留此可能。

【討論（2）】

多言逡：多言後。

【各家說法】

馬承源以為：

> 多言逡，「逡」、「後」通用，「逡」是指文王武王之後。《頌·武》：「於皇武王，無竟維烈（玉姍案：當作「無競維烈」）。允文文王，克開厥後」。「後」當指此。〔註59〕

李零以為：

> 「後」，今《頌》凡四見，計《周頌·雝》一，《周頌·載見》一，《周頌·小毖》一；《商頌·殷武》一。〔註60〕（玉姍案：《周頌·載見》未有「後」字。）

董蓮池以為：

> 「言」當讀為「延」。延，及也。句謂《頌》詩所表現的周德被及文武後人。〔註61〕

范毓周以為：

〔註59〕馬承源主編，《上海博物館藏戰國楚竹書（一）》，（上海：上海古籍，2001 年 11 月），頁 127。

〔註60〕李零〈上博楚簡校讀記（之一）《子羔》篇 "孔子詩論" 部分〉，簡帛研究網站，2002年 1 月 4 日首發。

〔註61〕董蓮池，〈《上海博物館藏戰國楚竹書（一）·孔子詩論》解詁（一）〉，古籍整理研究學刊，2002 年 2 月。

　　案原書《釋文考釋》說「𨒥」、「後」通用，應當說是妥當的，但所惜無釋。實際上，《說文解字》中「後」字的古文正作「𨒥」，另外，《侯馬盟書》中「後」、「𨒥」並見，均作「後」用，《包山楚簡》第152、227簡簡文中「後」皆作「𨒥」，亦爲其證。但此處之「後」並非《周頌·武》中「克開厥後」的「後」。其實，《說文解字》中對「後」字的解說是十分清楚的，其「後」字條下講：「後，遲也。」正是此處「後」的本義。其與下文「其樂安而遲」亦正適相照應，與上文《訟》，平德也」也相互映襯。言其德「平」，故其言「後」，其「樂」也「安而遲」。「平」即「安舒」，「後」即「遲緩」，所言皆在論《訟》的雍容大度，節奏舒緩安適，其相互爲解是很清楚的。是知解「後」爲子孫後代之「後」當屬臆斷。〔註62〕

孟蓬生以爲：

　　「多」蓋讀爲「侈」或「哆」，有誇張之義。「多言」猶如說「極言」。「後」讀爲「厚」，「後」「厚」同音，……「多言後」謂極言其（祖德之）厚，簡3「多言難」謂極言其患難之多。〔註63〕

廖名春以爲：

　　「後」當讀爲「厚」，《釋名·釋言語》：「厚，後也。有終後也。」《戰國策·東周策》：「收周最以爲後行。」《史記·孟嘗君列傳》：「後作厚。」《論語·學而》：「愼終追遠，民德歸厚也。」《頌》爲宗廟祭祀樂歌，主題就是愼終追遠，故稱「多言厚」。〔註64〕

劉信芳以爲：

　　「後」謂後繼者，「多」乃大多、多數之「多」，意即《頌》多言及後人承繼先王功烈之事。〔註65〕

業師季旭昇以爲：

　　《周頌》言後實僅三見：〈雝〉謂「燕及皇天，克昌厥後」、〈武〉謂「允文文王，克開厥後」、〈小毖〉謂「予其懲，而毖其後」。〈載〉則未見。後應指深思遠慮，惠及後世，「詒厥孫謀，以燕翼子」，與本文下文所說的「其思深而遠」相應。〔註66〕

〔註62〕范毓周〈《詩論》第二枚簡的釋讀問題〉，簡帛研究網站2002年3月6日首發。

〔註63〕孟蓬生〈《詩論》字義疏證〉，清華大學思想文化研究所/輔仁大學文學院聯合主辦，新出楚簡與儒學思想國際學術研討會論文集，2002年3月31日～4月2日。

〔註64〕廖名春〈上海博物館藏詩論簡校釋〉，《中國古代近代文學研究》，2002年第6期。

〔註65〕劉信芳《孔子詩論述學》，（安徽大學出版社，2003年1月初版），頁116。

〔註66〕業師季旭昇〈孔子詩論新詮〉，（臺北：學生書局《經學研究論叢》13輯，2005年

【玉姍案】

　　迻，簡文作𨒅，楚文字「後」多從辵部寫作「迻」，如𨒅（曾姬無卹壺）、𨒅（包2.4）、𨒅（郭 1.1.3）、𨒅（郭 13.70）。〈頌〉爲宗廟祭祀祖先神明之詩，詩中多稱美祖德，並要在位者修德立功以繼往開來。故筆者以爲馬承源之說可從，「迻」即後世子孫，繼往開來，綿延不絕。「多言後」意謂多言〈頌〉詩稱美祖德，並祈子孫修德立功以繼往開來，毋負文武所開創之基緒。

【討論(3)】

亓樂安而屖，亓訶紳而荙：其樂安而遲，其歌紳而惕（易）。

【各家說法】

馬承源以爲：

> 亓樂安而屖，亓訶紳而荙，樂指《訟》各篇有與之相應的樂曲或樂章。安，從女從宀，楚國文字「宀」多寫作「𠆢」，此「安」字的構形上下易位而已，字亦見於郭店竹簡。意爲《訟》之樂音調安和。屖，從尸從辛，辛左右兩旁有增飾筆道。金文「屖」字或左旁有增飾筆道，左右兩旁皆有增飾的，見於《命瓜君壺》：「屖屖康盄」。但《鬲羌鐘銘》：「樂辟韓宗」之「辟」，也寫作從尸從辛，但沒有增飾筆道。簡文是指樂曲，宜讀如壺銘爲「屖」。「屖」或作「遲」，也通作「遲」，棲遲緩慢之義。辭文是指《訟》樂曲節奏安和而緩慢。「訶」，通作「歌」。《詩·國風·魏風·園有桃》：「心之憂矣，我歌且謠」。毛亨傳云「曲合樂曰歌，徒歌曰謠」。「紳」與「荙」當指合樂歌吹之物。以此，紳當讀作「壎」，荙則讀爲「籲」，「紳」與「壎」爲韻部旁轉，聲紐相近，音之轉變。「荙」，從艸從豸，以豸爲聲符，《說文》所無。但「荙」與「籟」爲雙聲疊韻，同音通假，「籲」亦作「籟」。《說文》云：「籲，管樂也，從龠，虒聲。」《詩·小雅·何人斯》：「伯氏吹壎，仲氏吹籲。」壎籲一爲陶製一爲竹製，皆管樂。如這個解釋可取，則《訟》之樂曲乃與壎、籲相合。」又「以上說明，不僅是西周王室宗廟祭祀的樂曲，而且也有歌與樂相和。今本《頌》各篇皆一章，凡章十句以下者今本記十八篇，多數詩句比較短，而祭祀須有一定時間，不能遽然結束，因此音樂節奏尤其緩慢。即所謂「安而屖」。比較特別的是《載芟》和《良耜》，前者三十一句，後者二十三句。這兩篇相應的儀式應該是在田野中進行的，而不在莊嚴肅穆的宗廟內。環境不同，詩句的內容和句數

12 月）。

也有不同。儘管如此，整篇也只有一章。〔註67〕

李零以爲：

> 「其樂安而屖，其歌申而逖」，「安」可訓緩；「屖」可訓遲；「申」，原作「紳」，這裏讀爲「申」，是寬展之義；「逖」，原從艸從易，原書隸定爲從艸從豸，古書從易和從狄的字經常通假，這裏疑作表示遠義的「逖」字。簡文是説《頌》的配樂（器樂）非常舒緩，歌聲（聲樂）非常悠遠，原書把下句讀爲「其歌壎而箎」。「盛德」，疑指比《頌》高亢。「多言」下疑脱一簡，作「□，……。《小雅》，□德」。〔註68〕

業師季旭昇以爲：

> 所謂「蕩」字，簡文做 ，疑從艸從「易」，不從「豸」。「易」的楚系標準寫法如下表 形，但是我們也看到包山157「惕」字作 ，所從的「易」字形與上博簡極爲接近。「蕩」字從艸從易，可讀爲「惕」；……。「其歌紳而易」的意思是：「頌的歌聲約束而警惕」。依這個解釋，本句與簡文前句「（頌）其樂安而遲」，後句「其思深而遠」的意義才能互相配合。否則在講風格德行的兩句中，突然插進一句講樂器配樂的話，實在有點唐突。當然，「易」也有「平易」的意思；「紳」也可以讀爲「申」，有舒和的意思。這樣一來，「其歌紳而易」，就可以解成「頌的歌聲平易而舒和」。也可通。〔註69〕

李學勤讀爲「其樂安而遲，其歌紳（引）而蕩（逖）。」〔註70〕，無釋。

何琳儀以爲：

> 按，該字下從「易」旁可與楚簡「惕」相互比較：
>
> 上海簡《詩論》2　　 包山簡157
>
> 准是，《詩論》該字可隸定爲「蕩」，即「藬」之省文。《説文》「藬，艸也。從艸，賜聲。」簡文「蕩」讀「易」。《禮記‧樂記》「大樂必易，大禮必簡。」其中「易」、「簡」對文見義，乃簡文「蕩」之確解。簡文「紳」

〔註67〕馬承源主編，《上海博物館藏戰國楚竹書（一）》，（上海：上海古籍，2001年11月），頁127～128。

〔註68〕李零〈上博楚簡校讀記（之一）《子羔》篇"孔子詩論"部分〉，簡帛研究網站，2002年1月4日首發。

〔註69〕業師季旭昇〈讀郭店上博五題：舜、河滸、紳而易、牆有茨、宛丘〉，《中國文字‧新27期》，（台北：藝文印書館，2001年12月），頁119。

〔註70〕李學勤〈上海博物館藏楚竹書《詩論》分章釋文〉，簡帛研究網站，2002年1月16日首發。

應讀「申」。《論語・述而》「子之燕居，申申如也。」《集解》「和舒之貌也。」或作「伸」。《淮南子・本經》「伸曳四時。」注「猶押引和調之也。」簡文「紳而蕁」讀「伸而易」，意謂「舒緩而簡易」。〔註71〕

周鳳五以爲：

　　簡二「申而尋」：申、尋二字皆訓「長也」，與「安而遲」、「深而遠」文義相應。〔註72〕

董蓮池以爲：

　　「樂」，指《頌》的樂調。「犀」讀爲「遲」，《詩・七月》「春日遲遲」，《毛傳》：「遲遲，舒緩也」。又，《易・歸妹》：「遲歸有待。」《釋文》：「遲，緩也。」句謂《頌》的樂調安徐舒緩。漢以後，《詩・頌》只傳歌辭，經學家曾對《頌》的性質揣測紛紜，據此乃知「樂調說」是唯一正確的答案。王國維當年曾云《風》、《雅》、《頌》之別當於聲求之，「《頌》之聲較《風》、《雅》爲緩」，確屬卓見。〔註73〕

又

　　以漢字構形規律推考，當是從艸易聲，在句中應讀爲「惕」。《說文》：「惕，敬也。」「丌詞深而蕁」是言《頌》之聲有令人斂束懼惕的神韻，令人聞而肅敬。〔註74〕

劉釗以爲：

　　「蕁」字結構疑爲從艸從尋，疑此句應讀爲「伸而延」。〔註75〕

黃德寬、徐在國以爲：

　　「紳而」後一字應分析爲從艸尋聲，釋爲「葶」，在簡文中讀爲「覃」。《說文》：「覃，長味也。」《廣雅・釋詁二》：「覃，長也。」《詩・大雅・生民》：「實覃實訏。」《毛傳》：「覃，長。」簡文「紳」疑讀爲「引」，「引」、「覃」均訓「長」，且均與歌聲相關。〔註76〕

〔註71〕 何琳儀〈滬簡詩論選釋〉，簡帛研究網站，2002 年 1 月 17 日首發。

〔註72〕 周鳳五《孔子詩論》新釋文及注解〉，簡帛研究網站，2002 年 1 月 16 日首發。

〔註73〕 董蓮池《上海博物館藏戰國楚竹書（一）・孔子詩論》解詁（一）〉，古籍整理研究學刊，2002 年 2 月。

〔註74〕 董蓮池《上海博物館藏戰國楚竹書（一）・孔子詩論》解詁（一）〉，古籍整理研究學刊，2002 年 2 月。

〔註75〕 劉釗〈讀上海博物館藏戰國楚竹書（一）箚記〉，《上海博物館藏戰國楚竹書研究》，（上海大學古代文明研究中心/清華大學思想文化研究所編，上海書店出版社，2002 年 3 月）。

〔註76〕 黃德寬、徐在國〈上海博物館藏戰國楚竹書（一）・《孔子詩論》釋文補正〉，（《安徽

范毓周以爲：

> 「紳」即「伸」之假，先秦、兩漢文獻中多作「申」。《莊子‧刻意》：「熊經鳥伸，爲壽而已矣。」成玄英《疏》謂：「如熊攀樹而自經，類鳥飛空而伸腳。」……「申」在先秦亦有「舒」義，如《戰國策‧魏策四》言：「衣焦不申，頭塵不去。」元代學者吳師道《補正》謂：「申，舒也。」「歌」後第 3 字釋「■」亦誤，此字實從「艸」、從「易」。其所從之「易」作「■」，與《包山楚簡》第 120 簡中「戟」中所從「易」形近，當爲一字。……又《包山楚簡》中有「湯」字，作「■」形，其所從之「易」，亦與此字所從之「■」形體相近，或爲「易」之省。故此字應釋爲「易」。「易」即「蕩」之假。「蕩」，先秦文獻中有用爲「平坦」義者，如《詩‧齊風‧南山》有：「魯道有蕩，齊子由歸。」《毛傳》云：「蕩，平易也。」……根據以上所論可知，此簡「其樂安而遲」下的一句應釋爲：「其歌申而蕩。」「其歌申而蕩」者，言詠唱其歌舒暢而寬廣深遠也。此與前面所說「訟，平德也，多言後。其樂安而遲」中的「平」、「後」、「安而遲」皆言《頌》詩之節奏平緩、安適、寬廣、深遠是一以貫之的。且與下一句的「其思深而遠」也全然一致。故在論述《訟》的總結性結論時最後說「至矣！」……附帶指出，原書《釋文考釋》所謂「《訟》之樂曲乃以壎、篪相和。」亦屬臆測之論。《詩‧小雅‧何人斯》中既言：「伯氏吹壎，仲氏吹篪。」乃知壎、篪相和爲一般貴族之樂，《頌》爲天子王者之樂，自然是鍾鳴磬和，這似乎可從殷墟和西周大型墓葬出土多爲鐘、磬得到暗示。壎、篪之器，迄未見有出土于商周大型墓葬者，何以會成爲歌詠于天子王者廟堂之中的和歌之器？其言之無據是不言而喻的。〔註77〕

又

> 最近我在細讀包山楚簡時，又找到應將「■」字釋爲「蕩」的新依據。《包山楚簡》第 157 簡中「邯攻尹屈 ■ 命解舟」的「■」字從「■」從心，應釋爲「愓」或「惕」，其所從之「■」與此簡「■」字所從之「■」，字形正同，因而此簡「■」字應釋爲「蕩」，即「蕩」之假。故上海博物館所藏楚簡《詩論》第 2 枚簡「其樂安而遲」下的一句應釋爲：「其歌申而蕩。」〔註78〕

大學學報哲學社會科學版》，2002 年 3 月第 26 卷第 2 期）。

〔註77〕范毓周〈《詩論》第二枚簡的釋讀問題〉，簡帛研究網站 2002 年 3 月 6 日首發。

〔註78〕范毓周〈關於上海博物館藏楚簡《詩論》第 2 枚簡“■”字釋讀問題的一點補證〉，

張桂光以爲：

> 荠字《説文》所無，尋聲以求，疑當讀邌。「豸」、「邌」同爲支部字，「豸」屬澄紐，「邌」屬來紐，同爲舌音，聲亦相近。《説文》：「邌，行邌邌也」，《段注》：「邌邌，縈紆貌。」即今所謂的盤旋繚繞之意。「伸而邌」意指引遠而盤旋，於意正合。〔註79〕

許全勝以爲：

> 「紳」可讀爲「申」，「荠」可讀爲「遞」。簡文「其歌申而遞」則狀歌之舒緩、復沓、悠揚、跌宕之貌，正與「其樂安而遲」、「其思深而遠」文意相貫。〔註80〕

許子濱以爲：

> 《頌》音聲遲緩，蓋與演奏樂器有關。《禮記·樂記》云：「《清廟》之瑟，朱弦而疏越，壹倡而三歎，有遺音者矣。」鄭玄注曰：「《清廟》，謂作樂歌《清廟》也。朱弦，練朱弦，練則聲濁。越，瑟底孔也。畫疏之，使聲遲也。」《清廟》爲《周頌》首篇，《清廟》之瑟指歌唱《清廟》所彈之瑟，由於這種瑟的形制特殊，故其樂音具有遲緩的特點。由此可見，鄭玄之説與《詩論》所言是相通的，兩者可以互相印證、互相發明。」又「申（或伸、信）有長引寬廣之意，如《信南山》之「信彼南山」，即以「信」狀寫南山長引寬廣之貌。「紳」借作「申」（或伸、信），蓋指頌歌之長引寬直。〔註81〕

廖名春以爲：

> 「𦟤」當讀作「引」。《周禮·地官·封人》：「置其綌。」《釋文》：「綌本作紖。」《禮記·祭統》：「君執紖。」鄭玄注：「紖，《周禮》作綌。」《爾雅·釋詁上》：「引，長也。」《易·繫辭上》：「引而伸之。」〔註82〕

王志平以爲：

簡帛研究網站 2002 年 5 月 1 日首發。

〔註79〕張桂光〈《戰國楚竹書·孔子詩論》文字考釋〉，《上海博物館藏戰國楚竹書研究》，（上海大學古代文明研究中心/清華大學思想文化研究所編，上海書店出版社，2002 年 3月），頁 337。

〔註80〕許全勝〈孔子詩論零拾〉，《上海博物館藏戰國楚竹書研究》，（上海大學古代文明研究中心/清華大學思想文化研究所編，上海書店出版社，2002 年 3 月），頁 371。

〔註81〕許子濱〈《讀上海博物館藏戰國楚竹書（一）》小識〉，清華大學思想文化研究所/輔仁大學文學院聯合主辦，新出楚簡與儒學思想國際學術研討會論文集，2002 年 3 月31 日～4 月 2 日。

〔註82〕廖名春〈上海博物館藏詩論簡校釋箚記〉，簡帛研究網站，2002 年 7 月 3 日首發。

惕，原爲從艸，易聲之字。讀爲「惕」。《說文》：「惕，敬也。」〔註83〕
劉信芳以爲：

> 「紳」應讀爲《商頌・烈祖》：「申錫無疆，及爾斯所」之「申」。朱
> 熹《集傳》：「申，重也。爾，主祭之君，蓋自歌者指之也。」「葛」字從
> 艸易聲，字讀爲「和易」之「易」。〔註84〕

【玉姍案】

簡文 ，從尸辛聲，《說文》：「犀，遲也。」簡文中應讀爲「遲」，指樂調安徐
舒緩。

簡文 ，馬承源以爲從艸從豸，業師季旭昇、何琳儀以爲從艸從易。周鳳五、
黃德寬、徐在國以爲從艸從尋。范毓周以爲從艸從易。筆者以爲：

1. 楚系文字「尋」字見 （郭 9.34）「簟」字偏旁與 （上 1.1.16）之偏旁 ，
   爲雙手展開測量長短之形，與簡文 所從不類。

2. 戰國「豸」字，目前僅見於秦系文字有從豸之字，如 （貉）（睡虎.日甲
   77 反）。但楚系文字目前未見「豸」或從「豸」之字，（今日楷書從「豸」楚
   系文字寫作 （貂）（隨.13）、（豻）（隨.43），從「鼠」旁）是以無法與
   簡文 作比較。

3. 楚系文字「易」，如「湯」之偏旁：（包 2.173）、（郭.7.1）、（郭.10.6），
   「日」部明顯，亦與簡文 所從不類。

4. 「易」字的楚系標準寫法如 （郭 1.1.25）、（郭.13.36），但包山 2.157
   「惕」字作 ，所從的「易」字形與上博簡極爲接近。故 字當從艸從易，
   可從易得聲。

筆者以爲，由於〈頌〉乃「以其成功告於神明者也」，故簡文其歌深而易可由二
方面來討論，一則是由歌聲所引發內心的情感而發；由於祭祀祖先神明場面莊嚴肅
穆，是以讀爲「惕」，解釋爲「愼重警惕」或「心生惕勵之感」。「紳而惕」即約束而
惕勵，可以強調〈頌〉歌打動人心，引發上進之情感。另一則指〈頌〉之歌聲動人
而言，僅論歌聲之優美。故讀爲「易」，解釋爲「平和、平易」。「紳而易」指〈頌〉
之歌聲舒和而平易。

上述二義一指聲情，一指歌聲，然可以並存。簡文「其樂安而遲，其歌紳而惕，
其思深而遠，至矣。」當指〈頌〉爲廟堂之音，肅穆莊重；故樂調安徐而舒緩，其

〔註83〕 王志平〈詩論札記〉，簡帛研究網站，2002 年 10 月 15 日首發。
〔註84〕 劉信芳《孔子詩論述學》，（安徽大學出版社，2003 年 1 月初版），頁 120。

歌聲約束而莊重，令人心生惕勵之心（或：〈頌〉之歌聲舒和而平易。）；其引發的
思緒深刻而悠遠，境界極高。

【討論（4）】

大顗盛悳也，多言〔 □□□□□□□□ ：〈大雅〉盛德也，多言□□□□□□
□□

【各家說法】

馬承源以爲：

> 大顗，即「大夏」，今本《毛詩・大雅》篇名。古字「顗」「雅」通用。
> 上博簡《紂衣》中，孔子引詩所稱的「大顗」，即今本《大雅》。而「少昆」
> 即今本《小雅》。朱駿聲《說文通訓定聲》「雅」字訓假借云：「又爲夏」。
> 《荀子・榮辱》：「君子安雅」，按與《儒效篇》：「居夏而夏」之「夏」同，
> 楊倞注「正而有美德者爲之雅」。「顗」、「夏」古同。《鄂君啓節》「夏」字
> 亦從頁從昆，「昆」爲聲符。「昆」字或是「疋」字的繁筆，上部口多了一
> 橫，《說文》云：「疋，足也。……古文以爲詩大雅字。亦以爲『足』字，
> 或曰『胥』字。」朱駿聲云「疋字隸體似正，故傅會訓正，其實古文借疋
> 爲『謯』，後又借『雅』爲『謯』也。」以上「夏」字在楚國簡文中，就
> 有幾種形體。〔註85〕

李零以爲：

> 「盛德」，疑指比《頌》高亢。……「多言」下疑脱一簡，作「□，……。
> 《小雅》，□德」〔註86〕

業師季旭昇以爲：

> 第三簡和第二簡都是上下留白簡，各家編聯大都依二三簡順接，可
> 從。第二簡談到「頌，平德也」，「大夏，盛德也」，第三章談到「邦風其
> 納物也」，那麼中間顯然缺的是「小雅□□也」。各家都沒有補這句，大概
> 是看到頌大雅都是「□德也」，而國風不是，因此不敢作這樣的判斷。但
> 是我們看大雅的句法是「〈大雅〉盛德也，多言……」，而第三簡是「……
> 也。多言難而怨懟者也，衰矣，小矣。」句法完全相同，而殘缺處也剛好
> 互補。因此我們可以把大雅補足成「〈大雅〉盛德也，多言……者，□矣

〔註85〕馬承源主編，《上海博物館藏戰國楚竹書（一）》，（上海：上海古籍，2001年11月），
頁128。
〔註86〕李零〈上博楚簡校讀記（之一）《子羔》篇"孔子詩論"部分〉，簡帛研究網站，2002
年1月4日首發。

□矣。」而小雅部分則可以補成：「小雅□□也。多言難而怨懟者也，衰矣，小矣。」如果我們相信留白簡是原來有字而被削去了，據其他非留白簡推估，簡 2-5 的上半都應補九字，後半都應補八字。如果我們相信留白簡本來就是留白無字，那麼二、三簡之間應該還有一簡，大約容字 38-43，所以大雅的論述可能較多，多言之後還要補上一大段文字。不過前一說的可能性比較大。〔註87〕

【玉姍案】

業師季旭昇依《上博（一）》頁 3、4 全簡圖，由契口位置所排列之高低位置判斷所缺及應補之字數，可從。此簡當與簡 3 參看互補，於「多言」下應當可補八字。

簡文 🐛，「顗」字，甲骨文從日從頁，業師季旭昇以爲：

> 甲骨文的「夏」字都當人名用，但它的本意可能就是指熱天氣，所以從日下頁會意。〈伯夏父簋〉頁形下部的人形加「止」。叔尸鐘「止」形移到左旁「日」下，這就變成戰國「夏」字的標準結構，致其變化則省日、或省止、或加虫，止形或加繁爲「正」、或訛爲「又」、訛爲「寸」罷了。戰國邘伯罍所從人頁形下部繁化，整個右旁看起來像是加臼、攵，與《說文》「夏」的寫法類似。秦公簋的「夏」字顯然是從這種字體的同一來源來的，只是省掉「日」形，然後下部又有訛變而已。……至於秦公簋省略「日」字形，可能是它作爲國族名用，與夏天的意義無關（銘文爲「虩事蠻夏」）。從此這就成秦系文字「夏」的標準寫法。至於六國文字，則普遍保留日旁。〔註88〕

此從業師季旭昇之說。「夏」之初文 🦴（商‧戠 5.13）象人（頁）在日下，表示夏天天氣炎熱之義；後於「頁」下加「止」（如 🦴 商‧伯夏父簋）。東周以後「日」或訛變爲口形（如 🦴 春秋晚‧叔尸鐘），「止」形或加繁爲「正」（如 🦴 楚‧天卜）；或訛爲「又」（🦴 晉‧《璽彙》4996）、「寸」（🦴 晉‧《璽彙》3989），或訛爲「女」（🦴 楚‧鄂君啓舟節），甚至訛變爲虫形（🐛 楚‧天卜）。〈上博‧孔子詩論〉簡 2 中的「顗」字，則爲標準從日從頁從止的寫法。

簡文「〈大雅〉盛德也，多言□□□□□□□□」爲對〈大雅〉之評論。《毛傳》：「雅者，正也，言王政之所由廢興也。政有小大，故有〈小雅〉焉，有〈大雅〉焉。」

〔註87〕業師季旭昇〈〈孔子詩論〉分章編聯補缺〉，《古文字研究》第二十五輯，（北京：中華書局，2004 年 10 月），頁 380～390。。

〔註88〕業師季旭昇撰，《說文新證（上）》，（台北：藝文印書館，2002 年 10 月），頁 468。

鄭玄《小大雅譜》：「〈大雅〉之初，起自〈文王〉，至于〈文王有聲〉。據盛隆而推原天命，上述祖考之美。」今傳〈大雅〉共三十一篇，由〈文王之什〉論文王武王之興；〈生民之什〉則多言成康繼之。除〈生民之什‧板〉與〈蕩之什〉中數篇言周末之衰外，〈大雅〉多爲美文武之盛德，並及其後繼者也。是以筆者以爲簡文「〈大雅〉盛德也」當可能指文王、武王及其後繼成王、康王之盛德。由於文王、武王之盛德而上承天命，因此得以代商，成康繼之，有周將近八百年之國祚。「多言」以下殘，依業師季旭昇說當補8字。

【討論(5)】

□□□□□。小顯□□〕也。多言難而憙退者也，衰矣少矣：□□□□□。〈小雅〉□□〕也。多言難而怨懟者也，衰矣小矣

【各家說法】

馬承源以爲：

> 多言，多言是論段的首句格式。論《訟》云「多言逡（後）」，論《大夏》云「盛德也，多言……。」此簡之「多言難而憙（悁）退（懟）者也」，三段論辭爲同一格式。這第三次「多言」必是指《少夏》。」

又

> 難而憙退，讀爲「難而悁懟」。憙從宵從心。或省作「憙」，從宵從心，見十八簡。「憙」、「憙」同爲一字。以「肙」爲聲符。有學者釋爲「怨」。據此字形，或可釋爲「悁」。「悁」、「怨」一聲之轉，也可讀爲「惌」。《廣韻》中有此字，「曰枉也」。《集韻》「䜴也、恚也。本作怨，或作惌」。退字在此不用本義，讀爲「懟」。「懟」、「退」同部，一聲之轉。《説文》「懟，怨也。從心隊聲」。《孟子》「以懟父母」，趙岐注「以怨懟父母」。難者係指《小雅》中《四牡》、《常棣》、《采薇》、《杕杜》、《沔水》、《節南山》、《正月》、《十月之交》、等等許多篇皆爲嘆憂難之詩。

又

> 衰矣少矣，指《少夏》，可能是就《小雅》中許多反映社會衰敗、爲政者少德的作品而言。後文在《少夏》篇的《十月》、《雨無政》、《節南山》等篇評述云：「皆言上之衰也，王公恥之」。衰矣少矣，即爲此類詩作。又備用的殘簡中也有一簡是有關詩的，其文曰：「者。《少夏》亦德之少也。……」所謂「德之少也」，可以作爲「衰矣少矣」的進一步解釋。但

此簡與《詩論》並非同一人手筆，今附之以供參考。〔註89〕

李零以爲：

案：「《邦風》」以上是接「《小雅》，□德」，原書斷作「也，多言難而
怨懟者也，衰矣少矣」。今參考上文「《頌》，平德也，多言後，其樂安而
屖，其歌申而逖，其思深而遠至矣」，重新斷句。「怨懟」，「怨」字寫法同
上簡19、18，原書讀爲「悁懟」。「難」，今《小雅》凡七見，計《常棣》
一，《出車》二，《何人斯》一，《桑扈》一，《隰桑》一，《白華》一，不
一定是讀爲「歎」字。〔註90〕

周鳳五以爲：

多言難而怨悱者也；衰矣，小矣！……「怨悱」：悱，簡文從「退」
聲，原釋「懟」。按，簡端經擬補缺文，知此處所論爲《小雅》，則二字當
讀爲「怨悱」，所謂「《小雅》怨悱而不亂」是也。〔註91〕

董蓮池以爲：

「退」字前一字從心，從宀猒省聲，即「怨」的異體。「退」，注讀爲
「懟」，可從。《注》認爲此句可能是就《少夏》中那些反映社會衰敗爲政
者少德的作品而言，亦可從。《史記‧屈原賈生》云：「《小雅》怨誹而不
亂」。義當同「怨誹」。〔註92〕

李銳以爲：

疑點爲「多言難而怨，退者也。」《國語‧晉語二》：「雖欲有退，眾
將擇焉。」韋注：「退，謂改悔也。」〔註93〕

范毓周以爲：

實際上，依據字形，釋「䜌」爲「䜌」，並謂「以肙爲聲符」，「或可
讀爲悁」，均是正確的。此字不必以聲轉釋爲「怨」或「愆」。案「悁」之
義爲忿，爲憂，《說文解字》心部有：「悁，忿也。從心肙聲；一曰憂也。」
其義正合乎《小雅》中多有憂忿之語。郭店楚簡《緇衣》第十簡中有「少

〔註89〕馬承源主編，《上海博物館藏戰國楚竹書（一）》，（上海：上海古籍，2001年11月），
頁129。

〔註90〕李零〈上博楚簡校讀記（之一）《子羔》篇"孔子詩論"部分〉，簡帛研究網站，2002
年1月4日首發。

〔註91〕周鳳五《孔子詩論》新釋文及注解〉，簡帛研究網站，2002年1月16日首發。

〔註92〕董蓮池〈《上海博物館藏戰國楚竹書（一）‧孔子詩論》解詁（一）〉，古籍整理研究
學刊，2002年2月。

〔註93〕李銳〈讀上博楚簡箚記〉，《上海博物館藏戰國楚竹書研究》，（上海大學古代文明研
究中心/清華大學思想文化研究所編，上海書店出版社，2002年3月）。

（小）民亦佳（唯）曰悁」亦其證。「悁」與「怨」、「惌」皆影母元部字，先秦出土文獻中有「悁」而無「怨」、「惌」，三者字義亦相承襲，故「悁」或爲「怨」之本字，而「惌」或爲「怨」之或體。……「退」本有衰減之義，《左傳・昭公三年》：「火中寒暑乃退。」《呂氏春秋・仲夏紀》：「退嗜欲，定心氣。」皆有衰退、減小之義，與下文所言《小雅》的特點爲「衰矣少矣」正相照應。故不必另用音轉爲「懟」爲解。……案「衰」訓減退，如《楚辭・涉江》：「年既老而不衰，」《戰國策・趙策四》：「日飲食得無衰乎？」皆爲減退之義。「少」在此宜訓「小」，亦即《小雅》之「小」。上引「《少夏》亦憙之少者也」之「少」亦應訓「小」。此言《小雅》乃與《大雅》相對而言，謂其已爲衰落之詩，爲德之小者之詩，似非如原書考釋所謂「就《小雅》中許多反映社會衰敗、爲政者少德的作品而言。」第八簡所言「皆言上之衰也，王公恥之。」乃就《十月》、《雨亡政》、《節南山》等具體篇章而言，與此通論《小雅》當有不盡相同處。〔註94〕

廖名春以爲：

案：「退」，疑讀爲「湛」。《周禮・夏官・司弓矢》：「王弓、弧弓以授射甲革椹質者。」鄭注：「故書椹爲報。鄭司農云：『椹字或作報。』」而「湛」有深厚義。《楚辭・九章・哀郢》：「忠湛湛而願進兮。」王逸注：「湛湛，重厚貌。」《新書・威不信》：「德厚焉，澤湛焉，而後稱帝。」「怨湛」即「怨深」，故下言「衰」、「小」。〔註95〕

劉信芳以爲：

「怨」字原簡字形爲「怨」之古文。其讀爲「怨」，學者已有共識，不應讀爲「悁」。「難」讀爲「問難」之「難」，《韓非子・難一》，王先愼《集解》釋難云：「古人行事或有不合理，韓子立意以難之。」……「退」謂卻也（《說文》）。《周禮・秋官・小司寇》：「以圖國用而進退之。」注：「進退猶損益也。」……孔子評《大雅》爲盛德，取其褒義，評《小雅》「衰矣少矣」，取其貶義。「怨退」是詩人對德之少者的批評貶損態度，故「退」不可破讀爲「懟」。〔註96〕

業師季旭昇以爲：

「小雅□德」是原簡殘缺，據上下義補的，空缺的字不外是「衰」「少」

〔註94〕范毓周〈《詩論》第三枚簡釋讀〉，簡帛研究網站，2002年5月7日首發。
〔註95〕廖名春〈上海博物館藏詩論簡校釋箚記〉，簡帛研究網站，2002年7月3日首發。
〔註96〕劉信芳《孔子詩論述學》，（安徽大學出版社，2003年1月初版），頁12。

之類的字眼。馬承源以爲原考釋引了一支不同書手寫的簡，内容爲「《少夏》亦德之少也」，可爲本句之佐證。又指出「多言難而怨退」，與簡八「〈雨無正〉、〈即南山〉皆言上之衰也」同類。其說可從。《史記‧屈原賈生列傳》云：「《小雅》怨誹而不亂。」與〈孔子詩論〉所論接近。

又

第二簡談到「頌平德也」、「大雅盛德也」，第三簡談到「邦風其納物也」，那麼中間顯然缺的是「小雅□德也」。我們看大雅的句法是「大雅盛德也……多言……」，而第三簡是「……也，多言難而怨懟者也，衰矣少矣」，句法相同，而殘缺處正好可以互補，因此我們可以把大雅補足成「大雅盛德也……多言……者也，□矣□矣」，而小雅部分則可以補成「小雅□德也，多言難而怨懟者也，衰矣少矣」，當然，也可能不是「□」德而是其他字眼。如果我們同意留白簡原來有字，據滿寫簡估計，所謂留白簡的簡2到簡5的首部都應補約9字，尾部都應補約8字。〔註97〕

【玉姍案】

簡文**字**，業師季旭昇以爲：

楚簡有「悁」字，見以下各處，依文義，都應該讀爲「怨」：

《郭店‧緇衣》10：「日暑雨，小民亦隹（唯）日悁（怨）。」

《郭店‧尊德義》18：「不黨則無悁（怨）。」……這些「悁」字寫作**字**、**字**等形，其上部都寫成「肙」形，依文義讀爲「怨」，毫無問題。……這個字的字形寫成「**字**」，《上博》考釋爲「悁」，其實不算錯，但又說，「也可讀爲窓」，這就沒有必要了。「窓」是「宛」的異體，在這裡讀成「窓」，對文義並不合適。其實以楚簡的用字習慣來看，其上的「宀」應該只是裝飾性的部件。本字可以直接讀成「怨」。〔註98〕

季師之說可從。〈孔子詩論〉簡3**字**、簡18**字**、簡19**字**簡27**字**皆應讀爲「怨」。

退，馬承源以爲當讀「懟」，可從。「懟，怨也」，簡文「怨懟」爲同義副詞，當指王政衰敗，忠貞的士大夫關心國事卻無力回天，無不有怨也。簡三「（〈小雅〉）多言難而怨懟者也」意謂：〈小雅〉詩篇即周王室由氣象恢弘至末世衰微的記載，極言周朝末期患難之多，忠貞的士大夫面對亂象，然無以改變君王放縱小人弄權的事實，

〔註97〕業師季旭昇〈孔子詩論新詮〉，（臺北：學生書局《經學研究論叢》13 輯，2005 年12 月）。

〔註98〕業師季旭昇〈由上博詩論〈小宛〉談楚簡中幾個特殊的從肙的字〉，見《漢學研究》（第二十卷第二期，2002 年12 月），頁381、383。

故心中有怨。

「少」可讀爲「小」，微也。馬承源指出「備用的殘簡中也有一簡是有關詩的，其文曰：「者。《少夏》亦德之少也。……」所謂「德之少也」，可以作爲「衰矣少矣」的進一步解釋。」可從。筆者以爲「衰矣少矣」是指王德漸衰，國勢漸微，有如夕陽西下，逐漸黯淡，逐漸走向覆滅。《左傳・襄公二十九年》記載季札觀周樂：

> 爲之歌〈小雅〉曰：美哉，思而不貳，怨而不言，其周德之衰乎？猶
> 有先王之遺民焉。

「其周德之衰乎？」可與簡文「衰矣少矣」相呼應。

簡文當依業師季旭昇之說前補 9 字爲「□□□□□。〈小雅〉□□（德？）」也。多言難而怨懟者也，衰矣少矣」。

鄭玄《小大雅譜》：

> 〈小雅〉自〈鹿鳴〉至於〈魚麗〉，先其文所以治內，後其武所以治
> 外。……〈小雅・十月之交〉以譴自上天，小人專恣，惡莫甚焉，故以爲
> 先。由惡之甚，致覆滅宗周，無所安定，故次〈雨無正〉也。〈小旻〉刺
> 王謀之不臧，〈小宛〉傷天命將去，論怨嗟小。……〈小雅〉有箴規誨刺，
> 其事有漸矣，則王衰亦有漸矣。皇甫謐云：「三十年伐魯，諸侯從此而不
> 睦。」蓋周衰自此而漸也。大局宣王之美詩，多是三十年前事，箴規之篇
> 當在三十年之後。王德漸衰，亦容美刺並作不可以限斷也。

〈小雅〉由〈鹿鳴〉、〈魚麗〉等君臣饗宴，氣象恢弘之詩，到〈十月之交〉、〈雨無正〉、〈小旻〉、〈小宛〉等末世君主昏昧、小人弄政之刺詩，呈現了一個大邦由盛而衰的完整紀錄。

【討論 (6)】

邦風丌內勿也，專僃人谷安，大會材安：〈邦風〉其納物也，溥觀人俗焉，大歛材焉

【各家說法】

馬承源以爲：

> 邦風，就是《毛詩》的《國風》，《邦風》是初名，漢因避劉邦諱而改
> 爲《國風》。

又

> 內勿，讀爲「納物」，即包容各種事物。

又

專僼人谷，「專」讀作「溥」，「溥」與「普」同，《小雅‧北山》：「溥天之下，莫非王土」。「溥」古籍中亦通作「普」。「僼」是「觀」的別體，「谷」讀爲「俗」。此句讀爲「普觀人俗」。《禮記‧王制》：「天子五年一巡守，……至於岱宗。柴而望祀山川，觀諸侯。問百年者，就見之，命大師陳詩，以觀民風」。《孔叢子‧巡守》：「古者天子，命使采民詩謠，以觀其風。」又《漢書藝文志》：「古有采詩之官，王者所以觀風俗、知得失、自考證也。」這是采詩觀風俗。「普觀人俗」即普觀民風民俗。這裡孔子所言《邦風》具有教化作用的論述，在各種史料中是較早的。

又

大會材，「會」字《説文》所無，從日從僉，疑讀爲「斂」。「斂材」見於《周禮‧地官司徒》：「頒職事十有二於邦國都鄙，使以登萬民。一曰稼穡，……八曰斂材……」此斂材爲收集物資，簡文會（斂）材，指《邦風》佳作，實爲采風。〔註99〕

李零以爲：

「《邦風》其納物也，博觀人欲焉，大斂材焉」，「博」，原作「專」，原書讀「溥」，這裏讀「博」；「欲」，原作「谷」，原書讀「俗」，這裏讀「欲」。簡文是説《邦風》可以博覽風物，采觀民情，彙聚人材。「孔子曰」下還有另一段話，惜已脱佚。〔註100〕

李學勤讀爲：「《邦風》其納物也博，觀人俗焉，大斂材焉。」〔註101〕無釋。

龐樸以爲：

按，此節句讀似宜作：「邦風，其納物也專：觀人俗焉，大斂材焉；其言文；其聲善。」此處讚美《邦風》凡三點：1，其納物也專。這是就內容言，包羅萬象也。2，其言文，就形式言。3，其聲善，就樂曲言。第一點「其納物也專」，專，遍也（《玉篇》），不煩轉讀爲溥。其字屬上不屬下，殆無問題；此種句型，俯拾即是。如：「其稱名也小，其取類也大」（《易‧繫辭下》），「其取之公也薄，其施之民也厚」（《左傳‧昭公二六年》），「其行己也恭，其事上也敬，其養民也惠，其使民也義」（《論語‧

〔註99〕馬承源主編，《上海博物館藏戰國楚竹書（一）》，（上海：上海古籍，2001年11月），頁129～130。

〔註100〕李零〈上博楚簡校讀記（之一）《子羔》篇"孔子詩論"部分〉，簡帛研究網站，2002年1月4日首發。

〔註101〕李學勤〈上海博物館藏楚竹書《詩論》分章釋文〉，簡帛研究網站，2002年1月16日首發。

《公冶長》），等等。「觀人俗焉」與「大斂材焉」爲排比句，「大」用作動詞。人俗即民俗；「斂材」似指「斂材者」。蓋「斂材」乃一種職事，《周禮》〈大宰〉：「以九職任萬民……八曰臣妾，聚斂疏材」，又〈大司徒〉：「頒職事十有二于邦國都鄙，使以登萬民……八曰斂材」。可見，斂材是由臣妾來承擔的職事，其具體內容，據經師們說，是收集百草根實可食者。至於臣妾，則是貧賤的男女百姓們。所謂「大斂材焉」，是說看重這些從事斂材的男女百姓；而這是《邦風》「納物也專」的表現，也是它「觀人俗焉」的渠道。我們只要默誦《國風》詩篇，便能相信，這個評價是不差的。〔註102〕

董蓮池以爲：

　　　　正確句讀應爲：「邦風亓內勿也專，觀人谷安。」此二句是言《邦風》類詩容納內容極其豐富，可以從中考見民間風俗。即「詩可以觀」之意。」又「《尚書・堯典》：「僉曰……」《孔傳》：「僉，皆也。」《楚辭・天問》：「僉曰何憂？」王逸《章句》：「僉，眾也。」「材」，當讀如「哉」。「安」，用作「焉」。「材安」，即「哉焉」，爲兩個句末語氣詞連用。句當是言《邦風》「群」的教化作用，「大僉材焉」謂能和大眾。〔註103〕

范毓周以爲：

　　　　案原書考釋將「谷」讀爲「俗」，看似有據，但實際上是值得討論的。「谷」在楚簡中多通假爲「欲」。楚簡《緇衣》中即有其例。例如，郭店楚簡《緇衣》中有：「古（故）君民者章好以視民念（欲）」上海博物館藏楚簡《緇衣》第四簡同文處「欲」作谷。又信陽長台關楚簡有：「亓（其）谷能又棄也。」何琳儀釋「谷」爲「欲」，皆其例。因此，所謂「專僂人谷」應讀爲「溥觀人欲」，其意與上引楚簡《緇衣》「故君民者章好以視民欲」的「以視民欲」大體相同。此外，簡中「大僉材」的「僉」原書考釋謂「疑讀爲斂」，其實該字就是「斂」字，上海博物館藏楚簡《緇衣》第十四簡中有：吾大夫恭且斂。其「斂」亦作「僉」，是知「僉」即是「斂」。〔註104〕

業師季旭昇以爲：

〔註102〕龐樸〈上博藏簡零箋（二）〉，簡帛研究網站，2002年1月4日首發。

〔註103〕董蓮池〈《上海博物館藏戰國楚竹書（一）・孔子詩論》解詁（一）〉，古籍整理研究學刊，2002年2月。

〔註104〕范毓周〈《詩論》第三枚簡釋讀〉，簡帛研究網站2002年5月7日首發。

　　本句依李學勤先生分章釋文斷讀爲「《邦風》其納物也博，觀人俗焉，大斂材焉。」，可從。不過專讀爲溥亦可，依古文字現時的解釋，博本意爲搏鬥。

　　內勿，讀爲納物。物最廣泛的意思是我之外的萬事萬物，郭店性自命出簡 12 凡見者之爲物。國風中廣泛寫人物的悲歡離合，大量以草木鳥獸蟲魚起興，這就是納物也溥；觀人俗就是觀察民俗。《禮記‧王制》：「天子五年一巡守，……歲二月東巡守……觀諸侯。問百年者，就見之，命大師陳詩以觀民風」《漢書藝文志》：「古有采詩之官，王者所以觀風俗、知得失、自考正也。」《春秋公羊傳‧宣公十五年》：「男女有所怨恨，相從而歌，飢者歌其食，勞者歌其事。男年六十，女年五十，無子者，官衣食之，使之民間求詩，鄉移於邑，邑移於國，國以聞於天子。故王者不出牖戶，盡知天下所苦；不下堂而知四方。」這就是觀人俗，由此可知施政之得失，同時也可以探查到很多好的人才。〔註105〕

【玉姍案】

　　「專」，馬承源讀作「溥」，可從。《說文》：「溥，大也。」

　　「觀」，簡文作 ![字] ，甲骨文中未見「觀」字，但以「雚」字借爲「觀」（如 ![字]（商‧甲 1850））。戰國楚系文字多加「視」以爲形符（如 ![字]（楚‧包 2.185））。「雚」字「卝」字頭或訛爲「仐」形（如 ![字]（楚‧包 2.230）），或訛爲「人」形（如 ![字]（楚‧包 2.244））。《上博（一）‧孔子詩論》簡 3 ![字] 字寫法，目前僅此一見。筆者以爲可能由《上博（一）‧性情論》 ![字]（上 1.3.9）、 ![字]（上 1.3.15）（觀）字左旁加上「人」形而成。《上博（一）‧性情論》 ![字]（上 1.3.9）、 ![字]（上 1.3.15）的觀字於「雚」下加「目」爲形符，「雚」字「卝」字頭亦訛爲「宀」形。簡 3 ![字] 字亦於「雚」下加「目」爲形符，左旁並加一「人」形。

　　《毛詩‧周南序》：

　　　〈關雎〉，后妃之德也。〈風〉之始也，所以風天下而正夫婦也，故用之鄉人焉，用之邦國焉。〈風〉，風也，教也。風以動之，教以化之。詩者，志之所之也；在心爲志，發言爲詩，情動於中而形於言，言之不足故嗟歎之，嗟歎之不足故永歌之；永歌之不足，不知手之舞之足之蹈之也。情發於聲，聲成文謂之音，治世之音安以樂，其政和；亂世之音

〔註105〕業師季旭昇〈孔子詩論新詮〉，（臺北：學生書局《經學研究論叢》13 輯，2005 年 12 月）。

怨以怒，其政乖；亡國之音哀以思，其民困。故正得失，動天地，感鬼神，莫近於詩。先王以是經夫婦，成孝敬，厚人倫，美教化，移風俗。故詩有六義焉：一曰〈風〉，二曰〈賦〉，三曰〈比〉，四曰〈興〉，五曰〈雅〉，六曰〈頌〉。上以風化下，下以風刺上，主文而譎諫，言之者無罪，聞之者足以戒，故曰〈風〉。至于王道衰，禮義廢，政教失，國異政，家殊俗，而〈變風〉〈變雅〉作矣。國史明乎得失之跡，傷人倫之廢，哀刑政之苛，吟詠情性，以風其上，達於事變而懷其舊俗者也；故〈變風〉發乎情，止乎禮義，發乎情，民之性也，止乎禮義，先王之澤也。是以一國之事，繫一人之本，謂之〈風〉，言天下之事，形四方之風。謂之〈雅〉，雅者，正也，言王政之所由廢興也，政有小大，故有〈小雅〉焉，有〈大雅〉焉。〈頌〉者美盛德之形容，以其成功告於神明者也，是謂四始，詩之至也。然則〈關雎〉、〈麟趾〉之化，王者之風，故繫之周公。南，言化自北而南也，〈鵲巢〉、〈騶虞〉之德，諸侯之風也，先王之所以教，故繫之召公，〈周南〉、〈召南〉，正始之道，王化之基，是以〈關雎〉樂得淑女以配君子，愛在進賢，不淫其色，哀窈窕思賢才而無傷善之心焉，是〈關雎〉之義也。

筆者以爲由這段文字所述，〈風〉之化正在於反應時事以移風易俗；故曰「上以風化下，下以風刺上，主文而譎諫，言之者無罪，聞之者足以戒，故曰〈風〉。至于王道衰，禮義廢，政教失，國異政，家殊俗，而〈變風〉、〈變雅〉作矣。國史明乎得失之跡，傷人倫之廢，哀刑政之苛，吟詠情性，以風其上，達於事變而懷其舊俗者也」。「人谷」，學者意見本來有異，馬承源、龐樸以爲當讀爲「人俗」；李零、董蓮池、范毓周以爲當讀「人欲」。由《毛詩·周南序》判斷，「人谷」讀作「人俗」，應該比較適當。此外，業師季旭昇並於讀書會中提出：「欲」是普遍現象，不因地域而有太大差別。「俗」是各地之特色，十五邦（國）各有其俗。是以讀爲「俗」，較符合「采風」之說，是以目前在楚系文字中，雖然尚未見到「谷」讀爲「俗」之例，然尚未發現證據並非代表完全不可能，故此處暫將「人谷」讀爲「人俗」。

僉，簡文作。業師季旭昇以爲：

釋形：戰國文字（楚·越王劍）、（楚·蔡侯產劍）形爲美術字，加了繁釋，其本形從亼、從吅、從从。（楚·望.2）形「亼」形簡化爲「宀」形，下加「甘」形。（楚·包121）形不加「亼」……

案：……何琳儀《戰國古文字典》以爲：「僉，從䁬」（《正字通》：「䁬

同昆」。），從厶，會皆同之意。厶亦聲。」除了「厶亦聲」外，何說似
較合理。〔註106〕

筆者以爲「僉」字甲文未見。戰國金文如▨（楚‧越王劍）、▨（楚‧蔡侯產劍）
之形下加類似「自」之繁飾，假借爲「劍」字。戰國燕系文字「从」多訛如▨（燕‧
《璽彙》2814）、▨（燕《璽彙》3862）形。晉系文字「僉」下加「甘」，「从」之
間加三豎筆爲飾（如▨（晉‧中山方壺））。楚系簡帛文字「僉」下多加「甘」如▨
（包2.121）、▨（郭.11.26））；「厶」形或簡化爲「宀」形，如▨（望.2）；或於
「從」字上加二橫筆爲飾，如▨（郭1.1.5）。楚系簡帛中《包山簡》於文義中用其
原義「皆」〔註107〕，《郭店‧老子甲》簡5▨假借爲「憸」，《郭店‧性自命出》簡
26▨假借爲「儉」〔註108〕。《上博‧紂衣》簡14作「吾大夫龏且▨」陳佩芬讀爲：
「吾大夫恭且儉」〔註109〕。《上博（一）‧孔子詩論》簡3「▨」字上部亦訛爲「宀」
形，馬以爲假借爲「斂」，爲「收集」之義，可從。

有關「斂材」之「材」，比較合理有兩種說法，馬承源、王志平、程二行以爲「材」
爲資料，「斂材」即「采風」。李零、黃人二以爲「材」爲人才，「斂材」爲收羅招攬
人才。筆者以爲，二說分就風俗民情與人才舉用論述，皆有道理，並不衝突，於上
下文義中亦難以取捨，是以並存二說。

最後是有關簡文「〈邦風〉其納物也溥觀人俗焉大斂材焉」的斷句問題。馬承源、
李零以爲斷讀爲「〈邦風〉其納物也，溥觀人俗焉，大斂材焉」李學勤、龐樸、董蓮
池以爲「〈邦風〉其納物也溥，觀人俗焉，大斂材焉」。筆者以爲，依馬承源之讀法，
翻譯爲：「〈邦風〉包含各種內容，透過〈邦風〉可以廣博地觀看各種社會民俗，廣
大地收羅了各階層的風俗資料（或：多方網羅人材），而反映政治之得失，王道之興
廢。」依李學勤之讀法，翻譯則爲：「〈邦風〉能廣泛地包含各種內容，透過〈邦風〉
可以觀看各種社會民俗，廣大地收羅了各階層的風俗資料（或：多方網羅人材），而
反映政治之得失，王道之興廢。」兩種說法幾乎接近，唯一差別只是在「溥（廣大
地）」這個副詞所出現的位置而已。是以二說皆可通讀，實在無須勉強定要作一選擇。
由於馬說即可通讀，故筆者於行文中仍依馬承源之斷句方式。

〔註106〕業師季旭昇撰，《說文新證（上）》，（台北：藝文印書館，2002年10月），頁436。
〔註107〕玉姍案：此釋義依劉信芳先生說。見《包山楚簡解詁》，（台北市：藝文，2003年），
　　　　頁113。
〔註108〕見張光裕先生主編，《郭店楚簡研究‧第一卷文字編》，（台灣：藝文印書館，1999
　　　　年），頁494，587。
〔註109〕馬承源主編，《上海博物館藏戰國楚竹書（一）》，（上海：上海古籍，2001年11月），
　　　　頁190。

【討論（7）】

丌言旻，丌聖善。孔＝曰：隹能夫〔□□□□□□□□〕：其言文，其聲善。
孔子曰：「隹能夫〔□□□□□□□□〕

【各家說法】

馬承源以爲：

> 丌言旻，旻，讀爲文，指《邦風》諸詩的辭言有文采。

又

> 丌聖善，聖借爲聲，古詩皆有曲可以歌唱，此言《邦風》樂聲的和美。

又

> 隹能夫，「能夫」之後辭文殘失。與上下留白第四簡不能連讀。從以
> 上論辭的例子，「孔子曰」以下是一整段論述，可能更具體的述及《訟》、
> 《大夏》、《少夏》和《邦風》，大約至少缺二枚。〔註110〕

李零讀作「孔子曰：唯能夫。」〔註111〕無釋。

李銳以爲：

> 與本篇簡六、二十二、二十七之隹、雀、雀比較，此「隹」字亻形下
> 猶有一點。郭店簡《緇衣》九原隸定爲「隹」之字亦有點，上海簡《緇衣》
> 簡五加有短橫，皆當隸定爲「隼」，同其他「隹」字有不同，與今本《詩
> 經》對照，讀爲「誰」。〔註112〕

【玉姍案】

　　簡文「其言文，其聲善」，當指〈邦風〉之美，意謂〈邦風〉諸詩言辭頗具文采，
〈邦風〉的樂聲和美。「孔子曰：隹能夫」以下殘，學者或讀爲「唯能夫」，或讀「誰
能夫」，因簡文殘缺無法確定，不作結論。業師季旭昇以竹簡之契口排列及完簡之字
數比對以爲「孔子曰：隹能夫」下當補八字。可從。

【討論（8）】

〔□□□□□□□□〕曰：詩丌猷坪門：〔□□□□□□□□□〕曰：詩
其猶平門。

〔註110〕馬承源主編，《上海博物館藏戰國楚竹書（一）》，（上海：上海古籍，2001年11月），
　　　　頁130。

〔註111〕李零〈上博楚簡校讀記（之一）《子羔》篇"孔子詩論"部分〉，簡帛研究網站，2002
　　　　年1月4日首發。

〔註112〕李銳〈讀上博楚簡劄記〉，《上海博物館藏戰國楚竹書研究》，（上海大學古代文明研
　　　　究中心/清華大學思想文化研究所編，上海書店出版社，2002年3月），頁399。

【各家說法】

馬承源以爲：

> 本簡長四十六·一釐米，上下端殘。上端殘存留白七·三釐米，下端
> 留白殘缺。現存四十三字，其中合文一。

又

> 坪門，讀爲「平門」。春秋吳國城門名。吳王闔閭始築城，四面八門，
> 北面稱爲平門、齊門。又《三輔黃圖·都城十二門》：「長安城南出第三門
> 曰西安門，北對未央宮，一曰便門，即平門也。」平門在簡文中可能是泛
> 指城門。「詩其猶平門」？其義或爲詩義理猶如城門之寬達。〔註113〕

李零以爲：

> 案：這一部分的五枚簡都是「留白簡」。原書是把這一部分的簡 2-4
> 編入其釋文的「詩序」部分，簡 5 編入其釋文的「訟」部分，簡 7 是編入
> 其釋文的「大夏」部分。它們和以上各簡不同，不是就具體詩篇進行評說，
> 而是泛論《風》、《雅》、《頌》。此簡前面疑脫一簡，最後兩字作「孔子」。
> 〔註114〕

李學勤補爲「〔孔子〕曰：詩丌猷坪門與？戔民而裕之。」〔註115〕無釋。

周鳳五讀作：

> 曰：「《詩》，其猶旁門與？」「殘民而怨之，其用心也將何如？」曰：
> 「邦風是也。」

又

> 簡四「詩，其猶旁門與？」：原句讀有誤，參考簡二一改正。旁門，
> 四通之門。《尚書·堯典》：「闢四門，明四目，達四聰」，《禮記·聘義》：
> 「孚尹旁達」《正義》：「旁者，四面之謂也」可證。簡文謂讀《詩經》可
> 以周知四方之事，通達人情事理，猶四門洞開也。《論語·陽貨》：「《詩》
> 可以興，可以觀，可以群，可以怨」，與簡文相通，可以參看。〔註116〕

董蓮池以爲：

〔註113〕馬承源主編，《上海博物館藏戰國楚竹書（一）》，（上海：上海古籍，2001 年 11 月），
頁 130。

〔註114〕李零〈上博楚簡校讀記（之一）《子羔》篇"孔子詩論"部分〉，簡帛研究網站，2002
年 1 月 4 日首發。

〔註115〕李學勤〈上海博物館藏楚竹書《詩論》分章釋文〉，簡帛研究網站，2002 年 1 月 16
日。

〔註116〕周鳳五〈《孔子詩論》新釋文及注解〉，簡帛研究網站，2002 年 1 月 16 日首發。

此二句當是評論《陳風・衡門》之類的詩。《衡門》云：「衡門之下，可以棲遲。」……「塝門」或即《詩・衡門》之初名，或是與《衡門》內容類同的逸詩之名。〔註117〕

許全勝以為：

按：塝門，應讀「坊門」。上古防水禦敵之具皆曰「坊」。〔註118〕

李天虹以為：

郭店竹簡尊德義有二例「坪」字，與○顯然應是同一字的異體。尊德義十二號簡云：「善者民必眾，眾未必治，不治不順，不順不○」，三十四號簡云：「均不足以○政」。將○讀作「平」，可為文從字順。（引者按：李氏以○號代替原簡字形）。綜合上述各種情形，對○的形體似乎可以有兩種解釋，○之左形是「平」的變體，這種變體與「旁」混同。其二，「平」、「旁」形體接近，音亦可通（「平」屬並紐耕部，「旁」屬並母陽部）。○也許當釋作「塝」，在《尊德義》裡讀作「平」，在《詩論》中究竟讀作何字可進一步研究。考慮到「坪」在楚文字中是個常見字，「土」、「平」兩篇旁的相對位置與○也非常一致，而「塝」古文字罕見，釋為「平」更為可靠。〔註119〕

劉信芳以為：

竊意以為，平門依其字面意理解就可以了……《詩論》之「平門」乃貴賤平等出入之門，是因為文學無貴賤，……人是有身分等級的，思想文學則是公器，此古今一理也。〔註120〕

程二行以為：

此所謂「平門」，即是「便門」。……唯是此便門者，當是與「正門」相對者，或為一般平民所出入之門。故孔子用以為比。〔註121〕

〔註117〕董蓮池〈《上海博物館藏戰國楚竹書（一）・孔子詩論》解詁（一）〉，古籍整理研究學刊，2002 年 2 月。

〔註118〕許全勝〈孔子詩論零拾〉，《上海博物館藏戰國楚竹書研究》，（上海大學古代文明研究中心/清華大學思想文化研究所編，上海書店出版社，2002 年 3 月），頁 372。

〔註119〕李天虹〈上海簡書文字三題〉，《上海博物館藏戰國楚竹書研究》，（上海大學古代文明研究中心/清華大學思想文化研究所編，上海書店出版社，2002 年 3 月）頁 377～378。

〔註120〕劉信芳〈關於上博藏楚簡的幾點討論意見〉，清華大學思想文化研究所/輔仁大學文學院聯合主辦，新出楚簡與儒學思想國際學術研討會論文集，2002 年 3 月 31 日～4月 2 日。

〔註121〕程二行〈上博楚竹書《孔子詩論》關於‘邦風’的二條釋文〉，清華大學思想文化

孟蓬生以爲：

> 墒字從土，旁聲。即「堤坊」之「坊」，字亦作「防」。「坊門」當即齊國之坊門，是齊國的長城，也是齊國的堤防。《左傳‧襄公‧十八年》：「（晉侯伐齊）齊侯禦諸平陰，塹防門而守之廣里。」古人認爲《詩》及其他經書有坊民備亂之用，《禮記‧坊記》：「子言之：『君子之道，辟則坊與，坊民之所不足者也。』大爲之坊，民猶踰之。故君子禮以坊德，刑以坊淫，命以坊欲。」〔註122〕

江林昌以爲：

> 這裏的「門」指門徑，也比喻說話的嘴口。《管子‧心術上》「潔其宮，開其門」尹知章注「門謂口也，開口使順理而言。」由此看來，「坪門」意指擴大言路門徑。「詩，其猶坪門與？」就是說風詩大概是擴大言路的門徑吧。而「賤民而鯀之」，應該與「風詩民俗」相一致。竹簡說「民有戚患」「上下不和」，所以有邦風來「歌吟誹謗」，作爲擴大言路的門徑。由此可見，這裏實包含了「風詩」的起源（風謠也）、作用（諷諫也）和體例（風詠也）三個層面。〔註123〕

范毓周以爲：

> 這裏的「平門」之「平」即「細大不逾」之「平」。「平門」即「細大不逾」的平和之門。意爲人人可以進入之門，是一種比喻。〔註124〕

廖名春以爲：

> 案：當隸作「墒門」。「墒」，讀作「旁」，訓爲寬廣。「門」當讀爲「聞」。《説文》：「門，聞也。」「聞，知聞也。從耳，門聲。」《廣雅‧釋詁三》：「聞，捍也。」《論語‧季氏》：「友直，友諒，友多聞。」邢昺疏：「多聞謂博學。」《漢書‧劉向傳贊》：「此數公者，皆博物洽聞，通達古今，其言有補於世。」「旁聞」，即「廣聞」，猶多聞、洽聞，指《詩》内容繁富，故下文有數問。〔註125〕

　　研究所/輔仁大學文學院聯合主辦，新出楚簡與儒學思想國際學術研討會論文集，2002年3月31日～4月2日。

〔註122〕孟蓬生《《詩論》字義疏證》，清華大學思想文化研究所/輔仁大學文學院聯合主辦，新出楚簡與儒學思想國際學術研討會論文集，2002年3月31日～4月2日。

〔註123〕江林昌〈上博竹簡《詩論》的作者及其與今傳本《毛詩序》的關係〉，簡帛研究網站，2002年6月10日首發。

〔註124〕范毓周〈《詩論》第四枚簡釋讀〉，簡帛研究網站2002年5月9日首發。

〔註125〕廖名春〈上海博物館藏詩論簡校釋箚記〉，簡帛研究網站，2002年7月3日首發。

馮時以爲：

> 「平門」亦即「正門」，與《陽貨》之「正牆」用意適相反，則謂《詩》
> 之包及萬事，猶如正對其門而立，故於人情世故無不見及也。〔註126〕

王志平以爲：

> 旁讀爲「衡」。《國語·齊語》：「以方行於天下」，注：「方猶橫也。」
> 《漢書·地理志》：「旁行天下」。《荀子·修身》：「橫行天下」。注：「橫行
> 天下，猶《書》所云『方行天下』，言周流之廣。」〔註127〕

【玉姍案】

簡四 壟 字，與簡二 壟，學者有釋爲坪、塝二派之爭，請詳見本論文壹·總論
之部【第二章】總論頌雅風之德部分

簡二 壟 之注釋。業師季旭昇案曰：

> 同字又見〈容成氏〉簡18：「禹乃因山陵坪（平）隰之可封邑……。」
> 〈孔子詩論〉此字一向有「平」、「旁」二說，於義理皆可通。但是〈子羔〉、
> 〈容成氏〉此字依文例只能釋爲「坪（平）」，因此我們可以用這種明確的
> 文例回推〈孔子詩論〉簡2應讀爲「頌坪（平）德也」、簡4應讀爲「詩
> 其猶坪（平）門」。〔註128〕

其字之隸定從業師季旭昇之說。而「坪門」之義，須與下句「與賤民而豫之」並看，
筆者以爲當讀爲「平門」，即「平正之門」，亦即《詩序》所云「上以風化下，下以
風刺上，主文而譎諫，言之者無罪，聞之者足以戒，故曰〈風〉。……國史明乎得失
之跡，傷人倫之廢，哀刑政之苛，吟詠情性，以風其上，達於事變而懷其舊俗者也」。
上下皆可透過〈邦風〉以達教化與諷刺之效，下民亦可「傷人倫之廢，哀刑政之苛」，
無貴賤之別。

【討論（9）】

與戔民而豫之，丌甬心也牆可女？曰邦風氏已：與賤民而豫之，其用心也將
何如？曰：「〈邦風〉是已。」

【各家說法】

馬承源以爲：

〔註126〕馮時〈論『平德』與『平門』──讀《詩論》箚記之二〉新出土文獻與古代文明研
　　　　究國際學術研討會2002年7月28日～7月30日
〔註127〕王志平〈詩論札記〉，簡帛研究網站，2002年10月15日首發。
〔註128〕業師季旭昇〈讀《上博（二）》小議〉，簡帛研究網站，2003年1月12日首發。

奻民而饒之，「奻民」讀爲「賤民」，地位低下的人。饒從谷從兔，《說文》所無，其他字書也未見。

又

氏，簡文多作「是」。〔註129〕

李零以爲：

《詩》其猶平門歟？賤民而逸之，其用心也將何如」是講《國風》（簡文作「邦風」），原文可能是說《國風》好像城之便門，得與四方往來，雖賤民亦可自由出入。「歟」，原作「與」，原書斷在下句開頭。「逸」，原作「𩔖」，這裏讀爲「逸」。〔註130〕

李學勤讀爲「〔孔子〕曰：詩亓猷坪門與？奻民而裕之。其用心也將何如？」〔註131〕無釋。

周鳳五以爲：

簡四「殘民而怨之」：殘民，原釋「賤民」，以爲「地位低下之人」。按，當讀爲「殘民」；殘，害也。怨，原以爲「從谷從兔」，待考。按，「從谷」不確，字乃「沿」字所從，其形則《說文》訓「山間陷泥地」之古文省形也。「從兔」亦非是，實「肙」字。二者疊加聲符，當讀爲「怨」。字又見郭店《六德》簡三三：「捐其志，求養親之志。」讀爲「捐」。又《性自命出》簡五八：「門內之治，欲其掩也。」字從二「肙」，讀爲「掩」，即《禮記‧喪服四制》：「門內之治恩掩義」之謂也。本篇簡三「怨悱」字形小異，乃同字異構。簡文謂居上位者若殘民以逞，構怨於人，可以從「國風」諸詩覘其民心也。〔註132〕

何琳儀以爲：

豫，《考釋》誤隸定爲從谷從兔。按，〈詩論〉該字可與楚簡「豫」字相互比較。

𧠗上海簡《詩論》4　　𧠗 包山簡11

《爾雅‧釋詁》「豫，樂也。」字亦作「娛」。簡文意謂「《詩》之義

〔註129〕馬承源主編，《上海博物館藏戰國楚竹書（一）》，（上海：上海古籍，2001年11月），頁131。

〔註130〕李零〈上博楚簡校讀記（之一）《子羔》篇"孔子詩論"部分〉，簡帛研究網站，2002年1月4日首發。

〔註131〕李學勤〈上海博物館藏楚竹書《詩論》分章釋文〉，簡帛研究網站，2002年1月16日首發。

〔註132〕周鳳五《孔子詩論》新釋文及注解〉，簡帛研究網站，2002年1月16日首發。

理猶如寬廣之門，由此登堂入室，從而達到與賤民同樂的目地。」孔子這一平民思想，殊爲難能可貴，值得珍視。〔註133〕

黃德寬、徐在國以爲：

> 餽，簡文作🔣，此字又見於郭店六德33：「🔣」其志。我們曾解釋作「豫」，認爲是包山簡🔣字的省形，李零以爲徑釋爲「逸」。《孔子詩論》中「兔罝」之「兔」作🔣（簡二十三），「又兔」之「兔」作🔣（簡二十五），與郭店簡「象」字作🔣、🔣（《郭店楚簡文字編》133頁），形體相近。我們認爲🔣字從予聲，當釋爲「豫」。〔註134〕

董蓮池以爲：

> 豫，《爾雅・釋詁上》：「樂也」，邢昺《疏》：「豫者，樂逸也。」……《爾雅・釋詁下》：「豫、寧、綏、康、柔，安也。」論中所用即爲此意。句當是言《邦風》的作者們都像《褰門》的作者一樣，地位低下，混處賤民之中，卻能作詩自道其安樂的心志。〔註135〕

李銳以爲：

> 「踐」與「斬」古通，則「戔」可以讀爲「漸」。《漢書・董仲舒傳》：「漸民以仁。」注：「漸，謂浸潤之也。」〔註136〕

孟蓬生以爲：

> 「戔」當讀爲「前」。「前民」即「在民之前」，實際指民亂之前。豫，當從何琳儀以爲說爲「豫」，不過此處之「豫」，……是用爲「豫備」之「豫」。《周易・既濟》：「君子以思患而豫防之。」「前民而豫之」，即在民亂之前豫爲之設坊（防）之意。〔註137〕

范毓周以爲：

> 「與戔民而餽之」中的「與」，原書無釋，此「與」當即《唐風・葛生》一章中「予美亡此，誰與獨處」和《小雅・谷風》一章中「將恐將懼，維予與汝」等句的「與」，意爲「與……在一起」。

〔註133〕何琳儀〈滬簡詩論選釋〉，簡帛研究網站，2002年1月17日首發。

〔註134〕黃德寬、徐在國〈上海博物館藏戰國楚竹書（一）・《孔子詩論》釋文補正〉，（《安徽大學學報哲學社會科學版》，2002年3月第26卷第2期）。

〔註135〕董蓮池《〈上海博物館藏戰國楚竹書（一）・孔子詩論〉解詁（一）》，古籍整理研究學刊，2002年2月。

〔註136〕李銳〈讀上博楚簡箚記〉，《上海博物館藏戰國楚竹書研究》，（上海大學古代文明研究中心/清華大學思想文化研究所編，上海書店出版社，2002年3月），頁399。

〔註137〕孟蓬生《〈詩論〉字義疏證》，清華大學思想文化研究所/輔仁大學文學院聯合主辦，新出楚簡與儒學思想國際學術研討會論文集，2002年3月31日～4月2日。

「戔民」，原書考釋謂「讀爲『賤民』」。實際上戰國楚簡文字「戔」即「賤」字。郭店楚簡〈老子〉甲種第二十九簡有：「不可得而貴，亦可不可得而戔。」其「戔」與「貴」相對而言，爲「賤」無疑。又郭店楚簡《緇衣》第十七簡有「子曰：大人不親其所賢，而信其所賤。」字作「戔」，上海博物館所藏楚簡《緇衣》同文字正作從貝從戔之「賤」，即「賤」。信陽長台關楚簡中有「易夫戔人」，即「易夫賤人」。「賤民」即「賤人」，亦《禮記‧曲禮上》「雖賤人、大夫、士自禦之。」之「賤人」，也就是春秋時所謂「庶人」，或稱「小人」。儒家自孔子主張「有教無類」，「庶人」可以「學而優則仕」，已打破原來宗法界域，故「賤民」亦可與君子同學《詩》、《書》。「餽」，原書考釋謂：「『餽』從谷從兔，《說文》所無，其他字書中也不見。」實際上，「餽」並非從谷從兔，乃從谷從象省，爲楚簡文字中常見之「豫」字。例如郭店楚簡《六德》第三十三簡中有「餽」字，與此字結構全同，《郭店楚墓竹簡》未釋，該字從谷從象甚明。其所從之「象」即郭店楚簡《老子》乙種第十二簡、丙種第四簡作「象」的「象」字。「豫」原從「予」從「象」，戰國文字中「豫」每作「豫」，如包山楚簡第一百七十一簡中「豫」即作「豫」。其所從之「予」作「予」，與「谷」形近相訛。故此字應釋爲「豫」。案「豫」有「樂」義，意爲娛樂、遊樂。《小雅‧白駒》第三章有：「爾公爾侯，逸豫無期。」鄭《箋》云：「爾公爾侯邪，何爲逸樂無期以反也？」是知「豫」乃「樂」也。故此簡所謂「詩亓猷坪門，與戔民而餽之」應釋爲「詩亓（其）猷坪（平）門，與戔（賤）民而餽（豫）之。」其義蓋爲：《詩》像一座「細大不逾」的平和之門，可以同賤民一起共娛樂。這與《小雅‧角弓》六章中所表達的「君子有徽猷，小人與屬」頗有異曲同工之妙。《詩論》作者的這種把《詩》看作是可以和賤民同樂的思想是否導源於此，抑未可知。〔註138〕

廖名春以爲：

「戔」可讀爲「善」。《禮記‧曲禮上》：「則必踐之。」鄭玄注：「踐讀曰善，聲之誤也。」「餽」可讀爲「裕」。「戔民而餽之」即善民而裕之，親善百姓而使之寬裕。〔註139〕

曹錦炎以爲：

上海博物館藏楚竹書〈孔子詩論〉簡中，編號第 23、25 兩簡中分別

〔註138〕范毓周〈《詩論》第四枚簡釋讀〉，簡帛研究網站 2002 年 5 月 9 日首發。
〔註139〕廖名春〈上海博物館藏詩論簡校釋箚記〉，簡帛研究網站，2002 年 7 月 3 日首發。

—68—

有《詩經》篇名〈兔罝〉、〈又（有）兔〉。馬承源指出，前者爲今本〈周南‧兔罝〉，後者即是今本〈王風‧兔爰〉，簡文乃是取該詩首句「有兔爰爰」首二字爲題。因爲有今本可供對照，馬以爲所説無疑是正確的……。

楚文字的「兔」字寫法時有所本……傳出洛陽金村古墓的越器者汈鐘，「逸」字寫作□，右旁「兔」字下部已訛爲肉。這種寫法的「逸」字，也見於三體石經古文，寫作□，其所從「兔」字構形，正與楚文字同。……上引三體石經古文的「逸」字，其右旁作□，過去以爲從兔從水，其實不確。《郭店楚簡‧六德篇》中，此字寫作□形，可見石經的丝即楚簡彡之訛誤，其構形是易左右結構爲上下結構。同時也可證明《郭店楚簡》的□旁即「兔」，同於《上博簡》。已有不少學者指出，《郭店楚簡》的□字應即《包山楚簡》的□字異構，這是正確的。在《包山楚簡》中，此字有多種寫法□簡11……，左旁有簡有繁，右旁構形作□，其寫法完全同於三體石經和者汈鐘的「兔」字偏旁。鄂君啓節的「兔」字構型也完全一致（□）。在《上博簡》中也有此字，寫作□形；《郭店簡》此字構形實來源自《上博簡》，左旁下部改用填實筆劃，而《上博簡》之寫法即《包山簡》之省形。通過比較，我們注意到「兔」字構形有兩種寫法，一作□一作□。區別在於表示兔首的最後一筆，一作上翹，一作下垂回鉤。這種區別，乃是書手因書寫習慣不同所致。

〈孔子詩論〉中，馬承源以爲將□字隸定爲「餤」字，左旁從谷。案楚簡文字中，作爲「谷」或「谷」旁字均寫作「谷」，下部「口」不作封閉形。結合《包山楚簡》此字的各種構形來看，其左旁應該釋作「予」，上部加「八」或「八」爲繁化。「谷」即「谷」之省寫，而其本形實作「ㆆ」，加「八」或「八」爲繁飾。「ㆆ」即「予」字，吳器配兒鉤鑃銘「先人是舒」，予旁作「ㆆ」可證。而《郭店簡》、《上博簡》的寫法則是省簡所致。認清了這個字的偏旁所從，我們可以將這個字正確隸定作「預」。

在《包山簡》中，「預」是作爲人名出現的，《包山》考釋中已將此字直接讀爲「豫」，沒有解説。《郭店簡》與《上博簡》的「預」字，有上下文義可尋：

預在其志，求養新之志，害亡不以也。（〈六德〉）

曰：詩，其猶旁（玉姍案：當作「坪」）門。與賤民而預之，其用心也將何如？（〈孔子詩論〉）

將上述「預」字讀爲「豫」，確實文從義明。因此我們有理由相信，楚簡文字的「預」字其實即「豫」字，只是在楚簡文字中，「豫」字寫成從兔予，並不從象。……應該指出，楚簡文字中從「象」的「爲」字，其「象」旁下部作省略，與「兔」字構形區別較爲明顯，但也有楚簡文字中的「象」字構形與「兔」字構形較爲相似。《郭店楚簡‧老子乙篇》「大音祇聖，天象無坣」。《老子丙篇》「執大象，天下往」。今本分別作「大音希聲，大象無形」「執大象，天下往」。有今本對應，我們不能說象是「兔」非「象」。「象」寫作象，粗看確實與兔作象、象構形似無別，但仔細分析，象首構形的最後一筆往右下延伸較長，與楚文字中的「爲」字所從的象首寫法一致。而楚簡文字的「兔」字構形中兔首的最後一筆往往上翹，有明顯區別。在《上博簡》、《郭店簡》中均如是作，《包山簡》的「預」字所從兔旁，這一筆雖然略往下彎，但並不延伸下垂，仔細看還是有區別的。〔註140〕

李天虹以爲：

古文字兔、象本來都是象形字，楚文字兔的上半作象或象，象的上半作象或象或象，系首部的象形，其形雖然接近，但也存在一定程度的差異。根據馬、李二位以爲的通讀，通過字形比較，可以確定《六德》、《詩論》之字的右旁確是兔字。……該字左旁從谷，右旁是兔，李學勤以爲對字形的釋讀是正確的。……我爲該字可能和三體石經逸字古文有關。石經古文逸作象，……逸字從水無說，比照字形，其下部象也可能是谷象的形訛。那麼就可以將石經古文逸隸定爲「饞」，其右旁上半爲兔下半爲谷，與《六德》、《詩論》中的「饞」應當是同一個字。如果這個推測成立，「饞」就可以釋爲「逸」。……古逸與佚通，既有隱逸之義，還有閒適安樂之義。……《詩論》中的逸，當訓爲第二義。〔註141〕

黃人二以爲：

簡文此處疑讀爲「與賤民而怨之」。賤民，下民也。意聖君貴在與民同怨，以民之怨爲怨。〔註142〕

〔註140〕曹錦炎〈楚簡文字中的「兔」及相關諸字〉，（新出土文獻與古代文明研究國際學術研討會論文集，2002 年 7 月 28 日～30 日）。

〔註141〕李天虹〈釋『饞』、『饞』〉，《古文字研究第二十四輯》，（北京：中華書局發行，2002年 7 月），頁 400～401。

〔註142〕黃人二《上海博物館藏戰國楚竹書（一）研究》，（台灣高文出版社，2002 年），頁26～27。

王志平以爲：

> 怨本爲從谷、從古文怨（從兔、從肉）之字。疑從怨得聲，故讀爲「怨」。〔註143〕

劉信芳以爲：

> 「戔」字馬承源先生讀爲「賤」，是正確的。周代王官學，私作者多被稱之爲「賤」。楚惠王謂墨子之言：「賤人所爲」（《渚宮舊事》二・《墨子貴義》），西漢轅固謂老子書爲「家人言」（《漢書・儒林傳》），此皆官學立場。楚惠王以下尚且如此，則春秋以前無私學可知。孔子述而不作，蓋由此也。惟《邦風》諸詩，則人人可作。作則作矣，未免爲賤民也。古采《風》以觀民俗，傳其詩者，官學也；其作者不傳，私作也。後世或指《邦風》某詩爲某所作，謬矣。明乎官學背景，「平門」爲貴賤平等出入之門，此針對《邦風》而發；「與賤民而豫之」，謂《邦風》是給與賤民言志的參預形式，亦已明矣。或從文學的角度釋「豫」爲「樂」，理解爲陶冶情操，抒發情感之類，亦是文從字順。〔註144〕

劉樂賢以爲：

> （馬承源隸定爲「其用心也將何如？曰：〈邦風〉是也。」）「也」，簡文實作「已」。後句應讀爲「文王雖欲已，得乎？」〔註145〕

鄭任釗以爲：

> 「氏也」，在《孔子詩論》中凡四見。第四簡「邦風氏也」，第五簡「【大夏】氏也」，「訟氏也」，第二十七簡「吾悉捨之，賓贈氏也」。「氏也」整理者釋讀「是也」，其實這處「也」字簡文實作「已」，非「也」。〔註146〕

【玉姍案】

簡文 🔲（戔），馬承源以爲當讀作「賤」，可從。「賤」字甲金文中未見，戰國時期楚文字有借「戔」爲「賤」的情形，且「戔」字所從二戈寫作左右並列的「戔」形（如 🔲（信陽 1.02））或於「戔」上再加「一」之飾筆（如 🔲（郭.9.34））。《信陽簡》1.01「賤人」寫作「🔲人」；《郭店・緇衣》簡18「信其所賤」寫成「信其所 🔲」；《郭店・成之聞之》簡34「讓而處賤」寫成「讓而处🔲」。可見專用以表示地位低下的「賤」字，在此時尚未有固定寫法，故書手常寫作「戔」。然在《上博・

〔註143〕王志平〈詩論札記〉，簡帛研究網站，2002年10月15日首發。

〔註144〕劉信芳《孔子詩論述學》，（安徽大學出版社，2003年1月初版），頁136。

〔註145〕劉樂賢〈讀上博簡箚記〉，簡帛研究網站，2002年1月1日首發。

〔註146〕鄭任釗〈對《孔子詩論》釋讀的一點意見〉，簡帛研究網站，2002年2月19日首發。

紾衣》簡 10 與《郭店‧緇衣》簡 18「信其所戡」相對應的句子，〈紾衣〉中寫作「信其所![字]」，在「戡」下加「貝」作爲意符。《郭店‧成之聞之》簡 17 中「貧賤」寫作「貧![字]」，由於在「![字]」與「![字]（郭.9.34）」兩種寫法出現在同一篇文章中，因此可見當時楚地是二種寫法並行的。《上博（一）‧孔子詩論》簡四![字]字讀作「賤」，應無疑問。「賤民」爲社會階級低下者，與貴族相對。

簡 4![字]字，學者對此字形音義頗多論述，今整理如下：

學　者	釋　形	釋　讀	釋　義
馬承源	餯	✕	✕
李　零	![字]	逸	✕
李學勤	餯	裕	✕
周鳳五	從谷從肙	怨	怨
何琳儀	豫	豫	樂；娛
黃德寬、徐在國	豫	豫	✕
范毓周	從予從象省	豫	樂
李天虹	餯	逸	安樂
曹錦炎	![字]	豫	✕
王志平	![字]	怨	怨
劉信芳	✕	豫	樂

筆者以爲此字可由左右偏旁分開討論。

（一）左偏旁：馬承源、李零、李學勤、李天虹、王志平以爲從「谷」。周鳳五以爲從「𧮫」。何琳儀、黃德寬、徐在國、曹錦炎、范毓周以爲從「予」。以下分述之：

1. 周鳳五以爲「𧮫」，但春秋金文中未見單獨的「𧮫」字，僅有南疆鐘![字]（船）偏旁可見。戰國文字僅晉系![字]（晉‧貨系 205）、秦系![字]（珍秦 64），然音義不明。楚系文字未見此字。是以筆者以爲可排除左旁爲「𧮫」之可能。

2. 馬承源等以爲從「谷」。楚系文字中「谷」及從「谷」之字甚多，如![字]（郭.1.1.5）、![字]（上 1.3.4）、![字]（上 1.3.28）、![字]（楚帛書乙）、![字]（郭.1.2.11）、![字]（郭 1.3.13）皆可以看出「谷」字下所從爲「口」，而非一橢圓形，與〈孔子詩論〉![字]左下所從爲一橢圓形的寫法完全不同。不過〈孔子詩論〉中有四個「谷」字，分別寫爲![字]（簡 3）、![字]（簡 7）、![字]（簡 9）、![字]（簡 16）。簡 9、簡

16 之「谷」字下從「口」，但簡 3、簡 7「谷」字下則寫爲橢圓形，這種寫法的「谷」字，目前僅〈孔子詩論〉二例而已。《說文・卷十一・谷部》：「谷，泉出通穿爲谷。從水半見，出於口。凡谷之屬皆從谷。」甲文作 ⿰ （前 2.5.4）、⿱ （佚 113）下皆作「口」形，是「谷」之寫法仍當以下從「口」爲標準形體。

3. 何琳儀等以爲從「予」。晉系 ⿱（璽彙 112 但目前楚簡中並未見單獨出現的「予」字，而從「予」之字如「舒」作 ⿱（包 2.184）。「豫」作 ⿱（包 2.7）、⿱（包 2.11）、⿱（包 2.72）、⿱（包 2.163）、⿱（郭.12.33）（從黃德寬、徐在國之說，見〈郭店楚簡文字考釋〉）等寫法。何琳儀《戰國古文字典》：「春秋金文作 ⿱（穌 ⿱ 簋），從呂，八爲分化符號，呂亦聲。春秋金文豫作 ⿱（蔡侯鎛），左上爲 ⿱，是其佐證。」業師季旭昇以爲「呂」爲「赤黃色的銅塊，甲骨金文早期字形象金鋌之形，同時也是某種金屬的專名」（《說文新證（上）》頁 605）故「予」字不論作 ⿱、⿱、⿱ 等形，下部皆爲○形，以象金鋌之狀。

筆者以爲，「谷」字下從「口」，與「予」字下方的「○」，可能爲決定 ⿱ 字左旁爲「谷」或爲「予」的關鍵。雖然〈孔子詩論〉簡 3（⿱）與簡 7（⿱）的「谷」字下部並未寫作「口」形，至今亦無學者探討過這種現象，筆者猜測，應爲書手爲簡省筆劃所致；在〈孔子詩論〉簡 9、簡 16 又恢復標準寫法 ⿱。故筆者以爲，就 ⿱ 左下作「○」而不作「口」形這點判斷，⿱ 字左旁當從「予」。

（二）右偏旁：馬承源、李學勤、李天虹、曹錦炎以爲從「兔」。周鳳五以爲從冐。李零、王志平以爲從「龜」。何琳儀、黃德寬、徐在國以爲從「象」。范毓周以爲從「象」省。以下分別討論之。

1. 郭店簡〈老子乙〉簡 12「大音祇聖，天 ⿱ 無型」、〈老子丙〉簡 4「執大 ⿱，天下往」。今本分別作「大音希聲，大象無形」、「執大象，天下往」。⿱ 字右旁與郭店「象」字相似，僅上半略有不同。范毓周以爲從「象」省，不知范以爲此字省去何筆劃？其實作從「象」即可。

2. 〈孔子詩論〉簡 23〈兔罝〉之「兔」作 ⿱，簡 25〈有兔〉（今本〈兔爰〉）之「兔」作 ⿱，雖有殘蝕，然亦可看出大概筆法，與 ⿱ 字右旁十分相似，故李零、王志平以爲從「龜」，其實直接作從「兔」即可。

3. 〈孔子詩論〉簡 8「小宛」之「宛」作 ⿱，業師季旭昇以爲「字形，應是從三『肻』，下二『肻』省爲二『肉』。《上博性情論》有『⿱（⿱）』字（嚴格隸定當作『⿱』），從三『肻』。《郭店性自命出》作『⿱（⿱）』（嚴格隸定當

作『𩠐』），從二『𩠐』，此字圖版不清楚，據考釋隸定，對比來看，『𩠐』（『𩠐』）、『𩠐』（『𩠐』）都是『𩠐』（『𩠐』）之省。」〔註147〕

業師季旭昇以爲戰國楚文字的「𦣻（𦣻）」字可謂千變萬化，尤其是「𦣻」頭與「象」頭寫法非常接近，更增加文字識讀的困難。「𦣻」形的變化，根據業師季旭昇分析如下：𦣻、𦣻→𦣻、𦣻、𦣻→𦣻、𦣻、𦣻→𦣻 𦣻上部與𦣻字右旁非常相似，故周鳳五以爲𦣻字右旁爲「𦣻」。但同樣在〈孔子詩論〉中，從「𦣻」，有「怨」義的字，皆寫如𦣻（簡3）、𦣻（簡18）、𦣻（簡19）、𦣻（簡27），是以周鳳五之說雖有可能，然仔細推論，以「𦣻」字字形之多變，與〈孔子詩論〉中，從「𦣻」之字形考量，周說仍有商榷餘地。

4. 主張𦣻字右旁爲「兔」的學者們，所堅持的觀點，在於他們以爲「楚文字兔的上半作𠂊或𠂎，象的上半作𠂎或𠂎或𠂎，𦣻字右上筆劃上揚，故當爲兔。」曹錦炎、李天虹以爲都有論著。但在楚文字中，兔、象二字是否眞有如此明顯的區隔呢？筆者以爲並不然，𧰼（郭.六德.33「豫」）、𧰼（郭15.60「賙」），以及𧰼（包2.5）字𧰼（上1.1.5）、𧰼（上1.1.21）、𧰼（上1.3.34）等「爲」字，所謂象鼻處皆上揚。是以由筆劃之上揚或下垂，來分別兔、象二字，似乎也沒有必然性。

筆者以爲，既然能夠在楚簡中找到多個從「象」、而所謂象鼻處上揚之字，那麼將𦣻字右旁釋作「象」，亦無不可，因此此字可釋爲從予從象，其實就是「豫」字；與𧰼（包7）、𧰼（包11）、𧰼（包72）、𧰼（包163）、𧰼（郭.六德.33）皆可視爲同一系列的「豫」字。

《尚書》中常見「逸」、「逸豫」、「豫」等字眼，例如《尚書‧多方》：「有夏誕厥逸，不肯感言于民。」、《尚書‧無逸》：「周公曰：嗚呼！君子所其無逸。」、《尚書‧君陳》：「惟日孜孜，無敢逸豫。」、《尚書‧說命中》：「不惟逸豫，惟以亂民。」、《尚書‧洪範》：「曰豫恒燠若，曰急恒寒若。」、《尚書‧太甲中》：「王懋乃德，視乃厥祖，無時豫怠。」

這些句子多是勸戒君王不可沉溺享樂，以免亡國之語。孔安國傳把文中之「逸」、「逸豫」、「豫」都釋爲「逸豫」，可見「逸」、「逸豫」、「豫」這三種說法其實是一樣的。《說文‧卷九下‧象部》：「豫，象之大也。」《說文‧卷十‧兔部》：「逸，失也。從辵兔。兔謾訑善逃也。」段注：「以此疊韻爲訓亡逸者，本義也，

引伸之爲逸游、爲暇逸。」筆者以爲當由「兔脫」引申出「自由」之意。國君若過分放縱自由則爲沉溺享樂，是《尚書》中「逸」、「逸豫」、「豫」的「享樂」意，皆由此引申而來。由此亦可見，「豫」古音定紐魚部，「逸」定紐質部，聲同韻稍遠，「豫」於《尚書》中確有假借爲「逸」之例。筆者以爲，簡文中「豫」讀作「逸」，爲「自由」之義。

　　「邦風氏巳（己）」之「巳（己）」，簡文作 𝓔，馬承源以爲誤釋爲「也」，當訂正。第 4、5、7、27 簡皆當改釋作「巳（己）」。

　　筆者以爲簡文應讀作「與賤民而豫之，其用心也將何如？曰：〈邦風〉是巳。」與「詩其猶平門也」前後呼應。意謂：《詩》就好比一扇公平正大的門，誰都可以進出；就像一國之上下皆可透過〈邦風〉以達教化與諷刺之效，就算是地位卑下的小民亦可透過吟詠詩歌，自由地表達「傷人倫之廢，哀刑政之苛」的心聲。如果沒有這一條宣洩的管道，小民的心聲將如何表達呢？（所以孔子說：能夠反映小民的心聲）就是《詩經》中的〈邦風〉了。

【討論（10）】

民之又感恣也，卡＝之不和者，丌甬心也酉可女？〔曰〈小夏〉氏巳。□□□：民之有感患也，上下之不和者，丌用心也將何如？〔曰〈小夏〉是巳。□□□

【各家說法】

馬承源以爲：

> 民之又𢧵惓，讀爲「民之有罷惓」。𢧵字以「戙」爲聲符，《戙鐘》「𢧵伐厥都」。戙讀作「撲」。《漢書・嚴助傳》：「留而守之。歷歲經年，則士卒罷勦，食糧乏絕」。「撲」、「罷」雙聲假借，簡文曰人民罷惓，上下不和，則其用心又將如何。

又

> 卡＝，「卡」字下有合文符，爲「上下」二字。

又

> 此簡文提出有關邦風的兩個啓發式問題，對第一個問題作了「邦風是也」的回答。第二問題的答辭已殘缺無存。這種問答式的講辭，也是孔子的教育方法。〔註148〕

〔註148〕馬承源主編，《上海博物館藏戰國楚竹書（一）》，（上海：上海古籍，2001 年 11 月），頁 131。

劉樂賢以爲：

> 罷，廖名春釋文作「感」（玉姍案：見廖名春著〈上博《詩論》簡的作者和作年〉，簡帛研究網站，2002/01/17 首發）。該字亦見於《郭店簡‧性自命出》篇，《禮記‧檀弓》作「戚」，故知廖釋可從。「感」，亦作「慽」，《說文》：「慽，憂也」。「惓」字又見於〈性情論〉簡 31、簡 35，《郭店簡》相應之字作「患」（「惓」、「患」二字古音相近，可以通假）。據此，則簡文此詞應讀爲「感患」，是「憂患」的意思。〔註149〕

李零以爲：

> 「民之有感惓也，上下之不和者，其用心將何如」是講《小雅》。《小雅》多抨擊朝政之失，表達民間疾苦之作，所以這樣講。「感惓」，原書讀爲「罷惓」，但上字見郭店楚簡《性自命出》簡 34，實爲「感」字，「感」是憂愁的意思；「惓」，有倦怠之義。後面疑脫一簡，作「曰《小雅》是也。……其用心將何如？《大雅》」。〔註150〕

白於藍以爲：

> 按，所謂「戁」字，原篆作「▨」，其心旁上部所從乃「戚」字。郭店楚簡中有標準寫法的戚字作「▨」（《尊德義》簡七）、「▨」（《語叢一》簡三四），「▨」當即「▨」、「▨」之省形，故「▨」字當釋爲「慽」。郭店楚簡《性自命出》篇簡三四、三五有「慍斯憂，憂斯慽，慽斯難（歎），難（歎）斯辟，辟斯通」語，其中「慽」字作「▨」，可相參證。簡文之「戁」當讀爲「患」（詳下第十條）。《說文》：「慽，憂也。」朱駿聲《說文通訓定聲》：「今字作感。」《廣雅‧釋詁一》：「感，憂也。」《說文》：「患，憂也。」《呂氏春秋‧重言》：「卿大夫恐懼，患之。」高誘《注》：「患，憂。」可見，「慽患」乃同義聯綿詞，指憂患。〔註151〕

周鳳五以爲：

> 簡四「民之有戚患也」：戚，原釋「撲」，讀爲「罷」；患，原釋「惓」，二字連讀「罷惓」。按，上字見郭店〈性自命出〉簡三四：「憂斯戚」；下字與楚簡「雧」字所從同，當讀爲「患」。據〈性自命出〉「戚」甚於「憂」，

〔註149〕劉樂賢〈讀上博簡箚記〉，簡帛研究網站，2002 年 1 月 1 日首發。

〔註150〕李零〈上博楚簡校讀記（之一）《子羔》篇"孔子詩論"部分〉，簡帛研究網站，2002年 1 月 4 日首發。

〔註151〕白於藍《《上海博物館藏戰國楚竹書（一）》釋注商榷〉，簡帛研究網站，2002 年 1月 8 日首發。

則「戚患」猶言「憂患」而甚之耳。此字又見上博簡〈性情論〉簡三一：「凡憂患之事欲任」、簡三五：「用智之疾者，憂患爲甚」，原釋「惓」，與本篇同，但「憂患」成語習見，且釋「患」於字形有據，又有郭店簡文足資對照，毋庸別出新解也。〔註152〕

何琳儀以爲：

> 　　郭店簡《語叢》四9「戜鉤者戜」（玉姍案：當爲《語叢》四8），今本《莊子・胠篋》作「竊鉤者誅」。郭店簡《性自命出》34「憂斯［圖］，斯歎［圖］。」其中「［圖］」可讀「憯」。「竊」與「祭」均屬月部，可以通假。准是，《詩論》該字亦可讀竊。《廣雅・釋詁》四「竊，私也。」
>
> 　　「惓」，可讀「怨」。《詩・豳風・九罭》「袞衣繡裳」，《釋文》「袞字或作卷」。而《玉篇》系部引《韓詩》「袞」作「綩」。是其確證。簡文「［圖］惓」應讀「竊怨」，意謂「私下怨恨」。參見《漢書・金日磾傳》「出則聯乘，入侍左右，貴戚多竊怨，上聞愈厚焉。」〔註153〕

彭裕商以爲：

> 　　殷墟甲骨文有戚字，……，本爲「干戈戚揚」之戚，爲上下有齒之兵器。……（戰國）郭店簡《語叢》一第34簡即有此字。感字因下方有心旁，故省略了戚字的下齒，爲憂戚之戚專字。惓字以字形而論，所釋無誤。但惓字只有忠謹、懇切（也作拳拳）、危急、疲倦等意思，與憂戚之意不類。竊意此字當爲「悹」字，也作「悺」（《玉篇》）。其字形上部與郭店楚簡《窮達以時》管夷吾之「管」寫法相同，《汗簡》卷下「完」字作［圖］，構形類同。「管」從官聲，完聲與官聲之字古時互通，其例甚多，如「管」字也寫作「筦」，《詩・周頌・執競》：「磬筦將將」，《釋文》：「筦，本亦作管。」《韓詩外傳》「以莞爲席」，《說苑・辯物》「莞」作「菅」；《淮南子・齊俗訓》：「求之乎浣准。」同書《泰族訓》「浣」作「管」，等等，詳《古字通假會典》。《說文・心部》：「悹，憂也。」《廣韻》：「悹悹，憂無告也。」《詩・傳》云：「悹悹，無所依。」今本《毛詩・大雅・板》作管（靡聖管管），毛傳云：「管管，無所依系。」無所依系也就是憂勞不得安定之貌。此字又與患相通，同書《性情論》有此字，云：「凡憂悹之事欲任。」、「用智之疾者，悹爲甚。」「憂悹」、「悹爲甚」，郭店楚簡《性自命出》「悹」均作「患」，此外，完聲之字也通「患」，如《老子》：「貴大患若身。」馬

〔註152〕周鳳五〈《孔子詩論》新釋文及注解〉，簡帛研究網站，2002年1月16日首發。
〔註153〕何琳儀〈滬簡詩論選釋〉，簡帛研究網站，2002年1月17日首發。

王堆帛書《老子》甲本患作梡，《說文‧肉部》脘字云：「讀若患。」則本篇「戚悹」猶言「戚患」，爲憂患之意。「民之有戚悹也，上下之不和者。」此應爲孔子論《小雅》之言。《小雅》成于周道衰微之時，其篇章多有憂戚之意，故孔子有如此評論。〔註154〕

黃德寬、徐在國以爲：

> 按：第四簡簡文作𢕃，又見於《郭店‧性自命出》34 簡「憂斯𢕃」。龐樸《初讀郭店楚簡》將此句與《禮記‧檀弓下》中的「慍斯戚」對比，確定「𢕃」應讀爲「戚」。可信。「悹」字簡文作𢝊，從心卷聲。此字又見於《性情論》31 簡「凡憂𢝊之事谷任」，《郭店‧性自命出》62 簡作「凡憂患之事欲任」。可知「悹」當讀爲「患」。古者「卷」，見紐元部；「患」，匣紐元部。見匣均爲喉音，因此從卷聲的「悹」可以讀爲「患」。簡文「戚悹」當讀爲「戚患」。「戚」字古或訓「憂」，《詩‧小雅‧小明》：「心之憂矣，自詒伊戚」。《毛傳》：「戚，憂也。」……簡文「民之又戚患也」即「民之有憂患也。」〔註155〕

劉信芳以爲：

> 「悹」讀爲「睠」，其字說文作「眷，顧也。」……《詩‧小雅》多表達戚睠之憂者。……《小雅‧大東》：「周道如砥，其直如矢，君子所履，小人所視。睠言顧之，潸焉出涕。」《毛傳》：「睠，反顧也。」《鄭箋》：「言我也，此二事者在乎前世，過而去矣，我從今顧視之，爲之出涕，傷今不如古。」知所謂「戚睠」者，憂戚於世之亂也，憂戚於己仕途之艱辛也。睠顧於「靖共爾位」之人，睠顧於「周道如砥」之往時也。（〈楚簡《詩論》所評風、雅、頌研究〉）

又

> 筆者〈楚簡《詩論》所評風、雅、頌研究〉引《小雅‧小明》「睠睠懷顧」《大東》「睠言顧之」，讀「悹」爲「睠」。今本《小雅》無「患」字用例，「戚悹」之釋讀，亦以兼顧小雅文例爲妥。〔註156〕

【玉姍案】

簡文「𢕃」字，與《郭店‧性自命出》簡34：「慍斯憂，憂斯𢕃」形體相同，

〔註154〕彭裕商〈讀《戰國楚竹書》（一）隨記〉，簡帛研究網站，2002 年 4 月 12 日首發。

〔註155〕黃德寬、徐在國〈上海博物館藏戰國楚竹書（一）‧《孔子詩論》釋文補正〉，（《安徽大學學報哲學社會科學版》，2002 年 3 月第 26 卷第 2 期）。

〔註156〕劉信芳《孔子詩論述學》，（安徽大學出版社，2003 年 1 月初版），頁 139～140。

今《禮記・檀弓》作「慍斯戚」。《郭店・語叢一》簡 34「戚」作🖎，《郭店・尊德義》簡 7「戚」作🖎，故 🖎 字應為「感」之異體字。

🖎，此字又見於《上博・性情論》簡 31「凡憂🖎之事谷任」，《郭店・性自命出》62 簡作「凡憂患之事欲任」，可知「🖎」當讀為「患」。「卷」，古音見紐元部；「患」，古音匣紐元部。聲近韻同，故 🖎 可以讀為「患」。

🖎，馬承源以為「上下」之合文，可從。

簡文「民之有感患也，上下之不和者，其用心也將何如？」，業師季旭昇以為，「其用心也將何如」後當補「〔曰〈小夏〉氏（是）已□□□〕」八字〔註157〕可從。「感患」，應即憂患。《毛序》：

> 〈雅〉者，正也。言王政之所由廢興也。政有小大，故有〈小雅〉焉，有〈大雅〉焉。

《孔疏》：

> 雅者，訓為正也。由天子以政教齊正天下，故民述天子之政，還以齊正為名。王之齊正天下得其道，則述其美雅之正經，及宣王之美詩是也。若王之齊正天下失其理，則刺其惡，幽厲〈小雅〉是也。《詩》之所陳皆是正天下大法，文武用詩之道則興；幽厲不用詩道則廢，此〈雅〉詩者言說王政所用廢興，以其廢興，故有美刺也。又解有二〈雅〉之意，王者政教有小大，詩人述之亦有小大，故有〈小雅〉焉，有〈大雅〉焉……述大政為〈大雅〉，述小政為〈小雅〉，有〈小雅〉〈大雅〉之聲；王政既衰，〈變雅〉兼作：取〈大雅〉之音，歌其政事之變者，謂之〈變大雅〉。取其〈小雅〉之音，歌其政事之變者，謂之〈變小雅〉。故〈變雅〉之美刺，皆由音體有小大，不復由政事之大小也。

簡文「民之有感患也，上下之不和者，其用心也將何如？〔曰〈小夏〉是已□□□〕」當較接近《孔疏》中所說的「若王之齊正天下失其理，則刺其惡，幽厲〈小雅〉是也」，簡文中所提到的今本〈小雅〉篇名，雖然有帝王氣象的〈鹿鳴〉、〈伐木〉、〈天保〉等篇，然也多提及〈十月〉、〈雨無正〉、〈節南山〉、〈小旻〉、〈小宛〉、〈小弁〉、〈巧言〉等幽厲時代政衰道微的詩篇。筆者以為簡文所述之「民之有感患也，上下之不和者」，應即《孔疏》之變小雅，也就是〈十月〉、〈雨無正〉、〈節南山〉、〈小旻〉、〈小宛〉、〈小弁〉、〈巧言〉等描述幽厲時代政衰道微的詩篇。「民之有感患也，上下之不和者，其用心也將何如？〔曰〈小夏〉是已，□□□〕」

〔註157〕業師季旭昇〈〈孔子詩論〉分章編聯補缺〉注 4，《古文字研究》第二十五輯，（北京：中華書局，2004 年 10 月），頁 380～390。

意謂：百姓因政衰道微而有種種憂患，不論階級高的士大夫，亦或地位低下的平民，都因爲君主失政，社會混亂而無法和順度日，如果沒有這一條宣洩的管道，大家的心聲將如何表達呢？（所以孔子說：能夠反映上下之心聲）就是《詩經》中的〈小雅〉了。

【討論（11）】

□□□□□□者何如？〕〔曰〈大顗〉〕氏已：□□□□□□者何如？〕〔曰〈大夏〉〕是已。

【各家說法】

馬承源以爲：

> 本簡長四十七・五釐米，上端留白八・五釐米，半片殘。下端留白殘
> 缺。現存三十八字。〔註158〕

周鳳五以爲當補爲「〔曰：「小雅是也。」□□□【四】□□□□□□曰：「大雅」〕是也。」〔註159〕無釋。

業師季旭昇以爲當補爲〔曰〈小夏〉氏（是）已□□□〕【四】〔□□□□□□者何如？曰〈大夏〉〕氏已」。

又解釋：

> 第四簡中段談到「其用心將何如？曰：邦風是已」。簡末談到「其用
> 心也將何如？」顯然下缺的是「曰：小雅是已」。第五簡一開始說，「是也，
> 有成功者何如？曰：頌是也。」詮釋方法一致，所以在簡4、5之間應該
> 補上有關大雅的論述，如果我們同意留白簡是被削去文字，那麼這兒應該
> 補上十七個字。如果留白簡的留白處本來就無字，那麼在第四、五簡之間
> 應該還有一支留白簡，對大雅有比較長的論述。〔註160〕

【玉姍案】

此從業師季旭昇之說，於簡4、5之間補17字。簡5「是已」前當補成「〔□□□□□□□□者何如？大夏〕是已」，此段簡文爲評論〈大夏（雅）〉之文字。

【討論（12）】

〔註158〕馬承源主編，《上海博物館藏戰國楚竹書（一）》，（上海：上海古籍，2001年11月），頁131。

〔註159〕周鳳五〈論上博《孔子詩論》竹簡留白問題〉，簡帛研究網站，2002年1月19日首發。

〔註160〕業師季旭昇〈〈孔子詩論〉分章編聯補缺〉，《古文字研究》第二十五輯，（北京：中華書局，2004年10月），頁380～390。

又城工者可女，曰訟氏巳：有成功者何如，曰〈頌〉是已。

【各家說法】

馬承源以爲：

> 城工，「城」、「成」古字通。《左傳‧文公十一年》「王子成父」，《管子‧小匡》作「城父」。又《戰國策‧楚策四》「城陽」，鮑本作「成陽」。「工」通「功」。《尚書‧大傳》引「工」作「功」。

又

> 可女，簡本「可女」，今皆讀作「何如」。

又

> 訟，通做「頌」，《說文‧言部》徐鍇繫傳云：「古本《毛詩》雅頌多做「訟」。又「頁」部云「今世間《詩》本周頌亦或作『訟』」。「成功」，是就西周初建國興邦的功烈而言。《大盂鼎銘文》云：「丕顯文王受天有大命，在武王嗣文作邦，闢厥匿，敷有四方，畯正厥民。」《尚書‧周書》中頗多此類內容。今傳《周頌》的多數篇章也基於此種內容。本簡「氏也」之前應有一簡，或爲幾句短的辭語以作出評論。這樣看來，孔子在授具體各篇的詩訟之前，可能有一段引言或小序之類的講辭。如果這是一種體例，則《大夏》、《少夏》及《邦風》之前可能也有，但今已無存。所以作出這樣的推論，因爲我們看到《詩論》文辭的邏輯性非常清晰而且強烈。〔註161〕

李零以爲：

> 「又成功者何如」，是以《頌》爲歌功頌德之作。《詩序》說「頌者，美盛德之形容，以成其功，告於神明者也」，正與簡文所述相合。〔註162〕

董蓮池以爲：

> 謂道述文武成就大一統王業的詩篇哪些是？論者回答說《頌》類詩篇就是如此。此是頌類詩的思想價值。〔註163〕

李銳以爲：

> 有，疑讀爲「侑」，祭祀報饗。《爾雅‧釋詁》：「侑，報也。」《周頌‧

〔註161〕馬承源主編，《上海博物館藏戰國楚竹書（一）》，（上海：上海古籍，2001年11月），頁132。

〔註162〕李零〈上博楚簡校讀記（之一）《子羔》篇"孔子詩論"部分〉，簡帛研究網站，2002年1月4日首發。

〔註163〕董蓮池《〈上海博物館藏戰國楚竹書（一）‧孔子詩論〉解詁（一）〉，古籍整理研究學刊，2002年2月。

雝》：「綏我眉壽，介以繁祉。既右烈考，亦右文母。」〔註164〕

【玉姍案】

「又」，可讀作「有」。城工，讀作「成功」。

《毛序》：

〈頌〉者，美盛德之形容。以其成功告於神明者也。

《孔疏》：

王者政有興廢，未嘗不祭群神。但政未太平，則神無恩力。故太平德洽始報神功，〈頌〉詩直述祭祀之狀，不言得神之力，但美其祭祀，是報德可知。此解〈頌〉者唯〈周頌〉耳，其商魯之〈頌〉則異於是矣。〈商頌〉雖是祭祀之歌，祭其先王之廟，述其生時之功，正是死後頌德，非以成功告神，其體異於〈周頌〉也。〈魯頌〉主詠僖公功德，纔如〈變風〉之美者耳，又與〈商頌〉異也。〈頌〉者美詩之名，王者不陳〈魯詩〉，魯人不得作〈風〉，以其得用天子之禮，故借天子美詩之名，改稱爲〈頌〉，非〈周頌〉之流也。孔子以其同有〈頌〉名，故取備〈三頌〉耳，置之〈商頌〉前者，以魯是周宗親同姓，故使之先前代也。

簡文所提及之〈頌〉詩，爲今本〈清廟〉、〈烈文〉、〈昊天有成命〉三詩，皆出於〈周頌〉，故孔疏「〈頌〉詩直述祭祀之狀，不言得神之力，但美其祭祀，是報德可知。此解〈頌〉者唯〈周頌〉耳」之說可從。簡文「有成功者何如？，曰：〈頌〉是已。」意謂：《詩》中有提及天子以其所成就之功業敬告先祖神明，以祈求賜福保佑的，是哪一部分呢？曰：「是〈（周）頌〉」。

貳、分論之部

【第三章】分論周頌

【原文】

清宭（廟）王惪（德）也▇，至矣。▼2敬宗宭（廟）之豊（禮），㠯（以）為丌（其）杳（本），秉旻（文）之惪（德），㠯（以）為丌（其）糵（質）(1)▇，肅雝（雝）▼3〔顯相，以為其□；□□〕(2)【五下】（以上爲「清廟組」，屬周頌）

〔註164〕李銳〈讀上博楚簡箚記〉，《上海博物館藏戰國楚竹書研究》，（上海大學古代文明研究中心/清華大學思想文化研究所編，上海書店出版社，2002年3月），頁399。

【討論(1)】

清盅王悳也，至矣。敬宗盅之豊，㠯為亓杢，秉旻之悳，㠯為亓緐：〈清廟〉，王德也，至矣。敬宗廟之禮，以為其本。秉文之德，以為其質

【各家說法】

（一）清盅王悳也，至矣。敬宗盅之豊，㠯爲亓杢：

馬承源以爲：

> 清盅，即今本之《清廟》。「盅」即「廟」，西周金文多做「廟」或「朝」，個別作「朝」，戰國《中山王方壺》作庿。此詩鄭玄箋云：「廟，本又作『庿』，古今字也。」《説文》古文與此相同。此文據金文例從「广」與從「宀」相通，則「盅」亦爲古文。《清廟》置於《訟》的第一篇，云「王德也，至矣。」直接評述詩的内容和政治價值。《毛詩·周頌·清廟之什》首序云：「《清廟》，祀文王也。周公繼承洛邑，朝諸侯，率以祀文王焉」。没有說出詩義之重點所在。

又

> 豊，《説文》：「豊」，行禮之器也。從豆象形，讀與「禮」同。在此讀爲「禮」。

又

> 杢，《説文》所無。字與《行氣銘》本作「■」相同。簡文用作「本」。疑是「本」的異體。今本《大雅·文王》云：「文王孫子，本支百世」。是謂敬宗廟之禮，是文王百世子孫之所守。〔註165〕

董蓮池以爲：

> 此句是申論《清廟》等篇什傳述文王之德。「至矣」言這些篇什中表現文王之德達到最高境界。「至矣」，是先秦人引述讚美文王之詩後經常好發的一句感嘆語。如《禮記·中庸》：「上天之載，無聲無臭，（引按：詩句見《詩·大雅·文王》）至矣。」即其例。」……杢，「本」的古文。《禮記·中庸》云：「宗廟之禮，所以事乎其先也。」此二句是讚嘆《清廟》一詩具有展現人們虔敬宗廟祭祀之禮，並把它們作爲治國齊家之本的思想内容。〔註166〕

〔註165〕馬承源主編，《上海博物館藏戰國楚竹書（一）》，（上海：上海古籍，2001 年 11 月），頁 132。

〔註166〕董蓮池〈《上海博物館藏戰國楚竹書（一）·孔子詩論》解詁（一）〉，古籍整理研究學刊，2002 年 2 月。

廖名春以爲：

　　　　《孔子家語‧論禮》：「子曰：升歌清廟，示德也；《清廟》，所以示文王之德也。」〔註167〕

　　（二）秉旻之悳，以爲丌糵：

馬承源以爲：

　　　　秉旻之悳，以爲丌糵：「秉文之德」爲《毛詩‧清廟》引句。原文爲「濟濟多士，秉文之德，對越在天」。糵，從並業。業的構造與《中山王方壺》銘「內鈢邵公之業」的「業」字作「🌾」非常相近，不過壺銘從口，此不從口。字爲《說文》所無。〔註168〕

馮勝君以爲：

　　　　「業」字原寫作「🌾」，註釋者認爲「字爲《說文》所無」，不確。與此寫法相近的「業」不僅見於《說文》古文，而且也見於《汗簡》、《古文四聲韻》等書。金文中有與此同形的「業」字（《金文編》1186 頁），也有在此基礎上纍加聲符「去（盍）」的形體，寫作「🌾」。秦公簋銘文中有「保🌾厥秦」（《殷周金文集成》8.4315）一語，對於「保🌾」一詞，楊樹達以爲曾有過很好的解釋：「業與薛、乂、艾皆同聲，銘文保業，猶《書》云保乂、《詩》云保艾、《克鼎》諸器云保也。《爾雅‧釋詁》云：『艾，相也。』凡言『保業』、『保乂』、『保艾』、『保薛』者，皆謂保相也。」簡文中的「🌾（業）」字，應該讀爲「糵」。業，上古音爲疑紐葉部字；糵，上古音爲疑紐月部字。二字雙聲，而葉、月二部關係極爲密切。……上引楊樹達所論「保業」又作「保薛」，亦可證「業」、「糵」音近相通。《說文》：「櫱，伐木餘也。從木獻聲。《商書》曰：『若顛木之有甹櫱』。糵，櫱或從木薛聲。」《說文》所引《商書》文見今本《尚書‧盤庚上》，其中「甹櫱」今本作「由糵」。孔安國注訓「由」爲「用」，不確。今本「由糵」之「由」，《說文》作「甹」，訓爲「木生條也」。所以《盤庚上》文中的「由糵」很可能就讀爲「條糵」（由、條二字上古音均屬舌音幽部字），原文的意思是樹木雖然顛撲，但還會生出新的枝條。簡文「敬宗廟之禮，以爲其本；秉文之德，以爲其業（糵）」，以「本」、「糵」相對而言，是以樹木爲譬，「本」是指樹幹，「糵」指樹木的枝條。簡文的這段話是說，就《清廟》

〔註167〕廖名春〈上海博物館藏詩論簡校釋〉，《中國古代近代文學研究》2002 年第 6 期。
〔註168〕馬承源主編，《上海博物館藏戰國楚竹書（一）》，（上海：上海古籍，2001 年 11 月），頁 132。

一詩而言，「敬宗廟之禮」纔是根本所在，而「秉文之德（繼承文王之德）」
只不過是從「敬宗廟之禮」這一中心思想中派生出來的相對次等的意義。
〔註169〕

李零以爲：

　　「質」，原作 𣁊，原書以爲從雙業，此字與郭店楚簡用爲「察」、「竊」
　　等字者所從相同（「察」是初母月部字，「竊」是清母質部字），我們從上
　　博楚簡的用字情況看，實應讀爲「質」（端母質部字），來源是「對」字（端
　　母物部字）。〔註170〕

李學勤讀爲「秉文之德，以爲其業。」〔註171〕無釋。

周鳳五以爲：

　　簡五「以爲其櫱」：字從二「業」，原書缺釋。按，當讀爲「櫱」。《尚
　　書・盤庚上》：「若顚木之有由櫱」《釋文》引馬融說：「顚木而肄生曰櫱」。
　　然則「櫱」即萌芽之意，與上文「以爲其本」之「本」正相呼應。〔註172〕

董蓮池以爲：

　　業，業的初文。這兩句是先舉述清廟秉文之德，然後發表議論，言這
　　句詩說的是文王的後代能保持文王的高尚之德，他們憑此把文王開創的事
　　業推向前進。〔註173〕

朱淵清以爲：

　　從二「業」之字△，金文中就有。……《晉公盆》「召△□□□□□
　　□晉邦」，△當讀爲櫱，櫱的本義是草木砍伐後長出的新芽，「召櫱□□□
　　□□□晉邦」，恰是晉悼公復霸的歷史功績的記述。……櫱之本義是草木
　　砍伐後長出的新芽，孔子所謂「秉文之德，以爲其櫱」，其深意更在於不
　　但是成王秉承文王之德，而且周公制禮作樂，也正是肇始于文王。《尚書・
　　顧命》：「昔君文王、武王宣重光，奠麗陳教。」清魏源《詩古微》卷 15
　　《周頌答問》在論及《清廟》即其次章（即《維天之命》）時指出：「周公

〔註169〕馮勝君〈讀上博簡《孔子詩論》箚記〉，簡帛研究網站，2002 年 1 月 1 日首發。
〔註170〕李零〈上博楚簡校讀記（之一）《子羔》篇"孔子詩論"部分〉，簡帛研究網站，2002
　　　　年 1 月 4 日首發。
〔註171〕李學勤〈上海博物館藏楚竹書《詩論》分章釋文〉，簡帛研究網站，2002 年 1 月 16
　　　　日首發。
〔註172〕周鳳五《孔子詩論》新釋文及注解〉，簡帛研究網站，2002 年 1 月 16 日首發。
〔註173〕董蓮池〈《上海博物館藏戰國楚竹書（一）・孔子詩論》解詁（一）〉，古籍整理研
　　　　究學刊，2002 年 2 月。

制作，人知其因於二代，而不知其因於文王，如薪樻以告天，兆后稷爲太祖，靈台、辟雍以行明堂之政。《康誥》言用刑，《立政》言官制。韓起見周禮於魯則《易》象在焉，季札觀周樂則南籥舞焉。孔子曰，「文王既沒，文不在茲乎」。故知文王製作已定，特未頒諸天下，周公乃收聚文王之德，順惠文王之意耳。」〔註174〕

邴尙白以爲：

> 《爾雅‧釋詁上》：「業……緒也。」《史記太史公自序》：「項梁業之，子羽接之。」因「業」本身就有開始、端緒之義，故在簡文中未必要改稱爲「藥」。〔註175〕

業師季旭昇：

> 甲骨文未見「業」字，金文較早的「業」字都做複體「[字形]」（如 [字形] 春秋‧昶伯[字形]鼎），或加「盍」聲（音「盍」）作「[字形]」。「業」字單體依形分析，係從大（或從吳）從丵，本意應該是「盛大的出擊」。如果考慮到「大」作名詞「人」用比形容詞「盛」用來得好，那麼我們也可把本義說成從大從丵，「會人出擊之意」。引申爲治理、事業、保護、盛大（出擊多半聲勢盛大）等。《國語‧齊語》：「擇其善者而業用之。」注：「創也。」《國語‧晉語》：「武公之業。」注：「事也。」《詩‧大雅‧烝民》「四牡業業」傳：「業業，言高大也。」這些意義，都是最接近本字的用法。
>
> [字形]（西周中‧九年衛鼎）、[字形]（西周中‧癲鐘）、[字形]（春秋早‧秦公簋）形加「盍」聲，中山王壺「內絕邵公之業」，字體複形單化，又加「口」形（[字形]）。「口」形可能是飾符，也可能是區別符號。可能這時其他的「業」字已較多地用以爲「虡業」義，所以做本義引申義的「業」字加「口」形以區別。也可以把「口」形和上部的「大」形共用組成「盍」作爲聲符。《上博一‧孔子詩論》「敬宗廟之豊（禮），以爲其本，秉文之德，以爲其業」，或說「業」當假借爲「孽」。其字形從複體，《說文》所承古文，就是這一系列的字形……。戰國以後，可能是假借爲鐘架上的大版─「虡業」，所以西漢文字下方的「大」形就類化爲「木」（[字形] 西漢‧縱橫家書130），「捷業如鋸齒」云云，應該是指鐘架裝飾的一種，並不是所有

〔註174〕朱淵清《〈孔子詩論〉與〈清廟〉─〈清廟〉考（一）》，簡帛研究網站，2002年8月11日首發。

〔註175〕邴尙白《〈上博孔子詩論〉札記》，（新出土文獻與古代文明研究國際學術研討會論文集，2002年7月28日～30日）。

的鐘架都刻有鋸齒。《說文》小篆雖然不從「木」，但誤釋爲從「巾」，也不可從。〔註176〕

劉信芳以爲：

> 業字原簡從二「業」，釋爲「業」是也。《左傳・襄公十八年》：「鄭子孔欲去諸大夫，將叛晉，而起楚師以去之。使告子庚，子庚弗許，楚子聞之，使楊豚尹宜告子庚曰：國人謂不穀主社稷，而不出師，死不從禮，不穀即位，於今五年，師徒不出，人其以不穀爲自逸而忘先君之業矣」。杜預注：「不能承先君之業，死將不能先君之禮。」則楚康王所述之禮，非宗廟之禮而何？所謂承先君之業，猶周人秉文之德，以爲其業也。《易・繫辭上》：「舉而錯之天下之民，謂之事業。」《荀子・儒效》：「因天下之和，遂文武之業。」此謂周公遂文武之業。〔註177〕

【玉姍案】

（一）𣏼（杳）

《說文・木部》：「本，木下曰本，從木一在其下。徐鍇曰：『一記其處也。本末朱皆同義。』𣗊，古文。」「本」字甲文未見，金文僅見朩〈本鼎〉。戰國文字中秦系文字寫作「本」（如本（秦陶1189）、半（秦.睡虎86））；晉系（杳行氣玉銘）與楚系杳（郭.9.12）、杳（郭.12.41）皆出現從臼本聲的異體字「杳」，《說文》「本」之古文之寫法可能源自於此。《郭店簡》中全作「杳」，未見用「本」字。〈孔子詩論〉簡5作「𣏼」（杳）、簡16作「本」（本）。可見戰國時代楚系文字中同時存在兩種不同的「本」字寫法。至秦統一之後「本」字興而「杳」字廢。

（二）𤳯（業）

「業」字甲文未見，金文中作人執舉出擊（參戰）之形；爲「功業（軍功）」之「業」的初文；早期多作複體並加聲符「夲」（如𤳯西周中・九年衛鼎）。春秋以後或省去聲符「夲」（如𤳯晉公簋），或字形複體單化並加「口」形（如業晉・中山王壺）。《上博（一）・孔子詩論》簡5的字形𤳯，就承繼了𤳯（晉公簋）之形。《汗簡》「業」字作𤳯，《古文四聲韻》「業」字作𤳯（雲臺碑）、𤳯（古尚書）與上述古文字形似，但「丵」字上方部件已訛去。關於此字，馬承源、李學勤、邴尚白、董蓮池、劉信芳皆讀爲「業」。李零讀爲「質」、由「對」字而來。馮勝君、周鳳五、朱淵清以爲此字從「二業」，但當讀爲「虆」。筆者以爲，此字字形從二業，由金文

〔註176〕業師季旭昇撰，《說文新證（上）》，（台北：藝文印書館，2002年10月），頁156。
〔註177〕劉信芳《孔子詩論述學》，（安徽大學出版社，2003年1月初版），頁144。

演變以下極為明顯。李學勤以為郭店簡中用為「察」、「竊」之字，原簡作 𢼸（郭.5.1）、𢼸（郭.6.8）、𢽎（郭.6.13）、𢽎（郭.13.68）與〈孔子詩論〉簡 5 的字形 𣏪 不類。馮勝君等以為此字可假借為「蘗」。

業師季旭昇以為：

> 「𣏪」與《說文》「業」字古文「𣏪」同形。以為其業，意思是作為周王朝繼起的事業，與「敬宗廟之禮以為其本」、「肅雝顯相以為其□」應該是三句排比的句法。此字學者或只著眼於與「本」相對，破讀為「質」，則「本」、「質」似嫌同義；或破讀為「蘗（樹木斬而復生的枝條）」，與「本（樹根）」相對時又嫌太小，尤其無法顯示出前後三句對比相成的意義。〔註 178〕

筆者以為，「蘗」為樹遭砍伐過後新生之枝條，有中斷後又新生之義。〈清廟〉的詩旨為祭祀文王，美文王聖德並祈子孫承先啓後，繼往開來。周代自文王受命，武王克殷，奠定周代之基，正是一國國勢如旭日東昇，正要開展之時，成王、康王繼之，開成康之治，繼往開來建立功業，並無中斷而又復興之事，故此處讀為「蘗」字並不合適。且「𣏪」字與《說文》古文同形，是以簡文「秉文之德，以為其𣏪」之「𣏪」，筆者原以為讀為「業」，解釋作「功業」，可切《詩》意。但《上博（三）》〈恆先〉篇簡 4 有「𣏪𣏪天地」一詞，寫法與〈孔子詩論〉完全相同。業師季旭昇於 2004 年 4 月 20 日初睹，以為讀為「察察天地（天地清明）」比讀為「業業天地」更適合。故季師以為還是當從李零之說，將「秉文之德，以為其𣏪」之「𣏪」釋為「察」，讀為「質」，於簡文中作「根本」之義較適合。故此從季師之說。

今本《毛詩・周頌・清廟之什・清廟》：

> 於穆清廟，肅雝顯相，濟濟多士，秉文之德。對越在天，駿奔走在廟，不顯不承，無射於人斯。

《詩序》：

> 〈清廟〉，祀文王也。周公既成洛邑，朝諸侯，率以祀文王焉。

《毛傳》：

> 肅，敬。雝，和。相，助也。

《鄭箋》：

> 顯，光也見也。於乎美哉，周公之祭清廟也。其禮儀敬且和，又諸侯有光明卓見之德者來助祭。……濟濟之眾士，皆執行文王之德，文王精神

〔註 178〕業師季旭昇〈孔子詩論新詮〉，（臺北：學生書局《經學研究論叢》13 輯，2005 年 12 月）。

已在天矣。

　　玉姍案：今本《周頌・清廟之什・清廟》爲祭祀文王，美文王盛德之詩。助祭之濟濟眾士，皆承秉文王之德，並承先啓後、發揚光大。詩中充滿莊敬肅穆之感。簡文「〈清廟〉王德也，至矣。敬宗廟之禮，以爲其本，秉文之德，以爲其質」意謂：《清廟》美文王之盛德，文王之德至高無上。祭祀文王時，恭敬愼重地舉行宗廟之祭禮。以文王所建立之功業，爲國家之基本；今日助祭之濟濟眾士，皆承秉文王之德，以爲基本；並發揚以成就日後更大之功業。

【討論（2）】

肅𩅋〔顯相，以為其□；□□〕：肅雝〔顯相，以為其□；□□〕

【各家說法】

馬承源以爲：

> 肅𩅋：爲《清廟》「肅雝顯相」引句的殘文。另有詩句云「肅雝和鳴」，在《臣工之什》，不當在論《清廟》句中。「秉文之德」，爲《清廟》第四句。「肅雝顯相」爲第二句。孔子論詩乃摘句盡意論述，並不是按詩句上下排列而講授。以上是論《清廟》辭文的第一次出現。〔註179〕。

李零以爲：

> 「肅雝」以下疑脫一簡，作「顯相。……帝謂文」。〔註180〕

李學勤補爲「肅雝〔顯相〕……【五】……行此者其有不王乎【一～】。」〔註181〕

　　周鳳五補爲「肅雝〔顯相，□□□□□□【五】□□□□□□，濟濟〕多士，秉文之德【六～】。」〔註182〕

　　業師季旭昇補爲：「肅雝〔顯相〕，以爲其□；□□【五下】」，以爲由簡五「清廟王德也」至「肅雝〔顯相，以爲其□；□□〕當爲一章，爲「清廟」組，屬〈周頌〉之分論〔註183〕。

〔註179〕馬承源主編，《上海博物館藏戰國楚竹書（一）》，（上海：上海古籍，2001年11月）頁132。

〔註180〕李零〈上博楚簡校讀記（之一）《子羔》篇"孔子詩論"部分〉，簡帛研究網站，2002年1月4日首發。

〔註181〕李學勤〈上海博物館藏楚竹書《詩論》分章釋文〉，簡帛研究網站，2002年1月16日首發。

〔註182〕周鳳五〈論上博《孔子詩論》竹簡留白問題〉，簡帛研究網站，2002年1月19日首發。

〔註183〕業師季旭昇〈〈孔子詩論〉分章編聯補缺〉，《古文字研究》第二十五輯，（北京：中華書局，2004年10月），頁380～390。

又《說文新證‧雝》：

> 此字甲骨文從隹、吕（宮的初文）聲，或從水，吕形或省其一作口形。
> 戰國楚文字吕形訛爲邑形，爲後世隸楷所本。《武威漢簡‧儀禮‧特牲》
> 字形已近「雍」形，故後世或作「雝」或作「雍」，其實是同一字。此字
> 從隹，各家都沒有很好的解釋，如果從這一點來説，雝字從隹，它可能是
> 鳥鳴，只是文獻沒有看到這種用法。也有可能是雁鳴聲，《詩經》：「雝雝
> 鳴雁」，是其證，引申爲鳴聲和諧、肅雝等意義。〔註184〕

【玉姍案】

「雝」字甲骨文從隹、吕聲（🐦商‧前 2.28.7），或從水（🐦商‧前 2.35.6），
卜辭中多以爲地名。然字形從「隹」，故初義可能是鳥鳴聲，但此用法不見於文獻中。
金文承襲甲文字形（🐦西周晚‧毛公鼎），或以爲地名、人名；或引申爲「和」；
或通假爲「壅」、「饗」（《金文常用字典》，頁 427）。戰國文字多省去「水」旁，其
聲符「吕」亦逐漸訛爲「邑」形（如 🐦 楚‧天策）而演變出 🐦 （楚‧天策）→🐦
（西漢‧雝棫陽鼎）→「雝」這一系寫法。另一系則爲 🐦 （楚‧天策）→🐦 （秦‧
睡 10.4）→🐦 （漢‧武威.特性.51）→「雍」的演變；今雝二字，古本同源。《上
博（一）‧孔子詩論》簡 5 之「🐦（雝）」字，其「隹」形與「吕」聲符皆未訛變，
承襲🐦（商‧前 2.28.7）→🐦 （西周早‧盂鼎）→🐦（楚‧上 1.1.5）一脈源流。
在多訛變的戰國文字中，更屬難得的文字資料。

業師季旭昇以爲：

> 肅雝顯相，爲《周頌‧清廟》的句子，「顯相」二字據李學勤〈分章
> 釋文〉補。其後的「以爲其□」，是我們比照前面的句法補的。本簡也是
> 留白簡，所以李零先生〈校讀記〉在簡 5 之後沒有補空格，而是以其後脫
> 一整簡：「『肅雝』以下疑脫一簡，作『顯相。……帝謂文』。」濮茅左先
> 生〈簡序解析〉也主張缺一簡。理由一樣因爲簡 5 是留白簡無法補字，只
> 好補簡。我們不贊成有所謂的留白簡，所以在簡 5 的尾部補了 8 字。其後
> 應綴哪一隻簡，或有無缺簡，都無可考。〔註185〕

「肅雝」，與今本《毛詩‧周頌‧清廟之什‧清廟》：「於穆清廟，肅雝顯相」相
符，下當補「顯相」二字，業師季旭昇根據簡長及簡文及間距大小，於下再補約八
字，可從。

〔註184〕業師季旭昇撰，《說文新證（上）》，（台北：藝文印書館，2002 年 10 月），頁 277。
〔註185〕業師季旭昇〈孔子詩論新詮〉，（臺北：學生書局《經學研究論叢》13 輯，2005 年
12 月）。

【第四章】分論大雅

【原文】

〔□□□□□□□「帝謂▼₁ 文王：」襄（懷）尒（爾）㬎（明）悳（德）」。害（曷；何）？城（誠）胃（謂）之也 ⑴。「又（有）命自天，命此文王」，城（誠）▼₂ 命之也▄。信矣▙。⑵。孔＝（孔子）曰：「此命也夫▙。文王隹（雖）谷（欲）巳（已），寻（得）虗（乎）？此命也。▼₃□□□□□□□□□」⑶【七】（以上爲「皇矣組」，屬大雅）

【討論⑴】

〔□□□□□□□「帝謂文王：襄尒㬎悳。」害？城胃之也：〔□□□□□□□「帝謂文王：懷爾明德」。曷？誠謂之也。

【各家說法】

馬承源以爲：

> 本簡長四十二釐米。上下端殘，下端殘存留白五·五釐米。現存四十字，其中合文一。

又

> 襄尒㬎悳，此當爲《毛詩·大雅·皇矣》引句。今本云：「帝謂文王，予懷明德」，毛亨傳云「懷，歸也。」鄭玄箋：「我歸仁君，有光明之德。」「爾」、「予」一字之差，文義有異。第十一章後半章「帝謂文王」詩句，均稱之爲「爾」：「詢爾仇方，同爾兄弟，以肅鈞授，與爾臨街」（玉姍案：當爲「以爾鈞援，與爾臨衝」）。此「懷爾明德」正可與之對應。㬎悳，明字《說文》所無，從示從明。讀爲「明德」。」「害，假爲「曷」。《說文》釋「何」，段玉裁注釋「曷」云：「害者，曷之假借字《詩》、《書》多以「害」爲曷」。

又

> 城胃之也，讀爲「誠謂之也」。「胃」，簡文中多用作「謂」。〔註186〕

濮茅左補作：「□，□懷爾明德曷？誠謂之也。」

又

> 除《大雅·皇矣》：「帝謂文王，懷爾明德」句可供參考外，宋歐陽修

〔註186〕馬承源主編，《上海博物館藏戰國楚竹書（一）》，（上海：上海古籍，2001 年 11 月），頁 135。

《詩本義·皇矣》：「七章言：天謂文王，我懷爾明德深厚。」伊川程子《程氏經說》：「帝謂文王，予懷爾明德。」（又宋呂祖謙《呂氏家塾讀書記》：「程氏曰：天謂文王，予懷爾明德。」）宋楊簡《慈湖詩傳》：「帝謂文王，予懷爾之明德。」宋嚴粲《詩緝》：「帝謂文王，予眷懷爾明德。」等等，也引用「懷爾明德」四字，與簡文同，估計時有所據，似也可作補文參考。〔註187〕

龐樸以為：

《考釋》謂「懷爾明德」當為〈大雅·皇矣〉引句，誠然。唯傳世本作「予懷明德」。一字之差，大有文章。按，《皇矣》是歌頌周得天命的眾多詩篇之一。凡八章，章十二句。其第七章（上博本定為第十一章）曰：

帝謂文王：予懷明德，不大聲以色，不長夏以革，不識不知，順帝之則。

帝謂文王：詢爾仇方，同爾兄弟，以爾鉤援，與爾臨衝，以伐崇墉。

這一章，設想了天帝對文王的兩段告誡。第一段的大意是，要文王和顏悅色，謙虛謹慎，涵養自己的德行；第二段的大意是，要文王聯絡好盟軍，準備好武器，去討伐崇侯（上博本引此段文頗有訛誤）。這第一段告誡中「予懷明德」四個字，從字面看，分明是天帝說「予」即他自己懷有明德；而「不大聲以色」等等，則是要求于受命者文王的。兩層意思如此接踵連袂，語法上頗成問題，害得經師們不得不出來圓場。於是毛亨說：「懷、歸也」；鄭玄等人也照著說：天帝謂，自己當歸於有明德的人君，所以你文王應該加強修養，「不大聲以色」等等。此說甚是勉強！蓋「懷」雖有「歸」義，乃至「懷歸」連用，但那都是些眷念、嚮往、仰慕、歸順之類的意思，絕無天帝向下懷歸，懷歸於人君的道理和例證。可是多少年來，大家都是按著毛、鄭之說去理解；除此之外，確也沒有別的說法可依。

誰也不曾料到，上博藏簡給我們帶來了解脫。《詩論》第七簡的「懷爾明德」一句，顯然是就《皇矣》第七章說的，是「予懷明德」句的正確寫法。這個「懷爾ＸＸ」，同下面的「詢爾ＸＸ」「同爾ＸＸ」「以爾ＸＸ」各句，句法一律，物件無二，其為原貌，似無須爭辯。今本乃系當年抄寫錯誤，也可想而知。上博釋文未能明白指明此點，失之交臂，憾憾……

〔註187〕濮茅左〈《孔子詩論》簡序補析〉，簡帛研究網站，2002年4月6日首發。

《詩論》第七簡有「誠謂之也」、「誠命之也」句。簡前有殘缺，補足以後，似應爲：「帝謂文王，懷爾明德」，害（何）？誠謂之也。「有命自天，命此文王」，誠命之也，信矣。

「誠謂之也」、「誠命之也」這種句型，現存其他經子諸書中，以最新手段檢索，亦未曾一見；只有馬王堆帛書《五行》篇中出現過兩次，那裏說：

君子知而舉之也者，猶堯之舉舜，〔商湯〕之舉伊尹也。舉之也者，誠舉之也……

君子從而事之也者，猶顏子、子路之事孔子也。事之者，誠事之也。（【説21】）

所謂「誠 X 之也」，乃「誠由其中心行之」（《五行》【説21】）、絕非表面文章的意思，也就是現代口語中的「誠懇」、「眞心」等意思。

現在《詩論》說，帝謂文王是誠謂之也，天命文王是誠命之也；天帝們的這些事，究竟是眞是假，我們管它不著；我們感興趣的是，《詩論》和《五行》同用一種句型，而且是別處難得一見的句型，來表達自己的思想，這豈不是給我們提供了一個線索，讓我們來猜測：《詩論》和《五行》，莫非同一時期的成品？或者，更是同一學派的文章？乃至，竟然便是同一手筆？〔註188〕

李零以爲：

「懷爾明德」上應接「帝謂文王，予」，句見《皇矣》；「有命自天，命此文王」，則見《大明》，均《大雅·文王之什》中篇名。〔註189〕

李學勤斷句爲：「〔帝謂文王予〕懷爾明德。曷？誠謂之也。」〔註190〕無釋。

李銳以爲：

「有命自天，命此文王」見於《大雅·大明》，則很明顯前「懷爾明德」亦當爲引文，《詩論》此簡是引《詩》文而論《詩》。從「誠命之也」對應「有命自天」之形式來看，「懷爾明德」前當有一「謂」字，與「誠謂之也」之「謂」對應。〈大雅·皇矣〉有：「帝謂文王：予懷明德」一句，

〔註188〕龐樸〈上博藏簡零箋（一）〉，簡帛研究網站，2002 年 1 月 1 日首發。

〔註189〕李零〈上博楚簡校讀記（之一）《子羔》篇"孔子詩論"部分〉，簡帛研究網站，2002 年 1 月 4 日首發。

〔註190〕李學勤〈上海博物館藏楚竹書《詩論》分章釋文〉，簡帛研究網站，2002 年 1 月 16 日首發。

與此較接近，只是「予懷明德」與「懷爾明德」不同。當然，前面殘缺之簡文也有可能是「帝謂文王，予」幾字。事實表明，這種猜想有其根據。《墨子‧天志（中）》有：曰：將何以爲？將以識夫愛人利人，順天之意，得天之賞者也。《皇矣》道之曰：「帝謂文王：予懷明德，不大聲以色，不長夏以革，不識不知，順帝之則。」帝善其順法則也，故舉殷以賞之，使貴爲天子，富有天下，名譽至今不息。《墨子‧天志（下）》有：非獨子墨子以天之爲儀法也，于先王之書《大夏》之道之然：「帝謂文王：予懷而明德，毋大聲以色，毋長夏以革，不識不知，順帝之則。」此諙文王之以天志爲法義，而順帝之則也。兩相比較，不難發現兩段文字文意相近，所引之詩相對于《毛詩》即是〈大雅‧皇矣〉。唯《天志（中）》所引同於今《毛詩》；而《天志（下）》所引多了一個「而」字；兩「不」字作「毋」；《天志（下）》所引稱《大夏》而非《大雅》。〔註191〕

黃人二以爲：

簡本與傳世本既然在版本上爲不同之版本，於其文字可以兩存之。「懷」訓「歸」，「予」指「帝」，「爾」指「文王」，則「于懷爾明德」、「于懷明德」、「懷爾明德」，句義並不因代名詞之省而不能理解。」又「此處乃一答接續一問之後，一答之首句爲「曰」字，則一問之首句必爲「曷」字，不能讀爲概而從下讀。考之古書，知彭裕商於此等文例處接讀爲無實義之「蓋」，恐不可信。〔註192〕

劉信芳以爲：

「蓋成謂之也」。論者多讀爲「害？誠謂之也」。按，此乃直陳語氣，不可在「害」字後點問號。〔註193〕

【玉姍案】

今本《毛詩‧大雅‧文王之什‧皇矣》：

皇矣上帝，臨下有赫。監觀四方，求民之莫。維此二國，其政不獲。維彼四國，爰究爰度。上帝耆之，憎其式廓。乃眷西顧，此維與宅。作之屏之，其菑其翳。脩之平之，其灌其栵。啓之辟之，其檉其椐。攘之剔之，其檿其柘。帝遷明德，串夷載路。天立厥配，受命既固。帝省其山，柞棫斯拔。松柏斯兌，帝作邦作對。自大伯王季，維此王季。因心則友，則友

〔註191〕李銳〈"懷爾明德"探析〉，簡帛研究網站，2001年10月6日首發。
〔註192〕黃人二《上海博物館藏戰國楚竹書（一）研究》，（台灣高文出版社，2002年）。
〔註193〕劉信芳《孔子詩論述學》，（安徽大學出版社，2003年1月初版），頁148。

其兄。則篤其慶，載錫之光。受祿無喪，奄有四方。維此王季，帝度其心。
貊其德音，其德克明。克明克類，克長克君。王此大邦，克順克比。比于
文王，其德靡悔。既受帝祉，施于孫子。帝謂文王，無然畔援。無然歆羨，
誕先登于岸。密人不恭，敢距大邦。侵阮徂共，王赫斯怒。爰整其旅，以
按徂旅。以篤于周祜，以對于天下。依其在京，侵自阮疆。陟我高岡，無
矢我陵。我陵我阿，無飲我泉。我泉我池，度其鮮原。居岐之陽，在渭之
將。萬邦之方，下民之王。帝謂文王，予懷明德。不大聲以色，不長夏以
革。不識不知，順帝之則。帝謂文王，詢爾仇方。同爾兄弟，以爾鉤援。
與爾臨衝，以伐崇墉。臨衝閑閑，崇墉言言。執訊連連，攸馘安安。是類
是禡，是致是附，四方以無侮。臨衝茀茀，崇墉仡仡，是伐是肆，是絕是
忽，四方以無拂。

《詩序》：

　　〈皇矣〉，美周也。天監代殷，莫若周；周世世脩德，莫若文王。

　　「予懷明德」句，《毛傳》：「懷，歸也。」鄭《箋》：「我歸人君有光明之德。」
《三家詩》無異說。朱熹《詩集傳》：「予，設為上帝之自稱也。懷，眷念也。明德，
文王之明德也。」

　　㝵，簡文作㝵。何琳儀以為：

　　　　㝵，從示明聲。……《望山》、《包山簡》「㝵褕」，《天星觀簡》「㝵
　　瘝」，均讀「盟詛」。《周禮・夏官・詛祝》：「掌盟詛類造攻說禬禜之祝號」，
　　注：「盟詛，主於要事。大事曰盟，小事曰詛。」《天星觀簡》「㝵祭」讀
　　「盟祭」。《禮記王制》：「覲諸侯」，疏：「此是巡符及之諸侯之盟祭也。」
　　〔註194〕

業師季旭昇以為：

　　　　（「盟」字本義為）歃血盟誓……（甲骨文）「血」、「盍」、「盟」同形，
　　本來都是象「皿」中有「血」之形，既可以表示血，也可以表示歃血為盟。
　　後來文字分化，於是把皿中象「血」形的部件改成表音的「囧」，這就造
　　成「盟」字……西周金文進一步把「囧」聲改為「明」聲。戰國文字或把
　　「皿」形改成「示」。……〔註195〕

　　筆者以為「㝵」字未見於甲文，春秋金文〈王孫鼎鐘〉作「㝵（㝵）」，讀為「盟」。

〔註194〕何琳儀《戰國古文字典》，（北京：中華書局，1998年9月初版），頁724。

〔註195〕業師季旭昇撰，《說文新證（上）》，（台北：藝文印書館，2002年10月），頁554。

可見「盟」字是由「盟」所分化出來的新字，從示明聲，但用法與「盟」相同。今所發現之楚系簡帛中，「盟」皆寫爲「盟」，如 （包2.23）、（望1.卜）等，可見「盟」是當時楚地較流行的寫法。《上博（一）·孔子詩論》簡7作「襄尒盟悳」，根據今本《毛詩·大雅·皇矣》云：「予懷明德」，可確定盟字在此簡內假借爲「明」字。然《上博（一）》〈孔子詩論〉簡17「東方未明」、簡25「少明」、〈紂衣〉簡15「敬明乃罰」，皆作「明」而不作「盟」。因此《上博（一）》中，以「盟」假借爲「明」之用法，唯有簡7一例而已。

彭裕商〈讀戰國楚竹書一隨記三則〉中僅將簡10「害曰」讀爲「蓋曰」，文中未將簡7「害（曷）」讀爲「蓋」。黃人二所作之按語當修正。業師季旭昇以爲此簡當補爲「□□□□□□□ 帝謂文王， 懷爾明德。」曷？誠謂之也。」

又指出：

> 懷，上古音屬匣紐微部；歸，見紐微部，二字聲近韻同，可以通假。歸是餽贈的意思。本簡本句「懷爾明德」，與《毛詩》「予懷明德」有一字之差，李學勤先生〈分章釋文〉根據在這兒補了「帝謂文王，予」五個字。龐樸先生〈上博藏箋零簡（一）〉以爲簡文「懷爾明德」是對的，今本《毛詩》「予懷明德」乃係當年抄寫錯誤。旭昇案：其實簡本、今本的句子都說得通，我們參酌《大雅》的句式，只補「帝謂文王」四個字。〔註196〕

業師季旭昇之說可從。筆者以爲此處當補字讀爲：「□□□□□□□ 帝謂文王， 懷爾明德。」曷？誠謂之也。有命自天，命此文王，誠命之也，信矣。」即可。

關於簡七「懷爾明德。曷？誠謂之也。」之斷讀，各家說法如下：

李零補爲：「〔王，予〕懷爾明德曷，成謂之也。」〔註197〕

李學勤斷句爲：「〔帝謂文王予〕懷爾明德。曷？誠謂之也。」〔註198〕

濮茅左補作：「□，□懷爾明德曷？誠謂之也。」〔註199〕

業師季旭昇以爲當補爲「□□□□□□□『帝謂文王， 懷爾明德。』曷？誠謂之也。」

〔註196〕業師季旭昇〈孔子詩論新詮〉，（臺北：學生書局《經學研究論叢》13 輯，2005 年 12 月）。

〔註197〕李零〈上博楚簡校讀記（之一）《子羔》篇"孔子詩論"部分〉，簡帛研究網站，2002 年 1 月 4 日首發。

〔註198〕李學勤〈上海博物館藏楚竹書《詩論》分章釋文〉，簡帛研究網站，2002 年 1 月 16 日首發。

〔註199〕濮茅左〈《孔子詩論》簡序補析〉，《上海博物館藏戰國楚竹書研究》，（上海大學古代文明研究中心/清華大學思想文化研究所編，上海書店出版社，2002 年 3 月），頁 41。

〔註200〕

今本《大雅・文王之什・皇矣》則作「帝謂文王，予懷明德」。

關於此簡前「……，懷爾明德」當補四字「〔帝謂文王〕懷爾明德。」或五字「〔帝謂文王予〕懷爾明德。」的問題，筆者以爲今本《大雅・文王之什・皇矣》詩文有「帝謂文王，予懷明德」與「帝謂文王，詢爾仇方」二組句子，簡本補四字爲「帝謂文王，懷爾明德」，較合《詩經》經文之用法。

懷，業師季旭昇以爲從《毛傳》：「懷，歸也。」「歸，饋也。」即可。業師季旭昇之說可從。

《論語・陽貨》：「歸孔子豚。」程樹德《論語集釋》：「鄭本作『饋』。……《儀禮・士虞》《孟子章句》俱引《論語》作『饋』。……以『饋』爲正。」〔註201〕此之天命與明德，可視爲一體二面：上天賜予者爲天命，自身體現者爲明德。鄭《箋》：「我歸人君有光明之德。」即上帝賜文王以天命，文王體現發揮則爲明德。

今本「帝謂文王：予懷明德。」簡本「帝謂文王：懷爾明德。」「懷」以「歸」釋之，義皆可同：

1. 今本「帝謂文王：予懷明德。」予，爲第一人稱，與余同也。意謂：上帝告訴文王：「我賜給你明德。」
2. 簡本「帝謂文王：懷爾明德。」爾爲第二人稱，《正字通》：「爾，我稱人曰『爾』，俗稱『你』。汝、女、而通。」簡文意謂：上帝告訴文王：「賜給你明德。」

兩種說法意思相似，且文義並無太大改變。是以龐樸雖指出簡本爲是、今本爲非之說，筆者以爲二說皆可並存，猶三家詩與毛詩之異文耳。

簡文「帝謂文王：懷爾明德。曷？誠謂之也。」意謂：「上帝告訴文王，賜給你（天命，你要體現發揮爲）明德，順天法則而行。」爲何在〈大雅・皇矣〉這首詩中要特別強調這一句呢？這是因爲要強調文王修德伐亂，皆是承天命而行。因此強調「上帝眞的有告訴文王（他所當承受的天命與重責大任）」。

【討論（2）】

又命自天，命此文王，城命之也。信矣：「有命自天，命此文王」，誠命之也。信矣。

〔註200〕業師季旭昇〈孔子詩論新詮〉，（臺北：學生書局《經學研究論叢》13 輯，2005 年12 月）。

〔註201〕程樹德《論語集釋》，（台北：藝文印書館，1965 年），頁 1019～1020。

【各家說法】

馬承源以為：

> 有命自天，命此文王，《詩·大雅·大明》引句。〔註202〕

【玉姍案】

今本《毛詩·大雅·文王之什·大明》：

> 明明在下，赫赫在上。天難忱斯，不易維王。天位殷適，使不挾四方。
> 摯仲氏任，自彼殷商。來嫁于周。曰嬪于京。乃及王季，維德之行。大任
> 有身，生此文王。維此文王，小心翼翼。昭事上帝，聿懷多福。厥德不回，
> 以受方國。天監在下，有命既集。文王初載，天作之合。在洽之陽，在渭
> 之涘。文王嘉止，大邦有子。大邦有子，俔天之妹。文定厥祥，親迎于渭。
> 造舟為梁，不顯其光。有命自天，命此文王。于周于京，纘女維莘。長子
> 維行，篤生武王。保右命爾，燮伐大商。殷商之旅，其會如林。矢于牧野，
> 維予侯興。上帝臨女，無貳爾心。牧野洋洋，檀車煌煌。駟騵彭彭，維師
> 尚父。時維鷹揚，涼彼武王。肆伐大商，會朝清明。

《詩序》：

> 〈大明〉，文王有明德，故天復命武王也。

朱熹《詩集傳》：

> 此亦周公戒成王之詩。將陳文武受命，故先言在下者有明明之德，則
> 在上者有赫赫之命，達於上下。〔註203〕

余師培林：

> 此詩蓋追述文武之業，而推本於二代聖母也。故將述文王，則先述
> 文母太任；將述武王　　，則先述武母太姒也。全詩八章，……一章述
> 天命無常，維德是與，並以此為一篇之綱領。二章述文王父母之德，而
> 重在太任。故詩先出太任，後出王季也。三章述文王之德。四章引出太
> 姒，與文王為天作之合。五章寫文王親迎，慎重其事，丕顯其光。六章
> 言武王之生，乃得之於天命，蓋天欲其滅商也。七章述武王牧野誓師。
> 末章述武王車馬師徒之盛，尚父及諸將之勇猛。末語言「會朝清明」，看
> 似閒筆，實則勝機已兆，傳謂：「不崇朝而天下清明」之意，隱於其中。

〔註202〕馬承源主編，《上海博物館藏戰國楚竹書（一）》，（上海：上海古籍，2001年11月），
　　　　頁135。
〔註203〕〔宋〕朱熹《詩集傳》，（台北市：藝文，1959年），頁139。

〔註204〕

余師承《詩序》、《毛傳》之說，而發揮更爲全面。經文：「有命自天，命此文王，于周于京。」《箋》云：「天爲將命文王，君天下於周京之地。」簡文僅取「有命自天，命此文王」二句。意謂〈大明〉詩文：「天降命於文王，欲其滅商興周也。」滅商興周實爲上天賦予之使命。

「信矣」二字，爲「帝謂文王：懷爾明德。曷？誠謂之也。」與「有命自天，命此文王，誠命之也」之總括結語。表示以上二詩所述之天命的確可信，不容懷疑。

【討論(3)】

孔＝曰：此命也夫。文王佳谷巳，尋虐？此命也。□□□□□□□□」：孔子曰：「此命也夫。文王雖欲巳，得乎？此命也。□□□□□□□□」

【各家說法】

馬承源以爲：

> 「谷」或當讀爲「裕」，「裕」有寬義。《何尊》銘「龏德谷天」，讀做「恭德裕天」。上文云「誠命之也」，辭末云「此命也」是指文王之天命。
>
> 尋虐，讀作「得乎」，即得到天命。〔註205〕

劉樂賢以爲：

> 孔子曰：此命也乎。文王佳（唯）穀（裕）也，得乎？（《孔子詩論》第7簡）
>
> 「也」，簡文實作「巳」。後句應讀爲「文王雖欲巳，得乎？」〔註206〕

龐樸以爲：

> 如上所云，帝謂文王乃誠謂之，天命文王是誠命之。文王所以能得此寵遇，是由於他具有大德，所謂「故大德者必受命」（《中庸》）。《詩·大明》說，文王出生以來，便知道「小心翼翼，昭事上帝」，天帝看到這種情況，便將治理天下的使命授給了他，所謂的「天監在下，有命既集」。所以孔子曰：「此命也夫！文王佳（雖）谷（欲）巳，得乎？此命也。」這是天命。文王雖想不幹，行嗎？不行的！「欲」是主觀願望，「命」是客觀授與。無論你欲巳欲不巳，只要天帝授了命，欲望便不起作用。上博本釋「佳」爲「唯」，釋「谷」爲「裕」，誤「巳」爲「也」，整個句子的

〔註204〕余師培林《詩經正詁·下冊》，（台北市：三民，1993年），頁328。

〔註205〕馬承源主編，《上海博物館藏戰國楚竹書（一）》，（上海：上海古籍，2001年11月），頁135。

〔註206〕劉樂賢〈讀上博簡箚記〉，簡帛研究網站，2002年1月1日首發。

意思便不甚明瞭了。〔註207〕

李零讀作「文王雖欲已，得乎？此命也。」〔註208〕

李學勤讀作「文王雖欲也，得乎？此命也。」〔註209〕

劉信芳讀作：「文王唯谷也。」

又

　　　將「谷」後一字隸作「已」，就字形而言，無可非議。龐樸對該字的解讀亦頗具啓發性。筆者將該字隸作「也」，則另有考慮，說詳簡4之下。所謂「誠謂之也」、「誠命之也」，意思是「天帝之謂」、「天帝之命」已然是事實，不是說說玩玩兒的。《帛書五行》第313-314行云：「君子知而舉之，謂之尊賢。君子知而舉之也者，由堯之舉舜□，□之舉伊尹也。舉之也者，成舉之也。之而弗舉，未可謂尊賢。君子從而事之也者，由顏子子路之事孔子也。事之者，成事之也。知而弗事，未可謂尊賢也。」意思很明白，堯之舉舜，必須將天下讓出來，不能僅僅是做做樣子，這樣才叫做「成舉之也」。顏子、子路事孔子，必須親執弟子禮，不能私淑之，如此這般才能算「成事之也」。郭店簡《緇衣》40：「苟有行，必見其成」。據此之簡文「城」讀爲「成」爲義長。

又

　　　「邦風是也」之「也」字，論者或謂原簡字形爲「已」，……若就字形而言，此說精細且證據充足。然包山簡已字數十例，均爲二筆書，簡文此字爲三筆書。且書家避復，自古而然，西周金文已有大量例證（徐寶貴說）。綜合文從字順、字形分析、書家避復三方面因素考慮，本文暫將該字隸定爲「也」。〔註210〕

業師季旭昇：

　　　劉樂賢先生〈讀上博簡箚記〉指出「隹」下一字不是「也」，實當是「已」，隸作「文王雖欲已，得乎」。旭昇案：劉樂賢先生指出「也」當爲「已」，甚是，「已」字作句末語氣詞使用時通「矣」，應該有表完成的意味。因此我們贊成劉樂賢先生的釋讀。全句是說：「文王縱然想要，（但

〔註207〕龐樸〈上博藏簡零箋（一）〉，簡帛研究網站，2002年1月1日首發。

〔註208〕李零〈上博楚簡校讀記（之一）《子羔》篇"孔子詩論"部分〉，簡帛研究網站，2002年1月4日首發。

〔註209〕李學勤〈上海博物館藏楚竹書《詩論》分章釋文〉，簡帛研究網站，2002年1月16日首發。

〔註210〕劉信芳《孔子詩論述學》，（安徽大學出版社，2003年1月初版），頁150～151、137。

是天命還沒有到的時候，）就一定能得到嗎？這是天命啊！」這種觀念和後來的孟子似乎有點距離。孟子常説「得天下有道：得其民，斯得天下矣」、「修其天爵，而人爵從之」，比較強調「操之在我」；而孔子此處似乎帶有修身養性之外還要聽天命的味道，孔子常説「五十而知天命」、「道之將行也與？命也。道之將廢也與？命也」、「不知命，無以爲君子也」，這和《上博二・魯邦大旱》子貢評孔子説：「繫吾子乃重命，其歟？」所表現孔子「重天命」的形象是一致的。〔註211〕

【玉姍案】

巳（已），簡文作**Ɛ**，第 4、5、7、27 簡皆當改釋作「巳（已）」。

本簡先引〈大雅・皇矣〉：「┃帝謂文王，┃懷爾明德。」又引《大雅・大明》：「有命自天，命此文王」，皆言文王承天命。故筆者以爲簡文：「孔子曰：此命也夫■■。文王佳谷已，得乎？此命也。」、「孔子曰：此命也夫」之「命」，當即「天命」，也就是「上天所賜給文王之天命」。「文王佳谷已，得乎？此命也。」當從李零讀爲「文王雖欲已，得乎？此命也。」意謂：孔子以爲，文王能代商興周，這是因爲上承天命之故。如果上天從未賜天命於文王，那即使文王費盡心思，想要代商興周，能辦得到嗎？（當然是辦不到）因此能成就的關鍵就在於天命啊！業師季旭昇以爲：

> 全句是説：「文王縱然想要，（但是天命還沒有到的時候，）就一定能得到嗎？這是天命啊！」這種觀念和後來的孟子似乎有點距離。孟子常説「得天下有道：得其民，斯得天下矣」、「修其天爵，而人爵從之」，比較強調「操之在我」；而孔子此處似乎帶有修身養性之外還要聽天命的味道，孔子常説「五十而知天命」、「道之將行也與？命也。道之將廢也與？命也」、「不知命，無以爲君子也」，這和《上博（二）・魯邦大旱》子貢評孔子説：「繫吾子乃重命，其歟？」所表現孔子「重天命」的形象是一致的。〔註212〕

可謂深得其意。

【第五章】分論小雅

〔註211〕業師季旭昇〈孔子詩論新詮〉，（臺北：學生書局《經學研究論叢》13 輯，2005 年 12 月）。

〔註212〕業師季旭昇〈孔子詩論新詮〉，（臺北：學生書局《經學研究論叢》13 輯，2005 年 12 月）。

【原文】

〈十月〉善諪言▅(1)。〈雨亡（無）政（正）〉▅、〈即（節）▼₁南山〉，皆言上之衰也，王公恥之(2)。〈少（小）旻（旻）〉多毳＝（疑矣），言不中志▼₂者也(3)。〈少（小）翩（宛）〉丌（其）言不亞（惡），少（稍）又（有）怘（仁）安（焉）(4)▅。〈少（小）臾（弁）〉、〈考（巧）言〉，則言讒（讒）▼₃人之害也┗(5)。〈伐木〉〔□□〕【八】實咎於其也(6)▅。〈天保〉丌（其）尋（得）▼₁彔（祿）蔑畕（疆）矣，巽（順）募（寡）惪（德），古（故）也┗(7)。諪（祈）父之賚（責）亦又（有）㠯（以）也┗(8)。〈黃鼬（鳥）〉▼₂則困而谷（欲）反丌（其）古（故）也，多恥者丌（其）忞（病）之虖（乎）？(9)〈菁＝（菁菁）者莪〉則㠯（以）人▼₃梤（益）也(10)。〈裳＝（裳裳）者芋（華）〉則〔□□〕(11)【九】（以上爲「十月組」，屬小雅）

【討論(1)】

十月善諪言：〈十月〉善諪言。

【各家說法】

馬承源以爲：

> 十月，《詩‧小雅‧節南山之什》第三篇，篇名作《十月之交》，簡本爲《十月》。」

又

> 善諪言，「諪」字《說文》所無，從言卑聲，當讀爲「諞」。《尚書‧秦誓》：「惟截截善諞言，俾君子易辭」。「善諪言」，即《秦誓》之「善諞言」。毛亨傳云：「惟察察便巧善爲辯佞之言，使君子迴心易辭」。孔子認爲《十月》詩中內容反映了西周官場中慣有的諞言，這種現象王公們以爲恥辱。〔註213〕

李零以爲：

> 「諪言」是訾議之言，於文可通，不必讀爲「諞言」。〔註214〕

李學勤讀爲：「十月善諪（譬）言。」〔註215〕無釋。

〔註213〕馬承源主編，《上海博物館藏戰國楚竹書（一）》，（上海：上海古籍，2001年11月），頁136。

〔註214〕李零〈上博楚簡校讀記（之一）《子羔》篇"孔子詩論"部分〉，簡帛研究網站，2002年1月4日首發。

〔註215〕李學勤〈上海博物館藏楚竹書《詩論》分章釋文〉，簡帛研究網站，2002年1月16日首發。

周鳳五以爲：

按，《十月之交》詩直斥小人讒言之害，……當讀爲「辟言」……簡文美《十月之交》善於正言，所言合於法度也。〔註 216〕

黃德寬、徐在國以爲：

典籍中未見「卑」、「諞」相通之例，疑「諀」字當讀爲「譬」。典籍中「卑」與「辟」、「譬」相通，如《老子・三十二章》「譬道之在天下，猶川谷之與江海」。漢帛書老子「譬」作「卑」。……簡文「諀」言讀「譬言」，即「譬喻之言」。還有一種可能是，「諀」不用破讀。《廣雅・釋詁二》：「諀，諻也。」又《釋言》：「諀，訾也。」《集韻・支韻》：「諀，諀訾，好毀譽也。」諀言，即毀譽之言。〔註 217〕

許子濱以爲：

謹按：「」從言卑聲。卑，郭店楚簡《緇衣》作「」，借作「嬖」。所從之「」與此無異，故當釋作「譬」。《老子》三十二章「譬道之在天下」，馬王堆漢墓帛書乙本「譬」正作「卑」。傳世文獻中亦常見「卑」與「辟」通假的用例。〔註 218〕

胡平生以爲：

愚意「諀」不僅從卑聲，亦是「卑」之卑小、卑微、非正統之意。「卑言」乃是「下民之言」。《十月》詩中屢見「今此下民，亦孔之哀」、「哀今之人，胡瞀（玉姍案：當作「憯」）莫懲」、「下民之罪，非降自天。」它是代表了下民對國家政治對達官貴人的怨恨之言。孔子説「十月善諀言」，是稱讚它善於將下民之言表達出來。《漢書・藝文志》：「小説家者流蓋出於稗官，街談巷議，道聽塗説者之所造也。」顏注：「稗官，小官。」稗官與諀言同例。〔註 219〕

廖名春以爲：

諀，誹謗。《廣雅・釋詁二》：「諀，諻也。」又《釋言》：「諀，訾也。」《廣雅・紙韻》：「諀，惡言也。」《小序》：「大夫刺幽王也。日月告凶，

〔註 216〕周鳳五〈《孔子詩論》新釋文及注解〉，簡帛研究網站，2002 年 1 月 16 日首發。

〔註 217〕黃德寬、徐在國〈上海博物館藏戰國楚竹書（一）・《孔子詩論》釋文補正〉，(《安徽大學學報哲學社會科學版》，2002 年 3 月第 26 卷第 2 期)。

〔註 218〕許子濱〈《讀上海博物館藏戰國楚竹書（一）》小識〉，清華大學思想文化研究所/輔仁大學文學院聯合主辦，新出楚簡與儒學思想國際學術研討會論文集，2002 年 3 月 31 日～4 月 2 日。

〔註 219〕胡平生〈讀上博藏戰國楚竹書《詩論》劄記〉，簡帛研究網站，2002 年 6 月 4 日。

不用其行，四國無政，不用其良。彼月而食，則維其常，此日而食，于何不臧」云云當即「諢言」。善諢言，即善於批評君上。〔註220〕

黃人二以爲：

> 整理者之意見可從，「善諞言」即「刺善諞言者」之義，以反面言之。〔註221〕

【玉姍案】

今本《毛詩·小雅·節南山之什·十月之交》：

> 十月之交，朔月辛卯。日有食之，亦孔之醜。彼月而微，此日而微，今此下民，亦孔之哀。　日月告凶，不用其行。四國無政，不用其良。彼月而食，則維其常。此日而食，于何不臧。　爗爗震電，不寧不令。　百川沸騰，山冢崒崩。高岸爲谷，深谷爲陵。哀今之人，胡憯莫懲。皇父卿士，番維司徒。家伯維宰，仲允膳夫，棸子內史，蹶維趣馬，楀維師氏，豔妻煽方處。　抑此皇父，豈曰不時。胡爲我作，不即我謀。徹我牆屋，田卒汙萊。曰：「予不戕，禮則然矣。」　皇父孔聖，作都于向。擇三有事，亶侯多藏。不慭遺一老，俾守我王。擇有車馬，以居徂向。　黽勉從事，不敢告勞。無罪無辜，讒口囂囂。下民之孽，匪降自天。噂沓背憎，職競由人。　悠悠我里，亦孔之痗。四方有羨，我獨居憂。民莫不逸，我獨不敢休。天命不徹，我不敢傚我友自逸。

《詩序》：

> 〈十月之交〉，大夫刺幽王也。

《鄭箋》：

> 當是刺厲王。

屈萬里以爲：

> 以曆法推之，厲王二十五年十月朔辛卯，及幽王六年十月朔辛卯，皆有日蝕，而幽王二年，西周三川皆震，與此詩所詠者合。以此證之，則此詩當作於幽王之世。阮元《揅經室集》有「詩〈十月之交〉四篇屬幽王說」一文，論證甚詳。按：此詩乃刺皇父等當政之人也。〔註222〕

余師培林《詩經正詁》：

> 《國語》謂：「幽王二年，西周三川皆震。」、「是歲也，三川竭，岐

〔註220〕廖名春〈上海博物館藏詩論簡校釋〉，《中國古代近代文學研究》2002年第6期。
〔註221〕黃人二《上海博物館藏戰國楚竹書（一）研究》，（台灣高文出版社，2002年）。
〔註222〕屈萬里《詩經詮釋》，（台北：聯經，1984年），頁358～359。

山崩。」與詩文百川沸騰，山冢崒崩合。《詩》「豔妻煽方處」當指褒姒無疑。又向在東都，去西都千里之遙。皇父城之，徙巨族豪門實之，其意即在規避戎禍。姚際恆謂：「皇父都向，即平王東遷之兆。」信不誣也。由此觀之，《序》說較勝，然詩作於幽王之世，而並非刺幽王。觀乎詩文曰：「不憖遺一老，俾守我王」不僅非刺王，且有深愛於王也。何楷《古義》：「幽王之世，褒姒用事於內，皇父之徒亂政於外，……大夫惡之，故作是詩。」其說是矣。全詩八章，每章八句。首章言日食天變，下民之哀。二章廣首章之意，推言四國無政之因。三章言雷電大作，川溢山崩，而不知懲之可哀。四章言七子與艷妻內外相援而為虐，而皇父為其魁首。五章單責皇父築邑，毀屋廢田。六章再責皇父，擇三有事，擇有車馬，以居徂向，皆其惡蹟也。七章詩人自言盡瘁王事，而無辜被讒。末章言願獨任憂勞，以明己志。詩之前半主言天災，後半主言人禍，而人禍歸咎於皇父。蓋皇父官居卿士，身繫天下安危，竟築向自謀，朋黨自立，則有車馬，立三有事，儼然一小朝廷。其視君如贅旒，視民如芻狗。如此，天下之不王者幾兮，此詩人所以深責也。〔註223〕

　　《郭店簡·老子甲》簡20「卑」作 𢾅，〈緇衣〉簡23作 𢾅，與〈孔子詩論〉簡8「𧦬」字右偏旁形同，故此字為從言卑聲之字。此字字形隸定容易，然因至今未有其它寫作從言卑聲之戰國文字出現，簡文「十月善諿言」亦無今存文本可供比對，故學者或讀為「諞」、或讀為「辟」、或讀為「卑」、或釋為「訾」。筆者以為本詩當為大夫刺幽王之詩，全篇以「日月告凶」暗喻天子施政不當，但本文卻深責亂臣，不敢明斥天子。故〈孔子詩論〉以為「善諿言」。《釋言》：「諿，訾也。」「訾」有斥責、非議之義，是以「諿言」即「斥責之言」，表示對國家亂象、亂臣的斥責之言。

【討論 (2)】

雨亡政、即南山，皆言上之衰也，王公恥之：〈雨無正〉、〈節南山〉，皆言上之衰也，王公恥之

【各家說法】

馬承源以為：

　　　　雨亡政，《詩·小雅·節南山之什》第四篇篇名《雨無正》。《即南山》「即」字不從「竹」。

〔註223〕余師培林《詩經正詁·下冊》，（台北市：三民，1993年），頁144～145。

又

　　皆言上之衰也，王公恥之，《雨無正》小序云：「宗周既滅，靡所止戾。正大夫離居，莫知我勣。三事大夫，莫肯夙夜，邦君諸侯，莫肯朝夕」。又云：「如何昊天，辟言不信，如彼行邁，則靡所臻。凡百君子，各敬爾身。胡不相畏，不畏于天」。即言宗周滅亡後朝政了無綱紀的衰落現象。《節南山》謂「天方薦瘥，喪亂弘多」，「不弔昊天，亂靡有定。式月斯生，俾民不寧，憂心如酲，誰秉國成。」對於這些亂象，孔子特爲指出「皆言上之衰也，王公恥之」〔註224〕

許全勝以爲：

　　《雨無正》，今本《詩》中無相關詩句，朱熹《詩集傳》引北宋劉安世《語略》云：「嘗讀《韓詩》有《雨無極》篇，至其詩文則比《毛詩》篇首多「雨無其極，傷我稼穡」八字。」朱子曰：「愚按劉説似有理，然第一、二章本皆十句，今遽增之，則長短不齊，非詩之例。」《呂東萊讀詩記》載董氏引《韓詩》作《雨無政》。……按，上博楚簡此篇正作《雨亡政》，可證董氏之説可信。劉氏作「雨無極」，「極」與「亟」通，「亟」與「政」形近易混。「政」與「正」通，「雨無其極」，原應做「雨其無政（正）」，「正」，猶定也、準也，與「極」義亦通，是形音並近而致訛。

　　〔註225〕

王志平以爲：

　　《雨無正》……箋：亦當刺厲王。王之所下政令甚多而無正也。……《詩序》：「《節南山》，家父刺幽王也。」《孔叢子·記義》：「（孔子曰：吾）於《節南山》見忠臣之憂世也。」〔註226〕

劉信芳以爲：

　　「宗周既滅」以下引文爲《雨無正》正文，馬氏誤屬之《小序》。「宗周」應做「周宗」。〔註227〕

朱熹《詩集傳》：

　　歐陽公曰：「古之人於詩多不命題，而篇名往往無義例，其或有命名

〔註224〕馬承源主編，《上海博物館藏戰國楚竹書（一）》，（上海：上海古籍，2001年11月），頁136。

〔註225〕許全勝〈孔子詩論零拾〉，《上海博物館藏戰國楚竹書研究》，（上海大學古代文明研究中心/清華大學思想文化研究所編，上海書店出版社，2002年3月），頁365～366。

〔註226〕王志平〈詩論札記〉，簡帛研究網站，2002年10月15日首發。

〔註227〕劉信芳《孔子詩論述學》，（安徽大學出版社，2003年1月初版），頁153。

者，則必述詩之義。如〈巷伯〉、〈常武〉之類是也。」今《雨無正》之名
據序所言與詩絕異，當闕其所疑。元城劉氏曰：「嘗讀《韓詩》有《雨無
極》篇，至其詩文則比《毛詩》篇首多「雨無其極，傷我稼穡」八字。愚
按劉說似有理，然第一、二章本皆十句，今遽增之，則長短不齊，非詩之
例。又此詩實正大夫離居之後褻御之臣所作，其曰正大夫刺幽王者亦非
是，且其爲幽王詩亦未有所考也。」〔註228〕

屈萬里以爲：

> 此當是東遷之際，詩人傷時之作。朱傳引元城劉氏（劉安世）曰：「嘗
> 讀《韓詩》有《雨無極》篇，至其詩文則比《毛詩》篇首多「雨無其極，
> 傷我稼穡」八字。」按：本篇既名「雨無正」，是毛詩祖本，亦當有此二
> 句，不知何時逸之。又按：「雨無正」三字標題殊費解，疑毛詩標題但作
> 「雨無」，毛序「正」字應下讀。續序云：「雨自上下者也，眾多如雨，而
> 非所以爲政也。」以「正」釋「政」，知續序已以「雨無正」爲題。鄭箋
> 是序既以「正」字連「雨無」爲文，篇末言若干章句云云，亦以「雨無正」
> 爲題，蓋其誤自漢後始也。〔註229〕

余師培林以爲：

> 《序》謂幽王時詩，自是不誤。詩曰「周宗既滅」、「謂爾遷於王都」，
> 可以爲證。魏源《詩古微》言之甚詳（玉姍案：見魏源《詩古微》卷四頁
> 33-37）。《箋》謂屬王時詩，恐誤。篇中曰：「曾我褻御，憯憯日瘁。」《集
> 傳》謂：「此詩實正大夫離居之後褻御之臣所作」，其說極是。篇中之「我」，
> 既是詩人自謂，則「爾」當是指正大夫、三事大夫也。是則此詩乃褻御之
> 臣責正大夫等而作，非刺幽王也。〔註230〕

業師季旭昇以爲：

> 甲骨文有「正雨」一詞，……「正雨」應該是適切的雨，即適時、適
> 量的雨。……「正」的本意是行，以「止」形向著一個「口」前進，引申
> 爲「征討」，此義甲骨文多見。征討別人，必以己爲是，彼爲非；因此「正」
> 引申有「正確」「正直」「正當」，此義甲骨文中雖然未見，但是周代文獻
> 多見，如《論語·顏淵》：「子帥以正，孰敢不正？」這個意義應該商代就
> 已經存在了。商代甲骨「一月」稱「正月」，此「正」與「行」無涉，可

〔註228〕〔宋〕朱熹《詩集傳》，（台北市：藝文，1959年），頁107。
〔註229〕屈萬里《詩經詮釋》，（台北：聯經，1984年），頁362～363。
〔註230〕余師培林《詩經正詁·上冊》，（台北市：三民，1993年），頁37。

見「正」字在商代已經有「征行」以外的意義。……甲骨文有「正雨」、「雨不正辰」、「雨正年」，「正」表示正當、貼切，這個用法在《詩經·小雅·雨無正》中被保存下來。《雨無正》詩中雖沒有「雨無正」的字眼，但在《韓詩》中卻有「雨無其極，傷我稼穡」兩句，據此，《毛詩》本來應該有「雨無其正，傷我稼穡」二句，意思是：「老天爺下雨下得不適切，傷害了我們的農作物。」表面上是罵老天爺雨下得不適當，實際上是暗諷君王施政不當，傷害了我們老百姓的生活，這就是何楷《詩經世本古義》引馮時可所說的，「《雨無正》之篇不敢刺王而言天，不敢言天而言雨，其稱名也隱，其慮患也深。」

又

我們認為：甲骨文有占卜正雨的例子，是卜問雨下得適切與否，《詩經》的「雨無正」其實是保留了這種語匯。《韓詩》由於押韻的關係，所以改成「雨無極」。」由此可以看出「雨無正」一詞應為原始本義；《韓詩》由於押韻的關係，所以改成「雨無極」。《上博（一）·孔子詩論》作「雨亡政」，「政」字當為假借字。〔註231〕

（二）節南山

屈萬里以為：

此家父刺大師及尹氏之詩。詩中有「國既卒斬」之語，蓋作於東周初年也。〔註232〕

余師培林以為：

此家父責尹氏之說。《詩序》：「〈節南山〉，家父刺幽王也。」然通篇皆責尹氏，詞意甚明，並無一語刺王，故《序》說不可從。又卒章詩人直言其字，無所隱諱，與私言之譏刺者不同，故亦不當曰「刺」。至於此詩作成之時代，韋昭以為平王時作（見《正義》引），龔橙等從之。季本、何楷又以為桓王時作。然詩中「南山」乃指終南山，姚際恆曰：「東遷之後，曷為詠南山哉？」且如為平王、桓王時詩，則應列於〈王風〉，不應列入〈雅〉也。〔註233〕

【玉姍案】

〔註231〕業師季旭昇〈《雨無正》解題〉，中國經學研究會第二屆經學研究學術研討會，臺中：逢甲大學中文系，2001 年 12 月 8 日。
〔註232〕屈萬里《詩經詮釋》，（台北：聯經，1984 年），頁 348。
〔註233〕余師培林《詩經正詁·下冊》，（台北市：三民，1993 年），頁 127～128。

今本《毛詩‧小雅‧節南山之什‧雨無正》：

　　　　浩浩昊天，不駿其德。降喪饑饉，斬伐四國。旻天疾威，弗慮弗圖。
　　舍彼有罪，既伏其辜。若此無罪，淪胥以鋪。　周宗既滅，靡所止戾。正
　　大夫離居，莫知我勩。三事大夫，莫肯夙夜。邦君諸侯，莫肯朝夕。庶曰
　　式臧，覆出爲惡。　如何昊天，辟言不信。如彼行邁，則靡所臻。凡百君
　　子，各敬爾身。胡不相畏，不畏于天。　戎成不退，飢成不遂。曾我暬御，
　　憯憯日瘁。凡百君子，莫肯用訊。聽言則答，譖言則退。　哀哉不能言，
　　匪舌是出。維躬是瘁，哿矣能言。巧言如流，俾躬處休。維曰予仕，孔棘
　　且殆。云不可使，得罪于天子。亦云可使，怨及朋友。　謂爾遷于王都，
　　曰予未有室家。鼠思泣血，無言不疾。昔爾出居，誰從作爾室。

《詩序》：

　　　　〈雨無正〉，大夫刺幽王也。雨自上下者也，眾多如雨，而非所以爲
　　政也。

　　業師季旭昇以爲「雨無正」一詞應爲原始本義；《詩經》的「雨無正」，保留了
甲骨文中占卜正雨（卜問雨下得適切與否）的語匯。《上博（一）‧孔子詩論》作「雨
亡政」，「政」字當爲假借字，可從。

　　細考今本《毛詩‧小雅‧雨無正》經文，當爲幽王時代外患不已，內有讒佞當
道；詩人感傷國事日非，發爲沉痛的詩篇。而篇名「雨無正」即雨下得不適時適量，
造成農業社會時百姓的煩憂；暗喻周王用人、監督不當，造成百姓痛苦。

今本《毛詩‧小雅‧節南山之什‧節南山》：

　　　　節彼南山，維石巖巖。赫赫師尹，民具爾瞻。憂心如惔，不敢戲談。
　　國既卒斬，何用不監。節彼南山，有實其猗。赫赫師尹，不平謂何。天方
　　薦瘥，喪亂弘多。民言無嘉，憯莫懲嗟。　尹氏太師，維周之氐。秉國之
　　均，四方是維，天子是毗，俾民不迷。不弔昊天，不宜空我師。　弗躬弗
　　親，庶民弗信。弗問弗仕，勿罔君子。式夷式已，無小人殆。瑣瑣姻亞，
　　則無膴仕。　昊天不傭，降此鞠訩。　昊天不惠，降此大戾。君子如屆，
　　俾民心闋；　君子如夷，惡怒是違。　不弔昊天，亂靡有定。式月斯生，
　　俾民不寧。憂心如酲，誰秉國成。不自爲政，卒勞百姓。　駕彼四牡，四
　　牡項領。我瞻四方，蹙蹙靡所騁。方茂爾惡，相爾矛矣。既夷既懌，如相
　　酬矣。　昊天不平，我王不寧。不懲其心，覆怨其正。　家父作誦，以究
　　王訩。式訛爾心，以畜萬邦。

《詩序》：

〈節南山〉，家父刺幽王也。

〈節南山〉之內容，當言西周末年，師尹專權尊顯卻不監國事，詩人自傷志不得申，並希望師尹及時悔悟。

〈雨無正〉、〈節南山〉二詩，都是指責國家重臣誤國，使國事日非；忠貞之士憤而發之為詩。由〈節南山〉「家父作誦」可以推斷這詩之作者，當是王公身分。因此〈孔子詩論〉簡文「皆言上之衰也，王公恥之」應當是說：〈雨無正〉、〈節南山〉二詩皆是指責周天子用人、監督不當，導致國事衰頹；王公認為這樣的行為是極為可恥的，因此作詩以譴責之。

【討論（3）】

少旻多惢＝，言不中志者也：〈小旻〉多疑矣，言不中志者也

【各家說法】

馬承源以為：

> 惢讀為「疑」，有重文符，增語辭「矣」。《詩‧小雅‧節南山之什》第五篇《小旻》，內容也是怨憤國家亂象的。「謀夫孔多，是用不集，發言盈庭，誰敢執其咎？」孔子評之為「言不中志」。〔註234〕

李零以為：

> 《小旻》，是批評當時「謀夫孔多」、「發言盈庭」，而言不由衷，故曰「《小旻》多疑，疑言不中志者也」。「疑」，原從心從矣，重文，原書讀為「疑矣」，屬上句。〔註235〕

李學勤讀作：「《小旻》多疑矣，言不中志者也。」無釋。〔註236〕

周鳳五以為：

> 按，當指《小雅‧小旻》共六章。《小序》以為大夫刺幽王也。其詩云：「謀猶回遹，何日斯沮。謀臧不從，不臧覆用。」又云：「謀之其臧，則具是違。謀之不臧，則具是依。」又云：「謀夫孔多，是用不集。發言盈庭，誰敢執其咎。」又云：「維邇言是聽，維邇言是爭」。簡文「多疑」，為君臣

〔註234〕馬承源主編，《上海博物館藏戰國楚竹書（一）》，（上海：上海古籍，2001 年 11 月），頁 136。

〔註235〕李零〈上博楚簡校讀記（之一）《子羔》篇 "孔子詩論" 部分〉，簡帛研究網站，2002 年 1 月 4 日首發。

〔註236〕李學勤〈上海博物館藏楚竹書《詩論》分章釋文〉，簡帛研究網站，2002 年 1 月 16 日首發。

上下猜疑；「言不中志」，在大臣爲言不由衷，在幽王爲忠言逆耳也。〔註237〕
廖名春以爲：

> 《小旻》有戰戰兢兢，如臨深淵，如履薄冰等句，故曰多疑。「疑言不忠志」，多疑之言反映出對上不忠之心。〔註238〕

劉信芳讀爲：「《小旻》多擬，擬言不中志者也。」
又

> 拙見以爲「疑」字應讀爲「擬」，……「多擬」就是多打比方。……「擬言不中志者也」，「言」是議論、謀劃的意思。……《詩論》認爲，《小旻》這首詩的主旨是「擬言不中志者也」。就是比諭謀事拿不定主意的人，如鄭箋解《小旻》「築室於道謀」句：「如當路築室，得人而與之謀，所爲路人之意不同，故不得遂成也。」〔註239〕

【玉姍案】

忞＝「疑矣」合文。簡文作　。「忞」字未見於甲金文，戰國文字僅見於楚系璽印與簡帛中。楚璽 3643 作「夏　」，可能是人名。《郭店簡》中此字出現頻繁，作　（郭 3.4）、　（郭 14.36）、　（郭 14.37）等形。〈成之聞之〉中皆假借爲句末語助詞「矣」；〈緇衣〉及〈語叢二〉、〈語叢四〉皆讀作「疑」；〈魯穆公問子思〉假借作發語詞「噫」。《上博（一）·紂衣》中亦讀作「疑」，上半部字形訛如　（上 1.2.2）或　（上 1.2.22）。關於　（郭 3.4）或　（上 1.2.22）這兩種字體的寫法，李家浩曾寫信給業師季旭昇，以爲　形應從心從疑，上半即「疑」字之訛變。　字則爲從心、矣聲的形聲字。可從。《上博（一）·孔子詩論》簡 8「忞＝」應爲「忞矣」之合文，讀爲「疑矣」。

簡文「少旻」馬承源讀爲「〈小旻〉」，可從。

今本《毛詩·小雅·節南山之什·小旻》：

> 旻天疾威，敷于下土。謀猶回遹，何日斯沮。謀臧不從，不臧覆用。我視謀猶，亦孔之邛。　潝潝訿訿，亦孔之哀。謀之其臧，則具是違。謀之不臧，則具是依。我視謀猶，伊于胡底。我龜既厭，不我告猶。謀夫孔多，是用不集。發言盈庭，誰敢執其咎。匪行邁謀，是用不得于道。哀哉爲猶，匪先民是程，匪大猶是經。維邇言是聽，維邇言是爭。　如彼築室

〔註237〕周鳳五〈《孔子詩論》新釋文及注解〉，簡帛研究網站，2002 年 1 月 16 日首發。
〔註238〕廖名春〈上海博物館藏詩論簡校釋箚記〉，簡帛研究網站，2002 年 7 月 3 日首發。
〔註239〕劉信芳《孔子詩論述學》，（安徽大學出版社，2003 年 1 月初版），頁 153、頁 42～43。

于道謀，是用不潰于成。國雖靡止，或聖或否。民雖靡膴，或哲或謀，或肅或艾。如彼泉流，無淪胥以敗。不敢暴虎，不敢馮河，人知其一，莫知其他。戰戰兢兢，如臨深淵，如履薄冰。

《詩序》：

〈小旻〉，大夫刺幽王也。

《鄭箋》：

所刺列於〈十月之交〉、〈雨無正〉爲小，故曰〈小旻〉。亦當爲刺屬王。

朱熹《詩集傳》：

大夫以王惑於邪謀，不能斷以從善，而作此詩。〔註240〕

屈萬里以爲：

此刺王惑於邪謀之詩（略本朱傳）。〔註241〕

余師培林以爲：

《詩序》：「〈小旻〉，大夫刺幽王也。」《集傳》：「大夫以王惑於邪謀，不能斷以從善，而作此詩。」以詩文衡之，其說皆是也。……首章「謀猶回遹」一句爲全詩之旨，以下皆反覆言之。「謀臧不從，不臧覆用」，指王而言，此亦正爲「謀猶回遹」之因。……末章「人知其一，莫知其他」，正說明君臣無遠慮宏規，國步維艱，災禍即至，己則戒慎恐懼也。〔註242〕

今本〈小旻〉一詩，爲詩人刺王親小人，遠賢臣，小人結黨營私，詆毀忠良，詩人憤而爲詩，言小人禍國之害甚於暴虎馮河，而王不知也。〈孔子詩論〉簡文：「〈小旻〉多疑矣，言不中志者也。」詩中說：「謀之其臧，則具是違。謀之不臧，則具是依。」（有益的建議皆不採用；錯誤的謀慮全部採用），這就是指天子多疑，不信忠良之言。故忠良之言皆不合國君之心意。

【討論（4）】

少顝丌言不亞，少又怎安；〈小宛〉其言不惡，稍有仁焉

【各家說法】

馬承源以爲：

少顝丌言不亞，「顝」字《說文》所無，從兔下有二肉。據以上所排序之詩，此「少顝」或當作「小宛」。但另簡篇有「囷丘」，詩文引句與「小

〔註240〕〔宋〕朱熹，《詩集傳》，（台北市：藝文，1959 年），頁 108。

〔註241〕屈萬里《詩經詮釋》，（台北：聯經，1984 年），頁 366。

〔註242〕余師培林《詩經正詁‧下冊》，（台北市：三民，1993 年），頁 157～158。

宛」相同。不可能「宛」字作「鼲」，又再作「甶」。簡本今本兩字並待考。「不亞」讀爲「不惡」，《說文》：「亞，醜也」，是爲「惡」之古文。《上博簡・緇衣》：「亞亞如亞衛白。」今本《緇衣》作「惡惡如惡衛伯」。《說文・段注》：「亞與惡音義皆同，故《詛楚文》『亞馳』《禮記》作『惡池』。」

又

少又悉安，「悉」從心從年，待考。〔註243〕

李零以爲：

《小宛》，「宛」字原從肉從三兔，寫法與下《宛丘》之「宛」不同，原書不敢肯定即今《小宛》。但這裡應該指出的是，此字也見於負責整理的上博楚簡《容城氏》，該篇講夏桀娶琬、琰，其中與「琬」字相當的字就是這樣寫，可見定爲《小宛》並沒錯。「侫」，原從心從年，疑以音近讀爲「侫」（「侫」是泥母耕部字，「年」是泥母眞部字，讀音相近）。「侫」是巧於言辭的意思。「其言不惡，少有侫焉」是說批評比較委婉。《小弁》、《巧言》都是批評幽王聽信讒言。〔註244〕

李學勤以爲：

「鼲」字上半從兔，應理解爲從冤省聲。「冤」與「宛」古音均在影母元部，以之爲聲的字常可通用。〔註245〕

周鳳五以爲：

簡八「《小宛》，其言不惡，少有危焉」……按，《小宛》本字作「愵」，小孔貌；……「危」，簡文從心，禾聲，原缺釋，蓋誤以從年聲而不得其解也。《禮記・緇衣》：「則民言不危行，行不危言矣。」《郭店・緇衣》簡三一「危」字從阜、從心、禾聲與此可以互證。「其言不惡，少有危焉」蓋美詩人處衰亂之世而能戒愼恐懼，《小宛》末章云：「惴惴小心，如臨於谷。戰戰兢兢，如履薄冰」是也。〔註246〕

何琳儀以爲：

《詩論》該字似可讀「肙」。至於該字下部所從二肉，可能屬繁化現象。「宛」、「肙」均屬元部，故「少肙」可讀「小宛」，見《詩・小雅・小

〔註243〕馬承源主編，《上海博物館藏戰國楚竹書（一）》（上海：上海古籍，2001 年 11 月），頁 136。

〔註244〕李零〈上博楚簡校讀記（之一）《子羔》篇“孔子詩論”部分〉，簡帛研究網站，2002 年 1 月 4 日首發。

〔註245〕李學勤〈詩論與詩〉，中國北京：清華簡帛講讀班，2002 年 1 月 4 日首發。

〔註246〕周鳳五〈《孔子詩論》新釋文及注解〉，簡帛研究網站，2002 年 1 月 16 日首發。

宛》。「恝」，曾誤釋「委」，今仍從考釋隸定，讀「仁」，即「忎」之異文，
屬疊韻聲符互換現象。《詩論》意謂《小宛》並非惡言，且有仁人之心，
似與《小宛》「衰（玉姍案：當爲「哀」）我填寡，宜岸宜獄」詩意相當。
〔註247〕

楊澤生以爲：

　　此字（恝）完全可以看作是從心禾聲的字。根據文義，此字可讀爲「過」
或「禍」。〔註248〕

朱淵清以爲：

　　「《小宛》，其言不惡，少有悸焉」。這一評述與《小宛》詩意密切吻
合。《小宛》末章：「惴惴小心，如臨於谷。戰戰兢兢，如履薄冰。」此種
心境非「悸」爲何？〔註249〕

許子濱以爲：

　　「少有」後一字從年得聲，而「年」以「千」爲聲符，故字可讀爲「仁」。
〔註250〕

李守奎以爲：

　　「宛」原簡字形從三兔作，讀爲「宛」。〔註251〕

許全勝以爲：

　　十年》：「天王殺其弟佞夫」，《公羊傳》作「年夫」，即其證。巧言善
辯曰「佞「少有△（〔從年從心〕安）可讀爲「少有佞焉」。△字從年聲，
爲省作「禾」形之「年」。「年」、「佞」皆泥母眞部字，可通假。如《左
傳‧襄公三》，而孔子「惡夫佞者」見《論語先進篇》。《小宛》全詩各章
多有勸誡之辭，如「各敬爾儀，天命不又」、「教誨爾子，式穀似之」、「夙
興夜寐，無忝爾所生」、「惴惴小心，如臨於谷。戰戰兢兢，如履薄冰」，
視爲諄諄教誨叮嚀者，故非佞言之比，孔子曰：「其言不惡」，宜矣。」
〔註252〕

〔註247〕何琳儀〈滬簡詩論選釋〉，簡帛研究網站，2002 年 1 月 17 日首發。

〔註248〕楊澤生〈上海博物館所藏楚簡文字說叢〉，簡帛研究網站，2002 年 2 月 3 日首發。

〔註249〕朱淵清〈釋"悸"〉，簡帛研究網站，2002 年 2 月 15 日首發。

〔註250〕許子濱《讀上海博物館藏戰國楚竹書（一）》小識〉，清華大學思想文化研究所/輔
　　　　仁大學文學院聯合主辦，新出楚簡與儒學思想國際學術研討會論文集，2002 年 3
　　　　月 31 日～4 月 2 日。

〔註251〕李守奎〈楚簡《孔子詩論》中的《詩經》篇名文字考〉，簡帛研究網站，2002 年 7
　　　　月 8 日首發。

〔註252〕許全勝〈宛與智——上博《孔子詩論》簡二題〉，清華大學思想文化研究所/輔仁大

曹錦炎以爲：

> 「小」後一字從三兔作，下面的兩個「兔」字省略了兔首。讀音當同「冤」，「宛」字與從兔的「冤」字古音相同，例可通假，如《楚辭·九章》：「情冤見之日明兮」、「心冤結而內傷」，《考異》均謂：「冤一作宛。」

〔註253〕

劉信芳以爲：

> 拙見以爲字讀爲「危」，解爲從委省聲。原簡該字上從「禾」，「禾」的豎筆之下部加點而似「年」字。同簡「不」字、第六簡「佳」字……中間下垂之筆均加點作裝飾，可資比較。《郭店·緇衣》簡31：「民言不陸行，〔行〕不陸言。」陸字今本《緇衣》作「危」，鄭玄注：「危猶高也，言不高於行，形不高於言，言行相應也。」《詩論》「恧」應是「陸」的異構，亦應讀爲「危」。「少有危安」謂《小宛》之詩稍有高也，亦即略有不切實際之嫌。《小宛》曰：「人之齊聖，飲酒溫克。」孔子心目中，聖人惟堯舜文武而已，飲酒溫克之人恐不能齊聖，此所謂「少有危焉歟？」

〔註254〕

【玉姍案】

「少䶲」之「䶲」，簡文作 ，業師季旭昇以爲：

> 案《上博》此字作 ，其上部所從，接近以往所知的「兔」、「象」字。下部所從爲二「肉」。究爲何字？從〈孔子詩論〉的文例來看，非常清楚。〈孔子詩論〉第8簡云：「〈少旻（旻）〉多惢＝（疑矣），言不中志者也。〈少䶲〉丌（其）言不亞（惡），少又惎（仁）〔註255〕安（焉）■。〈少弁（宀）〉、〈考（巧）言〉，則言讒之害也。」
>
> 〈孔子詩論〉此處〈少旻（旻）〉、〈少䶲〉、〈少弁（宀）〉、〈考（巧）言〉四篇相連，與今本《毛詩》全同，因此〈少䶲〉應該就是〈小宛〉，毫無問題。……至於《上博》「䶲」字的字形，何琳儀先生〈滬簡詩論選釋〉云：

學文學院聯合主辦，新出楚簡與儒學思想國際學術研討會論文集，2002年3月31日～4月2日。

〔註253〕曹錦炎〈楚簡文字中的「兔」及相關諸字〉，（新出土文獻與古代文明研究國際學術研討會論文集，2002年7月28日～30日）。

〔註254〕劉信芳《孔子詩論述學》，（安徽大學出版社，2003年1月初版），頁157～158。

〔註255〕「惎」，李學勤〈上海博物館藏楚竹書詩論分章釋文〉括號讀爲「仁」，（北京：《國際簡帛研究通訊》第二卷第二期，2002年1月），頁2。

　　〈少肙〉，〈考釋〉認爲與詩之〈小宛〉相當，可以信從。然而未能釋出「肙」字，尚隔一間。〈詩論〉該字原篆作「鬵」，其上部所從偏旁可能有誤，參見〈詩論〉18「悁」作「羑」形。此字上部所從「卜」屬「無義偏旁」，參見上文 1 號簡。以此類推，〈詩論〉該字似可讀「肙」。至於該字下部所從二「肉」，可能屬繁化現象。「宛」、「肙」均屬元部，故〈少肙〉可讀〈小宛〉，見《詩·小雅·小宛》。〔註256〕

　　　　案：何文所考甚是。所指出「鬵」字上從「肙」（嚴格隸定當從「肎」），可從。此字上部偏旁的訛變比較複雜，嚴格依形隸定當作「鬵」，見本文最末一節的分析。至於字形，應是從三「肎」，下二「肎」省爲二「肉」。《上博性情論》有「鸝」字（嚴格隸定當作「鸞」），從三「肎」。《郭店性自命出》作「鸘」（嚴格隸定當作「觕」），從二「肎」，此字圖版不清楚，據考釋隸定，對比來看，「鬵」（「鬵」）、「鸘」（「觕」）都是「鸝」（「鸞」）之省。〔註257〕

　　業師季旭昇之說可從。戰國楚文字的「肙（肎）」字可謂千變萬化，尤其是「肎」頭與「象」頭寫法非常接近，更增加文字識讀的困難。「肙」形的變化，根據業師季旭昇分析如下：

　　　肙、多→身、多、多→身、身、身→身

　　《上博·孔子詩論》簡 8 的「身」字，根據業師季旭昇所分析，應爲「鬵」字之簡化，至於字形，應是從三「肎」，下二「肎」省爲二「肉」、從「肙」聲，故今本《毛詩·小雅·小宛》在〈孔子詩論〉中應隸定作〈少鬵〉。

　　今本《毛詩·小雅·小宛》篇名由經文首句：「宛彼鳴鳩，翰飛戾天」而得。《毛傳》：「宛，小貌。」然《爾雅·釋山》：「宛，中隆」。《注》：「山中央高」；《疏》：「釋曰言山形中央蘊聚而高者名隆」〔註258〕。《說文》：「宛，屈艸自覆也。從宀夗聲。」段注曰：「於阮切，十四部。」〔註259〕並未與「小」義有關；先秦典籍之中亦少見其它「宛」解作「小貌」之例。而《孔子詩論》簡 8〈少鬵〉簡文一出，則可能提供一解釋之新方向。

〔註256〕何琳儀〈滬簡詩論選釋〉，見廖名春、朱淵清主編《上博館藏戰國楚竹書研究》，（上海：上海書店出版社，2002 年 3 月），頁 247。

〔註257〕見業師季旭昇〈由上博詩論〈小宛〉談楚簡中幾個特殊的從肙的字〉，（《漢學研究》第二十卷第二期，2002 年 12 月），頁 378～379。

〔註258〕《十三經注疏·爾雅》，（台北市：藝文，1993 年 9 月），頁 117。

〔註259〕許慎撰、段玉裁注《圈點段注說文解字》，（台北市：書銘，1992 年 9 月），頁 344。

《說文》:「肙，小蟲也，從肉口。」段注曰:「烏懸切，十四部。」〔註260〕從「肙」之字多有「小」義。例如《說文‧水部》:「涓，小流也。」〔註261〕《說文‧虫部》:「蜎，肙也。」〔註262〕故蜎即小蟲也。《大辭典‧犬部》:「狷，胸襟狹小，性情急躁。《說文新附》:「狷，褊急也」。」〔註263〕根據業師季旭昇推斷,「鼎」字形從三「肙」,下二「肙」省爲二「肉」。筆者猜測:「鼎」字從「肙」聲,其字形從三「肙」,則爲戰國文字中常見之複體,在何琳儀《戰國文字通論》中歸類爲「繁化－增繁同形偏旁之『重疊形體』」〔註264〕。那麼今本《毛詩‧小宛》經文「宛彼鳴鳩」,《毛傳》:「宛,小貌」之「宛」,應該是同音假借字（宛,古音影紐元部；肙古音亦影紐元部。）,〈孔子詩論〉簡8中的「鼎」字,可能是從「肙」聲,有「小」義的本字。

今本《毛詩‧小雅‧節南山之什‧小宛》:

> 宛彼鳴鳩,翰飛戾天。我心憂傷,念昔先人。明發不寐,有懷二人。人之齊聖,飲酒溫克。彼昏不知,壹醉日富。各敬爾儀,天命不又。中原有菽,庶民采之。螟蛉有子,蜾蠃負之。教誨爾子,式穀似之。題彼脊令,載飛載鳴。我日斯邁,而月斯征。夙興夜寐,毋忝爾所生。交交桑扈,率場啄粟。哀我填寡,宜岸宜獄。握粟出卜,自何能穀。溫溫恭人,如集于木。惴惴小心,如臨于谷。戰戰兢兢,如履薄冰。

《詩序》:

> 〈小宛〉,大夫刺幽王也。

余師培林《詩經正詁》:

> 觀乎篇中曰:「天命不又」。必是指天子無疑。諸侯大夫皆不得謂天命也。若指天子,則又必指幽王無疑,是《序》說確然有據,無可疑也。惟《詩》曰:「有懷二人。曰無忝爾所生。」作者當是幽王之兄長。故此詩當是兄長之臣戒幽王而作。《詩緝》曰:「刺不能自強而昏於酒,下不能撫其子,上不能紹其先。」姚氏《通論》謂:「此爲同姓兄弟刺王之詩,故有念昔先人諸語。」是矣。惟易「刺」爲「規」爲「戒」,則尤切詩旨。至《集傳》曰:「此大夫遭時之亂,而兄弟相戒以免禍之詩。」除「兄弟相戒」一語外,其他皆不可取。《詩經原始》曰:「賢者自箴也。」《詩經

〔註260〕許慎撰、段玉裁注《圈點段注說文解字》,（台北市:書銘,1992年9月）,頁179。
〔註261〕許慎撰、段玉裁注《圈點段注說文解字》,（台北市:書銘,1992年9月）,頁551。
〔註262〕許慎撰、段玉裁注《圈點段注說文解字》,（台北市:書銘,1992年9月）,頁678。
〔註263〕見《大辭典》,（台北:三民書局,1985年8月初版）,頁2977。
〔註264〕何琳儀《戰國文字通論（訂補）》,（江蘇:教育出版社,2003年1月）,頁213。

詮釋》曰：「此傷時之詩。」則離旨愈遠矣。〔註265〕

「恁」，簡文作（圖）筆者以爲此字下半部爲心，上半所從與郭店〈緇衣〉簡 12 （圖）及〈唐虞之道〉簡 18（圖）「年」字寫法相同，即「年」字；是以此字當從馬承源隸定爲「恁」。由〈小宛〉詩中用語溫厚，如如「各敬爾儀，天命不又」、「教誨爾子，式穀似之」、「夙興夜寐，無忝爾所生」、「惴惴小心，如臨於谷。戰戰兢兢，如履薄冰」等方面來看，此字讀爲「仁」比讀爲「佞」、「危」、「悸」、「禍」都要切題。「仁」是日母眞部字，「年」是泥母眞部字，「日」爲「泥」之變聲，是以「恁」、「仁」讀音相近，當可假借。少，小也；有輕微之意。業師季旭昇於讀書會中指出，孔子不輕許人以仁，故曰「稍有仁焉」。簡文「〈小宛〉其言不惡，小有仁焉」是說〈小宛〉一詩爲詩人規勸幽王勿溺酒敗德，文中諄諄告誡，並自勉戰戰兢兢，盡忠職守。面對國政日非的亂象，並無惡言指責，希望能感悟幽王，忠言逆耳，其言雖極可能不被幽王重視，然充滿君子敬慎之仁德表現。

【討論 (5)】

少叀、考言，則言讒人之害也；〈小弁〉、〈巧言〉，則言讒人之害也

【各家說法】

馬承源以爲：

> 少叀，即《詩·小雅·節南山之什·小弁》，《毛詩》中篇名之《小雅》、《小旻》、《小弁》，簡文中皆作《少夏》、《少旻》、《少叀》，「少」、「小」、通用。「弁」通「叀」字，《曾侯乙編鐘》音變之字作「（圖）」，從音叀聲，通作「變」。「弁」、「變」音同。

又

> 考言，即《詩·小雅·節南山之什》的《巧言》。「考」、「巧」聲通。《易·履》：「視履考祥，其旋元吉」。《易·蠱》：「有子考無咎」，《漢馬王堆帛書本》均作「巧」。又《尚書·金縢》：「于仁若考能」，《史記·魯周公世家》引文「考」作「巧」。

又

> 言讒之害，讒，《說文》所無，從言，以蠹爲聲符。據《小弁》詩意，前四章詩人表達「我心憂矣、我心憂傷」。後四句表達「君子信讒，如或醻之。君子不惠，不舒究之」，「君子無易由言，耳屬于垣」。《巧言》後半，詩句有「巧舌如簧，言之厚矣」。詩的重點在於描述「讒人」和「巧舌如

〔註265〕余師培林《詩經正詁·下冊》，（台北市：三民，1993 年），頁 164。

虁」之人，則從言蚩聲音近字當讀如「誆」，以謊言騙人，與「誑」義近。《史記・鄭世家》：「乃求壯士得霍人解揚，字子虎，誆楚，令宋毋降」。〔註266〕

李零以爲：

> 「譴」人上字從言從雙虫，與楚「流」字與「融」字所從相同，讓人聯想，也許是讀爲「流人」（指傳播流言的人？）或「中人」（古稱「奄人」爲「中人」），但更大的可能是，此即古書所説的「讒人」，青蠅有「讒人」，字從雙虫，乃是雙兔的訛寫。〔註267〕

李學勤讀爲「讒」〔註268〕，無釋。

陳美蘭學姊以爲：

> 《郭店》有幾個從水從蚩的「潨」字，見於〈緇衣〉30、〈成之聞之〉11、14、〈尊德義〉28、〈性命出〉31、46、〈語叢四〉7，裘錫圭以爲釋文作「流」，從前後文觀之，自無疑義。「潨」字的形成，從《峚壺》及〈唐虞之道〉7、17的寫法可以得到合理的解釋，《峚壺》的流字作「㳙」，〈唐虞之道〉流字作「𣻚」，壺銘流字省去中間倒子形的頭部及「八」形，就是蚩形的寫法，〈唐虞之道〉流字省去中間的頭部，上半再受到下半類化，也會寫成蚩形；這兩種是蚩形從二虫的可能形成來源。再看《上博（一）》的資料。〈性情論〉19、38二簡可與《郭店・性自命出》對讀，《郭店》的潨形，〈性情論〉書作「潨」（下文以E代之），上下二虫之間多一個「〇」形，乍看與〈唐虞之道〉的寫法相似，但是〈性情論〉的上半已經訛爲虫形了。比對兩批材料，可以證明潨、E是一字之異體。從以上資料，可以啓發釋讀譴字的一些思考方向。一是據楚帛書，譴字所從的蚩形可能是蟲字之省；一是據《郭店》、《上博（一）》，譴字所從的蚩形與潨形可能來源相同。然而從兩批資料的密切關係看來，拙文以爲，後者的可能性更大。結合《郭店》及《上博（一）》幾個從蚩得形的字，拙文以爲〈孔子詩論〉的譴字或可隸定爲從言的「読」字，會「流言」之意。今日所見的古文字資料中，除了《説文》收錄的讒篆之外，尚不見「讒」字的寫法，其形構

〔註266〕馬承源主編，《上海博物館藏戰國楚竹書（一）》，（上海：上海古籍，2001年11月）頁136～137。

〔註267〕李零《上博楚簡三篇校讀記》，（台北：萬卷樓，2002年3月），頁36

〔註268〕李學勤〈上海博物館藏楚竹書《詩論》分章釋文〉，簡帛研究網站，2002年1月16日首發。

有待日後更多的材料才能說明。目前從《上博（一）》字形及文意看來，譀形可能是讒字的會意字。〔註269〕
蔡哲茂以爲：

　　　　（本文A代表上博簡的讒字；B爲兩虫上下相疊之形；C爲兩虫左右並列之形）按此字當從李（學勤）先生釋「讒」爲正確，馬王堆漢墓帛書六十四卦已出現「讒」字。此字從言「蚰」聲，讀作「讒」。《說文解字注‧十三篇下》：「蚰，蟲之總名也，從二虫。」這個字讀作「昆」，和這裡討論的蚰是不同的，蚰字應讀如「蟲」字。「蟲」上古音爲定母冬部，崇上古音爲崇母冬部，二字音近。萬蔚亭《困學紀聞集證》引錢大昕云：「崇、讒聲相近。」屠繼序《校補》說：「按廣韻冬侵二部古音相通，故崇、讒、岑可轉寫，其收崇入東部，收讒入咸者誤也。」文獻上「崇」字可讀作「讒」，《左傳‧昭公三年》之「讒鼎」《禮記‧明堂》寫作「崇鼎」；《周禮‧地官‧廛人》：「總布」與《周禮‧地官‧肆長》：「斂其總布」，鄭注引杜子春云：「總當爲讒」，《尚書‧酒誥》：「矧曰其敢崇飲」，崇飲即餟飲，餟通饞，即貪飲也。……李零先生在〈古文字雜識（二則）〉說「B和蟲無別，正猶古文字艸亦作卉或芔，不一定是省聲。」，因爲如各家所指出的，從B爲聲的字或讀爲永寶用的「用」或讀爲「融」、「終」來看，B的聲音應和蟲相同；而上博的A字從言從B聲，這個B旁則是聲符，可以讀作「讒」。（李文載第三屆國際中國古文字學研討會論文集，香港中文大學，1997年10月。）附帶的說，甲骨文中已經有兩虫相並之形，和《說文》釋爲昆的字可能是不同的字，甲骨文中已經出現這個字形用爲神名或人地名（詳見類纂六八六頁），這個字也應就是蟲字，這個神名可能就可以讀作《國語‧周語上》所說的「昔夏之興也，融降於崇山。」的「融」，韋昭注：「融，祝融也。」即是祝融之神。〔註270〕

黃德寬、徐在國以爲：

　　此字與郭店簡「流」字所從同，疑爲「流言」之「流」的專字。〔註271〕
胡平生以爲：

　　「譀」字當讀爲佞。……應視爲從言，蟲聲。……（蟲）上古音爲定

〔註269〕陳美蘭〈上博簡「讒」字芻議〉，簡帛研究網站，2002年2月17日首發。
〔註270〕蔡哲茂〈上海簡孔子詩論「讒」字解〉見簡帛研究網站，2002年3月6日首發。
〔註271〕黃德寬、徐在國〈上海博物館藏戰國楚竹書（一）‧《孔子詩論》釋文補正〉，（《安徽大學學報哲學社會科學版》，2002年3月第26卷第2期）。

母東部字，而佞爲泥母耕部字。……二字音近，可以相通。〔註272〕

董蓮池以爲：

字應隸作「詋」，讀爲「誣」。也可能是「諛」的初文或異體。〔註273〕

魏宜輝以爲：

從〈小弁〉〈巧言〉二詩文義來看，這裡的「譴人」，應該講的就是「讒人」，……我們也同意「譴人」應作「讒人」解，但「譴」在這裡應該如何釋讀，尚須討論。在古文字裡，「蚰」和「蛊」是不同的，「蚰」讀若「昆」，而「蛊」在這裡應爲「蟲」之省。釋文以「蚰」爲「譴」的聲符是不妥的。而以「蛊」爲雙兔的訛寫，從字形上亦很難成立……，我們認爲「譴」當從言，從蟲省聲。在簡文中，似乎可以讀作「庸」。蟲、融、庸古音都很近。……《左傳昭公二十九年》、《國語鄭語》「祝融」，《路史後紀四》注引《山海經》作「祝庸」。「庸人」一般指的是平庸的人，但從《大戴禮記》中的一段話分析，「庸人」身上似乎也有讒人的特徵。《大戴禮記・哀公問五義》有孔子關於庸人的評價：

哀公曰：「善，何如而可爲庸人矣？」孔子對曰：「所謂庸人者，口不能道善言而志不邑邑，不能選賢人善事而托身焉，以爲己憂。……」

孔子所說的「庸人」口不能道善言，與詩所言的「讒人」頗類。〔註274〕

劉信芳以爲：

該字當從言得聲，讀若「閒」。……《左傳・哀公二十七年》：「君臣多閒。」注：「閒，隙也。」……此「閒」猶進讒言。……《小弁》、《巧言》二詩皆述及受人離間之苦。〔註275〕

【玉姍案】

馬承源以爲簡文「少叏」、「考言」，分指今本〈小雅〉之〈小弁〉、〈巧言〉，可從。

讒，簡文作**䛐**，此字形未見於其他楚簡中。業師季旭昇以爲：

〔註272〕胡平生〈讀上博藏戰國楚竹書《詩論》箚記〉，簡帛研究網站，2002年6月4日首發。

〔註273〕董蓮池《《上海博物館藏戰國楚竹書（一）・孔子詩論》三詁》，（《新出土文獻與古代文明研究國際學術研討會論文集》，2002年7月28日～30日）。

〔註274〕魏宜輝〈讀上博簡文字箚記〉，《上海博物館藏戰國楚竹書研究》，（上海大學古代文明研究中心/清華大學思想文化研究所編，上海書店出版社，2002年3月），頁388～389。

〔註275〕劉信芳《孔子詩論述學》，（安徽大學出版社，2003年1月初版），頁265～266。

　　此字字形的解釋可以有三個方向，一是陳美蘭君提出的從充言會意；其二是黃德寬、徐在國提出的從言充聲，「充」（力求切，來母幽部）與「讒」（士咸切，牀母談部），聲母舌齒相鄰，韻為旁對轉，（幽談旁對轉見陳師新雄先生《古音學發微》1086 頁）。；也有學者以為當釋為從言蟲聲，「蟲」（定母冬部），與「崇」（崇母冬部）二字音近，而「崇」「讒」聲相近，廣韻冬侵二部相通，故崇、讒、岑可轉寫（〈上海簡孔子詩論「讒」字解〉）。

　　案：「讒」字上古音在談部，沒有學者把他歸到侵部。以上三種可能，一般學者往往會輕率地受到「冬侵通用」的影響，而贊成第三說。劉寶俊先生在〈冬部歸向的時代和地域特點與上古楚方音〉中指出：

> 1. 上古冬部因時期和地域的不同，而有不同的歸向：先秦時期在西北方言中近於侵部，在東南方言中近於冬部
> 2. 戰國以後東、冬、陽部互通成為楚方言的一大特色
> 3. 幽部兼通東、冬、陽三部，是上古楚方言的又一特點。

　　〈孔子詩論〉應該屬於楚方言系統，能否用西北地區周秦音系的冬（幽）談或冬侵通用來解釋，是應該要慎重考慮的。據此，我們認為陳美蘭君提出的從充會意之說應列為第一可能。〔註 276〕

今本《毛詩‧小雅‧節南山之什‧小弁》：

> 弁彼鸒斯，歸飛提提。民莫不穀，我獨于罹。何辜于天，我罪伊何。心之憂矣，云如之何。　踧踧周道，鞫為茂草。我心憂傷，惄焉如擣。假寐永歎，維憂用老。心之憂矣，疢如疾首。　維桑與梓，必恭敬止。靡瞻匪父，靡依匪母。不屬于毛，不罹于裏。天之生我，我辰安在。　菀彼柳斯，鳴蜩嘒嘒。有漼者淵，萑葦淠淠。譬彼舟流，不知所屆。心之憂矣，不遑假寐。鹿斯之奔，維足伎伎。雉之朝雊，尚求其雌。譬彼壞木，疾用無枝。心之憂矣，寧莫之知。　相彼投兔，尚或先之。行有死人，尚或墐之。君子秉心，維其忍之。心之憂矣，涕既隕之。君子信讒，如或酬之。君子不惠，不舒究之。伐木掎矣，析薪扡矣。舍彼有罪，予之佗矣。莫高匪山，莫浚匪泉。君子無易由言，耳屬于垣。無逝我梁，無發我笱。我躬不閱，遑恤我後。

《詩序》：

> 〈小弁〉，刺幽王也。太子之傅作。

朱熹《詩集傳》：

〔註 276〕見鄭玉姍〈孔子詩論譯釋〉季師案語，業師季旭昇主編《上海博物館藏戰國楚竹書（一）讀本》，（台北：萬卷樓，2004 年 6 月），頁 27。

幽王娶於申，生太子宜臼，後得褒姒而惑之，生子伯服，信其讒，黜申后，逐宜臼，而宜臼作此以自怨也。〔註277〕

今本《毛詩‧小雅‧節南山之什‧巧言》：

悠悠昊天，曰父母且。無罪無辜，亂如此憮。昊天已威，予慎無罪。昊天大憮，予慎無辜。亂之初生，僭始既涵。亂之又生，君子信讒。君子如怒，亂庶遄沮。君子如祉，亂庶遄已。君子屢盟，亂是用長。君子信盜，亂是用暴。盜言孔甘，亂是用餤。匪其止共，維王之卭。奕奕寢廟，君子作之。秩秩大猷，聖人莫之。他人有心，予忖度之。躍躍毚兔，遇犬獲之。荏染柔木，君子樹之。往來行言，心焉數之。蛇蛇碩言，出自口矣。巧言如簧，顏之厚矣。彼何人斯，居河之麋。無拳無勇，職為亂階。既微且尰，爾勇伊何。為猶將多，爾居徒幾何。

《詩序》：

〈巧言〉，刺幽王也。大夫傷於讒，故作是詩也。

余師培林《詩經正詁》：

觀之詩曰：「君子信讒。」「君子信盜。」「荏苒柔木，君子樹之」凡言「君子」者，皆斥幽王而言，是知《序》說不誤。……全詩凡八言「亂」，憂之深矣；七言「君子」，刺之深矣。同一讒言，而或曰「僭」，或曰「讒」，或曰「盜言」，或曰「行言」，或曰「碩言」，或曰「巧言」，極變化之能事。〔註278〕

綜合以上諸說，可知〈小弁〉、〈巧言〉二詩皆述君王受小人讒言所矇蔽，而遠賢臣，動搖國本之害。〈孔子詩論〉簡文「〈小弁〉、〈巧言〉，則言讒人之害也」與今本《詩經》同。

【討論（6）】

〈伐木〉〔□□〕實咎於其也

【各家說法】

馬承源以為：

實咎於其也，實讀為「貴」。此句為評上篇末辭，估計為〈伐木〉之評言。《詩‧小雅‧鹿鳴之什‧伐木》云：「既有肥牡，以速諸舅，寧適不來，微我有咎」。《伐木》為朋友歡宴，孔子獨重責己之句。如此，與第八

〔註277〕〔宋〕朱熹，《詩集傳》，（台北市：藝文，1959年），頁111。
〔註278〕余師培林《詩經正詁‧下冊》，（台北市：三民，1993年），頁178～179。

簡可以連讀，計有連續十三個篇名。〔註279〕

李零以爲：

> 實，原書隸定爲從宀從貴，讀爲「賓」，其實從彩色照片看，這是楚簡常見的「實」字。《伐木》說：「寧適不來，微我有咎」，簡文「□□，實咎於其也」，或於此有關。〔註280〕

李學勤讀作「伐木……實咎于其也。」〔註281〕無釋。

周鳳五讀作「伐木……貴咎于己也。」〔註282〕無釋。

何琳儀以爲：

> 實，考釋誤爲「貴」。該字已見楚簡，（信陽簡2.09，郭忠‧8）。「實」，副詞。《廣雅‧釋詁》：「實，誠也」。〔註283〕

胡平生以爲：

> 第9簡首句「貴咎於其也」，考釋推測其爲《伐木》之評言，應當是正確的，但是認爲「貴」，讀爲「貴」，是「孔子獨重責己之句」，恐非是。按，「貴」應讀如「歸」。貴，上古音爲見母物部字；歸，爲群母物部字，音近可通。《伐木》云：「既有肥羜，以速諸父。寧適不來，微我弗顧」；「既有肥牡，以速諸舅。寧適不來，微我有咎」。這是把客人不來的責任最終歸咎於自己不好。倘若按考釋將「貴」理解爲看重、重視，「貴咎」是「重責己」，後面的「於其」就沒有著落了。又，此句中之「其」，不寫做楚文字通常的「丌」形，或當讀如「己」。己，上古音是見母之部字，其是群母之部字，聲音相近。〔註284〕

廖名春以爲：

> 「《伐木》〔弗〕實咎於其也」。簡八與簡九可系連，從文意看，簡八末端殘損處可補一「弗」字。其，反身代詞，指自己。……《小雅‧伐木》有「既有肥羜，以速諸父，寧適不來，微我弗顧……既有肥牡，以速諸舅，

〔註279〕馬承源主編，《上海博物館藏戰國楚竹書（一）》，（上海：上海古籍，2001年11月），頁138。

〔註280〕李零〈上博楚簡校讀記（之一）《子羔》篇"孔子詩論"部分〉，簡帛研究網站，2002年1月4日首發。

〔註281〕李學勤〈上海博物館藏楚竹書《詩論》分章釋文〉，簡帛研究網站，2002年1月16日首發。

〔註282〕周鳳五《孔子詩論》新釋文及注解〉，簡帛研究網站，2002年1月16日首發。

〔註283〕何琳儀〈滬簡詩論選釋〉，簡帛研究網站，2002年1月17日首發。

〔註284〕胡平生〈讀上博藏戰國楚竹書《詩論》劄記〉，簡帛研究網站，2002年6月4日首發。

寧適不來，微我有咎」，「其」即我。此是說《伐木》不是眞的咎責於己。
此是解「微我有咎」之義。〔註285〕

劉信芳以爲：

> 簡八後殘失約二字間距，補「弗」不一定可靠。諸家釋「實」字，確
> 鑿無疑。……竊意以爲該句可連上簡「伐木」，讀爲：「《伐木》〔之咎〕，
> 實咎於其也」。「其」，讀爲「期」。《説文》：「期，會也」。……今據詩論知
> 此「期」亦約也，會也。「實維何期」者，謂宴會實爲何時也。《伐木》二
> 章云：「伐木許許，釃酒有藇，既有肥羜，以速諸父，寧適不來，微我弗
> 顧」。鄭《箋》：「寧，召之。適，自。不來，無使言，我不顧念也。」（玉
> 姍案：斷句當爲：「寧召之，適自不來。無使言我不顧念也。」）詩中主人
> 公備好了酒宴，而受邀者不來，《伐木》二章云：「既有肥牡，以速諸舅，
> 寧適不來，微我有咎」。「微我有咎」應理解爲難道是我有過錯。戴震《毛
> 詩補傳》（《戴震全書》（一）第 344 頁）：「微，猶非也」。可見《伐木》一
> 詩，實質是歸咎於期也。「期」的具體涵義即「速諸父」而「不來」也。

〔註286〕

【玉姍案】

實，簡文作 𡧛。學者或以爲當爲「貴（實）」。然楚簡「實」字作 𡨄（信 2.09）、
𡨄（郭 8.5）、𡨄（郭 8.8）、𡨄（郭 12.27）。而楚簡的「貴」字作 貴（信 1.26）、貴（包
2.265）、貴（郭 1.1.12）、貴（郭 1.1.29）、貴（郭 3.20）、貴（郭 9.11）、貴（郭 16.25）、
貴（上 1.1.21）等。兩字字形明顯不同，簡文 𡧛 當釋「實」，不釋「貴」。

其，簡文作 𢍏，與簡文中其他「丌」字寫法不同。胡平生以爲 𢍏 當讀如「己」，
「己」上古音見母之部；「其」是群母之部字，聲音相近，業師季旭昇以爲可從。
〔註287〕

今本《毛詩・小雅・鹿鳴之什・伐木》：

> 伐木丁丁，鳥鳴嚶嚶。出自幽谷，遷于喬木。嚶其鳴矣，求其友聲。
> 相彼鳥矣，猶求友聲。矧伊人矣，不求友生。神之聽之，終和且平。伐木
> 許許，釃酒有藇。既有肥羜，以速諸父。寧適不來，微我弗顧。於粲洒埽，
> 陳饋八簋。既有肥牡，以速諸舅。寧適不來，微我有咎。伐木于阪，釃酒

〔註285〕廖名春〈上海博物館藏詩論簡校釋箚記〉，簡帛研究網站，2002 年 7 月 3 日首發。
〔註286〕劉信芳《孔子詩論述學》，（安徽大學出版社，2003 年 1 月初版），頁 161～162。
〔註287〕業師季旭昇〈孔子詩論新詮〉，（臺北：學生書局《經學研究論叢》13 輯，2005 年
　　　　12 月）。

有衍。籩豆有踐，兄弟無遠。民之失德，乾餱以愆。有酒湑我，無酒酤我。坎坎鼓我，蹲蹲舞我。迨我暇矣，飲此湑矣。

《詩序》：

〈伐木〉，燕朋友故舊也。自天子至于庶人，未有不須友以成者。親親以睦，友賢不棄，不遺故舊，則民德歸厚矣。

〈孔子詩論〉強調「咎己」，與《毛詩》可以吻合。

【討論（7）】

天保丌导汆蔑畺矣，巽寡悳古也：〈天保〉其得祿蔑疆矣，順寡德故也

【各家說法】

馬承源以為：

天保，《詩‧小雅‧鹿鳴之什‧天保》篇名。

又

悳汆蔑畺，讀為「得祿蔑疆」，即得福無疆之意。《說文》：「祿，福也」。詩句云：「神之弔矣，詒爾多福。」又「君曰卜爾，萬壽無疆。」此為「得祿蔑疆」之意。

又

「巽寡（寡），悳古也」，讀為「饌寡，德故也」。詩句云：「吉蠲為饎，是用孝享」。毛亨傳云：「吉，善也。蠲，絜也。饎，酒食也」。孔穎達疏伸毛詩之意云：「王既為天安定，民事已成，乃善絜為酒食之饌。」《爾雅‧釋訓》云：「饎，酒食也。泛言包括酒與食。」饌，《說文》：「具食也。」《玉篇》云：「飲食也」。饌寡是說孝享的酒食不多，但守德如舊。〔註288〕

李零以為：

《天保》說：「受天百祿，降爾遐福。」故曰：「其得祿蔑疆矣」。「選寡德故也」，疑連下句為讀。「選」原作「巽」，原書讀「饌」。〔註289〕

李學勤讀作：「天保其得祿蔑疆矣，巽寡德故也。」〔註290〕無釋。

〔註288〕馬承源主編，《上海博物館藏戰國楚竹書（一）》，（上海：上海古籍，2001年11月），頁138。

〔註289〕李零〈上博楚簡校讀記（之一）《子羔》篇"孔子詩論"部分〉，簡帛研究網站，2002年1月4日首發。

〔註290〕李學勤〈上海博物館藏楚竹書《詩論》分章釋文〉，簡帛研究網站，2002年1月16日首發。

周鳳五以爲：

> 當讀爲「贊寡德」，贊，助也；謂臣下能助成寡君之德也，故君臣上下，「得祿無疆」。《小序》所謂「君能下下以成其政，臣能歸美以報其上」是也。〔註291〕

李銳以爲：

> 「巽」，《論語·子罕》：「巽與之言，能無説乎？」馬融注：「巽，恭也。」「顧」，原作「寡」，二字古通。《郭店楚墓竹簡·緇衣簡 22》：「祭公之寡命」，「寡」當讀爲「顧」。「顧德」，《康誥》有「王曰：鳴呼！封！予惟不可不監，告汝德之説于罰之行。」……王曰：「鳴呼！封，敬哉！無作怨，勿用非謀非彝，蔽時忱。丕則敏德，用康乃心，顧乃德，遠乃猷裕，乃以民寧，不汝瑕殄。」〔註292〕

廖名春以爲：

> 「巽」，疑讀「選」是。而選有善意。《漢書·王莽傳上》：「君以選故，辭以疾。」顏師古注：「選，善也。」寡德，即君德。此是説「天保得祿蔑疆」，……《小序》：「天保，下報上也。君能下下，以成其政，臣能歸美，報其上焉。歸美即善，即選。」〔註293〕

董蓮池以爲：

> 「巽」在文中即「伏順」義，「寡德」謂至高之德，……「德」是周人的發明，在上的統治者被視爲至德之人。如此「巽寡德」的含義是伏順於在上的統治者。「古」讀爲「故」，指「緣故」。整句話是在説明「得祿蔑疆」的原因，兩句合在一起，意思是説《天保》這首詩是言其獲得福祿無邊，究其這樣的原因是作爲臣子的能伏順於其君。這其實是論者在通過評説《天保》來宣揚「勿犯上」的思想。〔註294〕

黃人二以爲：

> 讀「巽」即可。「巽」之本義爲兩手上具人牲之形。故《説文》訓爲「具也」。又與「遜」通假，故有「外跡相卑下也」之引申義；又《子罕》：「巽與之言」，鄭注云：「馬曰，巽，恭也。謂恭孫敬謹之言」。「寡德」，

〔註291〕周鳳五《〈孔子詩論〉新釋文及注解》，簡帛研究網站，2002 年 1 月 16 日首發。
〔註292〕李銳〈上博楚簡續札〉，清華大學思想文化研究所/輔仁大學文學院聯合主辦，新出楚簡與儒學思想國際學術研討會論文集，2002 年 3 月 1 日～4 月 2 日。
〔註293〕廖名春〈上海博物館藏詩論簡校釋箚記〉，簡帛研究網站，2002 年 7 月 3 日首發。
〔註294〕董蓮池《〈上海博物館藏戰國楚竹書（一）·孔子詩論〉三詁》，（《新出土文獻與古代文明研究國際學術研討會論文集》，2002 年 7 月 28 日～30 日）。

與所謂「孤」、「寡」者，皆喻君也。則簡文「巽寡德故也」，乃以恭孫敬謹與君王言，故能「德祿蔑疆矣」，其中有怨、刺。〔註295〕

劉信芳以爲：

> 整理者的釋讀是正確的……以日用飲食祀神，是其「饌寡」矣。其德古樸，是所謂「德古」也。古代祭禮，整潔心身，備品物即可，不在豐大。……以質實祀神，誠心所在，就是禮。祈得平常之福，乃所謂「得祿無疆」。知整理者所讀「饌寡，德故也」，文從字順，已無須另求深解。筆者讀「古」不破讀，與整理者的意見稍有不同。

又

> 「得祿」，王志平《詩論箋疏》釋文爲「受祿」。詩論「受」字二例，簡1「文王受命」，簡6「二后受之」，其「受」與本簡「得」字形不同。論者或謂「寡德」爲謙稱，如是則必爲自稱，他人行文而稱某人爲「寡德」，恐難以爲解。〔註296〕

【玉姍案】

今本《毛詩‧小雅‧鹿鳴之什‧天保》：

> 天保定爾，亦孔之固。俾爾單厚，何福不除。俾爾多益，以莫不庶。天保定爾，俾爾戩穀。罄無不宜，受天百祿。降爾遐福，維日不足。天保定爾，以莫不興。如山如阜，如岡如陵。如川之方至，以莫不增。吉蠲爲饎，是用孝享。禴祠烝嘗，于公先王。君曰卜爾，萬壽無疆。神之弔矣，詒爾多福。民之質矣，日用飲食。群黎百姓，遍爲爾德。如月之恆，如日之升。如南山之壽，不騫不崩。如松柏之茂，無不爾或承。

《詩序》：

> 〈天保〉，下報上也。君能下下以成其政，臣能歸美以報其上焉。

《鄭箋》：

> 下下，謂〈鹿鳴〉至〈伐木〉，皆君所以下臣也。臣亦宜歸美於王，以崇君之尊而福祿之，以荅其歌。

玉姍案：《左傳‧僖公十年》：「臣出晉君，君納重耳，蔑不濟矣。」注：「蔑，無也。」故簡文「蔑疆」可讀「無疆」。此句簡文是說：〈天保〉，稱美君主得福祿無疆與今本經文「罄無不宜，受天百祿。降爾遐福，維日不足。」相合。簡文「巽寡

〔註295〕黃人二《上海博物館藏戰國楚竹書（一）研究》，（台灣高文出版社，2002年）。
〔註296〕劉信芳《孔子詩論述學》，（安徽大學出版社，2003年1月初版），頁161、163。

德古也」說者多家。業師季旭昇以爲：

> 《老子三十章》：「貴以賤爲本，高以下爲基。是以侯王自謂孤、寡、不穀。」《毛詩·邶·燕燕》：「先君之思，以勗寡人。」鄭箋：「寡人，莊姜自謂也。」全句謂「能順從君王應有之德行的緣故啊」。〔註297〕

可從。簡文是說「〈天保〉稱美君主受福祿無疆，是因君王本身能順其應有之德行的緣故」。

【討論(8)】

誶父之睞亦又㠯也：〈祈父〉之責亦有以也

【各家說法】

馬承源以爲：

> 誶父，當爲《詩·小雅·鴻雁之什·祈父》篇名。與「祈」同爲「微」部，也有可能是傳抄之誤。評詩意爲「責」。與《祈父》責「王之爪牙」三章四句內容相同。

又

> 睞，從貝從朿，金文作「𧶀」，《玉篇》：「古文責字」。《兮甲盤》「責」字與之相同。簡文之從朿從貝，易上下爲左右排列。〔註298〕

劉樂賢以爲：

> 按，「誶」、「祈」聲紐不近，似不能通假。從甲骨金文乃至秦漢簡帛文字，「衣」、「卒」二字常相混，此字可能是從衣得聲。「衣」字古音微部影紐，「祈」字微部群紐，讀音相近。「責」，似因讀爲「刺」。毛詩序稱「祈父，刺宣王也」，簡文讀作「祈父之刺」是合適的。〔註299〕

李零以爲：

> 剌，原從貝從朿，原書讀爲「責」，字形不誤，但從文義看，似應讀爲「剌」。《祈父》見今《小雅·鴻雁之什》，據《詩序》，是刺宣王之司馬不得其人，故曰「選寡得故也，《誶父》之刺亦有以也」。〔註300〕

〔註297〕業師季旭昇〈孔子詩論新詮〉，（臺北：學生書局《經學研究論叢》13 輯，2005 年12 月）。

〔註298〕馬承源主編，《上海博物館藏戰國楚竹書（一）》，（上海：上海古籍，2001 年 11 月），頁 138。

〔註299〕劉樂賢〈讀上博簡箚記〉，簡帛研究網站，2002 年 1 月 1 日首發。

〔註300〕李零〈上博楚簡校讀記（之一）《子羔》篇"孔子詩論"部分〉，簡帛研究網站，2002 年 1 月 4 日首發。

李學勤讀爲：「祈父之貴，亦有以也。」〔註301〕無釋。

劉信芳以爲：

> 論者謂「責」讀爲「刺」。竊意以爲不破讀爲妥。「刺宣王」云云能否從孔子或七十子口中道出？應慎重考慮。《論語·八佾》：「或問禘之說。子曰：『不知也。知其說者之於天下也，其如示諸斯乎。』指其掌。」對於涉及魯躋僖公，亂昭穆之類的問題，孔子答曰「不知」，是不証前賢之惡也。依此禮推之，孔子不可能明指某詩爲刺某王。〔註302〕

【玉姍案】

賫，「責」的異體字，簡文作𧵩。甲文作𧵩（商·乙124）、𧵩（商·乙1545）形，金文承甲文之形作𧵩（旂作父戊鼎）、𧵩（夈甲盤）形。《郭店簡》作上「朿」下「貝」排列如𧵩（郭2.9）。《包山簡》則作「貝」左「朿」右排列如𧵩（包2.98）。讀「刺」亦可。「責」、「刺」同從朿得聲，二字似有同源關係。

「誶」，簡文作𧶒，何琳儀以爲：

> 「卒」，由「衣」分化，均屬脂部。甲骨文、金文「衣」或作「卒」，戰國文字「衣」與「卒」往往互用。〔註303〕

「誶」由「衣」得聲，「衣」字古音微部影紐，「祈」字微部群紐，讀音相近。故馬承源以爲簡文「誶父」即今本〈祈父〉，可從。

今本《毛詩·小雅·鴻鴈之什·祈父》：

> 祈父，予王之爪牙。胡轉予于恤？靡所止居。祈父，予王之爪士。胡轉予于恤？靡所厎止。祈父，亶不聰。胡轉予于恤？有母之尸饔。

《詩序》：

> 〈祈父〉，刺宣王也。

朱熹《詩集傳》：

> 軍士怨於久役，故呼祈父而告知曰：「余乃王之爪牙，汝何轉我於憂恤之地，使我無所止居乎？」〔註304〕

余師培林以爲：

> 王之爪牙，行則扈從車駕，居則防閑禁宮，征役非其職也。今竟轉戰

〔註301〕李學勤〈上海博物館藏楚竹書《詩論》分章釋文〉，簡帛研究網站，2002年1月16日首發。

〔註302〕劉信芳《孔子詩論述學》，（安徽大學出版社，2003年1月初版），頁165～166。

〔註303〕何琳儀《戰國古文字典》，（北京：中華書局，1998年9初版），頁1171。

〔註304〕〔宋〕朱熹《詩集傳》，（台北市：藝文，1959年），頁97。

疆場，此必出於王命，而非司馬所得專擅。故此詩辭則咎祈父，而意實在
王也。故《序》謂刺王，誠是；然所刺是否爲宣王，於簡文中頗難看出，
毛、鄭以千畝之役，王師敗於姜氏之戎事實之，或是也。又爪牙之士，從
軍行政，一甲士耳。以一甲士，作詩以責司馬，並暗刺天子，似與身分不
倫，竊意此詩當是禁衛之長，如漢世未央衛尉、長樂衛尉所爲。彼等行役
亦爲將帥之附貳，地位頗高，故敢直呼祈父而咎之，並責之「亶不聰」也。
至於稱「王之爪牙」，則謙辭也。……三章首句皆直呼祈父，情切而意憤
也。次句「王之爪牙」，爲了解詩義之關鍵。以其責在捍衛禁宮，不在行
役戍守，故下句「胡轉予于恤」乃順勢而出。三句「亶不聰」，乃申斥之
言。末句「有母之尸饗」，乃詩人作此詩之因，故爲全詩之重心。綜觀此
詩責祈父者有二：一爲爪牙之士不當行役，二爲有母不得奉養，而後者尤
甚於前者。「亶不聰」一語即以此而發也。〔註305〕

　　「責」有「譴責、責備」之義，「刺」有諷刺之意，二者皆可通。以，原因，緣
故。《詩・邶風・旄丘》：「何其久也，必有以也。」《集傳》：「以，他故也。」簡文
「〈誶父〉之責，亦有以也」是指〈祈父〉一詩之作者責備祈父是有原因的（因爪牙
之士不當行役卻派遣去征役，使其有母不得奉養）。

【討論(9)】

黃鳥則困而谷反亓古也，多恥者亓怠之虐：〈黃鳥〉則困而欲返其故也，多恥
者其病之乎？

【各家說法】

馬承源以爲：

　　黃鳥，篇名，即「黃鳴」。簡本從鳥之字，鳥皆在字之左旁。篇名疑即
　　今本《毛詩》之《黃鳥》。《小雅・黃鳥》詩句云：「此邦之人，不可與明」、
　　「不可與處」，「言旋言歸，復我諸兄」、「諸父」。似與本篇有關。〔註306〕

李零以爲：

　　黃鳴，原書指出，即今《秦風・黃鳥》。此詩批評秦穆公以三良從葬，
　　屢言「彼蒼者天，殲我良人」，恥其故而傷其情，故曰「則困天欲，恥其
　　故也，多恥者其病之乎」。「鳴」，寫法同下簡《鹿鳴》之「鳴」，應是「鳥」

〔註305〕余師培林《詩經正詁・下冊》，（台北市：三民，1993年），頁100。
〔註306〕馬承源主編，《上海博物館藏戰國楚竹書(一)》，（上海：上海古籍，2001年11月），
　　　　頁138。

字的誤寫。〔註307〕

李學勤以爲：

「黃鳥則困而欲反其故也」，這顯然是指《小雅·黃鳥》所言：「黃鳥
黃鳥，無集于穀，無啄我粟。此邦之人，不我肯穀。言旋言歸，復我邦族。」
與《秦風·黃鳥》述三良殉死之事無關。〔註308〕

周鳳五以爲：

簡九「多恥者其方之乎」：簡文從心方聲，原缺釋。按，當讀爲「方」。
《論語·憲問》：「子貢方人」。釋文引鄭本作「謗」，訓言人之過惡。《黃
鳥》共三章，反覆申言「此邦之人，不我肯穀」、「此邦之人，不我與明」、
「此邦之人，不我與處」。而思「言旋言歸，復我邦族」。所謂「困而欲反
其故」是也。或讀爲「妨」，害也；其爲人爲多恥者所害，憂讒畏譏而思
歸也。亦通。〔註309〕

姚小鷗以爲：

簡文從心方聲之字……釋「怲」更爲恰當。《小雅·頍弁》：「未見君
子，憂心怲怲」。《毛傳》：「怲怲，憂盛滿也。」《爾雅》：「怲怲，弈弈，
憂也。」《說文·心部》：「怲，憂也。從心丙聲。」《易繫辭·下》：「困於
石，據於蒺藜。入於其宮，不見其妻，凶。」子曰：「非所困而困焉，名
必辱；非所居而居焉，身必危。」《易·繫辭傳下》又說：「小人不恥不仁，
不畏不義。」由此可知，在孔子的思想中，多恥與無恥，是君子和小人的
重要分界線。《黃鳥》篇主人公之致困，即屬於「非所困而困」之類。故
多恥者即真正的君子必當爲之「怲」，即爲之憂。〔註310〕

黃人二以爲：

整句讀爲，「則困而欲反其故也」。故訓本，《荀子·性惡》云：「凡禮
義者，是生於聖人之僞，非故生於人之性也。」楊注：「故，猶本也」。第
十六簡云：「必欲反其本」，可參看。〔註311〕

〔註307〕李零〈上博楚簡校讀記（之一）《子羔》篇"孔子詩論"部分〉，簡帛研究網站，2002
年1月4日首發。

〔註308〕李學勤〈詩論與詩〉，中國北京：清華簡帛講讀班，2002年1月4日首發。

〔註309〕周鳳五《孔子詩論》新釋文及注解〉，簡帛研究網站，2002年1月16日首發。

〔註310〕姚小鷗《孔子詩論》第九簡「黃鳥」句的釋文與考釋〉，清華大學思想文化研究所
/輔仁大學文學院聯合主辦，新出楚簡與儒學思想國際學術研討會論文集，2002年3
月31日～4月2日。

〔註311〕黃人二《上海博物館藏戰國楚竹書（一）研究》，（台灣高文出版社，2002年），頁
39。

劉信芳以爲：

> 簡文從心方聲之字，訓「憂」是也。讀「病」讀「恫」均可資參考。若釋爲「病」，楚簡「病」字多見，無一例作是形者。若釋爲「恫」，論者未能舉出經典「恫」單字句例。是簡文該字有不可替代之處。包山簡146有「恫」字，用作人名，無助於討論，若依古文字從心之字或從疒作，如古璽「憂」字例，則讀「病」字爲義長。……嘗試論之，將有關文句讀爲「黃鳥則困，天欲反其古也，多恥者其病之乎？」屬之《秦風》，亦是文從字順。所謂「困」者，三良從葬，「臨其穴，惴惴其慄」是也。「天」者，「彼蒼者天」是也。「反其古」者，復「古之王者」之制也。「多恥者其病之乎」，國人哀之，爲之賦《黃鳥》是也。〔註312〕

【玉姍案】

由第九簡中〈天保〉、〈諄父〉（〈祈父〉）、〈鯖鯖者莪〉（〈菁菁者莪〉）、〈棠棠者芋〉（〈裳裳者華〉）皆爲今本〈小雅〉之篇章推論，此〈黃鳥〉當爲〈小雅・鴻鴈之什・黃鳥〉。

今本《毛詩・小雅・鴻鴈之什・黃鳥》：

> 黃鳥黃鳥，無集于穀，無啄我粟。此邦之人，不我肯穀。言旋言歸，復我邦族。黃鳥黃鳥，無集于桑，無啄我梁。此邦之人，不可與明。言旋言歸，復我諸兄。黃鳥黃鳥，無集于栩，無啄我黍。此邦之人，不可與處。言旋言歸，復我諸父。

《詩序》：

> 〈黃鳥〉，刺宣王也。

朱熹《詩集傳》：

> 民適異國，不得其所，故作是詩。〔註313〕

屈萬里以爲：

> 此流寓者思歸之詩。〔註314〕

余師培林：

> 《集傳》曰：「民適異國，不得其所，故作是詩」其說近之，後之說詩者多從之。然詩云：「復我邦族、復我諸兄、復我諸父」，作者有族有邦，其諸兄諸父控有其邦族，則朱子所謂民者，當是貴族，而非平民也。所謂

〔註312〕劉信芳《孔子詩論述學》，（安徽大學出版社，2003年1月初版），頁167～168。
〔註313〕〔宋〕朱熹《詩集傳》，（台北市：藝文，1959年），頁98。
〔註314〕屈萬里《詩經詮釋》，（台北：聯經，1984年），頁338。

民適異國，亦如陳公子完之適齊，晉公子重耳之適狄矣。……詩人蓋以黃
鳥象徵自己，無集於穀桑栩者，止非其處也；無食我粟梁黍者，食非其所
也。以之象徵自己所適非邦而欲復歸也。〔註315〕

黃�，學者皆同意是〈黃鳥〉篇。「鳥」字寫作「鴟」，與簡23「鹿鳴」的「鳴」
同形，應該是多寫了一個「口」旁。

忐，簡文作𢖷，僅見於〈孔子詩論〉簡9，其餘楚簡中未見此字。業師季旭昇
以爲：

> 忐，從心方聲，李零先生〈校讀記〉讀爲「病」，可從。楚簡「病」
> 字作「疠」〔註316〕，從广方聲，本簡作「忐」，可能是書寫者覺得這兒表
> 示的是一種心裡知恥知病的狀態，所以改換義符吧！

簡文當讀爲「〈黃鳥〉則困而欲返其故也，多恥者其病之乎？」。「欲反其故也」即〈黃
鳥〉詩中「言旋言歸，復我邦族」，指欲返故國之心。「多恥」一詞未見於先秦經典，
可能是感到非常羞恥之意。這句簡文是說〈小雅·黃鳥〉之作者可能爲流亡在外之
貴公子，因外邦不予善意結盟，而欲復歸其邦族。這是因爲他遭受冷落輕視而感到
非常羞恥。

【討論（10）】

鯖＝者莪則巳人益也：〈菁菁者莪〉則以人益也

【各家說法】

馬承源以爲：

> 鯖＝者莪，詩篇名。「鯖」字下有重文符，爲「鯖鯖」二字。「鯖」從
> 缶從青，《說文》所無。今本《毛詩·小雅·南有嘉魚之什》有《菁菁者
> 莪》，簡文係原篇名。

又

> 益，古文「益」。〔註317〕

廖名春以爲：

> 《小序》：「《菁菁者莪》，樂育才也。君子能長育人才，則天下喜樂之

〔註315〕余師培林《詩經正詁·下冊》，（台北市：三民，1993年），頁105。

〔註316〕原注：參湯餘惠先生主編《戰國文字編》（福州：福建人民出版社，2001年1版），
519頁。

〔註317〕馬承源主編，《上海博物館藏戰國楚竹書（一）》，（上海：上海古籍，2001年11月），
頁138。

矣。」簡文「人益」則「益人」，使人長進，義與「長育人才」同。〔註318〕
邴尚白以爲：

> 《菁菁者莪》爲育才名篇，全詩用學子的口吻，稱頌君子能長育人材，
> 並抒發既見君子的喜悅之情。簡文的論旨，可能也是這個意思。《論語·
> 憲問》有一段記載，可與簡文相參看：闕黨童子將命。或問之曰：「益者
> 與？」子曰：「吾見其君於位也，見其與以爲並行也。非求益者也，欲速
> 成者也。」孔子這裡講的「求益」，即在學識上追求進益，簡文「益」字
> 似與此同義。〔註319〕

【玉姍案】

今本《毛詩·小雅·南有嘉魚之什·菁菁者莪》：

> 菁菁者莪，在彼中阿。既見君子，樂且有儀。菁菁者莪，在彼中沚。
> 既見君子，我心則喜。菁菁者莪，在彼中陵。既見君子，錫我百朋。汎汎
> 楊舟，載沈載浮。既見君子，我心則休。

《詩序》：

> 〈菁菁者莪〉，樂育才也。君子能長育人才，則天下喜樂之矣。

余師培林：

> 季本曰：「此人君得賢而愛樂之詩也」。姚際恆亦取此意。……王質曰：
> 「諸侯喜見王者，凡經歷覽觀，皆樂事賞心也。」王氏謂此爲諸侯喜見王
> 者之詩，其說是也。「既見君子，賜我百朋」一語已見之矣，何必他求？
> 《左傳·文公三年》曰：「公如晉，及晉侯盟。晉侯饗公，賦〈菁菁者莪〉，
> 莊叔以公降拜。曰：『小國受命於大國，敢不慎儀？君貺之以大禮，何樂
> 如之？』」晉侯賦此詩，取其「既見君子，樂且有儀」，莊公以公降拜，謝
> 其以公比君子皆見杜注，故曰「敢不慎儀」、「何樂如之」。則此詩爲諸侯
> 見天子之詩，君子即天子，何須多辯！若君子指諸侯，莊叔何必以公降拜？
>
> 〔註320〕

業師季旭昇以爲：

> 人才的培育層級很多，學校只是培育年輕學子，授以最基本的知識技
> 能、陶冶最基本的道德品行。至於像王佐大才、國之楨幹，則需要更高層

〔註318〕廖名春〈上海博物館藏詩論簡校釋〉，《中國古代近代文學研究》2002年第6期。
〔註319〕邴尚白〈《上博孔子詩論》札記〉，（新出土文獻與古代文明研究國際學術研討會論
文集，2002年7月28日～30日）。
〔註320〕余師培林《詩經正詁·下冊》，（臺北市：三民，1993年），頁63～64。

次的栽培。《序》所説的應該是這種樂育才。……商周數百年，銅器賞賜銘文中賜貝百朋以上的才五件，〈菁菁者莪〉的主人翁可以得到百朋的賞賜，他是否就是這五件銅器的主人之一呢？此外，從賞賜貝表的賞賜原因看，除了不明（這多半是皇親國戚）一項外，其餘多半是有大勳勞者才能獲得賜貝，〈菁菁者莪〉一賜就是百朋，應該有大勳勞的。只是詩文沒有寫出來罷了。〔註321〕

「錆＝」，簡文作，爲「錆錆」二字重文，字從缶、青聲；此字未見於甲、金文中，及其它戰國文字。比對今本《毛詩》應爲今《毛詩·小雅·南有嘉魚之什·菁菁者莪》。，嗌也，本義爲「咽也。卽鼎作形，從冉（鼻的本字），以小圈指示咽喉的部位」〔註322〕。本簡假借爲「益處」之「益」；即詩中「錫我百朋」、「樂且有儀」、「我心則喜」等過程。簡文「〈菁菁者莪〉則以人益也」是説〈菁菁者莪〉詩中，描述一位有大功勳之高級貴族覲見天子，得到天子賜以百朋的優厚賞賜。這即是天子對人才的尊重，並注重人才培育，才能得到人才效忠之益。

【討論（11）】

棠＝者芌則〔□□〕：〈裳裳者華〉則〔□□〕

【各家説法】

馬承源以爲：

> 棠＝者芌，「棠」字下有重文符，爲「棠棠」二字。「棠棠者芌」即今本《毛詩·小雅·甫田之什·裳裳者華》原篇名。「裳」、「棠」通假。「華」，《説文》云：「從艸從礶。是聲可通」。毛亨傳「裳裳，猶堂堂也」。「堂堂」是盛張之辭。《説文》云：「芌，大葉實根駭人，故爲之芌也。從艸于聲」。段玉裁注云：「凡于聲字，多訓大，芌之爲物，葉大根實，二者皆駭人」。而「華」無駭人之理，則芌或爲詩句之本意字。〔註323〕

胡平生以爲：

> 按：「芌」當爲「華」之假借字，並非詩句之本義字。「芌」從「于」得聲，上古音爲匣母魚部字。「華」，朱駿聲《説文通訓定聲》、段玉裁注皆説：「琴亦聲」，是「華」從「琴」得聲。「琴」，《説文》：「艸木華也。

〔註321〕業師季旭昇《詩經古義新證》，（台北市：文史哲，1995年增訂版），頁297、321。

〔註322〕詳參業師季旭昇撰，《説文新證（上）》，（台北：藝文印書館，2002年10月），頁83。

〔註323〕馬承源主編，《上海博物館藏戰國楚竹書（一）》，（上海：上海古籍，2001年11月），頁138。

從巫，亐聲」。「華」，上古音亦爲匣母魚部字。是簡文作「芌」者，乃「華」
（今通作「花」）字之同音假借。

　　「裳裳者華，其葉湑矣」，毛傳：「興也。裳裳，猶堂堂也。湑，盛貌。」
鄭箋云：「興者，華堂堂於上，喻君也；葉湑然於下，喻臣也。明王賢臣，
以德相承而道興，則讒諂遠矣。」孔疏云：「言彼堂堂然光明者華也，在
於上；又，葉湑然而茂盛兮，在於下。華葉相與，共成榮茂以興。顯著者
君也，在於上。美德者臣也，佐於下。君臣相承共興國治，古之明王，政
治如此。」是詩句用花葉比喻上下相互印襯、共同繁榮茂盛，與考釋文所
引「芌」之意義「大葉實根駭人」並無關係。〔註324〕

劉信芳以爲：

　　胡平生說是。淅川下寺春秋楚墓出土的鎛銘有標準「華」字（河南省
文物考古研究所：《淅川下寺春秋楚墓》，北京，文物出版社，1991年），
其字從「于」聲，知《詩論》之「芌」字乃「華」之假借字。〔註325〕

【玉姍案】

　　今本《毛詩·小雅·甫田之什·裳裳者華》：

　　裳裳者華，其葉湑兮。我覯之子，我心寫兮；我心寫兮，是以有譽處
兮。裳裳者華，芸其黃矣。我覯之子，維其有章矣；維其有章矣，是以有
慶矣。裳裳者華，或黃或白。我覯之子，乘其四駱；乘其四駱，六轡沃若。
左之左之，君子宜之；右之右之，君子有之；維其有之，是以似之。」

《詩序》：

　　〈裳裳者華〉，刺幽王也。古之仕者世祿，小人在位，則讒諂並進，
棄賢者之類，絕功臣之世焉。

朱熹《詩集傳》：

　　此天子美諸侯之詩。〔註326〕

屈萬里以爲：

　　此美某在位者之詩。〔註327〕

余師培林以爲：

〔註324〕胡平生〈讀上博藏戰國楚竹書《詩論》箚記〉，《上海博物館藏戰國楚竹書研究》，（上
　　　　海大學古代文明研究中心/清華大學思想文化研究所編，上海書店出版社，2002年3
　　　　月），頁280。
〔註325〕劉信芳《孔子詩論述學》，（安徽大學出版社，2003年1月初版），頁169。
〔註326〕〔宋〕朱熹《詩集傳》，（台北市：藝文，1959年），頁125。
〔註327〕屈萬里《詩經詮釋》，（台北：聯經，1984年），頁415。

即以此詩而言，乃美某君子允文允武，故能祀祭祖考之詩。……《集傳》謂「此天子美諸侯之詩」美諸侯則是矣，是否爲天子所作，則未敢遽定。……全詩四章，每章六句，前三章形式複疊。三章之首二句皆以花葉之盛，象徵君子才德之茂。〔註328〕

「棠」，簡文作 𥝖，此字未見於甲文，現有資料僅存於楚系金文與簡帛中，楚系金文（𥠃畣肯鼎）及《望山簡》（𥠃望 1.60）皆作祭名；《郭店簡》及《上博‧紂衣簡》中「棠」假借作「從容有常」之「常」。〈孔子詩論〉簡 9 作「棠＝者芋」，比對今本《毛詩》當爲今〈小雅‧裳裳者華〉，「裳裳」，即《毛傳》：「裳裳，猶堂堂也」。「堂堂」是盛張之辭，是以「棠棠」或「裳裳」皆爲假借字。段玉裁《六書音韻表‧古十七部諧聲表序》：「一聲可諧萬字，萬字而必同部。同聲必同部。」〔註329〕「堂」、「棠」、「裳」皆諧「尙」聲，故可通假。

「芋」，簡文作 𦾔，字未見於甲、金文，戰國文字今僅見於晉、楚二系中；從艸于聲，可能是爲某種植物名所造之專字。但於晉器及楚璽中用作姓氏，〈信陽〉簡、〈包山〉牘中可能假借爲冠名「尋」〔註330〕。〈孔子詩論〉簡 9「芋」字於今本《詩經》經文作「華」，鄭箋、孔疏以爲以花葉比喻君臣相得，余師培林則以爲「以花葉之盛，象徵君子才德之茂」；花與葉相互襯托之說，十分合理。胡平生亦對「芋」、「華」二字同音假借提出解釋。故從胡平生之說，釋〈孔子詩論〉簡 9「芋」字在簡文中應假借爲「華」字。唯簡文「〈棠棠者芋〉則……」，「則」字下殘，缺何字不可知，故不知〈孔子詩論〉如何評論此詩，暫時從缺。

【總　結】

第五章〔分論〈小雅〉〕部分，由第八、九簡組成。業師季旭昇以爲：

> 除少數學者之外，絕大部分學者都同意先簡 8 後簡 9，簡 8 的最後可能殘 3 字，簡 9 的最後可能殘 2。雖然簡 8 與簡 9 未必完全銜接，但是我們同意這個排序，因爲簡 8 後簡 9 都是分論《小雅》的論述，而簡 8 很明顯是一個敘述的開始，簡 9 則前面應該還有字，所以簡 8 應該在前面。而簡 8 說到〈伐木〉，簡 9 一開始說到〈天保〉，今本《毛詩》這兩篇正好前後相連，所以簡 8 可與簡 9 相接。〔註331〕

〔註328〕余師培林《詩經正詁‧下冊》，（台北市：三民，1993 年），頁 250。
〔註329〕〔東漢〕許慎撰、〔清〕段玉裁注《段說文解字注》，（台北：書銘，1992 年），頁 825。
〔註330〕何琳儀《戰國古文字典》，（北京：中華書局，1998 年 9 月初版），頁 460。
〔註331〕業師季旭昇〈孔子詩論新詮〉，（臺北：學生書局《經學研究論叢》13 輯，2005 年 12 月）。

可從。

【第六章】分論國風

一、關雎組

【原文】

〈聞（關）疋（雎）〉之改▇（1），〈桼（樛）木〉之昏（時）（2），〈灘（漢）▼₁坓（往；廣）〉之智（智）∟（3），〈鴶（鵲）樔（巢）〉之逷（歸）∟（4），〈甘棠〉之保（報）∟（5），〈綠衣〉之思（6），〈躳＝（燕燕）〉之情∟（7），▼₂害（曷）？曰：童（動）而皆臤（賢）於亓（其）初者也∟（8）。【十上～】
（以上為「關雎組」初論，屬國風）

〈聞（關）疋（雎）〉吕色俞（喻）於豊（禮）（9）〔□□▼₃□□□□□□□〕【十下】

兩矣▇，亓（其）四章則俞（喻）矣∟（10）。以▼₁蓥（琴）珛（瑟）之斂（悅），叜（擬）好色之忞（願）。吕鐘鼓之樂（11）〔□□□□〕▼₂【十四】□□□好，反內（納）于豊（禮），不亦能改虐（12）▇？〈桼（樛）木〉福斯（斯）才（在）孯＝（君子），不▼₃〔亦□時乎！（13）〈漢廣〉不求【十二】

不〕可导（得），不妛（攻）不可能，▼₁不亦智（知）亙（恆）虘（乎）（14）∟？〈鴶（鵲）樔（巢）〉出吕百兩，不亦又邁（離）虘（乎）（15）▇？〈甘〔棠〉〕□▼₂【十三】及亓（其）人也，敬蟋（愛）亓（其）查（樹），亓（其）保（報）厚矣▇。〈甘棠〉之蟋（愛），吕邵公〔也（16）▼₃。〈綠衣〉□□□□□□【十五】

□□，不亦□思乎！〈燕燕〉▼₁□□□□□□□□□〕青（情）蟋（愛）也▇（17）。（以上為「關雎組」初論，屬國風）

〈聞（關）疋（雎）〉之改，則亓（其）思䁋（益）▼₂矣∟（18）。〈桼（樛）木〉之昏（時），則吕亓（其）彔（祿）也（19）▇。〈灘（漢）坓（往；廣）〉之智（智），則智（知）不可导（得）▼₃也。〈鴶（鵲）樔（巢）〉之逷（歸），則邁（離）者【十一】〔也。〈甘棠〉之保（報），則□□□〕邵▼₁公也（20）▇。〈綠衣〉之憂，思古人也▇。〈躳＝（燕燕）〉之情，吕亓（其）蜀（獨）也（21）▇。【十六上～】

【討論（1）】

聞疋之改：〈關雎〉之改

【各家說法】

馬承源以爲：

> 疋：今本《毛詩‧國風‧周南》作《關雎》。闗字從門從串，以串爲聲符。關字《陳猷釜》作闗，《鄂君啓舟節》作闗，與簡本形體相同，大約是楚國較流行的寫法。「雎」與「疋」音近通用，同部雙聲。……今本作「雎」。「疋」讀爲「足」可也。

又

> 攺與「改」非爲一字。從攴從巳，也有作從又從巳。《説文》云：「攺，毅攺，大剛卯以逐鬼魅也。從攴，巳聲，讀若巳」。段玉裁注云：「余止切。一本作古亥，非。若讀古亥切，則是改字」。攺，在簡文中無義可應，當是從巳聲的假借字。《關雎》是賀新婚之詩，當讀爲「怡」，「怡」、「攺」雙聲疊韻。《説文》釋「怡」爲「和也」。《爾雅‧釋詁》云：「樂也」。《玉篇》釋作「悦也」。「怡」當指新人心中的喜悦。〔註332〕

李零以爲：

> 讀爲「妃」……，「妃」是「匹配」之義，古書亦作「配」。詩文稱爲「好逑」。〔註333〕

廖名春以爲：

> 簡文所謂的「攺」，及毛序之「風」、「正」、「化」，也就是毛詩所謂的移風易俗。〔註334〕

周鳳五讀爲「〈關雎〉之婴」〔註335〕。無釋。

李學勤以爲：

> 「攺」訓爲更易。作者以爲〈關雎〉之詩由字面看係描述男女愛情，即「色」，而實際上要表現的是「禮」，故云「以色喻於禮」。〔註336〕

饒宗頤以爲：

> 疑「攺」可能借爲「㠯」。《説文‧己部》：「㠯，謹身有所承也，從己、

〔註332〕馬承源主編，《上海博物館藏戰國楚竹書（一）》，（上海：上海古籍，2001 年 11 月），頁 139。

〔註333〕李零〈上博楚簡校讀記（之一）《子羔》篇"孔子詩論"部分〉，簡帛研究網站，2002 年 1 月 4 日首發。

〔註334〕廖名春〈上博簡《關雎》七篇詩論研究〉，《中州學刊》，2002 年 1 第 1 期。又《清華簡帛研究第　二輯》，（中國北京清華大學思想文化研究所，2002 年 3 月），頁 114。

〔註335〕周鳳五《〈孔子詩論〉新釋文及注解》，簡帛研究網站，2002 年 1 月 16 日首發。

〔註336〕李學勤《〈詩論〉說〈關雎〉等七篇釋義》，《齊魯學刊》，2002 年第 2 期（又《清華簡帛研究第二輯》頁 16，（中國北京清華大學思想文化研究所，2002 年 3 月）

丞。讀若《詩》:「赤舄幾幾。」「㔻」字應該是會意兼聲,《禮記》借爲「合
蒸(不從火從豆)」字。《士昏禮》:「四爵合㔻。」鄭注:「合㔻,破匏也。」
《禮記・昏義》:「婦至,婿揖婦而入,共牢而食,合㔻而酳,所以合體同
尊卑以親之也。」「合㔻」所以示立夫婦之義,成男女之別,爲禮之大體、
示敬愼重正而親之,故㔻字訓謹身有所承。合㔻是共用一瓢以飲酒,示夫
婦合體。關雎之巳(從巳從攴),似可讀爲「關雎之㔻」。〔註337〕

許子濱隸定爲「改」,讀爲「哀」。〔註338〕

【玉姍案】

「闢」,簡文作𦥑,字未見西周以前金文。戰國時代各系寫法皆略有不
同。今見楚系「關」字皆寫作𦥑(包山 2.91)、𦥑(鄂君啓舟節)、閣(楚・
璽彙 0295)𦥑(上 1.1.11)。何琳儀以爲:

> 闢,從門、串聲。「關」之異文。〔註339〕

可從。筆者以爲「門」內「串」形,亦有可能象一根門閂穿過兩道門環之形。《上博
(一)・孔子詩論》中三個「闢」字皆於「串」形之豎筆下方加一飾點「●」。「疋」
古音心紐魚部,「雎」古音清紐魚部,二字韻同聲近,可以通假。

改,簡文作𢽅。「改」字首見於甲文,作「弜改」連言,張政烺以爲猶言「不
變」〔註340〕。「改」作「改變」義,與今日用法相同。羅振玉以爲:

> 《說文解字》:「改,更也。」從攴己。又:「攺,毃攺,大剛卯以逐
> 鬼鬽也。從攴,巳聲。」古金文(改簋蓋)及卜辭有從巳之改,無己之改。
> 疑許書之改即攺字,初非有二形也。〔註341〕

金文「改」作𢽅形(改盨),用作「改變」義或人名。晉系〈侯馬盟書〉作𢽅,讀
爲「改」。楚系郭店〈緇衣〉簡文 17𢽅、上博〈紂衣〉簡 9𢽅與今本《禮記・緇衣》
經文:「其容不改」之「改」字比對下,皆可確定當隸定爲「改」。諸「改」字皆從
巳從攴,是知《說文》分爲「改」、「攺」二形有誤。

上博〈孔子詩論〉簡 10「關雎之𢽅」與簡 11「關雎之𢽅」、簡 12「不亦能𢽅乎」
雖然由兩部件左右排列變成上下排列,然亦應讀爲「改」。簡 10、簡 11「(關雎之)

〔註337〕饒宗頤〈竹書《詩序》小箋(一)〉,簡帛研究網站,2002 年 2 月 22 日首發。
〔註338〕許子濱〈《讀上海博物館藏戰國楚竹書(一)》小識〉,清華大學思想文化研究所/輔
　　　　仁大學文學院聯合主辦,新出楚簡與儒學思想國際學術研討會論文集,2002 年 3
　　　　月 31 日~4 月 2 日。
〔註339〕何琳儀《戰國古文字典》(北京:中華書局,1998 年 9 月初版),頁 1001。
〔註340〕于省吾主編《甲骨文詁林》,(北京:中華書局,1999 年 12 月 2 刷),頁 1803。
〔註341〕于省吾主編《甲骨文詁林》,(北京:中華書局,1999 年 12 月 2 刷),頁 1802。

改」，可依其本義訓爲「更易」。

今本《毛詩·周南·關雎》：

> 關關雎鳩，在河之洲，窈窕淑女，君子好逑。參差荇菜，左右流之，窈窕淑女，寤寐求之。求之不得，寤寐思服，悠哉悠哉，輾轉反側。參差荇菜，左右流之，窈窕淑女，琴瑟友之。參差荇菜，左右芼之，窈窕淑女，鐘鼓樂之。

《詩序》：

> 是以〈關雎〉樂得淑女以配君子，愛在進賢，不淫其色。哀窈窕，思賢才，而無傷善之心焉。是〈關雎〉之義也。

筆者以爲「〈關雎〉之改」呼應《詩序》。意即：〈關雎〉詩中所謂，人皆有追求「窈窕淑女」之心，但是必須將此心轉化成合禮之規範以求之，這就是「改」。〈孔子詩論〉簡 10「〈關雎〉以色喻於禮」、簡 14「〈關雎〉其四章則喻矣，以琴瑟之悅，擬好色之願；以鐘鼓之樂……」，所述與《毛詩·序》「愛在進賢，不淫其色。哀窈窕，思賢才」相合，這就是「改」。

【討論 (2)】

梂木之音：〈樛木〉之時

【各家說法】

馬承源以爲：

> 梂木，今本《毛詩·國風·周南》篇名作《樛木》。《說文》云：「梂，櫟實，一曰鑿首。從木求聲。」「梂」、「樛」爲同部音近字。

又

> 旹，古文「時」。《說文》：「旹，古文『時』，從日之作」。《樛木》詩意三言「樂只君子」，則簡文「時」或當讀爲「持」〔註342〕。

李學勤以爲：

> 此處的「時」應如《文選·北征賦》注引《爾雅》，訓爲「會」，意思就是「時會」。〔註343〕

廖名春以爲：

〔註342〕馬承源主編，《上海博物館藏戰國楚竹書（一）》，（上海：上海古籍，2001 年 11 月），頁 140。

〔註343〕李學勤〈《詩論》說《關雎》等七篇釋義〉，《齊魯學刊》，2002 第 2 期總第 167 期。《清華簡帛研究第二輯》，（中國北京清華大學思想文化研究所，2002 年 3 月），頁 17。

君子有上天降福，是得天時，故於〈樛木〉而稱時。〔註344〕

王志平以爲：

「樛」原作「梂」，而《韓詩》作「朻」。「時」疑讀爲「待」。下文「《樛木》之待，則以其祿也」亦同。〔註345〕

晁福林以爲：

古人將機遇稱爲「時」、「勢」或「運」……《詩·樛木》之篇所表現等待機遇的思想，正是西周春秋時期儒家關於「時」的思想的藝術顯現。〔註346〕

邴尙白以爲：

簡文〈樛木〉之「時」的「時」，似應訓爲「承」。爲承受（葛藟、福履）之意。〔註347〕

劉信芳以爲：

「時」猶郭店簡「窮達以時」之「時」，李學勤、廖名春、晁福林所釋是也。〔註348〕

【玉姍案】

《毛傳》：「木下曲爲樛。」《三家詩》韓詩作「朻」。

王先謙《詩三家義集疏》：

《說文》「朻」下云：「高木也。」「樛」下云：「下句曰樛。」桂馥云：「此與『朻』字訓互誤。《說文》『丩，相糾繚也。』與下句意合。樛，高飛也。與『木高』意合……」愚案：桂說是。蓋古書以二字音同，轉寫互誤，宜據以訂正。《文選·高唐賦》李注引《爾雅》作「下句曰糾」。「朻」與「糾」音義同，糾繚相結，正枝曲下垂之狀。……韓作「朻」，正字。毛作「樛」，借字。後人據各書改并《說文》二字之義，則遷就而失其眞矣。〔註349〕

〔註344〕廖名春〈上海博物館藏詩論簡校釋〉，《中國古代近代文學研究》2002年第6期。

〔註345〕王志平〈詩論箋疏〉，《上海博物館藏戰國楚竹書研究》，（上海大學古代文明研究中心/清華大學思想文化研究所編，上海書店出版社，2002年3月），頁215。

〔註346〕晁福林《〈上博簡孔子詩論〉"樛木之時"釋義——兼論《詩·樛木》的若干問題》，《古籍整理研究學刊》，2002年5第3期。

〔註347〕邴尙白《〈上博孔子詩論〉札記》，（新出土文獻與古代文明研究國際學術研討會論文集，2002年7月28日～30日）。

〔註348〕劉信芳《孔子詩論述學》，（安徽大學出版社，2003年1月初版），頁147。

〔註349〕〔清〕王先謙撰、吳格點校，《詩三家義集疏》，（台北市：明文，1988年初版），頁32～33。

以上對「樛木」看法有二，一主高木，一主下句。同學鄒濬智自小鄉居，接近山林，謂樹高大者宜於藤蔓附生；然筆者以爲，下句之木取其蔭下，與詩文「福履綏之（君子之福祿綿延）」亦相合，是以並存二說，以待來者。〈孔子詩論〉「梂」亦當爲借字。「朻」、「樛」古音見紐幽部，「梂」古音群紐幽部，音近可通。

「旹」，簡文作 𣅱，從日、之聲，與《說文》古文「時」同。馬承源隸定爲「旹」，當訂正。

今本《毛詩‧周南‧樛木》：

> 南有樛木，葛藟纍之。樂只君子，福履綏之。南有樛木，葛藟荒之。
> 樂只君子，福履將之。南有樛木，葛藟縈之。樂只君子，福履成之。

《詩序》：

> 〈樛木〉，后妃逮下也。言能逮下而無嫉妒之心焉。

《鄭箋》：

> 后妃能和諧眾妾，不嫉妒。其容貌恒以善，言逮下而安之。

玉姍案：此詩當爲稱頌君子多福祿之詩。而「〈樛木〉之旹」的「時」字其實可訓爲「善」，合宜美善也。今本《毛詩‧小雅‧甫田之什‧頍弁》：「爾酒既旨，爾殽既時。」《傳》：「時，善也。」；《毛詩‧大雅‧文王》：「帝命不時。」鄭箋：「不時，時也」馬瑞辰《毛詩傳箋通釋》：「時，……當訓美也。」可證。「〈樛木〉之旹」即「〈樛木〉之善」。意謂「〈樛木〉，乃是稱頌君子之德美善，而能多福祿之詩；這就是「時」。

【討論（3）】

灘坒（往）之智：〈漢廣〉之智

【各家說法】

馬承源以爲

> 灘坒，今本《毛詩‧國風‧周南》有篇名作《漢廣》。灘，從隹從漢（玉姍案：當作從水，難聲）。「坒」爲「往」字的聲符，「廣」、「坒」一聲之轉。

又

> 智，簡文多讀爲「智」或「知」。〔註350〕

又

> 《樛木》（玉姍案：應爲《漢廣》）篇言漢有游女待有求之者，然而漢

〔註350〕馬承源主編，《上海博物館藏戰國楚竹書（一）》，（上海：上海古籍，2001 年 11 月）頁 140。

水、江水廣闊，求者秣馬秣駒，猶不可泳渡，之子無法往嫁。大概是一詼諧性的民間故事，說明人有「智不可得」者。〔註351〕

許全勝以爲：

> 智，或讀如「知」，然無解。愚謂「漢廣之智」之「智」通「知」，訓爲「匹」。〔註352〕

李學勤以爲：

> 簡文認爲不做非分之想，不去強求不可得的對象，硬作不能成的事情，可謂知足守常，是智慧的表現。〔註353〕

【玉姍案】

今本《毛詩‧周南‧漢廣》：

> 南有喬木，不可休息。漢有游女，不可求思。漢之廣矣，不可泳思。江之永矣，不可方思。翹翹錯薪，言刈其楚，之子于歸，言秣其馬，漢之廣矣，不可泳思。江之永矣，不可方思。翹翹錯薪，言刈其蔞，之子于歸，言秣其駒，漢之廣矣，不可泳思。江之永矣，不可方思。

《詩序》：

> 〈漢廣〉，德廣所及也。文王之道，被于南國，美化行乎江漢之域，無思犯禮，求而不可得也。

傳統詩學多從《詩序》之說。業師季旭昇以爲「翹翹錯薪，言刈其楚，之子于歸，言秣其馬」當指游女即將出嫁，家中準備婚事的情形。〈召南‧鵲巢〉：「之子于歸，百兩御之。」可見貴族婚禮之中，送迎車馬之華盛。此詩言男子見貴族之女出遊，心生愛悅之意，然女子已許配他人，即將成婚，家中亦積極準備婚禮；名份已定的情況下，男子只能放棄追求之心。〈孔子詩論〉簡 10：「〈漢廣〉之智」，簡 11「〈漢廣〉之智，則知不可得也」所言之「智」，即能認清事實，是以悅慕雖深，亦只能發情止禮。這樣的舉止，可以稱得上「智」。

【討論(4)】

〔註351〕馬承源主編，《上海博物館藏戰國楚竹書（一）》，（上海：上海古籍，2001 年 11 月），頁 141。

〔註352〕許全勝〈宛與智——上博《孔子詩論》簡二題〉，清華大學思想文化研究所/輔仁大學文學院聯合主辦，新出楚簡與儒學思想國際學術研討會論文集，2002 年 3 月 31 日～4 月 2 日。

〔註353〕李學勤〈《詩論》說《關雎》等七篇釋義〉，《齊魯學刊》，2002 年第 2 期總第 167 期。又見《清華簡帛研究第二輯》，（中國北京清華大學思想文化研究所，2002 年 3 月）），頁 17。

鵲樔之遉：〈鵲巢〉之歸

【各家說法】

馬承源以爲：

> 鵲樔，今本《毛詩‧國風‧周南》篇名作《鵲巢》，樔字《説文》所無，所以「桌」可能是「卓」的繁筆，是爲聲符。

又

> 遉，古「歸」字，楚簡多從辵。見《包山楚簡》2.43、2.44、2.67、2.218 等。此「歸」爲「嫁」義，《易‧泰》「帝乙歸妹」、《詩‧萬覃》「言告言歸」的「歸」字，都是婦女嫁夫之義。〔註354〕

胡平生以爲：

> 按：「卓」與「巢」雖古音相近，可以通假，然就字形而言，此處簡文之桌並非「卓」，更與《善夫山鼎》《蔡姞簋》所從者相去甚遠。「鵲巢」之「巢」實不從卓聲。《説文》：「鳥在木上曰巢，在穴曰窠。從木，象形。」今楚簡「巢」字作「樔」者，右旁並非作「桌」，而是東 的省寫。何琳儀《戰國古文字典》319 頁收天星觀簡 3904「𣏽」從歹巢聲，謂是「勦」之異文。阜陽漢簡詩經《鵲巢》之「巢」寫作𣐿，又《采蘋》「于以采藻」，「藻」寫作𦼫。可知「巢」字頭部筆劃正體作臼，或省作臼，又省作𦥑，此處即省寫。〔註355〕

黃德寬、徐在國以爲：

> 此字所從之桌應釋爲「巢」。《望山楚簡》1.89 簡「王孫巢」之「巢」字作桌可証。《望山楚簡》注說：「王孫巢之巢原文作桌，一一九號簡有王孫梟，與王孫巢當是一人。巢、梟音近，此字形又與巢相近，故釋作巢。」其說可從。桌即「巢」字，當源於班簋中的𣎵字（《金文編》1214 頁，象樹上有鳥巢形）。如此，樔字應釋作「樔」。〔註356〕

【玉姍案】

樔，簡文作樔，業師季旭昇《説文新證‧巢》：

〔註354〕馬承源主編，《上海博物館藏戰國楚竹書（一）》，（上海：上海古籍，2001 年 11 月），頁 140。

〔註355〕胡平生〈讀上博藏戰國楚竹書《詩論》箚記〉，《上海博物館藏戰國楚竹書研究》，（上海大學古代文明研究中心/清華大學思想文化研究所編，上海書店出版社，2002 年 3 月），頁 284。

〔註356〕黃德寬、徐在國〈上海博物館藏戰國楚竹書（一）‧《孔子詩論》釋文補正〉，（《安徽大學學報哲學社會科學版》，2002 年 3 月第 26 卷第 2 期）。

殷卜辭無巢，而有從巢之「㵼」，于省吾《甲骨文字釋林》云：「此字從水巢聲，即古溛字。西周器班簋地名的巢字作𣏎，和溛之從巢可以互證，溛字從巢作𣏎，只象木上有巢形（419 頁〈釋溛〉）。」于説釋巢與《説文》合，字從木，上從𡆺象巢形。周原甲骨「巢」字字形雖殘，但可以看出與溛字所從巢同形。〈五十二病方〉巢字上部漸變爲「巛」（巢），後世隸楷多繼承此形。《説文》謂「從木象形」，是矣。〔註357〕

完整「巢」字始見于西周〈班簋〉𣏎，象巢在木上之形。馬説「『桌』可能是『卓』的繁筆，是爲聲符」，然「桌」字字形與楚系「卓」（𦥔（天卜 3005））不類。故從胡平生之説以爲「桌」爲「巢」字省簡之形，將〈孔子詩論〉簡 10、11、13 之「㯩」字隸定爲「樔」，讀爲「巢」。

「遑」，簡文作𨔾。業師季旭昇《説文新證・歸》：

> 歸，甲骨文從帚，𠂤聲。李孝定指出甲骨文「婦」作「帚」，故「歸」實從「婦」不省（《甲骨文字集釋》458）。案：甲骨、金文「歸」字都不作「女嫁」用，詩經解作「出嫁」的「之子于歸」句，都出現在《國風》，《雅》《頌》的「歸」都作「歸還」解。尚書的「歸」字大體也都解作「歸還」，沒有解作「女嫁」的。疑甲骨文「歸」字從「𠂤」本與軍旅有關，從「帚」則與戰爭有關，在戰爭中以軍隊掃除敵人乃歸，可能是「歸」的本義，字從𠂤從帚會意。「𠂤」和「歸」聲母相去較遠，聲韻關係待考。……舊説爲形聲，但也可能爲會意字。〔註358〕

「歸」，《説文・止部》：「歸，女嫁也。從止婦省，𠂤聲。帰，籀文省。」此字始見於甲文（𠂤〈商・甲 3342〉），業師季旭昇以爲從𠂤從帚，有以軍隊掃除敵人之義，其説可從。西周中期以後或加「彳」或加「止」或加「辵」，強調「行動」之意（如𨔾〈㒼簋〉、𨖵〈歸父盤〉）。戰國楚系文字則多寫成從辵從帚（如𨔾〈包 2.131〉、𨖵〈郭 10.20〉）。〈孔子詩論〉簡 10「𨔾」字亦從「辵」，爲「歸」的異體字。

今本《毛詩・召南・鵲巢》：

> 維鵲有巢，維鳩居之；之子于歸，百兩御之。維鵲有巢，維鳩方之；之子于歸，百兩將之。維鵲有巢，維鳩盈之；之子于歸，百兩成之。

《詩序》：

> 〈鵲巢〉，夫人之德也。國君積行累功以致爵位，夫人起家而居有之。

〔註357〕業師季旭昇撰，《説文新證（上）》，（台北：藝文印書館，2002 年 10 月），頁 511。
〔註358〕業師季旭昇撰，《説文新證（上）》，（台北：藝文印書館，2002 年 10 月），頁 99。

德如鳲鳩乃可以配焉。

朱熹《詩集傳》：

南國諸侯被文王之化，能正心修身，以齊其家。其女子亦被后妃之化，
而有專靜純一之德。故來嫁諸侯而其家人美之。〔註359〕

余師培林《詩經正詁》：

此詠嫁女之詩。詩言百兩，其爲貴族而絕非平民可知矣。〔註360〕

此詩當爲詠貴族嫁女之詩，「歸」字解釋爲「女子出嫁」較適合。

【討論（5）】

甘棠之保：〈甘棠〉之報

【各家說法】

馬承源以爲：

保，指《甘棠》的詩意。今本《毛詩‧國風‧召南‧甘棠》鄭玄箋云：
「召伯聽男女之訟，不重煩勞百姓，止舍小棠之下而聽斷焉。國人被其德，
說其化，思其人，敬其樹」。而詩句則言「勿翦勿伐」，「勿翦勿拜（拔）」，
皆因召伯之德而爲。「保」是美召伯，讀爲「褒」。〔註361〕

李零讀作「〈甘棠〉之褒」〔註362〕。無釋。

周鳳五以爲：

簡十「甘棠之報」：報，簡文作「保」，原讀爲「褒」。按，鄭《箋》：
「國人被其德，說其化，思其人，敬其樹。」則當讀爲「報」。報，答也。

〔註363〕

廖名春以爲：

保，簡10、12兩見，當讀作「報」。〔註364〕

又

百姓敬愛其樹，是因爲思及召公其人，感念其事，故謂之報。〔註365〕

〔註359〕〔宋〕朱熹《詩集傳》，（台北市：藝文，1959年），頁6～7。

〔註360〕余師培林《詩經正詁‧上冊》，（台北市：三民，1993年），頁37。

〔註361〕馬承源主編，《上海博物館藏戰國楚竹書（一）》，（上海：上海古籍，2001年11月），
頁140。

〔註362〕李零〈上博楚簡校讀記（之一）《子羔》篇"孔子詩論"部分〉，簡帛研究網站，2002
年1月4日首發。

〔註363〕周鳳五〈《孔子詩論》新釋文及注解〉，簡帛研究網站，2002年1月16日首發。

〔註364〕廖名春〈上博簡《關雎》七篇詩論研究〉，《中州學刊》，2002年1月第1期，總127
期。

李學勤以爲：

> 「保」讀爲「報」，因思念感激召公，而敬愛召公種植的甘棠，是其報德至厚。〔註366〕

饒宗頤以爲：

> 甘棠之遺愛，其保厚矣。《說文》：「保，養也。」〔註367〕

【玉姍案】

今本《毛詩·召南·甘棠》：

> 蔽芾甘棠，勿翦勿伐，召伯所茇。蔽芾甘棠，勿翦勿敗，召伯所憩。蔽芾甘棠，勿翦勿拜，召伯所說。

《詩序》：

> 〈甘棠〉，美召伯也。召伯之教，明於南國。

《鄭箋》：

> 召伯姬姓，名奭。食采於召，作上公，爲二伯，後封于燕，此美其爲伯之功，故言伯。

朱熹《詩集傳》：

> 召伯巡行南國，以布文王之政。或舍於甘棠之下，其後人思其德，故愛其樹而不忍傷也。〔註368〕

傅斯年以爲：

> 周公稱王滅殷，在武王成王間，其時召公奭只是一個大臣，雖君奭篇中亦不見他和南國有何相干。開闢南國是後起事，那時召伯虎爲南國之伯，去召公不知有幾世了。〔註369〕

屈萬里承傅斯年之說：

> 〈甘棠〉，南國之人，愛召穆公虎而及其所曾憩息之樹，因作是詩。……召伯，召穆公虎也。早期經籍，於召伯虎或稱公，而絕無稱召公奭爲伯者。召伯之稱，又見於《小雅黍苗》及《大雅崧高》，皆謂召虎；而《大雅江漢》之篇，於虎則曰召虎，於奭則曰召公，區別甚明。舊以此詩爲美召公

〔註365〕廖名春〈上海博物館藏詩論簡校釋箚記〉，簡帛研究網站，2002 年 7 月 3 日首發。

〔註366〕李學勤《《詩論》說《關雎》等七篇釋義〉，《齊魯學刊》，2002 年第 2 期總第 167 期。

〔註367〕饒宗頤〈竹書《詩序》小箋（一）〉，簡帛研究網站，2002 年 2 月 22 日首發。

〔註368〕〔宋〕朱熹《詩集傳》，（台北市：藝文，1959 年），頁 8。

〔註369〕傅斯年《詩經講義稿》，1929 年著，見《傅斯年全集》，（台北市：聯經，1980 年），頁 225。

　　　奭者，非是。〔註370〕

然業師季旭昇於〈《召南·甘棠》「召伯」古義新證〉指出：

　　　　　清末同時出土的梁山七器中，《大保方鼎》……四器上有大保之稱，
　　　《大史友甗》上有召公之稱，《白寴盉》、《寎鼎》上有召白父辛之稱，……
　　　「大保、君奭、召大保奭並是一人。君、保、大保是其官職，公是其尊
　　　稱，召是其封地之名。西周金文稱之爲召公、召白，《詩·江漢》稱召公，
　　　〈甘棠〉稱召伯。」（陳夢家《西周銅器斷代》，頁96～97）……據以上
　　　銅器材料，我們可以知道在周代早期燕君作銅器稱自己的祖先召公也稱
　　　召伯，這是證據確鑿，無可懷疑的。……周初公伯之稱並不如後世想像
　　　的那樣嚴整。而銅器中所顯示的召公也可稱召伯，更可證明〈甘棠〉詩
　　　中的召伯傳統解釋爲召公奭，並非完全不可能。周代對南國的開發本是
　　　極漫長的一個過程，而其起始，當自召公時已經開展。……在此，我們
　　　似乎應該考慮，〈甘棠〉詩中的召伯的伯有可能是前人所說的方伯，換句
　　　話說，伯的地位有可能比公還要高。……綜合以上所述，召公奭在周初
　　　因爲功勞很大，所以被封爲二伯，因此召公又稱召伯。而周初已經展開
　　　對南國的開拓，召公奭也參與了這個行動，在召南留下了恩澤，因此召
　　　南之人悦其化、思其人、敬其樹，傳統的説法和古文獻、古文字的資料
　　　完全密合，應當可信。〔註371〕

　　玉姍案：業師季旭昇之說可從。除季師所提證據外，〈孔子詩論〉簡文 15 作
「〈甘棠〉之愛以邵公」、簡 16 皆作「邵公也」，皆可證明也〈甘棠〉當爲美召公
奭之詩。

　　細審詩意，「保」當讀爲「報」。「〈甘棠〉之報」意謂：「〈甘棠〉這首詩，描
述人民移情保護召公奭生前曾休憩過的甘棠樹，是爲了報答感念召公奭的德澤。

【討論 (6)】

綠衣之思：〈綠衣〉之思

【各家說法】

馬承源以爲：

　　　　　思，《綠衣》的詩意。詩云：「心之憂矣，曷維其亡」。「我思古人，實

〔註370〕屈萬里《詩經詮釋》，（台北：聯經，1984 年），頁 28。

〔註371〕業師季旭昇《詩經古義新證》，（台北市：文史哲，1995 年增訂版），頁 23～35。

獲我心」。「《綠衣》之思」的主旨在此。〔註372〕

廖名春以爲：

> 鄭箋：「『綠』當爲『祿』。故作『祿』，轉作『綠』，字之誤也。」……簡文「綠衣」兩見，皆作「綠」而不作「祿」或「彖」。……簡文所謂「思」，出於《綠衣》的「我思古人」，但簡十六又説「綠衣之憂，思古人也」。「古人」即「故人」，「憂」即「思」。《爾雅·訓詁下》：「憂，思也。」而思爲思念懷念。因此此詩當是一首懷念故人之作。從「綠衣黃裳」、「綠兮絲兮」、「絺兮綌兮」、「爲女之所治」來看，説是懷念前妻或亡妻之作，不無道理。因爲能紡紗織布，從事女工的人，説是諸侯夫人，總覺不妥。……我頗懷疑「綠」爲烏黑色，與「玄」同。詩之「綠黃」，猶如「玄黃」。……《爾雅》曰：「厬瘏、玄黃，病也」。……所以詩之一、二章「綠兮衣兮」、「綠衣黃裳」是借「玄黃」有憂病義而起興，引出對故妻的懷念與憂思。所謂「莊姜傷已也。妾上僭，夫人失位」説是難以成立的。〔註373〕

李學勤以爲：

> 詩云：「心之憂矣，曷維其已」，「心之憂矣，曷維其亡」，「我思古人，俾無訧兮」，「我思古人，實獲我心」。故簡語文不管是作「思」作「憂」，都緊扣原詩。〔註374〕

【玉姍案】

今本《毛詩·邶風·綠衣》：

> 綠兮衣兮，綠衣黃裏，心之憂矣，曷維其已。　綠兮衣兮，綠衣黃裳，心之憂矣，曷維其亡。　綠兮絲兮，汝所治兮，我思古人，俾無訧兮。絺兮綌兮，淒其以風；我思古人，實獲我心。

《詩序》：

> 〈綠衣〉，莊姜傷已也。妾上僭，夫人失位而作是詩也。

朱熹《詩集傳》：

> 莊公惑於嬖妾，夫人莊姜賢而失位，故作此詩。言綠衣黃裡以比賤妾尊顯而正嫡幽微，使我憂之不能自已也。鄭箋：「『綠』當爲『祿』。故作

〔註372〕馬承源主編，《上海博物館藏戰國楚竹書（一）》，（上海：上海古籍，2001年11月），頁140。

〔註373〕廖名春〈上博簡《關雎》七篇詩論研究〉，《中州學刊》，2002年1第1期，總127期。

〔註374〕李學勤《《詩論》説《關雎》等七篇釋義〉，《齊魯學刊》，2002年第2期總第167期。

『褖』，轉作『綠』，字之誤也。」

又

　　　褖兮衣兮者，言褖衣自有禮制也。諸侯夫人祭服之下，鞠衣爲上，展衣
次之，褖衣次之，次之者。眾妾亦以貴賤之等服之。鞠衣黃，展衣白，褖衣黑，
皆以素紗爲裏。今褖衣反以黃爲裏，非甚禮制也。故以喻妾上僭也。〔註375〕

　　簡文作〈綠衣〉與今本《毛詩·國風·邶風》篇名〈綠衣〉完全符合；是以鄭
《箋》改「綠衣」爲「褖衣」，非是也。〈綠衣〉詩旨當從《詩序》、《詩集傳》之說。
黃爲正色，綠非正色，然裁衣竟爲「綠衣黃裡」，表示正者失其位也，故《詩序》：「夫
人失位而作是詩。」業師季旭昇以爲「綠衣黃裡」包含兩層意義，一爲賢者被棄，
小人得志；二爲嫡妾失衡，傳統宗法社會所重視的階級地位秩序產生動搖；這些都
令君子憂心。簡文〈綠衣〉之思，意謂：〈綠衣〉一詩描述莊姜失位而傷己也。君子
讀《詩》傷賢者被棄，引發思賢之感（「我思古人」），此之謂「思」。

【討論（7）】

鷃＝之情：〈燕燕〉之情

【各家說法】

馬承源以爲：

　　　鷃＝，鷃字下有重文符，爲鷃鷃二字。今本《毛詩·國風·邶風》有
篇名作《燕燕》。鷃從鳥從晏，晏爲聲符。《說文》所無。〔註376〕

廖名春以爲：

　　　所謂〈燕燕〉之情就是〈燕燕〉之詩所表達出來的出來的專一、慎獨
之情。〔註377〕

【玉姍案】

　　「鷃」，簡文作🐦，字首見於戰國楚系《包山》簡🐦（包2.85），作人名。《上
博（一）·孔子詩論》「鷃」字作🐦（簡10）、🐦（簡16），右上「日」訛作「口」
形，下有重文號「＝」，故讀爲「鷃鷃」；應爲今本《毛詩·邶風·燕燕》。「鷃」爲
形聲字，今本《毛詩》作「燕」則爲象形字。

今本《毛詩·邶風·燕燕》經文：

〔註375〕〔宋〕朱熹《詩集傳》，（台北市：藝文，1959年），頁14。
〔註376〕馬承源主編，《上海博物館藏戰國楚竹書（一）》，（上海：上海古籍，2001年11月），
　　　　頁140。
〔註377〕廖名春〈上博簡《關雎》七篇詩論研究〉，《中州學刊》，2002年1第1期，總127
　　　　期。

燕燕于飛，差池其羽，之子于歸，遠送于野。瞻望弗及，泣涕如雨。
燕燕于飛，頡之頏之，之子于歸， 遠于將之。瞻望弗及，佇立以泣。　燕
燕于飛，下上其音，之子于歸，遠送于南。瞻望弗及，實勞我心。仲氏任
只，其心塞淵，終溫且惠，淑慎其身，先君之思，以勗寡人。

《詩序》：

〈燕燕〉，莊姜送歸妾也。

《鄭箋》：

莊姜無子，陳女戴嬀生子，名完。莊姜以爲其子。莊公薨，完立而州
吁殺之。戴嬀於是大歸，莊姜遠送之于野，作詩見己志。

王質《詩總聞》：

當是國君送女弟適他國之詩。〔註378〕

崔述《讀風偶識》：

余按，此篇之文當有惜別之意，絕無感時遇悲之情。而《詩》稱「之
子于歸」者，皆指女子之嫁者言之，未聞有稱大歸爲于歸者，恐係衛女嫁
於南國，而其兄送之之詩。絕不類莊姜戴嬀事也。〔註379〕

屈萬里以爲：

王質……其說近是，惟所謂國君，當是衛君也。〔註380〕

目前各家說〈燕燕〉大抵分「衛莊姜送戴嬀大歸」或「衛君送妹遠嫁」兩種說
法。業師季旭昇以爲：

後世學者或據《史記·衛康叔世家》，以爲戴嬀生子完，其後過世，
莊公令莊將以完爲己子，因而以爲莊公薨時，戴嬀早已去世，莊姜怎能送
戴嬀？因而質疑《鄭箋》之說不可信。其實這個質疑，孔穎達在《毛詩·
邶風·燕燕·正義》中已經解釋過了：「《衛世家》云：『莊公娶齊女爲夫
人，而無子。又娶陳女爲夫人，生子早死，陳女女娣亦幸於莊公，而生子
完。完母死，莊公命夫人齊女子之，立爲太子。』《禮》：『諸侯不再娶。』
且莊姜仍在，《左傳》唯言『又娶於陳，不言爲夫人。』《世家》云『又娶
陳女爲夫人』，非也。《左傳》唯言『戴嬀生桓公，莊姜養之以爲己子』，
不言其死。云『完母死』，亦非也。」（《十三經注疏·詩經》頁77）

旭昇案：《左傳·隱公三年》：「莊公娶于齊東宮得臣之妹，曰莊姜；

〔註378〕〔宋〕王質《詩總聞》，（台北市：新文豐），1984年。
〔註379〕〔清〕崔述《讀風偶識》，（台北：學海，1992年），頁22。
〔註380〕屈萬里《詩經詮釋》，（台北：聯經，1984年）頁48。

美而無子，衛人所爲賦碩人也。又娶于陳，曰厲嬀；生孝伯，早死。其娣戴嬀生桓公，莊姜以爲己子。公子州吁嬖人之子也，有寵而好兵，公弗禁，莊姜惡之。」（《十三經注疏‧左傳》頁53），而《史記‧衛世家》則云：「莊公五年，取齊女爲夫人，好而無子。又取陳女爲夫人，生子，蚤死。陳女女弟亦幸於莊公，而生子完，完母死，莊公令夫人齊女子之，立爲太子。」（藝文版《史記‧衛康叔世家》，頁 629）二說確有不同。《左傳》比《史記》早，我們沒有理由一定相信較晚的《史記》，而不相信較早的《左傳》。而且在邏輯上來說，《毛詩‧序》如果跟《史記》一樣是西漢早期的作品，我們也沒有理由相信《史記》（《史記》中因爲種種原因，有不少錯誤，這是大家所熟知的），不相信《毛詩‧序》；如果《毛詩‧序》不是西漢早期的作品，那麼《毛詩‧序》的作者應該見過《史記》，沒有理由和《史記》相矛盾。現在〈孔子詩論〉出來了，我們看到孔子把〈燕燕〉和其他六篇詩放在一起，作爲「動而皆賢於其初」的詩篇來闡發詩教，顯見孔子對本詩的重視。因此，筆者傾向《毛詩‧序》解此詩，意味比較深長。〔註381〕

此從業師季旭昇採《詩序》之說。簡文「〈燕燕〉之情」，意謂：〈燕燕〉一詩，描述衛莊姜送戴嬀大歸，依依不捨之情；這就是「情」。

【討論（8）】

害曰童而皆臤於丌初者也：曷？曰：「動而皆賢於其初者也」

【各家說法】

馬承源讀爲：「害曰童而皆臤於丌初者也。」〔註382〕

李零破讀爲：「曷曰：動而皆賢於其初者也。」〔註383〕

濮茅左破讀爲：「曷曰：動而皆賢於其初者也。」〔註384〕

曹峰讀作：「曷？曰：動而皆賢於其初者也。」〔註385〕

〔註381〕業師季旭昇〈孔子詩論新詮〉，（臺北：學生書局《經學研究論叢》13 輯，2005 年12 月）。

〔註382〕馬承源主編，《上海博物館藏戰國楚竹書（一）》，（上海：上海古籍，2001 年11 月），頁22。

〔註383〕李零〈上博楚簡校讀記（之一）《子羔》篇"孔子詩論"部分〉，簡帛研究網站，2002年1 月4 日首發。

〔註384〕濮茅左〈《孔子詩論》簡序補析〉，《上海博物館藏戰國楚竹書研究》，（上海大學古代文明研究中心/清華大學思想文化研究所編，上海書店出版社，2002 年3 月），頁16。

許全勝以爲：疑讀爲「終而皆賢於其初」。〔註386〕

以上五位先生皆未解釋其釋讀之理由。

周鳳五以爲：

> 曷？曰：重而皆賢於其初者也。……簡十：「重而皆賢於其初」。「重」，簡文作「童」，原缺釋。按，當讀爲「重」，重複也。簡文列舉〈關雎〉、〈樛木〉、〈漢廣〉、〈鵲巢〉、〈甘棠〉、〈綠衣〉、〈燕燕〉七詩，皆連章複沓，反覆言之。其情亦由淺而深，至於卒章而後止，所謂，「重而皆賢於其初」是也。〔註387〕

李學勤讀爲：「曷？曰：童而皆賢於其初者也。」以爲：

> 這裡的「童」字，我認爲應該爲「誦」字的通假。與説文「鐘」字或從「甬」作「鋪」是一樣的。「誦」即「誦讀」，「賢」訓爲「勝」。「誦而皆勝於其初」，意思是誦讀這些詩篇便能有所提高，勝於未讀之時。〔註388〕

廖名春以爲：

> 「害」可讀爲「曷」或「何」。簡 7 有「懷爾明德，害」可參。同樣的例子在郭店楚簡〈成之聞之〉篇更多。〔註389〕

又

> 周讀「童」爲「重」是，但訓爲「重複」則非。當訓爲「善」、「貴」。《儀禮・覲禮》：「重賜無數。」鄭玄注：「重，猶善也。」……此是説「〈關雎〉之改，〈樛木〉之時，〈漢廣〉之智，〈鵲巢〉之歸，〈甘棠〉之報，〈綠衣〉之思，〈燕燕〉之情」都是可貴的，都是值得看重的。爲什麼呢？它們「皆賢於其初者也」。人有好色的本性，有利己的本性，有見異思遷的本性，但「反納於禮」，受到禮義的教化之後，就可以得到昇華。「〈關雎〉之改，〈樛木〉之時，〈漢〉廣之智，〈鵲巢〉之歸」是對好色本能的超越。

〔註385〕曹峰〈對孔子詩論第八簡以後簡序的再調整——從語言特色的角度入手〉，《上海博物館藏戰國楚竹書研究》，（上海大學古代文明研究中心/清華大學思想文化研究所編，上海書店出版社，2002 年 3 月），頁 200。

〔註386〕許全勝〈宛與智——上博《孔子詩論》簡二題〉，清華大學思想文化研究所/輔仁大學文學院聯合主辦，新出楚簡與儒學思想國際學術研討會論文集，2002 年 3 月 31 日～4 月 2 日。

〔註387〕周鳳五《孔子詩論》新釋文及注解，簡帛研究網站，2002 年 1 月 16 日首發。

〔註388〕李學勤《詩論》説《關雎》等七篇釋義，《齊魯學刊》，2002 年第 2 期總第 167 期。

〔註389〕廖名春〈上博簡《關雎》七篇詩論研究〉，《中州學刊》，2002 年 1 第 1 期，總 127 期。

「〈甘棠〉之報」是對利己本能的超越，「〈綠衣〉之思，〈燕燕〉之情」是對見異思遷本能的超越。所以說它們「皆賢於其初者也」。〔註390〕

彭裕商先生：

「害曰」一句，考釋無説。按：從行文來看，此無疑是孔子對前所論各詩的概括，「害」應讀爲「蓋」，爲語詞，無實義。……以傳世的東周文獻而言，其體例往往是在稱引典籍後，即對典籍所言作一概括的解釋。如：《易‧文言》：「履霜，堅冰至。蓋言順也。」……〈成之聞之〉全篇……在稱引其他古籍之後，也有一概括的解釋，與上舉文獻相同。……「檮木三年，不必爲邦旗。」害言寅之也。……兩相對照，筆者以爲郭店簡的「害」字當讀爲「蓋」，「害」、「蓋」古音極近，《爾雅‧釋言》：「蓋、割，裂也。」……總之，將「害」字讀爲「蓋」，與先秦典籍的文例相合，文句也更爲通順。今再證以上海簡孔子詩論，「害」字上有一墨釘，此字不能上屬至爲明白，則「害」應讀爲「蓋」應無可疑。〔註391〕

【玉姍案】

業師季旭昇讀作：「曷？曰：動而皆賢於其初者也。」並以爲「動」，指情之發動，即「人之生也靜，感於物而動」之「動」也。「賢」爲「勝」。此句當爲總括前述七詩，反詰詩教之益爲何（曷）？曰：「詩教之益，正在於情感發動之後，經過反省，皆能勝於其初發之時。」〔註392〕

【討論（9）】

闗疋㠯色俞於豊：〈關雎〉以色喻於禮

【各家說法】

馬承源以爲：

「〈闗疋〉㠯色俞於豊」，讀作「關疋以色喻於禮」。「色」謂「窈窕淑女」，在此不用作貶義。《史記‧屈原列傳》云「國風好色而不淫」，提法得體。此云「以色喻於禮」，則更爲準確而具體。「俞」讀爲「喻」，即《論語‧里仁》所謂「君子喻於義，小人喻於利」之「喻」。孔子直言「關疋

〔註390〕廖名春〈上海博物館藏詩論簡校釋箚記〉，簡帛研究網站，2002 年 7 月 3 日首發。

〔註391〕彭裕商〈讀戰國楚竹書一隨記三則〉，清華大學思想文化研究所/輔仁大學文學院聯合主辦，新出楚簡與儒學思想國際學術研討會論文集，2002 年 3 月 31 日～4 月 2 日。

〔註392〕業師季旭昇〈孔子詩論新詮〉，（臺北：學生書局《經學研究論叢》13 輯，2005 年 12 月）。

以色」，然而「喻於禮」。若「俞」讀爲「逾」，則與詩意相違。小序的著
眼點與此不同，可見小序並非是孔子所論的眞傳。〔註393〕

饒宗頤以爲：

> 孔子重視譬喻之方，《論語・雍也》：「能近取譬，可爲仁之方也」又
> 《子張》：「譬諸草木，區以別矣。」、「君子喻於義，小人喻於利。」凡此
> 足見用喻之重要。〔註394〕

李守奎以爲：

> 「俞」，應當讀「逾」，「色逾於禮」就是好色超過了好禮，正像孔子
> 所慨歎的「吾未見好色如好德者也」（玉姍案：當爲「吾未見好德如好色
> 者也」）那樣。〔註395〕

【玉姍案】

將「俞」解釋爲「譬喻」義、「逾越」義都不妥。「以色俞於禮」與《論語・里
仁》：「君子喻於義，小人喻於利。」句法相似；《正義》曰：「喻，曉也。」「俞」
可讀作「喻」，作「明白、曉諭」。此處「關雎以色喻於禮」應可與簡14「其四章則
喻矣。以琴瑟之悅，擬好色之願；以鐘鼓之樂……」互相參看。李學勤以爲：

> 作者以爲〈關雎〉之詩由字面上看係描寫男女愛情，即「色」。而實際
> 上要體現的是「禮」。故云：「以色喻於禮」。簡文與鄭玄《箋》同，分〈關
> 雎〉爲五章，「其四章則喻矣」，兼指四、五兩章。第四章「窈窕淑女，琴瑟
> 友之」第五章「窈窕淑女，鐘鼓樂之」，即作者所言之「喻」。琴瑟鐘鼓都屬
> 於「禮」，「把好色之願」、「某某之好」變成琴瑟、鐘鼓的配合和諧。〔註396〕

李說可從。筆者以爲「喻」當作「曉諭、明白」，是由〈關雎〉詩中明白好色與好賢
之別；進而實踐的過程。此句意謂「由〈關雎〉一詩，明白好色與好賢之別；進而
實踐，將好色之心提昇爲禮樂教化的體現」。

【討論（10）】

兩矣，丌四章則俞矣：兩矣，其四章則喻矣

〔註393〕馬承源主編，《上海博物館藏戰國楚竹書（一）》，（上海：上海古籍，2001年11月），
頁140。

〔註394〕饒宗頤〈竹書《詩序》小箋（一）〉，簡帛研究網站，2002年2月22日首發。

〔註395〕李守奎〈戰國楚竹書《孔子詩論・邦風》釋文訂補〉，《古籍整理與研究學刊》，2002
年2月。

〔註396〕李學勤〈《詩論》說《關雎》等七篇釋義〉，《齊魯學刊》，2002第2期，總第167
期。

【各家說法】

馬承源以為：

> 兩矣，乃「百兩矣」的殘文。

又

> 其四章則俞矣：俞讀為「愉」。《關雎》今本共五章，第三章言「求之不得，寤寐思服」，第四章「窈窕淑女，琴瑟友之」，是說成就琴瑟之好。意思是從「求之不得」到四章「琴瑟友之、鐘鼓樂之」的境地，則情懷愉悅。〔註397〕

李零以為：

> 「逾」原作「俞」……。我懷疑……今《周南》、《召南》各篇皆作三章，《邶風》以下始有做四章或四章以上者。……它是指《綠衣》、《燕燕》比前面幾篇多出一章，故這裡讀為「逾」。〔註398〕

李學勤以為：

> 簡文與鄭玄《箋》同，分〈關雎〉為五章，「其四章則喻矣」，兼指四、五兩章。第四章「窈窕淑女，琴瑟友之」第五章「窈窕淑女，鐘鼓樂之」，即作者所言之「喻」。琴瑟鐘鼓都屬於「禮」，「把好色之願」、「某某之好」變成琴瑟、鐘鼓的配合和諧。〔註399〕

李守奎以為：

> 「俞」當讀為「渝」。其四章則渝也（案：「也」當作「矣」），是說第四章就改變了。……改變了「色逾於禮」，變成「反入於禮」了。〔註400〕

【玉姍案】

「兩矣」，業師季旭昇以為：

> 此簡為上端完整，「兩」為首字，今存二十九枝簡無法找出簡文末字為「百」者以綴合，故馬承源先生在「兩」字前補一百字，並以為這是〈鵲巢〉篇的論述，但是「（百）兩矣」底下接的明明又是〈關雎〉篇的論述；

〔註397〕馬承源主編，《上海博物館藏戰國楚竹書（一）》，（上海：上海古籍，2001 年 11 月），頁 143。

〔註398〕李零〈上博楚簡校讀記（之一）《子羔》篇"孔子詩論"部分〉，簡帛研究網站，2002 年 1 月 4 日首發。

〔註399〕李學勤〈《詩論》說《關雎》等七篇釋義〉，《齊魯學刊》，2002 年第 2 期，總第 167 期。

〔註400〕李守奎〈戰國楚竹書《孔子詩論‧邦風》釋文訂補〉，《古籍整理與研究學刊》，2002 年 2 月。

現在我們依照新的簡次，「兩矣」二字上下文都是與〈關雎〉有關的字句，因此兩矣應該也是孔子論〈關雎〉篇的文字，不必讀爲「（百）兩矣」，也不必要認爲是〈鵲巢〉篇的文字，如此一來，上下篇名的次序也就取得一致了。〔註401〕

可從。

「其四章則喻矣」：簡10「〈關雎〉以色喻於禮」與簡14「其四章則喻矣，以琴瑟之悅，擬好色之願，以鐘鼓之樂……」皆論及〈關雎〉一詩之教化功能。「喻」，可視爲是從明白到實踐、轉化這一整個過程。

【討論（11）】

以蚤芐之敓，㤈好色之忢：以琴瑟之悅，擬好色之願

【各家說法】

馬承源以爲：

> 蚤，即「琴」。簡文從芐從金，與《汗簡》作「鎏」。《玉篇》作「鎯」、「鎏」相類似。《集韻》古文也相同。「芐」字未見於字書，簡文上句言「蚤芐之悅」，下句云「鐘鼓之樂」，則「蚤芐」當讀「琴瑟」。《郭店楚墓竹簡》作「盍芉」。

又

> 擬好色之願：即「㤈好色之忢」。㤈從矣聲，讀爲「嬉」。「嬉」、「矣」同部音近。《張衡歸田賦》「追漁父以同嬉」，有遊樂之意。好色，指淑女，並非貶義，上文云：「關疋以色喻于禮」。㤈即「忢」，《說文》云：「忢，貪也。從心元聲。《春秋傳》：『忢歲而惕日。忢字亦通玩』」《玉篇》則云「愛也」。是以忢有「貪」、「愛」二義，在簡文中，字與「敓（悅）」字相對應，當取《玉篇》之釋。

又

> 鐘鼓之樂，今本《毛詩·周南·關雎》：「參差荇菜，左右芼之，窈窕淑女，鐘鼓樂之」。簡文辭意指此。〔註402〕

李零讀爲「以琴瑟之悅，凝好色之願。」〔註403〕無釋。

〔註401〕業師季旭昇主編，《上海博物館藏戰國楚竹書（一）讀本》，（台北：萬卷樓，2004年6月），頁40。

〔註402〕馬承源主編，《上海博物館藏戰國楚竹書（一）》，（上海：上海古籍，2001年11月）頁143～144。

〔註403〕李零〈上博楚簡校讀記（之一）《子羔》篇"孔子詩論"部分〉，簡帛研究網站，2002

周鳳五以爲：

> 按，字當讀爲「擬」，比擬也；「忨」讀爲「願」。簡文「以琴瑟之悅，
> 擬好色之願」，爲《關雎》以琴瑟和鳴比擬男女天性，美其好色而能以禮
> 節之；所謂「樂而不淫」是也。〔註404〕

李學勤讀爲「擬好色之願。」無釋〔註405〕

胡平生以爲：

> 惫當讀爲「擬」。擬有比、度等意。……「好色之願」，即好色之思、
> 好色之念、好色之慾。〔註406〕

曹峰讀作「怡好色之惫。」〔註407〕無釋。

【玉姍案】

「蘁」、「乑」，簡文作 、，字僅見於戰國楚系簡帛中。

「乑」即「瑟」字之初文，字從三丌或二丌，學者或謂「丌」象琴柱之形〔註408〕，〈孔子詩論〉簡14「瑟」字作「」，即其標準寫法。〈曾侯乙墓漆書〉「瑟」作 、《郭店‧性自命出》簡1「瑟」作「」，《郭店‧六德》簡30「瑟」作「」；或加必聲，如 （信2.3）、（包2.260）、（上1.3.15）均是。

「琴」字則從乑、金聲。〈孔子詩論〉簡14作 5

爲標準寫法。《郭店‧性自命出》簡24作 ，從丌金聲；《上博一‧性情論》簡15作 ，從𠕋金聲。

「以蘁乑之斂，惫好色之惫」，當從李學勤之說，讀爲「以琴瑟之悅，擬好色之願」。業師季旭昇以爲其義爲：琴瑟和鳴，鐘鼓齊奏，其聲和諧彼此相成也。正如同《詩序》：「〈關雎〉樂得淑女以配君子」賢后妃配於君王，爲其後宮之賢內助也。以琴瑟之音配合和諧悅耳，比擬君子以禮求得淑女之配，遂其好色之願。

「以鐘鼓之樂」：馬承源以爲：「鐘鼓之樂，今本《毛詩‧周南‧關雎》：「參差

年1月4日首發。

〔註404〕周鳳五《〈孔子詩論〉新釋文及注解》，簡帛研究網站，2002年1月16日首發。

〔註405〕李學勤〈上海博物館藏楚竹書《詩論》分章釋文〉，簡帛研究網站，2002年1月16日首發。

〔註406〕胡平生〈讀上博藏戰國楚竹書《詩論》箚記〉，《上海博物館藏戰國楚竹書研究》，（上海大學古代文明研究中心/清華大學思想文化研究所編，上海書店出版社，2002年3月），頁284～285。

〔註407〕曹峰〈對孔子詩論第八簡以後簡序的再調整──從語言特色的角度入手〉，《上海博物館藏戰國楚竹書研究》，（上海大學古代文明研究中心/清華大學思想文化研究所編，上海書店出版社，2002年3月），頁200。

〔註408〕何琳儀，台灣師大演講，講題：《上博‧性情論講疏》，2002年12月13日。

荇菜，左右芼之，窈窕淑女，鐘鼓樂之」。簡文辭意指此。」可從。然「樂」字下端殘，故不知下文爲何。

【討論（12）】

□□□好，反內于豊，不亦能改慮：□□□好，反納于禮，不亦能改乎？

【各家說法】

　　馬承源隸定爲「好，反內于豊，不亦能改虜。」〔註409〕無釋。

李學勤以爲：

　　　　把「好色之願」、「某某之好」變爲琴瑟鐘鼓的配合和諧，反內（入、納）於禮是重要的更改。〔註410〕

劉信芳以爲：

　　　　〈關雎〉之「寤寐思服」、「輾轉反側」，此人性之使然；「琴瑟友之」、「鐘鼓樂之」，此社會禮制使然。……大凡人之求偶，始於好色，「改」則有婚姻之禮。〔註411〕

【玉姍案】

　　虜，簡文作，業師季旭昇以爲：

　　虜，從示、虍聲，馬承源隸作「虜」，有誤。〔註412〕

　　季師之說可從。「好」前辭殘，缺何字不可知，但由「不亦能改乎」可以確知它應該是〈關雎〉篇的論述，而且由前後文的對應關係，知道它應該是〈關雎〉組的再論。「反納於禮」，與「以色喻於禮」、「擬好色之願」等論述相合。「反內（納）於禮」就是將好色之心，回歸到禮的過程。

【討論（13）】

梂木福斯才孯＝，不〔亦□時乎！：〈樛木〉福斯在君子，不〔亦□時乎！

【各家說法】

馬承源認爲：

　　　　「斳」讀作「斯」，字形從斤從异，可能爲「斯」字形變，「斯」從「其」。

〔註409〕馬承源主編，《上海博物館藏戰國楚竹書（一）・孔子詩論譯釋》，（上海：上海古籍，2001年11月），頁24。

〔註410〕李學勤《〈詩論〉說〈關雎〉等七篇釋義》，《齊魯學刊》，2002年第2期，總第167期。

〔註411〕劉信芳《孔子詩論述學》，（安徽大學出版社，2003年1月初版），頁182～183。

〔註412〕業師季旭昇主編，《上海博物館藏戰國楚竹書（一）讀本・孔子詩論譯釋》，（台北：萬卷樓，2004年6月），頁41。

「其」爲箕形，楚簡文「斯」字有寫作「斯」之例。「𦱺＝」爲「君子」合文。《樛木》小序云「后妃逮下也，言能逮下而無嫉妒之心焉」。可說是對詩意的曲解。詩句「樂只君子，福履綏之」、「福履將之」、「福履成之」，孔子云：「福斯在君子」，點出了詩意。〔註413〕

【玉姍案】

「斯」字目前僅見於戰國楚系文字，即「斯」字。《郭店簡》中「斯」字寫爲「斯」，如 🔲（郭.15.17）、🔲（郭.11.25），或省簡「斤」旁寫作 🔲（郭.11.34）、🔲（信陽.2.017）。〈孔子詩論〉簡12（🔲）、27（🔲），上博〈性情論〉14、15（🔲）、39亦見此字，皆讀作「斯」。「斯」字在此應當作關係詞。《論語‧公冶長》：「再，斯可矣。」《論語‧述而》：「我欲仁，斯仁至矣。」「福斯在君子」即福在君子。君子之德美善，故上天賜福（祿）於君子，福（祿）集於君子一身。

有關這一小節的排序與補字問題，業師季旭昇以爲：

> 旭昇案：這一小節論述〈樛木〉，比照本章其他小節的體例，最後應該以「不亦□時乎」收尾，下一小節則至少可以補篇名「漢廣」二字。：十二簡上下端皆殘，依《上博一》頁3的《孔子詩論》全簡圖，十二簡的下部大約缺二十七個字，十三簡也是上下皆殘，所以「不亦□時乎」、「漢廣」等字是可以補得進的，但是應該補在十二簡還是十三簡，則難以確定。〔註414〕

可從。

【討論（14）】

灘𡉹不求不〗可導，不妿不可能，不亦智互虐：〈漢廣〉不求不〗可得，不攻不可能，不亦知恆乎

【各家說法】

馬承源以爲：

> 不妿，妿字從又從工，待考。文辭爲評述《漢廣》。

又

> 不亦智互虐，不亦智恆乎。〔註415〕

〔註413〕馬承源主編，《上海博物館藏戰國楚竹書（一）》，（上海：上海古籍，2001年11月），頁142。

〔註414〕業師季旭昇主編，《上海博物館藏戰國楚竹書（一）讀本》，（台北：萬卷樓，2004年6月），頁41～42。

〔註415〕馬承源主編，《上海博物館藏戰國楚竹書（一）》，（上海：上海古籍，2001年11月），

李零以爲：

　　窮，原從工從又。〔註416〕

周鳳五以爲：

　　簡十三「不求不可能」：求，簡文從工從又，原缺釋。按，疑「求」之訛。

又

　　　　簡十三「不亦知極乎。」「極」，簡文作「亙」，原釋「亙」而無説。

　　按：當讀爲極，楚文字習見。〔註417〕

李學勤讀爲：「不攻不可能，不亦知恆乎。」〔註418〕

又

　　　　簡文認爲不做非分之想，不去強求不可得的對象，硬作不能成的事
　　情，可謂知足守常，是智慧的表現。〔註419〕

何琳儀以爲：

　　　　攻，原篆上從工，下從又。戰國文字又「旁」與「攴」旁往往可以互
　　作，顧疑該字爲「攻」之異文。簡文「攻」訓「作」，參《詩·大雅·靈
　　臺》：「庶民攻之。」傳：「攻，作也。」考釋認爲該句係就漢廣而下的評
　　語，十分正確。……簡文「不攻不可能」，意謂不作不可能的事。〔註420〕

黃德寬、徐在國以爲：

　　　　妥字簡文作𢼸，從又工聲，「攻」字或體。鬫鎛「攻」字作ㄒㄧ，攻吾
　　藏孫鐘「攻」字作珥，（《金文編》219 頁）可證。〔註421〕

【玉姍案】

　　本簡長二十三·七釐米。上下端殘。現存二十四字。……「可得」二字之上殘
缺，根據李零說補「不求不」三字。

　　「不妥不可能」，「妥」字未見於甲文。金文或從攴（珥〈攻吾藏孫鐘〉），或從

　　　　頁 142～143。
〔註416〕李零〈上博楚簡校讀記（之一）《子羔》篇"孔子詩論"部分〉，簡帛研究網站，2002
　　　　年 1 月 4 日首發。
〔註417〕周鳳五《孔子詩論》新釋文及注解〉，簡帛研究網站，2002 年 1 月 16 日首發。
〔註418〕李學勤〈上海博物館藏楚竹書《詩論》分章釋文〉，簡帛研究網站，2002 年 1 月 16
　　　　日首發。
〔註419〕李學勤《詩論》説《關雎》等七篇釋義〉，《齊魯學刊》，2002 年第 2 期，總第 167
　　　　期。
〔註420〕何琳儀〈滬簡詩論選釋〉，簡帛研究網站，2002 年 1 月 17 日首發。
〔註421〕黃德寬、徐在國〈上海博物館藏戰國楚竹書（一）·《孔子詩論》釋文補正〉，（《安
　　　　徽大學學報哲學社會科學版》，2002 年 3 第 26 卷第 2 期）。

又（〈■攻吾臧孫鐘〉）。戰國楚系文字或從攵（**攷** 郭 1.1.39），或從戈（**戎** 郭 9.10），然依文義，皆應讀爲「攻」。是以〈孔子詩論〉簡 13 **攷** 字應讀爲「攻」。

「不亦智亙虖」當從李學勤讀作「不亦知恆乎」。

「亙」字爲「恆」字之初文〔註 422〕，簡文中應讀爲「恆」〔註 423〕。「（〈漢廣〉不求不）可得，不攻不可能，不亦知恆乎」意即「（〈漢廣〉）不去強求不可得的對象，硬作不能成的事情，這就是知常道的表現」。

【討論（15）】

鵲樔出㠯百兩，不亦又邁虖：〈鵲巢〉出以百輛，不亦有離乎

【各家說法】

馬承源以爲：

> 邁，從辵從 **■**。**■** 似「重」而非是，……，與金文「憲」的主體相近，……疑讀爲「憲」。《楚簠》「憲揚天子丕顯休」，「憲揚」相應於「對揚」，……；又《詩·大雅·皇矣》「帝作邦作對」，「作憲」和「作對」義相同。簡文可能是「匹配」之意，配者即指新人。〔註 424〕

李零以爲：

> 離，原作 **■**，從字形看，其聲旁部分乃「離」字所從，這裡讀爲「離」，指「離而嫁人」。〔註 425〕

周鳳五以爲：

> 按，當讀爲「儷」，「匹」也，「偶」也。〔註 426〕

何琳儀以爲：

> 按此字又見 27 號簡，所從「昜」金文習見。邁可讀「蕩」。……疏「寬大」之義。〔註 427〕

李學勤以爲：

> 「離」疑讀爲「麗」，意思是「美」。〔註 428〕

〔註 422〕業師季旭昇撰，《說文新證（上）》，（台北：藝文印書館，2002 年 10 月），頁 491。

〔註 423〕何琳儀《戰國古文字典》，（北京：中華書局，1998 年 9 月初版），頁 135。

〔註 424〕馬承源主編，《上海博物館藏戰國楚竹書（一）》，（上海：上海古籍，2001 年 11 月），頁 141～142。

〔註 425〕李零〈上博楚簡校讀記（之一）《子羔》篇"孔子詩論"部分〉，簡帛研究網站，2002 年 1 月 4 日首發。

〔註 426〕周鳳五《〈孔子詩論〉新釋文及注解》，簡帛研究網站，2002 年 1 月 16 日首發。

〔註 427〕何琳儀〈滬簡詩論選釋〉，簡帛研究網站，2002 年 1 月 17 日首發。

〔註 428〕李學勤〈《詩論》說《關雎》等七篇釋義〉，《齊魯學刊》，2002 年第 2 期，總第 167

黃德寬、徐在國以爲：

> 👹字似應分析爲從「辵」「離」聲，隸作「邁」，釋爲「離」……簡十一、十三之離當讀爲「麗」，離、麗二字古通。如《詩·小雅·魚麗》鄭注引作「魚離」。《戰國策·燕策三》：「高漸離」。《論衡·書虛》作「高漸麗」。……因此「離」可讀爲「麗」。《小爾雅·廣言》：「麗，兩也。」《周禮·夏官·校人》：「麗馬一圉，八麗一師」。鄭玄注：「麗，耦也。」「麗」有成對、匹配之義。……毛亨傳云：「百兩，百乘也。諸侯之子嫁於諸侯，送御皆百乘」，出以百兩，是門當戶對之意。其說可從。〔註429〕

張桂光以爲：

> 我認爲該字是從辵_離省聲的形聲字，是戰國時代楚人爲離開的「離」造的專字，自然以釋「離」爲是。第十一簡「鵲巢之歸，則離者……」歸、離正好相對，歸於夫家，離者自然是娘家了；第十三簡「鵲巢出以百兩，不亦有離乎」，「離」指離巢……，第二十七簡「離其所愛，必曰吾奚舍之，賓贈是已」的「離」是指「離棄」，意謂丟棄原先所愛之物，也一定要說「我哪裡會捨棄它呢？不過將它做貴重禮物贈與他人罷了」。〔註430〕

【玉姍案】

「離」字之甲文🐦〈商·甲2270〉、🐦〈商·父乙〉尊，本義爲以有柄之罕捕鳥；鳥被捉到；故《詩經·邶風·新臺》：「魚網之設，鴻則離之。」即取「離」之本意。業師季旭昇以爲「離」字由甲文到戰國文字之演變的過程在於：

> 戰國文字「罕」形聲化爲從「离」形（「离」從林從罕，「林」或作「艸」，或省作「屮」。今楷「离」皆省作屮形），於是變成從隹离聲的形聲字。〔註431〕

「邁」字於上博〈孔子詩論〉三見：👹（上1.1.11）、👹（上1.1.13）、👹（上1.1.27），釋作「邁」，爲「離」之異體，均可通讀。此字右上之部件作👹（上1.1.11）、👹（上1.1.13）、👹（上1.1.27）形體雖略有不同，但其上方所從部件👹、👹、👹，當爲文字演變過程中👹（戰國·晉·《璽彙》3119）所從之「林」寫作「艸」，或省

期。

〔註429〕黃德寬、徐在國〈上海博物館藏戰國楚竹書（一）·《孔子詩論》釋文補正〉，（《安徽大學學報哲學社會科學版》，2002年3月第26卷第2期）。

〔註430〕張桂光《〈戰國楚竹書·孔子詩論〉文字考釋〉，見《上海博物館藏戰國楚竹書研究》，（上海大學古代文明研究中心/清華大學思想文化研究所編，上海書店出版社，2002年3月），頁339。

〔註431〕業師季旭昇撰，《說文新證（上）》，（台北：藝文印書館，2002年10月），頁275。

作「屮」，再從「屮」形訛變而來；下方部件則爲「离」形下方部件訛變或省略而成。故 🔶、🔶、🔶 三字皆應爲「從辵离聲」，而非如各家所說「從辵離省聲」。因爲「離」之本義爲設罕捕鳥；是以非「離開」之「離」之本字；今戰國文中僅秦印中有從隹离聲之「離」字，楚系文字中並未見「離」字；且「離」字亦從离得聲，是以釋爲從辵离聲較佳。

簡文「〈鵲巢〉出以百兩，不亦有離乎」應從周說讀爲「儷」，有「偶；配」之義，意謂：「〈鵲巢〉一詩描述貴族之女出嫁，送迎之車皆百輛，禮制對等。」，如此不僅與《詩序》相合，更能顯現詩教。

【討論（16）】

〈甘〔棠〕〉□及丌人也，敬蟪丌壹，丌保厚矣。甘棠之蟪，呂邵公也：〈甘〔棠〕〉□及其人也，敬愛其樹，其報厚矣。〈甘棠〉之愛，以召公也

【各家說法】

馬承源以爲：

> 蟪從虫從悹，《說文》所無。當假爲「夔」，即「愛」。「悹」爲「夔」的聲符，《說文》「釋爲惠也」。〔註432〕

又

> 壹讀爲「樹」，即甘棠。〔註433〕

【玉姍案】

蟪，簡文作 🔶。《說文·心部》：「🔶，惠也。從心㤅聲，🔶，古文。」「悹」字目前僅見於戰國晉系金文 🔶〈中山方壺〉及 🔶〈中山圓壺〉。戰國文字有兩種寫法，一從心旡聲（如 🔶 郭 3.25），另一寫法則從心既聲（如 🔶 郭語三.35）。「悹（愛）」字古音影紐物部，「既」、「旡」二字古音皆屬見紐物部，「悹」、「既」皆由以「旡」爲聲符，韻同可通。除包山簡「懸 🔶（包 2.239）」字似讀爲「氣（炁）」之外，其餘不論寫作「從心既聲」或「從心旡聲」，皆讀作今之「愛」字。上博〈孔子詩論〉簡 11、15、17、27，〈紂衣〉簡 13，〈性情論〉簡 34 皆見「悹」字，較特別的是〈孔子詩論〉🔶簡 11、🔶簡 15 之「悹」字於右下加「虫」形，🔶簡 17、🔶簡 27 則無。

〔註432〕馬承源主編，《上海博物館藏戰國楚竹書（一）》，（上海：上海古籍，2001 年 11 月），頁 141。

〔註433〕馬承源主編，《上海博物館藏戰國楚竹書（一）》，（上海：上海古籍，2001 年 11 月），頁 144。

查，簡文作󰀀。「尌」字始見於甲文󰀀（商·前 2.7.6）󰀀（商·前 2.8.2），從力、從木（或來）、豆聲，爲樹藝、種植木麥等作物之意。金文「尌」字之「力」或作「又」形，「木」或訛爲「󰀀」形（如󰀀〈尌仲簋〉）〔註 434〕。戰國文字承襲金文字形，從又、從木，豆聲；「又」或作「寸」（如󰀀秦·十鐘）、「攴」（如󰀀郭15.46）、「右」（如󰀀晉·陶彙 6.80）等形；「木」亦有訛爲「󰀀」（如󰀀秦·十鐘）；《說文》籀文「尌」即保留此類字形。漢代以後於「尌」字左旁疊加「木」部，成爲今日通行之「樹」字。〈孔子詩論〉簡 15「查」字省略「又」旁；此爲目前所見戰國文字中，唯一省略「又」旁之「樹（尌）」字。

業師季旭昇以爲：

> 李學勤〈分章釋文〉把簡 13 後接簡 15，逕讀爲「〈甘〔棠〕〉及其人，敬愛其樹」文義已經相當順暢了。濮茅左先生〈簡序補析〉在簡 13後面與第二契口之間留了一個空格，本文相信濮先生目驗原簡，這個空格應該要留，而且它可能是一個動詞，因此我們補成「〈甘〔棠〕〉□及其人也，敬愛其樹」。〔註 435〕

簡文「〈甘〔棠〕〉□及其人也，敬愛其樹，其報厚矣。〈甘棠〉之愛，呂邵公也」意謂：〈甘棠〉篇□及於這個人，於是連帶地敬愛他所休憩過的樹，這種「報」眞是溫厚啊。〈甘棠〉之愛，是因爲召公的緣故啊！

【討論（17）】

綠衣□□□□□□□□，不亦□思乎！燕燕□□□□□□□□□□〕青蟋也：〈綠衣〉□□□□□□□□，不亦□思乎！〈燕燕〉□□□□□□□□□〕情愛也

【各家說法】

業師季旭昇以爲：

> 依濮茅左先生〈簡序補析〉，簡 15 據契口還有一字，加上簡尾 8 字，應可補成 9 字。其後簡 11 缺 17 字合起來一共有 26 字，這 26 字應該是有關〈甘棠〉的末尾，以及〈燕燕〉和〈綠衣〉篇的論述。因此我們把簡15 和簡 11 中間補成「〈甘棠〉之蟋（愛），呂邵公〔也▼3。〈綠衣〉□□□□□□【十五】□□，不亦□思乎！〈燕燕〉▼1□□□□□□□□□〕

〔註 434〕請詳參業師季旭昇《說文新證（上）》，（台北：藝文印書館，2002 年 10 月），頁 394。
〔註 435〕業師季旭昇〈孔子詩論新詮〉，（臺北：學生書局《經學研究論叢》13 輯，2005 年12 月）。

青（情）蟋（愛）也」給〈綠衣〉15 字，給〈燕燕〉14 字不過是平均分配的結果估計〈孔子詩論〉給兩篇的字數也不會相去太遠。〔註436〕

又

依本章的體例，此處應補一小節論述〈綠衣〉的文字，最後以「不亦□思乎」作結。下一小節之首則至少可以補篇名〈燕燕〉。〔註437〕

【玉姍案】

此從業師季旭昇之說。

【討論（18）】

闐疋之改，則丌思䀝矣：〈關雎〉之改，則其思益矣

【各家說法】

馬承源以爲：

𧶠，從貝從林，《說文》所無。林，益之古文，從貝作𧶠。〔註438〕

李零以爲：

益是形容思之過甚，蓋指詩文「寤寐思服」云。〔註439〕

李學勤以爲：

把好色之願某某之好變爲琴瑟鐘鼓的配合和諧，「反納於禮」是重要的更改。所以作者說：「其思益矣」。益，意爲「大」，見《戰國策·中山策》注。〔註440〕

周鳳五以爲：

益，增也、多也。〔註441〕

李守奎以爲：

𧶠當讀爲「益」，「益」爲「增益」；用現今的話說就是進步了。關雎

〔註436〕業師季旭昇〈孔子詩論新詮〉，（臺北：學生書局《經學研究論叢》13 輯，2005 年12 月）。

〔註437〕業師季旭昇主編，《上海博物館藏戰國楚竹書（一）讀本》，（台北：萬卷樓，2004年 6 月），頁 43。

〔註438〕馬承源主編，《上海博物館藏戰國楚竹書（一）》，（上海：上海古籍，2001 年 11 月），頁 141。

〔註439〕李零〈上博楚簡校讀記（之一）《子羔》篇"孔子詩論"部分〉，簡帛研究網站，2002年 1 月 4 日首發。

〔註440〕李學勤《詩論》說《關雎》等七篇釋義〉，《齊魯學刊》，2002 年第 2 期，總第 167期。

〔註441〕周鳳五〈《孔子詩論》新釋文及注解〉，簡帛研究網站，2002 年 1 月 16 日首發。

之思由好色超過好禮最後變成「反入於禮」，當然是進步了。〔註442〕

【玉姍案】

隘，簡文作𧶠，從貝、朿（嗌）聲，當讀爲「益」。《論語‧憲問》：「非求益者也，欲速成者也。」疏：「此童子非求進益者也。」「益」有「進」義。筆者以爲「益」字可由「進」義引申爲「提昇、昇華」之義，是一種天性經由教化而提昇的過程。「〈關雎〉之改，則其思益矣」這句簡文是說：〈關雎〉這首詩的作用，在以禮來節制改變人天生好色的本性。這樣的思想，就是不斷地提昇了。

【討論（19）】

梂木之音，則邑丌彔也：〈樛木〉之時，則以其祿也

【各家說法】

馬承源以爲：

> 「彔」、讀爲「祿」。《樛木》言「樂只君子，福履綏之」、「福履將之」、「福履成之」。《說文》：「祿，福也」。《爾雅‧釋詁》所釋並同。《詩‧大雅‧既醉》：「其胤維何？天被爾祿。」毛亨傳：「祿，福也」。〔註443〕

廖名春以爲：

> 《毛傳》：「履，祿也。」馬瑞辰《通釋》：「履」與「祿」雙聲，故「履」得訓「祿」，即以「履」爲「祿」之假借也。〈樛木〉詩之「福履」即「福祿」。簡文「〈梂木〉之時，則以其祿也」。正是訓「履」爲「祿」，足見《毛傳》之確。〔註444〕

【玉姍案】

此從《毛傳》，「彔」當讀爲「祿」；福履，福祿也。簡文意謂：〈樛木〉言君子之德美善，故上天降之以（福）祿。

【討論（20）】

甘棠之保，則□□□〕邵公也：〈甘棠〉之保，則□□□〕召公也

【各家說法】

業師季旭昇以爲：

〔註442〕李守奎〈戰國楚竹書《孔子詩論‧邦風》釋文訂補〉，《古籍整理與研究學刊》，2002年2月。

〔註443〕馬承源主編，《上海博物館藏戰國楚竹書（一）》，（上海：上海古籍，2001年11月），頁141。

〔註444〕廖名春〈上海博物館藏詩論簡校釋〉，《中國古代近代文學研究》2002年第6期。

李學勤先生簡 11 後接簡 16，可從。依照〈孔子詩論〉「關雎組」論述的體例這兒應該可以補上「甘棠之保，則□□□」這八個字。〔註445〕

【玉姍案】

此從業師季旭昇之說補「甘棠之保，則□□□」八個字。

【討論（21）】

躬＝之情，㠯丌蜀也：〈燕燕〉之情，以其獨也

【各家說法】

馬承源以爲：

> 「躬」字下有重文符。下句讀爲「以其獨」也。「蜀」在此不能解釋爲字的本義，當讀爲「獨」，若假借爲「篤」也可。「蜀」、「篤」聲韻皆通轉，「篤」乃言情之厚。〔註446〕

李零以爲：

> 獨，原作「蜀」。原書作「篤」。今〈燕燕〉有「先君之思，以勗寡人」句。蓋即所謂「獨」。〔註447〕

龐樸以爲：

> 《詩論》第十六簡「鷃鷃之情，以其獨也」，上博釋文以爲評說《鷃鷃》之篇，甚是。唯定「獨」爲「篤」，謂「篤乃言情之厚」，則可以討論。
>
> 查帛書《五行》第七章談「君子慎其獨」，曾引詩二章以托其事：其一爲曹風《鳲鳩》，另一即爲邶風《燕燕》（竹簡《五行》略同）。鳲鳩「能以多爲一」，昭示君子慎其獨；燕燕則舍體任心，以「至內者之不在外也，是之謂獨」。
>
> 可見，所謂「鷃鷃之情，以其獨也」，指的是其情專一不渝（參見帛書《五行》【說 8】「無與終」）和不假修飾出於至誠。這樣的情，當然也會是「篤」的；但「篤」唯言其厚，與「獨」之專誠，還是有別的。
>
> 談慎獨的經籍篇章不止一處，《大學》《中庸》《禮器》《荀子‧不苟》《淮南‧繆稱》《說苑》等處，均有論述。但以詩言志的，特別是斷邶風

〔註445〕業師季旭昇主編，《上海博物館藏戰國楚竹書（一）讀本》，（台北：萬卷樓，2004 年 6 月），頁 43。

〔註446〕馬承源主編，《上海博物館藏戰國楚竹書（一）》，（上海：上海古籍，2001 年 11 月）頁 145。

〔註447〕李零〈上博楚簡校讀記（之一）《子羔》篇"孔子詩論"部分〉，簡帛研究網站，2002 年 1 月 4 日首發。

《燕燕》之章的，只有竹帛《五行》和這篇《詩論》。這便又一次提醒我們：此二書之間，當有某種血緣關係，是可以假定的。〔註448〕

周鳳五以爲：

> 按：馬王堆帛書，郭店竹簡〈五行〉引述〈燕燕〉詩，皆以「君子愼其獨也」作結，知當讀爲「獨」。「獨」，一也。〔註449〕

饒宗頤以爲：

> 阜陽漢詩作「匽匽于飛」馬王堆帛書〈德行〉作「嬰嬰於蜚，差貤其羽」。郭店楚簡〈五行〉篇引此詩，云：「然後能致哀，君子愼其蜀（獨）也。」按「蜀」爲「獨」也，方言訓「蜀」爲「一」，即以「蜀」爲「獨」也。〔註450〕

李學勤以爲：

> 《詩》云「之子于歸，遠送於野，瞻望弗及，泣涕如雨。」是贈別的詩。簡文強調其中體現之情，對離去者的愛，送行者的孤獨，均與詩意切合。〔註451〕

業師季旭昇以爲：

> 釋「獨」較優。本詩如果照晚近詩人說成一般的送別，分離之後只剩孤獨，並沒有什麼特別深的含義。但是，照《毛詩·序》舊說，莊姜送戴嬀，二人遭遇到的是國家重大的動亂，從此生離死別，則其分離之後的孤獨感特別深。而戴嬀臨行前還說「先君之思，以勗寡人」，諄諄勸勉莊姜以禮義，這就合乎〈孔子詩論〉「關雎組」的核心思想「動而皆賢於其初」了。也就是說：一般人在離別的時候，多半只有傷感，而〈燕燕〉一詩則能在此時以禮義相勉，越孤獨越要惕勵自己。順著這個思考脈絡，《郭店·五行》簡 17、《馬王堆·五行》186 都在引完「燕燕于飛，差池其羽，之子于歸，遠送于野。瞻望弗及，泣涕如雨。」之後說能「差池其羽，然後能至哀。君子愼其獨也。」可見戰國、西漢人推演此詩，是強調其「獨」，「蜀」讀爲「獨」較好。〔註452〕

〔註448〕龐樸〈上博藏簡零箋（二）〉，簡帛研究網站，2002 年 1 月 4 日首發。

〔註449〕周鳳五《孔子詩論》新釋文及注解〉，簡帛研究網站，2002 年 1 月 16 日首發。

〔註450〕饒宗頤〈竹書《詩序》小箋（一）〉，簡帛研究網站，2002 年 2 月 22 日首發。

〔註451〕李學勤《詩論》說《關雎》等七篇釋義〉，《齊魯學刊》，2002 年第 2 期，總第 167 期。

〔註452〕業師季旭昇〈孔子詩論新詮〉，（臺北：學生書局《經學研究論叢》13 輯，2005 年 12 月）。

【玉姍案】

蜀，簡文作 ，諸家或讀爲「獨」，或讀爲「篤」。業師季旭昇以爲讀爲「獨」合於《毛詩‧序》，並呼應〈孔子詩論〉「關雎組」的核心思想「動而皆賢於其初」且與《郭店‧五行》簡 17、《馬王堆‧五行》186「差池其羽，然後能至哀。君子慎其獨也。」強調其「獨」相符。考慮全面且完整，故此從業師季旭昇之說。

李學勤以爲：

> 本章從「〈關雎〉之改」到「〈燕燕〉之情」七句，是〈詩論〉作者引用前人的話，很可能是孔子所說，作者予以闡釋。作者論述，又反覆了一次，所以就全章來說，一共循環三次。引文七句，是對每篇詩舉出一字的要旨。《詩經》作者的解釋；先概括說「童而皆賢于其初」……由此知道，〈詩論〉作者是要說明《詩》的教益。〔註453〕

業師季旭昇以爲

> 李學勤先生〈分章釋文〉把簡 10+14+12+13+15+11+16 拼接在一起，非常正確。……這一組三段的文字是〈孔子詩論〉最完整也最具代表性的論述。李學勤先生……因爲沒有把「關雎組」的三層論述嚴格地分開，所以沒有把幾處缺的簡補起來。……照我們的排序，「關雎組」分成初論再論結論三層論述，和下一段的「葛覃組」一樣。這兩組論述雖然都分成三層，但是每一層討論詩篇的順序是一樣的。所以我們可以根據這樣的詩篇順序把某些殘缺的簡文補起來。
>
> 「關雎組」爲什麼把這七篇詩集中在一起討論呢？初論說是「動而皆賢於其初者也」，也就是說這七篇詩都是敘述人有很多情感、欲望，在這些情感、欲望發動的最初時刻未必完全正確，這一部分也就是宋儒說的「人欲」；但是經過反省之後就能將它導向正途，這就是「改」、就是「賢於其初」；這一部分也就是宋儒所說的「天理」。把《詩經》用來修身養性，導向人性之善，這不就是孔子的「詩教」嗎！〔註454〕

此從季師之說。

二、葛覃組

【原文】

〔註453〕李學勤〈《詩論》說《關雎》等七篇釋義〉，《齊魯學刊》，2002 年第 2 期，總第 167 期。

〔註454〕業師季旭昇〈孔子詩論新詮〉，（臺北：學生書局《經學研究論叢》13 輯，2005 年 12 月）。

　　孔子曰▼2：虗（吾）呂（以）藟（葛）詰（覃）导（得）氏（祇）初之詩，民眚（性）古（固）然⑴■。見丌（其）㦿（美）必谷（欲）反▼3丌（其）本⑵。夫藟（葛）之見訶（歌）也，則【十六】呂（以）絺（絺）薪（綌）之古（故）也⑶■。句（后）稷之▼1見貴也┗，則呂（以）文武之悳（德）也┗⑷。虗（吾）呂（以）甘棠导（得）宗宷（廟）之敬┗，▼2民眚（性）古（固）然。甚貴丌（其）人，必敬丌（其）立（位）⑸。敓（悅）丌（其）人，必好丌（其）所▼3為。亞（惡）丌（其）人者亦然。〔□【二十四】……吾以〈柏舟〉得……民眚（性）古（固）然⑹……吾以【缺簡】〈木瓜〉得〕帑（幣）帛之不可法（去）▼1也■，民眚（性）古（固）然，丌（其）陜（隱）志必又（有）呂（以）俞（喻）也■⑺。丌（其）言又（有）所載而句（后；後）▼2內（納），或前之而句（后；後）交，人不可羣（觸）也⑻。虗（吾）呂（以）折（杕）杜导（得）雀（爵）〔□□□□□□□□□▼3民眚（性）古（固）然，□□□□⑼【二十】……（以上為「葛覃組」初論，屬國風）

　　〈葛覃〉……。〈甘棠〉……。〈柏舟〉……【缺簡】⑽□□□□□□□□□▼1□〕因（因）〈木苽〉（瓜）之保（報）呂（以）俞（喻）丌（其）悆（婉）者也。⑾〈折（杕）杜〉則情憙（喜）丌（其）至也⑿▼2■【十八上～】（以上為「葛覃組」再論，屬國風）

　　〔〈葛覃〉□□□□□□□□□□□□□□。〈甘棠〉□□□□▼3□□□□□□□□□【十八下】□□。〈柏舟〉□□□〕溺（溺）▼1志，既曰天也，猷（猶）又（有）悆（怨）言■⒀。木苽（瓜）又（有）臧（藏）忞（願）而未导（得）達也■。▼2交⒁〔……〈杕杜〉……【十九】□□□□〕女（如）此可（何）？斯雀（爵）▼1之矣■，適（離）丌（其）所㤅（愛），必曰虗（吾）奚舍（捨）之？賓贈氏（是）巳（已）⒂■。【二十七上～】（以上為「葛覃組」結論，屬國風）

【討論⑴】

孔子曰：虗呂藟詰导氏初之詩，民眚古然：孔子曰：「吾以〈葛覃〉得祇初之詩，民性固然。」

【各家說法】

　（一）葛覃

馬承源以為：

蕎，篇名。「蕎」字句下文亦可寫作「荅」，第十七簡之《菜蕎》也寫作從艸從侖，和第一字從艸從喬不完全相同，但應是同一字。由於篇名和今本未能對照確認，所以「得氏初之詩」，不易解釋。〔註 455〕

李零以爲：

葛覃，上字原作萬，下字原從古從尋，原書沒有對出。「萬」是匣母月部字，「葛」是見母月部字，讀音相近；「覃」是定母侵部字，「尋」是邪母侵部字，讀音亦相近。郭店楚簡〈成之聞之〉簡 34「簟席」的「簟」字就是從尋得聲。〔註 456〕

李天虹以爲：

應當隸訂作「藆」，所從「䜌」旁見於《長沙楚帛書乙篇》與《雲夢秦簡》，字均用作「害」。（參看裘錫圭、李家浩〈曾侯乙墓竹簡釋文與考釋〉注 45，湖北省博物館：曾侯乙墓 508 頁。）古「害」、「曷」音同可通，例不勝舉，故「藆」可以讀作「葛」。〔註 457〕

劉釗以爲：

簡文蕈（玉姍案：應爲「覃」）字從尋作「」，這種寫法的「尋」字還見於郭店楚簡〈成之聞之〉的「君子簟席之上」的「簟」字，此字由李學勤以爲首發其覆。古「尋」、「蕈」音近可通，甲骨文「尋」字就是在像兩手展開形（兩手展開的長度就是一尋）上累加像竹席的簟聲而成。〔註 458〕

黃德寬、徐在國以爲：

此字應爲從「艸」「䜌」聲的字，……裘先生指出甲骨文「䖵」字是「傷害」的「害」本字，是「䜌」的初文。「䜌」跟「舝」字應該是一字的異體。……如上所述，字當隸定作「藆」，即「萿」字，在簡文中當讀爲「葛」。

又

〔註 455〕馬承源主編，《上海博物館藏戰國楚竹書（一）》，（上海：上海古籍，2001 年 11 月），頁 145。

〔註 456〕李零〈上博楚簡校讀記（之一）《子羔》篇“孔子詩論”部分〉，簡帛研究網站，2002 年 1 月 4 日首發。

〔註 457〕李天虹〈《葛覃》考〉，《國際簡帛研究通訊》，2002 年 1 第 2 卷第 2 期。

〔註 458〕劉釗〈讀上海博物館藏戰國楚竹書（一）劄記〉，《上海博物館藏戰國楚竹書研究》（上海大學古代文明研究中心/清華大學思想文化研究所編，上海書店出版社，2002 年 3 月），頁 290。

關於「🔲」字，左邊所從的「🔲」乃「尋」，右邊所從疑是「由」，郭店簡「由」作🔲可證。🔲字當隸作「䛃」，從尋聲，在簡文中當讀作「覃」。……疑「䛃」所從之「由」乃是贅加之聲符。總之，簡文「萱䛃」當讀爲「葛覃」，爲《詩經》篇名。見於今本《毛詩‧國風‧周南‧葛覃》。簡文對《葛覃》的評說是：「吾以《葛覃》得氏初之詩，民性故然」，與簡二十四對《甘棠》的評說「吾以《甘棠》得宗廟之敬，民性故然」句例相同。〔註459〕

（二）氏初之訾

馬承源以爲：

「得氏初之詩」，不易解釋。〔註460〕

李零以爲：

氏初，疑指「始初」。〔註461〕

周鳳五以爲：

按，當讀爲「是」，「此」也。古文字習見。簡文所謂「初」，即下文「反本」之意。〈葛覃〉卒章言「害澣害否？歸寧父母。」歸寧父母則知反本，故稱其爲「初之詩」以美之。〔註462〕

何琳儀以爲：

簡文「氏」，疑「師氏」之省稱。《詩‧周南‧葛覃》：「言告師氏，言告言歸。」〔註463〕

陳劍以爲：

「氏」字疑讀爲「祗」，「祗」字古書常訓爲「敬」。「祗初」猶言「敬始」、「敬本」，跟「反本」一樣，都是儒家典籍中常見的觀念。〔註464〕

許全勝以爲：

簡文「氏初之詩」，當讀爲「遂初之詩」。「氏」古在禪母支部，「遂」在邪母物部。古音舌上歸舌頭，「禪」、「邪」音近。「支」、「物」亦有相通

〔註459〕黃德寬、徐在國〈上海博物館藏戰國楚竹書（一）‧《孔子詩論》釋文補正〉，（《安徽大學學報哲學社會科學版》，2002年3月第26卷第2期）。
〔註460〕馬承源主編，《上海博物館藏戰國楚竹書（一）》，（上海：上海古籍，2001年11月），頁145。
〔註461〕李零〈上博楚簡校讀記（之一）《子羔》篇"孔子詩論"部分〉，簡帛研究網站，2002年1月4日首發。
〔註462〕周鳳五《孔子詩論》新釋文及注解〉，簡帛研究網站，2002年1月16日首發。
〔註463〕何琳儀〈滬簡詩論選釋〉，簡帛研究網站，2002年1月17日首發。
〔註464〕陳劍〈孔子詩論補釋一則〉，《國際簡帛研究通訊》，2002年1月第2卷第3期。

之例。〔註465〕

廖名春以爲：

> 按「氏」通「祇」，而「祇」與「衹」通，故「氏」當讀爲「衹」，敬
> 也。〔註466〕

【玉姍案】

（一）葛覃

「薑」，字始見於〈孔子詩論〉，（上 1.1.16）、與（上 1.1.17）、（上 1.1.17）寫法略有差異，然應爲同一字。此字整理者無釋，李天虹、黃德寬等學者先認出此字從艸、萬聲，「萬」字爲「傷害」的「害」之本字，會「蛇咬傷人足」之意。古「害」、「曷」音同可通，是以「薑」可讀爲「葛」。

「觓」字始見於《上博（一）·孔子詩論》，簡文作（上 1.1.16），原整理者未釋。劉釗、黃德寬、徐在國等學者以爲左旁所從即「尋」字，可從。「尋」之初文爲人伸展雙臂以度長，亦可引申有「延展」義，故筆者以爲「尋」字應爲義符。《爾雅》：「覃，延也。」《毛傳》同。「覃」之初文會「以鹵貯鹵」之意〔註467〕，《說文》：「覃，長味也。」二字皆有「長」義。且「尋」之古音定紐侵部，「覃」之古音爲定紐侵部，兩字音近可通，郭店簡〈成之聞之〉簡 34「簟席」之「簟（）」即從尋得聲。

右旁所從作「」形，楚簡之「古」及「由」都有寫作此形的例子：如（上 1.2.5（古））、（上 1.2.6（古））、（郭.9.28（由））。「由」字古音定紐幽部，「古」字見紐魚部，「由」與「覃」聲紐相同，韻爲幽侵旁對轉。且〈孔子詩論〉中所有的「古」字皆寫如形，故此處右旁所從應爲「由」。

〈孔子詩論〉簡 16 左旁從「尋」，在聲音與意義上都極爲通順，右旁從「由」爲疊加聲符；或許「觓」爲楚系爲表達「延伸」意所造的本字，然今已不傳。

（二）氏初之詩

今本《毛詩·周南·葛覃》：

> 葛之覃兮，施于中谷，維葉萋萋，黃鳥于飛，集于灌木，其鳴喈喈。
> 葛之覃兮，施于中谷，維葉莫莫，是刈是濩；爲絺爲綌，服之無斁。言告師氏，言告言歸，薄汙我私，薄澣我衣。害澣害否？歸寧父母。

〔註465〕許全勝〈孔子詩論零拾〉，《上海博物館藏戰國楚竹書研究》，（上海大學古代文明研究中心／清華大學思想文化研究所編，上海書店出版社，2002 年 3 月），頁 366～368。

〔註466〕廖名春〈上海博物館藏詩論簡校釋箚記〉，簡帛研究網站，2002 年 7 月 3 日首發。

〔註467〕業師季旭昇撰，《說文新證（上）》，（台北：藝文印書館，2002 年 10 月），頁 456。

《詩序》：

> 后妃之本也。后妃在父母家，則志在於女功之事。躬儉節用，服澣濯
> 之衣，尊敬師傅，則可以歸安父母，化天下以婦道也。

鄭《箋》：

> 服之無斁，……服，整也。女在父母之家，未知將所適，故習之以絺
> 綌煩辱之事。乃能整治之無厭倦，是其性專貞。

又

> 古者女師，教以婦德、婦言、婦容、婦功。

又

> 恭儉節用，由於師傅之教，而後言尊敬師傅者，欲見其性而自然，可
> 以歸安父母，言嫁而得意，猶不忘孝。

朱熹《詩集傳》：

> 此詩后妃所自作，故無讚美之辭。然於此可以見其已貴而能勤，已富
> 而能儉，已長而敬不馳於師傅，已嫁而孝不衰於父母，是皆德之厚而人所
> 難也。〔註468〕

王先謙《詩三家義集疏》：

> 魯說曰：「〈葛覃〉，恐其失時。」……《古文苑》蔡邕〈協和婚賦〉
> 云：「……〈葛覃〉恐其失時，〈摽梅〉求其庶士。……」徐墩云：「賦意
> 蓋以葛之長大而可爲絺綌，如女之及時而當歸於夫家。刘濩汙澣，且以見
> 婦功之教成也，故與〈摽梅〉並稱。是亦士大夫婚姻之詩，與何休謂「歸
> 寧非諸侯夫人之禮」者義同，魯家之訓也。」愚案：徐說是也。蔡賦恐失
> 時，用首章詩意。次章已嫁，三章歸寧，正美其不失時。〔註469〕

業師季旭昇以爲〈葛覃〉之義當從《毛傳》、《鄭箋》，爲貴族之女未嫁時，從師
氏習德言容功，告師氏欲返家歸寧父母之詩，〈孔子詩論〉本章所述，與〈葛覃〉詩
文關係不大，僅就「葛覃可以爲絺綌」一點，發揮「重始」的思想。「氏初之詩」從
陳劍之說，讀爲「祇初之詩」。猶言敬始、敬本。「祇初之詩」即「敬始之詩」。歸寧
父母，孝行也；孝，德之始也。簡文「吾以〈葛覃〉得氏初之詩，民性固然」意謂：
我由〈葛覃〉詩文而了解這是一篇談「敬始」（重視孝道）的詩，這是人類與生具來
的天性啊。

〔註468〕〔宋〕朱熹《詩集傳》，（台北市：藝文，1959 年），頁 2〜3。
〔註469〕〔清〕王先謙撰、吳格點校，《詩三家義集疏》，（台北市：明文，1988 年初版），頁
　　　　16〜17。

【討論 (2)】

見丌峚必谷反丌本：見其美必欲反其本

【各家說法】

馬承源以爲：

> 即「見其美必欲反一本」。「峚」、「嫩」、「微」皆以此爲聲符，今讀作「美」，「峚」、「美」音同。「谷」，假作「欲」。下文云：「夫喬之見訶（歌）也，則……」，下殘，文義不全。「訶」讀爲「歌」，大約是就此篇的歌曲而言。〔註470〕

李零以爲：

> 「見其美，必欲反，一本夫葛之見歌也」……反，指反本溯源。〔註471〕

龐樸以爲：

> 「反其本」的「其」字微蝕，放大來看，仍依稀可辨。〔註472〕

劉信芳以爲：

> 反其本，猶言「反其始」，……〈葛覃〉一詩，詩序解爲「后妃之本也」，《詩集傳》：「已嫁而孝不衰於父母，是德之厚而人所難也。」意皆不差。惟詩論由「反其本」而見出「禮」的社會生活層面的普遍意義，立意確實高而堅，讀之令人眼界開闊。〔註473〕

【玉姍案】

　　峚，簡文作 **寻**，假借爲「美」。「美」古音明紐脂部，「峚」爲明紐微部，音近可通，故戰國楚文字多以「峚」與從「峚」爲聲符之字，假借爲「美」。郭店〈老子甲〉簡15「美」字寫作 **芳**；〈老子丙〉簡7「美」寫作 **秋**；〈老子乙〉簡4「美」作 **夫**。上博〈紂衣〉簡1則寫爲 **羕**。寫法雖有小異，然其原則皆從「峚」得聲。今《周禮》「美」之古字作「嫩」。

　　羕，丌，「其」之異體字。原考釋誤以爲「一」。當訂正爲「丌」，讀爲「其」。

　　「見其美必欲反其本」，乃「見人之美德懿行，必定要反推其本」。也就是說「〈葛覃〉一詩，記歸寧父母之美行，則必定要反推出其原始根本之孝心（以推廣

〔註470〕馬承源主編，《上海博物館藏戰國楚竹書（一）》，（上海：上海古籍，2001年11月），頁145。

〔註471〕李零〈上博楚簡校讀記（之一）《子羔》篇"孔子詩論"部分〉，簡帛研究網站，2002年1月4日首發。

〔註472〕龐樸〈上博藏簡零箋（二）〉，簡帛研究網站，2002年1月4日首發。

〔註473〕劉信芳《孔子詩論述學》，（安徽大學出版社，2003年1月初版），頁198。

教化）。」

【討論（3）】

夫薑之見訶也，則呂▨苵薂之古也：夫葛之見歌也，則以絺綌之故也

【各家說法】

馬承源以爲：

> 「夫喬之見訶（歌）也，則……」，下殘，文義不全。「訶」讀爲「歌」，
> 大約是就此篇的歌曲而言。〔註474〕

又

> 「▨苵薂」，本簡第二字失去半側，不能隸定。第三字從艸作〔束女〕
> 形，字書所無，因而辭意未明。〔註475〕

李零以爲：

> 苵薂，皆從艸，前者左下殘，右下似是「氐」字；後者左下不清，
> 右下從女，疑當今本的「蔽芾」。〔註476〕

李學勤隸定爲「葉萋」〔註477〕。無釋。

何琳儀以爲：

> 簡文「夫薑」，疑讀「扶蘇」，即《詩·鄭風·山有扶蘇》之「扶蘇」。〔註478〕

陳劍以爲：

> 苵字左半已殘，其上所從當爲「艸」，右下所從沒有問題是從
> 「氐」，……。薂字……隸定作「薂」……當讀爲「絺綌」。……從讀音上
> 看，苵的聲符「氐」與「絺」，薂的聲符「屰」跟「綌」上古音都很接近。
> 「氐」及大部分從「氐」得聲的字都是端母脂部字。「絺」是透母字，其
> 韻部一般根據聲符「希」歸爲微部。端透鄰紐，脂微二部關係密切。……
> 「屰」在戰國文字中常作爲「戟」的聲符，「戟」有寫作從「各」聲的。
> 裘錫圭先生曾指出似「屰」聲在古代有與「各」相近的一種讀法。……從

〔註474〕馬承源主編，《上海博物館藏戰國楚竹書（一）》，（上海：上海古籍，2001年11月），
　　　　頁153。

〔註475〕馬承源主編，《上海博物館藏戰國楚竹書（一）》，（上海：上海古籍，2001年11月），
　　　　頁145。

〔註476〕李零〈上博楚簡校讀記（之一）《子羔》篇"孔子詩論"部分〉，簡帛研究網站，2002
　　　　年1月4日首發。

〔註477〕李學勤〈上海博物館藏楚竹書《詩論》分章釋文〉，簡帛研究網站，2002年1月16
　　　　日首發。

〔註478〕何琳儀〈滬簡詩論選釋〉，簡帛研究網站，2002年1月17日首發。

文意上來講，今本《毛詩‧周南‧葛覃》第二章云：「葛之覃兮，施于中谷，維葉莫莫，是刈是濩；爲絺爲綌，服之無斁。」葛因可以提取纖維製成葛布「絺綌」供人使用，所以受到歌詠；后稷因爲有文王、武王這樣有德的後代，因而受到周人的尊崇，兩事相類。反過來講，人們由於絺綌之美與文武之有德，從而想到生出絺綌的的葛和生出文武的后稷，正即簡文上文所説的：「（民）見其美，必欲反其本。」〔註479〕

胡平生以爲：

簡文的第二、三字應當連讀爲「荏菽」。〔註480〕

【玉姍案】

薑，「葛」之異體字。

「夫葛之見歌也，則以**葦**之故也」當連讀；此爲討論〈葛覃〉一詩之文字。**葦**二字因竹簡有殘缺而造成釋讀的困難。業師季旭昇以爲陳劍之釋形釋義皆可從，讀爲「絺綌」。

「夫葛之見歌也，則以絺綌之故也」意即：葛之所以被寫入詩中歌詠，乃因可以取其纖維、製作絺綌供人使用。業師季旭昇以爲：

本小節所談〈葛覃〉的祇初反本，與原詩章旨並無太大關係。純粹由葛和「絺綌」的關係著眼，是很明顯的斷章取義。〔註481〕

可從。

【討論（4）】

句稷之見貴也，則㠯文武之悳也：后稷之見貴也，則以文武之德也

【各家説法】

馬承源以爲：

下云：「后稷之見貴也，則以文武之德也」。是論《詩‧大雅‧生民》。詩諸篇中頌揚后稷的有〈生民〉、〈云漢〉、〈思文〉及〈魯頌‧閟宮〉，其有關詩句如下：

〈生民〉云：履帝武敏歆，攸介攸止，載震載夙，載生載育，時維后稷。　誕后稷之穡，有相之道。茀厥豐草，種之黃茂。　其香始升，上帝

〔註479〕陳劍〈孔子詩論補釋一則〉，《國際簡帛研究通訊》，2002 年 1 月第 2 卷第 3 期。

〔註480〕胡平生〈讀上博藏戰國楚竹書《詩論》箚記〉，簡帛研究網站，2002 年 6 月 4 日。

〔註481〕業師季旭昇〈孔子詩論新詮〉，（臺北：學生書局《經學研究論叢》13 輯，2005 年 12 月）。

居歆，胡臭亶時。后稷肇祀，庶無罪悔，以迄於今。

〈雲漢〉云：后稷不克，上帝不臨。耗斁下土，寧丁我躬。

〈思文〉云：思文后稷，克配彼天。立我烝民，莫匪爾極。貽我來牟，帝命率育無此疆爾界，陳常於時夏。

〈閟宮〉云：是生后稷，降之百福。黍稷重穋，稙穉菽麥，奄有下國，俾民稼穡。　后稷之孫，實維大王，居岐之陽，實始翦商。　皇皇后帝，皇祖后稷，享以騂犧，是饗是宜，降福既多。

〈閟宮〉是頌魯僖公的，所謂「公徒三萬，貝胄朱綬，烝徒增增，戎狄是膺，荊舒是懲，則莫我敢承」。鄭玄箋：「僖公與齊桓舉義兵，北當戎與狄，南艾荊及群舒，天下無敢禦也」。所言后稷教人稼穡，其子孫居岐、翦商，在魯廟中獲得騂犧之享等辭，實際上是要引申出復周公之宇，弘大魯侯的功績。孔子評后稷之見貴詩的具體篇名，不可能是〈閟宮〉，也非〈云漢〉，〈思文〉雖云「后稷克配彼天」，但詩句簡短。〈生民〉為頌后稷之長篇，共八章，四章章十句，四章章八句，辭文茂盛。鄭玄箋：「后稷肇祀上帝於郊，而天下眾民咸得其所，無有罪過也。子孫蒙其福，已至於今，故推以配天焉」。〈生民〉是后稷配天的頌歌，之所以見貴，實因文武之有「德」。以此，所論當為〈生民〉。〔註482〕

陳劍以為：

后稷因為有文王、武王這樣有德的後代，因而受到周人的尊崇。〔註483〕

胡平生以為：

「后稷之見貴也，則以文武之德也」，是評后稷的發展興旺，則依靠的是「文武之德」。文武之德者，非周之文王、武王之有德，乃謂后稷能文能武，文武雙全，兼有文德和武德。《生民》中有后稷稼穡之描述，是所謂武德；有祭祀上帝之描述，是所謂文德。〔註484〕

黃人二以為：

〈周頌‧思文〉：「思文后稷，克配彼天，云后稷之配天也。」從簡文「后稷之見貴也，則以文武之德也」看，以〈思文〉詩較為可能。〔註485〕

〔註482〕馬承源主編，《上海博物館藏戰國楚竹書（一）》，（上海：上海古籍，2001年11月），頁153～154。

〔註483〕陳劍〈孔子詩論補釋一則〉，《國際簡帛研究通訊》，2002年1月第2卷第3期。

〔註484〕胡平生〈讀上博藏戰國楚竹書《詩論》箚記〉，簡帛研究網站，2002年6月4日。

〔註485〕黃人二《上海博物館藏戰國楚竹書（一）研究》，（台灣高文出版社，2002年）。

【玉姍案】

句，簡文作𠂔，讀爲后，楚文字中常見，與𠂔（郭 3.23）、𠂔（郭 12.16）「句」寫法相同。「句」字爲「丩」字的分化字，義爲彎曲之物。從丩、「口」爲分化符號亦爲聲符。甲文中未見「句」字，金文中句的「丩」偏旁或左右相反如𠂔（句它盤）或省簡如𠂔（師鄂父鼎）；亦有在「句」形下加一「𠃊」形飾筆如𠂔（永盂）者。然銘文之用法，或假借爲「鉤」（如〈芮公鐘句〉），或假借爲「耇」（如〈師鄂父鼎〉），或借爲人名地名；如〈鑄客鼎〉中「王后」即作「王句」。戰國楚簡文字多承襲金文字形，文義中亦多假借爲其他字，例如《天星觀簡》「后土」寫作「句土」；《郭店簡》中「句」亦假借爲「苟」、「後」、「后」。「句」上古音見紐侯部，「后」、「後」爲匣紐侯部，三字間常有互相通假的現象。〈孔子詩論〉簡 6「二后受之」作「二句受之」，亦以「句」假借爲「后」。本簡「句稷」讀爲「后稷」。

《詩‧大雅‧生民‧序》：「〈生民〉，尊祖也。后稷生於姜嫄，文武之功，起於后稷，故推以配天焉。」故此從陳劍之說，將「后稷」當作人名，指周的始祖。

《史記‧周本紀》：

> 周后稷，名棄。其母有邰氏女，曰姜原。姜原爲帝嚳元妃。姜原出野，見巨人跡，心忻然說，欲踐之，踐之而身動如孕者，居期而生子，以爲不祥，棄之隘巷，馬牛過者皆辟不踐⋯⋯姜原以爲神，遂收養長之。初欲棄之，因名曰棄。⋯⋯及爲成人，遂好耕農，相地之宜，宜穀者稼穡焉，民皆法則之。帝堯聞之，舉棄爲農師，天下得其利，有功。⋯⋯封棄於邰，號曰后稷，別姓姬氏。后稷之興，在陶唐、虞、夏之際，皆有令德。

后稷是周之始祖，然周自太王、文王、武王數代之後始盛，建立周朝之後，后稷身爲始祖，地位才被尊崇。

【討論 (5)】

虗吕甘棠寻宗宷之敬，民眚古然。甚貴亓人，必敬亓立：吾以〈甘棠〉得宗廟之敬，民性固然。甚貴其人，必敬其位

【各家說法】

王志平引《說苑‧貴德》：

> 孔子曰：「吾於〈甘棠〉見宗廟之敬。甚尊其人，必敬其位。」《孔子家語‧好生》：「孔子曰：『吾於〈甘棠〉見宗廟之敬也，甚矣。思其人必愛其樹；尊其人，必敬其位，道也。』」〔註486〕

〔註486〕王志平〈詩論札記〉，簡帛研究網站，2002 年 10 月 15 日首發。

然僅引經書原文,無釋。

【玉姍案】

《說苑·貴德》:

> 孔子曰:「吾於〈甘棠〉見宗廟之敬。甚尊其人,必敬其位。」

《孔子家語·好生》:

> 孔子曰:「吾於〈甘棠〉見宗廟之敬也,甚矣。思其人必愛其樹;尊其人,
> 必敬其位,道也。」

與簡文文字諸多相合。

而《孔子家語·廟制》:

> 子羔問曰:「《祭典》云:「昔有虞氏祖顓頊而宗堯,夏后氏亦祖顓頊
> 而宗禹,殷人祖契而宗湯,周人祖文王而宗武王。此四祖四宗,或乃異代,
> 或其考祖之有功德,其廟可也。」若有虞宗堯,夏祖顓頊,皆異代之有功
> 德者也,亦可以存其廟乎?」孔子曰:「善,如汝所聞也。如殷周之祖宗,
> 其廟可以不毀,其他祖宗者,功德不殊,雖在殊代, 亦可以無疑矣。《詩》
> 云:「蔽芾甘棠,勿翦勿伐,邵伯所憩。」周人之於邵公也,愛其人猶敬
> 其所舍之樹,況祖宗其功德而可以不尊奉其廟焉。」

更爲簡文下了極佳的註腳。古代王者立先祖之宗廟,乃因追念先祖之功德。這是一種落實對祖先的懷念和追思之情的表現。這種追念先人之德的情懷,與〈甘棠〉一詩中所承顯出百姓因緬懷召公之德,而移情保護其生前所曾憩息之甘棠樹的舉動,是相當一致的。然召伯與百姓無血緣關係,因此能受到百姓的愛戴與追思,更見其難能可貴。

「必敬其位」之「位」當釋作「人所坐立之處」。《左傳·成公十七年》:「殺駒伯,苦成叔於其位。」《注》:「位,所坐處也。」《周禮·夏官·太僕》:「掌正王之服位。」注:「位,立處也。」亦即召公所休憩之甘棠樹下。

簡文曰:「甚貴其人,必敬其位。」與《說苑·貴德》:「甚尊其人,必敬其位。」、《孔子家語·好生》:「尊其人,必敬其位。」意思皆同。指百姓心中感恩尊重召公,是以連他所休憩過之處(甘棠樹下)一併移情而尊敬保護。與前章簡文「甘棠之報」、「及其人,敬愛其樹,其報厚矣」相呼應。

【討論(6)】

……虗以白舟得……民眚古然:……吾以〈柏舟〉得……民性固然

【各家說法】

業師季旭昇：

> 〈柏舟〉是「葛覃組」的第三篇，原簡殘缺，未見〈柏舟〉，但是我
> 們由「葛覃組」結論可以增補。內容殘缺不可知，但一定有民性固然句。
> 據「葛覃組」結論，此處的〈柏舟〉所論應該是由共姜矢志不改嫁的堅貞
> 之志所推衍出來的德行。〔註487〕

又

> 旭昇案：這是根據下面第十九簡「溺志，既曰天也，猶有怨言」而補
> 的。〔註488〕

【玉姍案】

此從季師之說補。

【討論（7）】

〈木瓜〉得〕希帛之不可法也，民眚古然，亓陞志必又曰俞也：〈木瓜〉得〕幣帛之不可去也，民性固然，其隱志必有以喻也

【各家說法】

馬承源以為：

> 希帛讀為「幣帛」，希從巾從釆，今寫作「幣」。《說文》云：「幣，
> 帛也」。經籍或解釋為錢貨、圭幣。帛為繒、縑素之類。《周禮‧天官‧
> 大宰》：「幣帛之式」，鄭玄注：「幣帛所以贈勞賓客」者，則是禮品的泛
> 稱。此處是由《木瓜》詩中的「瓊琚」、「瓊玖」等所報贈玉器所引申出
> 來的禮品的稱謂。

又

> 法，從辵從去，《說文》所無。按辭義讀為「去」。

又

> 「亓陞志必又曰俞」，即「其離志必有以逾」。「陞志」已見第一簡，
> 「陞」字未從心，從形體看，顯然為缺筆。「俞」在此讀為「逾」。大意
> 為若廢去禮贈的習俗，這個使人們離志的事情太過分了。〔註489〕

〔註487〕業師季旭昇〈孔子詩論新詮〉，（臺北：學生書局《經學研究論叢》13 輯，2005 年
12 月）。

〔註488〕業師季旭昇主編，《上海博物館藏戰國楚竹書（一）讀本》，（台北：萬卷樓，2004
年 6 月），頁 48。

〔註489〕馬承源主編，《上海博物館藏戰國楚竹書（一）》，（上海：上海古籍，2001 年 11 月），
頁 149。

李零以爲：

> 各志必有以輸也。「輸」原作「俞」，原書讀爲「逾」。今讀「輸」，「輸」
> 有「傾瀉」之義，類似於「抒」。此句可印證上文的分析，證明簡文「各
> 志」是「藏而未發之志」。〔註490〕

李學勤讀爲「其隱志必有以抒也」〔註491〕無釋。

廖名春以爲：

> 「隁」字在此可讀爲「惛」，「惛志」即「不明之心」。「俞」當讀爲「諭」，
> 曉諭，告。「其惛志必有以諭也」是說雙方有不明之心就一定要以言諭告
> 之。〔註492〕

王志平以爲：

> 其各志必有以偷也……「俞」讀爲「偷」，《國語‧齊語》：「則民不
> 偷。」注：「偷，苟且也。」，《禮記‧坊記》：「子云：禮之先幣帛也，欲
> 民之先事而後祿也。先財而後禮，則民利。」注：「財，幣帛也。利猶貪
> 也。」〔註493〕

【玉姍案】

　　帣，簡文作􀀀，爲楚系文字「幣」的特殊寫法。􀀀（郭1.2.14）與􀀀（郭3.33）皆從巾釆聲；爲「幣」之異體字。

　　「达」，簡文作􀀀。此字目前僅見於戰國文字中，包括齊璽、晉中山圓壺、楚系簡帛皆寫爲從「辵」，如􀀀（郭1.2.8）、從「彳」如􀀀（璽彙0856）、或從「止」如􀀀（晉‧中山圓壺），去聲；皆讀作「去」；爲戰國文字中「去」的異體字。《上博（一）‧孔子詩論》簡20􀀀字亦從辵，去聲，讀作「去」。

　　「隁」當讀作「隱」（見第一章注釋3）「隁志」即「隱志」，爲「隱含在（幣帛、禮品）背後的心意」。先秦所見「幣帛」有二義：一爲繒帛，即古人祭祀或餽贈所用的禮物。《左傳‧襄公八年》：「敬共幣帛，以待來者，小國之道也。」其二爲財物之泛稱。《禮記‧月令》：「開府庫，出幣帛，周天下。」此簡「幣帛」二字以上殘，不知其原引爲何詩，然應當解爲「古人祭祀或餽贈所用的禮物」之義較佳。業師季旭

〔註490〕李零〈上博楚簡校讀記（之一）《子羔》篇"孔子詩論"部分〉，簡帛研究網站，2002年1月4日首發。

〔註491〕李學勤〈上海博物館藏楚竹書《詩論》分章釋文〉，簡帛研究網站，2002年1月16日首發。

〔註492〕廖名春〈上海博物館藏詩論簡校釋箚記〉，簡帛研究網站，2002年7月3日首發。

〔註493〕王志平〈詩論箋疏〉，《上海博物館藏戰國楚竹書研究》頁221，（上海大學古代文明研究中心/清華大學思想文化研究所編，上海書店出版社，2002年3月）。

昇以爲「俞」當讀爲「喻」，有「明白，曉論」之義。「〈木瓜〉得」幣帛之不可去也，民性固然，其隱志必有以喻也」意謂：從木瓜詩中得知，……禮物是不可輕易省去的，這是由民性自然形成的。因爲人們心中隱含的抽象情意與願望，須透過禮品餽贈的動作才能得到明白彰顯。

業師季旭昇以爲：

> 今本〈衛風·木瓜〉：「投我以木瓜，報之以瓊琚，匪報也，永以爲好也。投我以木桃，報之以瓊瑤，匪報也，永以爲好也。投我以木李，報之以瓊玖，匪報也，永以爲好也。」《詩序》：「〈木瓜〉，美齊桓公也。衛國有狄人之敗，出處于漕，齊桓公救而封之，遺之車馬器服焉。衛人思之，欲厚報之，而作是詩也。」宋明之後學者對本詩好作懷疑，如朱熹《詩集傳》：「疑亦男女相贈答之辭，如〈靜女〉之類。」其實，瓊琚、瓊瑤、瓊玖豈是尋常男女所能餽贈？古史佚散者，沒有堅強證據，不宜輕言懷疑。〈孔子詩論〉本簡所論，與〈毛詩·木瓜〉基調相同，都是説明幣帛禮物的意義在於背後的「隱志」、「藏願」。〔註494〕

可從。

【討論 (8)】

丌言又所載而句内，或前之而句交，人不可羣也：其言有所載而後納，或前之而后交，人不可觸也

【各家説法】

馬承源以爲：

> 羣，《説文》所無。待考。〔註495〕

李零以爲：

> 其言又有所載而後入，或前之而后交，可能是説《詩》的歌詞必有所負載，然後才能深入人心，或賦之於前見效於後。入，原作「内」，原書作「納」。「交」，疑讀爲「效」。人不可羣也，疑讀「人不可捍也」，形容其感染力之深，爲聽者不能抗拒。〔註496〕

〔註494〕業師季旭昇主編，《上海博物館藏戰國楚竹書（一）讀本》，（台北：萬卷樓，2004年6月），頁48～49。

〔註495〕馬承源主編，《上海博物館藏戰國楚竹書（一）》，（上海：上海古籍，2001年11月），頁149。

〔註496〕李零〈上博楚簡校讀記（之一）《子羔》篇"孔子詩論"部分〉，簡帛研究網站，2002年1月4日首發。

周鳳五以爲：

　　　　皋，按，當讀爲「干」。《公羊傳・定公四年》：「以干闔廬」，注：「不待禮見曰干」。〔註497〕

王志平以爲：

　　　　「解」，疑爲從角、從牛之字。〔註498〕

何琳儀以爲：

　　　　其言有所載而後納，或前之而后，佼人不可盱也……《說文》：「盱，目多白也。一曰：張目也。」簡文「佼人不可盱也」，意謂不可以盯著美人瞧，這與詩序「刺好色也。在位不好德而悦美色焉」的詮釋是十分吻合的。〔註499〕

張桂光以爲：

　　　　▢……上部從「角」，可無疑問，但下部的▢卻不像「干」，倒像是「主」。因此，字似釋「觟」更妥。……簡文讀作「人不可觸也」。〔註500〕

魏宜輝以爲：

　　　　▢……上部從角，而下部所從……應爲「牛」。……所以我們認爲▢應爲「牽」，即「觸」字……「觸」字在簡文裡似應讀作「屬」，訓作「逮」。「人不可屬也」，似乎是講人們無法把握詩所言之志。〔註501〕

廖名春以爲：

　　　　其言有所載而後内，「内」字馬承源讀爲「納」是正確的。……「交納」，意爲「結交」，「其言」，指諭告通好之言。「有所載」，指作爲信物的財禮。此是說：「諭告通好之言，要有財禮作爲信物才能被人所接納。」或前之而後交，「前之」，指交前以財禮爲贄。此是說表達通好之意前，要先以財禮爲贄人家才會接受。人不可皋也，周鳳五的解釋非常好，「皋」當讀爲「干」，指通好不以贄爲禮。「人不可干也」，就是人通好不可以不

〔註497〕周鳳五〈《孔子詩論》新釋文及注解〉，簡帛研究網站，2002年1月16日首發。
〔註498〕王志平〈詩論箋疏〉，《上海博物館藏戰國楚竹書研究》頁220，（上海大學古代文明研究中心/清華大學思想文化研究所編，上海書店出版社，2002年3月）。
〔註499〕何琳儀〈滬簡詩論選釋〉，簡帛研究網站，2002年1月17日首發。
〔註500〕張桂光〈《戰國楚竹書・孔子詩論》文字考釋〉，《上海博物館藏戰國楚竹書研究》，（上海大學古代文明研究中心/清華大學思想文化研究所編，上海書店出版社，2002年3月），頁341。
〔註501〕魏宜輝〈讀上博簡文字劄記〉，《上海博物館藏戰國楚竹書研究》，（上海大學古代文明研究中心/清華大學思想文化研究所編，上海書店出版社，2002年3月），頁389～390。

以贄……。古代賓主相見，賓送主人見面禮曰贄。禮記‧表記：「無禮不相見也。」鄭玄注：「禮，謂贄也。是賓見主必有贄，贄有玉帛禽等之別」……是禮有大小而贄不同，禮畢主人還其贄。〔註502〕

業師季旭昇以爲：

牟，字作✦，上部從角，下部或謂從牛，李零先生〈校讀記〉以爲從「干」作肝，解作「抗拒」，釋義較佳，姑從之。〔註503〕

【玉姍案】

牟，簡文作✦，此字始見於楚系上博簡〈孔子詩論〉簡20。此字之構形，學者或釋「干」、「肝」、「觸」等。

然戰國楚系文字的「干」字，如✦（戰國‧楚‧璽彙3539）、✦（戰國‧楚‧包2.229），都沒有「✦」字下方部件豎筆上加圓點的明顯特徵，且「✦」字下方部件起筆的橫畫筆畫較圓滑，楚系「干」字上方作「✦」或「✦」，下方則在橫畫下加一豎筆，筆法不太相符。而目前所見的戰國文字「主」，或作「✦（戰國‧璽彙4893）」或作「✦（晉‧貨系268）」，不僅沒有圓點特徵，筆劃也都相當直而不圓滑，因此將「✦」字下方部件隸作「干」、「主」的可能性皆不高的。至於戰國楚系「牛」字如✦（楚‧包2.125）、✦（楚‧郭‧窮）則與「✦」字下方部件較類似。此外戰國文字「觸」亦作✦（齊‧陶彙3.820）、✦（晉‧璽彙664）。故以字形結構來看，「✦」字隸作「牟（觸）」應該比較恰當。「牟」從角、從牛。有「牴觸」、「抗拒」之意，也就是現在所謂的「觸怒對方、令對方心生反感」之意。

「人不可牟也」當承上「幣帛之不可去也……其隱志必有以喻也」而言，都是談「禮（物）」的重要。

此句意謂：一定的場合有一定的禮節；透過一定的秩序先言而行，言語發之於內心真情（有所載而後納），與人接觸交往之行爲（或前之而後交）一切合禮，自然能被對方接受，不會被拒絕或引發別人的抗拒之心。

【討論】（9）

虗吕折杜㝵雀〔□□□□□□□□□〕民酓古然，〔□□□□〕：吾以〈杕杜〉得爵〔□□□□□□□□□〕民性固然，〔□□□□〕。

〔註502〕廖名春〈上博《詩論》簡『以禮說詩』初探〉，《清華簡帛研究第二輯》，（中國北京清華大學思想文化研究所，2002年3月），頁144。

〔註503〕業師季旭昇〈孔子詩論新詮〉，（臺北：學生書局《經學研究論叢》13輯，2005年12月）。

【各家說法】

馬承源以爲：

> 杕杜，篇名。今本詩篇名中未見，但有《杕杜》。《杕杜》一在《國風·唐風》，一在《小雅·鹿鳴之什》，前者言「人無兄弟」，後者言「征夫遑止」、「征夫歸止」、「征夫遹止」。孔子云：「杕杜則情憙丌至也」，那麼，詩篇可能屬於《小雅》中的《杕杜》……如果是這樣，則今本有可能是傳抄之誤。〔註504〕

李學勤讀爲：「吾以〈杕杜〉得雀（爵）〔服〕」。〔註505〕

又

> 〈杕杜〉，今傳本有兩篇同名，一在〈唐風〉，一在〈小雅〉。第三章說「〈杕杜〉則情，喜其至也」，這和〈唐風·杕杜〉「獨行踽踽」很難聯繫。〈小雅·杕杜〉則云「征夫歸止」，「征夫遹止」，序云：「〈杕杜〉，勞還役也」，與「喜其至也」義合。簡文第二章講由〈杕杜〉而知爵服的重要，更可結合「勞還役」之說。這說明，〈詩論〉的〈杕杜〉屬於〈小雅〉。〔註506〕

李零以爲：

> 《杕杜》，今《唐風》有《杕杜》和《有杕之杜》，《小雅·鹿鳴之什》也有《杕杜》。三詩都是以「有杕之杜」起興，但《唐風·杕杜》和《小雅·杕杜》皆述愁怨之辭，似與下簡「《杕杜》則情，喜其至也」不諧。我懷疑，簡文《杕杜》是指《有杕之杜》。《有杕之杜》說「彼君子兮，噬肯適我。中心好之，曷飲食之」，庶幾近之。「得雀□……」，不詳，第三字殘去下部，從剩下的筆畫看，似是「見」字〔註507〕。

周鳳五以爲：

> 釂，簡文作「雀」。原釋無說。按，此節所論與幣帛有關，疑當讀爲「釂」。《說文》：「釂，飲酒盡也。」……〈唐風·有杕之杜〉共兩章，均以「中心好之，曷飲食之」作結。則讀「釂」爲是。另〈小雅·杕杜〉共

〔註504〕馬承源主編，《上海博物館藏戰國楚竹書（一）》，（上海：上海古籍，2001年11月），頁148。

〔註505〕李學勤〈上海博物館藏楚竹書《詩論》分章釋文〉，簡帛研究網站，2002年1月16日首發。

〔註506〕李學勤〈詩論與詩〉，中國北京：清華簡帛講讀班，2002年1月4日首發。

〔註507〕李零〈上博楚簡校讀記（之一）《子羔》篇"孔子詩論"部分〉，簡帛研究網站，2002年1月4日首發。

四章，篇題與簡文相同，但不言飲食酬酢，與簡文無關。〔註508〕

何琳儀以爲：

> 考釋以爲「折」爲「杕」之形誤，於字形不合。按：「折」乃「杕」
> 之音變，二字均屬舌音月部，故可相通。〔註509〕

黃德寬、徐在國以爲：

> 「折杜」當讀「杕杜」。古音「折」，章紐月部；「杕」，定紐月部。聲
> 紐均是舌音，韻部相同，因此「折」字可讀爲「杕」。「折」、「杕」是互相
> 通假的關係，並非是訛誤的關係。〔註510〕

廖名春以爲：

> 按，「雀」當讀爲「誚」。《説文·言部》：「誚，譙，嬈嬈也。從言焦
> 聲。古文焦從肖」《玉篇·言部》：「誚，責也。」《書·金縢》：「王亦未敢
> 誚公。」……《小序》：「杕杜，刺時也。君不能親其宗族，骨肉離散，獨
> 居而無兄弟，將爲沃併爾。」誚，即刺。〔註511〕

葉國良等以爲：

> 按：依禮，賓主相見之後，自有宴飲之事，「雀」字作「醋」解，與
> 《唐風·有杕之杜》內容關涉飲食者較合。周（鳳五）説是也。〔註512〕

劉信芳以爲：

> 「雀」讀爲「爵」，是也。首先從詩歌內容看，〈杕杜〉一詩寫杕杜結
> 滿了果實，「征夫將歸，檀車幝幝，四牡痯痯，征夫不遠」。……〈詩論〉
> 既謂之「得爵」，則應理解爲征夫建功得爵，以大夫之禮駕四牡而歸，離
> 家已不遠。其妻聞訊，賦詩以表達喜悅之情。此所以〈詩論〉評該詩爲「折
> 杜，則情喜其至也」。其次由辭例看，包山簡204「雀立」即「爵位」，郭
> 店簡〈魯穆公〉「泉雀」即「祿爵」，於文於理都是通暢的。〈詩·小雅·
> 采薇·序〉：「歌采薇以遣之，出車以勞還，杕杜以勤歸也。」〈小雅·杕
> 杜·序〉：「杕杜，勞還役也。」……後世多將〈小雅·杕杜〉理解爲慶祝
> 凱旋之詩，唐杜甫〈收京〉：「賞應歌杕杜，歸及薦櫻桃。」其用典合於詩

〔註508〕周鳳五〈《孔子詩論》新釋文及注解〉，簡帛研究網站，2002年1月16日首發。

〔註509〕何琳儀〈滬簡詩論選釋〉，簡帛研究網站，2002年1月17日首發。

〔註510〕黃德寬、徐在國〈上海博物館藏戰國楚竹書（一）·孔子詩論〉釋文補正〉，（《安
徽大學學報哲學社會科學版》，2002年3月第26卷第2期）。

〔註511〕廖名春〈上海博物館藏詩論簡校釋箚記〉，簡帛研究網站，2002年7月3日首發。

〔註512〕葉國良等著〈上博楚竹書《孔子詩論》箚記六則〉，（《台大中文學報第十七期》，2002
年12月），頁16。

序，亦與孔子評〈杕杜〉契合無間。簡文杕杜是否指同題數作？應該說，這種可能性是存在的。簡文有殘，姑付闕如。〔註513〕

【玉姍案】

「折」乃「杕」之音變，二字均屬舌音月部，故可相通，折杜，當讀「杕杜」。「雀」在楚簡中多假借為「爵」，此處可讀為「爵」。本簡下端殘斷，業師季旭昇以為：

> 〈新詮〉據葛覃組的體例，以為此處的〈杕杜〉是「葛覃組」的第一次論述，其後應有「民性固然」句。雀，楚簡多讀為「爵」，李學勤先生〈分章釋文〉於「爵」後補「服」字，則以「爵」為名詞。按〈新詮〉，以釋為動詞較妥。〔註514〕

又

> 李學勤先生〈分章釋文〉於「崔（爵）」後補了一個「服」字，從殘存的證據看，似嫌證據不足。本句的「爵」應是受人以爵，恐怕不是自己得爵服。〔註515〕

今本《毛詩·唐風·杕杜》：

> 有杕之杜，其葉湑湑，獨行踽踽，豈無他人？不如我同父。嗟行之人，胡不比焉。人無兄弟，胡不佽焉。有杕之杜，其葉菁菁，獨行睘睘，豈無他人？不如我同姓。嗟行之人，胡不比焉。人無兄弟，胡不佽焉。

《唐風·杕杜·詩序》：

> 〈杕杜〉，刺時也。君不能親其宗族，骨肉離散，獨居而無兄弟，將為沃併爾。

今本《毛詩·唐風·有杕之杜》：

> 有杕之杜，生于道左。彼君子兮，噬肯適我？中心好之，曷飲食之。有杕之杜，生于道周。彼君子兮，噬肯來遊？中心好之，曷飲食之。」

《唐風·有杕之杜·詩序》：

> 〈有杕之杜〉，刺晉武公也。武公寡特，兼其宗族，而不求賢以自輔焉。

《小雅·鹿鳴之什·杕杜》：

〔註513〕劉信芳《孔子詩論述學》，（安徽大學出版社，2003年1月初版），頁216。

〔註514〕業師季旭昇主編，《上海博物館藏戰國楚竹書（一）讀本》，（台北：萬卷樓，2004年6月），頁49。

〔註515〕業師季旭昇〈孔子詩論新詮〉，（臺北：學生書局《經學研究論叢》13輯，2005年12月）。

　　有杕之杜，有睆其實。王事靡盬，繼嗣我日。日月陽止，女心傷止，征夫遑止。有杕之杜，其葉萋萋。王事靡盬，我心傷悲。卉木萋止，女心悲止，征夫歸止。陟彼北山，言采其杞。王事靡盬，憂我父母。檀車幝幝，四牡痯痯。征夫不遠。匪載匪來，憂心孔疚。期逝不至，而多爲恤。卜筮偕止，會言近止，征夫邇止。

《小雅‧杕杜‧詩序》：

　　〈杕杜〉，勞還役也。

以上三篇篇名與首句皆與「杕杜」相關，然筆者以爲以上三篇今本《詩經》詩文，若要能與〈孔子詩論〉簡18「〈杕杜〉則情喜其至也」、簡20「吾以〈杕杜〉得爵□……」能相對應者；可能是〈唐風‧有杕之杜〉較符合，其餘兩篇跟「爵」沒有什麼關係。〈唐風‧有杕之杜〉詩義爲「好賢而恐不足以致之」，主角應爲國君，內容表達其好賢之思。「〈杕杜〉則情喜其至也」描寫國君得賢，情喜其至的心情。簡20「吾以〈杕杜〉得爵□……」有缺文，「爵」後應爲受詞－賢者。這裡可能是談君子來遊，國君應當給予適當的爵位俸祿，使君子可以安其位，行其道；那麼君子才能久留。

【討論（10）】

〈葛覃〉……。〈甘棠〉……。〈柏舟〉……【缺簡】

【各家說法】

業師季旭昇以爲：

　　第20簡後接簡18，據簡長，簡20尾部可以補16字，其中至少應該有「民性固然」四字。照「葛覃組」的架構，簡20和簡18中間應該也缺一簡，屬於〈葛覃〉、〈甘棠〉、〈柏舟〉的再論，每篇平均約20字。簡18後半缺的是〈葛覃〉、〈甘棠〉的結論，接著是簡19的〈柏舟〉、〈木瓜〉，接著是簡20的〈杕杜〉，「葛覃組」的三層論述就很完整了。〔註516〕

【玉姍案】

　　據業師季旭昇〈〈孔子詩論〉新詮〉據「葛覃組」的結構及簡長，此處應補一支簡，以容納〈葛覃〉、〈甘棠〉、〈柏舟〉三篇論述。

【討論（11）】

木苽之保呂俞丌悥者也：因〈木瓜〉之報以喻其婉者也

〔註516〕業師季旭昇〈孔子詩論新詮〉，（臺北：學生書局《經學研究論叢》13輯，2005年12月）。

【各家說法】

馬承源以爲：

> 保，今本作「報」。詩云：「投我以木瓜，報之以瓊琚，匪報也，永以
> 爲好也」。下文有「報之以瓊瑤」、「報之以瓊玖」等句。是說投之者薄，
> 報之者厚。

又

> 俞，按辭意當讀爲「愉」，即厚報以愉薄投者。

又

> 悹，讀作「捐」，字從宀（玉姍案：應爲從「心」。）從肙，「肙」爲
> 基本聲符，通做「捐」。「投之以木瓜」之「投」，義與「捐」相通。《說文》
> 云：「投，擿也」。《集韻》云：「棄也」。《說文》言「捐」曰：「棄也。」
> 是「投」、「捐」義相近。〔註517〕

周鳳五以爲：

> 「俞」……按，當讀爲「喻」，譬喻也。《潛夫論・釋難》：「夫譬喻也
> 者，生於直告之不明，故假物之然否以章之。」此詩共三章，彼投我以木
> 瓜，而我竟報之以瓊琚……，贈答之厚薄迥異，所喻之情懸殊。簡文蓋謂
> 以厚報輕，寄其愛慕之意，而求之不得，心中不能無怨也。所謂「生於直
> 告之不明，故假物之然否以章之，是也。」〔註518〕

李零以爲：

> 第一字，上半殘，原書釋爲「因」，可疑。

又

> 簡18「《木瓜》之報，以輸其怨者也」，仍然是說《木瓜》有發洩怨
> 言的含義。〔註519〕

李學勤讀爲「因《木瓜》之報，以抒其悁者也」。〔註520〕

廖名春以爲：

> 按：「俞」當讀爲「諭」。說文・言部：「諭，告也。」《韓非子・解老》：

〔註517〕馬承源主編，《上海博物館藏戰國楚竹書（一）》，（上海：上海古籍，2001年11月），
頁148。

〔註518〕周鳳五〈《孔子詩論》新釋文及注解〉，簡帛研究網站，2002年1月16日首發。

〔註519〕李零〈上博楚簡校讀記（之一）《子羔》篇"孔子詩論"部分〉，簡帛研究網站，2002
年1月4日首發。

〔註520〕李學勤〈上海博物館藏楚竹書《詩論》分章釋文〉，簡帛研究網站，2002年1月16
日首發。

「中心懷而不諭，故疾趨卑拜而明之。又禮者，外節之所以諭內也。」《呂氏春秋‧離謂》：「言者，以諭意也。」

又

按：宵當讀爲「娟」。「娟」有好義。《楚辭大招》：「體便娟只。」王逸注：「便娟，好貌。」……《詩》云：「匪報也，永以爲好也。」「娟」即「好」。簡文因木瓜之報以諭其娟者也，即借木瓜之報以明永以爲好之願。〔註521〕

劉信芳以爲：

信芳按：簡19既云：「木瓜有藏，玩而未得達。」則「悁」讀爲「怨」，應無疑義。藏者，善也。木瓜作爲美善的象徵，愛念在心而未能得到，此所以有「怨」也。〔註522〕

業師季旭昇以爲：

我認爲「宬」字應該釋爲「婉」，委婉之意。楚簡從本簡此字偏旁「肙」之字多半要讀爲與「夗」聲有關的字，拙作〈由上博詩論「小宛」談楚簡中幾個特殊的從肙的字〉（台北：《漢學研究》第20卷第2期，2002.12，377-397頁）已有論述。……

準此，《孔子詩論》簡18「因〈木瓜〉之報以俞（喻）其宬（婉）者也」，意思是：「藉著〈木瓜〉詩一樣用厚重的禮物去回報人家，是要表達心中委婉的願望啊！」

本句的意思和簡19「〈木瓜〉有藏願而未得達也」，可以相呼應。簡19的意思是說：「〈木瓜〉詩中的主人翁所以要薄來而厚往，是因爲他心中有隱藏著的願望，沒有用其它的方式表達出來啊！」所以要用厚重的禮物來委婉地讓對知道。〔註523〕

【玉姍案】

🔲字上殘，無法確定爲何字，暫從原書隸定作「因」。「俞」當讀爲「喻」，當作「曉諭、明白」。

🔲，〈孔子詩論〉中多讀「怨」字。然與此讀「怨」似乎不通。業師季旭昇以爲楚簡中從宵之字，今多讀爲從「夗」聲之字；此字可能讀爲「婉」，有委婉、宛轉之

〔註521〕廖名春〈上海博物館藏詩論簡校釋箚記〉，簡帛研究網站，2002年7月3日首發。

〔註522〕劉信芳《孔子詩論述學》，（安徽大學出版社，2003年1月初版），頁206。

〔註523〕業師季旭昇〈《孔子詩論》『木瓜之報以喻其婉』說〉，簡帛研究網站，2004年1月7日首發。

義，代表情感含蓄之表達；與簡 19「〈木瓜〉有藏願」可相呼應；從之。「〈木瓜〉之報以喻其婉者也」是說〈木瓜〉詩中言彼投我以木瓜，我報之以美玉，心中有「藏願」未能表達，因此藉著美玉（禮物）委婉地寄託與以為好的心願。

【討論（12）】

折杜則情意丌至也：〈杕杜〉則情喜其至也

【玉姍案】

　　業師季旭昇以為「其至」為賢人到來；乃國君因賢人來歸而心喜。可從。筆者則以為「情喜其至也」亦可釋為「心情歡喜到極致」；姑且保留，聊備一說。

【討論（13）】

溺志，既曰天也，猷又寬言：溺志，既曰天也，猶有怨言

【各家說法】

李零以為：

　　「溺志」，上字的上半左從弓，右不清，下半從水，從殘存字形看，很可能是「溺」字。《禮記‧樂記》記魏文侯子夏問對，討論「溺音」，子夏說：「鄭音好濫淫志。宋音燕女溺志。衛音趨數煩志。齊音敖辟喬志。此四者皆淫於志而害於德。是以祭祀弗用。」其中就有溺志。

又

　　「既曰天也，猶有怨言」，言下有句讀，原書點句號，這裡點逗號……《木瓜》見今《衛風》，但今《木瓜》無怨天之辭，其他各篇也沒有這類話，有之，惟《鄘風‧柏舟》作「母也天只，不諒人只」，疑文有誤，或孔子對《木瓜》別有解釋，和今天理解不同。另外，我也考慮過，「既曰天也，猶有怨言」，是不是論它前面的另一篇詩，怨言下面應點句號，但下文簡 18「《木瓜》之報，以輸其怨者也」，仍然是說《木瓜》有發洩怨言的含義，看來句號也不合適。這裡只能把問題提出，俟高明教之。〔註524〕

何琳儀以為：

　　該字左從弓，右下從水，右上僅存殘畫。可與郭店簡「溺」相互比較：

　　　　上海簡《詩論》19　　　　　郭店簡《老子甲》37。

　　《禮記‧樂記》：「鄭音好濫淫志，宋音燕女溺志。」疏：「燕，安也。溺，

〔註524〕李零〈上博楚簡校讀記（之一）《子羔》篇"孔子詩論"部分〉，簡帛研究網站，2002年1月4日首發。

沒也。」〔註525〕

俞志慧以爲：

> 此句當討論《北門》。觀《北門》之詩，滿紙怨尤……不得其志，因
> 而怨天尤人，是與殘存簡文相合。〔註526〕

王志平以爲：

> 《君子偕老》「胡然而天也，胡然而帝也？」〔註527〕

李學勤以爲：

> 我認爲這是指《君子偕老》。《詩序》：「《君子偕老》刺衛夫人也。夫
> 人淫亂，失事君子之道，故陳人君之德，服飾之盛，宜與君子偕老也。」
> 《詩論》是不是這樣看，不能確定。但詩第二章云「胡然而天也，胡然而
> 帝也」，故簡文說既稱爲天也，還有什麼可忿悁的呢？可知《詩論》作者
> 與《詩序》一樣，以爲此詩含有刺譏之意。〔註528〕

楊澤生以爲：

> 《鄘風·柏舟》的主題卻是永遠的抱怨，簡直就是怨氣沖天。爲了便
> 於討論，我們將此詩引述於下：
>
> > 泛彼柏舟，在彼中河。髧彼兩髦，實維我儀。之死矢靡它。母也天只，
> > 不諒人只！泛彼柏舟，在彼河側。髧彼兩髦，實維我特。之死矢靡慝。母
> > 也天只，不諒人只！關於此詩的主題，目前有「共姜自誓說」、「寡婦守節
> > 說」、「讚美節婦說」、「愛情忠貞說」和「女守獨身說」、「貞婦被遣說」和
> > 「言孝道」說等多種說法，其中尤其以「愛情忠貞說」比較流行。實際上
> > 「髧彼兩髦，實維我儀。之死矢靡它」和「髧彼兩髦，實維我特。之死矢
> > 靡慝」只是說自己優秀的德行，要正確把握這首詩的主題還得看詩中兩章
> > 的末句：「母也天只，不諒人只！」毛《傳》：「諒，信也。母也天也，尚
> > 不信我。「天」謂父也。」馬瑞辰《通釋》：「《詩》變父言天，先母後父者，
> > 錯綜其文，以天與人爲韻也。」自己德行那麼好，但是卻得不到信任，眞
> > 是哭爹叫媽也無法排解心中怨氣，這和簡文「既曰「天也」，猶有怨言」

〔註525〕 何琳儀〈滬簡詩論選釋〉，簡帛研究網站，2002 年 1 月 17 日首發。

〔註526〕 俞志慧《《戰國楚竹書·孔子詩論》校箋下》，簡帛研究網站，2002 年 1 月 17 日首
發。

〔註527〕 王志平〈詩論箋疏〉，《上海博物館藏戰國楚竹書研究》，（上海大學古代文明研究中
心/清華大學思想文化研究所編，上海書店出版社，2002 年 3 月），頁 220。

〔註528〕 李學勤〈詩論與詩〉，《清華簡帛研究第二輯》，（中國北京清華大學思想文化研究所，
2002 年 3 月）。

完全切合。所以，從詩的主題來分析，所評的詩應該是《鄘風‧柏舟》而不是《邶風‧北門》。〔註529〕

廖名春以為：

> 「既曰天也」，猶有怨言疑說《君子偕老》，……按：「既曰天也」，是驚嘆其容貌之美，「猶有怨言」是刺其有失事君子之道。〔註530〕

【玉姍案】

溺，簡文作![字]，原考釋者不作隸定；李零以為「溺」字，可從。「溺」字目前僅見於楚系包山簡、郭店簡中，![字]（包山7），![字]（包山172），![字]（包山246），![字]（郭店‧老甲8），![字]（郭語叢2.36），多為從弓從勿從水之字形。《孔子詩論》![字]字左從弓，右下從水；右上雖殘，然與其他楚簡中的「溺」字形相似；故隸定為「溺」。業師季旭昇以為；

> 「溺（弱）」；本義；尿也。假借為弱、溺。
>
> 釋形：甲骨文從人、象尿形![字]（商‧菁5.1）。戰國楚文字離析為從人、勿，或下加「水」形以示尿為水液。假借為「弱冠」之「弱」，則或加義符「子」。《包山》2.7：「齊客陳豫訽王之歲八月乙酉之日，王廷於藍郢之游宮，焉命大莫囂屈昜為命邦人內其弱（![字]）典。」《郭店‧老子甲》33：「骨弱（![字]）堇（筋）柔。」可證楚文字這些字釋為「弱」，可從。（參崔仁義《荊門郭店楚簡老子研究》64頁、劉信芳〈包山楚簡司法術語考釋〉、陳偉〈關於包山楚簡中的弱典〉、廖名春〈楚簡老子校釋（九）〉秦系文字訛從二「弓」。〔註531〕

可從。「溺志」應為志向受到壓抑，無法伸展。

![字]，楚系「怨」字。

今本《毛詩‧鄘風‧柏舟》：

> 汎彼柏舟，在彼中河。髧彼兩髦，實維我儀。之死矢靡它，母也天只，不諒人只。汎彼柏舟，在彼河側。髧彼兩髦，實維我特。之死矢靡慝，母也天只，不諒人只。

《詩序》：

> 〈柏舟〉，共姜自誓也。衛世子共伯蚤死，其妻守義，父母欲奪而嫁

〔註529〕楊澤生〈「既曰天也，猶有怨言」評的是《柏舟》〉，簡帛研究網站，2002年2月7日首發。

〔註530〕廖名春〈上海博物館藏詩論簡校釋箚記〉，簡帛研究網站，2002年7月3日首發。

〔註531〕業師季旭昇撰，《說文新證（下）》，（台灣：藝文印書館，2004年11月），頁67。

之，誓而弗許，故作是詩以絕之。

今本《毛詩·邶風·北門》：

> 出自北門，憂心殷殷。終窶且貧，莫知我艱，已焉哉！天實爲之，謂
> 之何哉？王事適我，政事一埤益我。我入自外，室人交遍讁我，已焉哉！
> 天實爲之，謂之何哉？王事敦我，政事一埤遺我，我入自外，室人交遍摧
> 我，已焉哉！天實爲之，謂之何哉。

《詩序》：

> 〈北門〉，刺仕不得志也。言衛之忠臣不得其志爾。

《鄭箋》：

> 不得其志者，君不知己志而遇困苦。

「溺志」爲志向受到壓抑；無法伸展。〈北門〉詩旨爲刺仕不得志。〈鄘風·柏舟〉詩旨爲父母欲奪貞婦守節之志而迫嫁之。筆者以爲〈鄘風·柏舟〉之詩旨可能較符合簡文「溺志」之說法。簡文「既曰天也，猶有怨言」應指〈鄘風·柏舟〉爲貞婦守節，然其家人迫其改嫁之詩；是以貞婦誓死以明志。「母也天只」爲貞婦被家人迫其改嫁之時，情急之下呼喊之詞。經文「不諒人只」即是指簡文中「猶有怨言」之「怨言」，表示心中守節之志卻無人能體諒的無奈。

【討論（14）】

木芇又臧悆而未导達也。交……：〈木瓜〉有藏願而未得達也。交……。

【各家說法】

馬承源以爲：

> 木芇，即《詩·國風·衛風·木瓜》原篇名。〔註532〕

裘錫圭以爲：

> 陳（劍）《稿》對《詩論》釋《木瓜》之語有如下解釋：「仔細體會，
> 《木瓜》原文說「投我以木瓜，報之以瓊琚」，對方投我以薄，我報之以
> 厚，孔子從中看出的是「我」希望對方待己以厚，是爲「未得達」之「藏
> 願」；已待對方厚而對方待己薄，因而心中有怨；藉著回報對方的機會，
> 用以厚報薄的方式將「怨」表達給對方知道，是爲「因《木瓜》之報，以
> 喻其怨」。〔註533〕

〔註532〕馬承源主編，《上海博物館藏戰國楚竹書（一）》，（上海：上海古籍，2001年11月），頁148。

〔註533〕裘錫圭〈關於孔子詩論〉，《國際簡帛研究通訊》，第二卷第三期，2002年1月。

胡平生以爲：

> 臧，《說文》：「善也。」……「臧願」即「善願」、「美願」。評《木瓜》
> 爲「有善願而未得達」，大概是指詩句說薄贈而厚報，本意是期望「永以
> 爲好也」的善願，然而並未能夠達到目的，實現願望。〔註534〕

許全勝以爲：

> 從元從心之「忨」，又見於《中山王方壺》銘文，讀爲「願」。〔註535〕

黃人二以爲：

> 《論語・泰伯》：「侗而不願」，鄭注云：「願，善」也。《廣雅・釋詁》
> 同。簡文「有善願而未得達也」，蓋謂爲人懷藏愨謹，投重禮以報答輕物，
> 仍未能遂其志。〔註536〕

劉信芳以爲：

> 信芳按：簡19既云：「木瓜有臧，玩而未得達。」〔註537〕

又

> 竊意木瓜與瓊琚，無所謂厚薄。朱熹解《木瓜》疑亦男女相贈答之詞，
> 此亦一解也。……張衡《四愁詩》：「美人贈我金錯刀，何以報之英瓊瑤。」……
> 木瓜與金錯刀，同爲信物，象徵美好。由此知簡18「木瓜之保」，「保」應
> 讀爲「寶」。「寶」與「臧」含義相貫，至於本簡則應讀至「木瓜有臧」絕
> 句。所謂「忨而未得達也」，無論解以愛念而尚未得到木瓜，還是解爲未能
> 以瓊琚「致」「達」，都示愛而未能結好的意思。因其「永以爲好也」尚未
> 成爲事實，能無怨乎！「怨」猶「閨怨」、「曠夫怨女」之「怨」。自來解《詩》，
> 有以《詩》本身之情致解之者，有以政治理念、史事解之者。《詩論》既重
> 「情」，據此筆者傾向於依朱熹《集傳》解《木瓜》。〔註538〕

【玉姍案】

　　臧，簡文作，「臧（臧）」之異體字。馬承源未作考釋。此字形目前僅見於〈孔子詩論〉簡19。楚系「臧」字多寫成從口戕聲如（包2.23）、（郭5.8）。楚系

〔註534〕胡平生〈讀上博藏戰國楚竹書《詩論》箚記〉，《上海博物館藏戰國楚竹書研究》，（上海大學古代文明研究中心/清華大學思想文化研究所編，上海書店出版社，2002年3月），頁285。

〔註535〕許全勝〈孔子詩論零拾〉，《上海博物館藏戰國楚竹書研究》（上海大學古代文明研究中心/清華大學思想文化研究所編，上海書店出版社，2002年3月），頁372。

〔註536〕黃人二《上海博物館藏戰國楚竹書（一）研究》，（台灣高文出版社，2002）。

〔註537〕劉信芳《孔子詩論述學》，（安徽大學出版社，2003年1月初版），頁206。

〔註538〕劉信芳《孔子詩論述學》，（安徽大學出版社，2003年1月初版），頁210～211。

文字往往加「宀」形爲飾；如簡 3「」字與簡 27「」字皆楚系「怨」字。「」就比「」多了一個裝飾性的「宀」形部件。〈孔子詩論〉「寁」字亦在「臧」上加了「宀」形，故「寁」應視爲「臧（藏）」之異體字。簡文中假作「藏」。藏願，是指隱涵在瓊瑤美玉這些禮物之中，然未以言語表達的心意，也就是今《衛風·木瓜》中的「永以爲好也」這份心意。

悉，簡文作，目前僅見於〈孔子詩論〉（上 1.1.14）、（上 1.1.19），字上比省略一橫筆，這在戰國文字中亦常見：例如〈侯馬盟書〉「元年」有寫作「年」者，包山簡「冠」所從之「元」或作（包 2.264），或作（包 2.259）。

達，簡文作。「達」字在楚系文字中寫法相當特別，學界對其字形結構源流尚未有定見；趙平安以爲：

> 郭簡「達」主要作、、、等形，《古文四聲韻》中引《古老子》「達」作，屬於一路。〈達字二系説—兼釋甲骨文中所謂的「途」和齊金文中所謂的「造」〉，指出古文字「達」的寫法具有兩系，一系從西周金文到戰國的燕秦，爲《説文》小篆「達」所出；一系爲戰國的齊楚，實際上有很深的淵源，就是甲骨文中的、、，甲骨文的這個字一般釋作「途」，讀作「屠」，非獨字形不類，文例也難以講通。作者根據戰國文字中有些字分別或同時加羨劃「二」、「口」的現象，考證齊楚一系的「達」是在這個字的基礎上加羨劃「二」、「口」或同時加「二」、「口」而成的。卜辭中的「達」主要有兩種用法，當他的賓語是人名方國時，表示「讓……來」或「撻伐」的意思。這也正是傳世文獻中「達」字較常見的用法。〔註 539〕

趙平安之説非常值得參考。郭店簡〈老子甲〉簡 8 字因有今傳本可供比對，故可確定讀作「達」。上博〈孔子詩論〉簡 19 字與（郭 1.1.8）及（郭 5.11）「達」字寫法非常相似。讀作「達」沒有問題。

今本《毛詩·衛風·木瓜》：

> 投我以木瓜，報之以瓊琚，匪報也，永以爲好也。投我以木桃，報之以瓊瑤，匪報也，永以爲好也。投我以木李，報之以瓊玖，匪報也，永以爲好也。

《詩序》：

〔註 539〕趙平安〈郭店楚簡與商周文字考釋〉，清華大學思想文化研究所/輔仁大學文學院聯合主辦，新出楚簡與儒學思想國際學術研討會論文集，2002 年 3 月 31 日～4 月 2 日。

〈木瓜〉，美齊桓公也。衛國有狄人之敗，出處于漕，齊桓公救而封
之，遺之車馬器服焉。衛人思之，欲厚報之，而作是詩也。

　　簡文「臧願」學者有解釋爲「善願」與「藏願」兩派說法，筆者以爲簡20：「幣
帛之不可去也，民性古然，其隱志必有以喻也。」談〈木瓜〉所引伸出的幣帛餽贈
之禮。「隱志」與「藏願」正相對爲文，故筆者以爲當讀爲「藏願」。「〈木瓜〉有藏
願而未得達也」是說〈木瓜〉一詩言心中有「藏願（永以爲好）」，然而對方卻似乎
未能完全知曉體會（因此要透過禮物以委婉表達）。

　　「交」字下殘，無法得知其原義。

【討論（15）】

〔……〈杕杜〉……□□□□〕女此可？斯雀之矣▬，邁兀所悉（愛），必曰
虔奚舍之賓贈氏巳：〔……〈杕杜〉……□□□□〕如此何？斯爵之矣，離
其所愛，必曰：「吾奚舍之賓贈是已」。

【各家說法】

馬承源以爲：

> 本簡長四十三釐米。上下端殘。」又「可斯，篇名，或讀爲「何斯」。
> 今本《毛詩・小雅・節南山之什》有篇名《何人斯》，但詩意與評語不諧。
> 《詩・國風・召南・殷其雷》有句云：「殷其雷，在南山之陽，何斯違斯，
> 莫敢或遑」。此《何斯》或不在詩篇之句首，詩篇名取字在第二句以下的，
> 也有其例，如《桑中》、《權輿》、《大東》、《庭燎》等皆是。但詩義與評語
> 難以銜接，今闕釋。〈可斯〉篇是上一組詩評語的終結，其他詩評已無存。
> 其下文爲另一組詩評的開始。〔註540〕

李零以爲：

> 何斯，即今《小雅・節南山之什》的《何人斯》。「誚」，是譏刺之義，
> 原作「雀」（「誚」是從母宵部字，「雀」是溪母藥部字，讀音相近），《何
> 人斯》乃譏諷讒人之詩，這裡疑讀爲「誚」。

又

> 原書於「此」下點句號，「矣」下點逗號，說簡文評語與今〈何人斯〉
> 不符，蓋「以離其所愛，必曰：吾奚舍之，賓贈是也。」爲〈何斯〉評語。
> 這三句，原書連讀，無說。今揣文義，似是另起一段。「離」，見上文簡

〔註540〕馬承源主編，《上海博物館藏戰國楚竹書（一）》，（上海：上海古籍，2001年11月），
　　　　頁157。

11、13，寫法相同。「捨」原作「舍」。賓贈是喪禮用語，《儀禮‧既夕禮》：「凡贈幣，無常。」注：「賓之贈也。玩好曰贈，在所有。」……這段話的意思是說，人一旦失去他所愛的人，一定會說我怎麼捨得下他呢？所以要在喪禮上送玩好之物給他。這是表達對所愛的人的懷念。內容與上「〈甘棠〉之愛」有關。〔註541〕

何琳儀以為：

《考釋》讀「可斯」為「何斯」並認為截取《詩‧召南‧殷其雷》「何斯違斯」首二字，十分正確。「隺」應讀為「爵」。《白虎通‧爵》：「爵者，盡也。各量其職，盡其才也。」……「賓」，參見《禮記‧月令》「鴻雁來賓」。注：「來賓，言其客止未去也。」贈，參見《詩‧秦風‧渭陽》「何以贈之？路車乘黃。」傳：「贈，送也。」又清人希韶閣《琴譜‧陽關三疊》「聞雁來賓」，說明後人也是認為「賓」字確實與送別有關。〔註542〕

鄭任釗以為：

第二十簡……今據《管子‧權修》有「爵服不可不貴也」之語，兼顧上下文，可試補此句為「吾以杕杜得爵服之不可不貴也，民性固然。」這樣，此句後則理所當然可接第二十七簡「□□□□如此可，斯隺（爵）之矣，御其所愛，必曰：吾奚舍之，賓贈是已。」……「可斯」決非篇名。

〔註543〕

胡平生以為：

《殷其雷》曰：「殷其雷，在南山之陽。何斯違斯，莫敢或遑。振振君子，歸哉歸哉。」三章反覆歌詠，所述正是君子離其所愛之情景。……值得注意的是，在阜陽雙古堆漢簡《詩經》裡，該篇寫作「印其離」。拙文《阜陽漢簡詩經異文初探》在探討異文別義時指出「印（殷）其離，傷痛別離也。……」前有別離，後乃望歸，前後正相呼應。至於離其所愛之後，「必曰吾奚舍之賓贈是也」的意義還須斟酌。賓贈是出使他國的禮儀活動，全句大概而言可能是說：君子遠離了所愛從政在外，雖然有夫人望歸，必答道：我怎能捨棄禮儀、公務呢？〔註544〕

〔註541〕李零〈上博楚簡校讀記（之一）《子羔》篇"孔子詩論"部分〉，簡帛研究網站，2002年1月4日首發。

〔註542〕何琳儀〈滬簡詩論選釋〉，簡帛研究網站，2002年1月17日首發。

〔註543〕鄭任釗〈對《孔子詩論》釋讀的一點意見〉，簡帛研究網站，2002年2月19日首發。

〔註544〕胡平生〈讀上博藏戰國楚竹書《詩論》箚記〉，《上海博物館藏戰國楚竹書研究》，（上海大學古代文明研究中心/清華大學思想文化研究所編，上海書店出版社，2002年3

許全勝以爲：

> 雀可讀爲戳。《說文‧戈部》：「戳，斷也。從戈雀聲，同截。」……
> 第二十七簡似應讀爲「斷其所愛」，與「截之矣」文義相貫。篇名〈可斯〉
> 對應今本〈小雅‧何人斯〉，此篇爲一絕交詩，正合與簡文之旨。〔註545〕

李銳以爲：

> 可將簡27點讀爲：「……如此，何期，焦之矣。離其所愛，必曰吾奚
> 捨之，賓贈是已。」我們可以將此處的「可斯」讀爲「何期」，認爲它是
> 《鴞弁》的別名。〔註546〕

廖名春以爲：

> 疑「離其所愛，必曰吾奚舍之，賓贈是也。（玉姍案：「也」當作「已」。）」
> 說〈秦風‧渭陽〉。「賓贈」即「贈賓」。《儀禮‧聘禮》：「賓，……遂行，
> 舍於郊。公使卿贈如覿幣。受於舍門外，如受勞禮，無儐。」《左傳‧僖
> 公三十三年》：「齊國莊子來聘，自郊勞至於贈賄，禮成而加之以敏。」郊
> 勞爲聘禮之始，贈賄爲聘禮之終。由此可知聘禮告終之時有贈賄之禮，也
> 就是賓贈之禮。此賓指「我送舅氏」之「舅氏」。「贈」即「何以贈之？路
> 車乘黃」「何以贈之？瓊瑰玉佩」。「離其所愛，必曰吾奚舍之」即「我送
> 舅氏，悠悠我思」。〔註547〕

葉國良等以爲：

> 此處應是發揮詩句内涵的文句，指的是賓贈禮儀。……按：古代相見
> 禮儀，必先準備幣帛等贄禮，但在獻上幣帛之前，要先派人攜帶較小的禮
> 物前往致意，謂之「先」；待獲得對方應允之後，再正式見面並獻上正式
> 的禮品，然後才能向對方有所請求，這相對的便是「後」了。……據此，
> 所謂有所載而後納，或前之而後交，載指載幣帛等贄禮，納謂線上贄禮，
> 前即先，後交指正式見面交往。〔註548〕

劉信芳以爲：

月），頁283。

〔註545〕許全勝〈孔子詩論零拾〉，《上海博物館藏戰國楚竹書研究》，（上海大學古代文明研
　　　究中心/清華大學思想文化研究所編，上海書店出版社，2002年3月），頁369。

〔註546〕李銳〈上博楚簡續札〉，清華大學思想文化研究所/輔仁大學文學院聯合主辦，新出
　　　楚簡與儒學思想國際學術研討會論文集，2002年3月1日～4月2日。

〔註547〕廖名春〈上海博物館藏詩論簡校釋〉，《中國古代近代文學研究》2002年第6期。

〔註548〕葉國良等著〈上博楚竹書《孔子詩論》箚記六則〉，（《台大中文學報第十七期》，2002
　　　年12月），頁14～16

何斯是否爲篇名？爲何篇之篇名？遽未可定。以下至賓贈氏，皆未詳。諸家所解並猜度之辭。〔註549〕

業師季旭昇以爲當讀作「……如此可？斯爵之矣，離其所愛，必曰：吾奚舍之賓贈是已。」

又

本小節無詩篇名，我們以爲「斯爵之矣」的「爵」字和「葛覃組初論」中杕杜篇「吾以杕杜得爵」的「爵」字應該屬於同一論述，因此本節應該屬於〈杕杜〉篇〔註550〕。本簡下半緊接的又是以「孔子曰」另起一段的論述，與「葛覃組」無關，因此本小節應該是「葛覃組結論」的最後一小節。

「邁」，當是「離」的異體，……《毛詩·小雅·漸漸之石》：「月離於畢，俾滂沱矣」，「離」是依附的意思；再引申則有「遭遇」的意思，《淮南子·氾論》：「離者必病。」高誘注：「離，遭也。」因此「離其所愛」應該釋爲：「遭遇到他所愛的賢才」。

……賓贈，即贈賓，可從。遇到所愛的賢才，有所餽贈，希冀賢才爲我所用，這就是「斯爵之矣」。〔註551〕

【玉姍案】

業師季旭昇以爲當讀作「……如此可？斯爵之矣，離其所愛，必曰：吾奚舍之賓贈是已。」從之。

簡文第4、5、7、27 𠂤 字當釋「巳」，讀爲「已」。

「爵」用以延攬賢士，「賓贈」爲對賢士賓客的餽贈。《孟子·公孫丑下》：

陳臻問曰：「前日於齊，王餽兼金一百而不受，於宋餽七十鎰而受，於薛餽五十鎰而受。前日之不受是，則今日之受非也；今日之受是，則前日之不受非也。夫子必居一於此矣。」孟子曰：「皆是也。當在宋也，予將有遠行，行者必以贐，辭曰：『餽贐』，予何爲不受？當在薛也，予有戒心，辭曰：『聞戒，故爲兵餽之。』予何爲不受？若於齊，則未有處也，無處而餽之，是貨之也。焉有君子而可以貨取乎？」

〔註549〕劉信芳《孔子詩論述學》，（安徽大學出版社，2003年1月初版），頁246。

〔註550〕原注曰：李學勤先生〈分章釋文〉把簡20後面接著排簡27，應該也是屬於這樣的認定。

〔註551〕業師季旭昇〈孔子詩論新詮〉，（臺北：學生書局《經學研究論叢》13輯，2005年12月）。

賢者至各國，國君必有餽贈，以表尊賢之意；然去留之決定則在君子也。此句簡文與上句「吾以〈杕杜〉得爵」當一同理解……〈唐風・有杕之杜〉談君子賢士來遊，國君應當先款以飲食，待以禮儀，盼其久留。然後此句又說：這樣做是爲了什麼呢？若君子願意留下，則給予適當的爵位俸祿以延攬之。能夠親近君子賢人，一定要說：「我怎能疏忽捨棄對君子賢士的餽贈與禮儀呢？」以上皆在說明招賢之禮。

【結　論】

關於「葛覃組」的篇數問題，業師季旭昇以爲：

> 據上所述，「葛覃組」是由〈葛覃〉、〈甘棠〉、〈柏舟〉、〈木瓜〉、〈杕杜〉等五首詩組成的一組論述，並且分成三層討論。但是這三層討論剛好在〈甘棠〉、與〈柏舟〉中間都殘斷了，所以我們有理由懷疑「葛覃組」也許不只五首詩。我們看到前面「關雎組」是由七首詩組成，後面的「宛丘組」也是由七首詩組成，這更加強了我們認爲「葛覃組」不應只有五首詩的懷疑，當然〈三・雜篇〉以下每一支殘簡也都有這樣的可能。〔註552〕

可從。

三、雜　篇

【原文】

孔＝（孔子）曰：〈七（蟋）銜（蟀）〉智（知）難▄（1）。〈中（螽）氏（斯）〉君子（2）。〈北風〉不繑（絕）人之㥑（怨），〈子立（衿）〉不（3）……【二十七下】（以上爲「蟋蟀組」，屬國風）

〔□□□□□□□□□□▼1□□□□□□□□□□□〕〈東方未明〉又（有）利詞（詞）（4）▄。〈牆（將）中〉之▼2言不可不韋（畏）也（5）▄。〈湯（揚）之水〉丌（其）㥑（愛）婦悡（6）▄。〈菜（采）葛〉之㥑（愛）婦〔□□▼3□□□□□□□□□□〕（7）【十七】（以上爲「東方未明組」，屬國風）

【討論（1）】

孔＝曰：七銜智難：孔子曰：「〈蟋蟀〉知難。」

【各家說法】

馬承源以爲：

〔註552〕業師季旭昇〈孔子詩論新詮〉，（臺北：學生書局《經學研究論叢》13 輯，2005 年12 月）。

「七䗦」，即今本《毛詩‧國風‧唐風》篇名《蟋蟀》。「七」與「蟋」為同部聲母通轉字，「䗦」釋做「衚」，古文作「衚」，與「蟀」為同音。

又

智難，讀為「智難」，所指當為詩句「日月其除」，「日月其邁」，「日月其慆」，皆是日月難以淹留的用語。日月不可能停留的難事，也見於屈原《離騷》：「日月忽其不淹兮，春與秋其代序」。孔子時代解詩引詩，常據整篇詩中的幾句警語而言。〔註553〕

李零以為：

蟋蟀，見今《唐風》，是嘆歲月之逝。戁，原作「難」，原書以為是講歲月難留。「戁」有惶恐、慚愧之義。〔註554〕

胡平生以為：

「知難」，應指知世事之艱難。……所謂「難」即「終歲勞苦，不敢少休」，所謂「知難」即「憂深而知遠」。〔註555〕

廖名春以為：

《唐風‧蟋蟀》有「令我不樂，日月其慆。無以大康，職思其憂。」（玉姍案：「令」當作「今」），故曰「知難」。《孔叢子‧記義》：「於蟋蟀見陶唐儉德之大也。」《小序》：「刺晉僖公也。儉不中禮，故作是詩以閔之，以其及時以禮自虞樂也。」〔註556〕

【玉姍案】

馬承源將「七䗦」讀作「蟋蟀」，可從。

今本《毛詩‧唐風‧蟋蟀》：

蟋蟀在堂，歲聿其莫。今我不樂，日月其除，無已大康，職思其居。好樂無荒，良士瞿瞿。蟋蟀在堂，歲聿其逝，今我不樂，日月其邁。無已大康，職思其外，好樂無荒，良士蹶蹶 。蟋蟀在堂，役車其休，今我不樂，日月其慆，無已大康，職思其憂，好樂無荒，良士休休。

〔註553〕馬承源主編，《上海博物館藏戰國楚竹書（一）》，（上海：上海古籍，2001年11月），頁157。

〔註554〕李零〈上博楚簡校讀記（之一）《子羔》篇“孔子詩論”部分〉，簡帛研究網站，2002年1月4日首發。

〔註555〕胡平生〈讀上博藏戰國楚竹書《詩論》箚記〉，《上海博物館藏戰國楚竹書研究》，（上海大學古代文明研究中心/清華大學思想文化研究所編，上海書店出版社，2002年3月），頁286～287。

〔註556〕廖名春〈上海博物館藏詩論簡校釋〉，《中國古代近代文學研究》2002年第6期。

《詩序》：

〈蟋蟀〉，刺晉僖公也。儉不中禮，故作是詩以閔之，以其及時以禮
自虞樂也。此晉也而謂之唐，本其風俗，憂深思遠，儉而用禮，乃有堯之
遺風焉。

余師培林：

瞿瞿、蹶蹶、休休皆有警慎、約束之義。……此蓋歲暮之時，役車其
休，征人欲宴樂而又深自警惕之詩。其作者即詩中的良士，當事軍中之士
帥也。……觀詩人內外無事不憂，豈是享樂之人？無怪乎其因感歲暮日月
將逝而欲享樂，樂尚未享，而又深自警惕焉。真可謂良士矣。〔註557〕

筆者以為「〈蟋蟀〉知難」一句，應該是指由〈蟋蟀〉一詩，可以了解良士積極進取，
無事不憂，深具憂患意識；是以歲暮之際，雖欲宴樂卻又深自警惕，心情之複雜，
故謂之曰：「難」。業師季旭昇〈新詮〉以為〈孔子詩論〉側重「職思其憂」，強調「知
難」，有斷章取義的味道〔註558〕。

【討論（2）】

中氏君子：〈螽斯〉君子

【各家說法】

馬承源以為：

中氏，篇名。今本《詩》中未見。《詩》言「仲氏」的有《何人斯》：
「伯氏吹壎，仲氏吹篪」，此仲氏乃男性。又《國風·邶風·燕燕》：「仲
氏任只，其心塞淵。終溫且惠，淑慎其身」。此仲氏是女性，而且《燕燕》
篇在前已有評述。此評語云「君子」，是說詩義有君子之德。〔註559〕

李零以為：

《螽斯》，原作「中氏」，原書以為篇名，但沒有對出，今以音近讀為
「螽斯」（「中」是端母冬部字，「螽」是章母冬部字，古音相近；「氏」是
禪母支部字，「斯」是心母支部字，古音也相近）。《螽斯》見今《周南》，
是以「宜爾子孫」祝福別人，所祝者蓋即君子。〔註560〕

〔註557〕余師培林《詩經正詁·上》，（台北市：三民，1993年），頁311～312。

〔註558〕請詳參業師季旭昇〈孔子詩論新詮〉，（臺北：學生書局《經學研究論叢》13輯，2005
年12月）。

〔註559〕馬承源主編，《上海博物館藏戰國楚竹書（一）》，（上海：上海古籍，2001年11月），
頁158。

〔註560〕李零〈上博楚簡校讀記（之一）《子羔》篇 "孔子詩論" 部分〉，簡帛研究網站，2002

李學勤以爲：

> 仲氏君子。「仲」字同於甲骨金文。「仲氏」系指今傳本〈燕燕〉第四
> 章。……其四章則爲：「仲氏任只，其心塞淵。終溫且惠，淑慎其身。先
> 君之思，以勖寡人。」所敘正合君子的評論。猜想當時此章獨立，與今傳
> 《毛詩》本連于〈燕燕〉不同。〔註561〕

何琳儀以爲：

> 中氏，應讀「螽斯」，即《詩‧周南‧螽斯》。《詩序》：「后妃子孫眾
> 多也。」所謂「不妒忌」，即《詩論》「君子」應有之德。〔註562〕

廖名春以爲：

> 「螽斯」，原作「中氏」，……《詩序》：「《螽斯》，后妃子孫眾多也。
> 言若螽斯不妒忌，則子孫眾多也。」故稱「君子」。（〈上海博物館藏詩論
> 簡校釋〉）王小盾、馬銀琴以爲：「中氏實稱《周南》的《螽斯》，所謂「中
> 氏君子」，應讀爲「螽斯群子」。《周書‧諡法》：「從之成群曰君」。可見「群」
> 意爲「眾多」。其義與《詩序》所說「后妃子孫眾多」相同。」〈從《詩論》
> 與《詩序》的關係看《詩論》的性質與功能〉胡平生以爲：「此「仲氏」
> 當與《何人斯》及《燕燕》兩篇之「仲氏」皆無關。我們認爲，它應當是
> 〈大雅‧烝民〉裡的仲山甫。從詩意而言，指仲山甫爲君子，當然毫無問
> 題。「仲山甫之德，柔嘉維則，令儀令色，小心翼翼。古訓是式，威儀是
> 力。」……這些讚美之詞，無不是君子的典型美德。通觀全部詩篇，可以
> 說像《烝民》這樣集中，這樣細緻，這樣以最熱烈的詞語描寫「君子」品
> 質的再沒第二首。〔註563〕

李守奎以爲：

> 中氏當即《周南》中的《螽斯》……《詩論》以爲是君子以美德致此
> 多子之福。〔註564〕

楊澤生以爲：

> 「中氏」似乎應該讀作「仲氏」。是今本《燕燕》所包含的另一首詩
> 的一章，即稱讚仲氏君子之德的第四章所屬詩歌的篇名。」（〈試說《孔子

　　年1月4日首發。

〔註561〕李學勤〈詩論與詩〉，中國北京：清華簡帛講讀班，2002年1月4日首發。

〔註562〕何琳儀〈滬簡詩論選釋〉，簡帛研究網站，2002年1月17日首發。

〔註563〕廖名春〈上海博物館藏詩論簡校釋劄記〉，簡帛研究網站，2002年7月3日首發。

〔註564〕李守奎〈楚簡《孔子詩論》中的《詩經》篇名文字考〉，簡帛研究網站，2002年7
　　月8日首發。

詩論》中的篇名中氏〉〉劉信芳以爲：「竊意以爲「仲氏」乃《何人斯》之
「仲氏」。……《詩序》：「蘇公刺暴公也。暴公爲卿士而譖蘇公焉。故蘇
公作是詩以絕之。」後世多以塤篪喻兄弟，若琴瑟喻夫婦然。彌衡《鸚鵡
賦》：「感平生之游處，若塤篪之相須。是吹塤吹篪，兄弟之宜在焉。人雖
讒我，我以兄弟之宜明之。」……坦蕩誠摰如此，宜乎《詩論》評仲氏爲
君子也。〔註565〕

【玉姍案】

綜合以上各家之說，大致有三種說法：

一、中氏爲「仲氏」，即〈小雅・節南山之什・何人斯〉：「伯氏吹塤，仲氏吹篪」
　　之「仲氏」。主張者爲馬承源、劉信芳。

二、中氏爲「螽斯」。主張此說者有李零、何琳儀、廖名春、王小盾、馬銀琴、
　　李守奎。

三、中氏爲「仲氏」，即今本〈邶風・燕燕〉中「仲氏任只，其心塞焉」的「仲
　　氏」。主張此說者爲李學勤。

四、中氏爲〈大雅・烝民〉裡的仲山甫。主張者爲胡平生。

業師季旭昇於讀書會中指出，此章始於〈蟋蟀〉，下談〈北風〉，如依李學勤分
章之依據：「論《國風》〈蟋蟀〉等篇」，且必須爲《國風》之篇名，上述四種說法中
以隸定爲〈螽斯〉最合體例。又

其餘或主〈邶風・燕燕〉、或主〈小雅・何人斯〉、或主〈大雅・烝民〉。
以〈孔子詩論〉絕大部分的篇名和今本毛詩字面或音讀相去不遠來看，後
三說與今本毛詩相去較遠，故不取。〔註566〕

雖不能完全確定，但就此章體例而言，這是目前看來比較好的答案。

《毛詩・國風・周南・螽斯》：

螽斯羽，詵詵兮，宜爾子孫，振振兮。螽斯羽，薨薨兮，宜爾子孫，
繩繩兮。螽斯羽，揖揖兮，宜爾子孫，蟄蟄兮。

《詩序》：

〈螽斯〉，后妃子孫眾多也。言若螽斯不妒忌，則子孫眾多也。

《鄭箋》：

后妃之德寬容，不嫉妒，則宜女之子孫，使其無不仁厚。

〔註565〕劉信芳《孔子詩論述學》，（安徽大學出版社，2003 年 1 月初版），頁 249～250。
〔註566〕業師季旭昇〈孔子詩論新詮〉，（臺北：學生書局《經學研究論叢》13 輯，2005 年
　　　　12 月）。

簡文「〈螽斯〉君子」，筆者以爲「不忌妒」本爲后妃之德，但后妃所以不忌妒，最根源仍需要君子修身齊家作得好。因此〈孔子詩論〉推其本原，說「〈螽斯〉君子」。

【討論 (3)】

北風不縊人之憙，子立不……：〈北風〉不絕人之怨，〈子衿〉不……

【各家說法】

馬承源以爲：

> 北風，今本《毛詩‧邶風》之《北風》同此篇名。

又

> 不縊，讀爲「不絕」。古文「絕」作「𢇍」，簡文爲其半，爲「絕」之別體，詩句云「北風其涼，雨雪其雱」，又云：「北風其喈，雨雪其霏」，此爲第一、第二章起首之詩意。下句斷殘，文義不全。〔註 567〕

馮勝君以爲：

> 「子立」可能是指今本〈鄭風‧子衿〉。「立」字上古音屬來紐緝部，「衿」字上古屬見紐侵部字。「緝」「侵」二部爲對轉關係，來紐與見紐看似遠隔，其實他們有著很密切的聯係，前人對此有很多論證，此不贅。所以「立」可讀爲「衿」。「子立」可以讀爲「子衿」。〔註 568〕

李零斷句爲：

> 「北風不絕人之怨，子立不……」，……〈北風〉，見今〈邶風〉，是以「北風」「雨雪」起興，講天怒人怨，民率逃離，故曰「不絕人之怨」。子立，原書未當篇名，但從上下文看，應是篇名。今本無子立，待考。〔註 569〕

周鳳五以爲：

> 「不繼人之怨」。「繼」，原釋「絕」。……至於「不繼人之怨」，則雖朋友一時交惡，然而彼此無怨，終能言歸於好也。〈邶風‧北風〉共三章，首次章前兩句以「北風」、「雨雪」之寒涼比喻朋友交惡；次兩句「惠而好我，攜手同行」、「惠而好我，攜手同歸」，則二人言歸於好。結尾「其虛其邪，既亟只且」，形容二人同行，一徐一疾，前者作態，後者歡欣，寫

〔註 567〕馬承源主編，《上海博物館藏戰國楚竹書（一）》，（上海：上海古籍，2001 年 11 月），頁 158。

〔註 568〕馮勝君〈讀上博簡《孔子詩論》箚記〉，簡帛研究網站，2002 年 1 月 1 日首發。

〔註 569〕李零〈上博楚簡校讀記（之一）《子羔》篇"孔子詩論"部分〉，簡帛研究網站，2002 年 1 月 4 日首發。

來歷歷如繪，可謂善體人情、善體人意者。〔註570〕

李學勤斷句爲：「北風不絕，人之怨子，泣不……」〔註571〕無釋。

【玉姍案】

寏，簡文作 🔲，爲楚系「怨」字。〈孔子詩論〉簡3🔲、簡18🔲、簡19🔲皆讀爲「怨」。

今本《毛詩‧邶風‧北風》：

> 北風其涼，雨雪其雰，惠而好我，攜手同行，其虛其邪，既亟只且。
> 北風其喈，雨雪其霏，惠而好我，攜手同歸，其虛其邪，既亟只且。莫赤匪狐，莫黑匪烏，惠而好我，攜手同車，其虛其邪，既亟只且。

《詩序》：

> 〈北風〉刺虐也。衛國并爲威虐，百姓不親，莫不相攜持而去也。

朱熹《詩集傳》：

> 言北風與雪以比國家危亂將至而氣象愁慘。故欲與其相好之人去而避之。且曰是尚可以寬徐乎？彼其禍亂已甚，而去不可不速矣。〔註572〕

屈萬里以爲：

> 此蓋詩人傷國政不綱，而偕其友好避亂之作。〔註573〕

余師培林以爲：

> 此乃詩人有見於姦邪當道，國是日非，而思與好友同歸田園之作。……
> 一、二章以風雪起興，象徵政治暴虐，環境惡劣，於是詩人乃萌歸隱之意。
> 〔註574〕

玉姍案：以上諸說皆得詩旨。〈北風〉一詩乃詩人傷國政不綱，而萌生歸隱之意之詩。絕，阻也。「不絕人之怨」指人民對當政者的不滿與抱怨不斷，與《詩序》等說切合。簡文「〈北風〉不絕人之怨」，意謂：〈北風〉描述國政不綱、政治敗壞，人民對當政者的不滿與抱怨不斷，君子亦萌生去意。

「子立不」三字以下殘，李零以爲「子立」爲今本不存之篇名，馮勝君以爲「子立」即今本〈鄭風‧子衿〉。業師季旭昇以爲此章爲先言篇名，再以一短句說明詩旨。如「〈蟋蟀〉知難」、「〈鳲鳩〉君子」「〈北風〉不絕人之怨」。「子立不」三字以下雖

〔註570〕周鳳五《孔子詩論》新釋文及注解》，簡帛研究網站，2002年1月16日首發。

〔註571〕李學勤〈上海博物館藏楚竹書《詩論》分章釋文〉，簡帛研究網站，2002年1月16日首發。

〔註572〕〔宋〕朱熹《詩集傳》，（台北市：藝文，1959年），頁21。

〔註573〕屈萬里《詩經詮釋》，（台北：聯經，1984年），頁75。

〔註574〕余師培林《詩經正詁‧上冊》，（台北市：三民，1993年），頁122～123。

殘，應該也要符合這種規律，「子立」當爲〈國風〉篇名。故此從馮勝君之說，將「子立」隸定爲今本〈鄭風‧子衿〉之「子衿」。今本《毛詩‧鄭風‧子衿》：

> 青青子衿，悠悠我心，縱我不往，子寧不嗣音。青青子佩，悠悠我思，
> 縱我不往，子寧不來？挑兮達兮，在城闕兮，一日不見，如三月兮。

《詩序》：

> 〈子衿〉，刺學校廢也。亂世則學校不脩焉。

由於簡文「子立不」三字以下殘，無法得知其原義。

【討論（4）】

東方未明又利訽：〈東方未明〉有利詞。

【各家說法】

馬承源以爲：

> 東方未明，今本《毛詩‧國風‧齊風‧東方未明》篇名與此相同。

又

> 又利訽，讀爲「有利詞」。訽爲「詞」的古寫。「利詞」是詞句直言朝
> 廷無序。此篇今本云：「東方未明，顛倒衣裳。顛之倒之，自公召之」。又
> 云：「顛之倒之，自公令之。折柳樊圃，狂夫瞿瞿，不能辰夜，不夙則莫。」
> 此言公令群官未明而朝，所謂起居無節，早晚失常。「利詞」當指此等詩
> 句。〔註575〕

李零以爲：

> 東方未明，見今《齊風》。「始」，原作「瞽」，疑讀「始」，指天未明。〔註576〕

王志平以爲：

> 「利」疑當讀爲「戾」。「利」、「戾」並爲來母質部字，可相通假。《爾
> 雅‧釋詁》：「戾，辠也。」〔註577〕

劉信芳以爲：

> 馬承源釋「利詞」是也。郭店簡〈性自命出〉45：「人之巧言利詞者，
> 不有夫詘詘之心則流」。「利詞」是對《詩‧齊風‧東方未明》語言風格的

〔註575〕馬承源主編，《上海博物館藏戰國楚竹書（一）》，（上海：上海古籍，2001 年 11 月）頁 146。

〔註576〕李零〈上博楚簡校讀記（之一）《子羔》篇"孔子詩論"部分〉，簡帛研究網站，2002 年 1 月 4 日首發。

〔註577〕王志平〈詩論箋疏〉，《上海博物館藏戰國楚竹書研究》，（上海大學古代文明研究中心/清華大學思想文化研究所編，上海書店出版社，2002 年 3 月），頁 219。

準確概括，「利」之本意爲「鋒利」。〔註578〕

【玉姍案】

「詞」，簡文作，此字亦屢見於郭店簡，《郭店楚墓竹簡‧緇衣》釋文注釋：「訇，從言司聲，釋作「詞」。」〔註579〕寫法如（郭9.5）、（郭13.108）、（郭10.5）、（郭11.26）等，與上博〈孔子詩論〉相似。郭店簡中或作「詞」，或假借爲「治」、「始」、「殆」等義。此字在〈孔子詩論〉中還是應當讀「詞」。

今本《毛詩‧齊風‧東方未明》：

> 東方未明，顛倒衣裳。顛之倒之，自公召之。　東方未晞，顛倒裳衣。
> 倒之顛之，自公令之。　折柳樊圃，狂夫瞿瞿。不能辰夜，不夙則莫。

《詩序》：

> 〈東方未明〉，刺無節也。朝廷興居無節，號令不時。挈壺氏不能掌
> 其職焉。

由詩文「顛之倒之，自公召之」、「倒之顛之，自公令之」看來，已經直接指出朝廷興居無節、號令不時，乃「公」之緣故。故業師季旭昇以爲「利詞」不僅說明其言一針見血，明白銳利地指出「公」即號令不時之主因，亦是指其言爲忠言，對國家有利。故簡文曰「〈東方未明〉有利詞」。

【討論（5）】

牆中之言不可不韋也：〈將仲（子）〉之言不可不畏也

【各家說法】

馬承源以爲：

> 牆中，今本《毛詩‧國風‧鄭風》有篇名《將仲子》，「牆中」即爲「將仲子」。詩句云「將仲子兮，毋逾我里」，孔子命名詩篇僅用句首二字。

又

> 韋，讀爲「畏」，同音假借字。詩句云：「畏我父母，仲可懷也。父母之言，亦可畏也。」又云「畏我諸兄，仲可懷也。諸兄之言，亦可畏也」。最後則云「人之多言，亦可畏也」。孔子是說《牆中》詩中之言值得畏懼。並沒有像小序中所說詩義是「刺莊公」，「祭仲諫而公弗聽，小不忍以致大亂」，孔子在《詩論》中從未出現過像小序那樣將詩的內容極端政治化。

〔註578〕劉信芳《孔子詩論述學》，（安徽大學出版社，2003年1月初版），頁199。
〔註579〕《郭店楚墓竹簡》，（北京文物出版社，1999年），頁132。

孔子論辭的著重之處在於體認詩句所具有的教化作用。〔註580〕

廖名春以爲：

> 此是四字句，爲整齊句式，故省略「子」字。〔註581〕

黃人二以爲：

> 《左傳·襄公二十六年》作《將仲子兮》，毛本作《將仲子》，三本異作，蓋爲師説家法之不同所致。〔註582〕

【玉姍案】

今本《毛詩·國風·鄭風·將仲子》：

> 將仲子兮，無踰我里，無折我樹杞。豈敢愛之？畏我父母。仲可懷也，父母之言，亦可畏也。將仲子兮，無踰我牆，無折我樹桑。豈敢愛之？畏我諸兄。仲可懷也，諸兄之言，亦可畏也。將仲子兮，無踰我園，無折我樹檀。豈敢愛之？畏人之多言。仲可懷也，人之多言，亦可畏也。

《詩序》：

> 〈將仲子〉，刺莊公也。不勝其母以害其弟，弟叔失道而公弗制。祭仲諫而公弗聽，小不忍以致大亂焉。

朱熹《詩集傳》：

> 此淫奔之辭。〔註583〕

簡文「不可不韋（畏）也」與今本經文「（父母之言）亦可畏也」相近，故可確定簡文「牺中」即今本《毛詩·國風·鄭風·將仲子》。然無法由簡文中判斷〈詩論〉是如《詩序》所言「刺莊公也」，還是朱熹所謂的「男女淫奔之詩」。

【討論 (6)】

湯之水丌惢婦悡：〈揚之水〉其愛婦烈

【各家說法】

馬承源以爲：

> 湯之水，篇名。今本《國風》之《王風》、《鄭風》、《唐風》各有一篇《揚之水》，本篇《湯之水》當爲其中的一篇。「揚」從「昜」得聲，與「湯」音相通。

〔註580〕馬承源主編，《上海博物館藏戰國楚竹書（一）》，（上海：上海古籍，2001 年 11 月），頁 146～147。

〔註581〕廖名春〈上海博物館藏詩論簡校釋〉，《中國古代近代文學研究》2002 年第 6 期。

〔註582〕黃人二《上海博物館藏戰國楚竹書（一）研究》，（台灣高文出版社，2002 年）。

〔註583〕〔宋〕朱熹《詩集傳》，（台北市：藝文，1959 年），頁 39。

又

　　兀惡婦悡，讀爲「其愛婦懟」。「悡」，《集韻》以爲「懟」的省文，在
此可以看做是楚國的簡體字。《說文》云：「懟，恨心。從心黎聲，一曰怠
也」。簡文是說詩篇所言的愛，也是婦人之恨。那麼從這個理解去看《國
風》的三篇《揚之水》，《鄭風》云：「終鮮兄弟，維予二人，無信人之言，
人實不信」。當然不應有婦悡的這般評論。《唐風》云：「素衣朱襮，從子
於沃，既見君子，云何不樂」。又云：「既見君子，云何其憂」。毛亨傳云：
「言無憂也」。總之，其中並沒有關於婦人感情的內容。《王風·揚之水》
的內容是戍守申地甫地許地的男子，想念家鄉，而有「懷者懷者（玉姍案：
當爲「懷哉懷哉」），何月予旋歸哉」之三嘆而終於未歸。「兀惡（愛）婦
悡」「的辭意當合于《王風》的《揚之水》，是說《湯之水》中所代表的愛
懷，也是婦人的離恨。〔註584〕

李零以爲：

　　揚之水，今詩有三，一見《王風》，一見《鄭風》，一見《唐風》，原
書未能決定。《王風·揚之水》寫戍人之怨，與男女情愛無關。《唐風·揚
之水》，爲婦人之言，也非愛婦之辭，疑此《揚之水》是《鄭風·揚之水》。
《鄭風·揚之水》爲男女相勵之辭，或可解爲愛婦之辭。悡，郭店楚簡《語
叢二》簡4有此字，作「悡生於恥，廉生於悡」，從文義看，似非表現恨
怠等義的「懟」。〔註585〕

周鳳五以爲：

　　「悡」，原釋引《說文》訓「恨心」，以爲簡文說詩中所表現的關懷，
也是婦人的離恨。按：此詩共三章，分別嗟嘆「不與我戍申」、「不與我戍
甫」、「不與我戍許」，而以「懷哉懷哉，曷月予還歸哉？」作結，是征夫
獨戍懷歸之詞也。簡文蓋謂其人遠戍異地而愛婦懷歸，實有怠惰之意。則
「悡」字當從《說文》一說訓爲「怠」爲是。〔註586〕

李學勤讀爲：「揚之水其愛婦烈。」〔註587〕

〔註584〕馬承源主編，《上海博物館藏戰國楚竹書（一）》，（上海：上海古籍，2001年11月），
　　　　頁147。
〔註585〕李零〈上博楚簡校讀記（之一）《子羔》篇"孔子詩論"部分〉，簡帛研究網站，2002
　　　　年1月4日首發。
〔註586〕周鳳五《《孔子詩論》新釋文及注解》，簡帛研究網站，2002年1月16日首發。
〔註587〕李學勤〈上海博物館藏楚竹書《詩論》分章釋文〉，簡帛研究網站，2002年1月16
　　　　日首發。

又

　　　　細味詩意，以《王風·揚之水》爲近。該詩説：「揚之水，不流束薪。
彼其之子，不與我戍申。懷哉懷哉，曷月予還歸哉。」如《正義》所解：
「役人所思，當思其家。但既怨王政不均，羨其在家處者，雖托辭於處者，
願早歸而見之，其實所思之甚在於父母妻子耳。」《鄭風》、《唐風》的《揚
之水》，都沒有這種情思。〔註588〕

廖群以爲：

　　　　依我看更像是指《鄭風·揚之水》。……反覆唱著「終鮮兄弟，唯予
二人，無信人之言，人實廷（玉姍案：當爲「廷（誑）」字）女。」已經
有不少學者指出，這是女子勸愛人莫聽信讒言之辭，而非像詩序所言是「閔
無臣也」。孔子這裡直稱「其愛婦恨」，正是全從男女之間的感情問題來解
讀此詩的。〔註589〕

劉信芳以爲：

　　　　郭店簡《語叢二》4：「烮生於恥」，由恥而生出的「烮」，其義爲「恨」
應該是很明顯的。不過整理者以爲「其愛婦烮」是針對《王風·揚之水》
而發，則未必。揚之水同題有三篇，分見《王風》《鄭風》《唐風》。拙見
謂《揚之水》乃民歌體裁，其一題數作，有如漢樂府之一題數作。《詩》
中的三篇《揚之水》均以「揚之水」起興，節奏相同，其表現的主題即孔
子所歸納愛婦烮。如：

　　　　「揚之水，不流束薪。彼其之子，不與我戍申。懷哉懷哉，曷月予還
歸哉。」（《王風·揚之水》）

　　　　「揚之水，不流束楚。終鮮兄弟，唯予及女」（《鄭風·揚之水》）該
詩謂，予少兄弟，爲汝爲知音也。

　　　　「揚之水，白石鑿鑿，素衣朱襮，從子于沃。既見君子，云何不樂。」
（《唐風·揚之水》一章）「我聞有命，不敢以告人」（《唐風·揚之水》三
章）其詩表達強烈的愛戀情懷以及難言説的恨。《王風·揚之水》，毛《傳》、
鄭《箋》皆釋「揚」爲「激揚」，《朱熹·集傳》：「揚，悠揚也。水緩流之
貌」。今《詩論》作「湯」，其水流既能見「百石粼粼」（玉姍案：當作「白

〔註588〕李學勤〈詩論與詩〉，《清華簡帛研究第二輯》，（中國北京清華大學思想文化研究所，
　　　　2002年3月）。
〔註589〕廖群〈樂亡毋離情：《孔子詩論》‘歌言情’説〉，《文藝研究》2002年第2期。

石粼粼」)《唐風‧揚之水》,知朱熹之説較毛、鄭爲優。〔註590〕

【玉姍案】

今本《毛詩‧王風‧揚之水》:

揚之水,不流束薪。彼其之子,不與我戍申。懷哉懷哉,曷月予還歸哉。揚之水,不流束楚,彼其之子,不與我戍甫。懷哉懷哉,曷月予還歸哉。揚之水,不流束蒲,彼其之子,不與我戍許。懷哉懷哉,曷月予還歸哉。

《詩序》:

〈揚之水〉,刺平王也,不撫其民,而遠屯戍于母家,周人怨思焉。

今本《鄭風‧揚之水》:

揚之水,不流束楚。終鮮兄弟,維予與女。無信人之言,人實廷女。

揚之水,不流束薪,終鮮兄弟,維予二人。無信人之言,人實不信。

《詩序》:

〈揚之水〉,閔無臣也。君子閔忽之無忠臣良士,終以死亡而作是詩也

《唐風‧揚之水》:

揚之水,白石鑿鑿,素衣朱襮,從子于沃。既見君子,云何不樂。 揚之水,白石皓皓,素衣朱繡,從子于鵠。既見君子,云何其憂。 揚之水,白石粼粼。我聞有命,不敢以告人。

《詩序》:

〈揚之水〉,刺晉昭公也。昭公分國以封沃,沃盛強,昭公微弱,國人將叛而歸沃焉。

《鄭箋》:

封沃者,封叔父桓叔於沃也。

簡文作「湯之水」,今本《詩經》三篇皆作〈揚之水〉。《書‧堯典》:「湯湯洪水方割。」注:「湯湯,流貌洪大。」《詩‧小雅‧鴻鴈之什‧沔水》:「沔彼流水,其流湯湯。」《鄭箋》:「湯湯,波流盛貌。」筆者以爲「湯之水」可能爲「湯湯之水」,即水流盛大貌。以上今存三篇〈揚之水〉,詩義皆無涉於「愛婦」。故筆者以爲簡文「湯之水丌惡婦悡」可能是指這三篇之外的〈揚之水〉,然該篇今已不存。也不排除〈孔子詩論〉對〈揚之水〉的解釋與《毛詩》不同,也與我們的理解有異。

「悡」,簡文作𤺄,字雖出現於《郭店‧語叢二》簡4中,然無今存文本以供

〔註590〕劉信芳《孔子詩論述學》,(安徽大學出版社,2003年1月初版),頁202~203。

比對，亦無法確定其音義。因此暫從李學勤讀爲「烈」，表示其感情之強烈。並羅列各家之說，以待來者。

【討論（7）】

菜薑之惡婦〔□□□□□□□□□□〕：〈采葛〉之愛婦〔□□□□□□□□□□□□〕

【各家說法】

馬承源以爲：

> 菜蓇，詩篇名，今本《毛詩》未載。「之惡婦」三字以下殘缺，文意未全，與今本不能對照比核，所言「《菜蓇》之愛」，其評述也與婦人有關。〔註591〕

李零以爲：

> 《采葛》，見今《王風》，其「葛」字，寫法同上文簡 16「葛覃」之「葛」，原書沒有對出。此篇亦屬「愛婦」之辭，但「愛婦」下面的字缺去。〔註592〕

李學勤以爲：

> 「菜」後一字應隸定爲「薑」，其字讀爲「轄」，溪母祭部，故通見母祭部的「葛」字。此篇名即今本《采葛》。〔註593〕

何琳儀以爲：

> 「菜」，上從「艸」，中從「爪」，下從「木」。其中「木」旁中間豎筆收縮，頗似從「土」旁。類似現象可參見「藝」、「樹」等字所從木旁。所以考釋隸定爲「菜」，可以信從。「萬」所從「禹」，疑是「薑」之省簡，即少一弧筆。如果這一推測不誤，「萬」可直接讀「葛」。參見上文簡 16。還有一種可能，「萬」讀若「葛」。二字均屬牙音，但「萬」屬魚部，「葛」屬月部。關於魚部與月部相通，曾侯乙墓出土編鐘樂律名「割先」讀「姑洗」，是其例證。這一現象已有學者做過討論，茲不贅述。簡文「菜萬」應讀「采葛」，即《詩‧王風‧采葛》。詩云：「彼采葛兮，一日不見，如三月兮。彼采蕭兮，一日不見，如三秋兮。彼采艾兮，一日不見，如三歲

〔註591〕馬承源主編，《上海博物館藏戰國楚竹書（一）》，（上海：上海古籍，2001 年 11 月），頁 145。

〔註592〕李零〈上博楚簡校讀記（之一）《子羔》篇"孔子詩論"部分〉，簡帛研究網站，2002 年 1 月 4 日首發。

〔註593〕李學勤〈詩論與詩〉，中國北京：清華簡帛講讀班，2002 年 1 月 4 日首發。

分。」其詩義與簡文「愛婦」可謂密合無間。《詩序》:「采葛,畏讒也。」《詩集傳》以爲「淫奔」,均不如簡文更爲接近詩的本義。〔註594〕

黃德寬、徐在國以爲:

> 「采葛」,爲《詩經》篇名,與今本同名。《詩序》:「《采葛》,畏讒也。」毛亨傳:「興也。葛所以爲絺綌,事雖小,一日不見於君,憂懼於讒矣。」此說不可信。簡文「《采葛》之愛婦」,「婦」字以下殘,文意不全,但與婦人有關。而《采葛》詩文也與采葛、采蕭、采艾的婦人有關,當是一首情愛詩作。〔註595〕

【玉姍案】

今本《毛詩·王風·采葛》:

> 彼采葛兮,一日不見,如三月兮。　彼采蕭兮,一日不見,如三秋兮。彼采艾兮,一日不見,如三歲兮。

《詩序》:

> 〈采葛〉,畏讒也。

《鄭箋》:

> 桓王之時,政不明。臣無大小使出者則爲讒人所毀,故懼之。

朱熹《詩集傳》:

> 采葛所以爲絺綌,蓋淫奔者託以行也。故因以指其人,而言思念之深,未久而久也。

王先謙《詩三家義集疏》:

> 馬瑞辰云:「……此詩采葛、采蕭、采艾,皆喻人主之信讒,下二句乃懼讒之意。」愚案:以惡草喻讒人,古義疊見,比興之恉,深切著明,說《詩》者必兼此恉。

屈萬里以爲:

> 此男女相思之詩。〔註596〕

余師培林以爲:

> 此男女相思之詩。采葛、采蕭、采艾,多爲女子之事,是則此詩應爲男子所作。……全詩三章,每章三句,形式複疊。采葛、采蕭、采艾乃用

〔註594〕何琳儀〈滬簡詩論選釋〉,簡帛研究網站,2002 年 1 月 17 日首發。
〔註595〕黃德寬、徐在國〈上海博物館藏戰國楚竹書(一)·《孔子詩論》釋文補正〉,(《安徽大學學報哲學社會科學版》,2002 年 3 月第 26 卷第 2 期)。
〔註596〕屈萬里《詩經詮釋》,(台北:聯經,1984 年),頁 130。

以說明不見之因而已，未必事實也。或以《楚辭》中葛、蕭、艾皆與蘭桂
相對，因謂其喻讒佞小人，以符《詩序》「懼讒」之說，然則《傳》謂「葛
所以爲絺綌」，「蕭所以供祭祀」，「艾所以療疾」，則又如何解說？「一日
不見」，一章曰：「如三月兮」，二章曰「如三秋兮」，三章曰「如三歲兮」，
皆形容思念之深也。……至於四時獨言秋者，以秋風瑟瑟，萬木蕭蕭，最
易感人，於此亦見詩人運詞之精矣。〔註597〕

業師季旭昇以爲：

拙作〈王風采葛新探〉指出，〈采葛〉詩旨，先秦從無異說，一體說
爲「懼讒」，這是對的，因爲從《詩經》用語來看，春秋以前，「彼」字幾
乎沒有當名詞性的主詞來使用的。「彼」在《詩經》中共出現 303 次，共
有 291 次作遠指指稱詞用，屬狀詞，佔 96％；作稱代性主語用的只佔 4
％，稱代前面已經用過的主語，因此它不可能在篇首出現。……但是春秋
晚期以後，「彼」字直接作名詞性的主語使用的情況開始普遍，因此《詩
經》的詮釋者開始有人把「彼采葛兮」直接解釋爲「他去采葛草」，這就
使得〈采葛〉詩有「愛婦」的說法出來了。但是我們仍要指出，先秦傳世
文獻中，以往從來沒有這樣說的。〔註598〕

玉姍案：自《詩序》以來各家說〈采葛〉者，多分爲「懼讒」及「寫男女相
思」二派，至今尚未有結論，然根據業師季旭昇分析，將「彼采葛兮」直接解釋
爲「他去采葛草」，應是春秋晚期以後之事。〈孔子詩論〉「〈采葛〉之愛婦……」，
「婦」字以下簡文殘，但由「愛婦」二字可以推測，可能比較接近「寫男女相思」
的內容。

【結 論】

業師季旭昇以爲：

本段名爲「雜篇」，只是不得已的題名。各簡之間看不出太緊密的關
係，所以姑且名爲「雜篇」。

照《上博（一）》全簡圖的安排，簡 17 尾部約殘 3 字，因此李學勤先
生〈分章釋文〉把簡 17 補成「〈采葛〉之愛婦□」《君子》，可從。但他把
簡 17 下接簡 25 的「陽陽」小人」，可能有商榷的餘地。簡 17 是分論《國
風》的篇章；簡 25 是合論《風》、《雅》的篇章，二簡未必能拼接。濮茅

〔註597〕余師培林《詩經正詁・上冊》，（台北市：三民，1993 年），頁 208。
〔註598〕業師季旭昇主編，《上海博物館藏戰國楚竹書（一）讀本》，（台北：萬卷樓，2004
年 6 月），頁 55。

　　　　左先生〈簡序解析〉認爲簡 17 尾部殘 10 字，簡首殘 18 字。依契口
　　　的位置來看，濮先生的安排較爲合理。據此，我們採用濮先生的安排，簡
　　　17 下面不接簡 25。〔註 599〕

可從。

參、合論之部

【第七章】合論風雅

【原文】

　　　〔□□□□□□□□□▼1□□□□□□□□□□□□□□□□□□□
□〕▼2〈麋（鹿）斯（鳴）〉㠯（以）樂斨（始）而會，㠯（以）道交，見善
而爭（傚），冬（終）虖（乎）不猒（厭）人▇(1)。▼3〈兔虘（罝）〉丌（其）
甬（用）人則虘（吾）取(2)【二十三】……（以上爲「鹿鳴組」，屬風雅合論）

　　　〔□□□□□□〈君子▼1〉腸＝（腸腸；陽陽）〉少（小）人▇(3)。〈又
（有）兔〉不弄（奉；逢）音（時）▙(4)。〈大田〉之袋（卒）章，智（知）
言而又（有）豊（禮）▙(5)。〈少（小）明〉不(6)▼2〔□□□□□□□□□□□
□□□□□□□□□□□□□□□▼3□□□□□□□〕【二十五】（以上爲「有兔組」，
屬風雅合論）

　　　〔□□□□□〕忠▇。〈北（邶）白（柏）▼1舟〉悶▇(7)，〈浴（谷）風〉
惎（背）▇(8)。〈翏（蓼）莪〉又（有）孝志▇(9)。〈陸（隰）又（有）長
（萇）楚〉旱（得）而毲（謀）之也(10)▼2。〔□□□□□□□□□□□□□□□
□□□□□□□□□▼3□□□□□□□〕【二十六】（以上爲「邶柏舟組」，
屬風雅合論）

　　　〔□□□□□□□□〈□▼1□□□□□□□□□□□□□□□□□□□
□〕▼2亞（惡）而不叟（文；憫）(11)。〈牆（牆）又（有）薺（茨）〉訠（慎）
窨（密）而不智（知）言▇(12)。〈青蠅（蠅）〉智（知）(13)〔□□□▼3□□
□□□□□〕【二十八】

　　　〔□□□□□□□□□▼1〕恙（患）而不智（智）人▇(14)。〈涉秦（溱）〉
丌（其）丝（絕），係（撫）而士(15)▇。〈角幨（枕）〉婦▇(16)。〈河水〉

<hr>

〔註 599〕業師季旭昇〈孔子詩論新詮〉，（臺北：學生書局《經學研究論叢》13 輯，2005 年
　　　12 月）。

智（17）。〔□▼2□□□□□□□□□□□□□□□□□□□□□□□□▼3□□□□
□□□□〕【二十九】（以上為「涉溱組」初論，屬風雅合論）

【缺簡】

　　貴也。〈贓（將）大車〉之嚚也，則昌（以）為不可女（如）可（何）也
（18）。〈審（湛）雾（露）〉之賸（益）也，丌（其）猷鉈（酡）與（19）▆。【二
十一上～】（以上殘存「無將大車組」再論，雖僅存小雅，但應屬風雅合論）

【討論（1）】

纕駎昌樂旹而會，昌道交，見善而孝，冬虍不猒人：〈鹿鳴〉以樂始而會，以
道交，見善而傚，終乎不厭人

【各家說法】

馬承源以為：

　　　　纕駎，今本《毛詩‧小雅》首篇作《鹿鳴》。纕從鹿從彔，以鹿爲聲符。

又

　　　　昌樂訶而會，讀作「以樂詞而會」。詩句有「鼓瑟鼓琴，和樂且湛，
　　　我有旨酒，以燕樂嘉賓之心。」樂，則和樂之意，「訶」字讀作「詞」。

又

　　　　「孝」，《說文》云：「放也」。此當讀爲「傚」。「孝」、「傚」乃疊韻聲
　　　紐旁轉字，音之假借，即本篇詩句「君子是則是傚」。

又

　　　　冬虍不猒人，讀爲「終乎不厭人」。〔註600〕

劉樂賢以爲：

　　　　簡文讀作「詞」的字，整理者以爲從言，從照片看實從口。這一寫法
　　　在楚簡中常通假爲「始」。本簡「始」「終」前後見，故應讀爲「始」。簡
　　　文或可讀爲「〈鹿鳴〉以樂始而會，以道交，見善而效，終乎不厭人。」
　　　〔註601〕

李零以爲：

　　　　「《鹿鳴》以樂始，而會以道交，見善而傚，終乎不厭人。」……《鹿
　　　鳴》，見今《小雅‧鹿鳴之什》，是講以琴瑟、笙簧、旨酒宴樂嘉賓，故曰

〔註600〕馬承源主編，《上海博物館藏戰國楚竹書（一）》，（上海：上海古籍，2001 年 11 月），
　　　　　頁 152。
〔註601〕劉樂賢〈讀上博簡箚記〉，簡帛研究網站，2002 年 1 月 1 日首發。

「以樂始」。始，原作「𠙑」，字同「台」，原書隸定不夠準確，讀「詞」亦可商，今據文義讀爲「始」，與下文「終」相對。「而會以道交，見善而傚」，原書以「而會」屬上句，以下則連讀，今重爲斷句。《鹿鳴》説「人之好我，示我周行」，即簡文所説「會以道交」（「行」即「道」）；「視民不恌，君子是則是傚」，即簡文所説「見善而傚，終乎不厭人」。〔註602〕

李學勤讀作：「〈鹿鳴〉以樂始而會以道，交見善而學，終乎不厭人。」〔註603〕無釋。

濮茅左讀作：「〈鹿鳴〉以樂始而會，以道交見善而效，終乎不厭人。」〔註604〕

曹峰讀作：「〈鹿鳴〉以樂始而會，以道交，見善而學，終乎不厭人。」〔註605〕無釋

李銳讀作：「〈鹿鳴〉以樂始而會以道，交見善而效，終乎不厭人。」〔註606〕無釋。

周鳳五以爲：

> 《鹿鳴》以樂始，而會，以道交見善而效，終乎不厭人。」……始，簡文從言，司省聲。原讀爲「詞」。按：當讀爲「始」。《小雅·鹿鳴》共三章，首章：「我有嘉賓，鼓瑟吹笙。吹笙鼓簧，承筐是將。」簡文所謂：「以樂始也。」次章：「君子是則是傚」，簡文所謂「以道交見善而傚也」。卒章：「以燕樂嘉賓之心」，簡文所謂「終乎不厭人也」。〔註607〕

廖名春以爲：

> 簡文當作「〈鹿鳴〉以樂，始而會以道，交見善而效，終乎不厭人。」《玉篇·人部》：「以，爲也。」以樂，作爲燕樂。詩稱：「我有旨酒，以燕樂嘉賓之心。」《小序》：「燕群臣嘉賓也。」《儀禮·鄉飲酒禮》：「設席于堂廉，東上。工四人，二瑟。瑟先。相者二人，皆左何瑟，後首，挎越，內弦，右手相。樂正先升。立于西階東。工入升自西階。北面坐。相者東

〔註602〕李零〈上博楚簡校讀記（之一）《子羔》篇"孔子詩論"部分〉，簡帛研究網站，2002年1月4日首發。

〔註603〕李學勤〈上海博物館藏楚竹書《詩論》分章釋文〉，簡帛研究網站，2002年1月16日首發。

〔註604〕濮茅左《孔子詩論》簡序補析〉，，《上海博物館藏戰國楚竹書研究》，（上海大學古代文明研究中心/清華大學思想文化研究所編，上海書店出版社，2002年3月），頁46。

〔註605〕曹峰〈對孔子詩論第八簡以後簡序的再調整——從語言特色的角度入手〉，《上海博物館藏戰國楚竹書研究》，（上海大學古代文明研究中心/清華大學思想文化研究所編，上海書店出版社，2002年3月），頁202。

〔註606〕李銳〈《孔子詩論》簡序調整芻議〉，《上海博物館藏戰國楚竹書研究》，（上海大學古代文明研究中心/清華大學思想文化研究所編，上海書店出版社，2002年3月），頁196。

〔註607〕周鳳五〈《孔子詩論》新釋文及注解〉，簡帛研究網站，2002年1月16日首發。

面坐。遂授瑟。乃降。工歌《鹿鳴》、《四牡》、《皇皇者華》。」《燕禮》也載：「工歌《鹿鳴》、《四牡》、《皇皇者華》。」鄭玄注：「《鹿鳴》，君與臣下及四方之賓燕，講道修政之樂歌也。」可見《鹿鳴》不但內容是寫燕群臣嘉賓，而且後世也是將其作爲燕禮之樂。「始而會以道」，和「終乎不厭人」相對成文。所謂「始」，指《鹿鳴》之首章；「終」，指《鹿鳴》之末章。〔註608〕

王志平以爲：

「會」訓合。〔註609〕

黃人二以爲

「會」，郭店簡《語叢四》「聽君而會」，兩「會」字字形只一筆之差，疑皆「答」字之誤筆，或假讀爲「答」。〔註610〕

劉信芳以爲：

「〈鹿鳴〉以樂始而會，以道交，見善而傚，終乎不厭人。」劉樂賢謂「司」讀爲「始」，是也。郭店簡《性自命出》3：「道司於情，情生於性。」《六德》40：「司於孝弟」，《五行》18「有於司」，諸例「司」皆讀爲「始」，字形亦相同，可資比較。「以樂始」者，《鹿鳴》一章，「我有嘉賓，鼓瑟吹笙」是也。「以樂始」而「終乎不厭人」，由原簡語句的內在聯繫亦可明確「司」應讀爲「始」。「以道交」者，《鹿鳴》一章：「人之好我，示我周行。」《毛傳》：「周，至。行，道也。」人之好我，此所以有「合」（「會」，合也）。「示我周行」即所謂「以道交」。「見善而傚」者，《鹿鳴》二章：「我有嘉賓，德音孔昭。示民不恍，君子是則是傚。」「傚」字原簡作「教」之古文，整理者據以上辭例讀爲「傚」，可從。「終乎不厭人」者，《左傳‧僖公三十三年》：「寡君若得而食之不厭。」《馬王堆漢墓帛書老子》第63行：「天下樂推而不厭。」《論語‧憲問》：「夫子時而後言，人不厭其言。樂而後笑，人不厭其笑。義然後取，人不厭其取。凡外物動之於心，心以之爲足則厭；外物留止於心，心不以之爲足則不厭。」《鹿鳴》三章之結尾：「我有旨酒，以宴樂嘉賓之心。」知所謂「不厭人」者，謂

〔註608〕廖名春〈上博《詩論》簡詩論簡‘以禮說詩’初探〉，《清華簡帛研究第二輯》，中國北京清華大學思想文化研究所2002年3月。

〔註609〕王志平〈詩論箋疏〉，《上海博物館藏戰國楚竹書研究》，（上海大學古代文明研究中心/清華大學思想文化研究所編，上海書店出版社，2002年3月），頁223。

〔註610〕黃人二《上海博物館藏戰國楚竹書（一）研究》，（台灣高文出版社，2002年），頁56。

主人既以樂始,以道交,嘉賓樂之在心而不厭也。〔註611〕

爲讀者方便閱讀,今將各家說法列表於下

作 者	斷 句 釋 讀
馬承源	〈鹿鳴〉以樂詞而會,以道交見善而傚,終乎不厭人。
劉樂賢	〈鹿鳴〉以樂始而會,以道交,見善而效,終乎不厭人。
李 零	《鹿鳴》以樂始,而會以道交,見善而傚,終乎不厭人。
周鳳五	《鹿鳴》以樂始,而會,以道交見善而效,終乎不厭人。
李學勤	〈鹿鳴〉以樂始而會以道,交見善而學,終乎不厭人。
濮茅左	〈鹿鳴〉以樂始而會,以道交見善而效,終乎不厭人。
曹 峰	〈鹿鳴〉以樂始而會,以道交,見善而學,終乎不厭人。
李 銳	〈鹿鳴〉以樂始而會以道,交見善而效,終乎不厭人。
廖名春	〈鹿鳴〉以樂,始而會以道,交見善而效,終乎不厭人。
劉信芳	〈鹿鳴〉以樂始而會,以道交,見善而傚,終乎不厭人。

【玉姍案】

「訇」,簡文作𧥾,從口、㠯聲,楚文字多作「詞」用。業師季旭昇以爲:

案:字作𧥾,李零先生《郭店楚簡校讀記》修訂本謂此字乃「台」「司」

之合文,可信。在楚簡中用作「台」或「司」,或以「台」「司」諧聲之字,

直接隸定似作「訇」。〔註612〕

季師之說可從。

今本《毛詩・小雅・鹿鳴之什・鹿鳴》:

呦呦鹿鳴,食野之苹。我有嘉賓,鼓瑟吹笙。吹笙鼓簧,承筐是將。
人之好我,示我周行。 呦呦鹿鳴,食野之蒿。我有嘉賓,德音孔昭。視
民不恌,君子是則是傚。我有旨酒,嘉賓式燕以敖。 呦呦鹿鳴,食野之
芩。我有嘉賓,鼓瑟鼓琴。鼓瑟鼓琴,和樂且湛。我有旨酒,以燕樂嘉賓
之心。

《詩序》:

〈鹿鳴〉,燕群臣嘉賓也。既飲食之,又實幣帛筐篚,以將其厚意,
然後忠臣嘉賓,得盡其心矣。

余師培林:

〔註611〕劉信芳《孔子詩論述學》,(安徽大學出版社,2003年1月初版),頁231。

〔註612〕業師季旭昇〈孔子詩論新詮〉,(臺北:學生書局《經學研究論叢》13輯,2005年
12月)。

此天子燕群臣之詩。……《集傳》即云：「所燕賓客，或本國之臣，或諸侯之使。」……全詩三章，每章八句，形式複疊。一章寫待嘉賓之厚，「鼓瑟吹笙」、「承筐是將」，即具體寫之也。二章寫嘉賓之美，在於「德音孔昭，視民不恌」——此二句亦在補出上章「周行」之實。末章總結前二章，寫君臣和睦，上下無間。既迎之以琴瑟笙簧，又贈之以幣帛，享之以旨酒，如此誠意厚情，君臣自然了無睽隔而和樂且湛矣。〔註613〕

玉姍案：簡文當從劉信芳讀作「〈鹿鳴〉以樂始而會，以道交，見善而傚，終乎不厭人。」「以樂始而會」即「鼓瑟吹笙」以迎之，乃待嘉賓之厚也。「以道交」即「人之好我，示我周行」；「見善而傚」即「視民不恌，君子是則是傚」；「不厭人」應為「主人不厭人；亦即天子不厭人才也。」簡文「〈鹿鳴〉以樂始而會，以道交，見善而傚，終乎不厭人。」簡文意謂：〈鹿鳴〉為天子燕群臣之詩。以鼓瑟吹笙奏樂而起始，迎接嘉賓與會；嘉賓則示我（主人）以大道。（主人）見嘉賓之德音孔昭，足以效法；直至宴會結束，我（主人）都應懷抱著敬慎而不厭人才之心。

【討論（2）】

兔虘丌甬人則虗取……：〈兔罝〉其用人則吾取……

【各家說法】

馬承源以為：

> 兔虘，今本《毛詩‧國風‧周南》篇名作《兔罝》。

又

> 甬人，讀為「用人」。孔子實指詩句所云的用人知道，詩句有「赳赳武夫，公侯干城」，「赳赳武夫，公侯好仇」，「赳赳武夫，公侯腹心」，皆言公侯重視武夫之用。但後文殘。〔註614〕李零以為：

> 《兔罝》，見今《周南》，是講「赳赳武夫」為「公侯」之用，故曰「其用人，則吾取貴也」（連下讀）。〔註615〕

何琳儀隸定為「象（桑）蘆（扈）丌（其）甬（用）人則虗（吾）取」。〔註616〕

〔註613〕余師培林《詩經正詁‧下冊》，（台北市：三民，1993年），頁7。

〔註614〕馬承源主編，《上海博物館藏戰國楚竹書（一）》，（上海：上海古籍，2001年11月），頁153。

〔註615〕李零〈上博楚簡校讀記（之一）《子羔》篇"孔子詩論"部分〉，簡帛研究網站，2002年1月4日首發。

〔註616〕何琳儀〈滬簡詩論選釋〉，簡帛研究網站，2002年1月17日首發。

【玉姍案】

今本《毛詩・周南・兔罝》：

> 肅肅兔罝，椓之丁丁；赳赳武夫，公侯干城。　肅肅兔罝，施于中逵；
> 赳赳武夫，公侯好仇。　肅肅兔罝，施于中林；赳赳武夫，公侯腹心。

《詩序》：

> 〈兔罝〉，后妃之化也。〈關雎〉之化行，則莫不好德，賢人眾多也。

余師培林以爲：

> 此頌美武士之詩。由公侯二字，可知此武士並非平民。〔註617〕

玉姍案：「赳赳武夫，公侯干城」，即《詩序》所謂「賢人眾多也。」簡文「〈兔罝〉其用人則吾取」，「取」字下殘，是以其義不明。「〈兔罝〉其用人」可能是指〈兔罝〉討論任用賢人之道，「則吾取」則不明其義。

【討論（3）】

〔君子〕腸＝少人：〈〔君子〕陽陽〉小人。

【各家說法】

馬承源以爲：

> 腸＝，「腸」字下有重文符，當爲「腸腸」。可能爲《詩・大雅・蕩之什》的篇名。「腸」、「蕩」音可通，詩起首云：「蕩蕩上帝，下民之辟」。「腸腸」可能本爲《蕩》的篇名。孔子評論爲小人，與此評議相近的詩句有：「天生烝民，其命匪諶，靡不有初，鮮克有終」。這是第一章句。《蕩》共八章，自第二章開始，都是文王抨擊殷商的咨責之辭，一個王朝不能稱之爲小人。《小序》云：「蕩，召穆公傷周室大壞也。厲王無道，天下蕩蕩，無綱紀文章」。蕩蕩上帝不能比擬於天下蕩蕩，孔穎達《疏》則曰：「上帝以托君王也」。這全然是契合《小序》之說，豈可以厲王比上帝。其下七章與第一章在內容方面沒有任何聯繫。第一章是指上帝和烝民，後七章是「咨女殷商」，當是另一篇內容，可能簡序亂列，與第一章綴合成一篇。《大夏》既爲頌「盛德」，則此第一章與「盛德」無關之詩，可能原在《少夏》中。今本《大雅》中凡《小序》所言刺厲王之《民勞》、《板》、《抑》、《桑柔》、《瞻卬》、《召旻》等包括《蕩》在內，都是反映嚴重的政治敗壞，社會衰退，和《大夏》之稱「盛德」不啻天淵之別。故此七篇原當列入《少

夏》之中，而爲漢儒整理時有混雜。〔註618〕

李零以爲：

> 「陽陽」，原作「腸腸」，上文殘缺。疑即今《王風‧君子陽陽》，原
> 書沒有對出。《君子陽陽》是寫得意之態，簡文以爲小人。〔註619〕

李學勤以爲：

> 在《采葛》下面有兩個缺字，然後是重文「腸腸」，這應爲篇名《君
> 子陽陽》。〔註620〕

廖名春以爲：

> 《君子陽陽》寫在位君子只顧招呼爲樂，不求道行，故簡文稱之爲「小
> 人」。〔註621〕

業師季旭昇以爲：

> 《毛詩‧大雅‧蕩‧序》：「〈蕩〉，召穆公傷周室大壞也。屬王無道，
> 天下蕩蕩無綱紀文章，故作是詩也。」主旨是傷「屬王無道」，如果把它
> 説成只是「小人」，似乎把〈蕩〉的詩旨説的太淺了。《毛詩‧王風‧君子
> 陽陽‧序》：「〈君子陽陽〉，閔周也。君子遭亂，相招爲祿仕，全身遠害而
> 已。」君子而只求「全身遠害」，那跟三國時候劉備罵許氾只會求田問舍，
> 言無可采一樣，都只是個自了漢罷了，所以〈孔子詩論〉評之爲小人，似
> 頗合適。再從體例上來説，如果把「腸腸」解釋爲《大雅‧蕩》，那麼接
> 下去是《王風‧兔爰》、《小雅‧大田》、《小雅‧小明》，次序似乎相當凌
> 亂；如果釋作《王風‧君子陽陽》，那麼接下去是《王風‧兔爰》及《小
> 雅》諸篇，似乎比較合理。〔註622〕

又

> 此之謂「小人」，胸襟褊窄，眼界淺短也。〔註623〕

【玉姍案】

〔註618〕馬承源主編，《上海博物館藏戰國楚竹書（一）》，（上海：上海古籍，2001 年 11 月），
頁 155。

〔註619〕李零〈上博楚簡校讀記（之一）《子羔》篇"孔子詩論"部分〉，簡帛研究網站，2002
年 1 月 4 日首發。

〔註620〕李學勤〈詩論與詩〉，中國北京：清華簡帛講讀班，2002 年 1 月 4 日首發。

〔註621〕廖名春〈上海博物館藏詩論簡校釋〉，《中國古代近代文學研究》2002 年第 6 期。

〔註622〕業師季旭昇〈孔子詩論新詮〉，（臺北：學生書局《經學研究論叢》13 輯，2005 年
12 月）。

〔註623〕業師季旭昇主編，《上海博物館藏戰國楚竹書（一）讀本》，（台北：萬卷樓，2004
年 6 月）頁 58～59。

今本《毛詩・王風・君子陽陽》：

> 君子陽陽，左執簧，右招我由房，其樂只且。君子陶陶，左執翿，右
> 招我由敖，其樂只且。

《詩序》：

> 〈君子陽陽〉，閔周也。君子遭亂，相招爲祿仕，全身遠害而已。

簡文「腸腸少人」，「少人」當讀「小人」。〈蕩〉爲「周室大壞……天下蕩蕩無綱紀文章，故作是詩也。」全詩直言天下動盪，與簡文僅言「小人」之程度似乎又太輕，是以業師季旭昇以爲當爲〈王風・君子陽陽〉，爲二者中較佳之選擇，故從業師季旭昇之說。但因「腸＝少人」上有缺文，故可能「腸＝」根本不是篇名而爲評論文字，或另有篇名然今已不傳，這些亦皆有可能，然因簡文殘缺無法判斷，故無法確定。

【討論（4）】

又兔不弄音：〈有兔〉不逢時

【各家說法】

馬承源以爲：

> 又兔不弄（玉姍案：當爲「又兔不弄音」）：「又兔」，讀作「有兔」。
> 今本詩無此篇名。若以首句二字爲篇之命名例，則《有兔》可能是今本《毛
> 詩・王風・兔爰》的原有篇名。首句云：「有兔爰爰」，首二字和簡文篇名
> 相同。詩句：「我生之初，尚無爲；我生之後，逢此百罹」。同句形有「逢
> 此百憂」、「逢此百凶」等辭語。皆生不逢時之嘆。〔註624〕

【玉姍案】

弄（奉），簡文作 ![字形]，簡文中假借爲「逢」。「奉」字始見於金文 ![字形]（散盤），從収丰聲，爲「捧」之初文。高鴻縉《散盤集釋》：「奉，古捧字。從収丰聲。秦時又加手旁作奉，隸定爲奉。後以奉借爲上奉之奉，乃又加手旁作捧。」〔註625〕戰國文字沿用金文之形，於文義中多用以爲假借字，除晉系〈侯馬盟書〉![字形]〈侯馬318〉、楚系帛書乙 ![字形]「奉」假借爲「奉行」之義外，望山簡（![字形]楚・望2.10）中假借爲地名，包山簡（![字形]楚・包2.140）中假借爲人名，郭店簡「奉」（![字形]楚・郭1.2.17）字假借爲「豐」。「奉」字在簡文中當讀作「逢」（「奉」、「逢」古音皆爲並紐東部，音同可通）。

〔註624〕馬承源主編，《上海博物館藏戰國楚竹書（一）》，（上海：上海古籍，2001年11月），頁155。

〔註625〕高鴻縉《散盤集釋》，（台北市：國立師範大學出版組，1957年），頁14。

今本《毛詩‧王風‧兔爰》：

> 有兔爰爰，雉離于羅。我生之初，尚無爲；我生之後，逢此百罹。尚寐無吪？有兔爰爰，雉離于罦。我生之初，尚無造；我生之後，逢此百憂。尚寐無覺？有兔爰爰，雉離於罿。我生之初，尚無庸；我生之後，逢此百凶。尚寐無聰？

《詩序》：

> 〈兔爰〉，閔周也。桓王失信，諸侯背叛，構怨連禍，王師傷敗，君子不樂其生焉。

朱熹《詩集傳》：

> 周世衰微，諸侯背叛，君子不樂其生，而作此詩。言張羅本以取兔，今兔狡得脫，雉以耿介反離於羅，以比小人致亂而以巧計倖免，君子無辜而以忠直受禍也。爲此詩者蓋猶及見西周之盛，故曰：我生之初，天下尚無事，及我生之後，而逢時之多難。如此然既無如之何，則但庶幾寐而不動以死耳。〔註626〕

屈萬里以爲：

> 此傷時之詩。〔註627〕

余師培林以爲：

> 此詩人當亂世深自警惕之詩。……詩曰：「我生之初，尚無爲」此西周之世也。……「我生之後，逢此百罹」，此驪山東遷事也。「尚寐無吪」、「尚寐無覺」、「尚寐無聰」，此自警之辭，非不樂其生也。〔註628〕

〈兔爰〉一詩，雖未能確定其寫成年代，但詩旨當爲作者於亂世感嘆生不逢時之詩，簡文「〈有兔〉不逢時」與《毛詩》可以相合。

【討論（5）】

大田之衮章，智言而又豊：〈大田〉之卒章，知言而有禮。

【各家說法】

馬承源以爲：

> 大田，爲《詩‧小雅‧甫田之什》的篇名。

又

〔註626〕〔宋〕朱熹《詩集傳》，（台北市：藝文，1959年），頁36。
〔註627〕屈萬里《詩經詮釋》，（台北：聯經，1984年），頁127。
〔註628〕余師培林《詩經正詁‧上冊》，（台北市：三民，1993年），頁204。

袤章，從爪從衣，《說文》所無，讀爲「卒」。從《大田》篇章句內容，此評語或指末章。〔註629〕

廖名春以爲：

簡25「〈大田〉之卒章，知言而有禮」亦屬以禮說詩。〈大田〉之卒章：「曾孫來止，以其婦子，饁彼南畝，田畯至喜。來方禋祀，以其騂黑，與其黍稷，以享以祀，以介景福。」毛傳：「騂，牛也。黑，羊、豕也。」鄭箋曰：「喜，讀爲饎。饎，酒食也。成王出觀農事，饋食耕者，以勸之也。司嗇至，則又加之以酒食，勞倦之爾。」「成王之來，則又禋祀四方之神祈報焉。陽祀用騂牲，陰祀用黝牲。」孔穎達《正義》：「此出觀之祭，則祭當在秋，祈報並言者，言其報以成而祈後年也。……祀天乃稱禋。……而言禋者，此五官之神有配天之時，配天則禋祀，此祭雖不配天，以其嘗爲禋祀，故亦以禋言之。五祀在血祭之中，則用太牢矣。」姚小鷗則以爲：「曾孫」是主祭貴族的專稱。《禮記・曲禮下》：「臨祭祀，內事，曰孝子某侯某。外事，曰曾孫某侯某。」饁就是饋神，或曰饗神祭神。「饁彼南畝」即在南畝舉行祭祀，這種祭神禮叫作「饁禮」。天子舉行的饁禮又叫「藉禮」。而「田畯」當爲農神。」姚說是。詩是說：曾孫一是舉行饁禮，祭祀農神田畯；二是舉行禋祀，祭祀四方諸神。其「以其婦子」，攜妻帶子，態度極其認眞。祭品又「以其騂黑，以其黍稷」，牛豬羊三牲和黍稷齊備，極其豐盛；故簡文稱「有禮」。……《左傳・襄公十四年》：「秦伯問於士鞅曰：「晉大夫其誰先亡？」對曰：「其欒氏乎。」秦伯曰：「以其汰乎？」對曰：「然。欒黶汰虐已甚，猶可以免，其在盈乎？」秦伯曰：「何故？」對曰：「武子之德在民，如周人之思召公焉。愛其甘棠，況其子乎？欒黶死，盈之善未能及人。武子所施沒矣，而黶之怨實章，將於是乎在。」秦伯以爲知言，爲之請於晉而復之。」此「知言」即「明智之言」，指有見識之言。簡文之「知言」與「有禮」並稱，顯然是動賓結構，不能像《左傳》那樣解爲「明智之言」。但與《論語》、《孟子》之「知言」也有區別，《論語》、《孟子》之「知言」是善於分析別人的語言，辨其是非善惡。簡文之知言，則指以祭報德，善辨是非善惡。〔註630〕

〔註629〕馬承源主編，《上海博物館藏戰國楚竹書（一）》，（上海：上海古籍，2001年11月），頁155～156。

〔註630〕廖名春〈上博《詩論》簡詩論簡‘以禮說詩’初探〉，《清華簡帛研究第二輯》，中國北京清華大學思想文化研究所2002年3月。

劉信芳以爲：

> 關於《大田》之「知言」，廖名春援例是。然秦伯所以謂士鞅之言者，因士鞅説話得當也。《荀子‧非十二子》：「言而當，知之。默而當，亦知也。故知默猶知言也。故多言而類，聖人也；少言而法，君子也；多少言無法，而流湎然，雖辯，小人也。」「言」乃今所謂表達，「言而當」就其表達效果言，「知言」則就其表達主體言。……曾孫賽禱，其言有當，是「知言」也。「以其騂黑」，用牲合於方色，以黍稷報神，是「有禮」也。簡文28又有「不知言」，與此「知言」正相反而成辭，請參讀。心中有話，有的人能準確表達出來，是所謂「知言」；有的人不知如何表達，或者因爲某種原因説不出口，是所謂「不知言」。〔註631〕

【玉姍案】

　　袞，簡文作 ＊。楚簡多寫爲從爪從卒，如：＊（郭3.7）。亦有寫爲從爪從衣如 ＊（上1.2.6）、＊（上2.5.4）。何琳儀《戰國古文字典》：

卒，由衣分化，均屬脂部。甲骨文、金文「衣」或讀「卒」，戰國文字「衣」與「卒」亦往往互用。〔註632〕

　　故「袞」與「窣」實乃一字，在楚系文字中有兩種用法：

（1）讀爲「褐」或通假爲「狄」（兩字皆定紐支部），曾侯乙墓出土之漆書衣箱上書「袞圂」，爲某種衣服之專名〔註633〕。《古璽彙編》5560楚璽作「公窣之四」，讀「公狄之四」。今《汗簡》及《古文四聲韻》中所保留的兩個「狄」之古文 ＊（三體石經.「狄」）、＊（義云章.「狄」），應該就是由「窣」的寫法訛變而來。

（2）讀爲「卒」：「爪」爲飾筆。楚文字常出現從「爪」，然「爪」旁乃增繁無義的部件，例如包山簡2.202「家」作「＊（豩）」、望山簡1.17「室」作「＊（窒）」等。郭店、上博所出現之「袞（窣）」字皆可讀爲「卒」或從「卒」得聲之字。郭店〈緇衣〉簡7「下民窣担」讀作「下民卒癉」、簡9「窣袋百眚」，讀「瘁勞百姓」、上博〈紂衣〉簡6「袞袋百眚」讀作「瘁勞百姓」、〈昔者君老〉簡4「君袞」讀作「君卒」。以上讀爲「狄」與讀爲「卒」的兩個「窣」字，應視爲同形異字，不可混而爲一。

　　由上下文義觀之，〈孔子詩論〉簡25「大田之袞章」之「袞」字，應釋爲第二

〔註631〕劉信芳《孔子詩論述學》，（安徽大學出版社，2003年1月初版），頁238。

〔註632〕何琳儀《戰國古文字典》，（北京：中華書局，1998年9初版），頁1171。

〔註633〕見譚維四著，《曾侯乙墓》，（北京文物出版社，2001年9月），頁152。

類，直接讀爲「卒」。「大田之衮章」即「〈大田〉之卒章」，也就是今《毛詩‧小雅‧甫田之什‧大田》之末章。

今本《毛詩‧小雅‧甫田之什‧大田》：

> 大田多稼，既種既戒，既備乃事，以我覃耜，俶載南畝，播厥百穀。既庭且碩，曾孫是若。既方既皁，既堅既好，不稂不莠。去其螟螣，及其蟊賊，無害我田穉。田祖有神，秉畀炎火。有渰萋萋，興雨祈祈，雨我公田，遂及我私。彼有不穫稺，此有不斂穧；彼有遺秉，此有滯穗，伊寡婦之利。曾孫來止，以其婦子，饁彼南畝，田畯至喜。來方禋祀，以其騂黑，與其黍稷，以享以祀，以介景福。

《詩序》：

> 〈大田〉，刺幽王也，言矜寡不能自存焉。

《鄭箋》：

> 幽王之時，政繁賦重而不務農事，蟲災害穀，風雨不時，萬民饑饉，矜寡無所取活，故臣思古以刺之。

筆者以爲今本《小雅‧大田》之詩旨當爲幽王之時，政繁賦重而不務農事，萬民饑饉，矜寡無所取活，故作者思古而作此詩之以刺之。業師季旭昇以爲：

> 全詩寫的是從前執政者重視農政，其實真正目的是要諷刺現在的執政者不務農事，這就是「知言」吧！〈大田〉卒章：「曾孫來止，以其婦子，饁彼南畝，田畯至喜。來方禋祀，以其騂黑，與其黍稷，以享以祀，以介景福。」這就是「有禮」吧！其實全詩都是反諷，但是以卒章「有禮」來反諷，對比性更強，所以〈孔子詩論〉把「知言」放在卒章和「有禮」一起講。〔註634〕

可從。

【討論（6）】

少明不〔□□□□□□□□□□□□□□□□□□□□□□□□□□□□□□□〕；〈小明〉不〔□□□□□□□□□□□□□□□□□□□□□□□□□□□□□□□□〕

【各家說法】

馬承源以爲：

〔註634〕業師季旭昇〈孔子詩論新詮〉，（臺北：學生書局《經學研究論叢》13 輯，2005 年12 月）。

少明，今本《毛詩‧小雅‧谷風之什》篇名《小明》。〔註635〕

【玉姍案】

今本《毛詩‧小雅‧谷風之什‧小明》：

> 明明上天，照臨下土。我征徂西，至于艽野。二月初吉，載離寒暑。心之憂矣，其毒大苦。念彼共人，涕零如雨。豈不懷歸？畏此罪罟。昔我往矣，日月方除。曷云其還，歲聿云莫。念我獨兮，我事孔庶。心之憂矣，憚我不暇。念彼共人，睠睠懷顧。豈不懷歸？畏此譴怒。昔我往矣，日月方奧。曷云其還，政事愈蹙。歲聿云莫，采蕭穫菽。心之憂矣，自詒伊戚。念彼共人，興言出宿。豈不懷歸，畏此反覆。嗟爾君子，無恆安處。靖共爾位，正直是與。神之聽之，式穀以女。嗟爾君子，無恆安息。靖共爾位，好是正直。神之聽之，介爾景福。

《詩序》：

> 〈小明〉，大夫悔仕於亂世也。

《鄭箋》：

> 名篇曰〈小明〉者，言幽王日小其明，損其政事以至於亂。

第二十五簡上下端殘，「〈少明〉不⋯⋯」以下缺損，是以難知其原文。

關於「〈少明〉不⋯⋯」以下缺損字數，業師季旭昇以爲：

> 簡23之後是簡25，簡25上下皆殘，馬承源先生全簡圖於第一契口到第二契口位置，濮茅左先生〈簡序解析〉改放在第二契口到第三契口的位置，不知道有什麼理由？我們採用馬先生的安排，認爲簡25頭部約殘8字，尾部約殘28－29字。〔註636〕

可從。

【討論（7）】

〔□□□□□〕忠。北白舟悶：〔□□□□□〕忠。〈邶‧柏舟〉悶。

【各家說法】

馬承源以爲：

> 本簡長二十三‧四釐米。上下端殘。現存二十二字。

〔註635〕馬承源主編，《上海博物館藏戰國楚竹書（一）》，（上海：上海古籍，2001年11月），頁156。

〔註636〕業師季旭昇〈孔子詩論新詮〉，（臺北：學生書局《經學研究論叢》13輯，2005年12月）。

又

此簡殘甚，字文不足半數。詩名共四篇。辭語簡約，當是另一組篇名的初論。

又

北白舟，即今本《毛詩・國風・邶風》篇名之《柏舟》，「白」讀爲「柏」，因《柏舟》有同名，另一在《鄘風》，此《北柏舟》特爲標其地域爲「邶」，以示與《鄘風》之《柏舟》有所區別。孔子言其詩意曰「悶」，也與《邶風・柏舟》的詩句相合：「耿耿不寐，如有隱憂，憂心悄悄，慍於群小。覯閔既多，受侮不少」，又如：「心之憂矣，如匪浣衣，靜言思之，不能奮飛。」皆爲詩人慍鬱憂愁之嘆，孔子評爲「悶」。〔註637〕

李零以爲：

《邶風・柏舟》説「耿耿不寐，如有隱憂」，故曰「悶」。〔註638〕

俞志慧以爲：

筆者以爲第二三字（玉姍案：即「北白」二字）應讀作「行白」，即《巷伯》。〔註639〕（玉姍案：然俞志慧未解釋「《巷伯》舟悶」一句當如何釋讀。）

【玉姍案】

此簡上下端殘。「忠」字以上所缺簡文無以得知。「忠」可能是關於某一篇名的評論之語。

今本《毛詩・邶風・柏舟》：

汎彼柏舟，亦汎其流。耿耿不寐，如有隱憂。微我無酒，以敖以遊。我心匪鑒，不可以茹；亦有兄弟，不可以據。薄言往愬，逢彼之怒。　我心匪石，不可轉也；　我心匪席，不可卷也。威儀棣棣，不可選也。　憂心悄悄，慍于群小。覯閔既多，受侮不少。靜言思之，寤辟有摽。　日居月諸，胡迭而微。心之憂矣，如匪澣衣。靜言思之，不能奮飛。

《詩序》：

〈柏舟〉，言仁而不遇也。衛頃公之時，仁人不遇，小人在側。

〔註637〕馬承源主編，《上海博物館藏戰國楚竹書（一）》，（上海：上海古籍，2001 年 11 月），頁 156。

〔註638〕李零〈上博楚簡校讀記（之一）《子羔》篇"孔子詩論"部分〉，簡帛研究網站，2002 年 1 月 4 日首發。

〔註639〕俞志慧〈孔子詩論五題〉，《上海博物館藏戰國楚竹書研究》，（上海大學古代文明研究中心/清華大學思想文化研究所編，上海書店出版社，2002 年 3 月），頁 317。

《鄭箋》：

> 不遇者，君不受己之志也，君近小人，則賢者受侵害。

《序》說可從。《說文‧心部》：「悶，懣也。」《說文‧心部》：「懣，煩也。」《禮記‧問喪》：「悲哀志懣氣盛，故袒而踊之。」司馬遷〈報任少卿書〉：「是僕終已不得舒憤懣以曉左右。」為憂悶於心，無以紓解之義。〈邶風‧柏舟〉言「憂心悄悄，慍于群小。覯閔既多，受侮不少」、「心之憂矣，如匪澣衣。靜言思之，不能奮飛」言君子受小人陷害，抑鬱煩悶之情顯然。簡文「悶」與詩文「心之憂矣，如匪浣衣」合。余師培林以為：

> 全詩五章，每章六句。一章言憂不成眠。二章言愬憂無門，益見其苦。三章述己之意志之堅、威儀之盛。四章述憂之所自，覯閔受侮，皆以群小之故。末章述日月異象，與人事異常相參，憂乃如擣，不可抑制矣。全篇無一章不述其憂，至末章更呼天而問，其無奈之情，溢於言表。〔註 640〕

可從。

【討論(8)】

浴風悥：〈谷風〉背

【各家說法】

馬承源以為：

> 浴風，當讀做《谷風》。今本《毛詩‧國風‧邶風》及《小雅》均有《谷風》篇名，其評語云：「悥」。「悥」，從心不聲。讀為「背」。以此當屬於《小雅》之《谷風》。詩句云：「習習谷風，維風及雨。將恐將懼，維予與女。將安將樂，女轉棄予」。其後同句形有「將恐將懼，寘予于懷。將安將樂，棄予如遺」。又云：「忘我大德，思我小怨」。「背」應指此。《邶風‧谷風》為嘆夫婦離異，「燕爾新婚，不我屑以」。今取《小雅》。〔註 641〕

李零以為：

> 《小雅‧谷風》訴棄婦之怨。「棄予」、「忘我」不絕於口，故曰「負」。「負」原從心從丕，上半從「丕」，與「不」略異，原書讀「背」，亦通。（楚簡「倍」、「負」二字往往都是作從人不從貝。）〔註 642〕

〔註 640〕余師培林《詩經正詁‧上冊》，（台北市：三民，1993 年），頁 79。

〔註 641〕馬承源主編，《上海博物館藏戰國楚竹書（一）》，（上海：上海古籍，2001 年 11 月），頁 156。

〔註 642〕李零〈上博楚簡校讀記（之一）《子羔》篇"孔子詩論"部分〉，簡帛研究網站，2002年 1 月 4 日首發。

李學勤以爲：

　　《谷風》悲，《邶風》、《小雅》俱有《谷風》，而且都充滿悲哀的色彩。
這一句上面講《邶風》的《柏舟》，下面談《小雅》與《谷風》同什的《蓼
莪》，更使選擇加深了難度。反覆考慮，《邶風》的《谷風》有「燕爾新昏
（婚）」，故序稱「淫於新昏（婚）而棄其舊室」，不如《小雅・谷風》「將
安將樂，女（汝）轉棄予」，「忘我大德，思我小怨」，與《柏舟》的「憂
心悄悄，慍于群小，覯閔既多，受辱不少」更爲相類。因此我暫以簡文《谷
風》屬於《小雅》。〔註643〕

周鳳五以爲：

　　簡二六「谷風，啚」：原釋以爲從心，不聲，讀爲「背」。按，簡文從
心，從否，但否字下方「口」與「心」字有省筆，共用部分筆劃，故不易
辨識；簡文省筆又見簡十七「〈東方未明〉，有利詞」之「詞」，可以參看。
此字當讀爲「否」。《說文》：「否，不也。」經傳多訓「不通」、「不善」，
或借爲「啚」。《小雅・谷風》首章云：「習習谷風。維風及雨。將恐將懼，
維予與女。將安將樂，女轉棄予。」次章云：「將安將樂，棄予如遺。」
卒章云：「忘我大德，思我小怨。」則簡文當讀爲「啚」。《楚辭・懷沙》：
「易初本迪兮，君子所啚。」王《注》：「啚，恥也。」簡文蓋謂其人忘恩
背德，行爲可啚也。〔註644〕

劉釗以爲：

　　「否」字釋文釋爲從不從心，讀作「背」。其實這字從心從音，應讀
爲「倍」。〔註645〕

曹鋒以爲：

　　「悆」字，……其上部與〈中山王鼎〉銘「智天若否」的「否」字近
似，整體字形與〈詛楚文〉「張矜悆怒」的「悆」字相似，故當隸作「悆」。
從〈詛楚文〉看，其義或許與「怒」有關。筆者以爲，「北（邶）白（柏）
舟悶」與「浴（谷）風悆」相對爲文，都表達憤懣之氣，但前者抑鬱在內，
後者發洩在外。〔註646〕

〔註643〕李學勤〈詩論與詩〉，中國北京：清華簡帛講讀班，2002年1月4日首發。

〔註644〕周鳳五《孔子詩論》新釋文及注解〉，簡帛研究網站，2002年1月16日首發。

〔註645〕劉釗〈讀上海博物館藏戰國楚竹書（一）箚記〉，《上海博物館藏戰國楚竹書研究》，
　　　　（上海大學古代文明研究中心/清華大學思想文化研究所編，上海書店出版社，2002
　　　　年3月），頁291。

〔註646〕曹峰〈對孔子詩論第八簡以後簡序的再調整——從語言特色的角度入手〉註10，《上

李銳以爲：

按字形當釋爲「悂」。《玉篇‧心部》：「悂，恐也。」《集韻‧脂韻》：「悂，恐懼也。」小序所謂「天下俗薄，朋友道絕焉」。〔註647〕

黃德寬、徐在國以爲：

🔲，此字當分析爲從心否聲，「否」下所從之「口」，與「心」共用一彎筆。此字又見於〈郭店語叢〉2.11：「🔲生於慮，靜生於🔲。」李零先生解釋爲「倍」，並說：「倍，原從心旁。此字也有可能讀爲悖。」（「悖」是並母物部字，「倍」是並母之部字。）〔註648〕

王志平以爲：

「倍」原爲從心否聲之字，讀爲「倍」。〔註649〕

陳英杰以爲：

詩的主旨是表達棄婦的哀怨及内心的憤怒。字從否從心，口與心共用筆畫，當是悟字。《說文‧丶部》：「音，相與語唾而不受也。從丶從否，否亦聲。」二字同從否聲。《玉篇‧心部》：「悟，怒也。」字亦作愂，《說文‧心部》：「愂，小怒也。」《集韻‧有韻》：「愂，小怒也。或從音。匹九切。」簡文即用此義。「音」《說文》或作「歆」，從豆從欠。悟亦可從豆作㤉。《廣韻‧宥韻》：「㤉，小怒也。敷救切。」字亦作憴，《集韻‧宥韻》：「憴，怒也。或作㤉。」或作忝，《改併四聲篇海‧心部》引《搜眞玉鏡》：「忝，方武切。」《字彙補‧心部》：「忝，音甫，義未詳。」或作怀，《改併四聲篇海‧心部》引《俗字背篇》：「怀，怒也。」《中華大字典‧心部》：「怀，敷救切，音副，宥韻，怒也，見《字彙補》。」此「怀」字與「懷」之簡化字是同形字。㤉、愂、悟、忝、憴等幾字實際上是同一個詞的不同寫法，音同或音近，意義無別。〔註650〕

【玉姍案】

海博物館藏戰國楚竹書研究》，（上海大學古代文明研究中心/清華大學思想文化研究所編，上海書店出版社，2002 年 3 月），頁 209。

〔註647〕李銳〈讀上博楚簡箚記〉，《上海博物館藏戰國楚竹書研究》，（上海大學古代文明研究中心/清華大學思想文化研究所編，上海書店出版社，2002 年 3 月），頁 401。

〔註648〕黃德寬、徐在國〈上海博物館藏戰國楚竹書（一）‧《孔子詩論》釋文補正〉，《安徽大學學報哲學社會科學版》，2002 年 3 月第 26 卷第 2 期。

〔註649〕王志平〈詩論箋疏〉，《上海博物館藏戰國楚竹書研究》，（上海大學古代文明研究中心/清華大學思想文化研究所編，上海書店出版社，2002 年 3 月），頁 225。

〔註650〕陳英杰〈讀楚簡箚記〉，見簡帛研究網站，2002 年 11 月 24 日首發。

　　悥，簡文作⬚。此字當分析為從心否聲，「否」下所從之「口」，與「心」共用一彎筆。此字又見於〈郭店簡〉⬚（郭.14.11）、⬚（郭.14.11）。多位學者以為此字當從心、否（音）聲，讀作「背」，可從。

　　今本《毛詩・邶風・谷風》：

> 習習谷風，以陰以雨。黽勉同心，不宜有怒。采葑采菲，無以下體。德音莫違，及爾同死。　行道遲遲，中心有違。不遠伊邇，薄送我畿。誰謂荼苦，其甘如薺。宴爾新昏，如兄如弟。涇以渭濁，湜湜其沚。宴爾新昏，不我屑以。毋逝我梁，毋發我笱。我躬不閱，遑恤我後。　就其深矣，方之舟之。就其淺矣，泳之游之。何有何亡，黽勉求之。凡民有喪，匍匐救之。　不我能慉，反以我為讎。既阻我德，賈用不售。昔育恐育鞠，及爾顛覆。既生既育，比予于毒。我有旨蓄，亦以御冬。宴爾新昏，以我御窮。有洸有潰，既詒我肄。不念昔者，伊余來塈。

《詩序》：

> 〈谷風〉，刺夫婦失道也。衛人化其上，淫於新昏而棄其舊室，夫婦離絕，國俗傷敗焉。

朱熹《詩集傳》：

> 婦人為夫所棄，故作此詩，以敘其悲怨之情。〔註651〕

今本《毛詩・小雅・谷風之什・谷風》：

> 習習谷風，維風及雨。將恐將懼，維予與女。將安將樂，女轉棄予。習習谷風，維風及頹。將恐將懼，寘予于懷。將安將樂，棄予如遺。　習習谷風，維山崔嵬。無草不死，無木不萎。忘我大德，思我小怨。

《詩序》：

> 〈谷風〉，刺幽王也。天下俗薄，朋友道絕焉。

余師培林：

> 詩曰：「寘予于懷」，此夫婦之事，非友朋之行。且此詩與〈邶風・谷風〉不僅篇名相同，其文字內容亦多相似，故亦當為婚變之詩。《詩經詮釋》：「此與〈邶風〉之〈谷風〉蓋亦棄婦之辭也。」〔註652〕

　　簡26「谷風」：有兩種可能，一是〈邶風・谷風〉；一為〈小雅・谷風〉。〈邶風・谷風〉與〈小雅・谷風〉的內容都是對「背棄」的嗟怨。是以與簡文「〈谷風〉悥（背）」皆相合，其實都說得通。業師季旭昇以為：

〔註651〕〔宋〕朱熹《詩集傳》，（台北市：藝文，1959年），頁18。
〔註652〕余師培林《詩經正詁・下冊》，（台北市：三民，1993年），頁191。

本節又是「風雅合論」，所以兩篇都有可能。〔註653〕

從之。

【討論（9）】

蓼莪又孝志：〈蓼莪〉有孝志

【各家說法】

馬承源以爲：

> 蓼莪，今本《毛詩‧小雅‧谷風之什》篇名作《蓼莪》。

又

> 又孝志，讀爲「有孝志」。《蓼莪》云：「父兮生我，母兮鞠我。拊我
> 畜我，長我育我。顧我復我，出入腹我，欲報之德，昊天罔極」。最後有
> 不得終養父母之嘆，孔子評爲「有孝志」。〔註654〕

李零以爲：

> 《蓼莪》，見《小雅‧小旻之什》（玉姍案：當爲《毛詩‧小雅‧谷風
> 之什》），是哀悼父母之詩，故曰：有孝志。〔註655〕

廖名春以爲：

> 《小序》：「《蓼莪》，刺幽王也。民人勞苦，孝子不得終養爾。」《孔
> 叢子‧記義》：「於《蓼莪》，見孝子之思養。」簡文與《孔叢子‧記義》
> 說最近。〔註656〕

王志平以爲：

> 《孔叢子‧記義》：「（孔子曰：吾）於《蓼莪》，見孝子之思養也。」〔註657〕

【玉姍案】

今本《毛詩‧小雅‧谷風之什‧蓼莪》：

> 蓼蓼者莪，匪莪伊蒿。哀哀父母，生我劬勞。蓼蓼者莪，匪莪伊蔚。
> 哀哀父母，生我勞瘁。缾之罄矣，維罍之恥。鮮民之生，不如死之久矣。

〔註653〕業師季旭昇〈孔子詩論新詮〉，（臺北：學生書局《經學研究論叢》13 輯，2005 年 12 月）。

〔註654〕馬承源主編，《上海博物館藏戰國楚竹書（一）》，（上海：上海古籍，2001 年 11 月），頁 156。

〔註655〕李零〈上博楚簡校讀記（之一）《子羔》篇"孔子詩論"部分〉，簡帛研究網站，2002 年 1 月 4 日首發。

〔註656〕廖名春〈上海博物館藏詩論簡校釋〉，《中國古代近代文學研究》2002 年第 6 期。

〔註657〕王志平〈詩論箋疏〉，《上海博物館藏戰國楚竹書研究》，（上海大學古代文明研究中心/清華大學思想文化研究所編，上海書店出版社，2002 年 3 月），頁 225。

無父何怙？無母何恃？出則銜恤，入則靡至。父兮生我，母兮鞠我，拊我畜我，長我育我，顧我復我，出入腹我，欲報之德，昊天罔極。南山烈烈，飄風發發。民莫不穀，我獨何害。南山律律，飄風弗弗，民莫不穀，我獨不卒。

《詩序》：

〈蓼莪〉，刺幽王也。民人勞苦，孝子不得終養爾。

《鄭箋》：

不得終養者，二親病亡之時，時在役所，不得見也。

　　歷代各家之說雖有小異，然大體皆以本詩爲孝子不得終養父母而作。與簡文「〈蓼莪〉有孝志」合。所謂「孝志」當爲「孝子終養父母之志」。

【討論（10）】

陸又長楚导而愍之也：〈隰有萇楚〉得而謀之也

【各家說法】

馬承源以爲：

陸又長楚，今本《毛詩・檜風》篇名作《隰有萇楚》。

又

导而愍之，讀爲「得而愍之」。「隰有萇楚，猗儺其枝，天之沃沃，樂子之無知」。其後有「猗儺其華，樂子之無家。」、「猗儺其實，樂子之無室」。孔子評爲「得而愍之」。《集韻》「悔」古作「悔」。〔註658〕

李零以爲：

《隰有萇楚》，見《檜風》，詩人自嘆命薄，竟草木之不如，雖「有知」、「有家」、「有室」，反不如萇楚無之，故曰得而悔之也。〔註659〕

龐樸以爲：

「愍」似應釋「無」。其詩有云「樂子之無知」、「樂子之無家」、「樂子之無室」，皆以無爲樂，即以無爲得也。能以無爲得，便能以得爲無。以得爲無，非無得也。「得而無之」也。得而無之，非眞無也，其心能無也；在字，則從母從心，作「愍」。〔註660〕

〔註658〕馬承源主編，《上海博物館藏戰國楚竹書（一）》，（上海：上海古籍，2001年11月），頁156～157。

〔註659〕李零〈上博楚簡校讀記（之一）《子羔》篇"孔子詩論"部分〉，簡帛研究網站，2002年1月4日首發。

〔註660〕龐樸〈上博藏簡零箋（二）〉，簡帛研究網站，2002年1月4日首發。

何琳儀以爲：

> 愿，見《玉篇》「愿，受也。」《集韻》：「悔，《説文》傷也。一曰，
> 慢也。古作悔。」簡文「愿」，疑讀「悔」。《詩・檜風・隰有萇楚》「隰有
> 萇楚，猗儺其枝。天之沃沃，樂子之無知。隰有萇楚，猗儺其華。天之沃
> 沃，樂子之無家。隰有萇楚，猗儺其實。天之沃沃，樂子之無室。」《詩
> 序》：「疾恣也，國人疾其君之淫恣，而思無情欲者也。」所謂「思無情
> 欲者」無疑有「悔」之義。〔註661〕

濮茅左隸定爲「《隰有萇楚》得而悔之。」〔註662〕無釋。

劉信芳以爲：

> 論者讀「悔」是也。《詩・檜風・隰有萇楚》「猗儺其枝」、「猗儺其
> 華」、「猗儺其實」暗寫由春及夏，從夏及秋，萇楚生長開花結實之過程，
> 以萇楚之無知無識，無憂無慮，反襯詩中主人公終年爲室、爲家奔忙。
> 詩論既評其爲「得而悔之也」，應是有室家之累者羨慕無室無家者之灑
> 脱。〔註663〕

【玉姍案】

　　本句的關鍵字在「愿」字，簡文作圖。各家異說較多，其實此字於戰國文字中
多讀作「謀」。

> 〈中山王嚳鼎〉作「圖（謀）慮是從。」
> 〈郭店・老子甲〉簡25：「其未兆也，易圖（謀）也。」
> 〈郭店・緇衣〉簡22：「君不與少（小）圖（謀）大，則大臣不怨。」
> 〈郭店・語叢四〉簡13：「不與智圖（謀），是胃（謂）自圖。」
> 〈上博（一）・紂衣〉簡12：「古君不與小圖（謀）大。」
> 〈上博（一）・性情論〉簡39：「速，圖（謀）之方也。」

　　以上文例中「愿」字皆釋爲「謀」，筆者以爲簡26「得而圖之」，當讀爲「得而
謀之」。

今本《毛詩・檜風・隰有萇楚》：

> 隰有萇楚，猗儺其枝，天之沃沃，樂子之無知。　隰有萇楚，猗儺其

〔註661〕何琳儀〈滬簡詩論選釋〉，簡帛研究網站，2002年1月17日首發。

〔註662〕濮茅左〈《孔子詩論》簡序補析〉，《上海博物館藏戰國楚竹書研究》，（上海大學古
　　　　代文明研究中心／清華大學思想文化研究所編，上海書店出版社，，2002年3月），頁
　　　　37。

〔註663〕劉信芳《孔子詩論述學》，（安徽大學出版社，2003年1月初版），頁242。

華，天之沃沃，樂子之無家。　隰有萇楚，猗儺其實，天之沃沃，樂子之無室。

《詩序》：

〈隰有萇楚〉，疾恣也。國人疾其君之淫恣，而思無情慾者也。

《鄭箋》：

「恣」謂狡狘淫戲，不以禮也。

余師培林另闢蹊徑云：

此蓋女子樂其所愛者無家室之詩。〔註664〕

朱孟庭〈詩經重章藝術研究〉中指出：

在包含兩章或兩章以上的詩作中，或全部各章，或僅部分章（兩章或兩章以上）之所有章句相對應；而其相對應的詩句，大致具有相同的句數、整齊的句式、同樣的節奏、相關的內容和相稱的情感。某些短語或詩句重複出現；某些則做部分的變異，或換字、或換詞、或換句；而所變換的字、詞、句之間，多具有同義、近意、同類、承接、互補等密切關係。〔註665〕

因此回歸《詩經》經文之中，「重章疊詠」的規律現象而言，次章云「樂子之無家」、家室之意義容易理解；但首章「樂子之無知」，學者或釋「知」為「知識」「知覺」，如依此解，則與次末章「家室」之義難侔。鄭箋：「知，匹也。」《爾雅・釋詁》亦云：「知，匹也。」如依此解，「匹」與「家」、「室」並解釋為「家庭」或「妻室」，則「知－家－室」解為「匹配－家庭（婚姻伴侶）－室家（婚姻伴侶）」，不僅符合《詩經》重章的規則現象，文義也通暢易讀。

馬瑞辰《毛詩傳箋通釋》：

樂子之無知，箋：「知，匹也。」瑞辰按：《爾雅》：「知，匹也。」箋訓「知」為「匹」，與下章「無室」「無家」同義。此古訓之最善者。或疑「知」不得訓「匹」，今按《墨子・經上篇》曰：「知，接也。」《莊子・庚桑楚篇》亦曰：「知者，接也。」《荀子・正名篇》曰：「知有所合謂之智，凡相接相合皆訓匹。」《爾雅》：「匹，合也。」《廣雅》：「接，合也。」是也。知訓「接」訓「合」即得訓「匹」矣。又古者謂「相交接」為「相知」。《楚辭・九歌》：「樂莫樂兮新相知」，言新相交也。「交」與「合」義

〔註664〕余師培林《詩經正詁・上冊》，（台北市：三民，1993年），頁403。

〔註665〕朱孟庭《詩經重章藝術研究》，（台北：國立台灣師大國文所碩論，指導教授余師培林，1996）。

亦相近。〈芃蘭〉詩：「能不我知。」「知」，正當訓「合」；「不我知」
爲「不我合」，猶「不我甲」，爲「不我狎」也。《禮記‧曲禮》：「男女非
有行媒，不相知名。」《釋文》作「不相知。」云：「本或作「不相知名」，
名衍字耳。」今按「不相知」者，即「不相匹」也。此皆「知」可訓「匹」
之證。〔註666〕

是以「樂子之無知」之「知」字釋爲「匹」並無不妥，在詩中反而最符合重章的
規律。「樂子之無知」之「樂」字，在經文中應作動詞，釋爲「喜悅」之義較恰當。

「謀，求也」。簡文「得而謀之也」，即「得以求之也」。綜上所述，簡文「隰有
長楚，得而謀之也」可以解釋爲：「〈隰有萇楚〉描述詩人因看見濕地上茂生的萇楚，
枝葉婀娜多姿，故而見物起興，聯想到所愛悅之人正值年少美盛；表現出內心的欣
喜，因爲心上人尙未婚配，故尙有機會可謀求姻緣，期待與對方結爲連理以成室家
之好。」如此，既符合《毛詩‧鄭箋》「知」訓「匹」的解釋，又符合楚文字「慭」
字的習慣用法，雖與《毛詩序》的解釋不同，但應該是〈孔子詩論〉比較合理的解
釋。〔註667〕

【討論（11）】

……□亞而不戁：……□惡而不憫

【各家說法】

馬承源以爲：

> 本簡長二十‧三釐米。上下端殘。現存十六字，首字有殘筆，已不可辨。

又

> 此簡有三個篇名的評語。亞而不戁，是爲未知於今本詩名的評語。下
> 二句各一篇。殘存字數不足整簡的三分之一。內容與其他篇名組合的評辭
> 沒有聯繫，而是另一組篇名集合論述的一小部分。

又

> 戁，《爾雅‧釋獸》：「麔、牡麔、牝麎。其子麘。」「戁」、「麘」可能
> 是一字之異。〔註668〕

裘錫圭以爲：

> 裘按：「即戁」，似當讀爲「次序」、「次度」或「節度」。第二字與「虘」

〔註666〕馬瑞辰《毛詩傳箋通釋》，《續經解毛詩類彙編》，（台北市：藝文，1986年），頁1322。
〔註667〕請參拙作《〈詩論〉二十六簡「慭」字管見》，簡帛研究網站，2003年1月6日首發。
〔註668〕馬承源主編，《上海博物館藏戰國楚竹書（一）》，（上海：上海古籍，2001年11月），
頁159。

有別，但亦應從「且」得聲，疑即「鱸」字異體。「且」與「度」、「序」古音皆相近。〔註669〕

李天虹以爲：

> 楚簡中的「𪊮」應當讀爲「文」。……下面我們嘗試著提供一條思路，希望能對這個問題的解決有所裨益。《玉篇》鹿部：「麐，同麟。」《正字通》鹿部：「麐，同麟。」是古「麐」、「麐」、「麟」同字。《說文》鹿部「麟」「麐」並出，謂「麟，大牝鹿也。從鹿、粦聲。」「麐，牝麒也。從鹿吝聲。」……古文字資料中迄今未見確定的「麟」字。甲骨、金文並有「麐」，但其意似乎與「麟」無關，與傳世文獻中的「麐」可能不是同一字。從形體來看簡文「𪊮」上部從鹿頭是沒有任何問題的。中間所從的 ▨，與戰國文字馬的省體十分相近。比照文獻對麒麟形狀的描述，我們懷疑「𪊮」所從的 ▨ 可能是「麟」的象形字。古「文」爲明母文部字，「麟」爲來母眞部字，兩者聲韻均近可以通轉，「麐」、「麐」、「麟」三字之相通即爲明證。（《說文》口部謂「吝」從文聲）又古文字常見的「𡴚」，從粦之古文「吅」，「吅」亦聲，「文」亦聲，字既可用作「鄰」，又可用作「文」，也是一個很好的例證。簡文「𪊮」從又麟聲，自可讀作「文」。當然，說「𪊮」從「麟」只是一個推測，尚有待以後相關材料的檢驗。〔註670〕

李零以爲：

> 閔，原書作「𪊮」，此字在郭店楚簡中曾屢次出現，多數釋讀爲「文」，少數是讀爲「敏」。現在學者多認爲此字是從民得聲，其實是「敏」的古字（《古文四聲韻》卷三第十四頁背引《義云章》），字同「啟」，或借爲「閔」如《汗簡》第四十八頁背引石經。這裡疑讀「閔」，用法同「憫」。今詩「憫」皆作「閔」。〔註671〕

劉信芳以爲：

> 「不」後一字李天虹讀爲「文」，（〈釋楚簡文字「𪊮」〉，《華學》第四輯。）李學勤分析爲從民省聲，它簡直就是「節文」的「文」的專用寫法。（《試解郭店簡讀「文」之字》，《孔子・儒學研究文叢（一）》，齊魯書社，

〔註669〕《郭店楚墓竹簡・性自命出釋文注釋》，（北京文物出版社，1999年），頁182。

〔註670〕李天虹，《釋楚簡文字『𪊮』》，見《華學》第四輯，（北京：紫城出版社，2000年8月），頁85～88。

〔註671〕李零〈上博楚簡校讀記（之一）《子羔》篇"孔子詩論"部分〉，簡帛研究網站，2002年1月4日首發。

2001 年。）我曾經分析爲字從且聲，讀爲「且」。（《簡帛五行解詁》，台北藝文印書館，2001 年。）黃德寬、徐在國認爲，不管此字字形爲何分析，此字讀爲「文」是肯定的。（〈上海博物館藏戰國楚竹書（一）‧《孔子詩論》釋文補正》。）此字又見於戰國藏簡《性情論》10，濮茅左云：「上博簡《周易‧解‧六三》『霥』字，今本作『且』。」若此說確實，拙說或未可廢。〔註672〕

業師季旭昇以爲：

> 惛，舊多誤釋爲「虩」，現在大家都知道此二字實不同形，本簡此字實應隸作「惛」，多讀爲「文」、「敏」等類似音讀的字。至於字形分析，則有從民聲、從每聲、與即麟字三說〔註673〕，似以第一說較合理，今暫從第一說隸作「惛」。〔註674〕

又

> 霥，舊多誤釋爲「虩」，其實二字不同。本簡「霥」字作，上似鹿頭，中間目形右上有刀型；楚簡「虩」字則作，上爲虍，中間目形右上無刀形。二者實不同字。有關字，……字形說解雖有不同，但大致讀爲「文」、「民」、「每」或與之同音音近的字，則是大家一致同意的。簡文「……□亞而不霥」，「亞」字以上殘，是以無法確定原義。姑且從李學勤先生〈分章釋文〉讀作「惡而不憫」。〔註675〕

【玉姍案】

簡文「……□亞而不霥」，「亞」字以上殘，是以無法確定原義。霥，簡文作，學者有以爲「文」、「敏」、「且」幾種說法，業師季旭昇已作辨正。「亞」字於楚簡中多假作「惡」字，由於簡文殘失，僅能就語法上來考量，由於「惡」可做動詞亦可做形容詞，故依詞性可有下列幾種解法：

〔註672〕劉信芳《孔子詩論述學》，（安徽大學出版社，2003 年 1 月初版），頁 252。

〔註673〕原注：李學勤先生〈試解郭店簡中讀文之字〉（山東省儒學基地‧曲阜師範大學孔子文學院編：《孔子儒學研究文叢第一輯》，齊魯書社，2000 年 6，頁 117～120）主張從「民」隸作「惛」或「霥」何琳儀〈滬簡二冊選釋〉主張從「民」隸作「瞖」。李零先生〈郭店楚簡校讀記‧修訂本〉頁 45 主張從「每」；李天虹先生《釋楚簡文字『霥』》，見《華學》第四輯，頁 85～88 主張即「麟」之象形字。

〔註674〕業師季旭昇〈孔子詩論新詮〉，（臺北：學生書局《經學研究論叢》13 輯，2005 年 12 月）。

〔註675〕業師季旭昇主編，《上海博物館藏戰國楚竹書（一）讀本》，（臺北：萬卷樓，2004 年 6 月），頁 63～64。

一、「惡」作動詞，為「厭惡」義，則可讀為：

（一）「□惡而不憫」即厭惡他，且不憐憫他。

（二）「□惡而不紊」指厭惡他，不替他掩飾過錯。

二、「惡」作形容詞，為「壞的」義，則可讀為：

（一）「□惡而不文」，指壞而無文采。

（二）「□惡而不敏」，指壞而不敏捷、不聰敏。

　　然以上推論皆僅由語法上作判斷，提供幾種思考方向。但由於資料不夠，故暫無法作結論。業師季旭昇以為可從李學勤〈分章釋文〉讀作「惡而不憫」，姑從之。

【討論（12）】

墇又薺懇寁而不智言：〈牆有茨〉慎密而不知言

【各家說法】

馬承源以為：

> 墇又薺，詩篇名。今本無。

又

> 懇寁，慎密。「懇」從幺從心，以「斤」為聲符。《說文》所無，竹簡多讀為「慎」。寁，從甘從宓，亦《說文》所無。古「蜜」、「密」通用，此讀作「密」。「慎密」、也可能作「縝密」。《禮記·聘義》：「君子比德於玉焉，溫仁而澤，仁也。縝密以栗，知也」。上辭言雖縝密而不智言。〔註676〕

業師季旭昇以為：

> 此字作**墇**，上博隸定右旁從章，不確。楚簡「章」並不這麼寫。字又見郭店語 4.2「墇（牆）有耳」。「墇」字與上博「墇」字完全同形，郭店注：「裘案：《詩·小雅·小弁》：『君子無易由言，耳屬於垣。』簡文此句意與之同。」釋義甚是。但是也沒有解釋字形。兩字的隸定也不可取。此字實從「㸚（郭、墉）」、爿聲作「墇」，即「牆」字的異體。「㸚」字在楚系曾侯乙編鐘下 2.5 作**㸚**，秦系印文作**㸚**，與「墇」「墇」兩字所從極同。是「墇」「墇」兩字其實可以直接隸定作「牆」。〔註677〕

〔註676〕馬承源主編，《上海博物館藏戰國楚竹書（一）》，（上海：上海古籍，2001 年 11 月），頁 158。

〔註677〕〈讀郭店上博五題：舜、河滸、紳而易、牆有茨、宛丘〉，《中國文字新 27 期》，（台北：藝文印書館，2001 年 12 月），頁 120。

廖名春以爲：

> 在 2001 年 9 月 2 日清華大學《簡帛講讀班》第十次研討會的討論中，筆者就指出當讀爲「牆有茨」，得到大家的首肯。李鋭《札記》：「薺，《說文》引《詩》同，王先謙說齊韓作『薺』。《阜詩》作『穧』。」〔註 678〕

又

> 「墇」，當讀爲「牆」，兩字皆從爿得聲。……公子頑通乎君母，這是國恥。需「慎密」，「故不可道也」。……但如果因「言之醜也」、「言之辱也」而不「刺其上」，爲了所謂「慎密」而不加以諷諫，就是「不知言」，即不懂得、喪失了言說的原則。這表面是批評《牆有茨》的，實質是從編《詩》、用《詩》的角度，激發提升《詩》的諷諫精神。〔註 679〕

李零以爲：

> 《牆有茨》，亦見今《鄘風》，原作「墇有薺」，原書沒有對出。原書把相當於「牆」的字，隸定爲從爿從章，其實其右旁並不是「章」字，而是楚「融」字所從，得聲乃在左旁；「茨」、「薺」都是古從母脂部字，讀音也相同。該篇說「中冓之言，不可道也。所可道也，言之醜也」，故曰「慎密而不知言」。〔註 680〕

李學勤以爲：

> 〈考釋〉未釋的有兩個篇名。其一是「墇又薺」，即今傳本之〈牆有茨〉。「章」聲在章母陽部，「牆」聲在從母陽部。〔註 681〕

黃德寬、徐在國以爲：

> 「慎密」義爲謹慎保密，《易‧繫辭上》：「幾事不密則害成，是以君子慎密而不出也。」簡文「慎密」是指謹慎保密的「中冓之言」；「不知言」之「言」亦指「中冓之言」。〔註 682〕

胡平生以爲：

> 此字右旁不是「章」，……應參照郭店簡與包山簡隸定爲「韋」，可讀

〔註 678〕廖名春〈上海博物館藏詩論簡校釋〉，《中國古代近代文學研究》2002 年第 6 期。

〔註 679〕廖名春〈上海博物館詩論簡佚詩探源〉，《中國文字新 27 期》，（台北：藝文，2001 年 12 月），頁 122～123。

〔註 680〕李零〈上博楚簡校讀記（之一）《子羔》篇"孔子詩論"部分〉，簡帛研究網站，2002 年 1 月 4 日首發。

〔註 681〕李學勤〈詩論與詩〉，中國北京：清華簡帛講讀班，2002 年 1 月 4 日首發。

〔註 682〕黃德寬、徐在國〈上海博物館藏戰國楚竹書（一）‧《孔子詩論》釋文補正〉，（《安徽大學學報哲學社會科學版》，2002 年 3 月第 26 卷第 2 期）。

爲「庸」，「墉」的上古音是余母東部字，余母、從母皆爲舌音，東韻、陽
韻甚近，因此此字可通假爲「牆」。……《牆有茨》詩句云：「中冓之言不
可道也」……《詩論》謂《牆有茨》爲「愼密而不知」，考釋說：「愼密」
也可作「縝密」。據詩句「不可道」、「不可詳」、「不可讀」，皆是「縝密」
之意而非「愼密」，因此應採考釋「縝密」之說。……《牆有茨》小序謂
詩爲「衛人刺其上也。公子頑通乎君母，國人疾之，而不可道也。」，毛
傳云：「冓，內冓也。」鄭箋云：「內冓之言謂宮中所冓成頑與夫人淫昏之
語。」而《詩論》評語並未涉及「宮中所冓成頑與夫人淫昏之語」，小序
之說不可信。「縝密之言」是指中冓之言因極其秘密而無法知道究竟說了
些什麼。〔註683〕

李守奎以爲：

　　　　䇩字隸作「牆」，非是。此字早見於包山楚簡。原考釋隸作「牆」是
對的。……牆即《說文》卷十三的「墉」字：「墉，城垣也。從土庸聲。
䇩，古文墉。」字又見曾侯乙墓編鐘，並與《說文》古文形近。「墉」、「牆」
並爲「垣」，故「墉」可作「牆」的義符。〔註684〕

劉信芳以爲：

　　　　所謂「不知言」，與簡25「知言」相反而成辭。「知言」是知道怎樣
將心中的話準確表達出來。則「不知言」是不知如何說出。《牆有茨》云：
「中冓之言，不可道也；所可道也，言之醜也。」因其隱密不可道，是其
「愼密」矣。傳出來的那些話（「所可道者」），醜惡而不當，不知該不該
說，說不出口，是「不知言」也。〔註685〕

【玉姍案】

　　慜，簡文作𢝵。李零〈讀《楚系簡帛文字編》・第185條〉以爲：

1015頁：訢。案：楚「愼」字。前188頁「訢」疑亦楚「愼」字。〔註686〕

陳劍以爲：

　　　　愼寫作「訢」、「訢」、「慜」、「慜」等形是前所未見的，……由此上
溯，我們發現西周金文中與「訢」相當接近的「𤔢」字（見番生簋），表

〔註683〕胡平生〈讀上博藏戰國楚竹書《詩論》箚記〉，簡帛研究網站，2002年6月4日。

〔註684〕李守奎〈楚簡《孔子詩論》中的《詩經》篇名文字考〉，簡帛研究網站，2002年7
月8日首發。

〔註685〕劉信芳《孔子詩論述學》，（安徽大學出版社，2003年1月初版），頁254。

〔註686〕李零〈讀楚系簡帛文字編・第185條〉，見《出土文獻研究》第五期，（北京：中華，
1999年8月），頁153。

示的也應該是「愼」這個詞。……把西周金文及戰國璽印文字中的「惖」和「訇」字與戰國璽印和郭店楚墓竹簡中的「憖」、「惖」、「訢」、「訢」相比較，考慮到它們相同的用法與形體上的明顯聯繫，很難想像「訢」、「訢」與「訇」會是不同的兩個字。前舉第 3 形「憖」，明顯是揉合「訇」、「惖」兩類寫法而成。（第 4 形（憖）又省去左上角所從的部分），這也可以説明「訢」、「訢」二字和「惖」、「訇」的關係。現在唯一的問題是由「訇」發展爲「訢」、「訢」，在字形演變上暫時缺乏中間環節。……最後要指出的一點是：從文字學的角度看，「惖」從意符「心」，「訇」從意符「言」，在古文字中又一開始就表示「愼」這個詞，後來在絕大多數場合中也用作「愼」，它們極有可能就是「愼」的古字。「愼」從言和「謹」從言道理是一樣的。〔註687〕

陳劍之説可從。

此字包山簡作▨（包 2.145）、▨（包 2.177），作爲人名。郭店簡中除〈老子甲〉簡 27 中作「迵其訢」，與今本老子對照當讀爲「同其塵」，其餘皆讀爲「愼」。筆者以爲此字應爲楚系中「愼」字獨特寫法，作▨（郭 9.3）、▨（郭 6.16）、▨（郭 6.17）、▨（郭 3.33）、▨（上 1.1.28）等形，寫法略有不同，然皆讀爲「愼」。陳劍以爲此字的源頭可上接金文▨番生簋，雖然由「訇」發展爲「訢」、「訢」，在字形演變上雖缺乏中間環節，但此字於楚系文字中讀「愼」應無問題。

「審」，簡文作▨，從甘、宓聲，簡文中應讀爲「密」。包山簡▨（包 2.255）、▨（包 2.257）讀作「蜜」。

「▨」字從「圍（郭、墻）」、爿聲作「牆」，爲「牆」的異體字。

今本《毛詩‧鄘風‧牆有茨》：

> 牆有茨，不可埽也。中冓之言，不可道也；所可道也，言之醜也。牆有茨，不可襄也。中冓之言，不可詳也；所可詳也，言之長也。牆有茨，不可束也。中冓之言，不可讀也；所可讀也，言之辱也。

《詩序》：

> 〈牆有茨〉，衛人刺其上也。公子頑通乎君母，國人疾之，而不可道也。

《鄭箋》：

> 宣公卒，惠公幼，其庶兄頑烝於惠公之母，生子五人：齊子、戴公、文公、宋桓夫人、許穆夫人。

〔註687〕陳劍〈説愼〉，見《簡帛研究二○○一‧上》，（廣西師範大學出版社，2001 年 9 月初版），頁 207～212。

余師培林《詩經正詁》：

> 按頑，《左傳閔公》二年作「昭伯」，「頑」蓋其名也。此詩言閨中之
> 事，皆醜惡而不可言也。…… 三章皆以牆有茨，不可掃除為興，以象徵
> 閨中之事，不可道說。〔註688〕

簡文「〈牆有茨〉慎密而不知言」，學者有讀為「慎密」與「繽密」兩種說法，二說其實意義相近。《詩序》：「〈牆有茨〉，衛人刺其上也。公子頑通乎君母，國人疾之，而不可道也。」〈牆有茨〉是諷刺宣公死後，公子頑通乎惠公母之事。

故業師季旭昇以為：

> 宮廷穢聞，極其醜惡，為之者往往自以為行事慎密，而不知隔牆有耳，
> 此即「慎密而不知言」。〔註689〕

季師之說可從。

【討論】(13)

青鼄智〔□□□□□□□□□□□□〕：〈青蠅〉智〔□□□□□□□□□□□□〕

【各家說法】

馬承源以為：

> 青鼄，疑為今本《毛詩・小雅・甫山之什》（玉姍案：當為「甫田之什」）篇名《青蠅》。評語殘存一字，未能驗證。〔註690〕

李零以為：

> 《青蠅》，見《小雅・甫田之什》，下字原作「鼄」，聲旁同郭店楚簡「興」字（《語叢四》簡16作「其～如將有敗雄」；《窮達以時》簡6作「～而為天子師」，過去有種種猜測，現在看來還是「興」字，在簡文中是「舉」的意思）。〔註691〕

周鳳五以為：

> 「鼄」……，原簡從「蟲」，從邑聲、興聲，為疊加聲符，當讀為「蠅」。《青蠅》，見《小雅・甫山之什》。字又讀為「聘」，從卅。見郭店《窮達

〔註688〕余師培林《詩經正詁・上冊》，（台北市：三民，1993年），頁134。

〔註689〕業師季旭昇〈孔子詩論新詮〉，（臺北：學生書局《經學研究論叢》13輯，2005年12月）。

〔註690〕馬承源主編，《上海博物館藏戰國楚竹書（一）》，（上海：上海古籍，2001年11月），頁158。

〔註691〕李零〈上博楚簡校讀記（之一）《子羔》篇"孔子詩論"部分〉，簡帛研究網站，2002年1月4日首發。

以時》簡 5 作「聘以爲天子師」。又讀爲「營」，見西周成王青銅器《何尊》：「爲王初營宅於成周」，字從邑聲，偏旁不詳，舊釋爲「遷」或釋「相」。按，《尚書‧大傳》載「周公攝政五年營成周」，銘文紀年作「維王五祀」，二者相符，參照簡文字形，則釋「營」爲是也。〔註692〕

黃德寬、徐在國以爲：

> 「青」字後一字，從「興」省聲，「蠅」之異體。古音「蠅」，喻紐蒸部；「興」，曉紐蒸部。因此「蠅」字可以「興」爲聲符。〔註693〕

【玉姍案】

蠅，簡文作𧕤，字目前僅見於〈孔子詩論〉中。業師季旭昇以爲：

> 「蠅」即「蠅」，這個字形一出來，以往「興」和「與」的糾纏大部分都可以解決了：上部「臼」形中間從「凡」形、「人」形、「八」形的都是「興」；從「牙」形、「屮」形、「丨」形的才是「與」。〔註694〕

《說文》：「興，起也。從舁從同，同力也。」甲骨文、殷金文（𦥔 商‧興壺、𦥑 西周早‧父辛爵）從舁從凡，會四支手抬起架子之義。後「凡」下加「口」，《說文》遂以爲從「同」。戰國文字「凡」形、「口」形變化較多，如𦥴（晉‧侯馬）、𦥱（楚帛書乙）、𦥲（包 2.159）、𦥳（郭 7.8）。

故簡文𧕤字，當從二虫，興省聲、呂（雍）亦聲，爲「蠅」之異體字。

今本《毛詩‧小雅‧甫田之什‧青蠅》：

> 營營青蠅，止于樊。豈弟君子，無信讒言。營營青蠅，止于棘。讒人罔極，交亂四國。營營青蠅，止于榛。讒人罔極，構我二人。

《詩序》：

> 〈青蠅〉，大夫刺幽王也。

余師培林以爲：

> 詩曰：「讒人罔極，交亂四國。」明此讒人必在王之朝廷，且爲王所親信。是則詩之「豈弟君子」，必指王無疑。王先謙《詩三家義集疏》曰：「《易林‧豫之困》：『青蠅集藩，君子信讒。害賢傷忠，患生婦人。』據此，《齊詩》爲幽王信褒姒讒而害忠賢也。《困學紀聞》曰：「袁孝政釋《劉

〔註692〕周鳳五〈《孔子詩論》新釋文及注解〉，簡帛研究網站，2002 年 1 月 16 日首發。
〔註693〕黃德寬、徐在國〈上海博物館藏戰國楚竹書（一）‧《孔子詩論》釋文補正〉，（《安徽大學學報哲學社會科學版》，2002 年 3 月第 26 卷第 2 期）
〔註694〕業師季旭昇〈孔子詩論新詮〉，（臺北：學生書局《經學研究論叢》13 輯，2005 年 12 月）。

子》曰：魏武公信讒，詩刺之曰：營營青蠅，止於藩。此〈小雅〉也，謂
之〈魏〉詩，可乎？」按「魏」當爲「衛」之誤，三家《詩》以此合下篇，
皆衛武公所作。何楷説同。愚按魏武公王朝卿士，詩又爲幽王信讒而刺之，
所以列於〈小雅〉；若武公信讒而他人刺之，其詩當入〈衛風〉矣。」王
氏之説極爲有理。詩曰：「搆我二人。」若爲衛武公所作，則作此語，頗
爲契合。是則《詩序》「刺幽王」之説，未可輕疑也。〔註695〕

　　玉姍案：《詩·小雅·甫田之什·青蠅》當爲刺幽王之詩。然〈孔子詩論〉僅存
「〈青蠅〉智（知？）」三字，以下殘，是難明其原義也。

　　關於「〈青蠅〉智（知？）」之後殘字補字與拼綴之問題，業師季旭昇以爲：

　　　　李學勤先生〈分章釋文〉把簡28、29拼綴在一起，拼綴之後變成「〈□
　　　　□〉……惡而不憫，〈牆有茨〉慎密而不知言。〈青蠅〉知患而不知言。〈涉
　　　　溱〉其絕㿝而士」顯得句法整齊。簡28兩契口的長度爲19.2公分，簡29
　　　　爲18.1公分這樣的拼接似乎也都在合理範圍之內。唯一的缺點是簡29的
　　　　上部「患」字之前其實還殘存著一個字的痕跡，這個痕跡看起來看起來也
　　　　不像編繩的殘痕（〈孔子詩論〉二十九支簡都沒有看到編繩留下的色痕），
　　　　因此「智」跟「患」應該是不能連讀的。我們考慮再三，還是放棄了簡
　　　　28與簡29拼接的做法，依濮茅左先生〈簡序解析〉的安排補空，補的空
　　　　位較濮文多。〔註696〕

可從。

【討論（14）】

〔□□□□□□□□〕㳀而不智人：〔□□□□□□□□〕患而不智人

【各家說法】

馬承源以爲：

　　　　本簡長十八·七釐米。上下端殘。現存十八字。

又

　　　　㳀而，篇名。今本《毛詩·檜風（玉姍案：應爲「國風」）·周南》有
　　　　《卷耳》，字音相通。「不智人」，蓋云我之僕，其在馬勞累疲極之時，尚
　　　　且不智於人，而有「吁矣」之歎。〔註697〕

〔註695〕余師培林《詩經正詁·下冊》，（台北市：三民，1993年），頁263〜264。
〔註696〕業師季旭昇〈孔子詩論新詮〉，（臺北：學生書局《經學研究論叢》13輯，2005年
　　　　12月）。
〔註697〕馬承源主編，《上海博物館藏戰國楚竹書（一）》，（上海：上海古籍，2001年11月），

李零以爲：

> 《卷耳》，見今《周南》，是傷所懷之人不可見，故曰「《卷耳》不智
> 人」。〔註698〕

李學勤以爲當與第二十八簡連讀爲：「〈青蠅〉知患而不知人。」〔註699〕

廖名春以爲：

> 卷耳懷人，而所懷之人不知在何處，故謂之「不知人」。〔註700〕

胡平生以爲：

> 第二十九簡：「《卷耳》不智人」……簡文之「智」字，亦當讀如「知」。
> 所謂「不知人」者，應指「我」因思念君子，而登高遠望，「酌彼金罍，
> 維以不永懷」，「酌彼兕觥，維以不永傷」。但「我僕」似乎不理解我心，
> 反而是「云何吁矣」──他説：哀嘆傷感什麼呢？……「吁」爾雅引作「盱」。
> 盱，張目遠望也。似乎在此處意義更勝一籌。「我僕」不懂我心，反而是
> 「云何盱矣」──他説跑到這高處來張望什麼呢？所以「不知人」，詩句
> 明處是説我僕不知我，暗則譬喻一切「不知人」的事。〔註701〕

【玉姍案】

惥，簡文作𢝊，與〈孔子詩論〉簡 4𢝊形同，爲「患」的異體字（詳見【第二
章】總論頌雅風注（11））。簡 29「〔□□□□□□□□〕患而不智人」，相當多
學者以爲「患而」當讀「卷耳」，即今本《周南‧卷耳》。然筆者以爲，此簡上下端
皆殘損，「患而」上所殘損之字無法估計，「患而」二字亦可能爲評論之語而非篇名。
故羅列各家之説，然不作結論，以待來者。

【討論（15）】

涉秦丌丝係而士：〈涉溱〉其絕撫而士

【各家説法】

馬承源以爲：

> 涉秦，篇名。今本《毛詩‧國風‧鄭風》有《褰裳》：詩句云：「子惠

頁 159。

〔註698〕李零〈上博楚簡校讀記（之一）《子羔》篇"孔子詩論"部分〉，簡帛研究網站，2002
年 1 月 4 日首發。

〔註699〕李學勤〈上海博物館藏楚竹書《詩論》分章釋文〉，簡帛研究網站，2002 年 1 月 16
日首發。

〔註700〕廖名春〈上海博物館藏詩論簡校釋〉，《中國古代近代文學研究》2002 年第 6 期。

〔註701〕胡平生〈讀上博藏戰國楚竹書《詩論》箚記〉，簡帛研究網站，2002 年 6 月 4 日。

思我，褰裳涉溱」。「涉溱」通「涉秦」，當爲同一篇名。簡本取第一章第二句後二字，今本取其前二字。

又

　　　　律而，篇名。今本所無。〔註702〕

李零讀爲「《涉溱》其絕，《茦苢士》。」

又

　　　　《涉溱》，原書指出，即今《鄭風·褰裳》的別名，「絕」，可能指「子不我思」，則斷絕往來。《茦苢》，見今《周南》，原作「柎而」，今以音近讀爲「茦苢」（「柎」是幫母侯部字，「茦」是並母之部字，古之、侯二部經常通假，如《詩·小雅·常棣》「鄂不韡韡」，鄭箋：「不，當作柎，古聲不、柎同」；「而」是日母之部字，「苢」是喻母之部字，古音也相近），原書沒有對出，上字隸定爲從人從聿。此篇舊說是傷夫有疾之辭，故曰「士」（男人稱「士」）。〔註703〕

李學勤讀爲「《涉溱》其絕係而士。」〔註704〕無釋。

周鳳五斷句爲：「涉溱，其繼肆而士。」

又

　　　　「繼肆而士」：繼，原釋「絕」，連上文讀作「〈涉溱〉其絕」；又以「肆」字從人、從聿，與「而」字連讀爲篇名而無說。按，「繼」字又見簡二七，上文已有考釋（簡二七「不繼人之怨」：繼，原釋「絕」。按，《曾侯乙墓竹簡》、《望山楚簡》、《包山楚簡》所見「絕」字皆從刀，從絲，會意，其刀形左、右向無別。《說文》則以左向者爲「絕」之古文，右向者爲「繼」之或體。簡文此字不從刀，當釋「繼」。）。「肆」，簡文左旁從「人」；右旁從「又」、從「木」，不易辨識，疑「隶」之稍訛，當讀爲「肆」。《邵鐘》、《洹子孟姜壺》銘文「肆」字，與此形近。《郭店楚墓竹簡》〈性自命出〉、〈尊德義〉、〈語叢二〉等篇亦見此字，但字形稍訛。《論語·陽貨》：「古之狂也肆，今之狂也蕩。」何晏《集解》引包咸曰：「肆，極意敢言。」即放任之意。「繼肆」，指繼「古之狂」者，即「今之狂」，亦即行爲放蕩

〔註702〕馬承源主編，《上海博物館藏戰國楚竹書（一）》，（上海：上海古籍，2001年11月），頁159。

〔註703〕李零〈上博楚簡校讀記（之一）《子羔》篇"孔子詩論"部分〉，簡帛研究網站，2002年1月4日首發。

〔註704〕李學勤〈上海博物館藏楚竹書《詩論》分章釋文〉，簡帛研究網站，2002年1月16日首發。

不檢者。簡文與《論語》同記孔子之言，〈褰裳〉詩以「狂童之狂也且」作結，簡文以「繼肆」評論之，「繼肆」者必「狂蕩」。士，事也，爲也。「繼肆而士」，謂其人放蕩，行爲不知檢束。〔註705〕

何琳儀讀爲：「涉秦（溱）丌（其）絕，柎（茉）而（苡）士。」

又

> 「柎」，下從「木」，上從「付」，至爲明顯，《考釋》隸定從「人」從「聿」，殊誤。《說文》「柎，闌足也。從木，付聲。」「柎」，可讀「茉」。《詩‧小雅‧常棣》「鄂不韡韡。」箋「不當作柎，古聲不、柎同。」《禮記‧月令》「壞牆垣。」《呂氏春秋‧孟秋紀》引「壞」作「坿」。是其佐證。「而」，可讀「苡」。《易‧繫辭》下「上古結繩而治。」《論衡‧齊世》引「而」作「以」。《周禮‧考工記》「石有時以泐。」《說文》水部引「以」作「而」。是其佐證。綜上，「柎而」應讀「茉苡」，即《詩‧周南‧茉苡》。……因爲《茉苡》是有關婦人求子之詩，而《角枻》（即《甫田》）則是有關思戀少艾之詩。「婦」與「士」互倒，可能是當時書寫者之誤筆。古書往往有「上下兩句互誤例」，然則《詩論》該句互倒，不足爲怪。如果不改字，將「茉苡士，角枻婦。」理解爲「婦人采茉苡求子以取悅於士，少艾是婦人思戀的對象。」如此解釋雖然也勉強可通，但是畢竟頗爲牽強，況且有「增字解經」的嫌疑。因此本文更傾向「改字解經」，即《詩論》本應作「茉苡婦，角枻士。」〔註706〕

張桂光以爲：

> 「而」字前一字屬從木付聲的形聲字，「柎而」作爲篇名，循聲以求，疑當即今本之《茉苡》。〔註707〕

劉信芳以爲：

> 何琳儀、張桂光對「柎」字分析可信，然解「柎而」爲篇名《茉苡》，則難以成立。其一《周南‧茉苡》與士無關，若讀爲「《茉苡》士」，「士」字完全落空。其二，該簡有句讀符號，讀至「《涉溱》其絕」，有一語氣停頓；讀至「柎而士」，依原簡句讀符號絕句。「柎而士」應是對「《涉溱》

〔註705〕周鳳五〈《孔子詩論》新釋文及注解〉，簡帛研究網站，2002 年 1 月 16 日首發。
〔註706〕何琳儀〈滬簡詩論選釋〉，簡帛研究網站，2002 年 1 月 17 日首發。
〔註707〕張桂光〈《戰國楚竹書‧孔子詩論》文字考釋〉，《上海博物館藏戰國楚竹書研究》，（上海大學古代文明研究中心/清華大學思想文化研究所編，上海書店出版社，2002 年 3 月），頁 341。

其絕」的進一步説明。拙解以爲「柎」應讀爲「拊」，《左傳》宣公十二年「師人多寒。王巡三軍，拊而勉之，三軍之士，皆如挾纊。」杜注：「拊，撫慰。」《詩‧鄭風‧褰裳》云：「子惠思我，褰裳涉洧。子不我思，豈無他士。狂童之狂也且。」詩中「士」與「狂童」形成映襯，可知主人公對「狂童」的拒絕，其實是一種撫慰，是希望「狂童」自強而爲「士」。〔註708〕

【玉姍案】

係，簡文作𣎟，字目前僅見於〈孔子詩論〉簡 29 中；然戰國楚文字「付」寫作𣎟（包 2.39）、𣎟（包 2.91），是以𣎟應可釋爲「柎」。

今本《毛詩‧鄭風‧褰裳》：

> 子惠思我，褰裳涉溱。子不我思，豈無他人。狂童之狂也且。子惠思我，褰裳涉洧。子不我思，豈無他士。狂童之狂也且。

《詩序》：

> 〈褰裳〉，思見正也。狂童恣行，國人思大國之正己也。

《鄭箋》：

> 狂童恣行，謂突與忽爭國，更出更入，而無大國正之。

又

> 子者，斥大國之正卿。子若愛而思我，我國有突篡國之事，而可征而正之。我則揭衣渡溱水往告難也。

王先謙《詩三家義集疏》引胡承珙云：

> 《春秋桓十五年》「鄭伯突出奔蔡。」《公羊傳》：「突何以名？奪正也。」「鄭世子忽復歸于鄭」，《公羊傳》「其稱世子何？復正也。」夫突爲奪正，忽爲復正，與《序》云「思見正」者合。然所謂「狂童」，指突而言耳。

又

> 豈無他人，《箋》云：「言他人者先鄉齊晉宋衛，後之荊楚」……謂尚有他國可求也。其實諸國謀納鄭突，故《左傳‧桓十五年》：「公會宋公、衛侯、陳侯于袲，伐鄭。」十六年：「公會宋公、衛侯、陳侯、蔡侯伐鄭。」黨突攻忽。詩甚言狂童之狂，恣行爲亂，冀動大國之聽，速其興仁義之師。〔註709〕

〔註708〕劉信芳《孔子詩論述學》，（安徽大學出版社，2003 年 1 月初版），頁 257～258。
〔註709〕〔清〕王先謙撰、吳格點校，《詩三家義集疏》，（台北市：明文，1988 年初版），頁 358～359。

【玉姍案】

《史記‧鄭世家》：

> 初，祭仲甚有寵於莊公，莊公使爲卿；公使娶鄧女，生太子忽，故祭仲立之，是爲昭公。莊公又娶宋雍氏女，生厲公突，雍氏有寵於宋。宋莊公聞祭仲之立忽，乃使人誘召祭仲而執之，曰：「不立突，將死。」亦執突以求賂焉。祭仲許宋，與宋盟，突歸，立之。昭公忽聞祭仲以宋要立其弟突，九月丁亥，忽出奔。己亥，突至鄭，立，是爲厲公。厲公四年，祭仲專國政，厲公患之，陰使雍糾欲殺祭仲，糾妻，祭仲女也，知之，謂其母曰：「父與夫孰親？」母曰：「父一而已，人盡夫也。」女乃告祭仲，祭仲反殺雍糾，戮之於市。厲公無奈祭仲何，怒糾曰：「謀及婦人，死固宜哉！」夏，厲公出居邊邑櫟。祭仲迎昭公忽，六月乙亥，復入鄭，即位。

簡文「柎」當讀爲「撫」。丝，簡文作𢇍，即「絕」字。整句當讀爲「〈涉溱〉其絕，撫而士」。〈涉溱〉應即今本《毛詩‧鄭風‧褰裳》無誤。此詩之旨，因《詩序》、《鄭箋》與《左傳》、《史記‧鄭世家》記載皆相符，是以從《詩序》之說。業師季旭昇以爲：

> 《左傳‧桓公十一年》，鄭國公子突（鄭厲公）挾宋援而篡立，太子忽出奔，直至桓公十五年才復歸于鄭。這段期間內，大臣祭仲受到宋莊公的脅迫，不得已而暫時屈從，與之妥協並取得權利，等到時機成熟之後，毅然把庶子突趕走，重新迎回太子忽（鄭昭公），這就是「絕撫而士」——斷絕不合義理的安撫，而作出士（知識份子）該做的事，這樣的解釋，〈孔子詩論〉和《毛詩》相當吻合。〔註710〕

可從。

【討論（16）】

角帬婦：〈角枕〉婦

【各家說法】

馬承源以爲：

> 角帬，篇名。今本所無。〔註711〕

〔註710〕業師季旭昇〈孔子詩論新詮〉，（臺北：學生書局《經學研究論叢》13 輯，2005 年 12 月）。

〔註711〕馬承源主編，《上海博物館藏戰國楚竹書（一）》，（上海：上海古籍，2001 年 11 月），頁 159。

馮勝君以爲：

> 角下一字，從市從采從臼，似可理解爲從臼，幣省聲。我們懷疑《角轡》相當於今本〈陳風・澤陂〉。〔註712〕

李零以爲：

> "角縝"，今《詩》所無，或是佚篇。此篇與《茉苢》相反，是講妻子（"婦"）。《河水》，《左傳》僖公二十三年、《國語・晉語四》記重耳賦《河水》，杜預以爲逸詩，韋昭以爲今《秦風・沔水》。原書從韋昭注，未及杜預之說。〔註713〕

周鳳五以爲：

> 簡二九角艷婦：艷，原釋闕疑，而與「角」連讀，以爲《詩經》篇名。按，此字左旁從「市」，右旁疑「臽」之訛，當讀爲「艷」；《包山楚簡》簡一三八、簡一六五、簡一七七、簡一九三有從「臽」之字，可以參看。《小雅・十月之交》：「艷妻煽方處」毛《傳》：「美色曰艷」。角，競也，逐也。《褰裳》云：「子惠思我，褰裳涉溱。子不我思，豈無他人？狂童之狂也且！子惠思我，褰裳涉洧。子不我思，豈無他士？狂童之狂也且！」詩僅二章，而極盡挑逗之能事，故簡文謂「《涉溱》，其繼肆而士，角艷婦」也。簡文「士」字右下墨點爲句讀符，於「士」字一頓，其句號則在「婦」字右下也。〔註714〕

何琳儀以爲：

> 角轡（卄）婦……「轡」，可讀「卄」。「關」從「卄」得聲，與「䜌」聲系相通。《韓詩外傳》六「彎弓而射之。」《新序・雜事》四「彎」作「關」。《左傳》昭公廿一年「豹則關矣。」釋文「關本又作彎。」而「䜌」聲系又與「番」聲系相通。《書・堯典》「黎民於變時雍。」《漢書・成帝紀》引「變」作「蕃」。是其佐證。簡文「角轡」應讀「角卄」，見《詩・齊風・甫田》「婉兮孌兮，總角卄兮。未幾見兮，突而弁兮。」傳「總角，聚兩髦也。卄，幼稚也。」《詩論》「茉苢士，角卄婦。」似應作「茉苢婦，角卄士。」因爲《茉苢》是有關婦人求子之詩，而《角卄》（即《甫田》）則是有關思戀少艾之詩。「婦」與「士」互倒，可能是當時書寫者之誤筆。

〔註712〕馮勝君〈讀上博簡《孔子詩論》劄記〉，簡帛研究網站，2002年1月1日首發。
〔註713〕李零〈上博楚簡校讀記（之一）《子羔》篇"孔子詩論"部分〉，簡帛研究網站，2002年1月4日首發。
〔註714〕周鳳五〈《孔子詩論》新釋文及注解〉，簡帛研究網站，2002年1月16日首發。

古書往往有「上下兩句互誤例」，然則《詩論》該句互倒，不足爲怪。如果不改字，將「茉苡士，角卝婦。」理解爲「婦人采茉苡求子以取悦於士，少艾是婦人思戀的對像。」如此解釋雖然也勉強可通，但是畢竟頗爲牽強，況且有「增字解經」的嫌疑。因此本文更傾向「改字解經」，即《詩論》本應作「茉苡婦，角卝士。」〔註715〕

許全勝以爲：

> 簡文「枕」字，左從巾，右上從采，右下從臼。⋯⋯而「審」字，《説文》作「宷」，「審」、「沈」通。李學勤先生指出「青銅器中習見的「番尹」「番君」，即文獻中楚國之「沈尹」。⋯⋯「番」字亦從采聲，「番」、「潘」、「濬」古音同。（李學勤〈論江淮間的春秋青銅器〉）」，故疑此字從宷（審）省聲，乃「枕頭」之「枕」的專字。信陽楚簡遣冊有「枕」字，左從木不從巾，而右下所從臼則與上博簡文同。《唐風‧葛生》云：「葛生蒙楚，蘞蔓于野。予美亡此，誰與獨處？葛生蒙棘，蘞蔓于域。予美亡此，誰與獨息？角枕粲兮，錦衾爛兮，予美亡此‧誰與獨旦？夏之日，冬之夜，百歲之後，歸于其居。冬之夜，夏之日，百歲之後，歸于其室。」爲一婦人哀悼丈夫之詩，亦與簡文合。〔註716〕

魏宜輝以爲：

> 我們懷疑這個字可能是「宷」的訛體字。「宷」、「尤」皆爲書母侵部字。「幡」，可以讀爲「枕」。「角幡」即「角枕」。《唐風‧葛生》云：「角枕粲兮，錦衾爛兮。」我們懷疑《角枕》是一首和《葛生》相類似的詩。〔註717〕

廖名春以爲：

> 「角幡」，讀爲「角枕」。《禮記‧檀弓下》：「爲榆沈。」《釋文》：「沈本又作濬。」《説文‧采部》：「審，篆文宷從番。」《唐風‧葛生》：「予美亡此，誰與獨息！角枕燦兮，錦衾爛兮。」此是取詩文「角枕」爲篇名。《唐風‧葛生》是描寫婦人懷夫，故謂之「婦」。〔註718〕

〔註715〕何琳儀〈滬簡詩論選釋〉，簡帛研究網站，2002年1月17日首發。

〔註716〕許全勝〈孔子詩論零拾〉，《上海博物館藏戰國楚竹書研究》，（上海大學古代文明研究中心/清華大學思想文化研究所編，上海書店出版社，2002年3月），頁369～370。

〔註717〕魏宜輝〈讀上博簡文字劄記〉，《上海博物館藏戰國楚竹書研究》，（上海大學古代文明研究中心/清華大學思想文化研究所編，上海書店出版社，2002年3月），頁392～393。

〔註718〕廖名春〈上海博物館藏詩論簡校釋劄記〉，簡帛研究網站，2002年7月3日首發。

【玉姍案】

幡，簡文作。學者多以爲此字當讀爲「枕」。業師季旭昇以爲：

> 問題是「幡」從釆聲，「審」並不從釆聲（「審」本作「宷」，或體作「審」，義符「釆」替換爲「番」）因此，從聲音來通讀，恐怕是有問題的。許全勝先生引李文可能是誤讀李文，李文以爲《隸釋》卷三所錄的碑文「潘」，可能是「瀋」省，也就是「沈」；清代學者有「潘」「瀋」一字分化之説，但是這在古音通轉上是有困難的。金文中的「番」，還是釋爲文獻中楚國的「潘氏」爲好。因此，李學勤先生並未主張「番」可以讀爲「瀋」或「沈」。

> 我們贊成本詩可能是「角枕」，即《唐風·葛生》，但認爲「幡」是「枕」字的誤寫，〈信陽〉2.23「枕」字作（圖）〔註719〕，本簡此字作（圖），二形相似，卻有寫錯字的可能。左旁「木」旁替換成「市」，右上的「冘」訛作「釆」。……以婦人寡居思夫，諷刺獻公好戰多亡，因此是「角枕婦」。〔註720〕

季師之說可從。

今本《毛詩·唐風·葛生》云：

> 葛生蒙楚，蘝蔓于野。予美亡此，誰與獨處？　葛生蒙棘，蘝蔓于域。予美亡此，誰與獨息？　角枕粲兮，錦衾爛兮，予美亡此。誰與獨旦？夏之日，冬之夜，百歲之後，歸于其居。　冬之夜，夏之日，百歲之後，歸于其室。

《詩序》：

> 〈葛生〉，刺晉獻公也。好攻戰則國人多喪矣。

《鄭箋》：

> 夫從征役，棄亡不反，則其妻居家而怨思。

又

> 百歲之後，歸于其居……此者婦人專一，義之至，情之盡。

鄭《箋》：「百歲之後，歸於其居，……此言指女子專一，義之至，情之盡。」全詩詩文寫婦人思夫之情，即「婦」也。

【討論（17）】

河水智。〔□□□□□□□□□□□□□□□□□□□□□□□□□□□□□

〔註719〕原注：參湯餘惠先生主編《戰國文字編》頁367。
〔註720〕業師季旭昇〈孔子詩論新詮〉，（臺北：學生書局《經學研究論叢》13 輯，2005 年 12 月）。

□□〕:〈河水〉智。〔□□□□□□□□□□□□□□□□□□□□□□□□□□□
□□□□□□□□□〕

【各家說法】

馬承源以爲：

> 河水，今本所無。見於《國語·晉語四》：「秦伯賦《鳩飛》，公子賦
> 《河水》」。是《河水》篇曾經重耳賦之，但韋昭注：「河，當作沔，字相
> 似誤也。其詩曰：「沔彼流水，朝宗於海」。言已返國，當朝事秦」。但從
> 簡文看「河」字與「沔」字筆劃有清楚的區別，至少簡體之「河」不可能
> 誤認爲「沔」，因此《河水》應是逸詩的篇名。〔註721〕

李學勤以爲：

> 《詩論》的《河水》是否一定即《左》、《國》的《河水》，也沒有確
> 證。目前我們還是暫以簡文《河水》作爲佚詩爲好。〔註722〕

周鳳五以爲：

> 簡二九「河水」：依文例當爲《詩經》篇題。《國語·晉語四》：「秦伯
> 賦《鳩飛》，公子賦《河水》。」韋昭《注》以「河」爲「沔」之訛，其說
> 於字形有據，且《小雅·沔水》：「沔彼流水，朝宗于海」云云，切合重耳
> 之身分與處境，原釋以爲此二字「應是逸詩的篇名」，似可考慮。但簡文
> 篇名與今本不盡相同，如簡文十八、簡二十「杕杜」，今本作「有杕之杜」；
> 簡二七「仲氏」，今本作「何人斯」；簡二九「涉溱」，今本作「褰裳」；且
> 此例古已有之，秦伯賦《鳩飛》即今本《小宛》是也。蓋截取詩句爲題，
> 取捨有別故也。然則簡文所謂《河水》，又未必今本所無也。按，「河水」
> 一詞，《詩經》凡三見：《邶風·新臺》、《衛風·碩人》、《魏風·伐檀》。
> 此簡上文論《褰裳》，以男女淫亂爲說，《碩人》、《伐檀》二篇與此無關，
> 似可排除。《新臺·小序》云：「《新臺》，刺衛宣公也。納伋之妻，作新臺
> 于河上而要之，國人惡之而作是詩也。」衛宣公爲其世子迎親，聞新婦美
> 而築臺於河上，半途強納之，其好色非禮，較《褰裳》之涉水尋歡實有過
> 之而無不及，簡文蓋因論《褰裳》而連類論之。然則所謂《河水》，疑即
> 今本《邶風·新臺》也。〔註723〕

〔註721〕馬承源主編，《上海博物館藏戰國楚竹書（一）》，（上海：上海古籍，2001 年 11 月），
頁 159。

〔註722〕李學勤〈詩論與詩〉，中國北京：清華簡帛講讀班，2002 年 1 月 4 日首發。

〔註723〕周鳳五《《孔子詩論》新釋文及注解》，簡帛研究網站，2002 年 1 月 16 日首發。

何琳儀以爲：

> 「河水」，《考釋》以爲晉文公重耳所賦《河水》，見《國語・晉語》四，應屬逸詩。這種可能當然不能排除，然而《詩》中「河水」一詞也見於下列三詩：
>
> 《邶風・新臺》「河水瀰瀰」「河水浼浼」
>
> 《衛風・碩人》「河水洋洋」
>
> 《魏風・伐檀》「河水清且漣猗」「河水清且直猗」「河水清且淪猗」
>
> 因此也不能排除「河水」是截取以上三詩之詞爲篇名的可能。這除本簡「涉秦（溱）」、「角幡（扞）」之外，還可參考 20 號簡所舉例證。簡文「河水智」，似可讀「河水知」。「知」之義訓，參見《詩・檜風・隰有萇楚》「夭之沃沃，樂子之無知。」箋「知，匹也。」關於「知」訓「相交匹合」之義，清儒已有精確的解說。《詩・邶風・新臺》「新臺有泚，河水瀰瀰。燕婉之求，籧篨不鮮。新臺有洒，河水浼浼。燕婉之求，籧篨不殄。魚網之設，鴻則離之。燕婉之求，得此戚施。」 顯而易見，詩義爲男女之辭。簡文「河水知」意謂「《河水》是一首男女匹合之詩」。至於《衛風・碩人》和《魏風・伐檀》之「河水」，則很難與「智」或「知」聯繫在一起。故《詩論》「河水」應指《邶風・新臺》。〔註724〕

許全勝以爲：

> 疑簡本《河水》對應今本《新臺》，取首章第二句「河水」二字爲篇名。〔註725〕

廖名春以爲：

> 《河水》當指《伐檀》。〔註726〕

業師季旭昇以爲：

> 韋昭以「河」爲「沔」的誤字，杜預以〈河水〉爲逸詩，但是 他們所引的「朝宗於海」，都見於今本《毛詩・小雅・沔水》，即有可能先秦〈沔水〉一名〈河水〉。〈孔子詩論〉說，「河水智」，下文適殘，不知還有字否？《毛詩・小雅・沔水・序》：「〈沔水〉，規宣王也。」詩之末章云：「鴥彼飛隼，率彼中陵。民之訛言，寧莫之懲。我友敬矣，讒言其興。」《毛傳》：

〔註724〕何琳儀〈滬簡詩論選釋〉，簡帛研究網站，2002 年 1 月 17 日首發。

〔註725〕許全勝〈孔子詩論零拾〉，《上海博物館藏戰國楚竹書研究》，（上海大學古代文明研究中心/清華大學思想文化研究所編，上海書店出版社，2002 年 3 月）。

〔註726〕廖名春〈上海博物館藏詩論簡校釋箚記〉，簡帛研究網站，2002 年 7 月 3 日首發。

「疾王不能察讒也。」本詩的重點應該就在這裡。〔註727〕

又

《國語・晉語四》：「秦伯賦〈鳩飛〉，公子賦〈河水〉；秦伯賦〈六月〉，子餘使公子降拜。秦伯降辭，子餘曰：『君稱所以佐天子匡王國者以命重耳，重耳敢有惰心，敢不從德？』」韋昭注：〈鳩飛〉，《小雅・小宛》之首章。……「河」當作「沔」，字相似誤也。其詩曰：「沔彼流水，朝宗于海。」言己當返國，當朝事秦。《左傳・僖公二十三年》：「公子賦〈河水〉，公賦〈六月〉。趙衰曰：『重耳拜賜』。公子降拜稽首。公降一級而辭焉。衰曰：『君稱所以佐天子者命重耳，重耳敢不拜？』」杜預注：「〈河水〉，逸詩。義取河水朝宗於海，海喻秦。」韋昭以爲河水之誤，杜預以爲逸詩，然二家所引河水朝宗於海，實即今本《毛詩》之〈沔水〉，則本簡之「河水」極有可能即〈沔水〉。〔註728〕

【玉姍案】

今本《毛詩・邶風・新臺》：

新臺有泚，河水瀰瀰，燕婉之求，籧篨不鮮。新臺有洒，河水浼浼，燕婉之求，籧篨不殄。魚網之設，鴻則離之，燕婉之求，得此戚施。

《詩序》：

〈新臺〉，刺衛宣公也。納伋之妻，作新臺于河上而要之，國人惡之，而作是詩也。

今本《毛詩・衛風・碩人》：

碩人其頎，衣錦褧衣，齊侯之子，衛侯之妻，東宮之妹，邢侯之姨，譚公維私。　手如柔荑，膚如凝脂，領如蝤蠐，齒如瓠犀，螓首蛾眉，巧笑倩兮，美目盼兮。碩人敖敖，說于農郊，四牡有驕，朱幩鑣鑣，翟茀以朝，大夫夙退，無使君勞。　河水洋洋，北流活活，施罛濊濊，鱣鮪發發，葭菼揭揭，庶姜孽孽，庶士有朅。

《詩序》：

〈碩人〉，閔莊姜也。莊公惑於嬖妾，使驕上僭，莊姜賢而不答，終以無子，國人閔而憂之。

〔註727〕業師季旭昇〈孔子詩論新詮〉，（臺北：學生書局《經學研究論叢》13 輯，2005 年 12 月）。

〔註728〕業師季旭昇主編，《上海博物館藏戰國楚竹書（一）讀本》，（台北：萬卷樓，2004 年 6 月），頁 67～68。

今本《毛詩‧魏風‧伐檀》：

> 坎坎伐檀兮，寘之河之干兮，河水清且漣猗，不稼不穡，胡取禾三百
> 廛兮；不狩不獵，胡瞻爾庭有縣貆兮？彼君子兮，不素餐兮。坎坎伐輻兮，
> 寘之河之側兮，河水清且直猗，不稼不穡，胡取禾三百億兮。不狩不獵，
> 胡瞻爾庭有縣特兮？彼君子兮，不素食兮。坎坎伐輪兮，寘之河之漘兮，
> 河水清且淪猗，不稼不穡，胡取禾三百囷兮，不狩不獵，胡瞻爾庭有縣鶉
> 兮？彼君子兮，不素飧兮。

《詩序》：

> 〈伐檀〉，刺貪也。在位貪鄙，無功而受祿，君子不得進仕爾。

今本《毛詩‧小雅‧沔水》：

> 沔彼流水，朝宗于海。鴥彼飛隼，載飛載止。嗟我兄弟，邦人諸友。
> 莫肯念亂，誰無父母。沔彼流水，其流湯湯。鴥彼飛隼，載飛載揚。念彼
> 不蹟，載起載行。心之憂矣，不可弭忘。鴥彼飛隼，率彼中陵。民之訛言，
> 寧莫之懲。我友敬矣，讒言其興。

《詩序》：

> 〈沔水〉，規宣王也。

玉姍案：「河水智」下殘，文義難明。馬承源、李學勤以爲〈河水〉爲佚詩，周
鳳五、何琳儀、許全勝以爲〈河水〉當對應今本〈新臺〉，然何琳儀亦指出今本〈邶
風‧新臺〉：「河水瀰瀰」、〈衛風‧碩人〉：「河水洋洋」、〈魏風‧伐檀〉：「河水清且
漣猗」，經文中亦皆出現「河水」二字。業師季旭昇以爲可能爲今本《毛詩‧小雅‧
沔水》。評語「智」字以下殘，增加判斷之難度，但是業師季旭昇之分析相當有理，
故此暫從業師季旭昇之說，以爲〈河水〉可能是今本《毛詩‧小雅‧沔水》。

【討論（18）】

……貴也。臧大車之囂也，則曰爲不可女可也：……貴也。〈將大車〉之囂
也，則以爲不可如何也

【各家說法】

馬承源以爲：

> 本簡長四十七‧六釐米。上端弧形完整，下端殘。現存四十九字，
> 其中合文一。這簡的辭文包括兩個論組。前組「貴也」未知確指何詩，
> 以下《臧大車》和《審雩》。後一組又以「孔子曰」開始，篇名次第爲《宛
> 丘》、《尼鴞》、《文王》和《清宙》，簡文在「清」字下斷殘。前一論組已

有分析評述語，不是初論，而是此一詩組的終論。其下從「孔子曰」開始的五篇，辭文簡要，是爲初論。但《清䇓》是否爲此論組最後一篇，尚未可知。

又

《贓大車》，今本《毛詩·小雅·谷風之什》篇名作《無將大車》，詩云：「無將大車，祇自塵兮」，「無將大車，維塵冥冥」，「無將大車，維塵雝兮」，衍「無」字。孔子對此詩意評之謂「囂」。」又「不可女可，讀爲「不可如何」。〔註729〕

黃德寬、徐在國以爲：

簡文「贓」從貝臧聲，「藏」字或體，見於《郭店·老子甲》6、《太一生水》6。古音藏，從紐陽部；將，精紐陽部。故「藏」可讀爲「將」。《楚辭·九懷》：「辛夷兮幾藏。」《考異》：「藏，一作將。」〔註730〕

王志平以爲：

囂，疑讀爲「警」，「囂」爲曉母宵部字。「警」字從敖得聲，「囂」、「警」頗多通假之例。《詩·大雅·板》「聽我囂囂」，而《潛夫論·名忠》引詩作「敖敖」。《説文》：「警，不肖人也。」〔註731〕

許全勝以爲：

「贓大車」對應今本《小雅·無將大車》，馬氏以爲今本詩中「無」字爲衍文，實誤。「無」爲虛字，正合省略之通例。〔註732〕

李銳以爲：

《孟子·盡心上》：「人知之亦囂囂，人不知亦囂囂」，注：「囂囂，自得無欲之貌。」《詩·綢繆》：「如此良人何？」孔疏：「言己無奈此良人何。」《無將大車》詩中勸人無思百憂，態度比較消極。《詩論》點出表面上的勸人「無思百憂」，自得自欲，其實是因爲無可奈何。〔註733〕

〔註729〕馬承源主編，《上海博物館藏戰國楚竹書（一）》，（上海：上海古籍，2001年11月），頁150。

〔註730〕黃德寬、徐在國〈上海博物館藏戰國楚竹書（一）·《孔子詩論》釋文補正〉，（《安徽大學學報哲學社會科學版》，2002年3月第26卷第2期）

〔註731〕王志平〈詩論箋疏〉，《上海博物館藏戰國楚竹書研究》，（上海大學古代文明研究中心/清華大學思想文化研究所編，上海書店出版社，2002年3月），頁222。

〔註732〕許全勝〈孔子詩論零拾〉，《上海博物館藏戰國楚竹書研究》，（上海大學古代文明研究中心/清華大學思想文化研究所編，上海書店出版社，2002年3月），頁366。

〔註733〕李銳〈上博楚簡續札〉，清華大學思想文化研究所/輔仁大學文學院聯合主辦，新出楚簡與儒學思想國際學術研討會論文集，2002年3月1日～4月2日。

廖名春以爲：

> 《爾雅・釋言》：「囂，閑也」。簡文稱「無將大車」，「無思百憂」，憂讒畏譏，態度消極，故曰「囂」。〔註734〕

劉信芳以爲：

> 《小雅・無將大車・序》：「大夫悔將小人也。」《傳》、《箋》承《序》說。《疏》云：「言君子之人無得自將此大車，若將此大車，適自塵蔽於己。」是以「有無」之「無」釋「無」。朱熹《集傳》：「此亦行役勞苦而憂思之作。言將大車則塵污之，思百憂則病及之矣」。今據《詩論》，知《集傳》所解得當。《大雅・文王》「無念爾祖」，《毛傳》「無念，念也。」是以「無」爲首句語氣詞。《禮記・祭義》：「曾子聞諸夫子曰：天之所生，地之所養，無人爲大。」《說苑・雜言》：「天生萬物，唯人爲大。」是「無」猶「唯」也。「無將大車」「無思百憂」之「無」，蓋大車「車父」（《居延漢簡》將車者稱「車父」）之呼聲也。所以呼之者，無可奈何也。由《詩論》所謂：「不可如何也。」既明「無將大車」之「無」爲呼聲，則可知《詩論》「大車之囂也」，「囂」爲將車車父之「囂」也。《說文》：「囂，聲也。氣出頭上。」《詩・小雅・車攻》：「之子于苗，選徒囂囂。」《毛傳》：「囂囂，聲也。」〔註735〕

【玉姍案】

　　本簡上端完整，然首二字「貴也」未知爲何詩之評語。

　　贓，簡文作🔲，與郭店簡🔲（郭1.1.36）🔲（郭2.6）形似，皆寫爲從貝臧聲。郭店簡皆假借爲「藏」。〈孔子詩論〉作「贓大車」，整理者以爲即今本《毛詩・小雅・無將大車》，贓，從紐陽部；將，精紐陽部。兩字聲近韻同，可以通假。

今本《毛詩・小雅・無將大車》：

> 無將大車，祇自塵兮。無思百憂，祇自疧兮。無將大車，維塵冥冥。
> 無思百憂，不出于熲。無將大車，維塵雍兮。無思百憂，祇自重兮。

《詩序》：

> 〈無將大車〉，大夫悔將小人也。

《鄭箋》：

> 周大夫悔將小人。幽王之時，小人眾多，賢者與之從事，反見譖害，

〔註734〕廖名春〈上海博物館藏詩論簡校釋〉，《中國古代近代文學研究》2002年第6期。
〔註735〕劉信芳《孔子詩論述學》，（安徽大學出版社，2003年1月初版），頁218～219。

自悔與小人並。

簡文〈臧大車〉，今本作〈無將大車〉，經文：「無將大車，祇自塵兮。無思百憂，祇自疧兮。」業師季旭昇以為：

> 案：〈孔子詩論〉所稱篇名與今本《毛詩》小有出入，不得逕以今本為衍。何況今本《毛詩》「無將大車」之「無」有意義，更不得視為衍。……首章云：「無將大車，祇自塵兮。無思百憂，祇自疧兮。」意思是：「不要扶著大車，只會弄滿天灰塵；不要想著各種煩憂，只會弄得自己一身傷病。」〔註736〕

又

> 「無將大車」與「無思百憂」同一句型，「無」為否定詞，於詩文不可省略，於詩題則可有可無。馬承源先生以為今本《毛詩》衍「無」字，不可從。〔註737〕

季師之說可從。「無將大車」、「無思百憂」，皆有勸阻之意，「無」當讀作「勿」，有勸阻勿行之意。簡文中則省為「〈臧（將）大車〉」。

《說文》：「囂，聲也。」段《注》：「《左傳》『湫隘囂塵。』杜曰：『囂，聲也。』《廣韻》曰：『喧也。』」鄭《箋》：「冥冥者，蔽人目明令無所見也。猶進舉小人，蔽傷己之功德也。」筆者以為簡文之「囂」，即指小人之讒言喧囂，使君子遭受譖害，與《詩序》、《鄭箋》相合。又鄭《箋》：「百憂者，眾小事之憂也。進舉小人，使得居位不任其職，愆負及己，故以眾小事為憂；適自病也。……思眾小事以為憂，使人蔽闇不得出於光明之道。」君子遭憂，無可奈何之情，當即簡文所說「則以為不可如何也」。此句意謂：〈臧大車〉（今本〈小雅·無將大車〉）言小人之讒言喧囂，君子遭憂，卻是自己當初進舉小人，使其有機可趁，故雖病之而無可奈何。

【討論（19）】

審雺之賠也，丌猷軔與：〈湛露〉之益也，其猶馳與

【各家說法】

馬承源以為：

> 審雺，《詩·小雅·南有嘉魚之什》篇名作《湛露》。「湛」、「審」為同部聲轉字。雺，《說文》云：「雨雺也。從雨各聲。」於「露」則云：「潤

〔註736〕業師季旭昇〈孔子詩論新詮〉，（臺北：學生書局《經學研究論叢》13 輯，2005 年 12 月）。

〔註737〕業師季旭昇主編，《上海博物館藏戰國楚竹書（一）讀本》，（台北：萬卷樓，2004 年 6 月），頁 68。

澤也。從雨路聲。」按此二字義稍有區別，其音爲雙聲對轉。

又

　　膃，從貝從桼。桼，「嗌」之古文。《說文》所無。

又

　　　軥，《說文》所無，《玉篇》云：「車疾也」。《湛露》：「厭厭夜飲，在宗載考。」「軥」當讀爲「酡」，蓋雖未醉而顏已酡。〔註738〕

李零讀爲：「湛露之益也，其猷酡與？」〔註738〕無釋。

李學勤讀爲「湛露之益也，其猷軥與？」〔註740〕無釋。

周鳳五以爲：

　　　簡二一「其猷馳乎」：簡文從車，它聲。原釋既引《玉篇》「車疾」之說，又讀爲「酡」，引《小雅・湛露》：「厭厭夜飲，在宗載考。」以爲「蓋雖未醉而顏已酡」；依違兩端，不得其解。按，當讀爲「馳」。《小雅・湛露》共四章，結句爲「不醉無歸」、「在宗載考」、「莫不令德」、「莫不令儀」，所言始於燕私夜飲，進而祭宗廟、進而有德行、進而美姿儀；亦即由口腹之慾始，以修德修業終。簡文以車馬奔馳喻其進德之速，蓋美之也。〔註741〕

李銳以爲：

　　　《易林・屯之鼎》云：「湛露之歡，三爵畢恩。」正是說湛露之益、之歡，在於不醉；即是「酡」，有節制，保持令德、令儀。《湛露》文中說到「不醉無歸」，看來這首詩是要將不醉無歸的人，與理想中令德、令儀的君子對比，提倡有節制，三爵畢恩，反對厭厭夜飲，不醉無歸。〔註742〕

劉信芳以爲：

　　　按「膃」讀爲「益」。益者，加也。(《廣雅・釋詁》)。猷，如也。「軥」讀爲「馳」，猶馳驅也。《說文》：「馳，大驅也。」段注：「《詩》每以馳驅並言。許穆夫人首言載馳載驅，下言馳馬悠悠。馳亦驅也，較大而疾爾。」《詩・衛風・伯兮》：「伯也執殳，爲王「《湛露》曰：「湛湛露斯，匪陽不

〔註738〕馬承源主編，《上海博物館藏戰國楚竹書（一）》，（上海：上海古籍，2001 年 11 月），頁 150。

〔註738〕李零〈上博楚簡校讀記（之一）《子羔》篇"孔子詩論"部分〉，簡帛研究網站，2002 年 1 月 4 日首發。

〔註740〕李學勤〈上海博物館藏楚竹書《詩論》分章釋文〉，簡帛研究網站，2002 年 1 月 16 日首發。

〔註741〕周鳳五〈《孔子詩論》新釋文及注解〉，簡帛研究網站，2002 年 1 月 16 日首發。

〔註742〕李銳〈上博楚簡續札〉，清華大學思想文化研究所/輔仁大學文學院聯合主辦，新出楚簡與儒學思想國際學術研討會論文集，2002 年 3 月 1 日～4 月 2 日。

晛。」晛，乾也。言露見日而乾猶諸侯稟天子命而行。」是天子猶日，臣子猶露，天子宴諸侯，諸侯爲之用命，爲之行，猶諸侯爲王馳驅也。《禮記‧燕義》：「禮無不荅，明君上之禮也。臣下竭力盡能以立功於國，君必報之以爵祿……燕禮者所以明君臣之義也。」燕禮之於臣下，爲卿大夫有勤勞之功，聘使之勞。（《儀禮‧燕禮》疏引鄭《目錄》）；其於諸侯，則爲其代行諸侯之命也。《左傳》莊公三十一年：「凡諸侯有四夷之功，則獻于王。」有獻則必有燕也。《小雅‧湛露》之燕諸侯：「燕燕（玉姍案：當爲「厭厭」）夜飲，不醉無歸」，毛傳：「夜飲，私燕也。宗子將有事，族人者入侍，不醉而出，是不親也。」《湛露》四章，首章言天子燕諸侯之義，二章言燕同姓，三章言燕庶姓，卒章言燕二王之後。其禮雖有親疏之別，然皆極其隆重。恩遇有加，是《詩論》之所謂「益」也。諸侯既燕之後，爲其「荅」禮，爲天子用命，爲秉天子之命而行，是《詩論》之所謂「馳」也。就思想層面的意義而言，《湛露》之「益」也，是天子之禮也。「馳」是諸侯之報也。是知《詩論》之評《湛露》，用意深矣。〔註743〕

【玉姍案】

鴕，簡文作【圖】，從車它聲，戰國齊系陶彙中【圖】（3.1050）、【圖】（3.1051）有同形之字，義不詳。楚系目前則僅見於〈孔子詩論〉簡21，只有一例。無法判斷其音義。馬承源、李零、李銳以爲當讀爲「酡」；周鳳五、劉信芳以爲當讀爲「馳」。

今本《毛詩‧小雅‧南有嘉魚之什‧湛露》：

> 湛湛露斯，匪陽不晛，厭厭夜飲，不醉無歸。湛湛露斯，在彼豐草，厭厭夜飲，在宗載考。湛湛露斯，在彼杞棘，顯允君子，莫不令德。其桐其椅，其實離離，豈弟君子，莫不令儀。

《詩序》：

> 〈湛露〉，天子燕諸侯也。

業師季旭昇以爲：

> 旭昇案：周（鳳五）說近之。鴕，義即車疾，不必改讀爲「馳」。《毛詩‧小雅‧湛露‧序》：「〈湛露〉，天子燕諸侯也。」詩云：「湛湛露斯，匪陽不晛，厭厭夜飲，不醉無歸。湛湛露斯，在彼豐草，厭厭夜飲，在宗載考。湛湛露斯，在彼杞棘，顯允君子，莫不令德。其桐其椅，其實離離，豈弟君子，莫不令儀。」疑〈孔子詩論〉謂本詩的「益」，是天子能以禮

〔註743〕劉信芳《孔子詩論述學》，（安徽大學出版社，2003年1月初版），頁219～220。

待諸侯，因爲天下很快就能化之以德，就像車行路上，只要遵循法度，速度雖快，不但不會翻覆，而且會很快地到達目的。《孟子・公孫丑上》：「孔子曰：德之流行，速於置郵而傳命。」《郭店楚墓竹簡・尊德義》簡28-29也說：「悳（德）之流，速虗（乎）檔（置）蚤（郵）而（傳）命。」「速於置郵傳命」和〈孔子詩論〉所說的「軏」意思應該是一樣的吧！〔註744〕

可從。但筆者以爲讀爲「酡」亦可呼應經文「不醉無歸」一語，及《詩序》「天子燕諸侯之樂也」，《玉篇》：「酡，飲酒朱顏貌。」是讀爲「酡」似乎亦可；意謂〈湛露〉描述天子飲宴諸侯之益，在於賓主盡歡，飲酒微醺，雙頰微酡，不至於醉也。既言君臣同樂，又言君子有儀節也。故「軏」讀爲「酡」，亦爲一說，暫時保留。

關於分章部分，業師季旭昇以爲：

> 簡 21 前半是《小雅》的兩篇，照理說應該放在第五章；後半爲合論風雅頌的「宛丘組」，應該放在第八章，這就造成了分章一個相當大的困難，本簡怎麼擺都有問題。這裡我們用了一個取巧的方法，把簡 21 前半認爲是合論風雅，只不過簡文剛好只剩《小雅》部分，其前應該有缺簡或是《國風》的部分。如果這樣解釋可以成立，那麼本簡上半接簡 29 的合論風雅，下半接簡 22 的合論風雅頌，就顯得非常合理了。這個辦法雖然看似取巧，但綜觀整個〈孔子詩論〉全篇的體例，對每一詩篇多半是一而再、再而三的分層論述，因此〈孔子詩論〉絕對不會只有 29 支簡，它的殘缺應該是相當嚴重的。據此，我們用的這個方式應該還在合理的情況之內。〔註745〕

【第八章】合論頌雅風

【原文】

孔＝（孔子）曰：〈宙（宛）▼2丘〉虗（吾）善之▬（1），〈於（猗）差（嗟）〉虗（吾）憙（喜）之▬（2），〈㠯（鳲）𪁉（鳩）〉虗（吾）信之▬（3），〈文王〉虗（吾）岂（美）之，〈清▼3〔廟吾敬之，〈剌文〉吾敓（悅）之，〈昊天有成命〉吾□〕（4）【二十一下】之▼1。（以上爲「宛丘組」初論，屬風雅頌合論）

〔註744〕業師季旭昇〈孔子詩論新詮〉，（臺北：學生書局《經學研究論叢》13 輯，2005 年12 月）。

〔註745〕業師季旭昇〈孔子詩論新詮〉，（臺北：學生書局《經學研究論叢》13 輯，2005 年12 月）。

〈罱（宛）丘〉曰：「旬（洵）又（有）情，而無望」，虗（吾）善之（5）。〈於（猗）差（嗟）〉曰：「四矢貞（變），㠯（以）▼₂御（禦）臨（亂）」，虗（吾）憙（喜）之▅（6）。〈尸（鳲）鴀（鳩）〉曰：「丌（其）義（儀）一氏（兮），心女（如）結也」，虗（吾）信之（7）。〈文王 曰：「文王▼₃才（在）上，於卲（昭）于天」，虗（吾）岂（美）之（8）。【二十二】〈清廟〉曰：「肅雍顯相，濟濟 ▼₁多士，秉旻（文）之惪（德）」，虗（吾）敬之（9）。〈剌（烈）旻（文）〉曰：「乍（亡；無）競佳（維）人，不（丕）㬎（顯）佳（維）惪（德）。於戲（乎）！▼₂前王不忘」，虗（吾）敓（悅）之（10）。〈昊＝（昊天）又（有）城（成）命〉，二句（后）受之，貴馭（且）㬎（顯）矣。訟（頌）▼₃□□□□□□□（11）【六】

【討論（1）】

罱丘虗善之：〈宛丘〉吾善之

【各家說法】

馬承源以爲：

> 罱丘，今本《毛詩·國風·陳風·宛丘》之古篇名，下簡所引《罱丘》詩句與今本《宛丘》句相同。「罱」字也不見於字書。今本《毛詩·小雅·節南山之什》有篇名《小宛》，此「宛」字在簡文中作「翰」，今本兩「宛」字都與簡本不同。〔註746〕

業師季旭昇以爲：

> 我們以爲這個字形可能是由「备」字訛省而來。「备」字即「邍」字之省，戰國文字多見，參《戰國古文字典》1014頁。「备」字上古音在疑紐元部合口三等，「宛」字在影紐元部合口三等，二字韻同聲近，應該可以通假。〔註747〕

又

> 《說文新證·邍》：「釋義：在邍野上捕到野豬，因之捕捉野豬的邍野也稱「邍」。後世以「原」代「邍」，「邍」字消失，只保存在《說文》和《周禮》中。《說文》誤釋爲「高平之野」，其實未必需要「高」字。釋形：甲骨文從攵從象，商承祚疑爲「邍之本字」（商承祚〈殷契佚存考釋〉6葉上。）

〔註746〕馬承源主編，《上海博物館藏戰國楚竹書（一）》，（上海：上海古籍，2001年11月），頁150～151。

〔註747〕業師季旭昇〈讀郭店上博五題：舜、河滸、紳而易、牆有茨、宛丘〉，《中國文字·新27期》，（台北：藝文印書館，2001年12月），頁120。

劉釗以爲甲骨文 ![字形] (商‧存 5.51)、![字形] (商‧佚 21)、![字形] (商‧前 7.36.1)
形即爲邍，字從夂從象，會於原野捕野豬之意：金文〈且甲罍〉![字形]形從彳，
![字形]形以下則加上「田」爲聲符，或從二田爲繁構。(劉釗〈《金文編》附錄
存疑字考釋十篇〉。)《說文》「象」形訛爲「㣇」形，形義難以相合。戰國
文字或省作「畓」，上部「夂」或寫成圓形，亦「畓」字，即「邍」之省(徐
寶貴〈戰國璽印文字考釋〉)。《上博一‧孔子詩論》21 簡云：「孔子曰：〈畓
丘〉，虗善之」。又 22 簡：「〈畓丘〉曰：詢又(有)情，而亡望，虗善之。」
「畓」、「畓」都是「畓」字之省，應該也要釋爲「邍」，在〈孔子詩論〉中
都用爲「宛」。《說文》失收「畓」形(參業師季旭昇〈讀郭店上博五題：
舜、河滸、紳而易、牆有茨、宛丘〉)。準此，《包山楚簡》151 ![字形] 形，《九
店楚簡》13、15、20、24 ![字形] 字，當釋爲「蒝」。〔註 748〕

李零以爲：

> 《宛丘》，「宛」，原作 ![字形]，與《上博小宛》之「宛」不同。此字見於
> 九店楚簡 13 上至 24 上，是楚建除十二值之一，我們已經指出是相當於「豌」
> 字。(原注：李零《讀九店楚簡》，《考古學報》，1999 年第 2 期，141-152
> 頁)〔註 749〕

李學勤以爲：

> 我認爲此字係「邍」字之省，其上半正可作「宀」形。「邍」疑母元
> 部。「宛」影母元部，故可相通假。〔註 750〕

何琳儀以爲：

> 孔子曰，畓(宛)丘虗(吾)善之。

「畓」旁亦見楚簡和金文：

畓	70	![字形]	上海簡《詩論》21
蒝	71	![字形]	九店簡 56‧13
原	72	![字形]	魯原鍾

魯原鍾之「原」乃「邍」之省文，人所盡知。九店簡「蒝」見《說文》，
有學者讀「豌」，無疑也是合理的推測。《詩論》之「畓」與魯原鍾之「邍」
有相同的偏旁，這應是「畓」的省變形體，讀若「原」。「原」與「宛」均

〔註 748〕業師季旭昇撰，《說文新證(上)》，(台北：藝文印書館，2002 年 10 月)，頁 114。
〔註 749〕李零〈上博楚簡校讀記(之一)《子羔》篇"孔子詩論"部分〉，簡帛研究網站，2002
　　　年 1 月 4 日首發。
〔註 750〕李學勤〈詩論與詩〉，中國北京：清華簡帛講讀班，2002 年 1 月 4 日首發。

屬元部，故簡文「备丘」應讀「宛丘」，即《詩‧陳風‧宛丘》。〔註751〕

許全勝以爲：

> 「丘」上一字，以其對應今本「宛」字推之，可讀爲《說文》之「叫」或「吷」。〔註752〕

劉信芳以爲：

> 簡文與「宛」對應之字，隸作「备」，解爲「邍」字之省是也。至於是否依今本「宛丘」讀爲「宛」，則未必。拙見以爲九店簡從艸备（邍）聲之字，睡虎地秦簡日書與之相應的字作「𧆾」簡231、「㝫」簡909，據此可解包山簡151從艸备（邍）聲之字爲「墢」，「索畔墢」謂番戍的食田與國有的墢地相界。簡文「备（邍）丘」，以讀爲「苑丘」爲義長。龍崗秦簡274：「諸禁苑爲奐，去奐卅里禁，無敢取奐獸。」「苑丘」，乃禁苑之丘，爲貴族娛樂場所。〔註753〕

【玉姍案】

今本《毛詩‧陳風‧宛丘》之「宛」，簡21作 𩫞，簡22作 𩫞，其字形演變業師季旭昇已有詳細說明。「邍」，甲骨文 𧿛 從止從豕，作追逐野豬之形；捕捉野豬之平地亦稱「邍」。金文再加上「彳」或「辵」旁以強調「追逐」之義（𧿛（商‧且甲彝）、𧿛（屍敖簋蓋）、𧿛（陳公子甗））；𧿛（屍敖簋蓋）以下並加「田」字以爲聲符。今所見戰國文字中，晉系文字簡寫爲「备」（𩫞 晉‧古泉匯），保留「夂」形與「田」聲；趙幣「平备」，讀「平原」。楚系文字省減更多，《上博簡‧孔子詩論》未出之前，𩫞、𩫞 二字曾被誤釋爲「荀」〔註754〕。《上博（一）‧孔子詩論》簡21、22中分別作「𩫞丘」、「𩫞丘」，簡文爲「昌又（有）情，而無望」可與今本《毛詩‧國風‧陳風‧宛丘》詩文「洵有情兮，而無望兮」相對應。故可確定今本《毛詩‧陳風‧宛丘》在〈孔子詩論〉中寫爲「𩫞（𩫞）丘」。業師季旭昇以爲：「备上古音在疑紐元部合口三等，宛在影紐元部合口三等，二字韻同聲近，應該可以通假。」可從。

今本《毛詩‧陳風‧宛丘》：

> 子之湯兮，宛丘之上兮，洵有情兮，而無望兮。坎其擊鼓，宛丘之下，

〔註751〕何琳儀〈滬簡詩論選釋〉，簡帛研究網站，2002年1月17日首發。

〔註752〕許全勝〈宛與智——上博《孔子詩論》簡二題〉，清華大學思想文化研究所/輔仁大學文學院聯合主辦，新出楚簡與儒學思想國際學術研討會論文集，2002年3月31日～4月2日。

〔註753〕劉信芳《孔子詩論述學》，（安徽大學出版社，2003年1月初版），頁222。

〔註754〕何琳儀《戰國古文字典》，（北京：中華書局，1998年9初版），頁1123。

無冬無夏，值其鷺羽。坎其擊缶，宛丘之道，無冬無夏，值其鷺翿。

《詩序》：

〈宛丘〉，刺幽公也。淫荒昏亂，游蕩無度焉。

《毛傳》：

子，大夫也。湯，蕩也。四方高中央下曰宛丘。

鄭《箋》：

子者，斥幽公也。游蕩無所不爲。……此君信有淫荒之情，其威儀無可觀望而則傚。

王先謙《詩三家義集疏》：

《漢書地理志》：「陳本太昊之虛，周武王封舜後嬀滿於陳，是爲胡公，妻以元女大姬。婦人尊貴，好祭祀，用史巫，故其俗巫鬼。陳詩曰：『坎其擊鼓，宛丘之下，亡冬亡夏，值其鷺羽。』」又曰：「東門之枌，宛丘之栩，子仲之子，婆娑其下」，此其風也。《漢書匡衡傳》疏曰：「陳夫人好巫，而民淫祀。」……以上皆齊說。……《齊詩》義微異。《魯詩》未聞。〔註755〕

《毛傳》與《齊詩》雖略異，然皆提及陳國上位者（其可能是過分好巫重祀而流於）荒淫昏亂；然《詩序》、鄭《箋》以爲刺幽公，齊詩以爲陳夫人好巫，而民淫祀；所刺者之身分無法確定，故暫以爲陳國上位者。

簡文：「孔子曰：『〈宛丘〉吾善之。』」業師季旭昇以爲：

無論就序、就詩來看，都找不出有任何可以稱「善」之處，三家詩也一樣。學者的解釋也都難愜人意。鄭玉姍〈孔子詩論譯釋〉語譯爲：「〈宛丘〉一詩諷刺陳國在上位者過分好巫重祀而流於荒淫昏亂，我稱善這種直刺的詩篇。」這應是無可奈何下，勉可接受的語譯。當然，我們也要保留〈孔子詩論〉對〈宛丘〉有不同解釋的可能。〔註756〕

可從。

【討論（2）】

於差虐憙之：〈猗嗟〉吾喜之

【各家說法】

馬承源以爲：

〔註755〕〔清〕王先謙撰、吳格點校，《詩三家義集疏》，（台北市：明文，1988 年初版），頁462。

〔註756〕業師季旭昇〈孔子詩論新詮〉，（臺北：學生書局《經學研究論叢》13 輯，2005 年12 月）。

　　於差，今本《毛詩‧國風‧齊風》篇名作《猗嗟》。下簡文引句，見於此篇。〔註757〕

廖名春以爲：

　　《小序》：「猗嗟，刺魯莊公也。齊人傷魯莊公有威儀技藝，然而不能以禮防閑其母，失子之道，人以爲齊侯之子焉。」方東樹《原始》：「《猗嗟》美魯莊公材藝之美也。」「此齊人初見莊公而嘆其威儀技藝之美，不失名門子，而又可以爲戡亂材。誠哉，其爲齊侯之甥也。意本讚美，以其母不賢，故自後人觀之以爲刺耳。於是紛紛議論，並謂「展我甥兮」一句爲微辭，將詩人忠厚待人本意盡情說壞。是皆後儒深文苛刻之論有以啓之也。愚於是詩不以爲刺而以爲美，非好立異，原詩人作詩本意蓋如是耳。」從簡文「《猗嗟》吾喜之」看，方說是。下文又說「《猗嗟》曰：四矢反，以禦亂，吾善之。」其「美」而非「刺」更清楚。〔註758〕

劉信芳以爲：

　　《猗嗟》首章曰：「猗嗟昌兮，頎而長兮，抑若揚兮，美目揚兮。」《毛傳》：「猗嗟，嘆辭。」朱熹《集傳》：「抑而若揚，美之盛也。」是《猗嗟》之「美」出於詩之本身，例來注家亦如是解之。至於「四矢反，以禦亂兮」，其爲「美」而非「刺」，則不煩辭費。然何以《詩序》言「刺」？戴震《毛詩補傳》卷八（《戴震全書》（一）第269頁）云：「《猗嗟》三章。《春秋》莊公四年：「書冬，公及齊人狩于禚」。原注《公羊》、《穀梁》作「郜」。穀梁傳曰：「齊人者，齊侯也。其曰人，何也？卑公之敵，所以卑公也。何爲卑公也？不復讎，而怨不釋，刺釋怨也。」詩之作，蓋亦於此時。以其與齊侯賓射燕好，趨蹌進止而刺之。春秋舉大，故書其狩。詩人舉細，故言其射。春秋譏不復仇，詩譏文姜之事。如莊公者，既不知怨，又不之愧也。始以其頑而無知，今一見之而可以禦亂也，則甚可歎也。詩之詞亦如是。《毛詩序》：「刺魯莊公也。」依戴氏說，《猗嗟》之有「美」有「刺」，二者皆不可廢。是就史事言，則有「刺」；就辭意言，則爲「美」也。《詩論》之善《猗嗟》，亦是就其「四矢反，以禦亂」之辭義言，與《公羊》、《詩序》言《猗嗟》之「刺」並不矛盾。〔註759〕

〔註757〕馬承源主編，《上海博物館藏戰國楚竹書（一）》，（上海：上海古籍，2001年11月），頁151。

〔註758〕廖名春〈上海博物館藏詩論簡校釋〉，《中國古代近代文學研究》2002年第6期。

〔註759〕劉信芳《孔子詩論述學》，（安徽大學出版社，2003年1月初版），頁223。

【玉姍案】

簡21文作「〈於差〉吾喜之」，又簡22「〈於差〉曰：「四矢叀，以禦亂」，吾喜之。」與今本《毛詩·齊風·猗嗟》：

> 猗嗟昌兮，頎而長兮，抑若揚兮，美目揚兮，巧趨蹌兮，射則臧兮。
> 猗嗟名兮，美目清兮，儀既成兮，終日射侯，不出正兮，展我甥兮。　猗
> 嗟孌兮，清揚婉兮，舞則選兮，射則貫兮，四矢反兮，以禦亂兮。

經文相符。「於」上古音影紐魚部，「猗」字古音影紐歌部，二字聲同韻近，可以通假。「嗟」由「差」得聲，亦可通假。是以簡文「〈於差〉」當即今本「〈齊風·猗嗟〉」。

《詩序》：

> 〈猗嗟〉，刺魯莊公也。齊人傷魯莊公有威儀技藝，然而不能以禮防閑其母，失子之道。人以為齊侯之子焉。

朱熹《詩集傳》：

> 齊人極道魯莊公威儀技藝之美，如此刺其不能以禮防閑其母。若曰惜乎，此獨少此耳。〔註760〕

余師培林以為：

> 此蓋美莊公之詩。……莊公以善射名，曾射宋之勇士南宮長萬，事見《左傳·莊公十一年》，正與詠善射合。〔註761〕

玉姍案：《史記·齊太公世家》：

> 四年，魯桓公與夫人如齊。齊襄公故嘗私通魯夫人。魯夫人者，襄公女弟也，自釐公時嫁為魯桓公婦，及桓公來而襄公復通焉。魯桓公知之，怒夫人，夫人以告齊襄公。齊襄公與魯君飲，醉之，使力士彭生抱上魯君車，因拉殺魯桓公，桓公下車則死矣。魯人以為讓，而齊襄公殺彭生以謝魯。

又《史記·魯周公世家》：

> 十八年春，公將有行，遂與夫人如齊。申繻諫止，公不聽，遂如齊。齊襄公通桓公夫人。公怒夫人，夫人以告齊侯。夏四月丙子，齊襄公饗公，公醉，使公子彭生抱魯桓公，因命彭生摺其脅，公死于車。魯人告于齊曰：「寡君畏君之威，不敢寧居，來脩好禮。禮成而不反，無所歸咎，請得彭生除醜於諸侯。」齊人殺彭生以說魯。立太子同，是為莊公。莊公母夫人因留齊，不敢歸魯。

〔註760〕〔宋〕朱熹《詩集傳》，（台北市：藝文，1959年），頁50。
〔註761〕余師培林《詩經正詁·上冊》，（台北市：三民，1993年），頁288。

　　筆者以爲，齊文姜與齊襄公私通於未嫁之時，後來藕斷絲連。《左傳‧桓公六年》：「九月，丁卯，子同生。」子同即魯莊公。魯桓公十八年，魯桓公在出使齊國時遭齊公子彭生暗殺，當時魯莊公不過十二歲左右，仍是未成年之幼童；若責備其「不能以禮防閑其母，失子之道」則太過矣。故此詩當爲美魯莊公之詩；分別美其容貌、射儀與射事。齊人曰：「展我甥兮」正稱美齊襄公有此優秀的外甥。簡文曰「〈猗嗟〉吾喜之」與詩旨相合。

【討論（3）】

巨鴖虖信之：〈鳲鳩〉吾信之

【各家說法】

馬承源以爲：

> 巨鴖，今本《毛詩‧國風‧曹風》篇名《鳲鳩》。鴖，從鳥叴聲，《越王勾踐劍》銘文王作「鴖淺」，乃同一字之偏旁相換。叴、九，不同字。〔註762〕

廖名春以爲：

> 《小序》：「《鳲鳩》，刺不壹也。在位無君子，用心之不壹也。」《毛傳》：「鳲鳩之養其子朝從上下，莫從下上，平均如一。」鄭《箋》云：喻人君之德當均一於下也，以刺今在位之人不如鳲鳩。朱熹《辯說》：「此美詩，非刺詩。」《詩集傳》：「詩人美君子之用心均平專一。」從簡文「〈鳲鳩〉吾信之」看，朱說是。下文又說，「鳲鳩曰：其儀一兮，心如結也，吾信之。」其美而非刺更清楚。〔註763〕

【玉姍案】

今本《毛詩‧曹風‧鳲鳩》：

> 鳲鳩在桑，其子七兮。淑人君子，其儀一兮，其儀一兮，心如結兮。鳲鳩在桑，其子在梅。淑人君子，其帶伊絲，其帶伊絲，其弁伊騏。鳲鳩在桑，其子在棘。淑人君子，其儀不忒，其儀不忒，正是四國。鳲鳩在桑，其子在榛。淑人君子，正是國人，正是國人，胡不萬年。

《詩序》：

> 〈鳲鳩〉，刺不壹也。在位無君子，用心之不壹也。

〔註762〕馬承源主編，《上海博物館藏戰國楚竹書（一）》，（上海：上海古籍，2001 年 11 月），頁 151。

〔註763〕廖名春〈上海博物館藏詩論簡校釋〉，《中國古代近代文學研究》2002 年第 6 期。

《毛傳》：

　　鳲鳩之養其子朝從上下，莫從下上，平均如一。

《鄭箋》云：

　　喻人君之德當均一於下也，以刺今在位之人不如鳲鳩。

余師培林以爲：

　　詩曰：「其帶伊絲，其弁伊騏」。又曰：「正是四國」。由此觀之，此詩
　當是曹人頌美天子之公卿之詩……又詩在〈曹風〉，若是美曹君之詩，則
　曹君時當爲諸侯之長。……一章爲全詩之重心，首二句言鳲鳩之子有七，
　而其心則一，以象徵淑人君子雖有四國之子民，而其儀則一，其心如結，
　公正而無偏私，故能爲四國之人之法則也。〔註764〕

　　玉姍案：細讀經文，乃由正面敘述鳲鳩之均平如一，《詩序》乃由反面刺在位君
子用心不壹。簡文：「〈鳲鳩〉吾信之。」與經文「其儀一也，心如結兮」相呼應，
意謂〈鳲鳩〉詩中描述君子誠信均平，以正四國之美德。我信賴他（君子）。

【討論（4）】

文王虔忢之，清〔廟虔敬之，刺文虔斂之，昊＝有成命吾□〕之：〈文王〉吾
美之，〈清〔廟〕吾敬之，〈烈文〉吾悅之，〈昊天有成命〉吾□〕之

【各家說法】

馬承源以爲：

　　文王，篇名和今本《毛詩·大雅·文王》相同。「清」字以下文殘，
　當是《清廟》，其評語應是「虔敬之」。」又「此組詩篇，孔子皆以主觀斷
　語作一字評價：「善」、「意」、「信」、「忢」。「忢」爲「敄」或「嫩」字的
　聲符，今讀作「美」。各個論組起首用一字評價的現象，簡文中出現了數
　次，如前見的「關疋」組，即以「《關疋》之改」、「《樛木》之時」等開始
　爲一個系統的論述。此處《宛丘》、《於差》等開始爲另一系列的論述。也
　有一字不足以達意而用兩個字表達的，或有一字或兩字兼而有之的。總之
　一個論組，多以簡括的言詞開始，漸次深入作具體分析。

又

　　「忢」，「嫩」、「微」皆以此爲聲符，今讀作「美」，「忢」、「美」音同。

〔註765〕

〔註764〕余師培林《詩經正詁·上冊》，（台北市：三民，1993年），頁415。
〔註765〕馬承源主編，《上海博物館藏戰國楚竹書（一）》，（上海：上海古籍，2001年11月），

李零補爲「清[廟吾敬之，烈文吾悅之，昊天有成命，吾□]」下接第二十二簡「之。宛丘……。」〔註766〕無釋。

【玉姍案】

簡文「」，始見於甲骨文（商‧合14294）、（商‧合14295），爲「髟」之初文。業師季旭昇《說文新證‧髟》以爲：

> 本義：長髮森森也。甲骨文作國名、地名及風名用。
>
> 釋形：甲骨、金文從人，上象長髮之形，林澐、陳世輝釋「髟」（林澐〈釋史牆盤銘中的「逖虘髟」〉、〈說飄風〉；〈陳世輝牆盤銘文解釋〉）。
>
> 〔註767〕

又

《說文新證‧散》：

> 林澐先在〈釋史牆盤銘中的「逖虘髟」〉一文中釋「」爲「髟」，其後又在〈說飄風〉一文中主張「雖然可推定是即後世散、微中的岸之原形，但後代字書並沒有獨立的岸字，還是應該把和都釋爲髟。也就是說，散字本爲從髟從攴之會意字，並不含有聲符」（9頁）。
>
> 案：說文散字不從「岸」，也沒有「岸」字，確實透露了「散」字似乎本不該從「岸」的訊息。郭店‧老子乙本簡4有「岸（美）與亞（惡）」句，「岸」字作，但從文字發展史來看，這個「岸」字似乎應該看成「散」字的省體，楚簡中「憐」、「媺」等字所從的「岸」也應該「散」字之省。據此，「散」字似應釋爲從攴髟，髟本髮盛髟髟，攴之則微也。〔註768〕

可從。

戰國楚文字如郭店〈老子甲〉簡15「美」字寫作，〈緇衣〉簡1「美」字寫作，〈老子丙〉簡7「美」字寫作，〈老子乙〉簡4「美」字寫作。〈語叢一〉簡15「美」字寫作、上博一〈紂衣〉簡1「美」字寫作、簡18「美」字寫作，皆此淵源也。今《周禮》所保存的「美」之古字「媺」，與楚系郭店〈緇衣〉簡1、〈老子丙〉簡7寫法相近。〈孔子詩論〉「美」亦寫作（上1.1.16）、（上1.1.22）。

「清」字下殘，李零補爲「清[廟吾敬之，烈文吾悅之，昊天有成命，吾□]」下

頁151、頁146。

〔註766〕李零〈上博楚簡校讀記（之一）《子羔》篇“孔子詩論”部分〉，簡帛研究網站，2002年1月4日首發。

〔註767〕季師旭昇撰，《說文新證‧下》，（台北：藝文印書館，2004年11月），頁68。

〔註768〕季師旭昇撰，《說文新證‧下》，（台北：藝文印書館，2004年11月），頁5。

接第二十二簡「之。宛丘……」。可從。

今本《毛詩・大雅・文王之什・文王》：

> 文王在上，於昭于天。周雖舊邦，其命維新。有周不顯，帝命不時。
> 文王陟降，在帝左右。　亹亹文王，令聞不已。陳錫哉周，侯文王孫子，
> 文王孫子，本支百世。凡周之士，不顯亦世。　世之不顯，厥猶翼翼。思
> 皇多士，生此王國。王國克生，維周之楨。濟濟多士，文王以寧。穆穆文
> 王，於緝熙敬止。假哉天命，有商孫子。商之孫子，其麗不億。上帝既命，
> 侯于周服。　侯服于周，天命靡常。殷士膚敏，祼將于京。厥作祼將，常
> 服黼冔。王之藎臣，無念爾祖。　無念爾祖，聿脩厥德。永言配命，自求
> 多福。殷之未喪師，克配上帝。宜鑒于殷，駿命不易。　命之不易，無遏
> 爾躬。宣昭義問，有虞殷自天。上天之載，無聲無臭。儀刑文王，萬邦作
> 孚。

《詩序》：

> 〈文王〉，文王受命作周也。

朱熹《詩集傳》：

> 周公追述文王之德，明周家所以受命而代商者，皆由於此，以戒成王。

玉姍案：當為後人記述文王功業之詩。余師培林《詩經正詁》：

> 至此詩之旨：四言可以盡之，曰：「敬天法祖」而已。……莫章「儀
> 刑文王」一語，指出作此詩之旨。〔註769〕

簡文「〈文王〉吾美之」意謂：〈大雅・文王〉描述文王之功業，願後世子孫敬天法祖；是以我稱美之。

今本《毛詩・周頌・清廟之什・清廟》：

> 於穆清廟，肅雝顯相，濟濟多士，秉文之德。對越在天，駿奔走在廟，
> 不顯不承，無射於人斯。

《詩序》：

> 〈清廟〉，祀文王也。周公既成洛邑，朝諸侯，率以祀文王焉。

《毛傳》：

> 肅，敬。雝，和。相，助也。

《鄭箋》：

> 顯，光也、見也。於乎美哉，周公之祭清廟也。其禮儀敬且和，又諸

侯有光明卓見之德者來助祭。……濟濟之眾士，皆執行文王之德，文王精神已在天矣。

今本《周頌·清廟之什·清廟》爲周公率眾祭祀文王，美文王盛德之詩。助祭之濟濟眾士，皆承秉文王之德；令人油然而生敬重之感。故簡文曰「吾敬之」。

今本《毛詩·周頌·清廟之什·烈文》：

> 烈文辟公，錫茲祉福，惠我無疆，子孫保之。　無封靡于爾邦，維王其崇之，念茲戎功，繼序其皇之。無競維人，四方其訓之，不顯維德，百辟其刑之，於乎！前王不忘。

《詩序》：

> 〈烈文〉，成王即政，諸侯助祭也。

鄭《箋》：

> 無疆乎，維得賢人也。得賢人則國家疆矣。故天下諸侯順其所爲也，不勤明其德乎？勤明之也。故卿大夫法其所爲也。於乎！先王文王武王其於此道，人稱頌之不忘。

本詩爲推重賢人，尊崇道德，不忘前王之詩，故簡文曰：「我悅愛之。」

今本《毛詩·周頌·清廟之什·昊天有成命》：

> 昊天有成命，二后受之。成王不敢康，夙夜基命宥密。於緝熙，單厥心，肆其靖之。

《詩序》：

> 〈昊天有成命〉，郊祀天地也。

本詩寫文王、武王承受天命，成王繼之不敢自安逸，是以簡文曰：「吾□之」。

關於編聯及補字的問題，業師季旭昇以爲：

> 簡21尾部應補8字。馬承源先生在簡21後補了「廟吾敬之」，李學勤先生又補「《烈文》吾悅」，並在接下來的簡22補上「之，昊天有成命，吾□」。二家說都可從。但簡22首部應補8-9字，「昊天」通常會寫成合文，佔不到兩個字的位置，所以我們認爲「昊天有成命」之下也許可能是「吾□□之」。〔註770〕

可從。

【討論（5）】

〔註770〕業師季旭昇〈孔子詩論新詮〉，（臺北：學生書局《經學研究論叢》13 輯，2005 年12 月）。

苟丘曰：訇又情，而無望，虗善之：〈宛丘〉曰：「洵有情，而無望」，吾善之

【各家說法】

馬承源以爲：

> 本簡爲兩段綴合，上段長三十八‧四釐米。稍殘。現存四十一字，下段長九‧三釐米，下端弧形完整，現存十字。兩段之間補二字。此簡之文中述之所以「虗善之」、「虗憙之」、「虗信之」等的緣由，但是孔子所述的不是整篇詩意，而是引用詩中精譬的辭句，這也是孔子時代引詩的常見方式。

又

> 「訇又情，而無望」今本《毛詩‧國風‧陳風‧宛丘》句云：「洵有情兮，而無望兮」。〔註771〕

李學勤以爲：

> 《宛丘》屬《陳風》，《詩序》以爲「刺幽公。淫荒昏亂，遊蕩無度焉。」「洵有情兮，而無望兮」兩句，《毛傳》釋「洵」爲「信」，《鄭箋》則云：「此君信有淫荒之情，其威儀無可觀望而則傚。」這顯然同簡文之意不合。按「情」字，《淮南子‧繆稱》注釋爲「誠」；「無望」宜讀「無妄」，即無詐僞虛妄，所以孔子說：「吾善之」。〔註772〕

劉信芳以爲：

> 竊意以爲舊注不誤，孔子所說「吾善之」亦有深意。《郭店簡語叢一》1：「凡物由望生。望者，視也。」《性自命出》12：「凡見者之謂物」。「見」與「望」語意相貫。外界之物多矣，或爲人所見，或爲人所不見。爲人所見，知而類之，是謂物。如此則可推之，「無望」猶無視、無見，蓋心有所牽，眼中無物矣。簡文「無望」之釋讀應包括兩個不同的視角，就詩中主人公而言，盡情於宛丘，擊鼓爲節，持羽爲舞，它物已無所見，此所謂，「洵有情，而無望」，此一解也。就旁人之視角而言，此君樂矣，然威儀無可觀望，不可倣傚，此舊注之所解也。孔子既云「吾善之」，應是從正面贊同忘情於樂而超越於物，此與「夫子三月不知肉味」相一致。而舊注從禮的角度出發，反對過度之「樂」，此說亦不可廢。是在「情」則有「無

〔註771〕馬承源主編，《上海博物館藏戰國楚竹書（一）》，（上海：上海古籍，2001年11月），頁151～152。

〔註772〕李學勤〈《詩論》說《宛丘》等七篇釋義〉，清華大學思想文化研究所/輔仁大學文學院聯合主辦，新出楚簡與儒學思想國際學術研討會，2002年3月31日～4月2日。

望」，無望於物。在「禮」亦有「無望」，無威儀可觀望。一之而二，合而觀之可也。不過有必要説明，若依舊注將「無望」理解爲「其威儀無可觀望」，恐夫子不以之爲善也。〔註773〕

【玉姍案】

「之」字上殘。李零以爲簡21下缺至簡22上缺處當補爲「清 廟吾敬之，烈文 吾悅之，昊天有成命，吾□之。宛丘……」。以完簡長度判斷，應可從。

簡文：「洵有情，而無望」與今本詩文「洵有情兮，而無望兮」相符。《鄭箋》：「此君信有淫荒之情，其威儀無可觀望而則傚。」《三家詩》無異議。筆者以爲《詩序》、《鄭箋》可從。詩文直刺陳國上位者無冬無夏，好巫而親自參與歌舞祭祀。李學勤另出新解，雖孔子詩論本句可以通讀，奈何不合宛丘全詩旨意。筆者以爲，簡文：「吾善之」，所善者當是作詩者敢於直刺的精神；此解或可無悖於《詩序》。

【討論】(6)

於差曰：四矢叀，昌御鼸，虖憙之：〈猗嗟〉曰：「四矢變，以御亂」，吾喜之。

【各家説法】

馬承源以爲：

> 今本《毛詩·國風·齊風·猗嗟》句云：「四矢反兮，以禦亂兮。」叀，《説文》所無。《曾侯乙編鐘銘》「變商」、「變徵」之「變」作「煊」，從音，以叀爲聲符。〔註774〕

李學勤以爲：

> 「弁」假爲「反」。《韓詩》作「變」，也是假借。《猗嗟》在《齊風》，《詩序》以爲刺魯莊公，也與簡意不合，看來《詩論》僅取兩句的涵義。《毛詩》解「四矢」爲「乘矢」。」孔子説：「吾喜之」，即以此故。〔註775〕

【玉姍案】

「叀」，簡文作𢌶。戰國楚文字中𢌶即「弁」字〔註776〕，戰國文字之用法大多假借爲「改變」之「變」，〈孔子詩論〉簡22作「四矢𢌶，昌御鼸」，當讀爲「四矢變，以禦亂」。

〔註773〕劉信芳《孔子詩論述學》，（安徽大學出版社，2003年1月初版），頁225～226。

〔註774〕馬承源主編，《上海博物館藏戰國楚竹書（一）》，（上海：上海古籍，2001年11月），頁152。

〔註775〕李學勤〈《詩論》説《宛丘》等七篇釋義〉，清華大學思想文化研究所/輔仁大學文學院聯合主辦，新出楚簡與儒學思想國際學術研討會，2002年3月31日～4月2日。

〔註776〕請詳參李家浩〈釋弁〉，《古文字研究》第一輯，（北京：中華，1979年）。

今本《毛詩・齊風・猗嗟》：「四矢反兮」

《鄭箋》：

> 反，復也。每射四矢皆得其故處，此之謂復射必四矢者，象其能禦四
> 方之亂也。

王先謙《詩三家義集疏》：

> 《韓》「反」作「變」，云「變易也」……案，如《箋》所云，是《保
> 氏》五射所謂「參連」者也。賈《疏》釋「參連」云「前放一矢，後三矢
> 連續而去也。」《列子・仲尼篇》：「善射者能令後鏃中前括發發相及，矢
> 矢相屬。謂四矢皆能復其故處也。」《韓》訓爲「易」者，言每射四矢，
> 皆易其處，此《保氏》五射所謂「井儀」者，《賈疏》釋井儀云：「四矢貫
> 侯，如井之容儀是也。」《淮南子》云：「越人學遠射，參天而發，適在五
> 步之內，不易儀也世已變矣，而守其故，譬猶越人之射也。」然則井儀之
> 法，每射四矢，各異其儀，不首其故處。與參連之四矢皆復其故處者正相
> 反，要皆五射之事也。

《毛詩》讀爲「四矢反兮」，是指每支箭都能射到前一支箭射中的地方；《韓詩》、
作：「四矢變兮」，則是每支箭都能射到與前一支箭不同的地方，無論哪一種說法，
皆在描述箭術之精妙。

簡文「〈猗嗟〉曰：『四矢變，以御亂』，吾喜之。」筆者以爲，此詩應爲齊人所
賦，美魯莊公之容貌、射事，其中又以射藝之精最爲人所稱道，《左傳・莊公十一年》：
「乘丘之役，公以金僕姑射南宮長萬。」可證莊公射藝之精妙，故〈詩論〉以「四
矢反兮，以御亂兮」二句爲代表，而評之曰：「吾喜之」。

【討論（7）】

巨駘曰：丌義一氏，心女結也，虗信之：〈鳲鳩〉曰：「其儀一兮，心如結也」，
吾信之

【各家說法】

馬承源以爲：

> 丌義一氏，心女結也，今本《毛詩・國風・曹風・鳲鳩》句云：「其
> 儀一兮，心如結兮」。

又

> 此簡辭第一字爲之，以辭意探測，當與下列句式相同，先引詩，末句
> 云「虗＊之」。如果是如此，與這一組大體相同的評述，出現了兩次。因

爲「虘＊之」，不似二十一簡《蓄雺》的評述，彼簡《鹵丘》則在第一篇。
〔註777〕

何琳儀以爲：

> 《詩論》引《詩》，今本《毛詩‧曹風‧鳲鳩》作「其儀一分」。簡文「氏」應讀「只」。《說文》「扺，讀若抵掌之抵。」是其佐證。「只」與「兮」均爲語尾歎詞，在《詩經》、《楚辭》中習見。〔註778〕

劉信芳以爲：

> 簡本《五行》簡 16 論及《鳲鳩》，且帛本《五行‧傳》第 221-224 行有說解，僅依帛本，以傳附經，移錄如下，酌加說明。《經》：「鳲鳩在桑。」《傳》：「直之。」「直」是舉例以作比較，其值相當的意思，猶「引繩以持曲直」（《荀子‧正名》）。「直之者」，舉鳲鳩以當君子之謂。《經》：其子七分。《傳》：鳲鳩二子耳，曰七也，與言也。「與」，帛本整理者以爲「興」字之誤，云：「此處「興」字當讀爲「賦比興」之「興」也。」按：「與」字不誤。毛《傳》解《詩》之例，如「《關雎》，興也」；「《葛覃》，興也」……未見有「興言」之例。蓋鳲鳩雌雄之數爲二，鳲鳩之子其數爲五，所以「曰七」者，鳲鳩與其子相與爲言也。自來讀《鳲鳩》者，均以爲「其子七分」爲鳲鳩其子爲七，而帛本《傳》解《鳲鳩》，爲鳲鳩與其子共數爲七，並說明這種句法是「與言」，其說較毛《傳》以下爲合理。《經》：「淑人君子，其宜一分。」《傳》：「淑人者，直之。宜者，義也。言其所以行之義之一心也。」「宜」字簡本作「義」。帛本《傳》有殘，我們在這裡作了適當補綴。《經》：「能爲一然後能君子。」《傳》：「能爲一者，言能以多爲一。以多爲一也者，言能以夫五爲一也。」《經》：「君子慎其獨也。」《傳》：「慎其獨也者，言舍夫五而慎其心之謂也。獨然後一也。一者，夫五夫爲一心也。然後德之一也，乃得巳。德猶天也，天乃德矣。」《鳲鳩》一詩言其子「在梅」、「在棘」、「在榛」，即雛鳥羽翼豐滿而去，而鳲鳩仍然「在桑」，舍夫五子仍終始如一，其德有似「君子慎其獨」。《五行》引《鳲鳩》要義在「一」，帛本《傳》解「一」包含兩層意思。其一，取鳲鳩以五子爲一，喻君子以多爲一，此乃群體之一。其二，以鳲鳩舍五子爲一，喻君子慎獨之德爲一，此乃個體之一。以多

〔註777〕馬承源主編，《上海博物館藏戰國楚竹書（一）》，（上海：上海古籍，2001 年 11 月），頁 152。
〔註778〕何琳儀〈滬簡詩論選釋〉，簡帛研究網站，2002 年 1 月 17 日首發。

為一是群體性，舍五為一是其個體性，君子行必合於群體，亦必存有個性，故君子慎其獨也。説參拙稿《簡帛五行解詁》（台北藝文印書館，2000年。）《五行》之解《鳲鳩》，較之《詩論》評《鳲鳩》更為具體，其由《詩》而使思想範疇得到形象生動的説明，很鮮明地體現了七十子以下的論詩風格。〔註779〕

【玉姍案】

劉信芳之説敷衍太過，以《簡帛五行》中〈鳲鳩〉評語來附會〈孔子詩論〉中的〈鳲鳩〉，亦不確切。簡文：〈鳲鳩〉曰：「其義（儀）一氏（兮），心如結也。」與今本《曹風・鳲鳩》：「其儀一兮，心如結兮。」相合。鄭《箋》：「儀，義也。善人君子其執意如一也。」可從。朱熹《詩集傳》：「詩人美君子之用心均平專一。」故孔子曰：「吾信之。」

【討論（8）】

文王[曰]：文王才上，於卲于天，虐㞢之：〈文王〉曰：「文王在上，於昭于天」，吾美之

【各家説法】

馬承源以為：

> 簡為兩段綴合，文氣語辭皆聯貫，但上簡末及下簡之首皆有「王」字，據辭例補「曰：王」二字。《毛詩・文王》在《大雅》篇之首。辭文的排列次第按《毛詩》為《陳風》、《齊風》、《曹風》、《大雅》。〔註780〕

李學勤以為：

> 詩句包括篇題《文王》，故不再重出。下面《昊天有成命》，例同。〔註781〕

【玉姍案】

依彩版照片看來，兩截斷簡中顯然有字，故從馬説。

簡文「文王[曰]：文王才上，於卲于天」，今本《大雅・文王》作「文王在上，於昭于天」，兩者相符。《毛傳》：「在上，在民上也。於，嘆辭。昭，見也。」屈萬里以為：

〔註779〕劉信芳《孔子詩論述學》，（安徽大學出版社，2003年1月初版），頁227～228。

〔註780〕馬承源主編，《上海博物館藏戰國楚竹書（一）》，（上海：上海古籍，2001年11月），頁152。

〔註781〕李學勤〈《詩論》説《宛丘》等七篇釋義〉，清華大學思想文化研究所/輔仁大學文學院聯合主辦，新出楚簡與儒學思想國際學術研討會，2002年3月31日～4月2日。

在上，謂其神在天上也。〔註782〕

似較《毛傳》合理。《大雅‧文王》言文王之德業，祈子孫敬天法祖，敬而勿忘。是以孔子曰：「吾美之」。

【討論 (9)】

清廟曰：肅雍顯相，濟濟多士，秉旻之悳，虔敬之：〈清廟〉曰：「肅雍顯相，濟濟多士，秉文之德」，吾敬之

【各家說法】

馬承源以為：

本簡殘為兩段，已綴合，總長四十九‧九釐米。上端殘，下端弧形完整。上端留白殘缺，下端留白八釐米。現存四十三字，其中合文一。

又

秉旻之悳，以為丌糵，「秉文之德」為《毛詩‧清廟》引句。原文為「濟濟多士，秉文之德，對越在天」。

又

多士，秉旻之悳，即上述《清廟》「濟濟多士，秉文之德」引句，評為「虔敬之」。下文於《剌文》云「虔悅之」，復評「昊天有成命」。這是評《訟》的另一種文例，與第五簡出現的文例有所不同。此次所論有三篇，都是摘原句評一語。論《清廟》則有「敬宗廟之禮，以為其本」，「以為其糵」等論句，是論辭文例不同，可以認為，對《訟》的評論至少出現了兩次。」「虔敬之，讀為「吾敬之」，後文多見，注省。〔註783〕

【玉姍案】

本簡上端殘，李零、李學勤皆以為前當補「清廟曰：肅雍顯相，濟濟」共九字〔註784〕。由與今本詩文與殘缺字數推論，應可從。

今本《毛詩‧周頌‧清廟之什‧清廟》：

於穆清廟，肅雝顯相，濟濟多士，秉文之德。對越在天，駿奔走在廟，不顯不承，無射於人斯。

〔註782〕屈萬里《詩經詮釋》，（台北：聯經，1984年），頁452。

〔註783〕馬承源主編，《上海博物館藏戰國楚竹書（一）》，（上海：上海古籍，2001年11月），頁132～133。

〔註784〕分見李零〈上博楚簡校讀記（之一）《子羔》篇"孔子詩論"部分〉，簡帛研究網站，2002年1月4日首發。李學勤〈上海博物館藏楚竹書《詩論》分章釋文〉，簡帛研究網站，2002年1月16日首發。

《詩序》：

〈清廟〉，祀文王也。周公既成洛邑，朝諸侯，率以祀文王焉。

《毛傳》：

肅，敬。雝，和。相，助也。

《鄭箋》：

顯，光也、見也。於乎美哉，周公之祭清廟也。其禮儀敬且和，又諸侯有光明卓見之德者來助祭。

又

濟濟之眾士，皆執行文王之德，文王精神已在天矣。

今本《周頌·清廟之什·清廟》為祭祀文王，美文王盛德之詩。助祭之濟濟眾士，皆承秉文王之德。詩中充滿莊敬肅穆之感。故簡文曰「吾敬之」。

【討論 (10)】

剌殳曰：乍競隹人，不㬎隹惪。於虖！前王不忘，虡敓之：〈烈文〉曰：「亡競唯人，丕顯唯德。嗚呼！前王不忘」，吾悅之

【各家說法】

馬承源以為：

剌文，即《毛詩·周頌·清廟之什》的「烈文」。字作「🔥」，構形特異，金文作「剌」、「剌」、「剌」，經典多作「烈」，音同。〔註785〕

又

「乍競隹人，不㬎隹惪」。於虖！前王不忘」，此為《烈文》引句，今本作「毋競維人」、「不顯維德」、「於乎前王不忘」。因簡文「乍」與「亡」字形相近，古「亡」、「無」通用，今本「無」為傳抄之訛。鄭玄箋、孔穎達疏解「無競」為「無疆」（玉姍案：當為「無疆」），於簡文義不合。虖從虍從口，說文所無，簡文中亦讀為「呼」。㬎，《說文》：「眾微杪也，從日中視絲。古文以為「顯」字」又「虡敓之，《說文》云：「敓，彊取也」。《周書》曰：「敓攘矯虔」。從攴兌聲。段玉裁注「此是爭敓正字。後人假奪為敓，奪行而敓廢矣」。但經籍從兌之字有兩讀，《詩·大雅·瞻卬》：「彼宜有罪，女覆說之」。陸德明《毛詩音義》云「說音稅，注同。一音他活反」。《後漢書·王符傳》作「汝反脫之」。此「敓」讀為「說」或「悅」。

〔註785〕馬承源主編，《上海博物館藏戰國楚竹書（一）》，（上海古籍，2001年11月初版），頁133～134。

《廣雅‧釋詁一》：「悅，喜也」。《孟子梁惠王下》：「取之而燕民樂」。字於經典中多作「說」。《說文》：「說，釋也」。段玉裁注：「說釋即悅懌。說悅、釋懌，皆古今字」。《詩論》中孔子對具體詩篇所作評語「敓」，宜皆讀爲「悅」。李學勤以爲：

> 乍（亡）競，是以「乍」爲「亡」的誤字。又附腳註曰：「無競」之義，參看于省吾《雙劍誃群經新證》，第189頁，上海書店，1999年。〔註786〕

姚小鷗以爲：

> 本簡釋文考釋較爲嚴重的問題在於整理者誤讀古書而將「無競」訓爲「乍競」。《詩經》中「無競」凡五見，現以其在《毛詩》中出現的順序徵引如下。

> 《大雅‧抑》：「無競維人，四方其訓之。有覺德行，四國順之。」《毛傳》：「無競，競也。訓，教。覺，直也。」《鄭箋》：「競，彊也。人君爲政，無彊于得賢人，得賢人則天下教化於其俗。有大德行則天下順從其政。」

> 《大雅‧桑柔》：「君子實維，秉心無競，誰生厲階，至今爲梗。」《毛傳》：「競，彊。厲，惡。梗，病也。」《鄭箋》：「君子謂諸侯及卿大夫也。其執心不彊於善而好以力爭。」《周頌‧烈文》已見上引。其《鄭箋》見後。

> 《周頌‧執競》：「執競武王，無競維烈。不顯成康，上帝是皇。」《毛傳》：「無競，競也。」《鄭箋》：「競，彊也。能持彊道者唯有武王耳。不彊乎其克商之功業，言其彊也。」

> 《周頌‧武》：「於皇武王，無競維烈。」《鄭箋》：「於乎君哉，武王也。無彊乎其克商之功業，言其彊也。」

> 通觀《詩經》中「無競」一語的用法可以發現。它是用來歌頌先王（亦即《烈文》中的「前王」）功烈的頌美之詞。故《大雅‧抑》用它來比較「其在於今，興迷亂於政。」「弗念厥紹，罔敷求先王，克共明刑。」

> 結合歷代註疏分析「無競」一語的語義構成，可知《詩論》釋文關於今本《詩經》中「無競」爲傳抄之訛的說法是站不住腳的……。

> 另外，在有關《孔疏》中，並無一語道及「無彊」。非但如此，本句的《孔疏》還爲《詩論》釋文之說提供了反證：「《箋》「無彊」至「不忘」，

〔註786〕李學勤〈《詩論》說《宛丘》等七篇釋義〉，清華大學思想文化研究所/輔仁大學文學院聯合主辦，新出楚簡與儒學思想國際學術研討會，2002年3月31日～4月2日。

正義曰：得賢國強，則四鄰畏威慕德。故天下諸侯順其所爲。言諸侯得賢人，則其餘諸侯順之。」無論是《孔疏》所引《鄭箋》相關語詞，還是它對《鄭箋》相關語句的疏解，都未如整理者所言認爲「無競」當爲「無疆」，相反，它進一步說明了阮刻《十三經注疏》《毛詩正義》本句「無疆」一詞中的「疆」字是錯字，不能作爲立論的根據。整理者在《詩論》釋文將「無競」釋爲「無疆」的另一條主要理由是，「因簡文「乍」與「亡」字形相近，古「亡」、「無」通用，今本「無」爲傳抄之訛。」這一推論在金文材料中有絕好的反證。《宗周鍾》：「佳皇上帝百神，保餘小子，朕猷又（有）成亡競。我佳司（嗣）配皇天，對乍（作）宗周寶鍾。」（郭沫若《兩周金文辭大系圖錄考釋》圖錄 25 頁，考釋 51 頁）本器拓片極爲清晰，「亡」字作 ⻏ 、「乍」字作 ⻏ ，兩字的字形判然有別，絕對不容混淆。《詩論》的整理者本是金文專家，卻疏忽了這條寶貴的材料，是殊爲可惜的。

　　至於《孔子詩論》中將「無競」寫爲「乍競」具體的原因，則可能與楚簡的慣用書法有關。裘錫圭先生在《郭店楚簡．性自命出》篇的注，關於其 34 簡「猷斯⻏」按語中指出：「簡文中用作偏旁之『乍』，其形往往混同於『亡』」。上海簡與郭店簡時代相近，據傳出土地點出接近，故有此相類的語言現象。換言之，不是傳世本《詩經》所作「無競」一語有誤，而是簡本在抄寫中將「無競」一語的「亡（無）」字混同於「乍」字，故當以傳世本《詩經》之「無競」爲正字。〔註787〕

【玉姍案】

「剌」，簡文作 ⻏ ，業師季旭昇以爲：

　　剌，割除禾桿。假借爲功業盛大、威儀顯赫。〈大鼎〉：「用乍朕剌烈考己白盂鼎。」典籍通作「烈」。……甲骨文從刀從秉，秉亦聲。秉，郭沫若《殷墟粹編考釋》釋「秆」謂其字「從禾從束，以示莖之所在，指事字也。」（113 頁上）于省吾《駢枝．釋秉》謂金文「剌」字左旁與「秉」爲一字，「秉」當與「剌」同音，《說文》謂「剌」字從束，非是。裘錫圭以爲「秉」似應是「梨」的初文，是禾、黍一類穀物的莖稈之名。當動詞用時，指弄倒禾稈（以上參裘錫圭《古文字論集．甲骨文中所見的商代農業》176 頁）。「剌」字從刀秉，應是「秉」的孳乳字，表示以刀割禾桿，

同時也繼承了「枾」的讀音。……甲骨文 （商·甲624）、（商·坊間 1.71）形枾所從接近木形，金文以下繼承的多做此形，但是很多仍然把木形寫得彎彎的，以示和木形不同。刺鼎左旁訛成「秉」形，克鐘接近「束」形，《說文》釋形爲從束從刀，當承自此形。楚系則木形旁中的「口」形訛成「臼」形。〔註788〕

季師之說可從。「刺」、「烈」古音皆來紐月部，可以通假。今日經典之中的「烈」字應爲專爲指「盛大、猛烈、顯赫」之義所造的後起形聲字，在「烈」字尙未被創造之前，金文及戰國文字行文中皆借用同音的「刺」字或「列」字以代之；例如《詛楚文》「光列威神」，今讀作「光烈威神」。甲金文字形演變由從「禾」，逐漸訛如「木」形，「枾」形也訛如「柬」形（如 （西周中·刺鼎））或束形（（西周晚·克鼎））；晉、楚系文字「枾」所從的「口」形又訛如「臼」形如 （晉·屬羌鐘）。亦有「刀」形訛如「刃」形者如 （（晉·蚉壺））。然《上博（一）·孔子詩論》簡6之「」字寫法與其他楚簡文字不同，「枾」形訛爲從「木」，「木」下加一飾筆，有如「本」形；「刀」亦訛如「刃」。

今本《毛詩·周頌·清廟之什·烈文》：

> 烈文辟公，錫茲祉福，惠我無疆，子孫保之。　無封靡于爾邦，維王其崇之，念茲戎功，繼序其皇之。無競維人，四方其訓之，不顯維德，百辟其刑之，於乎！前王不忘。

業師季旭昇以爲：

> 案：「無競」爲先秦熟語，即無人能與爭強之義。無亡通用，今本並非傳抄之訛。……《詩論》簡6寫作「（乍）競隹（維）人」。戰國文字中（乍）與 （亡）寫法十分類似，故極有可能抄寫訛誤。〔註789〕

可從。

今本《毛詩·周頌·清廟之什·烈文》：

> 烈文辟公，錫茲祉福，惠我無疆，子孫保之。　無封靡于爾邦，維王其崇之，念茲戎功，繼序其皇之。無競維人，四方其訓之，不顯維德，百辟其刑之，於乎！前王不忘。

《詩序》：

> 〈烈文〉，成王即政，諸侯助祭也。

〔註788〕業師季旭昇撰，《說文新證（上）》，（台北：藝文印書館，2002年10月），頁514。
〔註789〕業師季旭昇主編，《上海博物館藏戰國楚竹書（一）讀本》，（台北：萬卷樓，2004年6月），頁75。

《毛傳》：

　　競，彊。訓，道也。　前王，武王也。

《鄭箋》：

　　　無疆乎，維得賢人也。得賢人則國家彊矣。故天下諸侯順其所爲也，
　　不勤明其德乎？勤明之也。故卿大夫法其所爲也。於乎！先王文王武王其
　　於此道，人稱頌之不忘。

　　簡文「〈烈文〉曰：亡競唯人，丕顯唯德。嗚呼！前王不忘，吾悅之」。意謂：〈烈
文〉曰：「沒有比得賢人更重要的。沒有比德行更顯赫的。嗚呼！不要忘記先王　之
功德啊。」以勿忘先王之德業，以戒成王與公卿，有繼往開來，承先啓後之期許。
故孔子曰：「吾悅之。」

【討論（11）】

昊＝又城命，二句受之，貴叡昱矣。訟□□□□□□□□：〈昊天有成命〉，
二后受之，貴且顯矣。頌□□□□□□□

【各家說法】

馬承源以爲：

　　　昊＝又城命，二后受之，「昊」字下有合文符，爲「昊天」二字。此
　　句係《頌‧昊天有成命》引句，《毛詩》作「昊天有成命，二后受之」，二
　　后爲文王、武王。

又

　　　貴叡昱矣，「叡」，今讀作「且」。商承祚《殷墟文字》「羅師説沈兒鐘
　　及王孫鐘並有「中諿叡膓」語。猶詩言既多且有，終和且平。殆語辭之且
　　古如此」。簡文「叡」多讀爲「且」。〔註790〕

李零以爲：

　　　末「頌」字以下留白，形式同以下各簡，可見此簡是向下節過渡的關
　　鍵。〔註791〕

李銳以爲：

　　　「后」當隸定爲「句」（見紐侯部），讀爲「后」（匣紐侯部）。習見於
　　郭店簡。簡 24「后稷」同。《新書‧禮容下》：「夫《昊天有成命》，頌之

〔註790〕馬承源主編，《上海博物館藏戰國楚竹書（一）》（上海：上海古籍，2001 年 11 月），
　　　　頁 134。
〔註791〕李零〈上博楚簡校讀記（之一）《子羔》篇"孔子詩論"部分〉，簡帛研究網站，2002
　　　　年 1 月 4 日首發。

盛德也。」疑可據補「之盛德」於下簡。〔註792〕

廖名春以為：

此「頌」字並非指風雅頌之「頌」，而是「歌頌」之「頌」。「頌」前簡文抄漏一「吾」字，「頌」後脫簡當有「之」字。這樣，本句當作「昊天有成命，二后受之，貴且顯矣，〔吾〕頌〔之〕。」〔註793〕

劉信芳以為：

在「頌」字前後補字的做法並不妥當。「貴且顯矣」是引詩之後的評語，在句式位置上與上文「吾敬之」、「吾悅之」相類，語氣上「矣」已是句群之後的較大停頓，如簡2「至矣」，簡7「信矣」例。「頌」居於末句，是否屬於「大題在下」？此疑而未能明也。〔註794〕

【玉姍案】

昊=，簡文作 ，下有合文符，為「昊天」二字合文。

「二句受之」之「句」，簡文作 ，當讀為「后」。見第六章「葛覃組」簡24「句稷」條。古帝王或稱「后」，如「夏后氏」，「二后」指文王、武王。

「虡」，簡文作 。金文中「虡」（ 〈虡鐘〉）字常假借為「且」作語氣詞或連接詞〔註795〕，戰國楚文字承襲金文字形與用法，或從「又」（如 楚帛書丙6.1）或不從「又」（如 上1.2.14）；何琳儀以為：

楚簡「虡」，除人名外均讀「且」，猶「又」。〔註796〕

故 於簡文中亦當讀為「且」。

今本《毛詩‧周頌‧清廟之什‧昊天有成命》：

昊天有成命，二后受之。成王不敢康，夙夜基命宥密。於緝熙，單厥心，肆其靖之。

《詩序》：

〈昊天有成命〉，郊祀天地也。

朱熹《詩集傳》：

此詩多道成王之德，疑祀成王之詩也。……《國語》叔向引此詩而言

〔註792〕李銳〈讀上博楚簡箚記〉，《上海博物館藏戰國楚竹書研究》，（上海大學古代文明研究中心／清華大學思想文化研究所編，上海書店出版社，2002年3月），頁399～400。

〔註793〕廖名春〈上海博物館藏詩論簡校釋箚記〉，簡帛研究網站，2002年7月3日首發。

〔註794〕劉信芳《孔子詩論述學》，（安徽大學出版社，2003年1月初版），頁146。

〔註795〕陳初生，《金文常用字典》，（高雄：復文圖書出版社，1992年5月初版），頁319～320。

〔註796〕何琳儀著《戰國古文字典》，（北京：中華書局，1998年9月初版），頁571。

曰：「是道成王之德也。成王能明文昭，能定武烈者也。」以此證之，則
此爲祀成王之詩無疑也。〔註797〕

王先謙《詩三家義集疏》：

> 《漢書・郊祀志》：「丞相衡奏言：「帝王之事莫大乎承天之序，承天
> 之序莫重於郊祀，故聖王盡心極慮以建其制・祭天於南郊，就陽之義也；
> 瘞地於北郊，即陰之象也，天之於天子也，因其所都而各饗焉……昔者周
> 文武郊於豐鄗，成王郊於雒邑。」由此觀之，天隨王所居而饗之，可見也。
> 又博士師丹等議，以爲「郊處各在聖王所都之南北。……周公加牲，告徙
> 新邑，定郊禮於雒……天地以王者爲主，故聖王制祭天地之禮必於國
> 郊……宜於長安定南北郊，爲萬世基。」愚案：衡、丹奏議並言「成王郊
> 祀天地於雒邑」，當即據《齊》詩此篇爲說，《韓》義蓋同。〔註798〕

業師季旭昇以爲：

> 《毛詩・序》說是「郊祀天地」，可能有點問題，因爲周代天地不合
> 祀〔註799〕。〈孔子詩論〉評二后「貴且顯矣」，純就詩文立論，平實可取。
> 「訟」以下簡殘，文不可知，但是以本篇前各篇體例來看，本篇最後應用
> 「吾□之」作結，因此「訟」字應該屬於〈昊天有成命〉的論述。〔註800〕

鄭《箋》：

> 昊天，天大號也。有成命，言周自后稷之生，而已有王命也。文王武
> 王受其業施行道德，成此王功，不敢自安逸，早夜始順天命，不敢解倦，
> 行寬仁安靜之政，以定天下寬仁，所以止苛刻也；安靜所以息暴亂也。

簡文「〈昊天有成命〉：二后受之，貴且顯矣。」是指「〈昊天有成命〉記載文武
二王承受先人之天命，施行道德，成此王功，不敢稍有安逸解倦。最後平定天下，
其功業重大而昭顯。」「訟」字以下殘，無法推知其原義。

關於編聯的問題，業師季旭昇以爲；

> 李學勤先生〈分章釋文〉把簡6皆在簡22之後，並在簡6之前補了
> 「清廟曰：肅雍顯相，濟濟」，其說可信。這樣編聯之後，「宛丘組」的結
> 構就形成了，跟「關雎組」、「葛覃組」比較，「宛丘組」只重複了兩次，

〔註797〕〔宋〕朱熹《詩集傳》，（台北市：藝文，1959年），頁176。
〔註798〕〔清〕王先謙撰・吳格點校，《詩三家義集疏》，（台北市：明文，1988年初版），頁
　　　　1008～1009。
〔註799〕原注：參拙作《詩經吉禮研究》頁11～15。
〔註800〕業師季旭昇〈孔子詩論新詮〉，（臺北：學生書局《經學研究論叢》13輯，2005年
　　　　12月）。

似乎應該還差一次，所以本章最後一支簡，即簡 6 之後應該還有缺簡。

簡 6 是一般所謂的留白簡，它既然上接簡 22，那麼簡 6 和簡 5 就被拆開了。李學勤先生〈分章釋文〉因此把簡 6 之後接的是簡 7、簡 2、簡 3、簡 4、簡 5、簡 1，表面上看來，留白簡都集合在一起，但簡 4 和簡 1 是通論性的文字，我們很難理解，爲什麼簡 4 和簡 1 中間會插進一支分論周頌的簡 5？如果我們放棄留白簡的觀念，那麼這些問題就都可以解決了。「留白簡」是以往楚簡從來沒有見過的，造成「留白簡」的原因還不明瞭，我們似乎不必太執著於「留白簡」，非把它們綁在一起不可。

「宛丘組」至少包含〈宛丘〉、〈猗嗟〉、〈鳲鳩〉、〈大雅·文王〉、〈周頌·清廟〉、〈烈文〉、〈昊天有成命〉七首詩。但是「宛丘組」的兩層論述剛好都是上完下殘，〈昊天有成命〉之下是否還有詩篇，其實還可以保留的。〔註 801〕

可從。

〔註 801〕業師季旭昇〈孔子詩論新詮〉，（臺北：學生書局《經學研究論叢》13 輯，2005 年 12 月）。

第三章 結 論

處理完留白簡、簡序編聯、全文難字處理，並與今本《毛詩》、《詩序》對照之後，本章將針對〈孔子詩論〉篇名與今本《毛詩》篇名之比較、〈孔子詩論〉詩旨、詩教與今本《詩序》之比較、〈孔子詩論〉的作者三部分作討論。

第一節　〈孔子詩論〉篇名與今本《毛詩》篇名之比較

馬承源在《上海博物館藏戰國楚竹書（一）》中，已經做過竹書本與今本詩篇名對照表〔註1〕，但是因為有些難字考釋未定，以及斷句的錯誤，因此有些地方尚可商榷，現在以本篇之考釋為標準，再做一次比較，統計如下：

一、〈周頌〉：三篇。〈孔子詩論〉作《訟》，今本《毛詩》作《頌》

竹書〈孔子詩論〉	訟	清窬	剌旻	昊=又城命
今本《毛詩》	《頌》	〈周頌・清廟〉	〈周頌・烈文〉	〈周頌・昊天有成命〉

二、〈大雅〉：三篇。〈孔子詩論〉作《大顗（夏）》，今本《毛詩》作《大雅》

竹書〈孔子詩論〉	大顗（夏）	有辭，失篇名	有辭，失篇名	文王
今本《毛詩》	《大雅》	〈文王之什・皇矣〉	〈文王之什・大明〉	〈文王之什・文王〉

〔註1〕　馬承源主編，《上海博物館藏戰國楚竹書（一）》，（上海：上海古籍，2001年11月），頁160～161。

三、〈小雅〉：21 或 22 篇〔註2〕。〈孔子詩論〉作《少顕（夏)》，今本《毛詩》作《小
　　雅》

竹書〈孔子詩論〉	纍鼿	伐木	天保
今本《毛詩‧鹿鳴之什》	〈鹿鳴〉	〈伐木〉	〈天保〉

竹書〈孔子詩論〉	審霝	鯖＝者莪
今本《毛詩‧南有嘉魚之什》	〈湛露〉	〈菁菁者莪〉

竹書〈孔子詩論〉	諄父	黃鼿	河水
今本《毛詩‧鴻雁之什》	〈祈父〉	〈黃鳥〉	〈沔水〉

竹書〈孔子詩論〉	十月	雨亡政	即南山	少旻
今本《毛詩‧節南山之什》	〈十月之交〉	〈雨無正〉	〈節南山〉	〈小旻〉

竹書〈孔子詩論〉	少翰	少夏	考言
今本《毛詩‧節南山之什》	〈小宛〉	〈小弁〉	〈巧言〉

竹書〈孔子詩論〉	浴風	臧大車	少明	翏莪
今本《毛詩‧谷風之什》	〈谷風〉〔註3〕	〈無將大車〉	〈小明〉	〈蓼莪〉

竹書〈孔子詩論〉	棠棠者芋	青蠅	大田
今本《毛詩‧甫田之什》	〈裳裳者華〉	〈青蠅〉	〈大田〉

四、〈國風〉30 或 31 篇〔註4〕。〈孔子詩論〉作《邦風》，今本《毛詩》作《國風》

竹書〈孔子詩論〉	闗疋	樛木	灘里	薑蟲	兔虘	中氏
今本《毛詩‧周南》	〈關雎〉	〈樛木〉	〈漢廣〉	〈葛覃〉	〈兔罝〉	〈螽斯〉

〔註 2〕　簡 26：「浴（谷）風伓（背）」有可能指《毛詩‧小雅‧谷風之什‧谷風》，亦可能
　　　　　指《毛詩‧國風‧邶風‧谷風》，無法確定。
〔註 3〕　簡 26：「浴（谷）風伓（背）」有可能指《毛詩‧小雅‧谷風之什‧谷風》，亦可能
　　　　　指《毛詩‧國風‧邶風‧谷風》。
〔註 4〕　簡 26：「浴（谷）風伓（背）」有可能指《毛詩‧小雅‧谷風之什‧谷風》，亦可能
　　　　　指《毛詩‧國風‧邶風‧谷風》，無法確定。

竹書〈孔子詩論〉	鵲樔		甘棠
今本《毛詩・召南》	〈鵲巢〉		〈甘棠〉

竹書〈孔子詩論〉	綠衣	鸚=	北白舟	北風	浴風
今本《毛詩・邶風》	〈綠衣〉	〈燕燕〉	〈柏舟〉	〈北風〉	谷風〔註5〕

竹書〈孔子詩論〉	牆又薺	有辭「溺志，既曰天也，猶有怨言」，失篇名
今本《毛詩・鄘風》	〈牆有茨〉	〈柏舟〉

竹書〈孔子詩論〉	木苽
今本《毛詩・衛風》	〈木瓜〉

竹書〈孔子詩論〉	菜蕳	又兔	腸腸
今本《毛詩・王風》	〈采葛〉	〈兔爰〉	〈君子陽陽〉

竹書〈孔子詩論〉	涉秦	將中	子立
今本《毛詩・鄭風》	〈褰裳〉	〈將仲子〉	子衿

竹書〈孔子詩論〉	東方未明	於差
今本《毛詩・齊風》	〈東方未明〉	〈猗嗟〉

竹書〈孔子詩論〉	七街	折杜	角轖
今本《毛詩・唐風》	〈蟋蟀〉	〈有杕之杜〉	〈葛生〉

竹書〈孔子詩論〉	隄又萇楚	宛丘
今本《毛詩・陳風》	〈隰有萇楚〉	〈宛丘〉

竹書〈孔子詩論〉	巨鵃	竹書〈孔子詩論〉	湯之水
今本《毛詩・曹風》	〈鳲鳩〉	今本《毛詩》	〈揚之水〉〔註6〕

〔註5〕簡26：「浴（谷）風丙（背）」有可能指《毛詩・小雅・谷風之什・谷風》，亦可能指《毛詩・國風・邶風・谷風》。
〔註6〕簡文「〈湯之水〉其愛婦悡」〈湯之水〉篇名，應即今本〈揚之水〉。今本《國風》之〈王風〉、〈鄭風〉、〈唐風〉各有一篇〈揚之水〉然三詩詩旨均與「其愛婦悡」無關。

第二節 〈孔子詩論〉詩旨與今本《詩序》之比較

一、〈周頌〉三篇

（一）清廟

今本《詩序》：「〈清廟〉，祀文王也。周公既成洛邑，朝諸侯，率以祀文王焉。」

簡本：〈清廟〉，王德也，至矣。敬宗廟之禮，以爲其本。秉文之德，以爲其業。

結論：於「祭祀文王，秉文王之德」之說法可相合。

（二）剌晏（烈文）

今本《詩序》：「〈烈文〉，成王即政，諸侯助祭也。」

簡本：〈烈文〉曰：「亡競唯人，丕顯唯德。嗚呼！前王不忘」，吾悅之。

結論：於「祭祀文王，不忘文王之德」之說法可相合。

（三）昊天有成命

今本：《詩序》：「〈昊天有成命〉，郊祀天地也。」

簡本：〈昊天有成命〉，二后受之，貴且顯矣。

結論：業師季旭昇以爲：「《毛詩‧序》說是『郊祀天地』，可能有點問題，因爲周代天地不合祀〔註7〕。〈孔子詩論〉評二后『貴且顯矣』，純就詩文立論，平實可取。」簡文「二后受之，貴且顯矣」與今本《毛詩‧昊天有成命》經文可相合

二、〈大雅〉三篇

（一）皇矣

今本《詩序》：「〈皇矣〉，美周也。天監代殷，莫若周；周世世脩德，莫若文王。」

簡本：「帝謂文王：懷爾明德」。曷？誠謂之也。

結論：簡文「懷爾明德」與今本《毛詩‧皇矣》經文相合。

（二）大明

今本《詩序》：「〈大明〉，文王有明德，故天復命武王也。」

簡本：「有命自天，命此文王」，誠命之也。信矣。

〔註7〕 請參季師碩士論文《詩經吉禮研究》，（台北：國立台灣師範大學國文研究所碩士論文，1983年，指導教授：周何先生）頁11～15。

結論：簡文「有命自天，命此文王」與今本《毛詩・大明》經文及今本《詩序》：「文王有明德」相合。

（三）文王

今本《詩序》：「〈文王〉，文王受命作周也。」

簡本：〈文王〉曰：「文王在上，於昭于天」，吾美之。

結論：簡文「文王在上，於昭于天」與今本《詩序》可相合。

三、〈小雅〉21 或 22 篇

（一）〈鹿鳴之什〉：〈鹿鳴〉、〈伐木〉、〈天保〉

1. 鹿鳴

今本《詩序》：「〈鹿鳴〉，燕群臣嘉賓也。既飲食之，又實幣帛筐篚，以將其厚意，然後忠臣嘉賓，得盡其心矣。」

簡本：〈鹿鳴〉以樂始而會，以道交，見善而傚，終乎不厭人

結論：簡文與今本《詩序》可相合。

2. 伐木

今本《詩序》：「〈伐木〉，燕朋友故舊也。自天子至于庶人，未有不須友以成者。親親以睦，友賢不棄，不遺故舊，則民德歸厚矣。」

簡本：〈伐木〉〔□□〕實咎於其也。

結論：簡文反求諸己（咎己）之義，與今本《詩序》應可相合。

3. 天保

今本《詩序》：「〈天保〉，下報上也。君能下下，以成其政，臣能歸美，報其上焉。歸美即善，即選。」

簡本：〈天保〉其得祿蔑疆矣，巽（順）寡德故也

結論：簡文與今本《詩序》：「〈天保〉，下報上也。君能下下，以成其政，臣能歸美，報其上焉。歸美即善，即選。」應可相合。

（二）〈南有嘉魚之什〉：〈湛露〉、〈菁菁者莪〉

1. 〈湛露〉

今本《詩序》：「〈湛露〉，天子燕諸侯也。」

簡本：〈湛露〉之益也，其猶軺與。

結論：簡文與今本《詩序》應可相合。

2. 〈菁菁者莪〉

今本《詩序》：「〈菁菁者莪〉，樂育才也。君子能長育人才，則天下喜樂之矣。」

簡本：〈菁菁者莪〉則以人益也。

結論：簡文「以人益也」與今本《詩序》：「樂育才也」可相合。

（三）〈鴻雁之什〉：〈祈父〉、〈黃鳥〉、〈沔水〉

1. 〈祈父〉

今本《詩序》：「〈祈父〉，刺宣王也。」

簡本：〈祈父〉之責亦有以也。

結論：簡文「〈祈父〉之責」與今本《詩序》：「刺宣王」可相合。

2. 〈黃鳥〉

今本《詩序》：「〈黃鳥〉，刺宣王也。」

簡本：〈黃鳥〉則困而欲返其故也，多恥者其病之乎？

結論：簡本似言貴公子流亡思歸，與今本〈毛詩‧小雅‧鴻雁之什黃鳥〉經文「言旋言歸，復我邦族」相合。然與今本《詩序》：「刺宣王也」似無相關。

3. 〈沔水〉

今本《詩序》：「〈沔水〉，規宣王也。」

簡本：〈河水〉智……。

結論：因簡文殘缺不知是否相合；但應可相合。

（四）〈節南山之什〉：〈十月〉、〈雨無正〉、〈節南山〉、〈小旻〉、〈小宛〉、〈小弁〉、〈巧言〉

1. 〈十月〉

今本《詩序》：「〈十月之交〉，大夫刺幽王也。」

簡本：〈十月〉善諀言。

結論：簡本「善諀言」與今本《詩序》：「大夫刺幽王也」可相合。

2. 〈雨無正〉

今本《詩序》：「〈雨無正〉，大夫刺幽王也。雨自上下者也，眾多如雨，而非所以為政也。」

簡本：〈雨無正〉、〈節南山〉，皆言上之衰也，王公恥之。

論：簡本「言上之衰，王公恥之」與今本《詩序》：「大夫刺幽王也」可相合。

3. 〈節南山〉

今本《詩序》：「〈節南山〉，家父刺幽王也。」

簡本：〈雨無正〉、〈節南山〉，皆言上之衰也，王公恥之。

結論：簡本「言上之衰，王公恥之」與今本《詩序》：「家父刺幽王」可相合。

4. 〈小旻〉

今本《詩序》：「〈小旻〉，大夫刺幽王也。」

簡本：〈小旻〉多疑矣，言不中志者也。

結論：簡本「言不中志者」與今本《詩序》：「刺幽王」可相合。

5. 〈小宛〉

今本《詩序》：「〈小宛〉，大夫刺幽王也。」

簡本：〈小宛〉其言不惡，稍有仁焉。

結論：簡本「其言不惡，稍有仁焉」與今本《詩序》：「刺幽王」應可相合。

6. 〈小弁〉

今本《詩序》：「〈小弁〉，刺幽王也。太子之傅作。」

簡本：〈小弁〉、〈巧言〉，則言讒人之害也。

結論：簡本「言讒人之害」與今本《詩序》：「刺幽王」應可相合。

7. 〈巧言〉

今本《詩序》：「〈巧言〉，刺幽王也。大夫傷於讒，故作是詩也。」

簡本：〈小弁〉、〈巧言〉，則言讒人之害也。

結論：簡本「言讒人之害」與今本《詩序》：「大夫傷於讒，故作是詩也」可相合。

（五）〈谷風之什〉：〈谷風〉、〈無將大車〉、〈小明〉、〈蓼莪〉

1. 〈谷風〉

今本《詩序》：「〈谷風〉，刺幽王也。天下俗薄，朋友道絕焉。」

簡本：〈谷風〉背。

結論：簡本「〈谷風〉背」與今本《詩序》：「朋友道絕焉」可相合。

2. 〈無將大車〉

今本《詩序》：「〈無將大車〉，大夫悔將小人也。」

簡本：〈䞶大車〉之囂也，則以為不可如何也。

結論：簡本「則以為不可如何也」與今本《詩序》：「大夫悔將小人也」相合。

3. 〈小明〉

今本《詩序》：「〈小明〉，大夫悔仕於亂世也。」

簡本：〈小明〉不……

結論：因簡文殘缺，不知是否相合。

4. 〈蓼莪〉

今本《詩序》：「〈蓼莪〉，刺幽王也。民人勞苦，孝子不得終養爾。」

簡本：〈蓼莪〉有孝志。

結論：簡本「〈蓼莪〉有孝志」與今本《詩序》：「孝子不得終養」相合。

（六）〈甫田之什〉：〈裳裳者華〉、〈青蠅〉、〈大田〉

1. 〈裳裳者華〉

今本《詩序》：「〈裳裳者華〉，刺幽王也。古之仕者世祿，小人在位，則讒諂並進，棄賢者之類，絕功臣之世焉。」

簡本：〈裳裳者華〉則……。

結論：因簡文殘缺，不知是否相合。

2. 〈青蠅〉

今本《詩序》：「〈青蠅〉，大夫刺幽王也。」

簡本：〈青蠅〉智……。

結論：因簡文殘缺，不知是否相合。

3. 〈大田〉

今本《詩序》：「〈大田〉，刺幽王也，言矜寡不能自存焉。」

簡本：〈大田〉之卒章，知言而有禮。

結論：若將簡本「知言而有禮」視為藉古諷今之語，與今本《詩序》：「刺幽王也」應可相合。

四、〈國風〉30 或 31 篇

（一）〈周南〉：〈關雎〉、〈樛木〉、〈漢廣〉、〈葛覃〉、〈兔罝〉、〈螽斯〉

1. 〈關雎〉

今本《詩序》：「〈關雎〉，后妃之德也。……是以〈關雎〉樂得淑女以配君子，愛在進賢，不淫其色。哀窈窕，思賢才，而無傷善之心焉。是〈關雎〉之義也。」

簡本：「〈關雎〉之改」、「〈關雎〉以色喻於禮」、「其四章則喻矣。以琴瑟之悅，擬好色之願；以鐘鼓之樂……」

結論：簡本與今本《詩序》內容可相合。

2. 〈樛木〉

今本《詩序》：「〈樛木〉，后妃逮下也。言能逮下而無嫉妒之心焉。」

簡本：「〈樛木〉之時」、「〈樛木〉福斯在君子」、「〈樛木〉之時，則以其祿也。」

結論：簡本「福斯在君子」、「〈樛木〉之時，則以其祿也」與今本〈毛詩‧
　　　周南‧樛木〉經文「樂只君子，福履綏之」相合。但與今本《詩序》：
　　　「后妃逮下也。言能逮下而無嫉妒之心焉」似乎較無相關。

3.〈漢廣〉

　今本《詩序》：「〈漢廣〉，德廣所及也。文王之道，被于南國，美化行乎江漢
　　　之域，無思犯禮，求而不可得也。」

　簡本：「〈漢廣〉之智」、「〈漢廣〉不求不可得，不攻不可能，不亦智恆乎。」

　結論：簡本「不求不可得，不攻不可能，不亦智恆乎」與今本《詩序》：「無
　　　思犯禮，求而不可得也」可相合。

4.〈葛覃〉

　今本《詩序》：「〈葛覃〉，后妃之本也。后妃在父母家，則志在於女功之事。
　　　躬儉節用，服澣濯之衣，尊敬師傅，則可以歸安父母，化天下以婦道
　　　也。」

　簡本：「吾以〈葛覃〉得氏初之詩，民性固然，見其美必欲反其本」、「夫葛
　　　之見歌也，則以絺綌之故也。后稷之見貴也，則以文武之德也。」

　結論：業師季旭昇以為〈孔子詩論〉本章所述，與〈葛覃〉詩文關係不大，
　　　僅就「葛覃可以為絺綌」一點，發揮「重始」的思想。

5.〈兔罝〉

　今本《詩序》：「〈兔罝〉，后妃之化也。〈關雎〉之化行，則莫不好德，賢人
　　　眾多也。」

　簡本：〈兔罝〉其用人則吾取……

　結論：簡本「用人」與今本《詩序》：「賢人眾多也」可相合。

6.〈螽斯〉

　今本《詩序》：「《螽斯》，后妃子孫眾多也。言若螽斯不妒忌，則子孫眾多也。」

　簡本：〈螽斯〉君子。

　結論：若將簡本「君子」視為君子善齊家，則可與今本《詩序》：「螽斯不妒
　　　忌，則子孫眾多」相合。

（二）〈召南〉：〈鵲巢〉、〈甘棠〉

1.〈鵲巢〉

　今本《詩序》：「〈鵲巢〉，夫人之德也。國君積行累功以致爵位，夫人起家而
　　　居有之。德如鳲鳩乃可以配焉。」

簡本：「〈鵲巢〉之歸」、「〈鵲巢〉出以百輛，不亦有離（儷）乎。」

結論：簡本「〈鵲巢〉之歸」與今本《詩序》：「夫人起家而居有之。德如鳲鳩乃可以配焉」可相合。

2. 〈甘棠〉

今本《詩序》：「〈甘棠〉，美召伯也。召伯之教，明於南國。」

簡本：「〈甘棠〉之報」、「〈甘〔棠〕〉□及其人也，敬愛其樹，其報厚矣。〈甘棠〉之愛，以邵公也。」、「〈甘棠〉之保，則□□□」邵公也」、「吾以〈甘棠〉得宗廟之敬，民性固然。甚貴其人，必敬其位。」

結論：簡本「〈甘棠〉之報」與今本《詩序》可相合。

（三）〈綠衣〉、〈燕燕〉、〈柏舟〉、〈北風〉、〈谷風〉

1. 〈綠衣〉

今本《詩序》：「〈綠衣〉，莊姜傷己也。妾上僭，夫人失位而作是詩也。」

簡本：「〈綠衣〉之思」、「〈綠衣〉之憂，思古人也」。

結論：簡本「〈綠衣〉之憂，思古人也」與今本《詩序》「莊姜傷己也。妾上僭，夫人失位而作是詩也」可相合。

2. 〈燕燕〉

今本《詩序》：「〈燕燕〉，莊姜送歸妾也。」

簡本：「〈燕燕〉之情」、「〈燕燕〉之情，以其獨也。」

結論：簡本「〈燕燕〉之情，以其獨也」與今本《詩序》「莊姜送歸妾」可相合。

3. 〈柏舟〉

今本《詩序》：「〈柏舟〉，共姜自誓也。衛世子共伯蚤死，其妻守義，父母欲奪而嫁之，誓而弗許，故作是詩以絕之。」

簡本：〈柏舟〉□□□」溺志，既曰天也，猶有怨言。

結論：簡本「〈柏舟〉□□□」溺志，既曰天也，猶有怨言」與今本《詩序》「父母欲奪而嫁之，誓而弗許，故作是詩以絕之」可相合。

4. 〈北風〉

今本《詩序》：「〈北風〉刺虐也。衛國并為威虐，百姓不親，莫不相攜持而去也。」

簡本：〈北風〉不絕人之怨

結論：簡本「不絕人之怨」與今本《詩序》「刺虐也……百姓不親，莫不相攜持而去也」可相合。

5. 〈谷風〉

今本《詩序》:「〈谷風〉,刺夫婦失道也。衛人化其上,淫於新昏而棄其舊室,
　　　夫婦離絕,國俗傷敗焉。」

簡本:〈谷風〉背

結論:簡本「〈谷風〉背」與今本《詩序》「夫婦離絕」可相合。

（四）〈鄘風〉:〈牆有茨〉、〈柏舟〉

1. 〈牆有茨〉

今本《詩序》:「〈牆有茨〉,衛人刺其上也。公子頑通乎君母,國人疾之,而
　　　不可道也。」

簡本:〈牆有茨〉慎密而不知言。

結論:簡本「慎密而不知言」與今本《詩序》「公子頑通乎君母,國人疾之,
　　　而不可道也」可相合。

2. 〈柏舟〉

今本《詩序》:「〈柏舟〉,言仁而不遇也。衛頃公之時,仁人不遇,小人在側。」

簡本:〈邶‧柏舟〉悶。

結論:簡本「〈邶‧柏舟〉悶」與今本《詩序》「仁而不遇」可相合。

（五）〈衛風〉:〈木瓜〉

今本《詩序》:「〈木瓜〉,美齊桓公也。衛國有狄人之敗,出處于漕,齊桓公
　　　救而封之,遺之車馬器服焉。衛人思之,欲厚報之,而作是詩也。」

簡本:「〈木瓜〉得幣帛之不可去也,民性固然,其隱志必有以喻也。」、「因
　　　〈木瓜〉報以喻其婉者也」、「〈木瓜〉有藏願而未得達也。交……。」

結論:簡本「〈木瓜〉有藏願」與今本《詩序》「欲厚報之」可相合。

（六）〈王風〉:〈采葛〉、〈兔爰〉、〈君子陽陽〉

1. 〈采葛〉

今本《詩序》:「〈采葛〉,畏讒也。」

簡本:〈采葛〉之愛婦〔□□□□□□□□□□〕

結論:簡本「愛婦」與今本《詩序》「畏讒」應不相合。

2. 〈兔爰〉

今本《詩序》:「〈兔爰〉,閔周也。桓王失信,諸侯背叛,構怨連禍,王師傷
　　　敗,君子不樂其生焉。」

簡本:〈有兔〉不逢時。

結論:簡本「不逢時」與今本《詩序》「閔周也……君子不樂其生焉」可相

合。

3.〈君子陽陽〉

今本《詩序》：「〈君子陽陽〉，閔周也。君子遭亂，相招爲祿仕，全身遠害而已。」

簡本：腸＝（〈〔君子〕陽陽〉）小人。

結論：簡本「小人」與今本《詩序》「全身遠害而已」應可相合。

（七）〈鄭風〉：〈褰裳〉、〈將仲子〉、〈子衿〉

1.〈褰裳〉

今本《詩序》：「〈褰裳〉，思見正也。狂童恣行，國人思大國之正己也。」

簡本：〈涉溱〉其絕，撫而士。

結論：簡本「〈涉溱〉其絕，撫而士」與今本《詩序》「國人思大國之正己」應可相合。

2.〈將仲子〉

今本《詩序》：「〈將仲子〉，刺莊公也。不勝其母以害其弟，弟叔失道而公弗制。祭仲諫而公弗聽，小不忍以致大亂焉。」

簡本：〈將仲（子）〉之言不可不畏也。

結論：簡本「〈涉溱〉其絕，撫而士」與今本《毛詩‧鄭風‧將仲子》經文「豈敢愛之？畏人之多言。仲可懷也，人之多言，亦可畏也」相合。然無法判定是否與《詩序》：「〈將仲子〉，刺莊公也。」相合。

3.〈子衿〉

今本《詩序》：「〈子衿〉，刺學校廢也。亂世則學校不脩焉。」

簡本：〈子立（衿）〉不……

結論：因簡殘缺無法得知是否相合。

（八）〈齊風〉：〈東方未明〉、〈猗嗟〉

1.〈東方未明〉

今本《詩序》：「〈東方未明〉，刺無節也。朝廷興居無節，號令不時。挈壺氏不能掌其職焉。」

簡本：〈東方未明〉有利詞。

結論：簡本「有利詞」與今本《詩序》「刺無節也」應可相合。

2.〈猗嗟〉

今本《詩序》：「〈猗嗟〉，刺魯莊公也。齊人傷魯莊公有威儀技藝，然而不能

以禮防閑其母，失子之道，人以爲齊侯之子焉。」

簡本：「〈猗嗟〉吾喜之」、「〈猗嗟〉曰：『四矢弁，以禦亂』，吾喜之。」

結論：簡本「〈猗嗟〉吾喜之」與今本《詩序》「刺魯莊公」意思完全不同，對象雖皆「魯莊公」，然一美一刺，正好相反。

（九）〈唐風〉：〈蟋蟀〉、〈有杕之杜〉、〈葛生〉

1. 〈蟋蟀〉

今本《詩序》：「〈蟋蟀〉，刺晉僖公也。儉不中禮，故作是詩以閔之，以其及時以禮自虞樂也。此晉也而謂之唐，本其風俗，憂深思遠，儉而用禮，乃有堯之遺風焉。」

簡本：〈蟋蟀〉知難。

結論：簡本「〈蟋蟀〉知難」與今本《詩序》「憂深思遠」應可相合。

2. 〈有杕之杜〉

今本《詩序》：「〈有杕之杜〉，刺晉武公也。武公寡特，兼其宗族，而不求賢以自輔焉。」

簡本：「〈杕杜〉則情喜其至也。」、「吾以〈杕杜〉得爵〔□□□□□□□□民性固然，□□□□。〕

結論：簡本「〈杕杜〉則情喜其至也」言國君好賢，由正面立說，與今本《詩序》「晉武公不求賢以自輔焉」則由反面立說，應可相合。

3. 〈葛生〉

今本《詩序》：「〈葛生〉，刺晉獻公也。好攻戰則國人多喪矣。」鄭《箋》：「夫從征役，棄亡不反，則其妻居家而怨思。」

簡本：〈角枕〉婦。

結論：簡本「〈角枕〉婦」寫婦人思夫之情，與今本《詩序》、鄭《箋》應可相合。

（十）〈曹風〉：〈鳲鳩〉

今本《詩序》：「〈鳲鳩〉，刺不壹也。在位無君子，用心之不壹也。」

簡本：「〈鳲鳩〉吾信之」、「〈鳲鳩〉曰：「其儀一兮，心如結也」，吾信之。」

結論：簡本「〈鳲鳩〉吾信之」由正面立說，與今本《詩序》「刺不壹也」由反面立說，剛好相反。

（十一）〈陳風〉：〈隰有萇楚〉、〈宛丘〉

1. 〈隰有萇楚〉

今本《詩序》：「〈隰有萇楚〉，疾恣也。國人疾其君之淫恣，而思無情慾者也。」

簡本：〈隰有萇楚〉得而謀之也。

結論：應不相合。

2.〈宛丘〉

今本《詩序》：「〈宛丘〉，刺幽公也。淫荒昏亂，游蕩無度焉。」

簡本：「〈宛丘〉吾善之。」、「〈宛丘〉曰：『洵有情，而無望』，吾善之。」

結論：簡本「〈宛丘〉吾善之」若翻譯爲「我稱善〈宛丘〉這種直刺的詩篇」則與今本《詩序》「刺幽公」勉強可合。

（十二）不確定者：〈揚之水〉

今本《王風‧揚之水‧詩序》：「〈揚之水〉，刺平王也，不撫其民，而遠屯戍于母家，周人怨思焉。」

今本《鄭風‧揚之水‧詩序》：「〈揚之水〉，閔無臣也。君子閔忽之無忠臣良士，終以死亡而作是詩也。」

今本《唐風‧揚之水‧詩序》：「〈揚之水〉，刺晉昭公也。昭公分國以封沃，沃盛強，昭公微弱，國人將叛而歸沃焉。」

簡本：〈揚之水〉其愛婦悡。

結論：皆不相合。

【結　論】

〈孔子詩論〉簡文中出現與今本可相對照之篇名及論《詩》之文字共 58 篇。其中 5 篇（「〈河水〉智……」、「〈小明〉不……」、「〈裳裳者華〉則……」、「〈青蠅〉智……」、「〈子立（衿）〉不……」）因簡文殘缺，而不知是否相合。

〈牆中〉之詩論與今本〈將仲子〉詩文同（〈將仲（子）〉之言不可不畏也），卻無法看出與今本《詩序》的關係。〈葛覃〉與今傳詩文關係不大，僅就「葛覃可以爲絺綌」一點，發揮「重始」的思想。

全文中只有四篇（「〈采葛〉之愛婦〔□□□□□□□□□□〕」、「〈隰有萇楚〉得而謀之也。」、「〈揚之水〉其愛婦悡。」）、「〈黃鳥〉則困而欲返其故也，多恥者其病之乎？」完全無法與今傳《詩序》相合。其它四十九篇皆可與今本《詩序》相合、或兩者剛好持正反立說者（對象相同，但一美一刺）。長久以來，多有疑古派學者懷疑《詩序》之可信度，然由〈孔子詩論〉中所保留的戰國詩論看來，今傳《詩序》內容可信度極高，未可輕易偏廢。

傅道彬以爲：

詩論有利地證明了古代中國詩學理論的悠久傳統。漢代經學家對《詩經》的闡釋絕不是空穴來風的，而是淵源有自……地下文獻於經典傳世文獻是豐富而不是顛覆，是補充而不是超越。〔註8〕

可從。

第三節　〈孔子詩論〉的作者

有關〈孔子詩論〉的作者究竟為誰，說法眾多，歸納後可分四大類，分別以為「孔子作」、「子羔作」、「子夏作」、「孔子門人之再傳弟子所作」。今僅舉最早之說法為例：

馬承源以為「孔子所作」：

《詩論》從遣辭的語氣來看，必定是孔子。《史記・孔子世家》：「吾自衛反魯，然後樂正，雅頌各得其所。」……《詩論》就是孔子具體對詩篇中「可施於禮義的辭句作的比較詳細的的評述。」《史記・孔子世家》述及的《關雎》、《鹿鳴》、《文王》、《清廟》等詩篇，《詩論》都有評述，而且很具體。〔註9〕

廖名春以為「子羔所作」：

總體上看來，"留空簡"論《詩》與"滿寫簡"還是有一定區別，前者突出概論，後者則重在分述；前者的主體多為孔子，後者的主體多為孔子的弟子。此弟子為誰，簡文也沒有交代。但從第二段"留空簡"實質含有與"滿寫簡"相同的內容看，這位元弟子為子羔的可能性較之其他人，應該要大些。當然，簡文既稱"子羔"，其傳者不會是子羔的直接學生，當是孔子其他弟子的學生，這是上限。馬承源先生說："據種種情況推斷和與郭店楚簡相比較，我們認為上海博物館所藏的竹簡，乃是楚國遷郢以前貴族墓中的隨葬品"。"楚國遷郢"，事在西元前 278 年，既是此"前"，其年代與郭店楚簡實質是一樣的。但竹簡的年代並不等於著作的年代，著作的年代要早於竹簡的年代。一篇著作，只有當它產生廣泛的影響之後，才會被廣為傳抄；只有當它為人所重之後，才會用於墓葬。從著

〔註8〕　傅道彬〈《孔子詩論》與春秋時代的論詩風氣〉，(《文藝研究》2002 年第 2 期)，頁 39～42。

〔註9〕　馬承源〈《詩論》講授者為孔子之說不可移〉，(《中華文史論叢・67 輯》，2002 年 3 月)。

作到墓葬，應是一段不短的時間。因此，竹簡在“楚國遷郢以前”，著作至少也得在戰國中期。這當是其下限。綜上所述，筆者認為上海博物館藏 29 支《詩論》簡，不能全歸諸孔子名下，既有孔子之說，也有孔子弟子之說；孔子這位解《詩》的弟子，很可能是子羔；傳孔子和子羔《詩》論的，是孔子弟子子羔以外的再傳弟子；從子羔解《詩》的情況看，先秦儒家傳《詩》，孔子以下，是多元而並非單線，其中也有子羔一系。〔註10〕

李學勤以為「子夏所作」：

關於《詩論》體裁的分析，表明一個重要事實，即《詩論》非出孔子之手，也不像《論語》那樣直記孔子言行，而是孔門儒者所撰，內中多引孔子親說。……《詩論》的作者，能引述孔子論《詩》這麼多話，無疑和子思一般，有著與孔子相當接近的關係。符合這個條件，能傳《詩》學的人，我認為只能是子夏。〔註11〕

陳立以為「孔門再傳弟子所作」：

從《論語》的記載現象，再推至上海博物館所藏的竹書，如：《孔子詩論》、《子羔》、《魯邦大旱》、《孔子閒居》、《顏淵》、《子路》、《仲弓》等篇的作者，亦應屬於孔門再傳弟子之記載。至於究竟為哪位再傳弟子所為，則難以明確斷定。再者，《孔子詩論》中並未記載孔子與子羔的對談，倘若僅憑書中所言《子羔》、《魯邦大旱》、《孔子詩論》的字形、形制一致等，即認定此應指弟子「子羔」，則流於倉促立言。〔註12〕

筆者以為以上四種說法，皆有可能，然目前所見證據不足，是以四位學者的判斷，都有過於肯定之嫌。古書之編成，往往歷經多手，《論語》、《禮記》等皆是。〈孔子詩論〉傳自孔門，應可肯定，至其編者，應屬孔門再傳弟子較合理，但究為何人，則有待更多資料始能確定。至於學派問題，我們可以將〈孔子詩論〉視為目前的第六家詩，大體與《毛詩》相合，然亦有篇章有出入。如依年代排列，當為〈孔子詩論〉、《毛詩》、齊、魯、韓《三家詩》、《阜陽漢簡詩經》。與其他家詩相較之下，〈孔子詩論〉之中僅言詩旨、詩教，以及探討詩義於道德、政治等方面之發揮，充分發揮孔門詩傳之傳統。

〔註10〕 廖名春〈上博《詩論》簡的作者和作年〉，簡帛研究網站，2002 年 1 月 17 日首發。
〔註11〕 李學勤〈《詩論》的體裁和作者〉，簡帛研究網站，2002 年 5 月 22 日首發。
〔註12〕 陳立〈孔子詩論的作者與時代〉，《上海博物館藏戰國楚竹書研究》，（上海大學古代文明研究中心/清華大學思想文化研究所編，上海書店出版社，2002 年 3 月），頁 68～69。

參考書目

一、古　籍

1. 《史記會注考證》，（日）瀧川龜太郎編著，台北市：萬卷樓，1996 年。
2. 《新校本漢書并附編二種》，台北市：鼎文，1991 年。
3. 〔東漢〕許慎撰，〔南唐〕徐鉉校《說文解字》，北京：中國書店出版，1995 年 5 月。
4. 〔東漢〕許慎撰、〔清〕段玉裁注《圈點段注說文解字》，台北市：書銘，1992 年 9 月。
5. 〔宋〕王質《詩總聞》，台北市：新文豐，1984 年。
6. 〔宋〕蘇轍《詩集傳》，江蘇省：書目文獻出版社，1990 年。
7. 〔宋〕朱熹《詩集傳》，台北市：藝文，1959 年。
8. 〔宋〕呂祖謙《呂氏家塾讀詩記》，台北市：新文豐，1984 年。
9. 〔宋〕戴溪撰《續呂氏家塾讀詩記》，台北市：新文豐，1984 年。
10. 〔明〕郝敬《毛詩原解》，台北市：新文豐，1984 年。
11. 〔清〕胡承珙《毛詩後箋》，上海市：上海古籍，1995 年。
12. 〔清〕姚際恆《詩經通論》，台北市：廣文，1961 年。
13. 〔清〕崔述《讀風偶識》，台北：學海，1992 年。
14. 〔清〕王先謙撰、吳格點校，《詩三家義集疏》，台北市：明文，1988 年初版。
15. 〔清〕馬瑞辰著《毛詩傳箋通釋》，台北市：藝文，1957 年。
16. 《十三經注疏》，台北市：藝文印書館，1993 年 9 月。
17. 《小學名著六種》，中華書局編輯部編，北京：中華書局，1998 年 11 月初版。

二、今　著

1. 《郭店楚墓竹簡》，北京文物出版社，1999 年。

2. 《新出土文獻與古代文明研究國際學術研討會論文集》，上海博物館主辦，2002年7月28日～7月30日。

3. 《新出土楚簡與儒學思想國際學術研討會論文集》，北京清華大學思想文化研究所、台北輔仁大學文學院聯合主辦，2002年3月31日～4月2日。

4. 于省吾主編《甲骨文字詁林》，北京：中華書局，1999年12月第2刷。

5. 方銘〈《孔子詩論》與與孔子文學目的論的再認識〉，《文藝研究》2002年第2期。

6. 王小盾、馬銀琴〈從《詩論》與《詩序》的關係看《詩論》的性質與功能〉，《文藝研究》2002年第2期。

7. 王志平〈詩論箋疏〉，《上海博物館藏戰國楚竹書研究》，上海大學古代文明研究中心/清華大學思想文化研究所編，上海書店出版社，2002年3月。

8. 王志平〈詩論札記〉，簡帛研究網站，2002年10月15日首發。

9. 白於藍〈《上海博物館藏戰國楚竹書（一）》釋注商榷〉，簡帛研究網站，2002年1月8日首發。

10. 朱淵清〈釋"悸"〉，簡帛研究網站，2002年2月15日首發。

11. 朱淵清〈〈清廟〉考（一）〉，新出土文獻與古代文明研究國際學術研討會，2002年7月28日～30日。

12. 朱淵清〈《孔子詩論》與《清廟》－〈清廟〉考（一）〉，簡帛研究網站，2002年8月11日首發。

13. 江林昌〈上博竹簡《詩論》的作者及其與今傳本《毛詩序》的關係〉，簡帛研究網站，2002年6月10日首發。

14. 江林昌〈由上博簡《詩說》的體例論其定名與作者〉，新出土文獻與古代文明研究國際學術研討會 2002年7月28日～30日。

15. 何琳儀《戰國古文字典》，北京：中華書局，1998年9月初版。

16. 何琳儀〈滬簡詩論選釋〉，簡帛研究網站，2002年1月17日首發。

17. 何琳儀《戰國文字通論（訂補）》，江蘇：教育出版社，2003年1月。

18. 余師培林《詩經正詁》，台北市：三民，1993年。

19. 呂紹綱、蔡先金〈楚竹書《孔子詩論》「類序」辨析〉，新出土文獻與古代文明研究國際學術研討會 2002年7月28日～30日。

20. 李天虹，《釋楚簡文字『竂』》，見《華學》第四輯，北京：紫城出版社，2000年8月。

21. 李天虹〈《葛覃》考〉，《國際簡帛研究通訊》，2002年1月第2卷第2期。

22. 李天虹〈釋『餽』、『鵔』〉，《古文字研究第二十四輯》，北京：中華書局發行，2002年7月。

23. 李守奎〈戰國楚竹書《孔子詩論‧邦風》釋文訂補〉，《古籍整理與研究學刊》，2002年2月。

24. 李守奎〈楚簡《孔子詩論》中的《詩經》篇名文字考〉，簡帛研究網站，2002年7月8日首發。

25. 李孝定編述《甲骨文字集釋》，台北市：中央研究院歷史語言研究所，1965年。

26. 李家浩〈釋弁〉，《古文字研究》第一輯，北京：中華，1979年。

27. 李零〈《上海博物館藏戰國楚竹書（一）》釋文校訂〉〉，《中國哲學》第24輯，瀋陽：遼寧教育出版社，2002年。

28. 李零、劉新光整理《汗簡及古文四聲韻合校本》，北京：中華書局，1982年11月初版。

29. 李零，〈讀楚系簡帛文字編〉，見《出土文獻研究》第五期，北京：新華，1999年8月。

30. 李零〈上博楚簡校讀記（之一）《子羔》篇“孔子詩論”部分〉，簡帛研究網站，2002年1月4日首發。

31. 李零〈上博楚簡三篇校讀記〉，台北：萬卷樓，2002年3月。

32. 李銳〈《孔子詩論》簡序調整芻議〉，《上海博物館藏戰國楚竹書研究》，上海大學古代文明研究中心/清華大學思想文化研究所編，上海書店出版社，2002年3月。

33. 李銳〈讀上博楚簡箚記〉，《上海博物館藏戰國楚竹書研究》，上海大學古代文明研究中心/清華大學思想文化研究所編，上海書店出版社，2002年3月。

34. 李銳〈上博楚簡續札〉，清華大學思想文化研究所/輔仁大學文學院聯合主辦，新出楚簡與儒學思想國際學術研討會論文集，2002年3月1日～4月2日。

35. 李銳〈“懷爾明德”探析〉，簡帛研究網站，2001年10月6日首發。

36. 李銳〈上海簡懷爾明德探析〉，《清華簡帛研究第二輯》，中國北京清華大學思想文化研究所，2002年3月。

37. 李學勤〈詩論與詩〉，中國北京：清華簡帛講讀班，2002年1月4日首發。

38. 李學勤〈上海博物館藏楚竹書《詩論》分章釋文〉，簡帛研究網站，2002年1月16日首發。

39. 李學勤〈上海博物館藏楚竹書《詩論》分章釋文〉，《國際簡帛研究通訊》，2002年1月第2卷第2期。

40. 李學勤〈談《詩論》“詩無隱志”章〉，文藝研究2002年第2期。

41. 李學勤〈《詩論》說《關雎》等七篇釋義〉，齊魯學刊，2002年第2期，總167期。

42. 李學勤〈詩論與詩〉，《清華簡帛研究第二輯》，中國北京清華大學思想文化研究所，2002年3月。

43. 李學勤〈《詩論》說《宛丘》等七篇釋義〉，清華大學思想文化研究所/輔仁大學文學院聯合主辦，新出楚簡與儒學思想國際學術研討會，2002年3月31日～4月2日。

44. 李學勤〈《詩論》的體裁和作者〉，簡帛研究網站，2002 年 5 月 22 日。

45. 周法高主編，《金文詁林》，香港：香港中文大學，1974 年。

46. 周鳳五〈《孔子詩論》新釋文及注解〉，簡帛研究網站，2002 年 1 月 16 日首發。

47. 周鳳五〈論上博《孔子詩論》竹簡留白問題〉，簡帛研究網站，2002 年 1 月 19 日首發。

48. 孟蓬生〈《詩論》字義疏證〉，清華大學思想文化研究所/輔仁大學文學院聯合主辦，新出楚簡與儒學思想國際學術研討會論文集，2002 年 3 月 31 日～4 月 2 日。

49. 屈萬里《詩經詮釋》，台北：聯經，1984 年。

50. 邴尚白〈《上博孔子詩論》札記〉，新出土文獻與古代文明研究國際學術研討會論文集，2002 年 7 月 28 日～30 日。

51. 俞志慧〈《戰國楚竹書·孔子詩論》校箋下〉，簡帛研究網站，2002 年 1 月 17 日首發。

52. 俞志慧〈《戰國楚竹書·孔子詩論》校箋上〉，簡帛研究網站，2002 年 1 月 17 日首發。

53. 俞志慧〈孔子詩論五題〉，《上海博物館藏戰國楚竹書研究》，上海大學古代文明研究中心/清華大學思想文化研究所編，上海書店出版社，2002 年 3 年。

54. 姜廣輝〈初讀古詩序〉，《國際簡帛研究通訊》，2002 年 1 月第 2 卷第 2 期。

55. 姜廣輝〈三讀古詩序〉，《國際簡帛研究通訊》，2002 年 1 月第 2 卷第 3 期。

56. 姜廣輝〈古詩序章次〉，《國際簡帛研究通訊》，2002 年 1 月第 2 卷第 3 期。

57. 姜廣輝〈再論古詩序〉，《國際簡帛研究通訊》，2002 年 1 月第 2 卷第 3 期。

58. 姜廣輝〈古《詩序》留白簡的意含暨改換簡文排序思路〉，簡帛研究網站，2002 年 1 月 19 日首發。

59. 姚小鷗〈《孔子詩論》第九簡「黃鳥」句的釋文與考釋〉，清華大學思想文化研究所/輔仁大學文學院聯合主辦，新出楚簡與儒學思想國際學術研討會論文集，2002 年 3 月 31 日～4 月 2 日。

60. 姚小鷗〈《孔子詩論》與先秦詩學〉，《文藝研究》2002 年第 2 期。

61. 姚小鷗〈《孔子詩論》第六簡釋文考釋的若干問題〉，簡帛研究網站，2002 年 6 月 24 日首發。

62. 姚小鷗〈《孔子詩論》第二十九簡與古代社會的禮制與婚俗〉，簡帛研究網站，2002 年 6 月 29 日首發。

63. 胡平生〈做好《詩論》的編聯與考釋〉，《文藝研究》2002 年第 2 期。

64. 胡平生〈讀上博藏戰國楚竹書《詩論》箚記〉，《上海博物館藏戰國楚竹書研究》，上海大學古代文明研究中心/清華大學思想文化研究所編，上海書店出版社，2002 年 3 月。

65. 胡平生〈讀上博藏戰國楚竹書《詩論》箚記〉，簡帛研究網站，2002 年 6 月 4 日。

66. 范毓周〈上海博物館藏楚簡詩論的釋文簡序和分章〉，簡帛研究網站，2002 年 2 月 3 日首發。

67. 范毓周〈關於《詩論》簡序和分章的新看法〉，簡帛研究網站，2002 年 2 月 17 日首發。

68. 范毓周〈《詩論》第二枚簡的釋讀問題〉，簡帛研究網站 2002 年 3 月 6 日首發。

69. 范毓周〈關於上海博物館藏楚簡《詩論》第 2 枚簡 " " 字釋讀問題的一點補證〉，簡帛研究網站 2002 年 5 月 1 日首發。

70. 范毓周〈《詩論》第三枚簡釋讀〉，簡帛研究網站 2002 年 5 月 7 日首發。

71. 范毓周〈《詩論》第四枚簡釋讀〉，簡帛研究網站 2002 年 5 月 9 日首發。

72. 容庚 編著《金文編》，北京市：中華書局，1998 年 11 月第 6 刷。

73. 徐中舒《甲骨文字典》，四川辭書出版社，1998 年 10 月第 5 刷。

74. 徐在國《隸定古文疏證》，安徽大學出版社，2002 年 6 月。

75. 晁福林〈《上博簡孔子詩論》"樛木之時"釋義—兼論《詩·樛木》的若干問題〉，《古籍整理研究學刊》，2002 年 5 月第 3 期。

76. 馬承源主編，《上海博物館藏戰國楚竹書（一)》，上海：上海古籍出版社，2001 年 11 初版。

77. 馬承源〈《詩論》講授者為孔子之說不可移〉，《中華文史論叢·67 輯》，2002 年 3 月。

78. 馬承源主編，《上海博物館藏戰國楚竹書（二)》，上海：上海古籍出版社，2002 年 12 月初版。

79. 高亨纂著、董治安整理，《古字通假會典》，齊魯書社出版 1997 年 7 月。

80. 高明《中國古文字通論》，北京大學出版社，1996 年 6 月初版。

81. 高鴻縉《散盤集釋》，台北市：國立師範大學出版組，1957 年。

82. 高鴻縉編《中國字例》，台北市：三民書局，1984 年。

83. 張光裕主編，《郭店楚簡研究·第一卷 文字編》，台北：藝文，1999 年 1 月初版。

84. 張桂光〈《戰國楚竹書·孔子詩論》文字考釋〉，《上海博物館藏戰國楚竹書研究》，上海大學古代文明研究中心/清華大學思想文化研究所編，上海書店出版社，2002 年 3 月。

85. 曹建國〈論上博《孔子詩論》簡的編連〉，簡帛研究網站，2003 年 4 月 11 日首發。

86. 曹峰〈試析上博楚簡《孔子詩論》中有關「木瓜」的幾支簡〉，新出土文獻與古代文明研究國際學術研討會 2002 年 7 月 28 日～30 日。

87. 曹峰〈對孔子詩論第八簡以後簡序的再調整—從語言特色的角度入手〉，《上海博物館藏戰國楚竹書研究》，上海大學古代文明研究中心/清華大學思想文化研究所編，上海書店出版社，2002 年 3 月。

88. 曹錦炎〈楚簡文字中的「免」及相關諸字〉，新出土文獻與古代文明研究國際學術研討會論文集，2002 年 7 月 28 日～30 日

89. 許子濱〈《讀上海博物館藏戰國楚竹書（一）》小識〉，清華大學思想文化研究所/輔仁大學文學院聯合主辦，新出楚簡與儒學思想國際學術研討會論文集，2002 年 3 月 31 日～4 月 2 日。

90. 許全勝〈孔子詩論零拾〉，《上海博物館藏戰國楚竹書研究》，上海大學古代文明研究中心/清華大學思想文化研究所編，上海書店出版社，2002 年 3 月。

91. 許全勝〈宛與智─上博《孔子詩論》簡二題〉，清華大學思想文化研究所/輔仁大學文學院聯合主辦，新出楚簡與儒學思想國際學術研討會論文集，2002 年 3 月 31 日～4 月 2 日。

92. 許抗生〈談談孔子詩論中的性命思想〉，《國際簡帛研究通訊》，2002 年 1 月第 2 卷第 3 期。

93. 郭沫若著《石鼓文研究詛楚文考釋》，北京市：科學出版社，1982 年。

94. 郭沫若著《兩周金文辭大系圖錄攷釋》，上海市：上海書店出版社，1999 年。

95. 郭錫良，《漢字古音手冊》，北京大學出版社，1986 年 11 月。

96. 陳五云〈古文字學習札記〉，《古文字研究》第二十三輯，北京：中華書局，2002 年 6 月初版。

97. 陳立〈孔子詩論的作者與時代〉，《上海博物館藏戰國楚竹書研究》，上海大學古代文明研究中心/清華大學思想文化研究所編，上海書店出版社，2002 年 3 月。

98. 陳立，〈試由《上博簡‧緇衣》從「虍」之字尋其本義來源〉，新出土文獻與古代文明研究國際學術研討會，2002 年 7 月 28 日～30 日。

99. 陳初生，《金文常用字典》，高雄：復文圖書出版社，1992 年 5 月初版。

100. 陳美蘭〈上博簡「讒」字芻議〉，簡帛研究網站，2002 年 2 月 17 日首發。

101. 陳英杰〈讀楚簡箚記〉，見簡帛研究網站，2002 年 11 月 24 日首發。

102. 陳劍〈說慎〉，《簡帛研究二〇〇一‧上》，廣西師範大學出版社，2001 年 9 月初版。

103. 陳劍〈孔子詩論補釋一則〉，《國際簡帛研究通訊》，2002 年 1 月第 2 卷第 3 期。

104. 陳劍〈釋《忠信之道》的「配」字〉，《國際簡帛研究通訊》，2002 年 1 月第 2 卷第 6 期。

105. 傅斯年《詩經講義稿》，1929 年寫，見《傅斯年全集》，台北市：聯經，1980 年。

106. 傅道彬〈《孔子詩論》與春秋時代的論詩風氣〉，《文藝研究》2002 年第 2 期。

107. 彭林〈詩序、詩論辨〉，《上海博物館藏戰國楚竹書研究》，上海大學古代文明研究中心/清華大學思想文化研究所編，上海書店出版社，2002 年 3 月。

108. 彭浩《《詩論》留白簡與古書的抄寫格式〉，清華大學思想文化研究所/輔仁大學文學院聯合主辦，新出楚簡與儒學思想國際學術研討會，2002 年 3 月 31 日～4

月 2 日。

109. 彭裕商〈讀戰國楚竹書一隨記三則〉，清華大學思想文化研究所/輔仁大學文學院 聯合主辦，新出楚簡與儒學思想國際學術研討會論文集，2002 年 3 月 31 日～4 月 2 日。

110. 彭裕商〈讀《戰國楚竹書》（一）隨記〉〉，簡帛研究網站，2002 年 4 月 12 日首發。

111. 湯餘惠主編《戰國文字編》，福建人民出版社，2001 年 12 初版。

112. 程二行〈上博楚竹書《孔子詩論》關於‘邦風’的二條釋文〉，清華大學思想文化研究所/輔仁大學文學院聯合主辦，新出楚簡與儒學思想國際學術研討會論文集，2002 年 3 月 31 日～4 月 2 日。

113. 程樹德《論語集釋》，台北：藝文印書館，1965 年。

114. 馮時〈論『平德』與『平門』--讀《詩論》箚記之二〉新出土文獻與古代文明研究國際學術研討會 2002 年 7 月 28 日～7 月 30 日。

115. 馮勝君〈讀上博簡《孔子詩論》箚記〉，簡帛研究網站，2002 年 1 月 1 日。

116. 黃人二〈從上海博物館藏孔子詩論簡之詩經篇名論其性質〉，《上海博物館藏戰國楚竹書研究》，上海大學古代文明研究中心/清華大學思想文化研究所編，上海書店出版社，2002 年 3 月。

117. 黃人二《上海博物館藏戰國楚竹書（一）研究》，台灣高文出版社，2002 年。

118. 黃德寬、徐在國〈郭店楚簡文字考釋〉，吉林大學古籍整理研究所；《吉林大學古籍整理研究所建所十五週年紀念文集》，吉林大學出版社，1998 年。

119. 黃德寬、徐在國〈上海博物館藏戰國楚竹書（一）·《孔子詩論》釋文補正〉，《安徽大學學報哲學社會科學版》，2002 年 3 年第 26 卷第 2 期。

120. 楊家駱主編，《清儒詩經彙解》，台北市：鼎文，1972 年。

121. 楊澤生〈說“既曰‘天也’,猶有怨言”評的是《鄘風柏舟》，清華大學思想文化研究所/輔仁大學文學院聯合主辦，新出楚簡與儒學思想國際學術研討會論文集，2002 年 3 月 31 日～4 月 2 日。

122. 楊澤生〈上海博物館所藏楚簡文字說叢〉，簡帛研究網站，2002 年 2 月 3 日首發。

123. 楊澤生〈談出土秦漢文字「脊」與「責」的構形〉，《古文字研究·第二十四輯》，北京：中華書局，2002 年 7 月。

124. 業師季旭昇《詩經古義新證》，台北市：文史哲，1995 年增訂版。

125. 業師季旭昇〈讀郭店上博五題：舜、河滸、紳而易、牆有茨、宛丘〉，《中國文字》，新 27 期，台北：藝文印書館，2001 年 12 月。

126. 業師季旭昇〈《雨無正》解題〉，中國經學研究會第二屆經學研究學術研討會，臺中：逢甲大學中文系，2001 年 12 月 8 日。

127. 業師季旭昇撰，《說文新證（上)》，台北：藝文印書館，2002 年 10 月初版。

128. 業師季旭昇〈由上博詩論〈小宛〉談楚簡中幾個特殊的從月的字〉，見《漢學研究》第二十卷第二期，2002 年 12 月。

129. 業師季旭昇〈讀《上博（二）》小議〉，簡帛研究網站，2003 年 1 月 12 日首發。

130. 業師季旭昇〈《孔子詩論》『木瓜之報以喻其婉』說〉，簡帛研究網站，2004 年 1 月 7 日首發。

131. 業師季旭昇主編，《上海博物館藏戰國楚竹書（一）讀本》，台北：萬卷樓，2004 年 6 月。

132. 業師季旭昇〈〈孔子詩論〉分章編聯補缺〉，《古文字研究》第二十五輯，北京：中華書局，2004 年 10 月。

133. 業師季旭昇撰，《說文新證（下）》，台北：藝文印書館，2004 年 11 月初版

134. 業師季旭昇〈〈孔子詩論〉新詮〉，台北：學生書局《經學研究論叢》13 輯，2005 年 12 月 11 日。

135. 葉國良等著〈上博楚竹書《孔子詩論》劄記六則〉，《台大中文學報第十七期》，2002 年 12 月。

136. 董蓮池〈《上海博物館藏戰國楚竹書（一）・孔子詩論》解詁（一）〉），古籍整理研究學刊，2002 年 2 月。

137. 董蓮池〈《上海博物館藏戰國楚竹書（一）・孔子詩論》三詁〉，《新出土文獻與古代文明研究國際學術研討會論文集》，2002 年 7 月 28 日～30 日。

138. 虞萬里〈由《詩論》「常常者華」說到「常」字的隸定—同聲符形聲字通假的字形分析〉，新出土文獻與古代文明研究國際學術研討會 2002 年 7 月 28 日～30 日。

139. 裘錫圭《古文字論集》，北京：中華書局，1992 年 8 月初版。

140. 裘錫圭〈關於孔子詩論〉，《國際簡帛研究通訊》，第二卷第三期，2002 年 1 月。

141. 裘錫圭〈談談《上博簡》和《郭店簡》中的錯別字〉，清華大學思想文化研究所/輔仁大學文學院聯合主辦，新出楚簡與儒學思想國際學術研討會論文集，2002 年 3 月 31 日～4 月 2 日。

142. 廖名春〈上博《詩論》簡的形制和編連〉，簡帛研究網站，2002 年 1 年 1 日首發。

143. 廖名春〈上博簡《關雎》七篇詩論研究〉，《中州學刊》，2002 年 1 月第 1 期，總 127 期。

144. 廖名春〈上博《詩論》簡的作者和作年〉，簡帛研究網站，2002 年 1 月 17 日首發。

145. 廖名春〈上海博物館詩論簡佚詩探源〉，《中國文字新 27 期》，台北：藝文，2001 年 12 月。

146. 廖名春著、丁原植主編《新出楚簡試論》，台灣古籍出版有限公司，2001 年。

147. 廖名春〈《上海博物館藏戰國楚竹書孔子詩論》研究淺見〉，《文藝研究》2002

年第 2 期。

148. 廖名春、朱淵清主編《上博館藏戰國楚竹書研究》，上海：上海書店出版社，2002年 3 月初版。

149. 廖名春〈上博《詩論》簡詩論簡‘以禮說詩’初探〉，《清華簡帛研究第二輯》，中國北京清華大學思想文化研究所，2002 年 3 月。

150. 廖名春〈上博簡《關雎》七篇詩論研究〉，《清華簡帛研究第二輯》，中國北京清華大學思想文化研究所，2002 年 3 月。

151. 廖名春編，《清華簡帛研究》第二輯，中國北京清華大學思想文化研究所，2002年 3 月。

152. 廖名春〈上博《詩論》簡的天命論和‘誠’論〉，清華大學思想文化研究所/輔仁大學文學院 聯合主辦，新出楚簡與儒學思想國際學術研討會，2002 年 3 月 31 日～4 月 2 日。

153. 廖名春〈上海博物館藏詩論簡校釋〉，《中國古代近代文學研究》2002 年第 6 期。

154. 廖名春〈上海博物館藏詩論簡校釋箚記〉，簡帛研究網站，2002 年 7 年 3 月首發。

155. 廖群〈樂亡毋離情：《孔子詩論》‘歌言情’說〉，《文藝研究》2002 年第 2 期。

156. 趙平安〈「達」字二系說—兼釋甲骨文所謂「途」與齊金文中所謂所謂「造」字〉，《中國文字新 27 期》，台北：藝文，2001 年 12 月。

157. 趙平安〈郭店楚簡與商周文字考釋〉，清華大學思想文化研究所/輔仁大學文學院聯合主辦，新出楚簡與儒學思想國際學術研討會論文集，2002 年 3 月 31 日～4 月 2 日。

158. 劉信芳《孔子詩論述學》，安徽大學出版社，2003 年 1 月初版。

159. 劉信芳〈關於上博藏楚簡的幾點討論意見〉，清華大學思想文化研究所/輔仁大學文學院聯合主辦，新出楚簡與儒學思想國際學術研討會論文集，2002 年 3 月 31 日～4 月 2 日。

160. 劉信芳《包山楚簡解詁》，台北市：藝文，2003 年初版。

161. 劉釗〈讀上海博物館藏戰國楚竹書（一）箚記〉，《上海博物館藏戰國楚竹書研究》，上海大學古代文明研究中心/清華大學思想文化研究所編，上海書店出版社，2002 年 3 月。

162. 劉國勝，〈曾侯乙墓 E61 號漆箱書文字研究—附瑟考〉，第三屆國際中國古文字學研討會論文，香港中文大學主編，1997 年 10 月 15 日～17 日

163. 劉樂賢〈讀上博簡箚記〉，簡帛研究網站，2002 年 1 月 1 日首發。

164. 劉樂賢〈讀上博簡箚記〉，《上海博物館藏戰國楚竹書研究》，上海大學古代文明研究中心/清華大學思想文化研究所編，上海書店出版社，2002 年 3 月。

165. 滕壬生《楚系簡帛文字編》，湖北教育出版社，1996 年 9 月。

166. 蔡哲茂〈上海簡孔子詩論「讒」字解〉見簡帛研究網站，2002 年 3 月 6 日首發。

167. 鄭玉姍〈《詩論》二十六簡「懇」字管見〉，簡帛研究網站，2003 年 1.6 首發。

168. 鄭任釗〈對《孔子詩論》釋讀的一點意見〉，簡帛研究網站，2002 年 2.19 首發。

169. 濮茅左〈《孔子詩論》簡序補析〉，《上海博物館藏戰國楚竹書研究》，上海大學古代文明研究中心/清華大學思想文化研究所編，上海書店出版社，2002 年 3月。

170. 濮茅左〈《孔子詩論》簡序補析〉，簡帛研究網站，2002 年 4 月 6 日首發。

171. 顏世鉉〈楚簡「流」、「讒」補釋〉，新出土文獻與古代文明研究國際學術研討會 2002 年 7 月 28 日～30 日。

172. 魏宜輝〈讀上博簡文字箚記〉，《上海博物館藏戰國楚竹書研究》，上海大學古代文明研究中心/清華大學思想文化研究所編，上海書店出版社，2002 年 3 月。

173. 龐樸〈上博藏簡零箋（一）〉，簡帛研究網站，2002 年 1 月 1 日首發。

174. 龐樸〈上博藏簡零箋（二）〉，簡帛研究網站，2002 年 1 月 4 日首發。

175. 龐樸〈上博藏簡零箋（三）〉，簡帛研究網站，2002 年 1 月 4 日首發。

176. 龐樸〈上博藏簡零箋〉，《上海博物館藏戰國楚竹書研究》，上海大學古代文明研究中心/清華大學思想文化研究所編，上海書店出版社，2002 年 3 月。

177. 羅振玉撰 《增訂殷虛書契考釋》，台北市：藝文，1958 年。

178. 羅福頤主編《古璽彙編》，北京故宮博物院編，北京市：文物出版社，1981 年。

179. 譚維四，《曾侯乙墓》，北京文物出版社，2001 年 9 月初版。

180. 饒宗頤〈竹書《詩序》小箋（一）〉，簡帛研究網站，2002 年 2 月 22 日首發。

181. 饒宗頤〈竹書《詩序》小箋（二）〉，簡帛研究網站，2002 年 2 月 22 日首發。

三、學位論文

1. 業師季旭昇《詩經吉禮研究》，1983 年，台北：國立台灣師範大學國文研究所碩士論文，指導教授：周何先生。

2. 朱孟庭《詩經重章藝術研究》，1996 年，台北：國立台灣師範大學國文所碩士論文，指導教授：余師培林。

3. 黃麗娟《郭店楚簡緇衣文字研究》，2001 年，台北：國立台灣師範大學國文研究所碩士論文，指導教授：邱師德修。

4. 陳嘉凌《楚系簡帛字根研究》，2002 年，台北：國立台灣師範大學國文研究所碩士論文，指導教授：業師季旭昇。